OMA HEEFT ME GESTUURD OM TE ZEGGEN DAT HET HAAR SPIJT

Ander werk van Fredrik Backman

Een man die Ove heet (roman, 2013)
Britt-Marie was hier (roman, 2015)
Dingen die mijn zoon moet weten over de wereld (non-fictie, 2016)
En elke ochtend wordt de weg naar huis steeds langer (novelle, 2017)
Björnstad (roman, 2018)
Wij tegen jullie (roman, 2018)

FREDRIK BACKMAN

Oma heeft me gestuurd om te zeggen dat het haar spijt

Vertaald door Edith Sybesma

VOLT

AMSTERDAM · ANTWERPEN

Voor de aap en de kikker.
In tienduizend sprookjeseeuwigheden.

Eerste druk, 2014; vierde druk, 2020

Oorspronkelijke titel *Mormor hälsar och säger förlåt*

Oorspronkelijke uitgever Forum Bokförlag
Published by agreement with Salomonsson Agency

Omslag Buro Blikgoed
Foto auteur © Linnéa Jonasson Bernholm
Binnenwerk Michiel Niesen / ZetProducties

ISBN 978 90 214 2257 2 / NUR 302
www.uitgeverijvolt.nl

FSC www.fsc.org MIX Papier van verantwoorde herkomst FSC® C004472

1

Tabak

Alle zevenjarigen verdienen een superheld. Dat is gewoon zo. En wie het daar niet mee eens is, is echt niet goed snik.

Dat zegt Elsa's oma altijd.

Elsa is zeven jaar, maar bijna acht. Ze is niet bijzonder goed in zeven jaar zijn, dat weet ze. Ze weet dat ze anders is. De directeur van de school zegt dat ze zich moet 'aanpassen' om 'beter te functioneren tussen leeftijdgenoten', en mensen van de leeftijd van Elsa's ouders die haar ontmoeten, zeggen altijd dat ze 'erg wijs' is voor haar leeftijd. Elsa weet dat dat gewoon een andere manier is om te zeggen dat ze knap irritant is voor haar leeftijd, want ze zeggen het altijd wanneer ze hen net heeft verbeterd omdat ze 'déjà vu' verkeerd uitspreken, of niet weten wanneer ze 'mij' en wanneer ze 'ik' moeten gebruiken aan het eind van een zin. Dat weten zwamneuzen in de regel niet. En dan zeggen zij 'wijs voor haar leeftijd', de zwamneuzen, met een geforceerd glimlachje naar haar ouders. Alsof het een handicap is, alsof Elsa hen heeft beledigd door niet compleet achterlijk te zijn alleen omdat ze zeven is. En daarom heeft ze geen vrienden, op oma na. Aangezien alle andere zevenjarigen bij haar op school net zo achterlijk zijn als zevenjarigen nou eenmaal zijn. En Elsa is anders.

Daar moet ze zich niets van aantrekken, zegt oma. Want alle superhelden zijn anders. En als superkrachten normaal waren, dan had iedereen ze.

Oma is zevenenzeventig jaar. Maar bijna achtenzeventig. Daar is ze ook niet bijzonder goed in. Je ziet dat ze oud is, want haar gezicht ziet eruit als krantenpapier in natte schoenen, maar van oma zegt nooit iemand dat ze wijs is voor haar jaren. 'Kras voor haar leeftijd,' zeggen mensen soms tegen Elsa's moeder. En vervolgens zetten ze een bezorgd of boos gezicht, en dan zucht moeder altijd en vraagt hoe groot de schade is die ze moet vergoeden. Bijvoorbeeld wanneer oma vindt dat het hun eigen schuld is als mensen zo verdomd onsolidair zijn dat ze de handrem van hun auto aantrekken wanneer zij wil fileparkeren met Renault. En wanneer ze rookt in het ziekenhuis, zodat het brandalarm afgaat en daarna schreeuwt: 'Het is toch ook godgeklaagd dat het overal zo verdomd politiek correct moet zijn tegenwoordig!' wanneer ze van de beveiligers die erop afkomen haar sigaret moet uitmaken. En zoals die keer toen ze een sneeuwpop had gemaakt en die echte kleren had aangetrokken en hem op zijn rug had gelegd onder het balkon van haar buren Britt-Marie en Kent, zodat het leek alsof er iemand van het dak was gevallen. En zoals die keer toen er keurige mannen met een bril op door de wijk liepen en overal aanbelden en over God en Jezus in de hemel wilden vertellen, en oma op haar balkon stond met haar ochtendjas open, en op hen schoot met een paintballgeweer, en Britt-Marie er niet goed uitkwam of ze nou boos was om dat paintballgeweer, of omdat oma niets aanhad onder haar ochtendjas, en voor alle zekerheid van beide feiten aangifte deed bij de politie.

En dan vinden mensen dat oma best kras is voor haar leeftijd. Zo kun je het noemen.

Ze zeggen dat oma nu gek is. Maar eigenlijk is ze een genie. Ze is alleen tegelijkertijd ook een beetje getikt. Ze is altijd dokter geweest, ze heeft prijzen gekregen en journalisten hebben artikelen over haar geschreven en ze is naar de verschrikkelijkste plekken op aarde gereisd toen alle andere mensen die verlieten. Ze heeft overal ter wereld levens gered en tegen het kwaad gevochten. Als een superheld. Maar op het laatst zei iemand tegen haar dat ze te oud was om levens te redden, ook al heeft Elsa het sterke vermoeden dat die persoon eigenlijk 'te gek' bedoelde, dus nu is ze geen dokter meer. Oma noemt die persoon 'de maatschappij' en zegt dat het alleen maar komt doordat alles er tegenwoordig zo ontzettend politiek correct aan toe moet gaan dat ze niet meer in mensen mag snijden. En dat het er eigenlijk vooral om ging dat er niks meer kon in de maatschappij, met dat overdreven rookverbod in operatiekamers; onder zulke arbeidsomstandigheden kun je toch niet werken? Of wel?

Dus nu zit ze meestal thuis Britt-Marie en Elsa's moeder tot waanzin te drijven. Britt-Marie is de buurvrouw van oma. En eigenlijk is Britt-Marie ook de buurvrouw van Elsa's moeder, omdat Elsa's moeder naast Elsa's oma woont. En Elsa woont natuurlijk ook naast oma, aangezien Elsa bij haar moeder woont. Alleen om de veertien dagen een weekend niet, wanneer ze bij haar vader en Lisette is. En George woont natuurlijk ook naast oma. Want hij woont samen met Elsa's moeder. Het is nogal warrig.

Maar hoe dan ook, laten we bij het onderwerp blijven: levens redden en de mensen tot waanzin drijven zijn oma's superkrachten. Die maken haar tot een nogal disfunctionele superheld, zou je kunnen zeggen. Dat weet Elsa, want ze heeft 'disfunctioneel' opgezocht op Wikipedia. Als mensen van oma's leeftijd moeten uitleggen wat Wikipedia is, omschrijven ze het als 'een encyclopedie, maar dan op internet'. En als Elsa moet uitleggen wat een encyclopedie is, beschrijft ze die als 'Wikipedia, maar dan analoog'. Elsa heeft 'disfunctioneel' bij beide opgezocht en het betekent dat iets wel werkt, maar niet zoals het bedoeld was. Dat is een van de dingen die Elsa het fijnst vindt aan oma.

Maar misschien vandaag niet, natuurlijk. Want het is half twee 's nachts en Elsa is best moe en zou eigenlijk graag willen gaan slapen, maar dat kan niet want oma heeft weer poep naar een agent gegooid.

Het is ingewikkeld, zou je kunnen zeggen. Net als een Facebookstatus.

Elsa kijkt om zich heen in het rechthoekige kamertje en gaapt zo verveeld dat het wel lijkt alsof ze haar eigen hoofd achterstevoren wil inslikken.

'Ik heb nog tegen je gezegd dat je niet over het hek mocht klimmen, dat heb ik gezegd,' mompelt ze en ze kijkt op de klok.

Oma antwoordt niet. Elsa doet haar Griffoendorsjaal af en legt die op haar schoot. Ze is zeven jaar, maar bijna acht jaar geleden, op tweede kerstdag, geboren. Op die dag registreerden Duitse onderzoekers de krachtigste uitbarsting van gammastraling van een *magnetar* boven de aarde die er ooit was geweest. Elsa weet dan wel niet precies in detail wat een 'magnetar' is, maar het is een soort neutronenster. En het klinkt een beetje als 'Megatron', de naam van de booswicht in *The Transformers*, wat mensen die niet genoeg kwaliteitsliteratuur lezen in hun onnozelheid een 'kinderprogramma' zouden noemen. De Transformers zijn robots, hoewel ze eventueel ook als superhelden beschouwd kunnen worden, puur academisch gezien. Elsa is dol op zowel Transformers als neutronensterren, en ze stelt zich voor dat een 'uitbarsting van gammastraling' er een beetje zo uitziet als die keer toen oma Fanta op Elsa's iPhone morste en die in de broodrooster probeerde te drogen. Oma zegt dat het Elsa bijzonder maakt dat ze op zo'n dag is geboren.

Bijzonder zijn is de mooiste manier van anders zijn.

Maar op dit moment is oma druk bezig kleine bergjes tabak op de houten tafel voor zich te laten vallen en die in knisperende vloeitjes te rollen. Elsa kreunt.

'Ik zei: ik heb nog tegen je gezegd dat je niet over het hek mag klimmen! Dat heb ik gezegd!' verduidelijkt ze.

Ze wil eigenlijk niet vervelend klinken. Ze is alleen een beetje boos. Boos zoals alleen vermoeide zevenjarigen op een politiebureau en mannen van middelbare leeftijd die op een vertraagde vlucht wachten en geen informatie krijgen dat soms zijn.

Oma snuift en zoekt naar een aansteker in de zakken van haar veel te grote jas. Ze lijkt het allemaal niet serieus te nemen, vooral omdat ze nooit iets serieus lijkt te nemen. Behalve wanneer ze wil roken en geen aansteker kan vinden, dat neemt ze heel serieus. Roken is een serieuze zaak voor oma.

'Het was maar een piepklein hekje, niets om je over op te winden, kom op nou,' zegt ze onbezorgd.

'Je hoeft geen "kom op nou" tegen me te zeggen. Jij hebt poep naar een agent gegooid!' merkt Elsa op.

Oma rolt met haar ogen.

'Stel je niet zo aan. Je lijkt je moeder wel. Heb je een aansteker?'

'Ik ben zeven!' antwoordt Elsa.

'Hoe lang ga je dat als excuus gebruiken?'

'Totdat ik geen zeven meer ben!'

Oma kreunt en mompelt iets wat klinkt als 'ja, ja, ja, ik mag het toch wel vragen?' en zoekt verder in haar jaszakken.

'Ik geloof ook niet dat je hier mag roken,' informeert Elsa haar iets rustiger en ze gaat met haar vingers over de lange scheur in de Griffoendorsjaal.

Oma snuift.

'Natuurlijk mag je wel roken. We zetten gewoon even een raampje open.'

Elsa kijkt sceptisch naar de ramen.

'Het zijn van die ramen die je niet open mag doen, volgens mij.'

'Kletskoek, waarom denk je dat?'

'Er zitten tralies voor.'

Oma loert ontevreden naar de ramen. En dan naar Elsa.

'Dus nu mag je op het politiebureau ook al niet meer roken? Wat een afschuwelijke, betuttelende maatschappij, hè?'

Elsa gaapt weer.

'Mag ik je telefoon even gebruiken?'

'Wat ga je ermee doen?' wil oma weten.

'Internetten,' antwoordt Elsa.

'Wat wil je internetten?'

'Dingen.'

'Je steekt te veel tijd in die internetdingen.'

'Dat heet "besteden".'
'Ja, ja, ja.'
Elsa kijkt oma hoofdschuddend aan.
'Tijd besteed je. Je zegt toch ook niet: "Ik heb tweehonderd kronen in een nieuwe broek gestoken?" Of wel soms? Nou?'
'Ken je die van dat meisje dat zich helemaal suf dacht?' zegt oma snuivend.
'En ken jij die van die vrouw die dat niet deed?' zegt Elsa snuivend.

De agent die de kamer binnenkomt ziet er heel erg verschrikkelijk moe uit. Hij gaat tegenover hen aan tafel zitten en werpt oma en Elsa een blik toe die uitzonderlijk moedeloos is.
'Ik wil mijn advocaat bellen,' eist oma meteen.
'Ik wil mijn moeder bellen,' eist Elsa meteen.
'In dat geval wil ik eerst mijn advocaat bellen!' dringt oma aan.
De agent kijkt in een stapel blaadjes.
'Jouw moeder is onderweg,' zegt hij met een zucht tegen Elsa.
Oma hijgt zo dramatisch als alleen zij dat kan.
'Waarom hebben jullie háár nou gebeld? Zijn jullie niet lekker? Ze is natuurlijk des duivels!' protesteert ze, alsof de agent net tegen haar heeft gezegd dat ze Elsa naar het bos willen brengen en haar door wolven willen laten opvoeden.
'We moeten de wettelijke vertegenwoordiger van het kind bellen,' legt de agent rustig uit.
'Ik ben ook wettelijk vertegenwoordiger van het kind! Ik ben haar oma!' brengt oma uit en ze komt half overeind van haar stoel en wuift dreigend met haar nog niet aangestoken sigaret.
'Het is half twee 's nachts. Iemand moet voor het kind zorgen,' zegt de agent zonder blikken of blozen en wijst naar zijn horloge. Daarna werpt hij een ontevreden blik op de sigaret.
'Ja! Ik! Ik zorg voor het kind!' spuugt oma uit.
De agent maakt een nogal geforceerd vriendelijk gebaar door de verhoorkamer.

'En hoe vindt u dat tot nu toe gaan?'

Oma kijkt een tikje beledigd. Ten slotte gaat ze weer zitten en schraapt haar keel.

'Als... dus... nee, nee. Natuurlijk. Als je in details blijft steken, dan gaat het misschien niet geweldig. Misschien wel niet. Maar het was allemaal pico bello totdat jullie achter me aankwamen!' protesteert ze chagrijnig.

'U hebt ingebroken in een dierentuin,' merkt de agent op.

'Het was maar een piepklein hekje,' houdt oma vol.

'Er bestaan geen piepkleine inbraken,' zegt de agent.

Oma haalt haar schouders op en maakt een vegende beweging over de tafel alsof ze vindt dat hier nu lang genoeg over is doorgezeurd en dat het tijd wordt om dit hoofdstuk te sluiten.

'Ach, nou ja. Maar zeg, hier mag toch wel gerookt worden?'

De agent schudt ernstig zijn hoofd. Oma buigt naar voren, kijkt hem diep in de ogen en glimlacht.

'Kan er geen uitzondering worden gemaakt voor mijn persoontje?'

Elsa geeft oma een por in haar zij en stapt over op hun geheime taal. Want oma en Elsa hebben een geheime taal. Alle oma's zijn verplicht zo'n geheime taal te hebben met hun kleinkinderen, dat staat in de wet, zegt oma. Of in ieder geval zou het erin moeten staan.

'Hou nou toch op, oma. Het is verboden om met agenten te flirten!' zegt Elsa in hun geheime taal.

'Wie zegt dat?' vraagt oma op haar beurt in de geheime taal.

'De politie!' antwoordt Elsa.

'De politie is er voor de burgers! Ik betaal belasting, hoor!' snauwt oma.

De agent kijkt naar hen, zoals je kijkt wanneer een zevenjarige en een zevenenzeventigjarige midden in de nacht op een politiebureau ruzie met elkaar gaan maken in hun geheime taal. Daarna knipoogt oma een tikje verleidelijk naar hem en wijst weer smekend naar haar sigaret, maar wanneer hij zijn hoofd schudt, leunt oma beledigd achterover in de stoel en barst in gewone taal uit: 'Die politieke correctheid tegenwoordig ook altijd jegens ons rokers in dit verschrikkelijke land. Apartheid is er niks bij!'

De gelaatsuitdrukking van de agent wordt iets grimmiger.

'U zou misschien iets voorzichtiger moeten zijn met dat soort opmerkingen.'

Oma rolt met haar ogen. Elsa kijkt haar met half dichtgeknepen ogen aan.

'Hoe spel je dat?'

'Wat?' vraagt oma zuchtend, zoals iemand zucht omdat de hele wereld tegen hem is, ook al betaalt hij belasting.

'Dat van die apartigheid?'

'A.p.a.r.t.h.i.j.t,' spelt oma.

Zo spel je dat natuurlijk helemaal niet. Daar komt Elsa meteen achter nadat ze over de tafel heeft geleund, oma's smartphone heeft gepakt en het heeft gegoogeld. Spellen, daar bakt oma niets van. De agent bladert in zijn papieren.

'We laten u naar huis gaan, maar we zullen u oproepen aangaande de inbraak en de verkeersovertredingen,' zegt hij koeltjes tegen oma.

'Hoe kun je nu nog een Android hebben?' kreunt Elsa, die gefrustreerd op oma's telefoon drukt.

Het is een Android-telefoon, aangezien het de oude telefoon van Elsa's moeder is, en haar moeder heeft alleen Android, ook al probeert Elsa haar constant uit te leggen dat alle mensen met hersenen een iPhone hebben. Oma wil natuurlijk eigenlijk helemaal geen telefoon hebben, maar ze moest van Elsa de oude van Elsa's moeder overnemen, aangezien oma die van Elsa routinematig kapotmaakt in verschillende broodroostergerelateerde incidenten. En dan moet Elsa die van oma kunnen gebruiken. Ook al is dat een Android.

'Welke verkeersovertredingen?' roept oma verbaasd uit.

'Ongeoorloofd rijden, om te beginnen,' zegt de agent.

'Hoezo ongeoorloofd? Wat zullen we nou krijgen? Het is toch mijn auto! Ik heb toch geen toestemming nodig om in mijn eigen auto te rijden?'

De agent schudt geduldig zijn hoofd.

'Nee, maar wel een rijbewijs.'

Oma spreidt haar armen.

'Daar heb je die betuttelende samenleving weer.'

Het moment daarop dreunt het door de hele kamer wanneer Elsa het Android-mobieltje op tafel gooit.

'Wat mankeert jou?' vraagt oma.

'Het is niet zoals apartheid! Je vergeleek niet mogen roken met apartheid en dat is echt niet hetzelfde. Het lijkt er niet eens op.'

Oma wuift moedeloos met haar hand.

'Ik zei dat het... je weet wel... ongeveer zoiets was als...'

'Dat is het ongeveer níét!' schreeuwt Elsa.

'Het was een vergelijking, mijn hemel...'

'Een hele foute vergelijking, ja!'

'Hoe weet je dat?'

'Wikipedia!' schreeuwt Elsa en ze wijst naar oma's mobieltje. Oma richt zich moedeloos tot de agent.

'Doen uw kinderen ook zo?'

De agent kijkt wat ongemakkelijk.

'Wij... in ons gezin laten we de kinderen niet zelf op internet surfen...'

Oma spreidt haar armen meteen naar Elsa om met die beweging te zeggen: aha! Elsa schudt alleen haar hoofd en slaat haar armen stevig over elkaar.

'Zeg nu maar sorry omdat je poep naar de agent hebt gegooid, dan kunnen we naar huis, oma!' zegt ze snuivend in hun geheime taal, nog steeds met gepaste boosheid vanwege die opmerking over apartheid.

'Sorry,' zegt oma weer in hun geheime taal.

'Tegen de agent, niet tegen mij, dombo!' zegt Elsa.

'Ik zeg geen sorry tegen fascisten. Ik betaal belasting. En jij bent een dombo!' mokt oma.

'Nee, jij!' bijt Elsa terug.

Daarna zitten ze allebei met hun armen over elkaar demonstratief met de rug naar elkaar toe, totdat oma naar de agent knikt en in de heel gewone taal zegt: 'Wilt u zo vriendelijk zijn tegen mijn verwende kleindochter te zeggen dat ze naar huis mag lopen als ze zo'n toon aanslaat?'

'Nou ja! Zegt u maar tegen háár dat ik straks met mijn moeder meerijd en dat zíj mag gaan lopen!' kaatst Elsa meteen terug.

'Zegt u maar tegen háár dat ze...' begint oma.

Dan staat de agent zonder een woord te zeggen op, verlaat het vertrek en doet de deur achter zich dicht, op een manier die je het idee geeft dat hij een andere kamer wil binnengaan om zijn gezicht in een groot, zacht kussen te stoppen en heel hard te schreeuwen.

'Kijk nou wat je gedaan hebt,' zegt oma.

'Kijk jíj wat jíj gedaan hebt!' antwoordt Elsa.

Even later komt er een agente met gespierde armen en groene ogen binnen. Kennelijk is het niet de eerste keer dat ze oma ziet, want ze glimlacht op die vermoeide manier van mensen die oma kennen, slaakt een diepe zucht en zegt: 'U moet hiermee ophouden, we hebben ook nog echte criminelen waar we achteraan moeten.'

En dan mompelt oma: 'Hou zelf op.' En dan mogen ze naar huis.

Wanneer ze op de stoep staan te wachten op Elsa's moeder, voelt Elsa peinzend met haar vingers aan de scheur in haar sjaal. Die loopt dwars door het Griffoendorembleem. Elsa probeert niet in tranen uit te barsten. Dat lukt niet heel geweldig goed.

'Ach, dat kan je moeder wel repareren,' zegt oma, die opgewekt probeert te klinken en tegen Elsa's schouder bokst.

Elsa kijkt bezorgd op. Oma knikt ietwat beschaamd, wordt ernstiger en dempt haar stem.

'Ach, we kunnen... je weet wel. We kunnen tegen je moeder zeggen dat de sjaal kapot is gegaan toen je me probeerde tegen te houden toen ik over het hek van de apen wilde klimmen.'

Elsa knikt en strijkt weer met haar vingers over de sjaal. Die is niet kapotgegaan toen oma over het hek van de apen klom. Die is op school kapotgegaan, toen drie van de oudere meisjes die de pik hebben op Elsa zonder dat Elsa precies weet waarom, haar voor de eetzaal te pakken kregen, haar sloegen, haar sjaal kapotscheurden en in de wc gooiden. Hun spottende gelach stuitert nog steeds als flipperkogels door Elsa's hoofd.

Oma ziet haar blik, leunt vertrouwelijk naar voren en fluistert in de geheime taal: 'Op een goeie dag nemen we die ellendige zultknurften van jouw school mee naar Miama en gooien ze voor de leeuwen!'

Elsa veegt met de achterkant van haar hand over haar ogen en glimlacht zwakjes.

'Ik ben niet gek, oma. Ik weet dat je dit allemaal gedaan hebt vannacht om mij de school te laten vergeten,' fluistert ze.

Oma schopt in het grind en kucht.

'Ach... weet je. Je bent mijn enige kleinkind. Ik wilde niet dat je je deze dag zou herinneren vanwege die sjaal. Dus ik dacht dat je hem zou kunnen onthouden als de dag waarop je oma inbrak in een dierentuin...'

'En uit een ziekenhuis ontsnapte,' zegt Elsa grijnzend.

'En uit een ziekenhuis ontsnapte,' zegt oma grijnzend.

'En poep naar een agent gooide,' merkt Elsa op.

'Het was modder, hoor! Of in ieder geval voornamelijk modder!' protesteert oma.

'Herinneringen veranderen is een goede superkracht,' geeft Elsa toe.

Oma haalt haar schouders op.

'Als je de slechtigheid niet kunt wegnemen, moet je er meer goeiigheid bij doen.'

'Zo zeg je dat niet.'

'Dat weet ik.'

'Bedankt, oma,' zegt Elsa en ze legt haar hoofd op oma's arm.

Dan knikt oma en fluistert: 'Wij ridders van het koninkrijk Miama doen enkel onze plicht.'

Want alle zevenjarigen verdienen een superheld.

En wie het daar niet mee eens is, is echt niet goed snik.

2

Aap

Elsa's moeder haalde hen op bij het politiebureau. Je zag dat ze heel boos was, maar ze hield zichzelf in bedwang en bleef beheerst en schreeuwde niet. Want Elsa's moeder heeft zichzelf heel goed in bedwang, ze blijft beheerst en schreeuwt eigenlijk nooit, aangezien ze alles is wat Elsa's oma niet is. Elsa had haar gordel nog maar net om en toen sliep ze al haast, en toen ze de snelweg op reden was ze al in Miama.

Miama is het geheime koninkrijk van Elsa en oma. Het is een van de zes koninkrijken van Bijna-Wakkerland. Oma heeft het bedacht toen Elsa klein was en haar ouders net waren gescheiden, en Elsa niet durfde te gaan slapen, omdat ze iets op internet had gelezen over kinderen die in hun slaap waren overleden. Oma kan goed dingen verzinnen. Dus toen papa wegging uit de flat en iedereen continu verdrietig en moe was, glipte Elsa elke nacht de deur uit en sloop in haar pyjama door het trappenhuis naar het appartement van oma en dan kropen oma en zij in de grote kast die almaar bleef groeien, en dan deden ze hun ogen bijna dicht en vertrokken.

Want je hoeft niet in slaap te vallen om in Bijna-Wakkerland te komen. Dat is de grap ervan. Je hoeft alleen *bíjna* in slaap te vallen. En in die laatste seconden, wanneer je je ogen bijna dicht hebt, wanneer de nevel aan komt rollen over de grens tussen wat je weet en wat je gelooft, dan ga je op weg. Je rijdt naar Bijna-Wakkerland op de rug van wolkendieren, want oma heeft besloten dat dat de enige manier is om er te komen. De wolkendieren komen door oma's balkondeur naar binnen om haar en Elsa te halen, en dan vliegen ze almaar hoger en hoger, totdat Elsa alle magische, wonderbaarlijk getikte wezens ziet die Bijna-Wakkerland bevolken: de eenfanten, de spijten, Numeteen, de warsen en sneeuwengelen, prinsen, prinsessen en ridders. De wolkendieren zweven over de eindeloze donkere bossen, waar Wolvenhart en alle monsters wonen, en zoeven naar beneden over alle verblindende kleuren en zachte winden die rondzweven rond de stadspoorten van het koninkrijk Miama.

Het is moeilijk om voor de vuist weg te zeggen of oma een beetje gek is omdat ze te vaak in Miama geweest is, of dat Miama een beetje een gekke plaats is, omdat oma daar te vaak is geweest. Maar dit is de plek waar al oma's sprookjes vandaan komen. De meest wonderbaarlijk getikte sprookjes.

Oma zegt dat het koninkrijk al minstens tienduizend sprookjes-eeuwigheden Miama heet, maar Elsa weet dat oma die naam alleen maar heeft verzonnen omdat Elsa geen 'pyjama' kon zeggen toen ze klein was en in plaats daarvan 'mjama' zei. Maar oma houdt natuurlijk vol dat ze helemaal niks heeft verzonnen en dat Miama en de vijf andere koninkrijken van Bijna-Wakkerland wel degelijk echt bestaan, dat ze zelfs echter zijn dan deze echte wereld 'waar iedereen econoom is en lactosevrije melk drinkt en doet. Het leven in de echte wereld gaat oma niet heel erg geweldig goed af. Er zijn hier te veel regels en oma is niet heel erg geweldig goed in regels. Ze speelt vals bij Monopoly en rijdt met Renault over de busbaan, neemt de gele draagtassen van Ikea mee naar buiten en blijft niet achter de streep staan bij de bagageband op het vliegveld. En ze laat de deur openstaan als ze naar de wc gaat. Dat is een minder mooi trekje van oma.

Maar ze vertelt de beste sprookjes van alle eeuwigheden, en dan kun je een heleboel minder mooie trekjes door de vingers zien, heeft Elsa besloten.

Alle sprookjes die ertoe doen, komen uit Miama, zegt oma. De andere vijf koninkrijken van Bijna-Wakkerland doen andere dingen.

Mireva is het koninkrijk waar dromen bewaakt worden, Miplorië het koninkrijk waar al het verdriet wordt bewaard, alle muziek komt uit Mimova, alle moed komt uit Miaudacië, en Mibatallië is het koninkrijk waar alle dappere soldaten zijn geboren en getogen die hebben gevochten tegen de afschuwelijke schaduwen in de Oorlog-zonder-Einde.

Maar Miama is het lievelingskoninkrijk van oma en Elsa, want daar is verhalenverteller het allernobelste beroep dat je kunt hebben. Wie leven kan blazen in een verhaal, kan daar machtiger worden dan een koning. In Miama is fantasie valuta; in plaats van iets te kopen voor munten, kun je het daar kopen voor een goed verhaal, en een bibliotheek heet daar geen bibliotheek, maar een 'bank'. In Miama is elk boek een vermogen, elk sprookje een miljoen. En oma neemt daarvandaan elke avond oneindige schatkisten mee. Over draken, trollen, koningen, koninginnen en heksen. En over schaduwen. Want elke sprookjeswereld moet vreselijke vijanden hebben, en de vijanden van Bijna-Wakkerland, dat zijn de schaduwen, want de schaduwen willen alle fantasie om zeep helpen.

Als je sprookjes over schaduwen vertelt, moet je ook over Wolvenhart vertellen. Want hij heeft de schaduwen in de Oorlog-zonder-Einde overwonnen. Hij was de eerste en grootste superheld waar Elsa ooit van heeft gehoord.

Elke nacht neemt oma Elsa mee naar Miama. Daar is Elsa tot ridder geslagen. Daar mag ze rijden op wolkendieren en een eigen zwaard hebben, en daarna is ze nooit meer bang geweest om te gaan slapen. Want in Miama zegt niemand dat meisjes geen ridder mogen zijn, en daar reiken de bergen tot aan de hemel, de kampvuren doven er nooit uit en er is geen zwamneus die je Griffoendorsjaal kapot wil trekken.

Oma zegt natuurlijk dat in Miama ook iedereen de deur laat openstaan als hij naar de wc gaat. Dat het zelfs bij wet is geregeld dat ze in heel Bijna-Wakkerland onder alle omstandigheden een opendeurbeleid hebben. Maar Elsa is er vrij zeker van dat oma daarmee een andere versie van de waarheid vertelt. Zo noemt oma leugens: ‘andere versies van de waarheid.’

Dus wanneer Elsa de volgende ochtend wakker wordt in een stoel in de ziekenhuiskamer van oma, zit oma op de wc met de deur open, terwijl Elsa’s moeder in de hal staat. Oma is druk bezig met het vertellen van zo’n andere versie van de waarheid. Dat lukt niet heel erg geweldig goed. Want de echte waarheid is dat oma de afgelopen nacht uit het ziekenhuis is weggelopen en dat Elsa uit de flat is weggeglipt terwijl haar moeder en George sliepen en dat ze samen in Renault naar de dierentuin zijn gereden, waar oma over het hek is geklommen. Achteraf lijkt het ook wel een tikkeltje onverantwoordelijk om dat allemaal midden in de nacht te doen met een zevenjarige. Die redenering wil Elsa wel accepteren.

In oma’s kleren, die op een bultje op de grond liggen, zit letterlijk een apenlucht. En oma voert tot haar verdediging aan dat ze, toen ze over het hek van het apenverblijf klom en die bewaker tegen haar schreeuwde, dacht dat hij bijvoorbeeld een levensgevaarlijke verkrachter zou kunnen zijn en dat ze daarom modder naar hem en de agent gooide. Dan schudt Elsa’s moeder heel beheerst maar vermoeid haar hoofd en zegt dat oma dat verzint.

Oma houdt er niet van wanneer mensen zeggen dat dingen verzonnen zijn, ze geeft de voorkeur aan de minder denigrerende uitdrukking ‘tegen de werkelijkheid aan hangend’, dus dat zegt ze ook tegen Elsa’s moeder. Die lijkt het niet helemaal met haar eens te zijn. Maar ze houdt zich in. Aangezien ze precies alles is wat oma niet is.

‘Dit is een van de ergste dingen die je ooit hebt gedaan,’ zegt Elsa’s moeder verbeten in de richting van het toilet.

‘Dat kan ik me nauwelijks voorstellen, lieve dochter,’ antwoordt oma onbekommerd vanuit de wc.

Dan geeft Elsa’s moeder een nuchtere opsomming van alles wat oma heeft aangericht, en dan zegt oma dat Elsa’s moeder alleen boos is omdat ze geen gevoel voor humor heeft. En dan zegt Elsa’s moeder dat oma eens moet ophouden zich te gedragen als een onverantwoordelijk kind. En dan zegt oma: 'Weet je waar piraten hun auto parkeren?' En wanneer Elsa's moeder niet antwoordt, roept oma vanuit de wc: 'In een garARRRge!' Wanneer Elsa's moeder dan zuchtend haar slapen masseert, snuift oma en constateert: 'Dat zeg ik, geen gevoel voor humor.' Dan doet Elsa's moeder de wc-deur dicht en dan wordt oma ontzettend boos. Want ze houdt er niet van zich opgesloten te voelen wanneer ze op de wc zit.

Ze ligt nu twee weken in het ziekenhuis, maar ze ontsnapt bijna elke dag. Dan haalt ze Elsa op om een ijsje te gaan eten, of ze rijdt naar de flat wanneer Elsa's moeder niet thuis is en dan roetsjt ze over een zeepglijbaan in het trappenhuis. Of ze breekt in in een dierentuin. Wat op dat moment maar in oma's hoofd opkomt.

Oma vindt niet dat ze uit het ziekenhuis 'ontsnapt', want het is geen ontsnappen als er geen uitdaging in zit. Zoals een draak of een serie vallen, of in ieder geval een muur en een respectabel soort slotgracht of zo. Elsa's moeder en het verplegend personeel zijn het daar niet helemaal mee eens, mag je wel stellen.

Er komt een verpleegkundige het vertrek binnen die voorzichtig de aandacht van Elsa's moeder trekt en haar een blaadje geeft. Daar schrijft Elsa's moeder iets op, waarna ze het teruggeeft aan de verpleegkundige, die weer weggaat. Oma heeft negen verschillende verpleegkundigen gehad sinds ze is opgenomen. Met zeven wilde ze niet samenwerken en twee wilden niet met haar samenwerken. Een van hen omdat oma zei dat hij een 'lekker kontje' had. Oma beweerde stellig dat het een compliment voor zijn kontje was en niet voor hem, en dat hij er niet zo'n heisa van moest maken. En toen zei Elsa's moeder tegen Elsa dat ze haar oordopjes in moest doen, maar Elsa hoorde nog wel dat ze een hele poos bleven harrewarren over het verschil tussen 'ongewenste intimiteiten' en 'een doodgewoon kontcompliment, mijn hemel!'

Ze maken veel ruzie, Elsa's moeder en oma. Dat doen ze al zolang Elsa zich kan herinneren. Over alles. Want waar oma een disfunctionele superheld is, is Elsa's moeder een hoogst functionele superheld. Hun relatie lijkt wel wat op die van Cyclops en Wolverine in *The X-Men*, denkt Elsa altijd, en dan ervaart ze het soms echt als een gemis dat niemand in haar omgeving begrijpt wat ze daarmee bedoelt. De mensen in Elsa's omgeving lezen echt veel te weinig kwaliteitsliteratuur. 'Kwaliteitsliteratuur' is wat ongeletterde zwamneuzen 'stripverhalen' noemen, en Elsa neemt aan dat ze dit aan iemand die niet thuis is in de kwaliteitsliteratuur ontzettend versimpeld zou uitleggen door te zeggen dat de X-Men superhelden zijn. Maar eigenlijk zijn het mutanten, en er bestaat een zeker academisch verschil, maar om het niet te ingewikkeld te maken en niet van een te hoog niveau uit te gaan zou Elsa het misschien als volgt samenvatten: oma en Elsa's moeder hebben tegenovergestelde superkrachten. Net als dat Spider-Man, een van Elsa's favoriete superhelden, een aartsvijand zou hebben die bijvoorbeeld Glijman heette, wiens superkracht inhield dat hij nog niet eens op een bankje kon klimmen. Maar dan in positieve zin.

Cyclops en Wolverine hebben weliswaar niet per definitie tegengestelde superkrachten, maar als Elsa dit aan iemand moest uitleggen die er niets van begrijpt, zou ze het niet moelijker willen maken dan nodig is.

Als ze er nog eens over nadenkt, is het misschien genoeg om te begrijpen dat haar moeder orde is en oma chaos. Elsa heeft een keer gelezen dat 'chaos de buurman is van God', maar toen zei Elsa's moeder dat er maar één reden was waarom Chaos naast God kwam wonen, namelijk omdat Chaos er niet meer tegen kon om buren met oma te zijn.

Elsa's moeder heeft mappen en agenda's voor alles en haar telefoon speelt elk kwartier voordat ze een vergadering heeft een riedeltje. Elsa's oma schrijft dingen die ze moet onthouden met een paarse stift op de keukenmuur. En niet alleen in haar eigen huis, maar waar ze zich op dat moment maar bevindt. Dat is natuurlijk geen feilloos systeem, aangezien het min of meer veronderstelt dat ze bij die persoon in huis is op het moment dat ze eraan herinnerd moet worden. Maar toen Elsa oma daarop wees, snoof oma: 'Het risico dat ik een keukenmuur kwijtraak is in ieder geval kleiner dan dat jouw moeder dat mallotige telefoontje kwijtraakt!' Maar toen wees Elsa erop dat haar moeder feitelijk nooit iets kwijtraakt. En toen rolde oma met haar ogen en zuchtte: 'Nee, nee, maar jouw moeder is natuurlijk een grote uitzondering. Dit geldt voor... je weet wel... onvolmaakte mensen.'

Volmaaktheid is de superkracht van Elsa's moeder. Ze is niet zo grappig als oma, maar ze weet wel altijd waar Elsa's Griffoendorsjaal is. 'Iets is pas echt weg als je moeder het niet meer kan vinden,' fluistert Elsa's moeder altijd in Elsa's oor wanneer ze de sjaal om haar hals knoopt.

Ze is een baas, de moeder van Elsa. 'Niet alleen in haar werk, maar ook in haar manier van leven,' zegt oma altijd snuivend. Elsa's moeder is zogezegd niet iemand met wie je meegaat, maar iemand die je volgt. Elsa's oma is meer iemand voor wie je wegduikt en die je liever helemaal niet volgt, en ze heeft in haar hele leven nog nooit een sjaal gevonden.

Oma houdt bovendien niet van bazen en dat is juist in dit ziekenhuis een probleem, aangezien Elsa's moeder hier juist extra de baas is, omdat ze hier de baas is.

'Je windt je op om niks, Ulrica, mijn hemel!' roept oma door de wc-deur heen, terwijl er een nieuwe verpleegkundige binnenkomt samen met een arts en Elsa's moeder iets op een nieuw blaadje schrijft en iets zegt met getallen.

Mama glimlacht beheerst naar de verpleegkundige en de arts. Ze lachen nerveus terug en gaan weg. Daarna blijft het een hele poos stil in de wc en dan kijkt Elsa's moeder opeens zo ongerust als altijd wanneer het te lang stil is om oma heen. Dan steekt ze haar neus even snuivend in de lucht en rukt de deur open. Oma zit naakt op de wc met haar ene been comfortabel over het andere. Ze wuift nonchalant met de dampende sigaret naar Elsa's moeder.

'Neem me niet kwalijk, zeg! Kun je hier niet eens even rustig naar de wc?'

Elsa's moeder masseert haar slapen en legt haar hand op haar buik. Oma knikt ernstig naar haar en wuift met haar sigaret naar de buik.

'Mijn hemel, Ulrica, rustig aan. Je bent wel zwanger, denk eraan.'

'Misschien moet jij daar ook eens aan denken,' antwoordt Elsa's moeder.

Maar wel beheerst.

'Touché,' mompelt oma en ze inhaleert diep.

Dat is zo'n woord waarvan Elsa weet wat het betekent zonder te weten wat het betekent. Haar moeder schudt langzaam haar hoofd.

'Denk je er wel bij na hoe gevaarlijk het is voor Elsa en het nieuwe kind?' vraagt ze, wijzend naar de sigaret.

Oma rolt met haar ogen.

'Stel je niet zo aan! De mensen hebben door de hele geschiedenis heen gerookt en toch uitstekende kinderen gebaard. Jouw generatie is de enige die niet begrijpt dat de mensheid al miljoenen jaren overleeft zonder allergietests en dat soort onzin voordat jullie hier waren en het idee kregen dat jullie bijzonder waren. Dacht je soms dat we mammoethuiden op negentig graden wasten in de machine voordat we er pasgeborenen in wikkelden toen we nog in grotten woonden?'

Elsa houdt haar hoofd schuin.

'Waren er in die tijd wel sigaretten?'

Oma kreunt.

'Begin jij nu ook al?'

Mama houdt haar hand op haar buik. Elsa weet niet of ze dat doet omdat Halfje daarbinnen schopt of omdat ze haar handen voor zijn of haar oren wil houden. Haar moeder is de moeder van Halfje, en George is de vader, dus Halfje is Elsa's halfzusje of -broertje. Dat wordt hij of zij in ieder geval. Maar het wordt een heel mens, alleen een halfbroer of -zus, hebben ze Elsa verzekerd. Het duurde een paar verwarrende dagen voordat ze het verschil begreep. 'Voor iemand die zo slim is als jij ben je soms heel erg niet slim,' riep oma uit toen Elsa haar ernaar vroeg. En daarna hadden ze bijna drie uur lang ruzie. Het was bijna een nieuw persoonlijk ruzierecord voor hen.

'Ik wilde haar alleen de apen laten zien, Ulrica,' mompelt oma ten slotte iets zachter, en ze dooft haar sigaret in het fonteintje.

'Ik kan er niet meer...' antwoordt Elsa's moeder gelaten, maar beheerst, ze loopt de gang in en schrijft nog iets op een paar blaadjes met cijfers.

Oma wilde Elsa echt alleen de apen laten zien, dat gedeelte van het verhaal is waar. Ze hadden vannacht met elkaar gebeld, Elsa thuis en oma in het ziekenhuis, en toen waren ze gaan harrewarren over de vraag of er al dan niet een speciale soort aap bestond die staande sliep. Oma had natuurlijk ongelijk, want het stond op Wikipedia en alles, maar toen had Elsa dat verteld van die sjaal op school en toen had oma besloten dat ze naar de dierentuin moesten om naar de apen te kijken, zodat Elsa haar zinnen kon verzetten. Elsa glipte de deur uit, terwijl haar moeder en George sliepen. Toen oma over het hek van de dierentuin wilde klimmen, kwam er een nachtwaker aan en daarna kwam er een agent en toen gooide oma met modder naar hen. Maar ze dachten dat het poep was. Vooral omdat oma schreeuwde: 'DIT IS POEP!!'

Mama verdwijnt naar de gang wanneer ze wordt gebeld. Haar telefoon rinkelt continu. Elsa gaat op oma's bed zitten, oma trekt een nachthemd aan en gaat grijnzend tegenover haar zitten. Daarna spelen ze Monopoly. Oma steelt geld van de bank en wanneer Elsa haar betrapt, jat oma de auto en vlucht naar Station Oost en probeert de stad uit te komen.

Daarna komt Elsa's moeder de kamer weer in. Ze ziet er moe uit en zegt tegen Elsa dat ze nu naar huis gaan, want oma moet rusten. Dan geeft Elsa oma een hele dikke knuffel.

'Wanneer mag je naar huis?' vraagt Elsa.

'Ik denk morgen!' zegt oma opgewekt.

Want dat zegt ze altijd. Daarna strijkt ze Elsa's haar uit haar ogen en wanneer mama de gang weer in verdwijnt, kijkt oma opeens ernstig en zegt in de geheime taal tegen Elsa: 'Ik heb een belangrijke opdracht voor je.'

Elsa knikt, want oma geeft haar altijd opdrachten in de geheime taal die alleen iemand die in Bijna-Wakkerland is geweest kan spreken, en die voert Elsa altijd uit. Want dat doen ridders van Miama. Hun plicht. Ze kopen alleen geen sigaretten en braden geen vlees, daar trekt Elsa de grens. Want dat is smerig. Ook ridders hebben principes.

Oma reikt met haar hand naast het bed en tilt een grote plastic tas van de vloer. Er zit geen vlees in en ook geen sigaretten, maar snoep.

'Je moet chocola brengen naar Vriend.'

Het duurt een paar seconden voordat Elsa begrijpt welke vriend ze precies bedoelt. En wanneer ze het begrijpt, staart ze oma verbijsterd aan.

'Ben je niet goed bij je hoofd? Wil je me dood hebben?'

Oma rolt met haar ogen.

'Stel je niet aan. Wou je zeggen dat een ridder van Miama zijn opdracht niet durft uit te voeren?'

Elsa kijkt haar beledigd aan.

'Lekker volwassen om daarmee te dreigen.'

'Lekker volwassen om "volwassen" te zeggen,' zegt oma grijnzend.

Elsa trekt de plastic tas naar zich toe. Die zit vol met ritselende zakjes Daim. Oma wijst.

'Het is belangrijk dat je overal de papiertjes af haalt. Anders wordt hij stikchagrijnig.'

Elsa tuurt bokkig in de tas.

'Wat moet ik dan zeggen? Hij weet niet eens wie ik ben!'

Oma haalt zo luid haar neus op dat het klink alsof ze snuit.

'Natuurlijk weet hij dat! God nog aan toe. Zeg maar gewoon: de groeten van mijn oma, het spijt haar.'

Elsa trekt haar wenkbrauwen op.

'Wat spijt haar?'

'Dat ik hem al een paar dagen geen snoep meer heb bezorgd,' antwoordt oma, alsof het de gewoonste zaak van de wereld is.

Elsa kijkt weer in de tas.

'Het is vet onverantwoordelijk om je enige kleinkind op zo'n opdracht uit te sturen, oma. Hij kan me wel vermoorden.'

'Stel je niet aan,' zegt oma.

'Je bent zelf een aansteller,' snauwt Elsa.

Oma grijnst. Want dat doet ze altijd. Uiteindelijk grijnst Elsa zelf ook. Want dat doet ze altijd. Oma dempt haar stem.

'Je moet de chocolaatjes stiekem aan Vriend geven. Zorg dat Britt-Marie het niet ziet. Wacht totdat ze morgenavond die bewonersvergadering hebben en sluip dan naar hem toe.'

Elsa knikt. Ook al is ze erg bang voor Vriend en ook al vindt ze nog steeds dat het vet onverantwoordelijk is om je enige kleinkind op levensgevaarlijke Daim-opdrachten uit te sturen. Maar oma houdt Elsa's wijsvingers stevig in haar handen, zoals ze altijd doet, en het is moeilijk om bang te zijn wanneer iemand dat doet. Ze knuffelen nog eens.

'Tot ziens, o trotse ridder van Miama,' fluistert oma in haar oor.

Want oma zegt nooit 'dag'. Alleen 'tot ziens'.

Wanneer Elsa in de hal haar jas aantrekt, hoort ze haar moeder en oma praten over de 'behandeling'. En dan zegt haar moeder tegen Elsa dat ze haar oordopjes moet indoen. En dat doet Elsa. Ze wilde vorige kerst graag oordopjes en had erop gehamerd dat oma en mama allebei de helft moesten betalen. Want dat was eerlijk.

En wanneer mama en oma ruzie krijgen, doet Elsa haar oordopjes in, zet de muziek hard en doet net of mama en oma acteurs zijn in een stomme film. Elsa is het soort kind dat al vroeg in het leven heeft geleerd dat het leven makkelijker wordt als je je eigen soundtrack mag kiezen.

Het laatste wat ze hoort is dat oma vraagt wanneer ze Renault bij de politie mag ophalen. Renault is oma's auto, oma zegt dat ze die met pokeren heeft gewonnen. Het is natuurlijk eigenlijk 'een Renault', maar Elsa heeft toen ze klein was geleerd dat de auto Renault heette, voordat ze begreep dat het niet de enige auto was die zo heette. Dus ze gebruikt het nog steeds als naam. Want het is een heel toepasselijke naam, omdat die klinkt als een oud Frans mannetje dat hoest en oma's Renault is oud, roestig en Frans, en wanneer je schakelt klinkt het net alsof er zware balkonmeubels over beton worden verschoven. Dat weet Elsa, omdat oma soms onder het rijden in Renault rookt en kebab eet, zodat ze met haar knieën moet sturen, en dan trapt ze de koppeling in en schreeuwt 'NU!' en dan moet Elsa schakelen.

Dat mist Elsa.

Elsa's moeder zegt tegen oma dat ze Renault niet mag halen. Dan zegt oma boos dat het feitelijk oma's auto is, en dan antwoordt Elsa's moeder iets in de trant van dat je helemaal geen auto mag rijden zonder rijbewijs. En dan noemt oma mama 'jongedame' en vertelt dat ze in zes landen een rijbewijs heeft. Waarop mama beheerst vraagt of een van die landen toevallig ook het land is waarin ze wonen. Waarop oma een poosje mokkend zwijgt, terwijl een verpleegkundige bloed afneemt.

Elsa gaat bij de lift staan wachten, want ze houdt niet zo van spuiten, ongeacht of het haar eigen arm of die van haar oma is waar ze in gezet worden. Ze zit op een stoel *Harry Potter en de Orde van de Feniks* te lezen op haar iPad. Voor de twaalfde keer of zo. Ze vindt dit het minst leuke Harry Potterboek, vandaar dat ze het niet vaker heeft gelezen.

Pas wanneer haar moeder naar buiten komt om haar te halen en samen naar de garage te gaan, ontdekt Elsa dat ze haar Griffoendorsjaal in de hal voor oma's kamer heeft laten liggen. Dus ze rent terug.

Oma zit op de rand van het bed met haar rug naar de deur. Ze is aan het bellen en ziet Elsa niet. Elsa begrijpt dat ze met haar notaris in gesprek is, want oma geeft hem instructies over welk soort bier ze de volgende keer wil hebben wanneer hij weer naar het ziekenhuis komt. Elsa weet dat de notaris bier naar binnen smokkelt in grote naslagwerken waarvan oma zegt dat ze die nodig heeft voor haar 'onderzoek', maar die vanbinnen uitgehold zijn, met vakken voor flesjes bier. Elsa pakt de sjaal van de kapstok en wil net naar oma roepen wanneer ze haar stem dikker hoort worden: 'Ze is mijn kleinkind, Marcel. De hemel zegene haar kleine koppie. Ik heb nog nooit zo'n slim meisje ontmoet. De verantwoordelijkheid moet bij haar komen te liggen. Zij is de enige die het juiste besluit kan nemen.'

Het is even stil. Dan gaat oma kordaat verder: 'Ik weet dat ze nog maar een kind is, Marcel! Maar ze is verdorie slimmer dan al die andere malloten bij elkaar! En het is mijn testament, en jij bent mijn notaris. Je moet gewoon doen wat ik zeg!'

Elsa staat met ingehouden adem in de hal. Wanneer oma zegt: 'Omdat ik haar dat nog niet wíl vertellen, Marcel! Omdat alle zevenjarigen een superheld nodig hebben!' Dan draait Elsa zich om en sluipt geruisloos de deur uit met haar Griffoendorsjaal nat van tranen.

Het laatste wat ze oma aan de telefoon hoort zeggen is: 'Ik wil niet dat Elsa weet dat ik doodga, omdat alle zevenjarigen een superheld nodig hebben, Marcel. Alle zevenjarigen verdienen een superheld met superkrachten, waaronder een die inhoudt dat de held geen kanker kan krijgen.'

3

Koffie

Er is iets bijzonders aan de hand met het huis van een oma. Je onthoudt altijd hoe het er ruikt.

Dit is natuurlijk een gewone flat. Al met al. Een flat van vier verdiepingen met negen appartementen die naar oma ruikt. En naar koffie, natuurlijk, het ruikt er bijna altijd naar koffie. Er hangen duidelijke gedragsregels in de wasruimte onder het kopje 'Om het voor iedereen leuk te houden', waar 'leuk' dubbel is onderstreept, en verder heb je een lift die altijd kapot is, een binnenplaats met verschillende recycle-afvalbakken, een dronkenlap, een vechthond en een oma.

Een gewone flat. Al met al.

Oma woont op de bovenste verdieping. In het appartement tegenover haar wonen Elsa's moeder, Elsa en George. George woont samen met Elsa's moeder en dat is niet zo gemakkelijk, want het betekent dat hij oma als buurvrouw heeft. George heeft een baard en een reuzeklein petje en gaat graag hardlopen met een korte broek over zijn sportbroek en hij houdt van Engels koken. Hij zegt 'pork' in plaats van 'varkensvlees' wanneer hij recepten voorleest en oma zegt dat hij geluk heeft dat hij knap is, 'want hij is zo traag als een klemmende staldeur'. Ze zegt nooit 'George', maar altijd 'soephoofd'. Het ergert mama wezenloos wanneer ze dat doet, maar Elsa weet dat oma dat niet doet om mama te ergeren. Ze doet het alleen om Elsa te laten weten dat ze aan haar kant staat, wat er ook gebeurt.

Want dat doe je wanneer je oma bent en wanneer de ouders van je kleinkind scheiden en een nieuwe partner krijgen en opeens vertellen dat het kleinkind een halfbroertje of -zusje krijgt. Je staat aan de kant van je kleinkind. Altijd. Wat er ook gebeurt. Dus dat het mama wezenloos ergert, beschouwt oma feitelijk puur als een bonus.

Elsa's moeder en George hebben niet laten uitzoeken of Halfje een jongen of een meisje is. Ook al kan dat wel. Het is vooral belangrijk voor George om het niet te weten. Hij heeft het de hele tijd over 'hij of zij' en wil het kind niet in een traditioneel rollenpatroon opsluiten. De eerste keer dat hij dat zei dacht Elsa dat hij 'traditioneel trollenpatroon' zei. Het was een erg verwarrende middag voor alle betrokkenen.

Halfje gaat Elvir of Elvira heten, hebben Elsa's moeder en George besloten. Toen Elsa dat aan oma vertelde, riep oma uit: 'ELV-ir?'

'Dat is de jongensvorm van Elvira,' had Elsa uitgelegd, en toen had oma haar hoofd geschud en snuivend gevraagd: 'Elvir? Denken ze dat het kind Frodo moet helpen de ring naar Mordor te brengen of zo?' Want toen had oma net samen met Elsa alle *The Lord of the Rings*-films bekeken, omdat Elsa's moeder specifiek had gezegd dat Elsa die niet mocht zien.

Elsa weet natuurlijk dat oma eigenlijk niets tegen Halfje heeft. Of tegen George. Ze zegt dat alleen omdat ze oma is, en oma staat aan Elsa's kant, wat er ook gebeurt. Zelfs na die keer dat Elsa aan oma vertelde dat ze George haat. Dat ze zelfs Halfje af en toe haat. En het is ontzettend moeilijk om niet van een oma te houden die jou zoiets vreselijks hoort zeggen en daarna toch aan jouw kant staat.

Oma's appartement is precies hetzelfde als dat van mama, maar veel rommeliger. Want mama's appartement is net als mama en oma's appartement net als oma. En mama houdt van opruimen en oma van opruien.

In het appartement onder oma wonen Britt-Marie en Kent. Ze vinden het erg fijn om dingen te hebben, en Kent vertelt altijd wat alles kost. Kent is bijna nooit thuis, want hij is 'entrepreneur'. Of 'Kentrepreneur' zoals hij zelf altijd zegt tegen mensen die hij niet kent, en dan lacht hij luid. En als die mensen niet meteen lachen, zegt Kent het nog eens, iets harder. Alsof dat het probleem was.

Oma zegt dat Kent een enorme dombo is en dat het woord 'entrepreneur' eigenlijk uit Bijna-Wakkerland komt, waar iemand 'werkt buiten de deur' verkeerd had verstaan, wat een aanduiding is voor zwervers in Miama. Elsa kan niet zo een-twee-drie zeggen of dat waar is of niet, maar Britt-Marie is in ieder geval bijna altijd thuis, dus Elsa neemt aan dat zij geen entrepreneur is. Oma zegt dat ze een 'fulltime zeurkous' is. Britt-Marie en oma kunnen niet heel goed met elkaar overweg. 'Die vrouw heeft krassen op haar ziel,' zegt oma altijd, want Britt-Marie kijkt altijd alsof ze net de verkeerde bonbon uit de doos in haar mond heeft gestopt. De briefjes waar 'Om het voor iedereen leuk te houden' boven staat, heeft zij in het washok opgehangen. Het leuk houden is heel belangrijk voor Britt-Marie, ook al hebben zij en Kent als enigen in de flat zelf een wasmachine en een droger in hun appartement. Een keer toen George had gewassen, kwam Britt-Marie bij hen aanbellen en vroeg of ze Elsa's moeder mocht spreken. Ze had een bolletje blauw pluis meegenomen uit het filter van de wasdroger, en dat liet ze aan Elsa's moeder zien alsof het een vogeltje was dat net uit het ei was gekropen en ze zei: 'Ik geloof dat je dit bent vergeten bij het wassen, Ulricka!' En toen George uitlegde dat hij de was deed, keek Britt-Marie hem aan met een glimlach die er helemaal niet gemeend uitzag. Vervolgens zei ze 'Wat modern', glimlachte enorm goedwillend naar Elsa's moeder, overhandigde haar het pluis en zei: 'Om het voor iedereen léúk te houden maken we binnen deze vereniging van eigenaren allemaal het filter van de wasdroger schoon, Ulricka!'

Er is natuurlijk nog geen vereniging van eigenaren. Maar die komt er wel, daar wijst Britt-Marie maar al te graag op, daar zullen zij en Kent wel voor zorgen. En binnen de vereniging van eigenaren van Britt-Marie zijn regels belangrijk. Daarom is ze de aartsvijand van oma. Elsa weet wat 'aartsvijand' betekent, want dat weet je wanneer je kwaliteitsliteratuur leest.

In het appartement tegenover Britt-Marie en Kent woont de vrouw in de zwarte rok. Maar die zie je bijna nooit, alleen op het traject tussen haar appartement en de voordeur dat ze 's ochtend vroeg en 's avonds laat heel snel aflegt. Ze draagt altijd schoenen met hoge hakken, een platte aktetas en een perfect gestreken zwarte rok en ze praat extreem hard in een kabeltje in haar oor. Ze groet nooit en glimlacht ook nooit. Oma zegt dat die rok zo goed gestreken is omdat je het, als je die stof was, wel uit je hoofd zou laten om kreukelig te worden.

Onder Britt-Marie en Kent wonen Lennart en Maud. Lennart drinkt minstens twintig koppen koffie per dag, maar kijkt toch altijd net alsof hij iets heeft gewonnen wanneer er verse wordt gezet. Hij is de op een na vriendelijkste mens van de wereld, en hij is getrouwd met Maud. Maud is de vriendelijkste mens van de wereld en ze heeft altijd net koekjes gebakken. Ze wonen samen met Samantha, die bijna continu slaapt. Samantha is een bichon frisé, maar Lennart en Maud praten met haar alsof ze dat niet is. Wanneer Lennart en Maud koffiedrinken waar Samantha bij is, noemen ze het geen 'koffie' maar 'volwassenendrankje'. Oma zegt dat ze zo gek zijn als een deur, die twee, maar Elsa vindt dat dat niet uitmaakt bij mensen die zo aardig zijn als zij. Bij hen kun je altijd om dromen en knuffels komen. Dromen zijn een soort koekjes. Knuffels zijn gewoon knuffels.

Tegenover Lennart en Maud woont Alf. Hij is taxichauffeur en hult zich altijd in een leren jack en een slecht humeur. De zolen van zijn schoenen zijn zo dun als vetvrij papier, want hij tilt zijn voeten niet op wanneer hij loopt. Oma zegt dat dat komt omdat hij het laagste zwaartepunt heeft van het hele universum.

In het appartement onder dat van Lennart en Maud wonen de jongen met syndroom en zijn moeder. De jongen met syndroom is een jaar en een paar maanden jonger dan Elsa en hij praat nooit. Zijn moeder raakt aldoor dingen kwijt, het lijkt wel of ze uit haar zakken vallen, zoals bij schurken in een tekenfilm die worden gefouilleerd, waarbij de stapel spullen uit de zakken nog hoger wordt dan de schurk. Maar de vrouw en de jongen met syndroom hebben heel vriendelijke ogen en zelfs oma lijkt geen hekel aan hen te hebben.

In het appartement naast het hunne, aan de andere kant van de lift die het nooit doet, woont het Monster. Elsa weet niet hoe het echt heet, maar ze noemt het 'het Monster', want iedereen is er bang voor. En dan bedoelt ze ook echt iedereen. Zelfs de moeder van Elsa, die voor niets ter wereld bang is, geeft Elsa een zacht duwtje in de rug wanneer ze voor het appartement van het Monster langs lopen. Niemand ziet het Monster ooit, want het komt overdag nooit buiten, maar op bewonersvergaderingen zegt Kent altijd dat 'zoiets niet los zou mogen rondlopen! Maar dat krijg je door dat geteut met psychiatrische zorg in plaats van dat mensen in de gevangenis worden gezet in dit verdomde land!' Britt-Marie heeft een brief geschreven aan de eigenaren van de flat om te eisen dat het Monster uit zijn huis wordt gezet, omdat ze ervan overtuigd is dat het Monster andere gebruikers aantrekt. Elsa weet niet precies wat dat betekent. Ze weet niet helemaal zeker of Britt-Marie het wel weet. Maar ze weet dat zelfs oma een eigenaardige uitdrukking in haar ogen kreeg toen Elsa een keer naar het Monster vroeg, en op zachte toon zei dat je 'bepaalde dingen met rust moest laten'. Elsa's oma heeft gevochten in de Oorlog-zonder-Einde, de oorlog tegen de schaduwen in Bijna-Wakkerland. Dus oma heeft de vreselijkste wezens ontmoet die in tienduizend sprookjeseeuwigheden bij elkaar zijn gedroomd.

Ja, zo meet je de tijd dus in Bijna-Wakkerland, in eeuwigheden. Dit is natuurlijk een zogenaamd 'zijspoor', maar er zijn dus geen klokken in Bijna-Wakkerland, dus je meet de tijd op je gevoel. Als het voelt als een kleine eeuwigheid, dan zeg je dat het 'één voor-eeuwig' is. En als het voelt als ongeveer twee dozijn voor-eeuwigs of zo, dan is het een hele eeuwigheid. En het enige wat langer aanvoelt dan een hele eeuwigheid is een sprookjeseeuwigheid, want een sprookjes-eeuwigheid is een hele eeuwigheids eeuwigheid. En het allerlangste wat er bestaat in een eeuwigheid is tienduizend sprookjeseeuwigheden. Dat is het grootste getal dat bestaat in Bijna-Wakkerland.

Maar laten we bij het onderwerp blijven: op de begane grond in de flat waar al deze mensen wonen is een gemeenschapsruimte. Daar wordt één keer per maand een bewonersvergadering gehouden. Dat is wel iets vaker dan in gewone flats, maar de appartementen in deze flat zijn huurappartementen en Britt-Marie en Kent willen heel graag dat iedereen in de flat 'door een democratisch proces' van de eigenaren van de flat eisen dat die de flat verkopen aan de bewoners, zodat de flats in het gebouw koopflats worden. En dan moet je bewonersvergaderingen hebben. Omdat niemand anders in de flat een koopflat wil hebben. Het democratische deel is het deel van het democratische proces dat Kent en Britt-Marie het minst bevalt, zou je kunnen stellen.

En de vergaderingen op zich zijn natuurlijk altijd dodelijk saai. Eerst harrewart iedereen twee uur lang over waar ze de vorige vergadering over hebben geharreward, en dan pakt iedereen zijn agenda en harrewarren ze over de datum van de volgende vergadering, en dan is de vergadering afgelopen. Maar Elsa gaat er vandaag toch heen, want ze moet weten wanneer het geharrewar begint, zodat niemand het merkt wanneer ze wegglipt.

Kent is er nog niet, want Kent komt altijd te laat. Alf is er ook nog niet, want hij komt altijd precies op tijd. Maar Maud en Lennart zitten aan de grote tafel en Britt-Marie en Elsa's moeder staan in het keukentje over koffie te praten. Samantha ligt op de vloer te slapen. Maud schuift een grote trommel dromen Elsa's kant op. Lennart zit naast haar op koffie te wachten. Intussen drinkt hij koffie uit zijn meegebrachte thermosfles. Het is belangrijk voor Lennart om altijd tussendoorkoffie te hebben tijdens het wachten op de echte koffie.

Britt-Marie staat bij het aanrecht in het keukentje met haar handen gefrustreerd gevouwen voor haar buik en kijkt Elsa's moeder nerveus aan. Elsa's moeder zet koffie. Daar wordt Britt-Marie zenuwachtig van, omdat ze liever op Kent wil wachten. Britt-Marie wil altijd liever op Kent wachten. Maar Elsa's moeder is niet zo van het wachten, ze is meer van het heft in handen nemen, dus ze zet koffie. Britt-Marie begint nauwgezet onzichtbare kruimels van het aanrecht te vegen met haar hand. Bijna altijd liggen overal onzichtbare kruimels die Britt-Marie moet wegvegen. Ze glimlacht Elsa's moeder goedwillend toe.

'Lukt het met de koffie, Ulricka?'

Britt-Marie zegt altijd 'Ulricka' tegen Elsa's moeder, omdat ze een keer heeft gehoord dat haar moeder haar naam met een c spelt in plaats van met een k. En toen heeft Britt-Marie besloten dat de naam als 'Ulricka' moet worden uitgesproken. Ook al heeft Ulrica al een paar keer uitgelegd dat het 'Ulrica' moet zijn.

'Ja, hoor,' antwoordt mama kortaf.

'Zullen we niet toch nog even op Kent wachten?' dringt Britt-Marie met de beste bedoelingen aan.

'We kunnen echt wel koffiezetten zonder Kent,' antwoordt Elsa's moeder beheerst.

Britt-Marie vouwt haar handen weer voor haar buik en glimlacht.

'Ja, ja, je doet maar wat jou goeddunkt, Ulricka. Dat doe je natuurlijk toch wel.'

Mama ziet eruit alsof ze tot een getal van drie cijfers telt en gaat door met het afmeten van de koffie.

'Het is maar koffie, Britt-Marie.'

Britt-Marie knikt begrijpend en klopt onzichtbaar stof van haar rok. Er zit altijd onzichtbaar stof op de rok van Britt-Marie dat enkel Britt-Marie kan zien en dat afgeklopt moet worden.

'Kent zet altijd heerlijke koffie. Iedereen vindt Kents koffie altijd heerlijk,' zegt ze.

Maud zit met een bezorgd gezicht aan tafel. Want Maud houdt niet van conflicten. Daarom bakt ze zoveel koekjes, want met koekjes erbij is het veel moeilijker om conflicten te hebben. Ze geeft Elsa een por in de zij en fluistert dat ze een droom moet pakken. Elsa neemt er twee. Intussen zegt mama vriendelijk tegen Britt-Marie dat koffiezetten toch ook niet zo moeilijk is, en dan antwoordt Britt-Marie: 'Nee, nee, de vrouwen uit jouw familie vinden natuurlijk nooit iets moeilijk, natuurlijk niet!' En dan glimlacht mama. En dan glimlacht Britt-Marie. Hoewel ze innerlijk niet echt lijken te lachen.

Elsa's moeder haalt diep adem en meet nog wat koffie af en Britt-Marie klopt onzichtbaar stof van haar rok en zegt tussen neus en lippen door: 'Maar wat leuk dat jij en kleine Elsa vandaag allebei hier zijn, wat gezellig, dat vinden we allemaal.'

Er komt een beheerst 'mmm' van Elsa's moeder. Er gaat nog wat koffie in het apparaat. Er wordt nog wat onzichtbaar stof afgeklopt. Dan zegt Britt-Marie: 'Ja, verder kun je natuurlijk weinig tijd maken voor kleine Elsa. Dat begrijpen we natuurlijk wel, Ulricka, met je ambities en je carrière.'

En wanneer Elsa's moeder nog een schepje koffie pakt, zie je haar bijna fantaseren hoe het zou zijn die in Britt-Maries gezicht te smijten. Op een beheerste manier. Britt-Marie gaat bij het raam staan, verschuift een plant en zegt alsof ze hardop denkt: 'En je partner is thuis, begrijp ik. Om de huishouding te doen.' En dan zegt Elsa's moeder: 'George is in het washok', en geeft een vrij harde, maar toch beheerste klap op de knop van het koffiezetapparaat.

Britt-Marie knikt: 'Zo zeg je dat toch? Pártner? Dat is heel modern, dat heb ik wel begrepen.' En ze glimlacht weer. Goedwillend. Vervolgens klopt ze onzichtbaar stof van haar rok en voegt eraan toe: 'Niet dat daar iets mis mee is, natuurlijk.'

Elsa's moeder glimlacht beheerst en zegt: 'Wil je daar nog iets speciaals mee zeggen, Britt-Marie?' En dan kijkt Britt-Marie overrompeld op alsof ze volkomen geschokt is dat ze zo verkeerd begrepen wordt, en ze roept meteen uit: 'Natuurlijk niet, Ulricka! Natuurlijk niet! Ik bedoelde er niets mee, helemaal niets.'

Wanneer Britt-Marie nerveus wordt of boos of allebei, zegt ze alles altijd dubbel. Elsa herinnert zich die keer dat oma en zij naar Ikea waren geweest om dikke blauwe wollen dekens te kopen. Die hele middag zat oma ze te kammen en alles wat op de grond belandde stopte ze in een zak. Daarna moest Elsa in het trappenhuis op wacht staan met een zaklamp, terwijl oma het washok binnenstapte en de hele zak in de wasdroger leegde.

Britt-Marie zei weken daarna alles dubbel.

Alf komt binnen, gekleed in een knarsend leren jack met het taxilogo op zijn borst en in een heel slecht humeur. Hij heeft een krant in zijn hand. Kijkt op zijn horloge. Het is precies zeven uur.

'"Zeven uur" stond er op het briefje,' bromt hij tegen niemand in het bijzonder.

'Kent komt wat later,' zegt Britt-Marie glimlachend. Ze vouwt haar handen voor haar buik.

'Hij heeft een belangrijke concernvergadering met Duitsland,' verklaart ze, alsof Kent met het hele land vergadert.

Een kwartier later komt Kent het vertrek binnenstormen met zijn colbertje als een mantel om zich heen wapperend. Hij schreeuwt: 'Yez, Klaus! Yez! We wil dizcuzz it at ze meeting in Frankfurt!' in zijn telefoon. Alf kijkt op van zijn krant, tikt op zijn horloge en mompelt: 'Ik hoop dat het geen probleem voor je is dat wij hier allemaal op tijd waren.' Kent negeert hem, richt zich tot Lennart en Maud en slaat zijn handen verheugd ineen. 'Zullen we de vergadering dan maar openen? Anders schiet het ook niet op!' En dan draait hij zich snel om naar Elsa's moeder en wijst grijnzend naar haar buik: 'Maar bij jou schiet het wel op!' Wanneer Elsa's moeder niet meteen lacht, wijst Kent opnieuw naar haar buik en zegt nogmaals: 'Bij jou schiet het wel op!' Iets harder ditmaal, alsof dat het probleem was.

Maud deelt koekjes uit. Elsa's moeder schenkt koffie in. Kent neemt een slok, veert op en zegt hijgend: 'Oei, wat sterk!' Alf drinkt zijn kopje in één teug leeg en mompelt: 'Precies goed!' Britt-Marie neemt een piepklein slokje en zet het kopje in haar handpalm, glimlacht goedwillend en doet ook een duit in het zakje. 'Ik vind het ook wel een beetje aan de sterke kant.' Daarna werpt ze een steelse blik op Elsa's moeder en voegt eraan toe: 'En jij drinkt koffie, Ulricka, terwijl je zwanger bent.' En voordat Elsa's moeder kan antwoorden, verontschuldigt Britt-Marie zich meteen: 'Niet dat daar iets mis mee is, uiteraard. Uiteraard niet!'

Daarna verklaart Kent de vergadering voor geopend en dan harrewart iedereen twee uur lang over waar ze de vorige vergadering over hebben geharreward.

En dat is het moment waarop Elsa ongemerkt wegglipt.

De gemeenschapsruimte zit op de begane grond, vlak bij de voordeur, naast de keldertrap die naar de bergruimtes, de garage en het washok leidt. Elsa hoort George beneden. Ze sluipt de halve trap naar de eerste verdieping op. Ze gluurt naar de deur van het Monster, maar kalmeert zichzelf door te bedenken dat het nog licht is buiten.

Dan kijkt ze naar de deur van het appartement naast het Monster, waar geen naam op de brievenbus staat. Daar woont Vriend. Elsa staat er twee meter vanaf en houdt haar adem in want ze is bang dat hij door de deur heen zal breken en haar naar de keel zal vliegen als ze te dichtbij komt. Oma is de enige die Vriend 'Vriend' noemt. Alle anderen noemen hem 'de vechthond'. Vooral Britt-Marie.

Elsa weet natuurlijk niet precies hoe het met dat vechten van hem zit, maar ze heeft in haar leven nog nooit zo'n grote hond gezien. Wanneer je die hoort blaffen achter de houten deur voelt dat alsof iemand een fitnessbal tegen je buik gooit.

Ze heeft hem natuurlijk maar één keer gezien, bij oma in huis een paar dagen voordat oma ziek werd. Maar ze kan zich niet voorstellen dat ze door een grotere angst bevangen was geraakt als ze oog in oog had gestaan met een schaduw in Bijna-Wakkerland.

Het was zaterdag en oma en Elsa zouden naar een tentoonstelling over dinosaurussen gaan. Die ochtend had Elsa's moeder zonder te vragen de Griffoendorsjaal in de was gedaan en Elsa een andere sjaal aangepraat. Een groene. Zwadderichgroen. Soms ontbreekt het dat mens ook totaal aan invoelend vermogen, denkt Elsa en ze wordt weer boos als ze eraan denkt.

Vriend had op oma's bed gelegen, als een sfinx voor een piramide. Elsa stond verlamd van angst in de hal te staren naar de gigantische zwarte kop en naar de ogen die zo donker waren dat je moeilijk voor de vuist weg kon zeggen of het ogen waren en niet gewoon kraters in de schedel van het beest. Het grootste van wat dan ook wat Elsa ooit had gezien.

Oma zelf was natuurlijk uit de keuken gekomen en had haar jas aangetrokken alsof het de gewoonste zaak van het hele universum was dat het grootste van alles op haar bed lag. 'Wie is... dat?' had Elsa gefluisterd. Oma had doodgemoedereerd een sjekkie gedraaid en volkomen zorgeloos geantwoord: 'Dat is Vriend. Hij doet je niets als jij hem niets doet.' Ze had natuurlijk ontzettend makkelijk praten, had Elsa boos gedacht. Je kon verdorie toch niet weten waar zo'n beest zich over opwond. Elsa is een keer geslagen op school door een van de meisjes die de pik op haar hebben, alleen omdat dat meisje vond dat Elsa een 'lelijke sjaal' had. Dat was het enige wat Elsa haar had gedaan, en toen sloeg ze Elsa. Nu stond Elsa daar, haar gewone sjaal zat in de was en ze had een heel andere sjaal om die haar moeder had uitgezocht, en dan kreeg ze te horen dat dat beest haar niets deed als zij het beest niets deed. Maar Elsa had geen flauw idee welke sjaals dat beest mooi vond en welke niet, dus wat was dat voor informatie om iemand te geven en dan te verwachten dat die een bruikbare overlevingsstrategie zou kunnen uitstippelen? Nou?

Uiteindelijk had Elsa hijgend uitgebracht: 'Dit is niet mijn sjaal! Deze is van mijn moeder! Die heeft geen smaak!' en ze was achteruit naar de deur gelopen.

Vriend had haar alleen maar aangestaard. Dat dacht Elsa in ieder geval, als dat tenminste ogen waren. En daarna had hij zijn tanden laten zien, dat wist Elsa bijna zeker. Maar oma had alleen haar hoofd geschud en iets gemompeld van 'jongens, toch' en met haar ogen gerold naar Vriend. Daarna had ze de sleutels van Renault gezocht en toen waren zij en Elsa naar de dinosaurustentoonstelling gereden. Oma had de deur van de flat wagenwijd open laten staan, herinnerde Elsa zich, en toen ze in Renault zaten en Elsa vroeg wat Vriend bij oma deed, had oma alleen geantwoord: 'Op bezoek.' Toen Elsa vroeg waarom hij zo vaak blafte in zijn appartement, antwoordde oma vrolijk: 'Blaffen? Nee joh, dat doet hij alleen wanneer Britt-Marie langsloopt.' En toen Elsa vroeg waarom, had oma met een grijns van oor tot oor gezegd: 'Dat vindt hij leuk.'

Daarna had Elsa gevraagd bij wie Vriend woonde en toen had oma gezegd: 'Niet iedereen hoeft toch bij iemand te wonen, lieve hemel, ik woon toch ook niet bij iemand?' En hoewel Elsa toen met klem beweerde dat dat wel eens iets te maken zou kúnnen hebben met het feit dat oma geen hónd was, had oma geen verdere uitleg gegeven.

En nu staat Elsa hier in het trappenhuis de papiertjes van Daim-chocolaatjes te halen. Ze gooit het eerste zo snel naar binnen dat de brievenbus kleppert wanneer ze die loslaat. Ze houdt haar adem in en voelt haar hart in haar hele hoofd bonzen. Maar dan schiet haar weer te binnen dat oma heeft gezegd dat ze dit snel moet doen, zodat Britt-Marie geen argwaan krijgt beneden in de bewonersvergadering. Want Britt-Marie háát Vriend. Dus dan probeert Elsa eraan te denken dat ze ondanks alles een ridder van Miama is, en een tikje dapperder doet ze de brievenbus nog eens open.

Ze hoort zijn adem. Het klinkt als een steenlawine in zijn longen. Elsa's hart slaat zo hard dat ze zeker weet dat hij de trillingen door de deur heen moet voelen.

'Sorry namens mijn oma dat ze al zo lang geen snoep meer is komen brengen!' zegt ze waakzaam door de brievenbus, ze haalt de papiertjes van de chocolaatjes en laat er vuistenvol van op de vloer vallen.

Ze trekt haar vingers geschrokken terug wanneer ze hem hoort bewegen. Het is een paar seconden stil. Ze hoort het haastige geknars wanneer de chocola verbrijzeld wordt tussen de kaken van Vriend.

'Oma is ziek,' vertelt Elsa terwijl hij eet.

Ze is er zelf niet op voorbereid dat de woorden zo bibberig naar buiten komen. Ze heeft het idee dat Vriend langzamer ademhaalt. Ze gooit nog wat chocolaatjes naar binnen.

'Ze heeft kanker,' fluistert Elsa.

Elsa heeft geen vrienden, dus ze is niet helemaal zeker van de procedure bij dit soort aangelegenheden. Maar als ze vrienden had, zou ze waarschijnlijk willen dat die wisten dat ze kanker had. Ook als ze het grootst van alles waren.

'Ik moest zeggen dat het haar spijt,' fluistert ze het donker in, ze gooit de rest van de chocolaatjes naar binnen en doet de brievenbus voorzichtig dicht.

Ze blijft een poosje naar de deur van Vriend staan kijken. Daarna naar die van het Monster. Als dit wilde beest zich achter de ene deur kan verbergen, dan wil ze niet eens weten wat zich achter de andere verbergt.

Dan loopt ze op een holletje de halve trap af naar de voordeur. George is nog steeds in het washok. In de gemeenschapsruimte is iedereen aan het koffiedrinken en aan het harrewarren.

Want het is een gewone flat.

Al met al.

4

Bier

De ziekenhuiskamer ruikt zoals ziekenhuiskamers ruiken wanneer het buiten twee graden boven nul is en iemand bierflesjes onder het hoofdkussen heeft verstopt en een raam heeft opengezet om de rooklucht weg te krijgen, zodat Elsa's moeder niets in de gaten zal hebben.

Zo te merken is dat niet heel erg geweldig goed gelukt.

Oma en Elsa spelen Monopoly. Oma zegt niets over kanker, om Elsa te ontzien. En Elsa zegt niets over de dood, om oma te ontzien. Want oma praat niet graag over de dood, dat heeft ze nog nooit gewild, zeker niet over die van haarzelf. De dood is oma's aartsvijand. Dus wanneer Elsa's moeder en de artsen de kamer verlaten om op gedempte, ernstige toon te praten in de gang, probeert Elsa niet ongerust te kijken. Dat lukt ook niet heel erg geweldig goed.

Oma grijnst geheimzinnig.

'Heb ik je wel eens verteld van die keer dat ik een baantje regelde voor de draken van Miama?' vraagt ze in de geheime taal.

Het is mooi dat ze een geheime taal hebben in het ziekenhuis, want in een ziekenhuis hebben de muren oren, zegt oma. Vooral wanneer de muren Elsa's moeder als baas hebben.

'Kreun! Jaaa!' verzucht Elsa in de geheime taal.

En dan knikt oma instemmend. En dan vertelt ze het hele verhaal toch. Want nooit heeft iemand oma geleerd hoe je een verhaal níét moet vertellen. En Elsa luistert, want nooit heeft iemand haar geleerd hoe je niet moet luisteren.

Daarom weet ze ook dat 'ditmaal is ze echt te ver gegaan' een van de dingen is die mensen het vaakst over oma zeggen wanneer oma niet in de buurt is. Britt-Marie zegt dat bijvoorbeeld ontzettend vaak. Elsa neemt aan dat oma daarom zoveel van het koninkrijk Miama houdt, want daar kun je niet te ver gaan, omdat het koninkrijk grenzeloos is. En daar wordt niet mee bedoeld wat mensen op tv zeggen wanneer hun wordt gevraagd zichzelf te beschrijven en die dan 'grenzeloos' zeggen en met hun haar zwiepen, maar echt grenzeloos. Aangezien niemand precies weet waar Miama begint of eindigt. Het heeft ermee te maken dat Miama, anders dan de andere vijf koninkrijken van Bijna-Wakkerland, die vooral van stenen en specie gebouwd zijn, volledig uit fantasie is opgetrokken. Het ligt er ook een beetje aan dat de stadsmuur van Miama een opgewonden standje is en op een ochtend zomaar op het idee kan komen een paar kilometer verderop in het bos te gaan staan, omdat hij 'tijd voor zichzelf' nodig heeft. Alleen om de volgende ochtend dubbel zo ver terug te verhuizen de stad in, omdat hij heeft besloten een draak of een trol of zo in te metselen op wie de muur om de een of andere reden boos is. Meestal omdat de draak of de trol de hele nacht jenever heeft zitten drinken en tegen de muur heeft geplast terwijl die sliep.

Er zijn namelijk nogal wat trollen en draken in Miama, meer dan in een van de andere vijf koninkrijken van Bijna-Wakkerland, aangezien sprookjes het voornaamste exportartikel van Miama zijn. Dat weten de mensen in de echte wereld over het algemeen niet, aangezien mensen in de echte wereld over het algemeen zwamneuzen zijn, maar trollen en draken hebben in Miama goede kansen op een baan, aangezien alle sprookjes een schurk nodig hebben. 'Zo is het natuurlijk niet altijd geweest,' vertelt oma altijd nogal zelfingenomen aan Elsa. En dan kreunt Elsa altijd: 'Dat heb je al verteld' en dan vertelt oma het altijd toch nog eens. Want er was een tijd waarin vooral draken bijna helemaal vergeten waren door de sprookjesvertellers van Miama. Vooral de wat oudere hadden het ongelooflijk moeilijk op de arbeidsmarkt, legt oma altijd aan Elsa uit, terwijl Elsa met haar ogen rolt. 'Voor draken van middelbare leeftijd werden gewoon geen goede rollen meer geschreven,' zegt oma altijd, en dan laat ze een dramatische stilte vallen. Vervolgens voegt ze eraan toe: 'Die wérden niet meer geschreven!' Daarna komt ze weer met het hele verhaal op de proppen over hoe de draken gewoon te veel overlast begonnen te veroorzaken toen ze werkeloos rondhingen en hele dagen niets te doen hadden, dat ze jenever dronken, sigaren rookten en ruzie kregen met de stadsmuur. Dus uiteindelijk smeekten de mensen van Miama Elsa's oma om hen te helpen met een concrete arbeidsmarktmaatregel. En toen kwam oma op het idee om draken schatten te laten bewaken aan het eind van sprookjes.

Tot dat moment was het echt een heel groot verteltechnisch probleem geweest dat de helden in sprookjes op zoek waren naar een schat, en wanneer ze die eenmaal vonden diep in een grot, gingen ze gewoon naar binnen om hem op te halen. Doodgemoedereerd. Geen epische slotgevechten of dramatische hoogtepunten of niks. 'Daar kwamen compleet waardeloze computerspelletjes van,' zegt oma altijd, terwijl ze een paar keer knikt om te laten zien dat ze goed geïnformeerd is en om de ernst te onderstrepen. Oma weet dat omdat Elsa haar afgelopen zomer een spel heeft geleerd dat 'World of Warcraft' heet en dat heeft oma wekenlang dag en nacht gespeeld, totdat Elsa's moeder zei dat het 'de verkeerde kant op ging met oma' en oma van haar niet langer bij Elsa op de kamer mocht slapen.

Maar hoe dan ook: toen de sprookjesvertellers het idee van oma hoorden, werd het hele probleem in één middag opgelost. 'En daarom zit er nu in alle sprookjes een draak aan het eind! Dat is mijn verdienste!' grinnikt oma. Zoals altijd.

Ze heeft voor iedere gelegenheid een verhaal uit Miama, en ook als er geen gelegenheid is heeft ze een verhaal. Een van die verhalen gaat over Miplorië, het koninkrijk waarin al het verdriet wordt bewaard, en over de prinses van dat koninkrijk, wier magische schat door een lelijke heks is gestolen, en die sindsdien jacht maakt op de heks. Een ander verhaal gaat over twee prinsenbroers, die allebei verliefd waren op de prinses van Miplorië en heel Bijna-Wakkerland bijna verscheurden in hun woedende strijd om haar liefde.

Een sprookje gaat over de zee-engel, die zuchtte onder een vloek die haar dwong heen en weer te zweven langs de kust van Bijna-Wakkerland, nadat ze haar geliefden had verloren. En een ander sprookje gaat over 'de uitverkorene', de populairste danser van Mimova, het koninkrijk waar alle muziek vandaan komt. In het sprookje probeerden de schaduwen de uitverkorene te roven, om daarmee heel Mimova te vernietigen, maar de wolkendieren redden de uitverkorene en vlogen helemaal naar Miama. Toen de schaduwen achter hen aankwamen, sloten alle inwoners van alle zes de koninkrijken van Bijna-Wakkerland, de prinsen en de prinses, de ridders, de soldaten, de trollen, de engelen en de heks, zich aaneen om de uitverkorene te beschermen. En zo begon de Oorlog-zonder-Einde. Die woedde tienduizend sprookjeseeuwigheden, totdat de warsen terugkeerden uit de bergen en Wolvenhart uit het bos kwam en het goede leger aanvoerde in de laatste strijd, en de schaduwen terugdrong over de zee.

Wolvenhart is natuurlijk een heel sprookje op zich, want hij werd geboren in Miama, maar groeide net als alle andere soldaten op in Mibatallië. Hij heeft het hart van een krijger, maar de ziel van een sprookjesverteller, en hij werd de onoverwinnelijkste krijger die ze in de zes koninkrijken ooit hadden aanschouwd. Hij heeft een heleboel sprookjeseeuwigheden diep in de donkere bossen gewoond, maar hij is teruggekomen toen Bijna-Wakkerland hem het hardst nodig had.

Die sprookjes vertelt oma al zo lang als Elsa zich kan heugen. In het begin waren ze natuurlijk alleen bedoeld om Elsa in slaap te krijgen en om haar te laten oefenen met oma's geheime taal, en ook een beetje omdat oma een tikkeltje niet helemaal goed snik is. Maar de laatste tijd is er nog iets anders aan de hand met de verhalen. Iets waar Elsa niet goed de vinger op kan leggen.

Dat weet ze, want ze heeft opgezocht wat 'ergens de vinger op leggen' betekent.

'Leg Station Oost terug,' zegt Elsa.

'Dat heb ik gekocht,' probeert oma.

'Mm, dat zal wel! Leg terug!' antwoordt Elsa chagrijnig.

'Zo zou het geweest zijn om Monopoly te spelen met Hitler, verdorie,' zegt oma en ze legt Station Oost terug.

'Hitler had alleen Risk willen spelen,' mompelt Elsa, want ze heeft Hitler opgezocht op Wikipedia en zij en oma hebben al vaak ruziegemaakt over oma's gebruik van hem in vergelijkingen.

'Touché,' mompelt oma, en Elsa weet bijna zeker dat je dat woord zo niet moet gebruiken.

En dan spelen ze ongeveer een minuut in stilte. Want langer lukt het hun meestal niet om ruzie met elkaar te hebben.

'Heb je de chocola aan Vriend gegeven?' vraagt oma.

Elsa knikt. Maar ze zegt niet dat ze hem heeft verteld van oma's kanker. Een beetje omdat ze denkt dat oma dan boos wordt en een beetje meer omdat ze niet over kanker wil praten. Ze heeft het gisteren op Wikipedia opgezocht. En daarna heeft ze opgezocht wat 'testament' betekent en daarna was ze zo boos dat ze de hele nacht niet kon slapen.

'Hoe zijn jij en Vriend vrienden geworden?' vraagt ze.

Oma haalt haar schouders op.

'Op de gewone manier.'

Elsa weet niet wat de gewone manier is. Aangezien ze geen vrienden heeft behalve oma. Maar ze zegt niets, want ze weet dat oma dan verdrietig wordt.

'De opdracht is in ieder geval uitgevoerd,' zegt ze zacht. Dat is een vrij lastige zin om in de geheime taal uit te spreken, voor zover dat er iets mee te maken heeft, wat natuurlijk eigenlijk helemaal niet het geval is.

Oma knikt enthousiast en kijkt spiedend naar de deur alsof ze bang is dat ze in de gaten worden gehouden. Daarna steekt ze haar hand onder haar kussen. De flessen rinkelen tegen elkaar en ze vloekt wanneer er bier op het kussen komt, maar daarna vist ze een envelop op en duwt die in Elsa's hand.

‘Dit is je volgende opdracht, ridder Elsa. Maar je mag hem morgen pas openmaken.’

Elsa inspecteert hem sceptisch.

‘Heb je wel eens van mail gehoord?’

‘Stel je niet aan! Dit soort dingen kun je niet mailen!’

Elsa weegt de envelop op haar hand. Ze duwt op de bobbel onderin.

‘Wat zit erin?’

‘Een brief en een sleutel,’ zegt oma.

Ze kijkt opeens ernstig en bang. En dat zijn twee heel ongewone emoties bij oma. Ze steekt haar handen uit en sluit die rond Elsa’s wijsvingers.

‘Morgen stuur ik je uit op de grootste jacht op de schat waar ik je ooit eerder op heb uitgestuurd, mijn moedige kleine ridder. Ben je er klaar voor?’

Oma is altijd al dol geweest op schatzoeken. In Miama is schatzoeken een sport. Je kunt het op wedstrijdniveau beoefenen, want het is een OS-onderdeel. Al staat OS in Miama voor ‘Onzichtbaarheids-Spelen’, aangezien alle deelnemers onzichtbaar zijn. Het is niet direct een publiekssport.

Elsa is natuurlijk ook dol op schatzoeken. Niet zo dol als oma, uiteraard, want niemand in wat voor koninkrijk dan ook in tienduizend sprookjeseeuwigheden is zo dol op schatzoeken als oma. Maar Elsa houdt van jacht op de schat omdat dat iets van oma en haar samen is. En oma kan van alles een jacht op een schat maken. Zoals die keer dat ze boodschappen hadden gedaan en oma was vergeten waar ze Renault had geparkeerd. Of wanneer ze wil dat Elsa alle post van oma bekijkt en de rekeningen betaalt, omdat oma dat stomvervelend vindt. Of wanneer het sportdag is op school en Elsa weet dat ze door oudere kinderen met opgerolde handdoeken geslagen zal worden in de douche.

Met oma is alles een jacht op de schat. Ze kan van een parkeerterrein een toverberg maken en van opgerolde handdoeken draken die je te slim af moet zijn. En altijd is Elsa de held.

Maar zoals nu heeft Elsa oma nog nooit meegemaakt. Wat oma zegt klinkt altijd alsof het half voor de grap is, maar dit niet. Oma leunt naar voren.

'Degene voor wie de sleutel is, zal weten wat ermee gedaan moet worden. Jij moet het kasteel beschermen, Elsa.'

Oma noemt de flat waarin ze wonen altijd 'het kasteel'. Elsa heeft altijd gedacht dat dat komt omdat ze gewoon een beetje gek is in haar hoofd. Maar nu weet ze het niet meer.

'Bescherm het kasteel, Elsa. Bescherm je familie. Bescherm je vrienden!' gaat oma besluitvaardig verder.

'Welke vrienden?' vraagt Elsa.

Oma legt haar handen om Elsa's wangen en glimlacht.

'Die komen nog. Morgen stuur ik je uit op een jacht op de schat, en dat wordt een wonderbaarlijk sprookje en een groots avontuur. En je moet me beloven dat je mij er niet om zult haten.'

Het brandt in Elsa's knipperende ogen.

'Waarom zou ik je haten?'

Oma strijkt over Elsa's oogleden.

'Het is het voorrecht van een oma dat ze haar slechtste kanten nooit aan haar kleinkind hoeft te laten zien, Elsa. En dat ze het nooit hoeft te hebben over de klojo die ze was voordat ze oma werd.'

'Ik ken ontzettend veel van jouw slechtste kanten!' protesteert Elsa en ze zegt er meteen achteraan: 'Zoals dat jij niet snapt dat je een iPhone niet in de broodrooster kunt drogen!'

Ze hoopt dat oma daarom moet lachen. Maar dat doet ze niet. Oma fluistert alleen verdrietig: 'Het wordt een groots avontuur. Maar het is mijn schuld dat er een draak aan het eind zit, geliefde ridder van me.'

Elsa kijkt met half dichtgeknepen ogen naar haar. Dat heeft ze oma nog nooit horen zeggen. Ze zegt altijd dat het haar 'verdienste' is dat er draken aan het eind van sprookjes zitten. Nooit 'schuld'.

Oma zit in elkaar gezakt tegenover haar, Elsa kan zich niet herinneren dat ze haar ooit zo klein en kwetsbaar heeft gezien. Helemaal niet zoals een superheld.

Oma geeft een zoen op haar voorhoofd.

'Beloof me dat je me niet haat wanneer je erachter komt wie ik geweest ben. En beloof me dat je het kasteel zult beschermen. En je vrienden.'

Elsa snapt er niets van, maar ze belooft het. En dan knuffelt oma haar langer dan ooit.

'Geef de brief aan hem die wacht. Hij zal hem niet willen aannemen, maar zeg dat het een brief van mij is. Zeg dat je van je oma moet zeggen dat het haar spijt.'

Daarna veegt ze de tranen van Elsa's wangen. En Elsa merkt op dat het moet zijn 'hij die wacht', niet 'hem'. Daar harrewarren ze even over, zoals altijd. En dan spelen ze Monopoly en eten kaneelbroodjes en praten over wie het zou winnen als Harry Potter en Spider-Man met elkaar vochten. Een belachelijke discussie, vindt Elsa natuurlijk. Maar oma vindt het leuk om over dat soort dingen te zeuren, want ze is te onvolwassen om te begrijpen dat Harry Potter verpletterend zou winnen.

Oké, Elsa vindt Spider-Man best oké. Dat is het niet. Maar tegen Harry Potter? Kom op, zeg. Harry Potter zou hem compleet hebben ingemaakt.

Oma haalt nog een paar kaneelbroodjes uit grote papieren zakken onder een ander hoofdkussen. Niet dat ze de kaneelbroodjes zou moeten verstoppen voor Elsa's moeder, net als de biertjes, maar ze bewaart ze graag bij elkaar, omdat ze ze tegelijkertijd nodig heeft. Bier met een kaneelbroodje is oma's lievelingsgerecht. Elsa herkent de tekst op de zakken, oma eet alleen kaneelbroodjes van één bakkerij, want ze zegt dat niemand anders snapt hoe je echte Mirevaarse kaneelbroodjes moet maken. De beste kaneelbroodjes worden namelijk in Mireva gemaakt, en ze zijn het nationale gerecht van Bijna-Wakkerland. Het komt heel slecht uit dat je het nationale gerecht alleen op de nationale feestdag mag eten. Maar het komt heel goed uit dat het in Bijna-Wakkerland elke dag nationale feestdag is. 'Dus dat lost zich wel op, zei de vrouw die in de wastafel scheet,' zegt oma altijd. Elsa hoopt altijd vurig dat dat niet betekent dat oma van plan is van de wastafel gebruik te maken met de deur open.

'Word je echt weer beter?' vraagt Elsa uiteindelijk voorzichtig, zo schoorvoetend als alleen een bijna-achtjarige een vraag kan stellen wanneer ze al weet dat ze het antwoord niet wil weten.

'Natuurlijk word ik beter!' antwoordt oma zelfverzekerd, ook al ziet ze waarschijnlijk aan Elsa dat Elsa weet dat ze liegt.

'Weet je het zeker?' vraagt Elsa.

Dan leunt oma naar voren en fluistert in de geheime taal in haar oor: 'Heel zeker, mijn zeer geliefde ridder. Ik weet zeker dat ik beter word. Ik weet zeker dat het goed komt.'

Want dat zegt oma altijd. Dat het beter wordt. Dat het goed komt.

'En ik denk nog steeds dat Spider-Man het van die Harry had kunnen winnen,' voegt oma er zeer bewust provocerend aan toe.

'Maar gebruik nou toch eens je verstand, verschrikkelijke dombo!' roept Elsa, ook al weet ze dat dat precies de reactie is waar oma op uit is.

En dan grijnst oma. En ten slotte grijnst Elsa ook. Ook al vindt ze echt dat er ergens een grens moet zijn, en als er ergens een grens moet zijn, dan loopt die logischerwijs ongeveer daar waar iemand beweert dat iemand het van Harry Potter zou kunnen winnen. Dat meent Elsa echt. Maar ze nemen nog een paar kaneelbroodjes. En spelen nog een potje Monopoly. En dat maakt het iets moeilijker om boos te zijn.

De zon gaat onder. Alles wordt stil. Elsa ligt dicht naast oma in het smalle ziekenhuisbed. Ze doen hun ogen bijna dicht, de wolkendieren komen hen halen en ze gaan samen naar Miama.

In een flat aan de andere kant van de stad schrikken alle bewoners midden in de nacht wakker van het plotselinge gejank van wat ze voor een vechthond houden. Luider en hartverscheurender dan iemand ooit iets diep uit het binnenste van een dier heeft horen komen. Alsof hij zingt met het verdriet en gemis van tienduizend sprookjeseeuwigheden. Hij blijft urenlang huilen. Hij huilt tot het licht wordt.

En wanneer de ochtend zich een weg zoekt de ziekenhuiskamer in, wordt Elsa wakker in oma's armen. Maar oma is nog in Miama.

5

Lelies

Als je een oma hebt, heb je een leger.

Het is het hoogste voorrecht van een kleinkind om te weten dat er iemand aan jouw kant staat, altijd, wat er ook gebeurt. Zelfs wanneer je het mis hebt. Juist dan, feitelijk.

Een oma is zowel een zwaard als een schild, en dat is een heel speciaal soort liefde die zwamneuzen niet begrijpen. Wanneer ze op school zeggen dat Elsa anders is, alsof dat iets slechts zou zijn, en wanneer ze thuiskomt met blauwe plekken en de directeur zegt dat ze zich moet aanpassen en dat ze de reactie van andere kinderen uitlokt, dan staat oma naast haar. Ze weigert haar sorry te laten zeggen. Ze weigert haar de schuld op zich te laten nemen. Oma zegt nooit dat ze zich niet moet laten kennen, omdat de lol er dan af is voor de pestkoppen, of dat ze gewoon moet weglopen. Oma weet wel beter. Oma begrijpt meer. Oma is zo iemand met wie je ten strijde trekt.

Oma is altijd Team Elsa.

En elke avond is er een verhaal uit Miama. Hoe eenzamer Elsa is in de echte wereld, des te groter wordt haar leger in Bijna-Wakkerland. Hoe harder de klappen met de handdoek overdag zijn, des te wonderbaarlijker zijn de avonturen die ze 's nachts beleeft. En in Miama zegt niemand dat ze zich moet aanpassen. Daarom was Elsa niet erg onder de indruk toen papa haar voor het eerst meenam naar dat hotel in Spanje en uitlegde dat het 'all inclusive' was. Want als je een oma hebt, is het hele leven 'all inclusive'.

De leraren op school zeggen dat Elsa concentratieproblemen heeft. Maar dat is niet waar. Ze kan alle Harry Potterboeken zo'n beetje uit haar hoofd voordragen. Ze kan precies opnoemen welke superkrachten alle X-men precies hebben en ze weet precies van wie van hen Spider-Man zou winnen in een *fight* en van wie niet. En met haar ogen dicht kan ze een bijna acceptabele kopie tekenen van de kaart aan het begin van *In de ban van de Ring*. Nou ja, als oma niet naast haar aan het blaadje staat te trekken en te kreunen dat ze zich doodverveelt en dat ze eropuit wil met Renault om 'iets te doen', natuurlijk. Ze is een beetje rusteloos, oma. Maar ze heeft Elsa alle hoeken van Miama laten zien en alle hoeken van de andere vijf koninkrijken van Bijna-Wakkerland. Zelfs de ruïnes van Mibatallië, dat aan het eind van de Oorlog-zonder-Einde door de schaduwen is verwoest. Op de klippen bij de kust, waar de negenennegentig sneeuwengelen zich hebben opgeofferd, heeft Elsa met oma staan uitkijken over zee, de route waarlangs de schaduwen op een dag terug zullen keren. Ze weet alles van de schaduwen, want oma zegt altijd dat je je vijanden beter moet kennen dan jezelf.

Eerst waren de schaduwen draken, maar ze hadden een kwaad en een duisternis in zich die zo sterk waren dat ze iets anders werden. Iets veel gevaarlijkers. Ze haten de mensen en hun sprookjes, ze haten ze al zo lang en zo intens dat het duister in hun hart uiteindelijk hun hele lichaam ging omvatten, waardoor hun contouren niet meer te onderscheiden waren. Daarom zijn ze zo moeilijk te overwinnen, omdat ze in muren kunnen verdwijnen, of in de grond om ergens anders weer boven te komen. Ze zijn woest en bloeddorstig en als je door hen wordt gebeten sterf je niet, maar word je door een oneindig veel erger lot getroffen: je verliest je fantasie. Die stroomt uit de wond en laat je grijs en leeg achter. Je verweert langzaam, jaar na jaar, totdat je lichaam nog slechts een omhulsel is. Totdat niemand zich nog sprookjes kan herinneren. En zonder sprookjes sterven Miama en heel Bijna-Wakkerland een fantasieloze dood. Het ergste soort dood.

Maar Wolvenhart heeft de schaduwen overwonnen in de Oorlog-zonder-Einde. Hij kwam uit de bossen toen de sprookjes hem het hardst nodig hadden en dreef de schaduwen de zee in. Op een dag zullen de schaduwen terugkomen, en misschien vertelt oma haar daarom nu al die verhalen, bedenkt Elsa. Om haar voor te bereiden.

De leraren hebben het dus mis. Elsa heeft geen concentratieproblemen. Ze concentreert zich alleen op de goede dingen.

Mensen die traag van begrip zijn zullen mensen die snel van begrip zijn er altijd van beschuldigen dat ze concentratieproblemen hebben, zegt oma. 'Sukkels kunnen niet begrijpen dat niet-sukkels eerder klaar zijn met een gedachte dan zij, en dat ze al verder zijn gegaan naar een andere gedachte. Daarom zijn sukkels altijd zo bang en agressief. Want sukkels zijn nergens zo bang voor als voor een slimme meid.'

Dat zegt ze altijd tegen Elsa wanneer die een extra concentratieproblematische dag heeft gehad op school. Dan liggen ze altijd in oma's gigantische bed, onder alle zwart-witfoto's aan oma's plafond, en doen hun ogen op een kiertje na dicht totdat de mensen op de foto's beginnen te dansen. Elsa weet niet wie het zijn, oma noemt hen alleen haar 'sterren', want wanneer het licht van de straatlantaarns door de luxaflex komt, glinsteren ze als de nachthemel. Daar staan mannen in uniform en andere mannen in een doktersjas en een paar mannen die bijna helemaal geen kleren aanhebben. Lange mannen en glimlachende mannen en mannen met een snor, en kleine, vierkante mannen met een hoed op, en ze staan allemaal naast oma en kijken of ze net een onbehoorlijke opmerking heeft gemaakt. Ze kijken geen van allen in de camera, omdat ze geen van allen hun ogen van haar af kunnen houden.

Oma is jong. Ze is mooi. Ze is onsterfelijk. Ze staat bij wegwijzers met letters die Elsa niet kan lezen en ze staat voor tenten in de woestijn tussen mannen met een geweer in hun handen.

En overal op de foto's zijn kinderen. Sommigen hebben verband om hun hoofd en sommigen liggen in een ziekenhuisbed met slangen in hun lichaam en eentje heeft maar één arm en een stomp waar de andere arm had moeten zitten. Maar een jongetje ziet er helemaal niet gewond uit. Hij ziet eruit alsof hij honderd kilometer op blote voeten kan rennen. Hij is van Elsa's leeftijd en heeft zo'n dikke bos haar dat je er sleutels in zou kunnen kwijtraken en een blik alsof hij zojuist heeft ontdekt waar zich een geheime bergruimte vol met vuurwerk en ijs bevindt. Zijn ogen zijn groot en kogelrond en zo zwart dat het wit eromheen eruitziet als krijt op een lei. Elsa weet niet wie hij is, maar ze noemt hem 'de Weerwolfjongen', want zo vindt ze hem eruitzien.

Ze bedenkt altijd dat ze oma naar meer bijzonderheden over de Weerwolfjongen moet vragen. Maar telkens wanneer ze dat denkt, gaan haar oogleden op minder dan een kiertje na dicht en het volgende moment zitten zij en oma ieder op de rug van een wolkendier, zweven Bijna-Wakkerland binnen en landen bij de stadspoorten van Miama. En dan bedenkt Elsa dat ze het morgen maar aan oma moet vragen.

En op een morgen is er geen morgen meer.

Nu zit Elsa op het bankje voor het grote raam. Ze heeft het zo koud dat haar tanden langs elkaar schuren. Haar moeder zit binnen te praten met de vrouw die klinkt als een walvis. Ze klinkt in ieder geval zoals Elsa denkt dat een walvis klinkt. Dat kan ze weliswaar niet weten, omdat ze nog nooit een echte walvis heeft ontmoet, maar ze klinkt zoals de platenspeler van oma klonk nadat oma had geprobeerd een robot te bouwen. Het was een tikje onduidelijk wat voor soort robot oma in gedachten had gehad, maar het pakte hoe dan ook niet heel erg geweldig goed uit. Sindsdien klonk de platenspeler als een walvis wanneer je een plaat draaide. Die middag had Elsa geleerd wat elpees waren én wat cd's waren. Toen begreep ze waarom oude mensen altijd zo verschrikkelijk veel tijd over leken te hebben, allemaal tijd die ze vroeger waarschijnlijk aan het opzetten van een nieuw nummer hadden moeten besteden voordat Spotify kwam.

Ze trekt de kraag van haar jas en de Griffoendorsjaal dichter om haar kin. Vannacht heeft het voor het eerst gesneeuwd. Schoorvoetend, leek het. Alsof de eerste vlokken luid snoven terwijl ze op het asfalt smolten, om aan te geven dat ze dit echt niet deden omdat iemand hun dat had opgedragen, maar omdat ze het zelf wilden. Nu zijn het er zoveel dat je al bijna sneeuwengelen kunt maken. Daar is Elsa dol op.

In Miama zijn er het hele jaar door sneeuwengelen. Maar die zijn natuurlijk niet zo aardig, zeurt oma altijd. Ze zijn nogal verwaand en denken dat ze iets zijn en klagen altijd over de bediening wanneer ze in een restaurant eten. 'Ze ruiken aan de wijn en dat soort onzin,' zegt oma. Maar Elsa vindt het niet zo erg als iemand denkt dat hij iets voorstelt als hij iets voorstelt.

Ze steekt haar tenen naar voren en vangt de vlokken op haar schoen. Ze vindt het afschuwelijk om op een bankje buiten op haar moeder te zitten wachten, maar ze doet het toch, want het enige wat Elsa nog afschuwelijker vindt is binnenshuis op een stoel op haar moeder te zitten wachten.

Ze wil naar huis. Met oma. Want het lijkt wel of de hele flat oma nu mist. Niet de mensen die erin wonen, maar het gebouw. Zijn muren kraken en knarsen. En Vriend heeft twee hele nachten lang aan één stuk door zitten huilen in zijn flat. Britt-Marie heeft Kent bij de flat van Vriend laten aanbellen, maar er werd niet opengedaan. Vriend blafte alleen zo hard dat Kent struikelend tegen een muur aan liep. Dus belde Britt-Marie de politie. Ze heeft al lang een hekel aan Vriend. Een paar maanden geleden is ze met een petitie bij alle flatbewoners langs geweest voor een handtekening, die ze naar de eigenaren van de flat wilde sturen met de eis dat ze 'die afschuwelijke vechthond' uit de flat zetten.

'We kunnen geen honden hebben in de vereniging van eigenaren. Dat is een kwestie van veiligheid! Het is gevaarlijk voor kinderen en je moet rekening houden met de kinderen!' legde Britt-Marie aan iedereen uit, op de manier van mensen die graag rekening houden met kinderen. Ook al zijn Elsa en de jongen met syndroom de enige kinderen in de flat, en weet Elsa vrij zeker dat Britt-Marie zich niet zo heel druk maakt om Elsa's veiligheidskwesties.

De jongen met syndroom woont in het appartement tegenover dat van de afschuwelijke vechthond, maar zijn moeder zei zorgeloos tegen Britt-Marie dat ze dacht dat de vechthond meer last had van de jongen dan andersom. Oma bleef er bijna in toen ze dat aan Elsa vertelde, maar Elsa lachte pas toen ze heel zeker wist dat Britt-Marie nu niet langs de deuren zou gaan met een handtekeningenlijst om kinderen te verbieden. Met Britt-Marie wist je het nooit.

Lennart en Maud waren de enigen die de petitie hadden ondertekend, niet omdat ze nou zo'n hekel hebben aan vechthonden, maar omdat ze nogal moeilijk nee kunnen zeggen tegen mensen in het algemeen en tegen Britt-Marie in het bijzonder. Toen oma de petitie met hun handtekeningen zag, ging ze naar hen toe om hen te vragen hoe ze een oproep konden ondertekenen om honden te verbieden terwijl ze zelf Samantha hadden. Lennart en Maud keken heel verbaasd. 'Het gaat toch om honden, niet om Samantha?' zei Lennart voorzichtig. Maud knikte voorzichtig en verduidelijkte: 'Samantha is een bichon frisé.'

Bij het vertellen van dat verhaal kon oma het moeilijk zonder benamingen voor Maud en Lennart stellen die ze van Elsa niet mocht gebruiken, en Elsa merkte op dat de juiste term 'geestelijk gestoord' was. En dan mompelde oma iets van dat het tegenwoordig allemaal zo ontzettend politiek correct moest, en stak nog een sigaret op.

Britt-Marie zelf verklaarde hoe dan ook met een goedwillende glimlach aan oma dat het er feitelijk om ging dat Samantha geen afschuwelijke vechthond was, en toen dacht Elsa dat je dat niet zo precies kon weten, want ook al zag Samantha er vrolijk uit, misschien vocht ze vanbinnen wel. Maar dat zei ze niet hardop. Want met Britt-Marie wist je het nooit.

Elsa springt van het bankje en loopt door de sneeuw om haar voeten weer warm te krijgen. Naast het grote raam waar de walvisvrouw werkt zit een supermarkt. Er staat een bord buiten. 'Varkens lappen 49,90'. Elsa probeert zich te beheersen, want Elsa's moeder zegt altijd dat ze moet proberen zich te beheersen. Maar ten slotte haalt ze toch de rode viltstift uit haar jaszak en tekent een keurig recht verbindingsstreepje tussen 'varkens' en 'lappen'.

Ze kijkt naar het resultaat en knikt opgelucht. Ze stopt de stift in haar zak en gaat weer op het bankje zitten. Ze leunt met haar hoofd achterover, doet haar ogen dicht en voelt de koude pootjes van de sneeuwvlokken op haar gezicht landen. Wanneer de geur van rook haar neusgaten bereikt, denkt ze eerst dat ze het zich verbeeldt. Eerst is het echt geweldig om die prikkelende geur weer in haar mondholte te proeven, en zonder dat Elsa helemaal begrijpt waarom, bezorgt die haar een veilig en warm gevoel.

Maar dan bespeurt ze iets anders. Er bonkt iets achter haar ribben. Als een alarmsignaal.

De man staat een eindje verderop. In de schaduw van een van de flats. Ze kan hem niet echt duidelijk onderscheiden, ze ziet alleen het rode oog van de sigaret tussen zijn vingers, en ze ziet dat hij heel slank is. Alsof hij geen contouren heeft. Hij staat half van haar afgewend, alsof hij haar niet eens heeft gezien.

Elsa weet niet waarom ze bang wordt, maar ze betrapt zichzelf erop dat ze om zich heen tast over het bankje op zoek naar een wapen. Dat is heel raar, want in de echte wereld doet ze dat nooit. In de echte wereld is haar eerste instinct altijd wegrennen, alleen in Miama zou ze net als alle ridders op die manier naar haar zwaard grijpen wanneer ze gevaar rook. En hier zijn geen zwaarden.

Wanneer ze opkijkt staat de man nog steeds van haar afgewend, maar ze zou zweren dat hij dichterbij is gekomen. Hij bevindt zich nog steeds in de schaduw, ook al staat hij iets verder van de flat af. Alsof de schaduw niet van de flat komt, maar van de man zelf. Elsa knippert met haar ogen en wanneer ze die opendoet, gelooft ze niet meer dat de man dichterbij is gekomen.

Ze weet het zeker.

Ze laat zich van het bankje glijden, deinst achteruit in de richting van het grote raam en zoekt op de tast naar de deurkruk. Ze strompelt naar binnen en hapt krampachtig naar lucht. Pas wanneer de deur vriendelijk klingelend achter haar dichtvalt, begrijpt ze hoe het kwam dat de geur van sigarettenrook haar zo'n veilig gevoel had gegeven. De man rookt hetzelfde merk tabak als oma. Die zou Elsa overal herkennen, want ze mag oma altijd helpen met sjekkies draaien, want oma zegt dat Elsa van die kleine vingers heeft die perfect zijn voor die krengen.

Wanneer ze uit het raam kijkt weet ze niet meer wat schaduwen zijn en wat niet. De ene seconde beeldt ze zich in dat de man nog aan de overkant van de straat staat en het volgende moment beeldt ze zich in dat ze hem helemaal niet heeft gezien.

Ze maakt een sprongetje als een opgeschrikt dier wanneer de handen van haar moeder haar schouders omvatten. Ze draait zich met wijd opengesperde ogen om en haar knieën knikken. Verlamd van vermoeidheid valt ze in haar moeders armen. Ze heeft twee nachten niet geslapen. De gespannen buik van haar moeder is zo groot dat je er een theekopje op kunt zetten. George zegt dat dat de manier is van de natuur om een zwangere vrouw een break te geven.

'We gaan nu naar huis,' fluistert Elsa's moeder zacht in haar oor.

Elsa staart de vermoeidheid weg en wurmt zich los uit haar handen.

'Ik wil eerst met oma praten!'

Elsa's moeder lijkt ineen te krimpen van verdriet. Dat weet Elsa, want dat is een woordenpotwoord. Op die woordenpotwoorden komen we later in dit verhaal nog terug. Laten we één ding tegelijk doen.

'Dat is... moppie... ik weet niet of dat wel zo'n goed idee is,' fluistert Elsa's moeder.

Maar Elsa is de receptiebalie al voorbij en rent door naar de volgende kamer. Ze hoort dat de walvisvrouw haar iets naroept, en dan hoort ze de stem van haar moeder, die de vrouw beheerst vraagt om Elsa door te laten.

Oma wacht midden in de kamer op haar. Het ruikt er naar lelies, dat zijn de lievelingsbloemen van Elsa's moeder. Oma heeft geen lievelingsbloemen, want planten leven nooit langer dan een dag in oma's flat en in een tamelijk zeldzame vlaag van zelfkennis, eventueel nogal enthousiast aangemoedigd door haar favoriete kleinkind, heeft oma besloten dat het ook vet lullig is tegenover de natuur om lievelingsbloemen te hebben.

Elsa blijft op een afstand staan met haar handen nors in haar jaszakken gestoken. Ze stampt met opzet de sneeuw van haar schoenen.

'Ik wil niet meedoen aan dat idiote gedoe van die jacht op de schat!'

Oma reageert niet. Dat doet ze nooit wanneer ze weet dat Elsa gelijk heeft. Elsa stampt nog wat sneeuw van haar schoenen.

'Jóúw idiote gedoe,' bijt ze oma toe.

Daar reageert oma ook niet op. Elsa gaat op de stoel naast haar zitten en steekt haar de brief toe.

'Ga deze idiote brief zelf maar bezorgen,' fluistert ze.

Twee dagen geleden is Vriend begonnen met huilen. Twee dagen geleden is Elsa voor het laatst in Bijna-Wakkerland en het koninkrijk Miama geweest. Niemand vertelt haar de waarheid. Alle volwassenen proberen het zo te verpakken dat het niet zo naar en erg en akelig klinkt. Alsof oma helemaal niet ziek is geweest. Alsof het gewoon een ongeluk was. Maar Elsa weet dat ze liegen, want Elsa's oma krijgt geen ongelukken. Ongelukken krijgen oma.

En Elsa weet wat kanker is. Dat staat op Wikipedia.

Ze duwt tegen de rand van de kist om een reactie te krijgen. Omdat ze in haar hart nog steeds hoopt dat dit weer zo'n geval is waarbij oma haar in de maling neemt. Zoals die keer dat oma die sneeuwpop echte kleren had aangetrokken, zodat het leek alsof er iemand van het balkon was gevallen, en Britt-Marie zo boos werd toen ze begreep dat het een grap was dat ze de politie belde. En de volgende ochtend keek Britt-Marie uit het raam en ontdekte dat oma weer net zo'n sneeuwman had gemaakt, en toen ging Britt-Marie helemaal door het lint, zoals oma het noemde, en kwam met een sneeuwschep naar buiten stuiven. En toen sprong de sneeuwman opeens overeind en brulde: 'OEAAAH!!'

Oma vertelde naderhand dat ze uren in de sneeuw op Britt-Marie had liggen wachten en dat intussen minstens twee katten op haar hadden geplast. 'Maar het was de moeite waard!' zei oma vrolijk.

Britt-Marie belde de politie natuurlijk, maar ze zeiden dat het geen misdaad was om iemand te laten schrikken. Britt-Marie was het echt niet met hen eens. Ze noemde oma een 'vandaal'.

Dat mist Elsa.

Ditmaal staat oma niet op. Elsa bonst met haar vuisten op de rand van de kist, maar oma reageert niet en Elsa bonst steeds harder, alsof ze alles wat fout is weg zou kunnen bonzen. Alles wat kapot is. Ten slotte laat ze zich van de stoel glijden en zakt op haar knieën op de grond. Ze fluistert: 'Weet je dat ze liegen? Ze zeggen dat je bent "heengegaan", dat we je "hebben verloren". Niemand zegt "dood".'

Elsa duwt haar nagels in haar handpalmen en trilt over haar hele lichaam.

'Ik weet niet hoe ik in Miama moet komen als jij dood bent...'

Oma reageert niet. Elsa legt haar voorhoofd tegen de onderste rand van de kist. Ze voelt het koude hout tegen haar huid en de warme tranen op haar lippen. Daarna de zachte vingers van haar moeder in haar nek en dan draait ze zich om en slaat haar armen om mama's hals. Haar moeder draagt haar naar buiten. Weg.

Wanneer Elsa haar ogen opendoet, zit ze in Kia, de auto van haar moeder. Die staat in de sneeuw te bellen met George. Elsa weet dat ze niet wil dat Elsa het hoort, omdat ze het over de begrafenis hebben. Ze is niet achterlijk of zo.

Ze houdt oma's brief nog steeds in haar handen. Ze weet dat je brieven van anderen niet mag lezen, maar deze heeft ze zeker honderd keer gelezen de afgelopen twee dagen. Oma wist natuurlijk dat ze dat zou doen, dus heeft ze de hele brief geschreven met letters die Elsa niet kan lezen. Met de letters van de wegwijzers op de foto's.

Elsa staart er beledigd naar. Oma zei altijd dat zij en Elsa nooit geheimen voor elkaar zouden hebben, alleen met elkaar. Ze is woedend op oma vanwege die leugen, want nu zit Elsa hier met het grootste geheim van allemaal en kan er geen donder van lezen. En ze weet dat als ze nu ruzie krijgt met oma, dan wordt dat een persoonlijk record dat ze nooit kunnen breken.

Ze kijkt naar het blaadje en ziet de inkt uitlopen wanneer ze met haar ogen knippert. Zelfs nu het letters zijn die Elsa niet kan lezen, ziet ze dat oma spelfouten heeft gemaakt, aan de manier waarop alle letters terloops op het papier gesmeten zijn, terwijl oma in gedachten al met iets anders bezig was. Het is niet zo dat oma niet kan spellen, maar ze denkt zo snel dat de letters het niet kunnen bijhouden. En in tegenstelling tot Elsa ziet oma het nut er niet van in om goed te spellen. 'Je snapt toch wat ik bedoel, verdorie!' snauwt ze altijd wanneer ze geheime briefjes aan Elsa geeft, terwijl ze samen met Elsa's moeder en George zitten te eten, en Elsa met haar rode viltstift verbindingsstreepjes zet waar dat moet. Het is een van de weinige dingen waar ze echt ruzie over maken, oma en Elsa, want Elsa vindt dat letters meer zijn dan alleen een manier om berichten over te brengen. Belangrijker.

Of maakten. Daar maakten ze ruzie over.

In de hele brief staat maar één woord dat Elsa kan lezen. Eén woord dat met gewone letters geschreven is, schijnbaar toevallig midden in de tekst neergekwakt. Zo anoniem zelfs dat Elsa het de eerste paar keren dat ze de brief las over het hoofd heeft gezien.

Ze leest hem keer op keer, totdat ze hem door het knipperen van haar ogen niet meer kan zien. Ze duwt haar nagels nog dieper in haar handpalmen. Ze voelt zich verraden en boos om tienduizend redenen en vermoedelijk nog eens tienduizend die ze nog niet eens heeft bedacht. Want ze weet dat dit geen toeval is. Oma heeft dat woord met opzet daar geschreven, zodat Elsa het zou vinden.

De naam op de envelop is dezelfde als die op de brievenbus van het Monster. En het enige woord dat Elsa kan lezen in de brief is 'Miama'.

Oma is altijd dol geweest op schatzoeken.

6

Schoonmaakmiddel

Ze heeft drie schrammen op haar wang. Van klauwen, lijkt het. Ze weet dat ze zullen willen weten hoe het allemaal begonnen is. En Elsa rende, zo begon het. Ze kan goed rennen. Je leert goed rennen als je vaak achterna wordt gezeten.

Vanochtend had Elsa tegen haar moeder gelogen dat ze een uur eerder naar school moest dan anders. En toen die had gevraagd of dat wel klopte, had Elsa de 'slechte-moederkaart' gespeeld. De slechte-moederkaart heeft wel iets weg van Renault. Niet bepaald een schoonheid, maar verrassend effectief. 'Ik heb al honderd keer tegen je gezegd dat ik op maandag eerder begin! Ik heb je zelfs een briefje gegeven, maar je luistert nooit meer naar me!' had Elsa gesnauwd zonder haar moeder aan te kijken. Die vroeg toen niet verder, maar mompelde met een beschaamd gezicht iets over 'zwangere hersenen'. Dat is de makkelijkste manier om Elsa's moeder uit haar evenwicht te brengen, om haar wijs te maken dat ze heel even het overzicht kwijt was.

Vroeger waren er slechts twee personen op de hele wereld die wisten hoe je Elsa's moeder het overzicht kon laten kwijtraken. En nu nog maar één. Dat is heel veel macht in de handen van een bijna-achtjarige.

Uit school had Elsa de bus terug naar huis genomen. Ze was bij de supermarkt langsgegaan voor vier zakken Daim. De flat was donker en stil, zoals alleen oma's flat kon zijn zonder oma, alsof die haar ook miste. Elsa had zich goed verstopt voor Britt-Marie, die op weg was naar de gescheiden afvalbakken buiten, zonder dat ze iets voor de afvalscheiding bij zich had. Toen Britt-Marie de inhoud van alle bakken had gecontroleerd en een zuinig gezicht had getrokken, zoals altijd wanneer ze iets ziet waarvan ze meteen besluit dat ze het op de volgende bewonersvergadering aan de orde moet stellen, verdween ze naar de supermarkt om daar wat rond te lopen en een zuinig gezicht te trekken. Elsa glipte naar binnen en sloop de eerste halve trap op. Met de brief in de hand bleef ze meer dan twintig minuten bevend van angst en boosheid voor de deur van het appartement staan. Boosheid op oma. Angst voor het Monster. En zo was het begonnen.

Niet veel later rende ze zo hard dat haar voetzolen aanvoelden alsof ze zich aan warm zand brandden telkens wanneer ze op de grond neerkwamen. En nu zit ze in een kamertje met felrode schrammen op haar wang, krabben lijken het, te wachten op haar moeder, en ze weet dat ze straks willen weten hoe het allemaal is begonnen. Elsa heeft een hekel aan maandag, want daar was het mee begonnen. Met dat het maandag was.

Ze duwt tegen de wereldbol die op de rand van het bureau staat. De directeur kijkt ongemakkelijk wanneer ze dat doet. Dus ze doet het extra.

'Zou je daarmee kunnen ophouden, Elsa,' vraagt de directeur zonder vraagteken aan het eind van de zin.

'De lucht is vrij,' informeert Elsa hem.

De directeur ademt grimmig in door zijn neusgaten en wijst naar de wonden op haar wang.

'Nou? Ben je nu zover dat je kunt vertellen hoe het allemaal is begonnen?'

Ze keurt hem geen antwoord waardig.

Maar het was slim van oma. Dat moet Elsa toegeven. Ze is nog steeds waanzinnig geïrriteerd over deze idiote jacht op de schat, maar het was slim van oma om 'Miama' met gewone letters te schrijven in de brief. Want Elsa had minstens honderd eeuwigheden in het trappenhuis moed staan verzamelen alvorens aan te bellen. En als oma niet had geweten dat Elsa de brief zou lezen, ook al mag je brieven van andere mensen niet lezen, en als ze 'Miama' niet met gewone letters had geschreven, dan had Elsa de brief gewoon bij het Monster in de brievenbus gegooid en was daarna weggerend. Maar nu bleef ze staan en belde aan, want nu wilde ze dat het Monster antwoord zou geven op haar vragen.

Want Miama is van oma en van Elsa. Van hen alleen. Elsa's woede over het feit dat oma van plan was er een ook nog een ellendige zultknurft mee naartoe te nemen was groter dan haar angst voor een of ander monster. Oké, misschien niet véél groter dan de angst voor een of ander monster. Maar het scheelde genoeg.

Vriend jankte nog steeds in het appartement ernaast, maar er gebeurde niets toen ze bij het Monster aanbelde. Ze belde nog eens aan en bonsde zo hard op de deur dat het hout knarste. Ten slotte keek ze door de brievenbus, maar alles was donker binnen. Geen beweging. Geen ademhaling. Het enige wat op haar afkwam was de scherpe geur van schoonmaakmiddel. Het soort dat door je slijmvliezen raast en tegen de binnenkant van je oogbollen begint te schoppen wanneer je het inademt.

Maar geen monster. Niet eens een kleintje.

Dus Elsa zette haar rugzak af en haalde de vier zakken Daim tevoorschijn. Ze haalde alle snoepjes uit het papier en gooide ze bij Vriend in de brievenbus. Heel even stopte het wezen daarbinnen met huilen. Elsa heeft besloten hem 'het wezen' te noemen, totdat ze erachter is wat hij eigenlijk is, want wat Britt-Marie ook zegt, Elsa is er sterk van overtuigd dat het in ieder geval geen hond is. Zo groot zijn honden niet.

'Je moet ophouden met janken, want Britt-Marie belt de politie en dan komen ze je doodmaken,' fluisterde ze door de brievenbus.

Ze weet niet of het wezen het heeft begrepen. Maar hij was in ieder geval stil en at zijn Daim op. Dat doen alle rationele wezens wanneer er op Daim getrakteerd wordt.

'Als je het Monster ziet, zeg dan tegen hem dat ik post voor hem heb,' zei Elsa.

Het wezen antwoordde niet, maar Elsa voelde zijn warme adem toen hij aan de deur snuffelde.

'Zeg maar dat hij de groeten krijgt van mijn oma en dat het haar spijt,' fluisterde ze.

Vervolgens stopte ze de brief in haar rugzak en nam de bus terug naar school. Toen ze uit het raam van de bus keek, had ze het idee dat ze hem weer zag. De slanke man die gisteren voor het kantoor van het uitvaartbedrijf had gestaan toen haar moeder met de walvisvrouw zat te praten. Nu stond hij in de schaduwen bij de flat aan de overkant van de straat. Ze zag zijn gezicht niet achter de sigarettenrook, maar de instinctieve, koude angst kronkelde rond haar ribben.

En toen was hij weg.

Elsa denkt dat het daar misschien door kwam dat ze zich niet onzichtbaar kon maken toen ze op school kwam. Onzichtbaarheid is het soort superkracht waar je in kunt oefenen, en Elsa heeft vet veel geoefend, maar het werkt niet als je boos bent, of bang. Elsa was het allebei toen ze op school aankwam. Bang voor mannen die in de schaduwen opduiken zonder dat ze weet waarom, en boos op oma omdat ze brieven stuurt aan monsters, en zowel boos op als bang voor monsters, want normale monsters die nog een beetje opvoeding hebben genoten wonen diep in donkere grotten of onder in ijskoude meren. Een beetje normaal afschuwelijk monster woont niet in een appartement. Een beetje normaal afschuwelijk monster krijgt geen post.

Bovendien heeft Elsa een hekel aan maandagen. School is altijd het ergst op maandag, want dan hebben de pestkoppen het hele weekend moeten wachten op iemand om te pesten. De briefjes in haar kastje zijn op maandag altijd het ergst. Dus daar kan het ook aan liggen dat het niet is gelukt met de onzichtbaarheid. Die werkt altijd slechter op maandag.

Elsa prikt weer tegen de wereldbol van de directeur. Dan hoort ze de deur achter zich opengaan; de directeur staat op en kijkt opgelucht.

'Dag! Sorry dat ik zo laat ben! Het verkeer!' brengt Elsa's moeder buiten adem uit en Elsa voelt de vingers van haar moeder zorgzaam langs haar nek glijden.

Elsa draait zich niet om. Ze voelt ook de telefoon van haar moeder langs haar nek glijden, want die houdt Elsa's moeder altijd in haar hand. Alsof ze een Cyborg is en de telefoon een deel van haar organische weefsel.

Elsa zit nog iets demonstratiever aan de globe. De directeur gaat weer op zijn stoel zitten, leunt naar voren en probeert hem discreet zo ver naar achteren te trekken dat Elsa er niet meer bij kan. Hij richt zich hoopvol tot Elsa's moeder.

'Goed. Zullen we nog even op Elsa's vader wachten?'

De directeur wil graag dat Elsa's vader bij dit soort besprekingen aanwezig is; hij lijkt van mening te zijn dat met vaders over het algemeen makkelijker te praten valt over dit soort onderwerpen. Elsa's moeder lijkt niet bijzonder blij met die vraag.

'Elsa's vader is op reis en komt helaas pas morgen weer thuis,' antwoordt ze beheerst.

De directeur kijkt teleurgesteld.

'Nou ja, het is natuurlijk niet de bedoeling om hier paniek te zaaien. Vooral niet gezien uw situatie...'

Hij knikt naar de buik van Elsa's moeder. Het lijkt erop dat Elsa's moeder zich behoorlijk moet inhouden om niet te vragen wat hij daar precies mee wil zeggen. De directeur kucht en trekt de wereldbol meteen wat verder uit de buurt van Elsa's uitgestrekte vingertoppen. Het lijkt alsof hij Elsa's moeder wil vermanen dat ze aan het kind moet denken. Dat doen mensen altijd wanneer ze bang zijn dat Elsa's moeder boos wordt. 'Denk aan het kind.' Dan bedoelden ze Elsa altijd, maar nu bedoelen ze Halfje.

Elsa steekt haar voet uit en schopt tegen een prullenmand. Ze hoort de directeur en haar moeder praten, maar ze luistert niet. In haar hart hoopt ze dat oma zo meteen komt binnenvallen, zwaaiend met haar vuisten, alsof ze aan een bokswedstrijd in een oude film meedoet. Toen Elsa de vorige keer bij de directeur moest komen, belde die alleen haar ouders, maar toen kwam oma toch. Want oma was iemand die je niet hoefde te bellen.

Toen had Elsa ook met de wereldbol op het bureau van de directeur zitten draaien. De jongen die haar die keer die blauwe plek had bezorgd was er ook geweest met zijn ouders. De directeur had tegen Elsa's vader gezegd: 'Ja, weet u, dit is eigenlijk niet meer dan een typische kwajongensstreek...' En daarna had hij flink wat tijd nodig gehad voor een poging om Elsa's oma uit te leggen wat in dat geval een 'typische kwameisjesstreek' geweest zou zijn, want dat zou oma maar al te graag willen weten.

De directeur had geprobeerd oma tot bedaren te brengen door de jongen die Elsa de blauwe plek had bezorgd voor te houden dat het wel laf was om een meisje te slaan, maar daar werd oma echt niet rustiger van. 'Het is verdorie toch niet laf om een meisje te slaan!' had ze tegen de directeur gebulderd. 'Dat kind is niet achterlijk omdat hij een meisje slaat. Hij is achterlijk omdat hij sláát!' Toen was de vader van de jongen boos geworden en hij was tegen oma uitgevaren omdat ze zijn zoon achterlijk had genoemd, en toen had oma geantwoord dat ze Elsa thuis zou leren hoe je jongens 'een knietje' moest geven en dat ze dan wel eens zouden zien hoe leuk het was om met meisjes te vechten. Toen had de directeur iedereen gevraagd het hoofd een beetje koel te houden. En dat had iedereen heel even gedaan. Maar daarna wilde de directeur dat de jongen en Elsa elkaar een hand zouden geven en sorry zouden zeggen tegen elkaar, en toen veerde oma op van haar stoel en vroeg: 'Waar moet Elsa in godsnaam sorry voor zeggen?' En toen zei de directeur dat Elsa wel iets van de schuld op zich moest nemen, omdat ze het zelf had uitgelokt, en dan moest je begrijpen dat de jongen zich moeilijk had kunnen beheersen. Dat was het moment waarop oma probeerde de wereldbol naar de directeur te gooien, maar op het laatste moment wist Elsa's moeder oma bij de arm te pakken zodat de hoek verkeerd werd en de wereldbol het computerscherm van de directeur raakte, dat versplinterde. 'U hebt het zelf uitgelokt en ik kon me niet meer beheersen!' brulde oma de directeur toe, terwijl Elsa's moeder haar de gang op sleepte.

Met oma had je heel wat te stellen als je haar boos maakte. Kun je wel zeggen.

Daarom verscheurt Elsa altijd alle briefjes die ze in haar kastje vindt. De briefjes waarin staat dat ze lelijk is. Dat ze vies is. Dat ze haar gaan vermoorden. Elsa scheurt ze in zulke kleine stukjes dat je ze haast niet meer ziet en gooit ze in verschillende afvalbakken verspreid over de hele school. Het is een daad van barmhartigheid, omdat oma ze nooit mag zien. Het is een daad van barmhartigheid, opdat oma ze nooit te zien krijgt. Het is een daad van barmhartigheid jegens de schrijvers van de briefjes, want oma had hen vermoord als ze het had geweten.

Elsa komt half overeind uit de stoel, leunt snel naar voren over het bureau en laat de wereldbol nog eens draaien. De directeur kijkt wanhopig. Elsa laat zich tevreden weer op de stoel zakken.

'Lieve hemel, Elsa! Wat heb je met je wang gedaan!' vraagt Elsa's moeder met een uitroepteken aan het eind wanneer ze de drie rode schrammen ziet.

Elsa haalt haar schouders op en geeft geen antwoord. Haar moeder richt zich tot de directeur. Haar ogen schieten vuur.

'Wat heeft ze met haar wang gedaan?!'

De directeur schuift heen en weer.

'Nou ja, dus. Laten we het hoofd koel houden. Denk aan, nou ja, dus, denk aan het kind.'

Hij wijst niet naar Elsa wanneer hij dat laatste zegt, maar naar Elsa's moeder. Elsa steekt haar voet uit en schopt nog eens tegen de prullenmand. Haar moeder haalt diep adem en sluit haar ogen. Dan zet ze de prullenmand beheerst iets dichter bij het bureau. Elsa kijkt haar gekrenkt aan en laat zich zo ver onderuitzakken op haar stoel dat ze zich aan de leuning moet vasthouden om er niet vanaf te glijden en steekt haar voet zo ver uit dat ze met haar teen de prullenmand bíjna weer kan raken. Mama zucht. Elsa zucht luider. De directeur kijkt naar hen en daarna naar de wereldbol op zijn bureau. Trekt die een stukje dichter naar zich toe.

'Nou...' begint hij ten slotte en hij lacht halfhartig naar Elsa's moeder.

'Het is een zware week geweest voor ons hele gezin,' valt Elsa's moeder hem meteen in de rede en ze klinkt alsof ze zich probeert te verontschuldigen.

Dat vindt Elsa een rotstreek.

'Daar hebben we alle empathie voor,' zegt de directeur op de manier waarop mensen die niet weten wat empathie betekent dat woord gebruiken.

'Het zal natuurlijk niet weer gebeuren,' zegt Elsa's moeder.

De directeur glimlacht weer en kijkt nerveus naar de wereldbol.

'Het is helaas niet het eerste conflictincident waar Elsa op deze school in is terechtgekomen.'

'Ook niet het laatste,' reageert Elsa.

'Elsa!' brult haar moeder.

'Mama!!!' brult Elsa met drie uitroeptekens.

Elsa's moeder zucht. Elsa zucht luider. De directeur kucht en houdt de wereldbol met beide handen vast wanneer hij zegt: 'Wij, het onderwijzend personeel en ik dus, in overleg met de maatschappelijk werker natuurlijk, wij denken dat Elsa baat zou kunnen hebben bij de hulp van een psycholoog voor het kanaliseren van haar agressie.'

'Een psycholoog? Is dat niet een tikkeltje overdreven?' vraagt Elsa's moeder weifelend.

De directeur steekt twee afwerende handpalmen in de lucht, alsof hij sorry zegt, of misschien alsof hij een luchttamboerijn wil gaan bespelen.

'Niet dat wij denken dat er iets mís is! Ab-so-luut niet. Een heleboel kinderen met speciale behoeftes hebben baat bij een psycholoog. Dat is niets om je voor te schamen!'

Elsa steekt de punt van haar teen uit en duwt de prullenmand omver.

'Ga zelf naar een psycholoog,' zegt ze tegen de directeur.

'Elsa!' bijt Elsa's moeder haar toe.

‘Mama!!!!’ bijt Elsa haar nog vinniger toe.

De directeur besluit de wereldbol in veiligheid te brengen op de vloer naast zijn stoel. Elsa’s moeder buigt zich naar Elsa en doet zichtbaar haar best om haar stem niet te verheffen: ‘Als je aan de directeur en mij vertelt welke kinderen ruziemaken met jou, kunnen we je helpen de conflicten op te lossen in plaats van dat het elke keer zo moet, schat.’

Elsa kijkt op, haar lippen tot een potloodlijntje samengetrokken. De schrammen op haar wang bloeden niet meer, maar zijn nog steeds zo rood als neonlichten. Alsof een piepklein ruimtescheepje op het punt staat op haar gezicht te landen.

‘Klikspaan, boterspaan, je mag niet door mijn straatje gaan,’ constateert ze kort.

Haar moeder staart haar aan.

‘Maar in hemelsn... mijn g... Elsa! Hoe kom je daar nou weer bij?’

Elsa slaat haar armen over elkaar.

‘Een oud rijmpje, staat ook op internet.’

‘Elsa, kom op,’ probeert de directeur en hij trekt een gezicht, waarvan Elsa aanneemt dat dat zijn manier van een beetje glimlachen is.

‘Kom zelf maar op,’ antwoordt Elsa en ze glimlacht niet eens een beetje.

De directeur kijkt Elsa’s moeder aan.

‘Wij, het onderwijzend personeel en ik dus, denken dat Elsa misschien eens zou moeten proberen gewoon weg te lopen wanneer ze een conflict voelt naderen...’

Elsa wacht het antwoord van haar moeder niet af. Want ze weet dat haar moeder het toch niet voor haar zal opnemen. Dus ze pakt haar rugzak van de vloer en staat op.

‘Kunnen we nu gaan?’

En dan zegt de directeur dat zij op de gang mag gaan wachten. Hij klinkt opgelucht. Dus dat doet ze, terwijl haar moeder blijft zitten en zich verontschuldigt. Elsa vindt het een rotstreek.

Ze rende. Zo was het begonnen. Maar dat gaat ze niet aan de directeur vertellen. Ze gaat het aan niemand vertellen, want dat verandert nergens iets aan. Ze wil nu alleen maar naar huis, zodat de maandag ook een keer eindigt.

Tijdens de laatste les voor de middagpauze zei een zwamneus van een leraar dat ze voor na de kerstvakantie een spreekbeurt moesten voorbereiden over het onderwerp 'een literaire held tegen wie ik opkijk'. En je moest je verkleden als die held en over die held vertellen in de ik-vorm. Iedereen had zijn hand op mogen steken en om de beurt een held mogen kiezen, en daarna schreef de leraar de naam van de held eerst op een lijst en vervolgens op een briefje en dat briefje gaf hij aan de leerling. Elsa had natuurlijk Harry Potter willen kiezen, maar die was al vergeven. Dus toen het haar beurt was, zei ze: 'Spider-Man.' En toen werd een van de jongens achter haar boos, want dat wilde hij. En toen kwam er ruzie. 'Jij kunt Spider-Man niet nemen!' schreeuwde de jongen. En toen zei Elsa: 'Heb jij even pech, want dat heb ik net gedaan!' En toen zei de jongen: 'Dan heb JIJ pech!' En toen zei Elsa snuivend: *'Sure!'* Want dat is Elsa's lievelingswoord in het Engels. En toen schreeuwde het jongetje dat Elsa geen Spider-Man kon zijn, want 'alleen jongens kunnen Spider-Man zijn' en toen zei Elsa tegen hem dat hij de vriendin van Spider-Man mocht zijn. En toen duwde hij Elsa tegen een radiator. En toen sloeg Elsa hem met een boek.

Elsa vindt feitelijk nog steeds dat hij daar blij om zou moeten zijn, want zo dicht is die jongen nog nooit bij een boek geweest. Maar toen kwam de leraar aanrennen en maakte een eind aan alles en zei dat niemand 'Spinneman' mocht zijn, want 'Spinneman bestaat alleen in de film en is geen literair personage'. Daar werd Elsa misschien wel een beetje buitenproportioneel boos om en ze vroeg aan de leraar of de leraar wel eens van uitgeverij Marvel had gehoord. Daar had de leraar nog nooit van gehoord. En toen schreeuwde Elsa geschokt: 'En u laten ze lesgeven aan kinderen?' Daarna moest ze nablijven en heel lang met de leraar 'praten', ook al was het de leraar die praatte.

Elsa weet dat ze anders is. Ze weet dat ze daarom geen vrienden heeft. Maar de andere kinderen hebben geen hekel aan haar omdat ze anders is; een heleboel kinderen op school zijn anders. Er zitten minstens twee of drie kinderen in elke klas die anders zijn. Maar Elsa krabbelt niet terug. Daarom hebben normale kinderen een hekel aan haar. Het lijkt wel of ze geloven dat alle kinderen die anders zijn een revolutie zullen beginnen als ze een kind zien dat anders is en niet terugkrabbelt, dus moeten ze Elsa achternazitten en haar slaan totdat ze het opgeeft. Totdat ze niet meer gelooft dat ze een superheld is.

De jongen wacht samen met een paar anderen op haar wanneer ze naar buiten komt. De onzichtbaarheid heeft niet gewerkt, want Elsa was te boos. Dus ze trok de riemen van haar rugzak zo strak aan dat die als een koalabeertje aan haar vastgeklampt zat en daarna rende ze weg.

Ze kan goed rennen. Dat kunnen kinderen die anders zijn. Ze hoorde een van de jongens brullen: 'Pak haar!' en ze hoorde klepperende voetstappen achter zich over het ijzige asfalt. Ze hoorde hun opgewonden ademhaling. Ze rende zo hard dat haar knieën haar ribben raakten, en zonder haar rugzak was ze het hek over geweest en de straat op gerend voordat ze haar te pakken hadden gekregen. Maar een van de jongens kon bij haar rugzak. Daar had ze zich natuurlijk uit kunnen wurmen en alsnog kunnen ontsnappen.

Maar de brief van oma aan het Monster zat erin. Dus ze draaide zich om en vocht.

Ze probeerde hetzelfde te doen als altijd en haar gezicht te beschermen, omdat ze niet wil dat haar moeder verdrietig wordt van de plekken. Maar ze kon niet én haar gezicht én de rugzak beschermen. Dus ging het zoals het ging. 'Je moet je gevecht kiezen als je kunt, maar als het gevecht jou kiest, dan geef je die ellendeling een knietje!' zei oma altijd tegen Elsa, dus dat deed Elsa. Ze kan goed vechten, ook al heeft ze een hekel aan geweld. Je wordt vanzelf goed in vechten als je vaak wordt geslagen. Daarom zijn ze tegenwoordig ook altijd met veel wanneer ze haar achternazitten.

Elsa's moeder komt na minstens tien sprookjeseeuwigheden het kantoor van de directeur uit en ze lopen over het verlaten schoolplein zonder iets tegen elkaar te zeggen. Elsa gaat op de achterbank van Kia zitten met haar armen om haar rugzak. Haar moeder kijkt ongelukkig.

'Lieve Elsa...'

'Wat nou! Ik ben niet begonnen! Hij zei dat meisjes geen Spider-Man mogen zijn!' antwoordt Elsa defensief.

'Ja, maar waarom vecht je dan?' vraagt Elsa's moeder terneergeslagen.

'Daarom!' antwoordt Elsa.

'Je bent geen klein kind, Elsa. Je zegt altijd dat ik je als een volwassene moet behandelen. Dus antwoord niet als een klein kind. Waarom vecht je?'

Elsa frunnikt aan de rubberlijst van het portier.

'Omdat ik niet meer wil rennen.'

En dan probeert Elsa's moeder naar achteren te reiken en haar zachtjes over haar wonden te aaien, maar Elsa trekt haar hoofd weg. Haar moeder zucht.

'Ik weet niet wat ik moet doen,' zegt ze en ze moet bijna huilen.

'Je hoeft niets te doen,' mompelt Elsa.

Mama rijdt Kia achteruit de parkeerplaats af. Ze rijden eeuwighedenlang in een stilte die alleen moeders en dochters onderling kunnen opbouwen.

'Misschien moeten we toch maar naar een psycholoog,' zegt ze uiteindelijk.

Elsa haalt haar schouders op.

'*Whatever*.'

Dat is haar tweede lievelingswoord in het Engels. Haar moeder vraagt niet waar ze dat heeft geleerd.

'Ik... Elsa... schat, ik weet dat je het heel erg vindt van oma. De dood is voor iedereen moeilijk...'

'Je weet niets!' valt Elsa haar in de rede en ze trekt zo hard aan de rubberlijst dat hij tegen het raam klapt wanneer ze hem loslaat.

Mama slikt.

'Ik ben ook verdrietig, Elsa. Het was ook mijn moeder, niet alleen jouw oma.'

Elsa draait haar hoofd met koude woede om.

'Je had de pest aan haar. Dus klets geen onzin.'

'Ik had niet de pest aan haar. Het was mijn moeder.'

'Jullie hadden áltijd ruzie. Je bent vast blij dat ze dood is!'

Elsa zou willen dat ze dat laatste niet had gezegd. Maar het is te laat. Het blijft alle denkbare eeuwigheden stil en ze frunnikt aan de rubberlijst totdat de rand loskomt van het portier. Haar moeder ziet het, maar zegt niets. Wanneer ze stilstaan voor een rood stoplicht, houdt ze haar handen voor haar ogen en schudt berustend haar hoofd.

'Ik doe écht mijn best, Elsa. Ik probeer het echt. Ik weet dat ik een slechte moeder ben en dat ik niet vaak genoeg thuis ben, maar ik doe echt mijn best...'

Elsa reageert niet. Haar moeder masseert haar slapen.

'Misschien moeten we toch kijken of we met een psycholoog kunnen praten.'

'Praat zelf maar met een psycholoog,' zegt Elsa.

'Ja. Misschien moest ik dat maar doen.'

'Ja. Misschien moest je dat maar doen!'

'Waarom ben je zo gemeen?'

'Waarom ben jíj zo gemeen?'

'Lieverd. Ik vind het heel erg dat oma dood is, maar we moe...'

'Nee, dat vind je niet!'

En dan gebeurt er iets wat bijna nooit gebeurt. Haar moeder verliest haar zelfbeheersing en schreeuwt: 'Jawel, dat vind ik verdomme wel! Probeer toch eens te begrijpen dat je niet de enige bent die verdrietig is en wees niet zo'n rotkind!'

Elsa's moeder en Elsa staren elkaar aan. Elsa's moeder slaat haar hand voor haar mond.

'Elsa... ik... scha...'

Elsa schudt haar hoofd en trekt in één ruk de hele rubberlijst uit het portier. Ze weet dat ze heeft gewonnen. Wanneer Elsa's moeder haar zelfbeheersing verliest, wint Elsa altijd.

'Hou op. Al dat schreeuwen is niet goed,' mompelt ze.

En daarna voegt ze er zonder ook maar een blik op haar moeder te werpen aan toe: 'Denk aan het kind.'

7
Leer

Je kunt jarenlang van je oma houden zonder dat je echt iets van haar weet.

Het is dinsdag wanneer Elsa het Monster voor het eerst ontmoet. Op school gaat het beter op dinsdag. Elsa heeft vandaag maar één blauwe plek, en blauwe plekken kun je verklaren met dat je hebt gevoetbald.

Ze zit in Audi. Audi is de auto van haar vader. Die lijkt in absoluut geen enkel opzicht sprekend op Renault. Normaal gesproken haalt Elsa's vader haar om de veertien dagen op vrijdag uit school, want dan logeert ze bij hem en Lisette en de kinderen van Lisette. Alle andere dagen haalde oma haar altijd, en al die dagen zal haar moeder haar nu komen halen. Maar vandaag zijn Elsa's moeder en George naar de dokter om naar Halfje te kijken, dus vandaag haalt papa haar, ook al is het dinsdag.

Oma was altijd op tijd en stond altijd bij het hek. Haar vader is laat en blijft in Audi zitten op de parkeerplaats.

'Wat is er met je oog gebeurd?' vraagt papa onzeker.

Hij is vanochtend uit Spanje gekomen, want daar is hij met Lisette en Lisettes kinderen geweest, maar hij is niet bruin geworden, want hij weet niet hoe dat moet.

'We hebben gevoetbald,' zegt Elsa.

Oma had haar nooit laten wegkomen met voetbal. Maar papa is oma niet. Dus hij knikt alleen aarzelig en vraagt of ze haar gordel wil vastmaken. Dat doet hij vaak. Aarzelig knikken dus. Haar vader is een aarzelig persoon. Haar moeder is een perfectionist en haar vader een pietje-precies en dat is een beetje de reden waarom hun huwelijk niet werkte, heeft Elsa bedacht. Want een perfectionist en een pietje-precies zijn twee heel verschillende dingen. Wanneer haar ouders de huishouding deden, maakte haar moeder in Excel een gedetailleerd rooster voor het schoonmaakwerk, maar vervolgens deed haar vader tweeënhalf uur over het ontkalken van het koffiezetapparaat, en je kunt geen leven plannen met zo iemand in de buurt, zei haar moeder. De leraren op school zeggen altijd tegen Elsa dat haar probleem is dat ze zich niet kan concentreren, en dat is heel vreemd, vindt Elsa, want het grote probleem van haar vader is dat hij niet kan ophouden.

'Zo, wat wil je eens gaan doen?' vraagt haar vader en hij zet zijn handen aarzelig op het stuur.

Dat doet hij vaak. Vragen wat Elsa wil doen. Want er is maar heel zelden iets wat hijzelf wil doen. En deze dinsdag kwam wel heel onverwacht voor hem, haar vader kan niet zo goed omgaan met dinsdagen die onverwacht opkomen. Elsa logeert ook maar om de week een weekend bij hem, want nadat hij Lisette had ontmoet en met haar en haar kinderen was gaan samenwonen, zei haar vader dat het daar zo 'onrustig' voor Elsa werd. Toen oma dat hoorde belde ze hem en zei minstens tien keer binnen een minuut 'soephoofd' tegen hem. Dat was een soephoofdrecord, zelfs voor oma. En toen ze had opgehangen, had ze tegen Elsa geroepen: 'Lisette! Echt een naam voor een dombo, vind je niet?' Elsa wist natuurlijk dat ze dat niet meende, want iedereen vindt Lisette aardig, want Lisette heeft dezelfde superkracht als George. Maar oma was zo iemand met wie je ten strijde trok, en dat vond Elsa geweldig van haar. En daarna hadden ze Ben & Jerry's gegeten. Elsa mist hen alle drie.

Ben en oma en Jerry.

Haar vader is te laat wanneer hij Elsa uit school moet halen. Oma was nooit te laat. Elsa probeert te leren wat 'ironie' exact betekent en ze is er vrij zeker van dat haar vader nooit ergens te laat komt, behalve wanneer hij Elsa uit school moet halen, en dat oma altijd overal te laat kwam, alleen uitgerekend dan niet. Misschien omdat oma wist dat de hele wereld vol zit met pestkoppen wanneer je bijna acht bent.

Haar vader friemelt weer aan het stuur.

'Waar zou je vandaag naartoe willen?'

Elsa kijkt verbaasd, want het klinkt echt alsof hij bedoelt dat ze ergens naartoe zullen rijden. Hij draait heen en weer.

'Ik dacht dat je misschien iets... zou willen doen.'

Elsa weet dat hij dat alleen zegt om aardig te zijn. Want hij houdt niet van dingen doen, haar vader is geen doener. Elsa kijkt hem aan. Hij kijkt naar het stuur.

'Naar huis maar gewoon, denk ik,' zegt ze.

Haar vader knikt en zijn gezicht staat teleurgesteld en opgelucht tegelijk, het is een manier van kijken die hij als enige van de hele wereld onder de knie heeft. En dan brengt hij Elsa thuis. Want Elsa's vader zegt nooit nee tegen haar, ook al zou ze soms willen dat hij dat wel deed.

'Audi is prima,' zegt Elsa wanneer ze halverwege zijn en ze geen van beiden meer iets hebben gezegd.

Ze klopt op het dashboardkastje van Audi, alsof het een kat was. Nieuwe auto's ruiken naar zacht leer, compleet het tegenovergestelde van het oude, gebarsten leer waar het bankstel in oma's appartement naar ruikt. Elsa houdt van beide geuren, ook al houdt ze eigenlijk helemaal niet van leer, omdat ze vindt dat leer zich bij voorkeur op een dier moet bevinden en niet op autostoelen. Het is ingewikkeld. En een tikje schijnheilig. Maar Elsa werkt eraan.

'Je weet wat je aan Audi hebt,' knikt haar vader.

Zijn vorige auto heette ook Audi. Haar vader vindt het prettig om te weten wat hij eraan heeft. Vorig jaar hadden ze een keer de inrichting veranderd in de supermarkt bij haar vader en Lisette in de buurt, en toen moest Elsa die tests doen die ze in de tv-reclame had gezien om er zeker van te zijn dat hij geen beroerte had gekregen.

Haar vader loopt met haar mee van Audi naar de voordeur wanneer ze er zijn. Britt-Marie staat ineengedoken in het donker er vlak achter, als een venijnige huiskabouter op wacht. Elsa bedenkt dat je weet dat er niets goeds van kan komen als je Britt-Marie hebt gezien. 'Dat mens is net een blauwe envelop,' zei oma altijd. Haar vader lijkt het daarmee eens te zijn, want Britt-Marie is een van de weinige onderwerpen waar hij en oma het over eens waren.

'Goeiendag,' zegt papa aarzelend tegen Britt-Marie.

'Goeiendag,' zegt Elsa.

'Ja, ja. Ja, ja. Goeiendag,' zegt Britt-Marie en ze komt uit het donker tevoorschijn en haalt twee keer snel adem, alsof ze aan een onzichtbare sigaret trekt.

Daarna lijkt ze zich te vermannen en glimlacht goedwillend. Ze heeft een puzzelboekje in haar hand. Britt-Marie is dol op kruiswoordpuzzels, want er zijn heel duidelijke regels bij kruiswoordpuzzels. Elsa ziet dat ze de hokjes met potlood heeft ingevuld. Oma zei altijd dat Britt-Marie het type vrouw is dat eerst twee glazen wijn moet drinken en het gevoel moet krijgen dat ze een heel gek mens is, voordat ze ook maar kan fantaseren over het gebruik van een pen bij het oplossen van een kruiswoordpuzzel.

Britt-Marie maakt een geërgerd gebaar naar Elsa.

'Weten jullie van wie deze is?' vraagt ze wijzend naar een kinderwagen die vastgeketend is aan de trapleuning onder het informatiebord.

Elsa ziet hem nu pas. Het is raar dat die daar staat, want er wonen geen baby's in deze flat behalve Halfje, en die lift nog steeds met Elsa's moeder mee. Britt-Marie lijkt echter niet stil te staan bij de diepere filosofie van de situatie.

'Kinderwagens zijn verboden in het trappenhuis! Vanwege het brandgevaar!' verklaart ze en ze legt haar ene hand kordaat in de andere, zodat het puzzelboekje er als een helemaal niet zo veel ontzag inboezemend zwaard uitsteekt.

'Ja, dat staat op dat briefje daar,' knikt Elsa behulpzaam en ze wijst naar een keurig briefje aan de muur vlak boven de kinderwagen waarop staat: 'Hier geen kinderwagens plaatsen. Brandgevaar.'

'Dat bedoel ik nou!' antwoordt Britt-Marie met een klein beetje stemverheffing.

Maar toch goedwillend.

'Ik begrijp het niet,' zegt Elsa's vader alsof hij het niet begrijpt.

'Ik vraag me natuurlijk af of jullie dat briefje hebben opgehangen! Dat vraag ik me af!' zegt Britt-Marie en ze zet een heel klein stapje naar voren en daarna een heel klein stapje naar achteren om de ernst als het ware te onderstrepen.

'Mankeert er iets aan het briefje?' vraagt Elsa.

Britt-Marie haalt twee keer diep adem.

'Natuurlijk niet, natuurlijk niet. Maar het is geen usance binnen deze vereniging van eigenaren om zomaar briefjes op te hangen zonder de overige bewoners daar eerst van in kennis te stellen.'

'Dit is toch geen vereniging van eigenaren?' vraagt Elsa.

'Nee, maar dat wordt het wel, wat ik je brom!' stelt Britt-Marie vast, zodat er een beetje spuug meekomt met de b van 'brom'.

Dan herstelt ze zich weer en glimlacht Elsa goedwillend toe.

'Binnen het bestuur van deze vereniging ben ik degene die verantwoordelijk is voor de informatievoorziening. Het is geen usance dat er briefjes worden opgehangen zonder het voor de informatievoorziening verantwoordelijke bestuurslid daarvan in kennis te stellen!'

Ze wordt onderbroken door het geblaf van een hond dat zo hard is dat de glazen ruit in de deur ervan trilt.

Britt-Marie en Elsa's vader maken een sprongetje. Elsa schuifelt onrustig heen en weer. Ze heeft haar moeder gisteren tegen George horen zeggen dat Britt-Marie de politie had gebeld om Vriend te laten afmaken. Het lijkt wel of hij nu de stem van Britt-Marie heeft gehoord, en net als oma schijnt Vriend geen seconde zijn muil te kunnen houden wanneer hij de stem van Britt-Marie hoort.

Britt-Maries ogen worden klein en haar geforceerd goedwillende glimlach wordt meer geforceerd dan goedwillend.

'Ik heb de politie gebeld over die afschuwelijke vechthond!' laat ze Elsa's vader weten.

Elsa's vader kijkt een beetje zenuwachtig, want van afschuwelijke vechthonden wordt hij een beetje zenuwachtig. Elsa kucht en probeert snel van onderwerp te veranderen.

'Misschien was je niet thuis?' roept ze tegen Britt-Marie en ze wijst naar het briefje.

Dat werkt, in ieder geval tijdelijk. Britt-Marie vergeet boos te zijn vanwege de vechthond, terwijl ze opnieuw boos wordt vanwege het briefje. Het belangrijkste voor Britt-Marie is namelijk om altijd genoeg dingen te hebben om boos over te zijn.

'Je hangt toch niet stiekem briefjes op wanneer mensen niet thuis zijn? Wat zijn dat voor gangstermanieren?' antwoordt Britt-Marie op een manier die het voor Elsa ontzettend moeilijk maakt om te begrijpen of het een vraag is of een bewering.

Elsa knikt weer. Ze bedenkt dat ze misschien tegen Britt-Marie moet zeggen dat ze een briefje zou moeten ophangen dat iemand die een briefje wil ophangen daar eerst de buren van op de hoogte moet stellen. Bijvoorbeeld door middel van een briefje. Elsa bedenkt dat dat ironisch zou zijn. Maar dan kijkt ze naar Britt-Marie en bedenkt dat Britt-Marie dan waarschijnlijk met een handtekeningenlijst rond zou gaan voor een verbod op kinderen.

Er komt weer geblaf uit de flat een halve verdieping boven hen. Britt-Marie trekt een zuinig gezicht.

'Ik heb de politie gebeld! Maar ze doen natuurlijk niets! Ze zeggen dat we tot morgen moeten wachten om te kijken of de eigenaar opduikt!'

Elsa's vader reageert niet, en Britt-Marie vat zijn zwijgen kennelijk op als een wens veel meer te horen over Britt-Maries gevoelens in dezen.

'Kent heeft al vaker bij die flat aangebeld, maar het lijkt wel of daar niet eens iemand woont! Alsof dat wilde beest daar alleen woont! Snap je dat nou?' flapt ze eruit tegen Elsa's vader en ze kijkt een beetje alsof ze haar zin wil afsluiten met 'de brutaliteit!'

Elsa's vader glimlacht enigszins aarzelig. Want van vechthonden die alleen in een appartement wonen wordt hij enigszins aarzelig.

'De brutaliteit!' zegt Britt-Marie.

Elsa houdt haar adem in. Maar er komt geen geblaf meer. Alsof Vriend eindelijk verstandig is geworden.

De deur achter Elsa's vader gaat open en de vrouw met de zwarte rok komt binnen. Haar hakken tikken tegen de vloer en ze praat hardop in het witte snoer in haar oor.

'Dag!' zegt Elsa, om Britt-Maries aandacht af te leiden van eventueel hondengeblaf.

'Dag,' zegt papa, om beleefd te zijn.

'Ja, ja. Ja, ja. Dag!' zegt Britt-Marie, alsof de vrouw een potentieel criminele briefjesophanger is.

De vrouw in de zwarte rok zegt niets terug. Ze praat alleen nog harder in het witte snoer, werpt hun alle drie een geërgerde blik toe en verdwijnt naar boven.

Er ontstaat een lange, gespannen stilte in het trappenhuis als ze weg is. Elsa's vader is niet zo heel goed in het omgaan met gespannen stiltes. Gespannen stiltes zijn het kryptoniet van Elsa's vader, zou je kunnen zeggen.

'Helvetica,' brengt hij nerveus kuchend uit.

'Wablief?' zegt Britt-Marie en ze kijkt nog zuiniger.

'Helvetica. Het lettertype, dus,' zegt Elsa's vader benauwd en hij knikt naar het briefje aan de muur.

Britt-Marie kijkt naar het briefje. Ze kijkt naar Elsa's vader.

'Een mooi... lettertype,' mompelt Elsa's vader.

Dat is een van die dingen die hij belangrijk vindt. Een lettertype. Toen Elsa's moeder een keer op een ouderavond bij Elsa op school was en haar vader op het laatste moment belde dat hij niet kon komen want er was iets tussengekomen op het werk, toen meldde Elsa's moeder haar vader voor straf als vrijwilliger aan voor het maken van affiches voor de vlooienmarkt van de school. Vervolgens deed hij er drie weken over om te beslissen welk lettertype de affiches moesten hebben en toen hij ze eenmaal kwam brengen op school, wilde Elsa's leraar ze niet hebben, omdat de vlooienmarkt al was geweest. Elsa's vader leek niet helemaal te begrijpen wat dat ermee te maken had.

Net zoals Britt-Marie niet helemaal lijkt te begrijpen wat het lettertype Helvetica ook maar ergens mee te maken heeft op dit moment. Elsa's vader kijkt naar de grond en kucht weer.

'Heb je... de sleutel?' vraagt hij aan Elsa.

Ze knikt. Ze omhelzen elkaar snel. Elsa's vader verdwijnt opgelucht door de voordeur en Elsa stuift de trappen op voordat Britt-Marie weer met haar kan gaan praten. Voor het appartement van Vriend blijft ze even staan en kijkt over haar schouder om te controleren of Britt-Marie haar echt niet in de gaten houdt. Vervolgens doet ze de brievenbus open en fluistert: 'Wees alsjeblieft stil!' Ze weet dat hij het begrijpt. Ze hoopt alleen dat hij zich er ook iets van aantrekt.

Ze rent de laatste trap op met de sleutel van het appartement in haar hand, maar ze gaat niet bij haar moeder en George naar binnen. In plaats daarvan maakt ze de deur van oma's appartement open en stormt rechtstreeks de grote kast binnen. Er staan verhuisdozen in de hal en een emmer in de keuken, ze probeert er geen notitie van te nemen. Dat lukt niet. Het duister van de kast omsluit haar, zodat niemand kan zien dat ze huilt.

Hij was altijd magisch, die kast. Als Elsa er languit in ging liggen kon ze altijd precies met haar tenen en vingertoppen bij de zijkanten. Hoe groot ze ook werd, de kast had altijd precies dat formaat. Oma beweerde natuurlijk altijd dat het 'pure flauwekul en verbeelding' was, 'want die kast heeft altijd al precies die afmetingen gehad'. Maar Elsa heeft het gemeten. Dus ze weet het.

Ze gaat languit liggen. Raakt beide wanden aan. Over een paar maanden hoeft ze zich niet meer uit te rekken. Over een jaar zal ze hier helemaal niet meer languit kunnen liggen. Want de magie is weg.

Ze hoort de gedempte stemmen van Maud en Lennart in het appartement. Ze ruikt de geur van koffie, maar Lennart noemt het 'volwassenendrankje', dus Elsa weet dat Samantha er ook is, lang voordat ze de bichon frisé door de woonkamer hoort sluipen en haar kort daarna hoort snurken onder oma's salontafel. Maud en

Lennart gaan oma's appartement opruimen en ze beginnen met het inpakken van haar spullen. Elsa's moeder heeft hen gevraagd of ze willen helpen, en dat vindt Elsa een rotstreek van haar. Dat vindt ze een rotstreek van iedereen.

Algauw hoort ze ook de stem van Britt-Marie. Alsof ze achter Maud en Lennart aan loopt. Ze is heel boos. Ze wil het alleen maar hebben over wie de brutaliteit heeft gehad om dat briefje in het trappenhuis op te hangen en wie de brutaliteit heeft gehad om de kinderwagen precies onder dat briefje op slot te zetten, en het lijkt ook voor Britt-Marie zelf heel onduidelijk waar ze eigenlijk het boost om is. Maar ze heeft het in ieder geval niet meer over Vriend.

Elsa ligt al een uur in de kast wanneer de jongen met syndroom erin kruipt. Door de kier in de deur ziet Elsa dat zijn moeder aan het opruimen is, en dat Maud voorzichtig achter haar aan loopt en alles opruimt wat om haar heen valt. Britt-Marie probeert iemand, wie dan ook, duidelijk te maken dat kinderwagens in het trappenhuis gevaar opleveren, want iemand kan zich eraan bezeren. Bijvoorbeeld een kind. En je moet rekening houden met kinderen, denkt Britt-Marie. Hardop.

Lennart zet een groot bord met dromen voor de kast neer. Elsa trekt het naar binnen en doet de deur dicht en zij en de jongen met syndroom eten ze in stilte op. De jongen zegt niets, dat doet hij nooit. Dat is een van de dingen die Elsa het leukst vindt aan hem.

Ze hoort de stem van George in de keuken. Die is warm en vertrouwenwekkend en vraagt of iemand een ei wil, want dan kan hij voor iedereen een ei klaarmaken. Iedereen vindt George aardig, dat is zijn superkracht. Dat vindt Elsa vervelend aan hem. Niets is zo irritant als een irritante persoon die nog niet eens het fatsoen heeft om een klojo te zijn. Dan hoort Elsa de stem van haar moeder, en een seconde lang wil ze de kast uit rennen en zich in haar armen werpen. Maar dat doet ze niet, want ze wil dat haar moeder verdrietig is. Elsa weet dat ze al heeft gewonnen, maar ze wil dat haar moeder dat ook weet. Zodat zij er evenveel pijn van heeft als Elsa dat oma dood is.

De jongen met syndroom valt op de vloer van de kast in slaap. Zijn moeder doet de deur voorzichtig open, kruipt naar binnen en tilt hem er meteen uit. Alsof ze wist dat hij in slaap was gevallen zodra hij in slaap viel. Misschien is dat haar superkracht.

Even later kruipt Maud in de kast om voorzichtig alle dingen op te rapen die uit de zakken van de moeder van de jongen gevallen zijn toen ze hem ophaalde.

'Bedankt voor de koekjes,' fluistert Elsa.

Maud aait over haar wang en kijkt zo verdrietig meelevend naar Elsa dat Elsa meeleeft met het verdriet van Maud.

Ze blijft in de kast zitten totdat iedereen is gestopt met opruimen en inpakken en weer naar zijn eigen appartement is gegaan. Ze weet dat haar moeder in de hal van het appartement van haar en George op Elsa zit te wachten, dus ze gaat eerst een hele poos op de grote vensterbank in het trappenhuis zitten. Want ze wil haar moeder lang laten wachten.

Ze blijft zitten totdat de lampen in het trappenhuis automatisch uitgaan. Zeker een uur. Totdat de alcoholverslaafde op een lagere verdieping van het gebouw in het trappenhuis begint rond te spoken, met een schoenlepel tegen de trapleuning slaat en schreeuwt dat je 's nachts geen bad mag nemen. Dat doet die alcoholverslaafde een paar keer per week. Dat is niets abnormaals.

'Zet het water uit!' schreeuwt de alcoholverslaafde, maar Elsa reageert niet. En verder ook niemand. Want mensen in dit soort flats denken dat het met alcoholverslaafden net zo is als met monsters, dat ze vanzelf weggaan als je net doet of ze er niet zijn.

Elsa hoort dat de alcoholverslaafde midden in een hartstochtelijke oproep om zuinig te zijn met water uitglijdt en valt en de schoenlepel op het hoofd krijgt. De alcoholverslaafde en de schoenlepel bakkeleien daarna een hele poos, als twee oude vrienden die ruzie hebben over geld. Uiteindelijk wordt alles stil. En dan hoort Elsa het lied. Het lied dat de alcoholverslaafde altijd zingt. Elsa zit in het donker in het trappenhuis met haar armen om zichzelf heen geslagen alsof het een wiegelied is dat alleen voor haar wordt gezongen. Daarna verstomt ook het lied. Ze hoort dat de alcoholverslaafde 'sst' zegt tegen de schoenlepel, of tegen zichzelf, en weer naar binnen gaat.

Elsa doet haar ogen half dicht. Ze probeert de wolkendieren te zien en de eerste velden aan de rand van Bijna-Wakkerland, maar het lukt niet. Ze kan er niet meer komen. Niet zonder oma. Ze doet haar ogen troosteloos open. Sneeuwvlokken vallen als natte wanten tegen de ruit.

En dan ziet ze het Monster voor het eerst.

Het is zo'n donkere winternacht dat het lijkt alsof de hele woonwijk in een emmer duisternis is gedoopt. Het Monster sluipt de voordeur uit, stapt snel de halve lichtcirkel rond de laatste buitenlamp in en weer uit. Zo snel dat Elsa, als ze haar ogen iets te hard had dichtgeknepen, zou hebben gedacht dat ze het zich verbeeldde. Maar nu weet ze wat ze heeft gezien en in één beweging staat ze op de grond en loopt ze de trap al af.

Ze weet dat hij het is, ook al heeft ze hem nooit eerder gezien, want hij is de grootste mens die ze ooit heeft gezien. Hij jaagt over de sneeuw als een dier. Een sprookjesmonster. Elsa weet heel goed dat het gevaarlijk en krankzinnig is wat ze nu gaat doen, maar desondanks – of misschien juist daarom – springt ze met drie treden tegelijk de trap af. Haar sokken glijden van de laatste tree en ze roetsjt over de vloer van de begane grond en stoot haar kin tegen de deurkruk. Met een gezicht dat bonst van de pijn rukt ze de deur open en ploetert buiten adem door de sneeuw, nog steeds op sokken.

'Ik heb post voor je!' brult ze recht de nacht in.

Dan pas beseft ze dat ze een brok in haar keel heeft. Maar ze wil op zijn minst zien wie hij is. Ze wil weten met wie oma over Miama praat zonder dat aan Elsa te vertellen.

Er komt geen antwoord. Ze hoort zijn lichte voetstappen door de sneeuw, verbazingwekkend soepel voor zo'n enorm wezen. Hij loopt van haar weg. Elsa zou bang moeten zijn, ze zou in paniek moeten zijn vanwege wat het Monster met haar zou kunnen doen. Hij is groot genoeg om haar met één ruk in stukken te scheuren, dat weet ze. Maar ze is te boos om bang te zijn.

'Ik moet van mijn oma zeggen dat het haar spijt!'

Ze ziet hem niet. Maar ze hoort geen geknerp van de sneeuw. Hij is stil blijven staan.

Elsa denkt niet na. Ze rent gewoon instinctief het donker in waar ze hem voor het laatst zijn voet heeft horen neerzetten. Ze voelt het wapperen van zijn jas. Hij rent weg, ze strompelt door de sneeuw en maakt een snoekduik om zijn broekspijp vast te pakken. Wanneer ze op haar rug in de sneeuw landt, ziet ze hem in het licht van de laatste straatlantaarn naar haar staren. Elsa voelt dat de tranen op haar wangen stijf worden van de kou.

Hij is vast meer dan twee meter lang. Boomgroot. Hij heeft een dikke capuchon op en zijn zwarte haar golft over zijn schouders. Bijna zijn hele gezicht is begraven onder een baard die zo dik is als een vacht, en uit de schaduwen van de capuchon kronkelt een litteken over zijn ene oog naar beneden, zo dik dat het lijkt alsof de huid is gesmolten. Elsa voelt zijn blik in haar bloedsomloop kriebelen.

'Laat los!'

Het duister van zijn bovenlichaam valt over Elsa wanneer hij dat sist.

'Ik moet van mijn oma zeggen dat het haar spijt!' hijgt Elsa en ze laat de envelop zien.

Het Monster pakt hem niet aan. Ze laat zijn broekspijp los omdat ze denkt dat hij haar wil schoppen, maar hij doet alleen een halve stap naar achteren. En wat er daarna uit hem komt is meer een grom dan een woord. Alsof hij in zichzelf praat en niet tegen haar.

'Hoepel op, dom meisje...'

De woorden pulseren in Elsa's trommelvliezen. Ze klinken verkeerd, op de een of andere manier. Elsa verstaat ze wel, maar ze schuren in haar gehoorgang. Alsof ze daar niet thuishoren.

Het Monster draait zich met snelle, vijandige bewegingen om. Het volgende moment is hij weg. Alsof hij zomaar door een luik in het duister is gestapt.

Elsa blijft happend naar adem in de sneeuw liggen, terwijl de kou nog op haar borst stampt. Dan staat ze op en zet zich schrap, ze maakt een prop van de envelop en gooit die achter hem aan, het duister in.

Ze weet niet hoeveel voor-eeuwigs er verstrijken voordat ze de voordeur achter zich hoort opengaan. Maar dan hoort ze de voetstappen van haar moeder, ze hoort dat die haar roept. Elsa vliegt blindelings in haar armen.

'Wat doe jij buiten?' vraagt haar moeder geschrokken.

Elsa geeft geen antwoord. Elsa's moeder omvat haar gezicht teder met haar handen.

'Hoe kom je aan die blauwe plek?'

'Voetbal,' fluistert Elsa.

'Dat lieg je,' fluistert haar moeder.

Elsa knikt. Mama houdt haar stevig vast. Elsa snikt tegen haar buik.

'Ik mis haar...'

Mama bukt en legt haar voorhoofd tegen Elsa's voorhoofd.

'Ik ook.'

Ze horen het Monster buiten niet bewegen. Ze zien hem de envelop niet oprapen. Maar uiteindelijk, diep in de omhelzing van haar moeder, dringt het tot Elsa door waarom de woorden uit zijn mond verkeerd klonken.

Het Monster had oma's en Elsa's geheime taal gesproken.

Je kunt jarenlang van je oma houden zonder dat je echt iets van haar weet.

8

Rubber

Het is woensdag. Ze rent weer.

Deze keer weet ze niet precies hoe het is gekomen. Misschien komt het doordat het over een paar dagen kerstvakantie is en ze weten dat ze straks een paar weken lang niemand achterna kunnen zitten, dus moeten ze nu nog even alles uit de kast halen. Ze weet het niet. Het is niet heel makkelijk om de achterliggende factoren aan te wijzen bij zwamneuzen. Soms zijn die er niet. Mensen die nooit achternagezeten zijn denken dat er altijd een aanleiding is. 'Ze doen dat toch niet zomaar?' vragen dat soort mensen. 'Je zult het toch op de een of andere manier hebben uitgelokt?' Alsof het zo werkt met onderdrukking. Ze pesten Elsa omdat ze bestaat, meer aanleiding hebben ze niet nodig.

Maar pogingen om dat aan zulke mensen uit te leggen zijn uiteraard zinloos. Net zo zinloos als pogingen om een zwamneus die altijd een hazenpoot bij zich heeft omdat die geluk brengt, uit te leggen dat als hazenpoten echt geluk brachten, ze nog wel aan de haas hadden gezeten.

En eigenlijk is dit niemand z'n schuld. Het komt niet doordat haar vader haar iets te laat kwam ophalen, het is gewoon dat de schooldag vandaag iets te vroeg was afgelopen. En het is moeilijk om je onzichtbaar te maken als het pesten al binnen de school begint.

Dus Elsa rent. Dat kan ze goed.

'Pak haar!' schreeuwt het meisje ergens achter haar.

Het begon vandaag met Elsa's sjaal. Dat denkt Elsa in ieder geval. Ze begint te leren wie op school anderen pest, en hoe. Er zijn er die alleen kinderen achternazitten die laten zien dat ze zwak zijn. En er zijn er die het gewoon voor de lol doen, die hun slachtoffers niet eens slaan wanneer ze die hebben ingehaald, maar alleen de angst in hun ogen willen zien. En er zijn er die net zo zijn als de jongen die met Elsa heeft gevochten om wie Spider-Man mocht zijn. Hij jaagt en vecht uit principe, omdat hij er niet tegen kan wanneer iemand hem tegenspreekt. Zeker niet als die iemand anders is.

Maar dit meisje is niet zo. Zij wil een reden hebben om achter haar aan te zitten. Een manier om de jacht te rechtvaardigen. Ze wil zich heldhaftig voelen wanneer ze jaagt, denkt Elsa met onwijs koele scherpzinnigheid, terwijl ze naar het hek rent met een hart dat beukt als een stormram en een keel die brandt als die keer dat oma jalapeñosmoothies had gemaakt.

Ze denkt dat het met haar sjaal is begonnen. Ze weet het niet zeker, want ze kan zich zelfs van een ontzettende zwamneus niet voorstellen dat die zich zo druk maakt om een sjaal. Maar ze is tot de conclusie gekomen dat het haar onderhandelingspositie waarschijnlijk niet versterkt wanneer ze blijft staan om het te vragen. Ze voelt de opwinding van de andere kinderen tot in de trillingen in het ijs wanneer de rubberzolen van hun schoenen roffelend naderen. Als je eenmaal een reden hebt gevonden om iemand achterna te zitten, hoef je het nooit alleen te doen. Op deze school in ieder geval niet.

Elsa klimt snel over het hek en wanneer ze het trottoir aan de andere kant bereikt, komt haar rugzak met zo'n klap tegen haar achterhoofd dat ze een paar seconden niets kan zien. Ze trekt met beide handen hard aan de riemen, zodat de rugzak om haar rug knijpt en ze knippert met haar ogen. Met een wazige blik kijkt ze naar de parkeerplaats links van haar, waar Audi elk moment kan komen aanrijden. Ze hoort het meisje achter zich schreeuwen als een beledigde ork. Elsa weet wat een ork is, omdat haar moeder oma echt heel duidelijk te verstaan had gegeven dat Elsa de films van *In de ban van de Ring* niet mocht zien, en ze weet dat het dan te laat zal zijn. Dus ze kijkt naar rechts, langs de glooiing naar de grote weg. De vrachtauto's denderen voorbij als een binnenvallend leger op weg naar een vijandige burcht, maar in de ruimte ertussen ziet Elsa de ingang van het park aan de overkant.

'Het drugspark', noemt iedereen op school het, omdat er junks zitten die kinderen achternazitten met heroïnespuiten. Dat heeft Elsa in ieder geval gehoord. Dus ze vindt het park doodeng, want dat vind je als je bijna acht bent en geen zwamneus. Het is zo'n park waar het daglicht nooit in lijkt door te dringen en dit is zo'n winterdag waarop de zon nooit lijkt op te komen.

Elsa was er goed vanaf gekomen tot aan de lunch, maar zelfs iemand die heel goed is in onzichtbaar zijn kan niet echt onzichtbaar zijn in een eetzaal. Het meisje had zo plotseling voor haar gestaan dat Elsa was geschrokken en slasaus had gemorst op haar Griffoendorsjaal. Het meisje had ernaar gewezen en gebruld: 'Had ik niet gezegd dat je die spuuglelijke sjaal niet meer mag dragen?' Elsa had het meisje aangekeken op de enige manier waarop je iemand aan kunt kijken die zojuist naar een Griffoendorsjaal heeft gewezen en 'spuuglelijke sjaal' heeft gezegd. Dus ongeveer zoals je naar iemand zou kijken die net naar een paard heeft gewezen en vrolijk uitroept: 'Tractor!' Toen het meisje voor het eerst aandacht schonk aan de sjaal, had Elsa aangenomen dat het meisje gewoon een Zwadderich was. Pas nadat het meisje Elsa in het gezicht had geslagen en de sjaal kapot had gescheurd en hem in een wc had gegooid, drong het tot Elsa door dat het meisje Harry Potter helemaal niet had gelezen. Ze wist natuurlijk wel wie het was, want iedereen weet wie Harry Potter is, maar ze had de boeken niet gelezen. Ze begreep geen sikkepit van de symboliek van een Griffoendorsjaal. En Elsa wil natuurlijk niet elitair zijn of zo, maar met zo iemand is toch helemaal geen gesprek mogelijk? Of wel?

Met zo'n dreuzel.

Dus toen het meisje vandaag in de eetzaal Elsa's sjaal af wilde trekken, had Elsa besloten argumenten te gebruiken die iets meer op het intellectuele niveau van het meisje lagen. Ze had gewoon haar glas melk naar haar gegooid en was weggerend.

Door de gangen, naar de eerste verdieping en door naar de tweede. Daar was een ruimte onder een van de trappen waar de schoonmakers hun spullen neerzetten. Daar was Elsa in gekropen met haar armen om haar knieën en ze had zich zo onzichtbaar mogelijk gemaakt, terwijl ze het meisje en haar meelopers naar de derde verdieping hoorde stormen. Daarna had ze zich de rest van de dag in het lokaal verstopt.

Meer aanleiding had het meisje niet nodig. Het was haar gelukt om een aanval van Elsa uit te lokken, dus nu was het meisje de held. Er zitten altijd een paar van dat soort jagers op elke school, en ze kiezen altijd kinderen uit zoals Elsa. Want kinderen zoals Elsa kun je zo gek krijgen dat ze met glazen melk gaan gooien.

Dat maakt het leuker om ze achterna te zitten. En meer reden hebben sommige mensen niet nodig.

Het onmogelijke stuk is de route vanaf het lokaal naar de ingang van de school. Daar kun je niet onzichtbaar zijn, zelfs niet als je er goed in bent. Dus Elsa moest het strategisch aanpakken.

Eerst bleef ze dicht bij de leraar terwijl al haar klasgenoten het lokaal uit stroomden. Vervolgens glipte ze in het tumult de deur uit en vloog de tweede trap af. De trap die niet naar de hoofdingang leidt. Ze wisten natuurlijk dat ze dat zou doen, ze wilden waarschijnlijk zelfs dat ze dat zou doen, want in dat trappenhuis konden ze haar makkelijker vangen. Maar de les was vroeg afgelopen, en Elsa gokte erop dat dat voor de lessen die een verdieping lager werden gegeven niet gold. In dat geval had ze misschien een halve minuut de tijd om de trap af te rennen en de lege gang door, en kon ze een kleine voorsprong opbouwen, waarna haar achtervolgers vast zouden komen te zitten in een nieuwe wirwar van leerlingen die meteen daarna beneden uit de lokalen stroomden.

Ze had gelijk. Ze zag het meisje en haar vrienden op niet meer dan tien meter achter zich, maar ze konden toen niet bij haar komen.

Oma had duizenden verhalen verteld uit Miama over jacht en oorlog. Over hoe je ontkomt aan schaduwen als ze achter je aanzitten, hoe je ze in de val lokt en hoe je ze kunt verslaan met afleidingsmanoeuvres. Want net als alle jagers hebben schaduwen een heel grote zwakte: ze richten al hun aandacht op hun prooi, in plaats van hun hele omgeving te zien. De prooi daarentegen richt al zijn aandacht op het vinden van een vluchtweg. Dat is geen gigantisch groot voordeel, maar wel een voordeel. Dat weet Elsa, want ze heeft opgezocht wat 'afleidingsmanoeuvre' betekent.

Dus ze stopte haar hand in de zak van haar spijkerbroek en haalde er een vuistvol muntjes uit. Ze heeft altijd een vuistvol muntjes in haar zakken, dat heeft iedereen die vaak achterna wordt gezeten. Net toen het gekrioel van kinderen wat minder begon te worden, en ze bij de tweede trap naar de ingang kwam, liet ze de muntjes op de grond vallen en rende weg.

Er is iets vreemds aan de hand met mensen, heeft Elsa ontdekt. Bijna iedereen die het gerinkel van muntjes op een stenen vloer hoort, blijft staan en kijkt naar beneden.

Het plotselinge gedrang van grijpgrage vingers rond de muntjes versperde haar achtervolgers de weg en gaf haar nog een paar seconden extra voorsprong. Die pakte ze en rende.

Maar nu hoort ze dat ze tegen het hek op springen. Degelijke winterschoenen in neutrale kleuren tegen versleten staaldraad. Zo meteen hebben ze haar. Elsa kijkt naar links, naar de parkeerplaats. Geen Audi. Ze kijkt naar rechts, naar de grijze chaos op de weg en de zwarte stilte in het park. Ze kijkt nog eens naar links, bedenkt dat die kant op de veilige optie is, gesteld dat haar vader voor de gelegenheid op tijd opduikt. Dan kijkt ze naar rechts, voelt de angst schrammen maken in haar maag wanneer ze het park voorbij ziet flitsen tussen de dreunende vrachtauto's.

Dan moet ze denken aan oma's verhalen uit Miama, over hoe

een van de prinsen een keer ontsnapte aan een hele groep schaduwen die hem achternazat, door recht het donkerste bos van heel Bijna-Wakkerland in te rijden op zijn paard. Schaduwen zijn de verschrikkelijkste verschrikkingen die ooit in een fantasie hebben geleefd, maar zelfs schaduwen kennen angst, zei oma. Zelfs die ellendelingen zijn ergens bang voor. Want zelfs schaduwen hebben fantasie.

'Dus soms is de plek die het allergevaarlijkst lijkt juist de veiligste plek om naartoe te vluchten,' zei oma, en dan vertelde ze hoe de prins pal het donkerste bos in reed op zijn paard, terwijl de schaduwen sissend bij de grens stopten. Want zelfs zij wisten niet zeker wat zich aan de andere kant van de bomen verschool, en niets beangstigt een wezen meer dan wat hij niet kent. Waar hij zijn fantasie voor moet gebruiken. 'Wat angst betreft kan de werkelijkheid voor geen ene meter op tegen fantasie,' zei oma.

Dus Elsa slaat rechts af. Ze ruikt de geur van verbrand rubber wanneer de auto's remmen op de ijzige ondergrond. Zo rook het in Renault bijna altijd. Ze glijdt tussen de vrachtwagens door, ze hoort ze toeteren en haar achtervolgers achter haar schreeuwen. Ze staat op het trottoir wanneer ze voelt dat de voorste haar rugzak vastpakt. Ze is zo dicht bij het park dat ze haar hand in het donker kan steken, maar het is te laat. Wanneer ze in de sneeuw valt, is Elsa ervan overtuigd dat de slagen en de schoppen zo snel zullen komen dat ze haar handen niet op tijd omhoog kan krijgen om zich te verdedigen, maar ze trekt haar knieën op, doet haar ogen dicht en probeert haar gezicht te beschermen, om haar moeder niet weer verdrietig te maken.

Ze wacht op de doffe klappen tegen haar achterhoofd. Het doet geen pijn wanneer ze slaan, meestal doet het pas een dag later echt pijn. De pijn wanneer ze slaan is een ander soort pijn.

Maar er gebeurt niets.

Elsa houdt haar adem in.

Niets.

Ze doet haar ogen open en alles is een oorverdovend kabaal. Ze hoort hen schreeuwen. Hoort ze wegrennen. En dan hoort ze de stem van het Monster. Als een oeroude kracht die uit hem davert.

'Blijf. Van. Haar. Af.'

Alles weergalmt.

Elsa's trommelvliezen rammelen. Het Monster brult het niet in oma's en Elsa's geheime taal, maar in de gewone. Maar de woorden klinken vreemd uit zijn mond. Alsof de klemtoon op elke lettergreep verkeerd is. Alsof hij die taal heel lang niet heeft gesproken.

Elsa kijkt op. Haar hart springt alle kanten op, haar adem blijft aan haar verhemelte plakken, de ogen van het Monster staren haar aan vanuit de schaduw van zijn opgezette capuchon en de zwarte baard waar geen eind aan lijkt te komen. Zijn borstkas gaat een paar seconden op en neer. Even duikt Elsa instinctief weg, omdat ze denkt dat zijn enorme vuist neer zal dalen en haar recht het verkeer in zal slingeren. Als een reus die een muis wegknipt met zijn vinger. Maar hij blijft gewoon staan, hijgend en met een boze en verwarde blik. Uiteindelijk tilt hij zijn hand op, alsof die zo zwaar is als een voorhamer en wijst in de richting van de school.

Wanneer Elsa zich omdraait, ziet ze het meisje dat Harry Potter niet leest en haar vrienden alle kanten op dwarrelen als stukjes papier die van een balkon worden losgelaten. In paniek, alsof ze zelf door schaduwen worden achtervolgd.

Verder weg ziet ze Audi de parkeerplaats op draaien. Elsa haalt diep adem en voor het eerst in wat voor haar gevoel minuten waren, voelt ze weer lucht in haar longen dringen.

Wanneer ze zich omdraait, is het Monster weg.

9

Zeep

Er bestaan duizenden sprookjes in de echte wereld waarvan zwamneuzen niet weten waar ze vandaan komen. Dat komt omdat ze stuk voor stuk uit Bijna-Wakkerland komen, en daar eisen ze de eer niet op, ze doen er niet verwaand over, het is gewoon hun werk. En de allerbeste sprookjes uit Bijna-Wakkerland komen allemaal uit Miama.

Elk van de zes koninkrijken heeft natuurlijk af en toe sprookjes geproduceerd, maar geen van de andere is er ook maar op afstand zo goed in als Miama. In Miama worden dag en nacht sprookjes vervaardigd, ze worden nog steeds stuk voor stuk zorgvuldig met de hand gemaakt, het is geen lopendebandwerk in een of andere prutsfabriek. En alleen de aller-, allermooiste worden geëxporteerd. De meeste worden maar één keer verteld en vallen dan plat op de grond, maar de allerbeste en mooiste komen voorzichtig over de lippen van degene die het laatste woord ervan heeft uitgesproken en zweven langzaam als glinsterende lampionnetjes over iedereen heen die heeft geluisterd en worden als het nacht wordt door eenfanten opgehaald. Eenfanten zijn piepkleine wezentjes met geweldig sierlijke hoedjes. Ze rijden op wolkendieren. De eenfanten dus. De hoedjes rijden meer op de eenfanten, als je heel pietepeuterig wilt zijn. Hoe dan ook, de lampionnetjes worden door eenfanten in grote, gouden schepnetten verzameld, en dan keren de wolkendieren om en stijgen zo snel op naar de hemel dat de wind zelf voor hen aan de kant moet gaan. En als die niet snel genoeg opzijgaat, schreeuwen de wolkendieren tegen de wind: 'Aan de kant, dombo!' en ze veranderen in een soort dieren die vingers hebben, zodat de wolkendieren hun middelvinger kunnen opsteken naar de wind.

En boven op de allerhoogste bergtop van Bijna-Wakkerland, de Verhalenberg, laten de eenfanten de schepnetten los en dan komen de verhalen vrij. En zo komen alle sprookjes waarvan geen zwamneus weet waar ze vandaan komen in de echte wereld terecht.

Toen Elsa's oma begon met het vertellen van de verhalen uit Miama, leken het eerst losse verhalen zonder samenhang, verteld door iemand die niet helemaal goed wijs leek. Het duurde jaren voordat Elsa begreep dat ze allemaal bij elkaar hoorden. Zo gaat het met alle heel goede sprookjes.

Oma vertelde van de droevige vloek van de zee-engel. Ze vertelde van de twee prinsenbroers die ten oorlog trokken tegen elkaar omdat ze allebei verliefd waren op de prinses van Miplorië. Ze vertelde van de prinses die op haar beurt vocht met een heks die haar de waardevolste schat van heel Bijna-Wakkerland had ontstolen, en ze vertelde van de krijgers van Mibatallië, van de dansers van Mimova en van de dromenjagers van Mireva. Dat ze allemaal ruziemaakten en continu met elkaar overhooplagen over dit en over dat, tot de dag waarop de uitverkorene van Mimova ontsnapte aan de schaduwen die hem wilden ontvoeren. Over hoe de wolkendieren de uitverkorene naar Miama brachten en hoe alle inwoners van Bijna-Wakkerland uiteindelijk inzagen dat er belangrijker zaken waren om voor te vechten. Dus toen de schaduwen hun leger op de been brachten om de uitverkorene met geweld te komen halen, kwamen ze allemaal eendrachtig in verzet. Zelfs toen er geen ander einde leek te kunnen komen aan de Oorlog-zonder-Einde dan dat ze allemaal in de pan gehakt zouden worden, zelfs toen het krijgerskoninkrijk Mibatallië viel en met de grond gelijk werd gemaakt, gaven de andere koninkrijken het niet op. Want als de schaduwen de uitverkorene te pakken kregen, dan betekende dat het einde van alle muziek, dat wisten ze. En vervolgens zou het ook gedaan zijn met alle fantasie in Bijna-Wakkerland, en er zou niets meer overblijven wat anders was. En alle sprookjes leven bij de gratie van het andere. 'Alleen mensen die anders zijn veranderen de wereld, nog nooit heeft een normaal iemand ergens ook maar een spat aan veranderd,' zei oma altijd.

En dan begon ze altijd over de warsen. Elsa had het eigenlijk meteen moeten snappen. Ze had het echt allemaal meteen moeten snappen.

Vlak voordat Elsa instapt, zet haar vader de cd-speler uit. Daar is Elsa blij om, want haar vader kijkt altijd heel sneu wanneer ze tegen hem zegt dat hij naar de slechtste muziek van de wereld luistert, en het is heel moeilijk om niet te zeggen dat het de slechtste muziek van de wereld is als je in Audi moet zitten en naar de slechtste muziek van de wereld moet luisteren.

'Riem om,' zegt haar vader wanneer ze gaat zitten.

Elsa's hart slaat nog steeds als een rond-de-tafel-tafeltennistoernooi in haar borst.

'Dag meneer de Koekepeer,' roept ze tegen haar vader.

Want tegen oma zou ze 'dag mevrouw de Koekepauw' hebben geroepen als die haar was komen halen. En oma zou terugroepen: 'Dag meissie Koekepeissie!' En dan had ze zich veel beter gevoeld. Want je kunt wel bang zijn terwijl je 'dag mevrouw de Koekepauw!' naar iemand roept, maar het wordt wel gelijk een stuk moeilijker.

Elsa's vader kijkt alleen aarzelig. Elsa maakt zuchtend haar gordel vast en probeert haar hartslag omlaag te krijgen door aan dingen te denken waar ze niet bang voor is. Haar vader kijkt nog aarzeliger.

'Mama en George zijn weer in het ziekenhuis...'

'Dat weet ik,' zegt Elsa, zoals je doet wanneer dat iets is wat je angst er helemaal niet minder op maakt.

Haar vader knikt. Elsa gooit haar rugzak tussen de stoelen door op de achterbank. Haar vader draait zich om, tilt hem op en zet hem keurig recht op de zitting. Hij vindt het belangrijk dat dingen netjes op hun plaats staan. Het is dus niet zo dat hij dwanggedachten heeft; dat weet Elsa, want dat heeft ze opgezocht op Wikipedia. Maar hij is netjes. Toen haar ouders nog getrouwd waren, stond hij 's nachts wel eens stilletjes op omdat hij niet kon slapen als hij wist dat de icoontjes op het bureaublad van de computer van Elsa's moeder niet netjes gegroepeerd stonden. En Elsa's vader heeft Mac en haar moeder heeft PC, en toen haar moeder een keer de computer van Elsa's vader wilde gebruiken en die niet deed wat haar moeder wilde, verloor ze haar zelfbeheersing en schreeuwde dat ze de pest had aan alle Apple-producten. Toen keek Elsa's vader alsof het huilen hem nader stond dan het lachen. Dus iedereen had echt meteen kunnen begrijpen dat dat huwelijk geen stand zou houden.

Haar vader legt zijn handen op het stuur met het Audi-logo. Aangezien er geen sturen zijn met het logo van Apple.

'Wil je iets doen?' vraagt hij en hij klinkt een beetje bezorgd wanneer hij 'iets' zegt.

Elsa haalt haar schouders op.

'We kunnen iets... leuks gaan doen,' zegt haar vader weifelend.

Elsa weet dat hij dat alleen zegt om aardig te zijn. Omdat hij zich schuldig voelt omdat ze elkaar niet vaker zien en omdat hij medelijden heeft met Elsa omdat oma dood is en omdat deze woensdag hem overvalt. Dat weet Elsa, want haar vader zou normaal gesproken nooit voorstellen om iets leuks te gaan doen, want haar vader houdt niet van leuk. Van leuke dingen wordt hij loeizenuwachtig. Tijdens een vakantie toen Elsa klein was, ging haar vader een keer met Elsa en mama mee naar het strand, en toen hadden ze zo'n lol dat hij twee paracetamolletjes moest slikken en de hele middag in het hotel moest liggen rusten. Het was te veel lol ineens, zei Elsa's moeder. 'Een overdosis lol,' zei Elsa en toen moest haar moeder heel lang lachen.

Het rare aan haar vader is dat hij als geen ander het lollige in haar moeder tevoorschijn brengt. Het lijkt wel of ze altijd de tegengestelde pool is van een accu. Niemand brengt zoveel orde en netheid tevoorschijn in haar moeder als oma, en niemand maakt haar zo slordig en nonchalant als haar vader. Een keer toen Elsa klein was en haar moeder haar vader aan de telefoon had, vroeg Elsa keer op keer: 'Is dat papa? Mag ik met papa praten? Waar is hij?' Uiteindelijk draaide haar moeder zich om en zei met een dramatische zucht: 'Nee, je mag niet met papa praten, want papa is nu in de hemel, Elsa!' Elsa werd muisstil en staarde haar moeder alleen maar aan. Die zei toen grijnzend: 'Jeetje, Elsa, ik maak maar een grapje. Hij is in de winkel.'

Grijnzend op de manier van oma.

De volgende ochtend kwam Elsa met glimmende ogen de keuken in, waar haar moeder koffie zat te drinken met een heleboel lactosevrije melk. Op haar bezorgde vraag waarom Elsa zo verdrietig keek, antwoordde Elsa dat ze had gedroomd dat haar vader in de hemel was. Toen werd haar moeder overmand door schuldgevoelens, ze nam Elsa heel stevig in haar armen en zei een heleboel keer 'sorry'. Elsa wachtte bijna tien minuten voordat ze grijnsde en zei: 'Jeetje, mama, ik maak maar een grapje. Ik droomde dat hij in de winkel was.'

Daarna maakten Elsa's moeder en Elsa vaak grapjes met Elsa's vader en dan vroegen ze hem hoe het in de hemel was. 'Is het koud in de hemel? Kun je vliegen in de hemel? Mag je God ontmoeten in de hemel?' vroeg Elsa's moeder. 'Hebben jullie kaasschaven in de hemel?' vroeg Elsa. En dan vielen ze bijna van hun stoel van het lachen. Papa keek altijd heel weifelend wanneer ze zo bezig waren. Dat mist Elsa. Dat van haar vader die in de hemel was.

'Is oma nu in de hemel?' vraagt ze hem grijnzend, want ze bedoelt het als een grapje, ze denkt dat hij dan zal moeten lachen.

Maar hij lacht niet. Hij kijkt alleen met een blik waardoor Elsa zich schaamt dat ze iets heeft gezegd waardoor hij zo kijkt.

'Ach, laat ook maar,' mompelt ze en ze aait over het dashboardkastje.

'We kunnen naar huis gaan. Dat is rustig,' voegt ze er snel aan toe.

Papa knikt en kijkt opgelucht en teleurgesteld.

Ze zien de politieauto die voor de flat op straat staat al van verre. Elsa hoort het geblaf wanneer ze uit Audi stappen. Het trappenhuis is vol met mensen. Het razende gebrul van Vriend laat het hele gebouw in zeer onfiguurlijke zin op zijn grondvesten trillen. Dat weet Elsa, want als je 'figuurlijk taalgebruik' googelt, kom je bij een Wikikidsartikel met die titel.

'Heb je je... sleutel?' vraagt haar vader.

Elsa knikt en geeft hem snel een knuffel. Want van trappenhuizen vol met mensen wordt haar vader aarzelig. Hij stapt weer in Audi en Elsa gaat alleen naar binnen. Door het oorverdovende kabaal van Vriend heen hoort ze nu ook andere dingen. Stemmen. Donker, ferm en dreigend. Ze dragen een uniform en bewegen zich voor het appartement van de jongen met syndroom en zijn moeder. Spiedend en met een waakzaam oog op de deur van Vriend, maar kennelijk bang om te dichtbij te komen, want ze drukken zich dicht tegen de tegenoverliggende muur aan alsof ze grasvlekken zijn en alsof de muur van het appartement een nieuw shirt aanheeft en de moeder van de muur tegen de muur heeft gezegd dat hij dat absoluut niet vies mag maken.

Een van de agenten draait zich om en haar groene ogen kijken in die van Elsa, het is dezelfde agente die oma en zij hebben gesproken op het politiebureau die nacht dat oma met poep gooide. De agente met de groene ogen knikt ongelukkig naar Elsa. Alsof ze wil zeggen dat het haar spijt.

Elsa knikt niet terug, ze wringt zich gewoon langs haar heen en rent door.

Ze hoort dat een van de agenten staat te bellen en de woorden 'jager' en 'afmaken' gebruikt. Britt-Marie staat halverwege de trap naar boven, zo dichtbij dat ze dingen kan opperen die de agenten volgens haar zouden moeten doen, maar toch op veilige afstand voor het geval dat beest de deur uit zou weten te komen. Ze glimlacht Elsa goedwillend toe. Elsa vindt haar een naar mens.

Ze is al op de bovenste verdieping wanneer Vriend harder begint te blaffen dan ooit, zo hard als tienduizend sprookjesorkanen. Tussen de spijlen van het traphekje door ziet Elsa de agenten terugdeinzen.

Elsa had het allemaal meteen moeten snappen. Echt.

Er huist een verbijsterend aantal heel bijzondere monsters in de bossen en bergen rond Miama, maar zelfs daarover sprak oma nooit met zoveel respect in haar stem als over de monsters die de mensen van Bijna-Wakkerland 'warsen' noemden.

Warsen waren zoals alles wat je ooit hebt gezien, maar als niets wat je eerder hebt aanschouwd. Een wars was zo groot als een ijsbeer, hij bewoog zo soepel als een woestijnvos en hij viel aan met de snelheid van een cobra. Hij was sterker dan een os, had het uithoudingsvermogen van een wilde hengst en had nog beestachtiger kaken dan een tijger. Ze hadden een glimmende zwarte vacht, zacht als een zomerbries, maar daaronder een pantserachtig dikke huid. In heel oude sprookjes werd verteld dat ze onsterfelijk waren. Dat waren sprookjes uit de oudste sprookjeseeuwigheden, toen de warsen in Miplorië woonden en als kasteelbewakers in dienst waren van de koninklijke familie.

De prinses van Miplorië verdreef hen uit Bijna-Wakkerland, vertelde oma altijd, waarbij de schuld als een verdrietig lied in elke stilte tussen de woorden hing. De prinses was nog maar een kind toen ze met een van de welpen wilde spelen, terwijl die sliep. Ze trok aan zijn staart, hij schrok wakker in paniek en beet in haar hand. Iedereen wist natuurlijk dat de echte schuld bij de ouders van het prinsesje lag, die haar niet hadden geleerd dat ze nooit, maar dan ook nooit, een slapende wars wakker mocht maken. Maar het prinsesje werd zo bang en haar ouders zo boos dat ze de schuld aan iemand anders moesten geven, anders hielden ze het niet meer met zichzelf uit. Dus het hof besloot de warsen voor eeuwig te verbannen uit het koninkrijk. Ze gaven een groep bijzonder meedogenloze premiejagende trollen carte blanche om hen met gifpijlen en vuur te verdrijven. De warsen hadden natuurlijk terug kunnen slaan, dan had de complete verzamelde krijgsmacht van Bijna-Wakkerland nog niet op hen af durven gaan, zulke gevreesde strijders waren het.

Maar in plaats van te vechten draaiden de warsen zich om en maakten zich uit de voeten. Ze renden zo ver en zo hoog de bergen in dat niemand verwachtte dat ze ooit weer gevonden zouden worden. Ze bleven rennen totdat de kinderen van de zes koninkrijken opgroeiden zonder in hun leven ook maar één enkele wars te hebben gezien. Ze bleven zo lang rennen dat ze legendes werden.

Pas toen de Oorlog-zonder-Einde kwam, zag de prinses van Miplorië haar vreselijke vergissing in. Toen de schaduwen alle krijgers van het strijderskoninkrijk Mibatallië hadden gedood en dat met de grond gelijk hadden gemaakt, en nu met woedende kracht boven de rest van Bijna-Wakkerland dreven. Toen alle hoop verloren leek, reed de prinses zelf de muren uit op haar witte paard. Ze reed als een storm de bergen in en daar, na een eindeloos zoeken waar haar paard aan bezweek van vermoeidheid, en zijzelf ook bijna, vonden de warsen haar.

Toen de schaduwen het gedaver hoorden en de grond voelden beven was het voor hen al te laat. De prinses reed vooraan op de allergrootste strijder onder de warsen. En op dat moment kwam Wolvenhart terug uit de bossen. Misschien omdat Miama op de rand van de ondergang stond en hem harder nodig had dan ooit. 'Maar misschien...' fluisterde oma altijd in Elsa's oor wanneer ze 's nachts op de wolkendieren zaten, 'misschien vooral omdat de prinses door in te zien hoeveel onrecht ze de warsen had aangedaan, bewees dat alle koninkrijken het verdienden om gered te worden.'

Die dag eindigde de Oorlog-zonder-Einde. De schaduwen werden tot boven de zee teruggedreven. En Wolvenhart verdween weer de bossen in. Maar de warsen bleven, en tot op de dag van vandaag doen ze dienst als de persoonlijke lijfwacht van de prinses van Miplorië en staan ze op wacht voor haar slotpoort.

Nu blaft Vriend als een razende beneden, hoort Elsa. Ze herinnert zich dat oma zei dat hij 'dat leuk vindt'. Elsa staat spontaan nogal sceptisch tegenover het gevoel voor humor van Vriend, maar ze herinnert zich oma's opmerking dat Vriend niet bij iemand hoeft te wonen, omdat oma toch ook niet bij iemand woonde, en dat Elsa toen opmerkte dat je oma toch niet met een hónd kon vergelijken? Elsa begrijpt waarom oma toen met haar ogen rolde. Ze had dit allemaal meteen moeten snappen. Echt.

Want het is geen hond.

Een van de agenten staat met een grote sleutelbos te klungelen. Elsa hoort de voordeur van de flat opengaan en tussen het geblaf van Vriend door hoort ze de jongen met syndroom met twee voeten tegelijk de halve trap op springen. Dat doet hij altijd. Hij danst door het leven.

De agenten duwen hem en zijn moeder hun appartement in. Britt-Marie trippelt triomfantelijk met piepkleine pasjes heen en weer op haar verdieping. Door de spijlen van het traphekje heen vindt Elsa haar een naar mens.

Vriend is even helemaal stil, alsof hij snel een strategische terugtocht heeft aanvaard om krachten te verzamelen voor de echte strijd. De agenten rammelen met de sleutelbos en praten over 'paraat zijn als hij aanvalt'. Ze klinken stoerder nu Vriend niet blaft.

Elsa hoort een andere deur opengaan, en daarna hoort ze de stem van Lennart. Hij vraagt voorzichtig wat er aan de hand is. De agenten leggen uit dat ze 'zich over de vechthond komen ontfermen'. Lennart klinkt wat bezorgd. Daarna klinkt hij een beetje alsof hij niet goed weet wat hij moet zeggen. Dus dan zegt hij wat hij altijd zegt: 'Wil er iemand koffie? Maud heeft net verse gezet.'

Maar dan valt Britt-Marie hem in de rede en snauwt dat Lennart toch verdorie wel begrijpt dat de politie wel iets beters te doen heeft dan koffiedrinken. De agenten klinken een tikje teleurgesteld. Elsa ziet dat Lennart zich terugtrekt, de trappen op. Eerst lijkt hij te overwegen in het trappenhuis te blijven, maar dan in te zien dat dit er hoogstwaarschijnlijk toe zou leiden dat zijn eigen koffie koud wordt, en dan de conclusie te trekken dat wat het ook is wat hier in het trappenhuis gebeurt dat risico logischerwijs niet waard kan zijn. Dus hij verdwijnt weer in zijn appartement.

De eerste blaf die daarna komt, is kort en duidelijk. Alsof Vriend gewoon zijn stembanden oefent. De tweede is zo luid dat Elsa een aantal eeuwigheden alleen een loeiende sirene in haar oren hoort. Wanneer dat geluid uiteindelijk wegebt, hoort ze een heftige bons. En daarna nog een. En nog een. Pas bij de vierde bons dringt het tot haar door wat het is. Vriend neemt een aanloop daarbinnen en springt met volle kracht tegen de binnenkant van de deur.

De agenten proberen binnen te dringen. Vriend probeert eruit te komen. Als oma hier geweest was had ze vermoedelijk een sigaret opgestoken, met haar ogen gerold en gezegd: 'Nee, ik zie helemáál niet in hoe dit voor iemand slecht af kan lopen!' Heel ironisch, ook al snapte oma nooit helemaal wat ironie was.

Elsa hoort dat een van de agenten weer staat te bellen. Ze hoort niet wat er gezegd wordt, maar ze vangt de woorden 'verschrikkelijk groot en agressief' op. Ze kijkt tussen de spijlen door naar beneden en ziet de agenten een paar meter van de deur van het appartement van Vriend staan met een zelfvertrouwen dat duidelijk afneemt naarmate Vriend aan de andere kant met steeds meer geweld tegen de deur opspringt. Er zijn nog twee agenten verschenen, ziet Elsa. Een van hen heeft een herdershond aan de riem. De herdershond kijkt alsof hij het geen al te briljant idee vindt om te proberen binnen te dringen bij wat het ook is dat nu dat appartement uit probeert te komen. Dan kijken de agenten een beetje zoals Elsa naar oma keek die keer toen ze probeerde de magnetron van Elsa's moeder opnieuw te bedraden.

'Laat die jager dan komen,' hoort Elsa de politieagente met de groene ogen moedeloos verzuchten.

'Dat zei ik ook al! Net wat ik zei!' roept Britt-Marie enthousiast.

De agente met de groene ogen zegt niets. Maar ze werpt een blik op Britt-Marie die haar abrupt de mond snoert.

Vriend laat een laatste, überverschrikkelijke blaf horen. Dan is hij weer stil. Even klinkt er een enorm kabaal in het trappenhuis en dan hoort Elsa de deur dichtslaan. De agenten hebben kennelijk besloten om iets verder van wat het ook maar is dat in dat appartement woont, te wachten tot de jager komt. Elsa kijkt door het raam in het trappenhuis en ziet hen verdwijnen. Ze lopen met de lichaamstaal van agenten die duidelijk met hun gedachten bij koffie zijn. De herdershond loopt met de lichaamstaal van een herdershond die duidelijk met zijn gedachten bij functioneel leeftijdsontslag is.

Opeens is het zo stil in het trappenhuis dat het eenzame gedrentel van Britt-Marie onder hen door het trappenhuis galmt. 'Een beest, een weerzinwekkend beest, dat ben je,' snauwt Britt-Marie hardop bij zichzelf en meteen daarna hoort Elsa de deur van het appartement van haar en Kent dichtslaan.

Elsa staat in dubio. Dat weet ze, want 'in dubio' hoort bij de woordenpotwoorden. Ze ziet de agenten door het raam, en achteraf zal Elsa niet precies kunnen uitleggen waarom ze het doet. Maar geen enkele ware ridder van Miama zou een vriend van oma laten vermoorden zonder op zijn minst een poging te doen dat te verhinderen. Dus ze sluipt snel de trappen af. Extra voorzichtig langs het appartement van Britt-Marie en Kent. Ze blijft onder aan elke halve trap even staan luisteren of de agenten beneden de voordeur niet weer opendoen.

Voor het appartement van Vriend blijft ze uiteindelijk staan en ze doet voorzichtig de brievenbus open. Alles is zwart daarbinnen, maar ze hoort de dreunende ademhaling van Vriend.

'Ik, ik... ben het...' stamelt Elsa.

Ze weet niet precies hoe je dit soort gesprekken moet beginnen. En Vriend reageert niet. Maar hij springt in ieder geval ook niet tegen de binnenkant van de deur op. Dat beschouwt Elsa als een duidelijke stap voorwaarts in de communicatie.

'Ik ben het. Van de Daim.'

Vriend antwoordt niet. Maar ze hoort dat hij langzamer ademhaalt. Elsa's woorden rollen uit haar, alsof iemand ze heeft omgegooid.

'Weet je... dit klinkt misschien megavreemd... maar ik denk dat mijn oma zou hebben gewild dat je hier op de een of andere manier uit komt. Snap je? Als je een achterdeur hebt of zoiets. Want anders schieten ze je dood! Dat klinkt misschien megavreemd, maar het is ook heel erg megavreemd dat je alleen in een appartement woont... Snap je?'

Pas wanneer alle woorden uit haar gerold zijn beseft ze dat ze de geheime taal heeft gesproken. Bij wijze van test. Want als het gewoon een hond is aan de andere kant van de deur, dan zal hij het niet begrijpen. Maar als hij het begrijpt... denkt ze, dan is hij iets anders. Ze hoort heel even iets langs de binnenkant van de deur schrapen wat klinkt als een poot ter grootte van een autoband.

'Ik hoop dat je het snapt,' fluistert Elsa in de geheime taal.

Ze hoort niet dat de deur achter haar opengaat. Het enige wat ze door de brievenbus heen hoort is dat Vriend achteruit bij de deur wegloopt. Alsof hij zich gereedmaakt.

Elsa voelt meer dan dat ze het ziet dat er iemand achter haar staat. Zoals je je misschien bewust zou worden van de aanwezigheid van een spook. Of van een...

'Pas op!' gromt de stem.

Elsa springt naar de muur wanneer het Monster geruisloos langs haar heen glijdt met een sleutel in de hand. Een tel later staat ze gevangen tussen het Monster en Vriend, en het zijn echt de grootste wars ooit en het grootste monster ooit. Elsa heeft het gevoel dat er iemand op haar longen staat. Heel even wil ze schreeuwen, maar er komt geen geluid.

Daarna gaat alles gruwelijk snel. Ze horen de deur beneden in het trappenhuis opengaan. De stemmen van de politie. En van nog iemand; dat moet de jager zijn, begrijpt Elsa. Elsa is er achteraf niet helemaal van overtuigd dat ze echt zelf de baas is over haar eigen bewegingen en dat ze niet behekst is door middel van een of andere toverspreuk, wat helemaal niet zo verschrikkelijk onwaarschijnlijk zou zijn als je bedenkt dat het misschien onwaarschijnlijk is, maar lang niet zo onwaarschijnlijk als een ontmoeting met een kanjer van een wars. Hoe dan ook, wanneer de deur achter haar dichtgaat staat ze in de hal van het appartement van het Monster.

Het ruikt er naar zeep.

10

Alcohol

Het gekraak van hout dat meegeeft wanneer de agenten het breekijzer in de deurpost zetten vult het trappenhuis.

Elsa staat in de hal van het appartement van het Monster en ziet hen door het kijkgaatje. Of eigenlijk is het geen staan wat ze doet; haar voeten raken puur technisch gesproken de grond niet, aangezien de wars op de deurmat is gaan zitten, zodat ze vastgeklemd zit tussen het enorme achterwerk van het beest en de deur. De wars kijkt ontzettend geërgerd. Niet dreigend, alleen geïrriteerd. Alsof er een wesp in zijn flesje drinken zit.

Elsa draait zich voorzichtig om bij de deur, zodat ze met haar gezicht naar hem toe staat, en fluistert in de geheime taal: 'Ga nu alsjeblieft niet blaffen, want dan gaan Britt-Marie en de agenten... je weet wel...'

Ze beseft dat ze meer in angst zit vanwege de agenten voor de deur dan vanwege de beide wezens waarmee ze op dit moment de hal deelt. En dat lijkt misschien niet zo heel erg rationeel, dat misschien niet, maar Elsa besluit nu iets meer op oma's vrienden te vertrouwen dan op die van Britt-Marie.

De wars draait zijn kop die zo groot is als een heteluchtoven en kijkt haar afgemeten aan.

'Dan vermoorden ze je!' fluistert Elsa.

De wars kijkt alsof hij er nog niet zo zeker van is dat hij degene met het grootste probleem is als Elsa de deur zou opendoen om hem op de agenten los te laten, zo kun je de blik van de wars waarschijnlijk wel samenvatten. Maar hij schuift toch iets verder met zijn achterste de hal in, zodat zij loskomt en met haar voeten op de grond kan landen. En hij is stil. Ook al lijkt hij dat eerder voor Elsa te doen dan voor zichzelf.

De agenten hebben de deur nu bijna opengebroken. Elsa hoort dat ze commando's naar elkaar schreeuwen om 'paraat' te staan.

Ze kijkt om zich heen in de hal en verder de woonkamer in. Het is een heel klein appartement, maar nergens waar ze ooit een voet heeft gezet heeft ze het zo opgeruimd gezien. Er staan nauwelijks meubels, en de meubels die er zijn staan in exacte rechte hoeken ten opzichte van elkaar en zien eruit alsof ze van plan zijn een soort meubelharakiri te plegen als er een stofje op hen landt. Dat weet Elsa, want ze heeft een jaar geleden een samoeraiperiode gehad.

Het Monster verdwijnt in de badkamer. De kraan blijft een hele poos stromen daarbinnen voordat hij weer naar buiten komt. Hij droogt zijn handen zorgvuldig aan een wit handdoekje dat hij vervolgens meteen opgevouwen in een wasmand legt. Hij moet zijn hoofd buigen om onder de deurpost door te komen. Elsa voelt zich zoals Odysseus zich gevoeld moet hebben bij de reus Polyphemus, aangezien Elsa kortgeleden over Odysseus heeft gelezen. Al waste Polyphemus waarschijnlijk zijn handen lang niet zo zorgvuldig als het Monster schijnt te doen. En al vindt Elsa zichzelf veel minder arrogant en zelfingenomen dan die Odysseus uit de boeken. Natuurlijk. Maar voor de rest, dus. Zoals Odysseus.

Het Monster kijkt haar aan. Hij kijkt niet boos. Eerder verward, feitelijk. Geschrokken bijna. Misschien komt het daardoor dat Elsa opeens ronduit vraagt: 'Waarom stuurt mijn oma jou brieven?'

Ze zegt het in de gewone taal. Want, om redenen die ze zelf nog niet goed heeft uitgeplozen, wil ze niet in de geheime taal met hem spreken. De wenkbrauwen van het Monster verdwijnen onder zijn zwarte haar, en het is moeilijk de uitdrukking op zijn gezicht te zien achter het haar, de baard en het litteken. Hij draagt geen schoenen, maar twee van die blauwe plastic zakjes die je aan moet bij de tandarts. Zijn schoenen staan keurig opgesteld vlak voor de deur, precies recht naast de rand van de deurmat. Hij geeft ook twee blauwe plastic zakjes aan Elsa, maar trekt snel zijn hand weg wanneer ze die bij de rand vastpakt, alsof hij bang is dat Elsa hém anders aanraakt. Elsa bukt en trekt de plastic zakjes om haar modderschoenen heen. Ze ziet dat ze per ongeluk naast de mat is gaan staan en dat ze twee halve schoenafdrukken van natte sneeuw op de parketvloer heeft gemaakt.

Het Monster bukt met indrukwekkende lenigheid en begint de vloer af te vegen met een nieuw wit handdoekje. Wanneer hij klaar is, spuit hij met een flesje schoonmaakmiddel waar Elsa's ogen van branden rond de plaats waar de voetafdrukken hebben gestaan en droogt het na met weer een ander wit handdoekje. Daarna staat hij op en legt de handdoekjes keurig in de wasmand en zet de spuitbus kaarsrecht op een plankje.

Daarna staat hij een hele poos ongerust naar de wars te kijken. Die heeft zich als het ware over de hele vloer van de hal van het Monster uitgespreid. Het Monster kijkt een beetje alsof hij zal gaan hyperventileren. Hij verdwijnt de badkamer in, komt terug met een stapel handdoeken die hij zorgvuldig in een aangesloten rij om het Monster heen legt, waarbij hij steeds ontzettend goed oplet dat hij geen enkel lichaamsdeel van de wars aanraakt. Dan loopt hij de badkamer in en schrobt zijn handen zo stevig onder de kraan dat de wastafel trilt alsof er een rinkelend mobieltje op ligt.

Wanneer hij terugkomt, heeft hij een klein flesje ontsmettingsalcohol in zijn hand. Elsa herkent het, want met zulk spul moest ze elke keer haar handen insmeren wanneer ze op het laatst bij oma op bezoek ging. Wanneer het Monster zijn arm uitsteekt, kijkt Elsa door de ruimte die onder zijn oksel ontstaat de badkamer in. Daar staan een heleboel flesjes ontsmettingsalcohol, waarschijnlijk meer dan in het hele ziekenhuis van haar moeder bij elkaar.

Het Monster kijkt oneindig opgelaten. Hij zet het flesje neer en smeert zijn vingers in met het goedje, alsof hij er een onzichtbare extra huid vanaf probeert te wrijven. Vervolgens houdt hij demonstratief twee handen zo groot als de laadbak van een vrachtauto op naar Elsa en knikt resoluut.

Elsa steekt haar handen die meer een tennisbalformaat hebben naar hem uit. Hij giet er ontsmettingsmiddel in en lijkt zijn best te doen om zijn afschuw niet al te zeer te laten blijken. Ze wrijft de gel heel even in haar huid en veegt de rest instinctief af aan haar broekspijpen. Het Monster kijkt een beetje alsof hij zich in een kleed wil rollen en het op een krijsen zetten.

Ter compensatie giet hij nog wat ontsmettingsmiddel in zijn eigen handen en wrijft, wrijft en wrijft. Dan ziet hij dat Elsa per ongeluk tegen een van de schoenen gestoten heeft, zodat die scheef is komen te staan in verhouding tot de andere. Hij bukt en zet de schoen recht. Daarna weer wat ontsmettingsmiddel.

Elsa houdt haar hoofd schuin.

'Heb jij dwanggedachten?'

Het Monster antwoordt niet. Het wrijft alleen nog harder in zijn handen, alsof hij vuur probeert te maken.

'Daar heb ik over gelezen op Wikipedia,' zegt Elsa.

De borstkas van het Monster gaat gefrustreerd zuchtend op en neer. Hij verdwijnt de badkamer in en weer hoort ze de kraan lopen.

'Mijn vader heeft ook een beetje last van dwanggedachten!' roept Elsa hem na, maar ze voegt er meteen aan toe: 'Maar dus niet zoals jij. Jij bent echt gek, zeg maar!'

Ze beseft pas naderhand dat dat beledigend klinkt. Zo bedoelde ze het helemaal niet. Ze bedoelde alleen dat de armzalige amateuristische dwanggedachten van haar vader in het niet vielen bij de klaarblijkelijk professionele dwanggedachten van het Monster.

Het Monster komt de hal weer in. Elsa glimlacht bemoedigend. Het lijkt wel of de wars met zijn ogen rolt; hij gaat op zijn zij liggen en hapt naar haar rugzak, omdat hij kennelijk denkt dat daar Daim in zit. Het Monster probeert zo te zien een gelukkiger plaats op te zoeken in zijn hoofd. En daar staan ze dan met zijn drieën: een wars, een kind en een monster met een behoefte aan reinheid en opgeruimdheid die duidelijk totaal niet goed samengaat met het gezelschap van warsen en kinderen.

Aan de andere kant van de deur hebben de agenten en de jager zich zojuist toegang verschaft tot een appartement met een levensgevaarlijke vechthond en de onmiskenbare afwezigheid van een levensgevaarlijke vechthond vastgesteld. Ze maken een enorme drukte. Zelfs de herdershond begint opeens te blaffen. Misschien juist vanwege die afwezigheid, natuurlijk.

Elsa kijkt naar de wars. Ze kijkt naar het Monster.

'Waarom heb jij de sleutel van... zijn... appartement?' vraagt ze aan het Monster.

Het Monster lijkt nog dieper te zuchten.

'Jij hebt brief gebracht. Van oma. Sleutel. In envelop,' antwoordt hij uiteindelijk op doffe toon.

Elsa houdt haar hoofd schuin de andere kant op.

'Heeft oma geschreven dat je voor hem moest zorgen?'

Het Monster knikt met tegenzin.

'Ze schreef: "Bescherm het kasteel".'

Elsa knikt. Hun blikken ontmoeten elkaar even. Het Monster kijkt heel erg alsof hij wil dat iedereen gewoon naar huis gaat om in zijn eigen hal de boel vies te maken. Elsa kijkt naar de wars.

'Waarom jankt hij zo ontzettend 's nachts?' vraagt ze aan het Monster.

De wars lijkt er niet erg blij mee dat ze over zijn hoofd heen praat; of over zijn kop heen, dat soort taalkundige details interesseren hem niet. En het Monster lijkt genoeg te krijgen van alle vragen.

'Heeft verdriet,' zegt hij zacht met een knikje in de richting van de wars en hij wrijft keer op keer in zijn handen, ook al is er allang niets meer om erin te wrijven.

'Verdriet waarover?' vraagt Elsa.

Het Monster houdt zijn blik op zijn handen gericht.

'Verdriet over je oma.'

Elsa kijkt naar de wars. De wars kijkt haar met zwarte, verdrietige ogen aan. Elsa neemt achteraf aan dat dat het moment is waarop ze hem echt heel aardig gaat vinden. Ze kijkt weer naar het Monster.

'Waarom heeft mijn oma jou een brief gestuurd?'
Hij wrijft nog harder in zijn handen.
'Oude vriendin,' komt er uit al het zwart tussen zijn haar en zijn baard.
'Wat stond er in de brief?' wil Elsa meteen weten en ze zet een halve stap naast de deurmat, maar wanneer ze merkt dat het Monster dan de duidelijke indruk wekt van een monster dat op het punt staat een paniekaanval te krijgen, doet ze respectvol een stapje terug.
Er staat veel informatie over paniekaanvallen op Wikipedia.
'Sorry,' mompelt ze.
Het Monster knikt dankbaar.
'Er stond sorry. Alleen maar sorry,' zegt hij en hij kruipt nog dieper weg achter zijn haar en zijn baard.
'Waarom zegt mijn oma sorry tegen jou?' bitst Elsa, ook al doet ze dat helemaal niet met opzet.
Ze begint zich heel erg een buitenstaander te voelen in deze geschiedenis, en Elsa vindt het ontzettend rot om het gevoel te hebben dat ze buiten een geschiedenis staat.
'Niet jouw zaak,' zegt het Monster zacht.
'Het was míjn oma!' dringt Elsa aan.
'Het was mijn sorry,' zegt het Monster.
Elsa balt haar handen tot vuisten.
'Touché,' geeft ze ten slotte toe.
Het Monster kijkt niet op. Hij draait zich alleen om en loopt weer de badkamer in. Weer het stromen van de kraan. Weer ontsmettingsmiddel. Weer gewrijf. De wars heeft Elsa's rugzak gepakt met zijn tanden en heeft zijn hele snuit er nu in gestoken. Hij gromt erg teleurgesteld wanneer hij het duidelijke ontbreken van chocoladegerelateerd schoolmateriaal erin ontdekt.
Elsa tuurt door haar ooghharen naar het Monster; haar toon is nu meer streng ondervragend: 'Jij sprak onze geheime taal toen ik je de brief gaf! Je zei "dom meisje" in die taal! Heeft oma jou onze geheime taal geleerd?'

Dan kijkt het Monster voor het eerst echt op. Zijn ogen worden groot van verbazing. En Elsa staart hem opeens met open mond aan.

'Zij niet mij geleerd. Ik haar geleerd,' zegt het Monster zacht in de geheime taal.

Nu klinkt Elsa buiten adem.

'Jij bent... jij bent...'

Ze hijgt. Haar hoofd voelt net zo als wanneer ze in Kia in slaap is gevallen en iets te haastig wordt gewekt door haar moeder wanneer ze bij een tankstation stoppen en George dolgelukkig uitroept: 'Wie wil er een proteïnereep?'

Op dat moment hoort ze de agenten de deur van het appartement van de wars, of wat ervan over is, dichtslaan en onder wild protest van Britt-Marie door de voordeur verdwijnen. Intussen kijkt Elsa recht in de ogen van het Monster. Ze zijn zo zwart dat het wit eromheen ertegen afsteekt als krijt op een schoolbord.

'Jij bent... de Weerwolfjongen.'

En een ademhaling later fluistert ze, in de geheime taal: 'Jij bent Wolvenhart.'

Het Monster knikt verdrietig.

11

Proteïnereep

Oma's sprookjes uit Miama waren in de regel vrij dramatisch. Oorlogen en stormen, achtervolgingen en intriges en dingen, omdat oma van dat soort actionsprookjes hield. Ze gingen vrij zelden over het dagelijkse leven in Bijna-Wakkerland. Dus Elsa weet eigenlijk helemaal niet of monsters en warsen het een beetje met elkaar kunnen vinden wanneer ze geen leger hebben om aan te voeren of schaduwen om tegen te vechten.

Dat blijken ze helemaal niet zo heel geweldig goed te kunnen.

Het begint ermee dat de wars zijn geduld volledig kwijtraakt wanneer het Monster de vloer onder de wars probeert schoon te maken terwijl de wars er nog op ligt, en aangezien het Monster de wars liever niet wil aanraken, spettert hij per ongeluk ontsmettingsmiddel in zijn oog. Elsa moet tussenbeide komen om ervoor te zorgen dat ze niet echt gaan vechten, en wanneer het Monster er daarna intens gefrustreerd bij Elsa op aandringt dat ze om elk van de poten van de wars een blauw plastic zakje schuift, vindt de wars dat het ook een keer klaar moet zijn. Dus wanneer het donker wordt buiten en ze zeker weet dat er geen agenten meer in het trappenhuis zijn, stuurt Elsa hen allebei naar buiten, de sneeuw in, zodat ze in alle rust kan nadenken over hoe het verder moet met de hele situatie.

Ze had zich natuurlijk zorgen kunnen maken omdat Britt-Marie hen vanaf het balkon zou kunnen zien, maar het is precies zes uur, en om precies zes uur eten Britt-Marie en Kent. Want Britt-Marie zegt dat alleen barbaren op een ander tijdstip eten dan stipt om zes uur. Als er gebeld wordt naar Kents mobieltje ergens tussen zes uur en half zeven, laat Britt-Marie haar bestek op het tafelkleed kletteren en roept uit: ‘Wie kan dat zijn op dit tijdstip, Kent? Midden onder het eten!’

Elsa duwt haar kin onder de Griffoendorsjaal en probeert helder te denken. De wars lijkt nog steeds enigszins gekrenkt door dat gedoe met die blauwe plastic zakjes en schuift achteruit een bosje in totdat alleen zijn snoet nog uit de takken tevoorschijn komt. Daar blijft hij staan met een zeer ontevreden blik op Elsa. Het duurt bijna een minuut voordat het Monster zucht en een veelbetekenend gebaar naar haar maakt.

‘Hij moet poepen,’ mompelt het Monster en hij kijkt de andere kant op.

‘Sorry,’ zegt Elsa beschaamd tegen de wars en ze wendt haar blik af.

Ze spreken weer de gewone taal, want Elsa krijgt een donkere klomp in haar maag wanneer ze de geheime taal spreekt met iemand anders dan oma. Het Monster lijkt niet van zins een van beide talen te spreken. De wars kijkt intussen een beetje zoals je kijkt wanneer iemand binnen komt stampen wanneer jij je behoefte zit te doen en er vervolgens een minuut over doet om te begrijpen hoe ongepast het is om te blijven staan loeren, en dan pas dringt het tot Elsa door dat hij dat waarschijnlijk dagenlang niet gedaan heeft, tenzij hij het in huis heeft gedaan. En dat lijkt haar uitgesloten, aangezien ze niet ziet hoe hij met een toilet overweg zou kunnen en ze er volkomen van overtuigd is dat hij niet op de vloer heeft gepoept, aangezien dat niet iets lijkt te zijn waartoe een wars zich zou verlagen. Dus ze neemt aan dat het een van de superkrachten van warsen is dat ze het ontzettend lang kunnen ophouden.

Ze richt zich tot het Monster. Hij wrijft in zijn handen en kijkt opgelaten naar de voetsporen in de sneeuw alsof hij de sneeuw het liefst met een strijkijzer zou willen platstrijken.

‘Ben je een soldaat?’ vraagt Elsa, wijzend naar zijn broek.

Hij schudt zijn hoofd. Elsa blijft naar zijn broek wijzen, want dat soort broeken heeft ze op het nieuws gezien.

'Dat is een soldatenbroek.'

Het Monster knikt.

'Waarom heb je een soldatenbroek aan als je geen soldaat bent?' vraagt Elsa.

'Oude broek,' antwoordt het Monster stug.

'Hoe kom je aan dat litteken?' vraagt Elsa, wijzend naar zijn gezicht.

'Een ongeluk,' antwoordt het Monster nog stugger.

'*No shit*, Sherlock! Ik dacht dat je dat zelf met opzet had gedaan,' antwoordt Elsa iets onaardiger dan ze had bedoeld.

'No shit, Sherlock' is een van haar favoriete uitdrukkingen in het Engels. Het is een iets sarcastischer manier om heel ironisch 'je meent het!' uit te roepen. Haar vader zegt altijd dat je geen Engelse uitdrukkingen moet gebruiken als er uitstekende equivalenten in de eigen taal voorhanden zijn, maar Elsa vindt feitelijk dat er in dit geval geen uitstekende equivalenten zijn. En het was echt niet haar bedoeling om onaardig te zijn.

'Het was niet mijn bedoeling om onaardig te zijn. Ik wilde alleen weten wat voor ongeluk het was,' mompelt ze.

Het Monster kijkt haar niet aan.

'Zomaar een ongeluk,' gromt hij.

'Oké dan! Bedankt voor de info,' antwoordt Elsa iets sarcastischer dan ze had bedoeld.

Dan zucht ze, zowel om het Monster als om zichzelf. Het Monster verdwijnt nu onder de enorme capuchon van zijn jas.

'Het is laat. Moet slapen.'

Ze begrijpt dat hij het over haar heeft, niet over zichzelf. Ze wijst naar de wars.

'Hij moet vannacht bij jou slapen.'

Het Monster kijkt haar aan alsof ze hem zojuist gevraagd heeft naakt door speeksel te rollen en daarna door een donkere postzegelfabriek te rennen. Of misschien niet helemaal precies zo. Hij schudt zijn hoofd zodat de capuchon klappert als een zeil.

'Niet slapen daar. Gaat niet. Niet slapen daar. Gaat niet. Gaat niet. Gaat niet.'

Elsa zet haar handen op haar heupen en kijkt hem boos aan.

'O nee? En waar moet hij dan slapen volgens jou?'

Het Monster zakt dieper weg onder zijn capuchon. Hij wijst naar Elsa. Elsa snuift.

'Ik mocht van mijn moeder niet eens een uil hebben! Dan snap je toch dat ze flipt als ik met hem daar aankom?'

De wars komt met veel kabaal uit de bosjes en trekt een beledigd gezicht. Elsa kucht verontschuldigend.

'Sorry. Ik bedoelde "hem daar" niet negatief.'

De wars kijkt alsof hij '*yeah sure*' zou willen mompelen. Het Monster wrijft steeds sneller in zijn handen, hij begint een paniekerige indruk te maken en sist met zijn hoofd naar beneden: 'Poep in zijn vacht. Heeft poep in z'n vacht. Poep in z'n vacht.'

Elsa kijkt naar de wars. Kijkt naar het Monster. Kijkt naar de wars en ziet dat hij inderdaad een beetje poep in zijn vacht heeft zitten. Ze rolt met haar ogen.

'Oké, je kunt niet bij hem slapen, want dan krijgt hij een hartaanval. We moeten iets anders verzinnen...' zegt ze zuchtend tegen de wars.

Het Monster zegt niets. Maar de snelheid waarmee hij in zijn handen wrijft, neemt iets af. De wars gaat in de sneeuw zitten en wrijft er met zijn achterste in om de poep weg te krijgen. Het Monster wendt zich af; het lijkt of hij probeert een onzichtbaar gummetje in zijn hersenen te stoppen om dat beeld uit te gummen.

Elsa staat een paar seconden in dubio. Dan loopt ze achter hem aan.

'Wat schreef oma in de brief?' vraagt ze aan zijn rug.

Het Monster ademt verbeten onder de capuchon.

'Ze schreef sorry,' zegt hij zonder zich om te draaien.

'Maar behalve dat? Het was een gigalange brief!' houdt Elsa vol.

Het Monster zucht, schudt zijn hoofd en knikt naar de voordeur van de flat.

'Al laat. Slapen.'

Elsa schudt haar hoofd.

'Eerst moet je vertellen van de brief!'

Het Monster keert zich naar haar toe en kijkt een beetje zoals je misschien zou kijken als iemand je uit de slaap houdt terwijl je ontzettend moe bent, door je met regelmatige tussenpozen in het gezicht te slaan met een kussensloop vol yoghurt. Zo ongeveer tenminste. Hij kijkt op, laat zijn wenkbrauwen zakken en kijkt taxerend naar Elsa alsof hij probeert te bepalen hoe ver hij haar kan gooien.

'Schreef "bescherm het kasteel"', gromt hij.

Elsa doet een stap in zijn richting, om te laten zien dat ze niet bang voor hem is. Dat wil ze zichzelf laten zien, in ieder geval; ze weet vrij zeker dat het voor hem niet zoveel verschil maakt.

'En verder?'

Hij duikt weg onder zijn capuchon en wil verder lopen door de sneeuw.

'Jou beschermen. Elsa beschermen.'

Daarna verdwijnt hij in het donker en is weg. Hij zal vaak verdwijnen, zal Elsa merken. Daar is hij echt goed in, zeker gezien zijn formaat.

Elsa hoort gedempt hijgen aan de andere kant van de binnenplaats en draait zich om. George komt naar de flat toe gejogd. Ze weet dat het George is, want hij draagt een hardloopbroek met een korte broek eroverheen en het groenste jack van de wereld. Hij ziet haar en de wars niet, want hij springt nu met twee voeten tegelijk op en van een bankje en daar heeft hij al zijn aandacht bij nodig. George traint daar heel veel in, in hardlopen en ergens op en af springen. Het geeft Elsa altijd het idee dat hij continu auditie doet voor een rol in het volgende Super Mario-videospel.

'Kom!' fluistert Elsa snel tegen de wars, om hem binnen te krijgen voordat George hem in het oog krijgt.

En tot haar verbazing merkt ze dat het enorme dier gehoorzaamt. De wars strijkt langs haar benen zodat ze de vacht zelfs over haar voorhoofd voelt kriebelen, en ze valt bijna om door de duw. Ze lacht. Hij kijkt haar aan en lijkt ook te lachen.

Behalve oma is het de eerste vriend die Elsa ooit heeft gehad.

Ze controleert of Britt-Marie niet door het trappenhuis struint, en of George hen nog steeds niet heeft gezien, en dan brengt ze de wars naar de kelder. De bergingen hebben hetzelfde nummer als de appartementen, die van oma zit niet op slot en is leeg op een paar gele Ikeadraagtassen vol gratis blaadjes na. Elsa spreidt ze uit over de koude betonnen vloer, zodat het iets gezelliger wordt.

'Je mag hier vannacht blijven. Morgen moeten we een betere schuilplaats zoeken,' fluistert ze.

De wars lijkt niet overdreven onder de indruk, maar hij gaat liggen, rolt op zijn zij en kijkt nonchalant spiedend naar de delen van de kelder waar nog geen licht brandt. Elsa kijkt de kant op die hij uit kijkt, en daarna naar de wars.

'Oma zei altijd dat hier spoken zitten,' zegt ze streng.

De wars ligt nonchalant op zijn zij op de vloer en zijn ijshamergrote snijtanden glinsteren in het donker.

'Je mag de spoken niet laten schrikken, hoor!' vermaant Elsa de wars.

De wars gromt. Elsa heeft medelijden met de spoken.

'Ik neem morgen meer chocola mee als je braaf bent,' belooft ze.

De wars lijkt het onderhandelingsvoorstel in overweging te nemen. Elsa buigt naar voren en geeft hem een zoen op zijn snuit.

Dan vliegt ze de trap op en doet de kelderdeur zorgvuldig achter zich dicht. Ze sluipt de rest van de trappen op zonder een lamp aan te doen om het risico zo klein mogelijk te maken dat iemand haar ziet, maar wanneer ze op de verdieping van Britt-Marie en Kent komt, duikt ze in elkaar en neemt de laatste trap met grote sprongen. Ze weet bijna zeker dat Britt-Marie daarbinnen door het kijkgaatje staat te spieden. Ze voelt dat ze naar haar kijkt zoals Sauron zijn boze oog op de wereld werpt in *The Lord of the Rings.*

De volgende ochtend is zowel het appartement van het Monster als de kelderberging donker en leeg. George brengt Elsa naar school, want Elsa's moeder is al naar het ziekenhuis gegaan, omdat het daar weer eens crisis was, en het is het werk van haar moeder om crisissen op te lossen.

George praat het hele eind over proteïnerepen. Hij had een hele doos gekocht, zegt hij, en nu kan hij ze nergens vinden. George praat graag over proteïnerepen. En over verschillende dingen die een functie hebben. Functionele kleding en functionele hardloopschoenen, bijvoorbeeld. George is dol op functies. Elsa hoopt dat er nooit proteïnerepen met functies worden uitgevonden, want dan zal George' hoofd vermoedelijk exploderen. Niet dat Elsa noodzakelijkerwijs vindt dat dat nou zo'n ontzettend slechte zaak zou zijn, maar ze stelt zich voor dat haar moeder er verdriet van zou hebben en dat het een vreselijke smeerboel zou worden. George zet haar af op de parkeerplaats en vraagt haar nog een keer of ze zijn verdwenen proteïnerepen heeft gezien. Ze kreunt verveeld en stapt uit.

De andere kinderen houden afstand. Ze bekijken haar afwachtend. Het gerucht over het ingrijpen van het Monster bij het park heeft zich verspreid, maar Elsa weet dat het maar korte tijd zal standhouden. Het is te ver van school gebeurd. Dingen die buiten de school gebeuren kunnen net zo goed in de ruimte gebeuren, want op school is ze toch niet beschermd. Misschien krijgt ze een paar uur respijt, maar de kinderen die haar achternazitten zullen de grenzen van steeds dichterbij onderzoeken en wanneer ze haar op een keer weer aan durven te vallen, zullen ze harder slaan dan ooit.

Ze weet dat het Monster nooit voor haar dichter bij het hek zal komen, want scholen barsten van de kinderen en kinderen barsten van de bacteriën en daarna zou er op de hele wereld niet genoeg ontsmettingsmiddel zijn voor het Monster.

Maar ze geniet die ochtend van haar vrijheid, ondanks alles. Het is de een na laatste dag voor de kerstvakantie en na morgen hoeft ze een paar weken lang niet te rennen. Een paar weken zonder briefjes in haar kluisje dat ze lelijk is en dat ze haar gaan vermoorden.

In de korte pauze gunt ze zichzelf een wandeling langs het hek. Af en toe trekt ze hard aan de riemen van de rugzak om te controleren of ze niet te loshangen. Ze weet dat ze haar deze pauze niet achterna gaan zitten, maar het is een gewoonte die ze niet zomaar kan loslaten. Je rent minder hard wanneer je rugzak slap hangt.

Uiteindelijk staat ze zichzelf toe in gedachten weg te dwalen. Daar zal het wel van komen dat ze hem niet ziet. Ze denkt aan oma en aan Miama, ze vraagt zich af wat oma voor plan had dat ze haar op deze jacht op de schat heeft uitgestuurd, als ze al een plan had. Oma bedacht veel van haar plannen altijd gaandeweg, dus nu ze er niet meer is kan Elsa moeilijk zien wat de volgende stap in de jacht op de schat zal zijn. Een vraag die haar vooral bezighoudt, is wat oma bedoelde toen ze zei dat ze bang was dat Elsa haar een naar mens zou vinden wanneer ze meer over haar te weten kwam. Tot nu toe is Elsa alleen maar te weten gekomen dat oma een aantal nogal louche vrienden had, en dat kwam niet echt als een schok, zo mag je dat wel stellen.

Elsa begrijpt natuurlijk dat wat oma zei over 'wie je bent voordat je oma wordt' iets met Elsa's moeder te maken moet hebben, maar als het niet hoeft wil ze haar moeder daar liever niet naar vragen. Wat Elsa tegenwoordig ook tegen haar moeder zegt, het lijkt allemaal alleen maar op ruzie uit te lopen. En dat vindt Elsa rot. Ze vindt het rot dat je geen dingen te weten kunt komen als je geen ruziemaakt.

En ze vindt het rot om zo eenzaam te zijn als je alleen maar kunt zijn zonder je oma.

Dus daar zal het wel van komen dat ze hem niet ziet. Want hij is echt maar hooguit een meter of twee, drie van haar verwijderd wanneer ze hem uiteindelijk opmerkt, en het is belachelijk om een wars op zo'n afstand niet te zien. Hij zit bij de poort, vlak voor het hek. Ze lacht verbaasd. Dat lijkt hij ook te doen, maar dan inwendig.

'Ik heb je vanochtend gezocht,' zegt ze en ze stapt de straat op, ook al mag dat niet in de pauze.

Het lijkt of de wars zijn schouders een stukje optrekt. Als hij schouders had gehad.

'Ben je lief geweest voor de spoken?' vraagt Elsa.

Aan de blik van de wars te zien is dat niet het geval geweest, maar toch valt ze hem om de hals. Ze begraaft haar handen diep in zijn dikke zwarte vacht, en roept dan uit: 'Wacht, ik heb iets voor je!' De wars steekt hebberig zijn snuit in haar rugzak wanneer ze die openmaakt, maar kijkt heel erg ontzettend teleurgesteld wanneer hij hem er weer uit trekt.

'Dat zijn proteïnerepen,' zegt Elsa verontschuldigend. 'We hebben geen chocola in huis, want ik mag van mijn moeder niet snoepen, maar George zegt dat deze megalekker zijn!'

De wars vindt er niks aan. Dus hij eet er maar een stuk of negen. Wanneer de bel gaat, knuffelt Elsa hem nog eens heel stevig en fluistert: 'Bedankt dat je gekomen bent!'

Ze weet dat alle andere kinderen op school haar dat zien doen. Misschien valt het de leraren niet op dat de grootste en zwartste wars schijnbaar uit het niets opduikt bij het hek in de korte pauze, maar het had geen kind in het hele universum kunnen ontgaan.

Die dag legt niemand briefjes in Elsa's kluisje.

12

Pepermunt

Oma had altijd problemen met het gezag.

Dat weet Elsa, want een van de leraren bij haar op school heeft een keer gezegd dat Elsa problemen heeft met het gezag, en toen zei de directeur: 'Dat heeft ze dan van haar... oma.' En daarna gluurde de directeur in paniek de kamer rond, alsof hij zojuist heel onbezonnen 'Voldemort' had gezegd.

Elsa geeft de directeur natuurlijk principieel nooit gelijk, maar juist die keer had hij misschien niet helemaal ongelijk. Want oma heeft een keer een verbod gekregen van de politie om dichter dan vijfhonderd meter bij een vliegveld te komen, juist omdat ze problemen met het gezag had gehad, en Elsa heeft nooit gehoord dat andere oma's dan de hare zoiets ooit is overkomen.

Het begon ermee dat Elsa's vader en Lisette in Spanje waren en dat Elsa daar ook naartoe zou vliegen. Want Elsa's vader had Lisette net leren kennen en hij dacht dat Elsa daar minder boos om zou zijn als hij haar ergens mee naartoe nam waar een zwembad was. Hij had natuurlijk gelijk. Uiteraard kun je ook op plaatsen waar een zwembad is ontzettend boos zijn op je vader, maar het wordt een stuk moeilijker.

Haar moeder was naar een erg belangrijke conferentie, dus oma bracht Elsa naar het vliegveld met Renault. Elsa was toen nog klein en sleepte overal een knuffelleeuw mee naartoe, en een van de bewakers bij de veiligheidscontrole wilde dat ze de leeuw op de band door het röntgenapparaat zou laten gaan. Maar Elsa vertrouwde het apparaat niet, dus ze wilde de leeuw niet loslaten, waarop een andere bewaker probeerde de leeuw van haar af te pakken. Waarop oma zo boos werd als alleen een oma kan worden wanneer iemand haar kleinkind een leeuw af wil pakken. Daarna gingen oma en de bewakers bijna op de vuist en het eind van het liedje was dat oma stond te schreeuwen: 'Verdomde fascisten! Willen jullie mij ook fouilleren? Nou? Willen jullie controleren of ik niet een paar leeuwen met springstof in m'n onderbroek heb verstopt? Hè, hè, hè?'

Pas achteraf bedacht Elsa dat ze tegen oma had moeten zeggen dat de beveiligers vast hadden gedacht dat oma het over leeuwen met springstof in hun onderbroek had. Daar had oma vast om moeten lachen. En dan had ze misschien niet al haar kleren uit gegooid en was ze niet naakt door de hele veiligheidscontrole gerend.

Ze kon zich echt onwijs snel uitkleden, oma.

Dit was zo'n gebeurtenis die gênant was toen het gebeurde, maar grappig om achteraf over te praten. Maar met dit verschil dat het ook best grappig was toen het gebeurde. Want als je rennende mensen in hun blootje niet grappig vindt, dan ben je echt een beetje een mafketel, dat is Elsa's stellige overtuiging. En toen ze uiteindelijk aan boord van het vliegtuig kwam, hadden de stewardessen gehoord wat er gebeurd was en Elsa kreeg zoveel sinaasappelsap als ze wilde gedurende de hele vlucht naar Spanje. En Elsa is echt dol op sinaasappelsap.

Maar eerst moesten zij en oma natuurlijk een hele poos in een kantoortje op het vliegveld zitten met een nogal boze man met een snoertje in zijn oor. En daarna kwamen er twee agenten tegen oma zeggen dat ze nooit meer op het vliegveld mocht komen en dat wat ze net had gedaan een ernstige overtreding was die haar gevangenisstraf had kunnen opleveren. 'Ja, ja, ja, jullie proberen knuffels uit de handen van kleine kinderen te grissen en dan ben ík de terrorist?' schreeuwde oma en ze zwaaide met haar armen totdat de agenten dreigden dat ze haar handboeien om zouden doen.

Maar Elsa hoefde de leeuw de hele reis niet los te laten. Nog geen seconde. En daar ging het oma om.

'In Miama zijn geen vliegvelden. En als die er waren, dan hadden de leeuwen de koffers van de douanebeambten gecontroleerd en niet andersom,' zei oma sikkeneurig aan de telefoon toen Elsa belde vanuit Spanje. Dat vond Elsa geweldig van haar.

Ze staat nu alleen op het balkon van oma's appartement. Hier stonden ze vaak. Toen Elsa's ouders pas waren gescheiden, had oma op deze plek voor het eerst naar de wolkendieren gewezen en over Bijna-Wakkerland verteld. Die nacht kreeg Elsa Miama voor het eerst te zien. Ze staart blind het donker in en haar gemis is groter dan ooit. Ze heeft op oma's bed naar alle foto's aan het plafond liggen staren, ze heeft geprobeerd te bedenken waar oma het over had in het ziekenhuis toen ze Elsa wilde laten beloven dat ze haar geen naar mens zou vinden. Dat het het voorrecht van een oma is om nooit aan haar kleinkind te hoeven tonen wie ze was voordat ze oma werd. Elsa heeft er uren over gepiekerd waar deze jacht op de schat goed voor moet zijn, of waar de volgende aanwijzing zou kunnen zijn. Als die er is.

De wars slaapt in de kelderberging. Elsa heeft een bed voor hem opgemaakt met kussens, dekbedden en gele Ikeadraagtassen; ze heeft vier dozen geplet en met plakband vastgemaakt voor de deur zodat Britt-Marie niet naar binnen kan kijken als ze beneden komt snuffelen. Midden in alle verschrikkingen is het een fijn gevoel om te weten dat hij daar slaapt, de wars. Je voelt je wat minder eenzaam als je bijna acht bent en weet dat er een wars in de kelder slaapt.

Ze kijkt over het balkonhekje. Ze heeft het idee dat ze iemand beneden op de grond ziet bewegen. Ze ziet natuurlijk niets, maar ze weet dat het Monster daar is. Ze begrijpt dat oma het sprookje op die manier heeft gepland. Dat het Monster het kasteel bewaakt. Dat hij Elsa bewaakt.

Ze is alleen boos op oma omdat ze nooit heeft verteld waar hij het tegen bewaakt.

De vrouwenstem verderop in de straat zaagt door de stilte.

'...ja, ja, ja, maar nu heb ik in ieder geval alle wijn gekocht voor het feest!' verklaart de stem bitter wanneer hij dichterbij komt.

Het is de vrouw in de zwarte rok die in het witte snoer praat. Ze sleept met vier zware plastic tassen die beurtelings tegen elkaar en tegen haar schenen botsen. De vrouw vloekt en staat met haar sleutels te hannesen bij de voordeur.

'Nou, ja jemig, we zijn zeker met een man of twintig. En jij weet ook dat Ulfs collega's wel van innemen weten! Ja, ja, ja, precies, je weet wat ik bedoel! Dus ik moest alle boodschappen doen voor het feest! Ulf en de jongens hebben natuurlijk geen tijd om te helpen! Nou, zo is het toch? Natuurlijk! Alsof ik niet ook een fulltimebaan heb,' is het laatste wat Elsa hoort voordat de vrouw de flat binnenmarcheert.

Elsa weet niet wat voor feest het is. Ze weet helemaal niet zoveel van de vrouw met de zwarte rok, behalve dat ze altijd naar pepermunt ruikt, altijd keurig gestreken kleren draagt en altijd gestrest lijkt. Oma zei altijd dat het vanwege haar jongens was. Elsa weet niet precies wat dat betekent.

Ze stampt de sneeuw van haar schoenen en gaat het appartement weer binnen. Haar moeder zit op een hoge kruk in de keuken te bellen en prutst rusteloos aan een van oma's keukenhanddoeken. Als ze belt, is ze altijd aan het woord, want ze lijkt nooit te hoeven luisteren naar iets wat iemand aan de andere kant van de lijn zegt. Nooit spreekt iemand Elsa's moeder tegen. Niet omdat ze haar stem verheft of iemand in de rede valt, maar alleen omdat ze iemand is met wie niemand ruzie wil hebben. Daar zorgt Elsa's moeder wel voor, want ze wil geen conflicten. Conflicten zijn namelijk schadelijk voor de efficiëntie, en efficiëntie is heel belangrijk voor Elsa's moeder. Ze praat daar heel veel over aan de telefoon. George maakt soms een grapje dat Elsa's moeder van Halfje gaat bevallen tijdens de lunchpauze, zodat de efficiëntie van het ziekenhuis niet wordt aangetast. Elsa vindt het rot van George dat hij zulke achterlijke grappen maakt. Ze vindt hem een nare vent omdat hij denkt dat hij Elsa's moeder zo goed kent dat hij grapjes over haar mag maken.

Natuurlijk vond oma efficiëntie flauwekul, en het maakte haar geen moer uit of conflicten daar slecht voor waren. Elsa hoorde een van de artsen in het ziekenhuis van haar moeder zeggen dat oma iemand was die een ruzie kan beginnen in een lege kamer, maar toen Elsa dat aan oma vertelde, werd oma alleen chagrijnig en snauwde: 'Misschien was de kamer begonnen, is dat wel eens bij je opgekomen?' En daarna vertelde ze het sprookje van het meisje dat nee zei. Ook al had Elsa dat misschien al minstens een eindeloos aantal keren gehoord.

Het meisje dat nee zei was een van de allereerste sprookjes uit Bijna-Wakkerland die Elsa te horen kreeg. Het ging over een koningin van een van de zes koninkrijken: het koninkrijk Miaudacië. De koningin was eerst een zeer moedige en rechtvaardige prinses en iedereen was dol op haar. Maar helaas werd ze volwassen en bang, zoals dat met volwassenen gaat. Ze begon van efficiëntie te houden en een hekel te krijgen aan conflicten. Zoals dat bij volwassenen gaat.

Dus de koningin verbood simpelweg conflicten in heel Miaudacië. Iedereen moest het altijd met elkaar eens zijn, want dat was goed voor de efficiëntie. En aangezien bijna alle conflicten beginnen met iemand die 'nee' zegt, verbood de koningin dat woord. En iedereen die de wet overtrad, werd meteen in een grote nee-gevangenis gegooid, en honderden soldaten in zwarte harnassen die 'ja-zeggers' genoemd werden, patrouilleerden door de straten om te controleren of er geen onenigheid was. Maar zelfs daarmee was de koningin niet tevreden, en algauw gold er niet alleen een verbod op het woord 'nee', maar stond er ook celstraf op woorden als 'niet', 'misschien' en 'nja'. Die brachten je rechtstreeks naar een gevangenis waar je nooit meer daglicht te zien kreeg. En als je het daglicht wel kon zien, dan hing een van de ja-zeggers meteen nieuwe gordijnen op.

Na een paar jaar waren ook woorden zoals 'wellicht' en 'eventueel' en 'we zien wel' verboden. En ten slotte durfde niemand meer iets te zeggen. Dus toen vond de koningin dat spreken überhaupt verboden kon worden, want bijna alle conflicten beginnen met iemand die iets zegt. En daarna was het jaren stil in het koninkrijk.

Totdat er op een dag een klein meisje binnen kwam rijden, zingend. Iedereen staarde naar haar, want zingen was een zeer ernstig misdrijf in Miaudacië. Het gevaarlijke aan zingen is namelijk dat de een het liedje misschien mooi vindt, en de ander misschien niet, en dan kan er een conflict ontstaan. Dus de ja-zeggers rukten uit om het meisje tegen te houden, maar ze konden haar niet vangen, omdat ze heel erg hard kon lopen. Dus de ja-zeggers luidden alle klokken en riepen om versterking. Waarop de gevreesde bereden garde van de koningin, de muggenziffers, uitrukte om het meisje tegen te houden. De gardeleden heetten zo omdat ze op een speciaal soort dier reden dat tussen een mug en een olifant in zat en 'muggenzif' werd genoemd. Maar zelfs de muggenziffers konden haar niet te pakken krijgen, dus uiteindelijk kwam de koningin zelf haar kasteel uit rennen en brulde tegen het meisje dat ze moest stoppen met zingen.

Toen draaide het meisje zich om naar de koningin, staarde haar in de ogen en antwoordde: 'Nee.' En toen ze dat zei, viel er een steen uit de muur om de gevangenis. En toen het meisje nog een keer 'nee' zei, viel er nog een uit. En algauw stonden het meisje en alle andere mensen van het koninkrijk, zelfs de ja-zeggers en de muggenziffers 'nee, nee, nee' te schreeuwen en toen stortte de hele gevangenis in. Zo leerde het volk van Miaudacië dat een koningin alleen alle macht heeft zolang al haar onderdanen bang zijn voor conflicten.

Elsa denkt in ieder geval dat dat de moraal van het sprookje is. Wat 'moraal' betekent, weet ze, want dat heeft ze opgezocht op Wikipedia, en ze weet dat haar allereerste woordje 'nee' was. En daar hadden haar moeder en oma heel, heel, heel vaak onenigheid over.

Nou ja, ze waren het ook over alle andere dingen natuurlijk heel vaak oneens. Over efficiëntie bijvoorbeeld. Elsa's moeder zei altijd heel beheerst dat die noodzakelijk was voor een goed functionerend bedrijf, en oma schreeuwde altijd in alle opzichten vrij onbeheerst terug dat het verdorie niet de bedoeling was dat een ziekenhuis een bedrijf was. Eén keer zei oma tegen Elsa dat Elsa's moeder alleen manager was geworden uit puberale opstandigheid, en dat ze niets opstandigers bij elkaar kon fantaseren dan econoom worden. Elsa begreep nooit goed wat dat betekende. Maar later die avond, toen ze dachten dat Elsa sliep, hoorde Elsa haar moeder snauwen: 'Wat weet jij van mijn puberteit? Je was er nooit!' Dat was de enige keer dat Elsa haar moeder iets tegen oma hoorde zeggen met tranen in de stem. Daarop werd oma heel stil en zei nooit meer iets over puberale opstandigheid tegen Elsa.

Het telefoongesprek is afgelopen en Elsa's moeder staat midden in de keuken met de handdoek in haar hand met een blik alsof ze iets is vergeten. Ze kijkt Elsa aan. Elsa kijkt aarzelend terug. Haar moeder glimlacht bedrukt.

'Wil je me helpen met het inpakken van oma's spullen?'

Elsa knikt. Ook al wil ze dat helemaal niet. Elke avond pakt Elsa's moeder hier nu dozen in; ze houdt stug vol, ook al hebben zowel de dokters als George tegen haar gezegd dat ze het kalm aan moet doen. Daar is Elsa's moeder niet zo goed in. Niet in het kalm aan doen en niet in zich iets laten zeggen.

'Je vader haalt je morgenmiddag uit school,' zegt Elsa's moeder langs haar neus weg terwijl ze vinkjes zet op haar inpakdocument.

Het is gemaakt in Excel. Elsa's moeder is dol op Excel.

'Omdat jij moet overwerken?' vraagt Elsa, alsof ze helemaal niets bedoelt met die vraag.

'Ik... blijf wat langer in het ziekenhuis,' zegt Elsa's moeder, want ze liegt niet graag tegen Elsa.

'Kan George me dan niet halen?' vraagt Elsa onnozel, ook al is ze dat helemaal niet.

Elsa's moeder ademt in door haar neus.

'George gaat mee naar het ziekenhuis.'

Elsa stopt dingen in de doos in een heel andere volgorde dan die van het Exceldocument.

'Is Halfje ziek?'

Elsa's moeder probeert weer te glimlachen. Dat lukt niet heel erg geweldig.

'Maak je geen zorgen, schatje.'

'Nou, dan weet ik nu helemaal dat ik me megaveel zorgen moet maken,' antwoordt Elsa.

Elsa's moeder zet zuchtend vinkjes op het Exceldocument, ook al zie je dat het haar niet lekker zit. Maar het is slechter voor de efficiëntie om de doos opnieuw in te pakken, ook al zit het er nu verkeerd in.

'Het is ingewikkeld,' zegt ze.

Want dat doet Elsa's moeder altijd. Praten in Facebookstatussen.

'Alles is ingewikkeld als niemand het je uitlegt,' zegt Elsa chagrijnig.

Elsa's moeder ademt weer in door haar neus.

'Elsa, het is maar een gewone controle.'

'Nee, dat is het niet, want zoveel gewone controles heb je niet tijdens een zwangerschap. Ik ben niet achterlijk. Ik kan echt wel dingen op Wikipedia lezen.'

Elsa's moeder masseert haar slapen en kijkt weg.

'Elsa, toe, nou moet je hier niet ook nog ruzie over maken met me.'

'Hoezo "ook"? Waar heb ik nog meer ruzie over gemaakt met je?' vraagt Elsa zoals je doet wanneer je bijna acht bent en je een tikje beschuldigd voelt.

'Schreeuw niet,' verzoekt Elsa's moeder beheerst.

'Ik schreeuw niet!' schreeuwt Elsa tamelijk onbeheerst.

Daarna kijken ze allebei een hele poos naar de grond. Ze zoeken allebei naar een manier om sorry te zeggen. Ze weten geen van beiden waar ze het eerst moeten zoeken. Elsa klapt het deksel van de verhuisdoos dicht, staat op, loopt oma's slaapkamer in en slaat de deur dicht.

Het blijft een kwartier lang doodstil in het appartement. Want zo boos is Elsa dat ze de tijd meet in minuten in plaats van in eeuwigheden. Ze ligt op oma's bed naar de zwart-witfoto's aan het plafond te staren. De Weerwolfjongen lijkt naar haar te lachen en te zwaaien. Ze vraagt zich tot in het diepst van haar ziel af hoe iemand die zo lacht kan opgroeien tot zoiets droevigs als het Monster.

Ze hoort de deurbel één keer gaan, en dan een tweede keer, veel sneller erachteraan dan je van een normaal iemand die ergens aanbelt zou verwachten. Dus kan het alleen Britt-Marie zijn.

'Ik kom eraan,' antwoordt Elsa's moeder beheerst onderweg naar de hal, maar Elsa hoort aan haar stem dat ze heeft gehuild.

De woorden stromen onmiddellijk uit Britt-Marie, alsof iemand haar op de rug heeft opengeschroefd.

'Ik heb bij jullie flat aangebeld. Er deed niemand open!'

Elsa's moeder zucht.

'Nee. We zijn niet thuis. We zijn hier.'

'Er loopt een vechthond los door het pand! En de auto van je moeder staat in de garage!' zegt Britt-Marie zo snel dat het overduidelijk is dat ze zelf niet weet waar ze het boost over moet zijn.

'Waar wil je me het eerst over uitfoeteren?' vraagt Elsa's moeder vermoeid.

Elsa veert overeind op oma's bed en luistert geconcentreerd, maar toch duurt het bijna een minuut voordat het tot haar doordringt wat Britt-Marie zojuist heeft gezegd. Dan springt ze van het bed en ze moet al haar zelfbeheersing inzetten om niet meteen de hal in te stormen, want ze wil Britt-Marie niet achterdochtig maken.

Britt-Marie staat in het trappenhuis met haar ene hand vastbesloten in de andere en ze glimlacht Elsa's moeder goedwillend toe.

'We kunnen geen vechthonden los hebben lopen binnen deze vereniging van eigenaren, Ulricka. Dat moet je begrijpen, dat moet zelfs jij kunnen begrijpen!'

'Dit is geen vereniging van eigenaren,' antwoordt Elsa's moeder en het lijkt wel of ze daar al spijt van heeft voordat ze het heeft gezegd.

'Nee, maar die komt er wel,' zegt Britt-Marie en ze schudt dreigend met haar vuist. Vervolgens plaatst ze haar handen andersom voor haar buik en knikt twee keer om de ernst te onderstrepen.

'En in deze vereniging van eigenaren kunnen we het echt niet hebben dat hier vechthonden rondrennen. Dat is gevaarlijk voor kinderen en het is onhygiënisch. Onhygiënisch, dat is het!'

'Jij bent onhygiënisch,' mompelt Elsa.

Britt-Marie draait zich sissend om en haar wenkbrauwen vloeien samen tot een harige rups.

'Pardon?'

'Niks,' mompelt Elsa.

Britt-Marie en de rups kijken haar nog steeds strak aan. Elsa's moeder kucht.

'Die hond is vast allang weg, Britt-Marie. Ik zou me er niet druk om maken...'

Britt-Marie richt zich met een goedwillende glimlach tot Elsa's moeder.

'Nee, nee, jij natuurlijk niet, Ulricka. Jij natuurlijk niet. Jij bent niet het type dat zich nou zozeer druk maakt om andermans veiligheid.'

Elsa's moeder kijkt beheerst. Britt-Marie knikt en glimlacht.

'Je hebt het natuurlijk druk met je carrière. Dan heb je geen tijd om je druk te maken om de veiligheid van je kind. Dat is erfelijk, begrijp ik. Dat de carrière voor het kind gaat. Zo is het altijd geweest in jouw familie.'

Het gezicht van Elsa's moeder is volkomen ontspannen. Haar armen hangen rustig langs haar lichaam. Het enige wat haar verraadt is dat ze heel langzaam haar vuisten balt. Dat heeft Elsa haar nog nooit zien doen.

Britt-Marie ziet het ook. Ze laat de handen voor haar buik weer van plaats verwisselen. Het lijkt wel of ze zweet. Ze glimlacht iets stijver.

'Niet dat daar iets mis mee is, Ulricka, natuurlijk niet. Natuurlijk niet. Je maakt je eigen keuzes en stelt je eigen prioriteiten, natuurlijk!'

'Had je verder nog iets?' vraagt Elsa's moeder langzaam, maar er verandert iets in haar blik, wat Britt-Marie ertoe brengt een klein stapje verder het trappenhuis in te zetten.

'Nee, hoor, nee. Helemaal niets!'

Elsa steekt haar hoofd naar voren voordat Britt-Marie zich kan omdraaien en weglopen.

'Wat zei je over oma's auto?'

De irritatie borrelt weer op in Britt-Maries stem, maar nu vermijdt ze de blik van Elsa's moeder.

'Die staat in de garage. Geparkeerd op mijn parkeerplaats. En als die niet onmiddellijk wordt weggehaald, bel ik de politie.'

Elsa vergeet haar verbazing te verbergen.

'Hoe komt oma's auto daar?'

'Dat weet ik toch niet! Het is niet mijn taak om dat te weten!' bitst Britt-Marie zo snel dat ze vergeet goedwillend te kijken.

Daarna richt ze zich weer tot Elsa's moeder, met hernieuwde moed.

'Die auto moet onmiddellijk weggehaald worden, want anders bel ik de politie, Ulricka!'

Elsa's moeder knikt met hernieuwde moedeloosheid.

'Ik weet niet waar de autosleutel is, Britt-Marie.'

'Nee, nee. Nee, nee. Ik ook niet, maar dat is mijn taak ook niet. Jullie moeten als familie zelf maar bijhouden waar jullie eigen autosleutel is,' snauwt Britt-Marie.

Elsa's moeder masseert haar slapen.

'Ik heb iets nodig tegen de hoofdpijn,' zegt ze zachtjes bij zichzelf.

Op slag lijkt Britt-Marie zich weer te herinneren hoe je ook alweer goedwillend moet kijken. Dus dat doet ze.

'Als je minder koffie zou drinken, had je misschien niet zo vaak hoofdpijn, Ulricka!'

En dan draait Britt-Marie zich snel om en loopt zo haastig de trap af dat niemand iets terug kan zeggen.

Elsa's moeder doet de deur gecontroleerd en beheerst dicht, maar iets minder gecontroleerd en beheerst dan anders, valt Elsa op. Haar moeder loopt naar de keuken. Haar telefoon gaat. Elsa loopt achter haar aan en houdt haar nauwlettend in het oog.

'Waarom zei ze dat?' vraagt Elsa.

'Ze vindt dat ik geen koffie moet drinken nu ik zwanger ben,' antwoordt Elsa's moeder.

Ze houdt zich van de domme. Elsa haat het wanneer ze zich van de domme houdt.

'Sure, dat bedoelde ik ook echt,' zegt Elsa.

Elsa's moeder pakt haar telefoon van het aanrecht.

'Ik moet even opnemen, schat,' zegt ze.

'Wat bedoelde Britt-Marie dat de carrière voor de kinderen gaat in onze familie en dat het erfelijk is? Ze bedoelde oma, zeker?' dramt Elsa door.

De telefoon blijft overgaan.

'Dat is het ziekenhuis, ik moet opnemen,' zegt Elsa's moeder.

'Nee, dat moet je niet!' commandeert Elsa.

Ze staan elkaar zwijgend aan te kijken terwijl de telefoon nog twee keer overgaat. Nu zijn Elsa's vuisten gebald. De vingers van haar moeder glijden over het schermpje.

'Ik moet opnemen, Elsa.'

'Nee, dat moet je niet!'

Elsa's moeder doet haar ogen dicht en houdt het mobieltje voor haar oor. Elsa heeft de deur van oma's slaapkamer al achter zich dichtgesmeten wanneer ze erin begint te praten.

Wanneer Elsa's moeder een halfuur later de deur voorzichtig openduwt, doet Elsa net of ze slaapt. Elsa's moeder sluipt naar haar toe, legt een deken over haar heen en stopt haar in. Geeft een zoen op haar wang en doet het licht uit.

Wanneer Elsa een uur later opstaat, ligt haar moeder op de bank in de woonkamer te slapen. Elsa sluipt naar haar toe, legt een deken over haar en Halfje heen en stopt hen in. Ze geeft haar moeder een zoen op de wang en doet het licht uit. Haar moeder houdt oma's keukendoek nog steeds in haar hand.

Elsa haalt een zaklamp uit een van de dozen in de hal en trekt haar schoenen aan.

Want nu weet ze waar de volgende aanwijzing in oma's jacht op de schat is verstopt.

13

Wijn

Tja. Het is een beetje moeilijk uit te leggen, eigenlijk. Dat geldt voor een heleboel dingen in oma's sprookjes. Allereerst moet je begrijpen dat geen enkel wezen in Bijna-Wakkerland zo bedroefd is als de zee-engel, en pas wanneer Elsa zich dat hele verhaal herinnert, begint ze het hele gedoe van oma's jacht op de schat opeens logisch te vinden.

Elsa's verjaardag was altijd ontzettend belangrijk voor oma, met die vaststelling moet je bijna wel beginnen. Misschien omdat Elsa op tweede kerstdag jarig is, en kerst erg belangrijk is voor alle andere mensen, dus geen enkel kind dat op tweede kerstdag jarig is krijgt ooit dezelfde aandacht die een kind krijgt dat in augustus jarig is of in april. Dus oma overcompenseerde. Die neiging had ze natuurlijk. Ook al had Elsa's moeder haar verboden surpriseparty's te organiseren na die keer dat oma vuurwerk afstak in een hamburgerrestaurant en per ongeluk een zeventienjarig meisje in brand stak dat verkleed was als clown en daar de kinderen moest vermaken. Ze was best vermakelijk, moet Elsa ter verdediging van het meisje aanvoeren. Die dag heeft Elsa een paar van haar beste scheldwoorden geleerd.

Het punt is nu dat je in Miama geen cadeautjes krijgt op je verjaardag. Je geeft ze. Het liefst moet je iets weggeven wat je zelf in huis hebt en wat je heel dierbaar is, en dat aan mensen geven die je nog dierbaarder zijn. Daarom kijken alle mensen in Miama uit naar elkaars verjaardag, en vandaar de uitdrukking: 'Wat krijg je van iemand die alles heeft?' Natuurlijk werd dat wel eens in een sprookje opgeschreven dat door de eenfanten naar de echte wereld werd gebracht, waarna een heleboel zwamneuzen die het niet snapten er 'wat geef je aan iemand die alles heeft' van maakten. Maar wat kun je ook anders verwachten? Het zijn per slot van rekening dezelfde zwamneuzen die het woord 'snappen' niet snapten, want in Miama betekent dat iets heel anders. In Miama is een snap een wezen dat je het gemakkelijkst kunt omschrijven als iets wat tussen een geit en een chocoladewafel in zit. Ze hebben veel taalgevoel en ze waren heerlijk op de barbecue, totdat Elsa vegetariër werd en oma dat verhaal niet meer kon vertellen zonder dat Elsa een ontzettend spektakel maakte.

Hoe dan ook: Elsa is dus bijna acht jaar geleden op tweede kerstdag geboren. Op de dag waarop wetenschappers de gammastraling van die magnetar registreerden. En iets anders wat die dag gebeurde, was dat er een tsunami kwam in de Indische Oceaan. Elsa weet dat dat een onwijs grote golf is die veroorzaakt wordt door een aardbeving. Maar dan op zee. Dus eigenlijk meer een zeebeving, als je precies wilt zijn. En Elsa is natuurlijk vrij precies.

Tweehonderdduizend mensen verloren het leven toen Elsa net aan het hare begon. Wanneer Elsa's moeder denkt dat Elsa het niet hoort, vertelt ze soms aan George dat ze zich zo schuldig voelt dat haar hart er pijn van doet, omdat juist die dag de gelukkigste van haar leven was.

Elsa was vijf, bijna zes, toen ze dat voor het eerst op Wikipedia las. En op haar zesde verjaardag vertelde oma het sprookje van de zee-engel. Om haar te leren dat niet alle monsters al vanaf het begin monsters zijn, en dat niet alle monsters eruitzien als monsters. Dat bij sommige het monster aan de binnenkant zit.

Want het allerlaatste wat de schaduwen deden voordat de Oorlog-zonder-Einde eindigde, was het hele koninkrijk Mibatallië vernietigen. Het koninkrijk van Bijna-Wakkerland waar alle krijgers vandaan kwamen. Maar daarna kwamen Wolvenhart en de warsen en brachten een ommekeer teweeg, en toen de schaduwen uit Bijna-Wakkerland wegvluchtten trokken ze met vreselijke kracht de zee op voor de kust van de zes koninkrijken. Hun voetsporen op het wateroppervlak zorgden voor vreselijke golven, die allemaal op elkaar botsten totdat ze één enkele, tienduizend sprookjeseeuwigheden hoge golf waren. Om ervoor te zorgen dat niemand de schaduwen kon achtervolgen keerde de golf om en spoelde weer richting land.

Hij had heel Bijna-Wakkerland kapot kunnen maken. Hij had in de kastelen en huizen kunnen inslaan en alle bewoners kunnen wegvagen, erger dan alle legers en schaduwen van alle eeuwigheden dat hadden gekund.

Maar honderd sneeuwengelen redden de overgebleven vijf koninkrijken. Want toen alle anderen wegrenden voor de golf, renden de honderd sneeuwengelen er pal op af. Met uitgespreide vleugels en met de diepste krachten van alle grootse verhalen in hun hart vormden ze een magische muur tegen het water en hielden hem tegen. De golf slokte de muur levend op, maar hij kwam er niet langs. Want zelfs een golf gemaakt van schaduwen kon niet om honderd sneeuwengelen heen die bereid waren te sterven, opdat een hele wereld van sprookjes zou kunnen leven.

Slechts een van hen keerde terug van de watermassa's.

En ook al zei oma altijd dat die sneeuwengelen arrogante knakkers waren die aan wijn roken en zo, toch deed ze nooit iets af aan de heldenmoed die ze die dag hadden getoond. Want de dag waarop de Oorlog-zonder-Einde eindigde, was de gelukkigste dag ooit voor iedereen in Bijna-Wakkerland, met uitzondering van de honderdste sneeuwengel.

De engel bleef daarna langs de kust heen en weer zweven, door een vloek getroffen en niet in staat de plaats te verlaten waar alle geliefden waren omgekomen. Zo lang dat de mensen in de dorpen langs de kust vergaten dat het een sneeuwengel was en de naam 'zee-engel' begonnen te gebruiken. En naarmate de jaren verstreken, begroef de engel zich steeds dieper in een lawine van verdriet, totdat het hart van de engel in tweeën brak en het lichaam, als een gebroken spiegel, in twee kanten verdeelde. Wanneer de kinderen uit de dorpen naar de kust slopen om een glimp van de engel op te vangen, konden ze het ene moment een gezicht te zien krijgen in een van de gezichtsscherven, zo mooi dat het in zijn eentje rozen kon laten uitkomen van bewondering, maar het volgende moment kon de scherf omgedraaid worden en dan staarde er iets terug naar de kinderen wat zo vreselijk, mismaakt en woest was dat ze krijsend terugrenden naar huis.

Want niet alle monsters zijn altijd al monster geweest, sommige monsters zijn monsters van verdriet.

Volgens een van de vaakst vertelde sprookjes van Bijna-Wakkerland slaagde een klein kind uit Miama er op een dag in de vloek van de zee-engel op te heffen, en de zee-engel te bevrijden van de demonen van het geheugen.

Toen oma dat sprookje voor het eerst vertelde op Elsa's zesde verjaardag, besefte Elsa dat ze geen klein kind meer was. Dus ze deed oma haar knuffelleeuw cadeau. Want Elsa had hem niet meer nodig, besefte ze, en ze vond dat hij dan beter oma kon beschermen. Die nacht fluisterde oma in Elsa's oor dat als ze ooit van elkaar gescheiden raakten, als oma ooit verdwaalde, dat ze dan de leeuw zou sturen om aan Elsa te vertellen waar ze was.

Het had een paar dagen geduurd voordat het idee bij Elsa opkwam. Pas vanavond, toen Britt-Marie vertelde dat Renault opeens in de garage stond zonder dat iemand wist hoe hij daar was gekomen, herinnerde Elsa zich wat oma de leeuw had laten bewaken.

Het dashboardkastje van Renault. Daar bewaarde oma haar sigaretten. En niets in oma's leven had bewaking door een leeuw zo dringend nodig.

Dus Elsa zit op de passagiersstoel van Renault en ademt diep in. De deuren van Renault zaten zoals gewoonlijk niet op slot, want oma deed nooit iets op slot, en hij ruikt nog steeds naar rook. Elsa weet dat dat slecht is, maar het is oma's rook, dus ze ademt de geur toch diep in.

'Ik mis je,' fluistert ze tegen de rugbekleding.

Daarna opent ze het dashboardkastje. Ze schuift de leeuw opzij en haalt de brief eruit. Er staat 'Voor de allermodigste ridder van Miama, te bezorgen bi:' op. En dan een naam en een adres.

Oma bakte echt niks van spellen.

Elsa stapt uit Renault en krabt de wars achter zijn oren.

'Bedankt voor het wachthouden, morgen regel ik meer snoep voor je!' zegt ze en steekt hem de rest van de proteïnerepen uit haar tas toe.

De wars eet ze in één hap op en sjokt terug naar de openstaande deur van de kelderberging. Elsa kijkt hem na totdat hij bij de deur is, kucht dan wat verlegen en roept: 'Ik heb nooit eerder een vriend gehad die niet oma was!'

De wars blijft staan. Hij draait zijn kop naar haar om. En glimlacht. Elsa weet dat hij glimlacht ook al zullen alle zwamneuzen van de wereld vast tegen haar zeggen dat warsen dat niet doen.

Even later sluipt ze de keldertrap op met oma's brief in haar hand en zo'n kluwen van gedachten in haar hoofd dat ze bijna tegen Alf aan botst.

Hij staat boven aan de trap, gekleed in een knerpend leren jack en een nog slechter humeur dan gewoonlijk. Elsa weet niet goed waar ze moet kijken.

'Nou, verdomme. Naar boven of naar beneden?' wil Alf weten.

'Naar b... boven,' zegt Elsa en ze staart naar beneden.

Alf gaat ongeduldig tegen de muur staan. Elsa schiet langs hem heen en hoort zijn sluipende voetstappen verder de trappen afdalen. Hij ziet er ontzettend moe uit. Dat is bijna altijd zo, maar vandaag lijkt hij nog vermoeider dan anders. Elsa bedenkt dat het misschien met het lage zwaartepunt te maken heeft waar oma het vaak over had.

Met haar ademhaling diep verankerd in haar longen blijft ze staan om te zien of hij niet op weg is naar de bergingen, maar uiteindelijk hoort ze de deur van de garage dichtgaan en dan haalt ze opgelucht adem en loopt door naar boven.

Ze blijft op de bovenste tree voor oma's appartement zitten totdat de lampen aan het plafond uitgaan. Ze gaat keer op keer met haar vingers over oma's handschrift op de envelop, maar opent hem niet. Ze stopt hem in haar rugzak, gaat languit op de koude vloer liggen en doet haar ogen op een kiertje na dicht. Ze probeert weer naar Miama te gaan. Ze blijft urenlang liggen, maar krijgt het niet voor elkaar. Ze ligt er nog steeds wanneer ze de voordeur beneden open en weer dicht hoort gaan. Ze neemt aan dat het Alf is die terugkomt, ook al hoort ze geen voetstappen en ook geen deur van een appartement open- of dichtgaan.

Ze ligt met haar ogen op een kiertje na dicht op de vloer, totdat de nacht de ramen van het huis omarmt en ze hoort hoe de alcoholverslaafde een paar verdiepingen lager lawaai begint te maken.

Elsa's moeder vindt het niet goed dat ze de alcoholverslaafde alcoholverslaafde noemt. 'Wat moet het dan zijn?' vroeg Elsa altijd en dan keek Elsa's moeder altijd heel aarzelig, haar stem klonk een tikje onzeker en dan bracht ze uit: 'Het is... het is, dus, iemand die... moe is.' En dan zei oma altijd snuivend: 'Moe? Ja, wat wil je? Natuurlijk word je een beetje moe wanneer je hele nachten doorhaalt!' Daarop brulde Elsa's moeder altijd: 'Mama!' Vervolgens spreidde oma haar armen altijd en vroeg: 'Mijn hemel, wat heb ik nu weer fout gezegd?' en dan was het altijd oordopjestijd voor Elsa.

'Draai de kraan dicht, zeg ik! Je mag 's nachts geen bad nemen!' schreeuwt de alcoholverslaafde lager in de flat tegen niemand in het bijzonder, en slaat intussen als een bezetene met de schoenlepel tegen de trapleuning zodat het galmt tussen de muren als een gong die rondzingt.

Dat is vaste prik bij de alcoholverslaafde. Schreeuwen en brullen en met die schoenlepel slaan. Natuurlijk komt er nooit iemand zijn huis uit om 'sst' te zeggen, zelfs Britt-Marie niet, want in dit huis staan alcoholverslaafden gelijk aan monsters. De bewoners hopen dat ze verdwijnen als ze weigeren hun bestaan te erkennen.

Elsa gaat op haar hurken zitten en kijkt in de ruimte tussen de trappen naar beneden. Wanneer de alcoholverslaafde langskomt, vangt ze een glimp op van diens sokken en ze ziet de schoenlepel zwaaien alsof er gras mee wordt gemaaid. Elsa kan zelf niet goed uitleggen waarom, maar ze sluipt op haar tenen de eerste trap af. Uit pure nieuwsgierigheid misschien. Omdat ze zich verveelt en gefrustreerd is omdat ze niet meer in Miama kan komen, dat is misschien waarschijnlijker.

De deur van het appartement van de alcoholverslaafde staat open. Er schijnt een zwak licht van een omgestoten vloerlamp. Aan alle muren hangen foto's. Elsa heeft nog nooit zoveel foto's bij elkaar gezien, ze dacht dat oma veel foto's aan haar plafond had, maar dit zijn er vast duizenden. Ze zitten allemaal in kleine houten lijstjes, en er staan twee tienerjongens op en een man die waarschijnlijk hun vader is. Op een van de foto's, een grote die vlak naast de deur hangt, staan de man en de jongens op een strand met hun rug naar een glinsterend groene zee. De jongens dragen een wetsuit. Ze glimlachen. Ze zijn bruinverbrand en kijken blij.

Onder de lijst zit het soort felicitatiekaart dat je bij een tankstation kunt kopen wanneer je bent vergeten een echte felicitatiekaart te kopen in een bloemenzaak: 'Voor mama, van je jongens,' staat erop.

Naast de kaart hangt een spiegel. Aan gruzelementen geslagen.

De woorden die het trappenhuis een seconde later vullen komen zo plotseling en zijn zo vol van woede dat Elsa haar evenwicht verliest en de eerste vier, vijf treden afglijdt, recht tegen de muur. De echo stort zich op haar alsof die haar in haar oren wil krabben.

'WATDOEJIJHIER?'

Elsa staart de alcoholverslaafde aan, die een verdieping lager tussen de traphekjes door naar boven staat te kijken. De schoenlepel dreigend voor zich uitgestoken. Ze kijkt tegelijkertijd woedend en doodsbenauwd. Haar ogen gaan alle kanten op. De zwarte rok is nu kreukelig. Ze ruikt naar wijn; dat kan Elsa een hele verdieping hoger zelfs ruiken. Haar haar ziet eruit alsof twee vogels hebben zitten vechten in een doos met kerstverlichting. Ze heeft paarse wallen onder haar ogen.

De vrouw in de zwarte rok wankelt. Ze bedoelt het vast als schreeuwen, maar er komt alleen gereutel: 'Je mag 's nachts geen bad nemen. Het water... draai de kraan dicht. Iedereen zal verdrinken...'

Het witte snoer waar ze altijd in praat, hangt nog steeds aan haar oor, maar het andere uiteinde ervan zwabbert los rond haar heup. Het zit nergens aan vast. Er is niemand aan de andere kant, en Elsa beseft dat er waarschijnlijk ook nooit iemand is geweest, en dat is voor een bijna-achtjarige niet heel makkelijk te bevatten. Oma vertelde over veel dingen sprookjes, maar nooit over vrouwen in zwarte rokken die quasi telefonerend door het trappenhuis lopen om de buren te laten geloven dat ze al die wijn niet voor zichzelf hebben gekocht.

De vrouw in de zwarte rok lijkt in verwarring. Alsof ze opeens niet meer weet waar ze is. Ze verdwijnt uit het zicht, en het volgende moment voelt Elsa de handen van haar moeder die haar voorzichtig van de trap tillen. Ze voelt de warme adem in haar nek en het 'sst' in haar oor, alsof ze tegenover een ree staan, waar ze per ongeluk iets te dichtbij zijn gekomen.

Elsa doet haar mond open, maar Elsa's moeder houdt haar vinger ervoor.

'Sst,' fluistert Elsa's moeder nogmaals en ze houdt haar stevig vast.

Elsa zit ineengedoken in haar armen in het donker en ze zien de vrouw in de zwarte rok heen en weer klepperen daar beneden, als een vlag die zich losgerukt heeft in de wind. De plastic tassen liggen verspreid over de vloer van haar hal. Een van de dozen wijn is omgevallen. Er druppelen een paar laatste druppels rood uit op het parket. Elsa's moeder strijkt vriendelijk over Elsa's hand. Ze staan op en sluipen de trappen weer op.

Die nacht vertelt Elsa's moeder aan Elsa over de gebeurtenis waar iedereen in het hele land, behalve de ouders van Elsa, over praatten op de dag van Elsa's geboorte. Over een golf die tienduizend kilometer verder weg een strand overspoelde en alles vernietigde wat op zijn pad kwam. Over twee jongens die achter hun vader aan zwommen en nooit meer terugkwamen.

Elsa hoort dat de alcoholverslaafde begint te zingen. Want niet alle monsters zien eruit als monsters. Bij sommige zit het monster aan de binnenkant.

14

Snus

Alle harten braken en alle spiegels gingen aan gruzelementen op de dag dat Elsa werd geboren. Ze gingen met zo'n kracht aan gruzelementen door die golf dat de scherven over de hele wereld verspreid raakten. Onwaarschijnlijke catastrofes brachten onwaarschijnlijke dingen in mensen naar boven, onwaarschijnlijk verdriet, onwaarschijnlijke heldenmoed. Meer dood dan het gemoed van een mens kan bevatten. Twee jongens die hun moeder in veiligheid brengen en weer teruggaan om hun vader te halen. Ze keren om, de golf in. Omdat een gezin niemand alleen achterlaat. En daarna was dat precies wat ze deden, haar jongens. Ze lieten haar alleen achter.

Die dag gingen alle spiegels aan gruzelementen en braken alle harten. Ze braken zo dat je het tienduizend kilometer verder kon horen.

Elsa's oma leefde in een ander ritme dan andere mensen. Ze zat anders in elkaar. In de echte wereld, in alles wat functioneerde, was ze chaos. Maar wanneer de echte wereld instort, wanneer alles daar chaos wordt, dan zijn mensen zoals Elsa's oma soms de enigen die functioneren. Dat was haar superkracht. Dus wanneer Elsa's oma naar een plaats op de wereld probeerde te gaan, kon je van één ding zeker zijn: dat het een plaats was waar alle anderen juist vandaan probeerden te komen. En als iemand haar vroeg waarom ze dat deed, antwoordde ze: 'Omdat ik arts ben, verdomme. Toen ik dat werd, heb ik afstand gedaan van de luxe om te mogen kiezen wiens leven ik red.'

Oma was niet iemand voor efficiëntie en economie, maar daar in de chaos luisterde iedereen naar haar. In de echte wereld zouden andere artsen waarschijnlijk niet eens vrijwillig met haar naar de winkel gaan, maar wanneer de wereld instortte, volgden ze haar als een leger. Want onwaarschijnlijke catastrofes brengen onwaarschijnlijke dingen in mensen naar boven. Ze brengen onwaarschijnlijke superhelden voort.

Toen ze eens laat in de nacht op weg waren naar Miama, had Elsa oma ernaar gevraagd. Hoe het was om ergens te zijn wanneer de wereld instortte. Over hoe het was om in Bijna-Wakkerland te zijn tijdens de Oorlog-zonder-Einde, en hoe het was om de golf over de negenennegentig sneeuwengelen heen te zien slaan. En oma had geantwoord: 'Het is zoals het ergste wat je je kunt voorstellen, bedacht door de allergrootste booswicht die je je kunt voorstellen, en dat vermenigvuldigd met een getal dat je je niet kunt voorstellen.' Elsa was die nacht erg bang geweest, en ze had oma gevraagd wat ze moesten doen als de wereld instortte waar zij woonden.

Toen had oma haar wijsvingers gepakt, haar handen er stevig omheen geknepen en geantwoord: 'Dan doen we wat iedereen doet, we doen wat we kunnen.' Elsa was bij haar op schoot gekropen en had gevraagd: 'Wat kunnen we doen?' Toen had oma een zoen in haar haar gedrukt, haar heel stevig vastgehouden en gefluisterd: 'We rapen zoveel kinderen op als we kunnen dragen. En rennen zo hard als we kunnen.'

'Ik kan heel hard rennen,' had Elsa gefluisterd. 'Ik ook,' had oma teruggefluisterd.

Op de dag van Elsa's geboorte was oma ver weg. In een oorlog, op een plek waar de wereld was ingestort. Ze was daar toen al een paar maanden, maar ze was op weg naar een vliegtuig. Op weg naar huis. Toen hoorde ze van de golf die op een andere plaats, nog verder weg, was ingeslagen, en waar iedereen nu wanhopig bij vandaan probeerde te komen. Dus ze deed wat ze deed, ze ging erheen. Omdat daar artsen nodig waren. Ze kon veel kinderen bij de dood weghalen, maar niet de jongens van de vrouw in de zwarte rok. In plaats daarvan nam ze de vrouw in de zwarte rok onder haar hoede – en bracht haar thuis.

Elsa en haar moeder zitten in Kia. Het is ochtend en er staat een file. De sneeuwvlokken vallen groot als kussenslopen tegen de ruiten.

'Dat was de laatste reis van je oma. Daarna is ze thuisgekomen,' zegt Elsa's moeder tot slot van het verhaal.

Elsa weet niet wanneer ze haar moeder voor het laatst zo'n lang verhaal heeft horen vertellen. Ze vertelt bijna nooit verhalen, en al helemaal geen lange verhalen, maar dit was zo'n lang verhaal dat Elsa's moeder gisternacht halverwege in slaap was gevallen en het vandaag op weg naar school moest afmaken. Het verhaal over oma's laatste reis en Elsa's eerste dagen.

'Waarom was het haar laatste reis?' vraagt Elsa.

Mama glimlacht bedroefd en blij tegelijk, een combinatie van emoties die zij als enige op de hele wereld volledig beheerst.

'Ze kreeg een nieuwe baan.'

En daarna kijkt ze alsof er een onverwachte herinnering is opgedoken. Alsof die zojuist uit een gebroken vaas is komen rollen.

'Jij werd te vroeg geboren, ze maakten zich zorgen over je hart, dus we moesten een paar weken in het ziekenhuis blijven met je. Oma en zij kwamen thuis op dezelfde dag dat wij ook thuiskwamen...'

Elsa begrijpt dat ze de vrouw in de zwarte rok bedoelt. Haar moeder houdt het stuur van Kia stevig vast en gaat verstrooid bij zichzelf verder: 'Ik heb nooit veel met haar gepraat. Ik denk dat niemand in de flat te veel vragen wilde stellen. Dat lieten we aan je oma over. En toen...'

Ze zucht en haar blik is één en al spijt.

'...toen gingen de jaren voorbij. We hadden het druk. En nu is ze gewoon iemand die in onze flat woont. Als ik heel eerlijk moet zijn was ik vergeten dat ze er op die manier was komen wonen. Op dezelfde dag als jij...'

Mama kijkt Elsa aan. Probeert te glimlachen. Dat lukt niet heel erg geweldig goed.

'Ben ik een vreselijk mens omdat ik dat was vergeten?'

Elsa schudt haar hoofd. Ze wil iets zeggen over het Monster en de wars, maar doet het niet want ze is bang dat haar moeder haar dan zal verbieden met hen om te gaan. Moeders houden er soms van die rare principes op na wanneer het de omgang van kinderen met Monsters en warsen betreft. Elsa begrijpt dat iedereen er bang voor is, dat het lang zal duren voordat iedereen begrijpt dat ze niet zo zijn als iedereen denkt. Net als met de alcoholverslaafde.

'Hoe vaak ging oma op reis?' vraagt ze.

Elsa's moeder houdt het stuur stevig vast. Een zilverkleurige auto achter hen toetert omdat ze een gat van een paar meter openlaat tussen haar auto en de auto voor haar. Ze laat de rem los en Kia rolt langzaam naar voren.

'Dat was verschillend. Dat lag eraan waar ze haar nodig hadden, en hoe lang.'

'Bedoelde je dat die keer toen oma zei dat je econoom was geworden omdat je boos op haar was?'

Mama draait zich verbaasd om naar Elsa. De auto achter hen toetert weer.

'Hè?'

Elsa prutst aan de strip in het portier.

'Ik heb jullie gehoord. Gigalang geleden. Toen oma zei dat je econoom was geworden uit puberale opstandigheid. En jij zei: "Hoe weet je dat? Je was er nooit!" Dat bedoelde je toch, hè?'

Elsa's moeder kijkt naar haar eigen knokkels.

'Ik was boos, Elsa. Wanneer je boos bent, is het soms moeilijk je tong in bedwang te houden.'

Elsa schudt weer haar hoofd, ditmaal in protest.

'Niet voor jou. Jij houdt jezelf altijd in bedwang.'

Elsa's moeder probeert weer te glimlachen.

'Tegenover je oma was dat waarschijnlijk... moeilijker.'

'Hoe oud was je toen opa overleed?'

‘Twaalf.’

‘Je bent nog niet volwassen als je twaalf bent.’

‘Nee. Nee, dat ben je dan niet.’

‘En oma liet je in de steek?’

‘Je oma ging ergens heen waar ze haar nodig hadden, schat.’

‘Jij had haar nodig.’

‘Anderen hadden haar harder nodig.’

‘Maakten jullie daarom altijd ruzie?’

Mama zucht zo diep als alleen een ouder kan zuchten die zojuist heeft ontdekt dat ze veel dieper in een verhaal verzeild is geraakt dan haar bedoeling was.

‘Nou ja. Af en toe maakten we daarover zeker ruzie. En soms over andere dingen. Je oma en ik waren heel... verschillend.’

‘Nee. Jullie waren alleen op een andere manier anders.’

‘Misschien.’

‘Waar maakten jullie nog meer ruzie om?’

De auto achter Kia toetert weer. Elsa’s moeder doet haar ogen dicht en houdt haar adem in. Wanneer ze eindelijk de rem loslaat en Kia vooruit laat rijden, laat ze de woorden vrij alsof die daar eerst met haar lippen om hebben moeten vechten.

‘Over jou. We maakten altijd ruzie over jou, schat.’

‘Waarom?’

‘Omdat je iemand van wie je heel veel houdt niet zo makkelijk kunt delen met iemand anders. Dat is heel moeilijk en dat moet je leren.’

‘Zoals Jean Grey,’ constateert Elsa alsof dat volkomen vanzelfsprekend is.

‘Wie?’ roept mama uit, alsof het helemaal niet vanzelfsprekend is.

‘Dat is een superheld. Uit *The X-Men*. Wolverine en Cyclops hielden allebei van haar. Dus ze maakten onwijs vaak ruzie.’

Mama knikt alsof dat het allemaal hooguit een heel klein beetje minder niet-vanzelfsprekend maakt.

‘Ik dacht dat die X-Men mutanten waren. Geen superhelden. Had je me dat zo niet uitgelegd toen we het er laatst over hadden?’

'Het is ingewikkeld,' zegt Elsa, ook al is het eigenlijk helemaal niet ingewikkeld als je maar flink veel kwaliteitsliteratuur leest.

'Wat heeft die Jean Grey dan voor superkracht?' vraagt mama.

'Telepathie,' antwoordt Elsa.

'Een goede superkracht,' zegt haar moeder knikkend.

'Onwijs goed,' knikt Elsa.

Ze besluit niet op te merken dat Jean Grey ook telekinetische gaven heeft, want ze wil het op dit moment niet nodeloos moeilijk maken voor haar moeder. Ze is per slot van rekening zwanger.

Dus Elsa trekt de deurstrip omhoog en kijkt in de tussenruimte eronder. Ze is ontzettend moe, dat word je als je bijna acht bent en je bent de hele nacht opgebleven en boos geweest. Elsa's moeder heeft nooit een eigen moeder gehad, want haar moeder was altijd ergens anders om iemand anders te helpen. Elsa heeft nog nooit op die manier over oma nagedacht.

'Ben je boos op mij omdat oma zoveel met mij optrok en nooit met jou?' vraagt ze voorzichtig.

Mama schudt zo heftig en langdurig het hoofd dat Elsa meteen doorheeft dat wat er nu komt een leugen is.

'Nee, lieverd, moppie toch. Nooit. Helemaal nooit!'

Elsa knikt en kijkt in de tussenruimte in het portier.

'Ik ben wel boos op haar. Omdat ze de waarheid niet heeft verteld.'

'Iedereen heeft zijn geheimen, schat.'

'Ben je boos op mij omdat oma en ik geheimen hadden?' vraagt Elsa zonder haar moeder aan te kijken.

Ze denkt aan de geheime taal die zij altijd spraken zodat haar moeder het niet kon verstaan. Ze denkt aan Bijna-Wakkerland. Ze vraagt zich af of oma mama daar ooit mee naartoe heeft genomen.

'Boos niet...' antwoordt Elsa's moeder en ze steekt haar hand uit over de stoel voordat ze fluistert: 'Jaloers.'

Het schuldgevoel treft Elsa als koud water wanneer je er niet op bedacht bent.

'Dat bedoelde oma,' constateert ze.

'Waarmee?' vraagt Elsa's moeder.

Elsa snuift.

'Ze zei dat ik haar een naar mens zou vinden als ik erachter kwam wie ze was voordat ik werd geboren. Dat bedoelde ze. Dat ik erachter zou komen dat ze een nare moeder was geweest die haar eigen kind in de steek liet...'

Mama kijkt haar aan met ogen die zo glimmen dat Elsa zichzelf erin kan zien.

'Ze heeft me niet in de steek gelaten. Je mag je oma geen naar mens vinden, schat.'

En wanneer Elsa niet reageert, legt mama haar hand op haar wang en fluistert: 'Het is de taak van dochters om boos te zijn op hun moeder. Maar ze was een goede oma, Elsa. Ze was de meest fantastische oma die iemand zich maar kon wensen.'

Elsa trekt koppig aan de rubberstrip.

'Maar ze liet je toch alleen? Al die keren dat ze op reis ging liet ze je alleen, of niet? Dat mag niet en als je het toch doet, haalt Jeugdzorg de kinderen bij je weg en plaatst ze in een pleeggezin.'

Mama probeert te glimlachen.

'Heb je dat op Wikipedia gelezen?'

Elsa snuift.

'Op school gehoord.'

Mama knippert moeizaam met haar ogen.

'Toen ik klein was, had ik je opa.'

'Totdat hij overleed, ja!'

'Toen hij overleed, had ik de buren.'

'Welke buren?' wil Elsa weten.

De auto achter hen toetert weer. Elsa's moeder maakt een verontschuldigend gebaar naar de achterruit en Kia rijdt naar voren.

'Britt-Marie,' zegt mama ten slotte.

Elsa stopt met haar gepruts aan de rubberen lijst van het portier.

'Hoezo Britt-Marie?'

'Zij heeft voor me gezorgd.'

Elsa's wenkbrauwen zakken naar beneden in een boze V.

'Waarom doet dat mens nu dan zo ontzettend knurftig tegen je?'

'Dat moet je niet zeggen, Elsa.'

'Maar dat is toch zo?!'

Mama zucht door haar neus.

'Britt-Marie is niet altijd zo geweest. Ze is alleen... eenzaam.'

'Ze heeft Kent toch!'

Mama knippert zo lang met haar ogen dat ze dichtgaan.

'Er zijn veel verschillende manieren van alleen zijn, schat.'

Elsa begint weer te prutsen met de strip boven de tussenruimte.

'Ze is nog steeds een grote knurft.'

Mama knikt.

'Soms word je een knurft als je lang genoeg alleen bent.'

De auto achter hen toetert weer.

'Staat oma daarom op geen enkele oude foto bij ons in huis?' vraagt Elsa.

'Wat?'

'Oma staat op geen enkele foto van voordat ik geboren was. Toen ik klein was dacht ik dat dat kwam omdat ze een vampier was, want die komen niet op de foto en kunnen zoveel roken als ze willen zonder keelpijn te krijgen. Maar ze was geen vampier, toch? Ze was alleen nooit thuis.'

'Het is ingewikkeld.'

'Dat weet ik! Dat is alles totdat iemand het je uitlegt! Maar wanneer ik oma ernaar vroeg, veranderde ze altijd van onderwerp. En wanneer ik papa ernaar vraag, zegt hij: "Uh... uh... wat wil je hebben? Wil je ijs? Dan krijg jij ijs!"'

Elsa's moeder moet opeens heel hard lachen. Als ze milkshake in haar mond had gehad, had ze die via haar neus over Kia's hele dashboard geproest. Elsa kan haar vader ook best ontzettend goed imiteren.

'Je vader is niet direct dol op conflicten,' giechelt mama.

'Was oma een vampier of niet?'

'Je oma reisde de hele wereld af om het leven van kinderen te redden, schat. Ze was een...'

Mama lijkt op zoek te zijn naar het juiste woord. En wanneer ze dat vindt, straalt ze en glimlacht echt.

'Een superheld! Je oma was een superheld!'

Elsa staart in de tussenruimte van het portier.

'Een superheld laat zijn eigen kind niet in de steek.'

Elsa's moeder is stil.

'Alle superhelden moeten offers brengen, schat,' probeert ze ten slotte.

Maar zij en Elsa weten allebei dat ze dat niet meent.

De auto achter hen toetert weer. Mama's hand maakt een verontschuldigend gebaar naar de achterruit. Kia rijdt een paar meter naar voren. Elsa beseft dat ze zit te hopen dat haar moeder zal gaan schreeuwen. Of huilen. Of iets. Ze wil haar gewoon iets zien voelen. Dus ze doet wat alle bijna-achtjarigen in die situatie doen. Ze kijkt in de tussenruimte onder de strip en daarna begint ze om zich heen te kijken in de auto of ze iets kan vinden wat absoluut niet bedoeld is om in een tussenruimte onder een strip van een portier te stoppen en dat erin te stoppen.

Ze opent het dashboardkastje. Haar oog valt op een pakje kauwgum. Ze haalt het eruit en gluurt naar haar moeder. Dan stopt ze zorgvuldig een kauwgumpje in de tussenruimte van het portier. Daarna nog een. Haar moeder ziet het, Elsa weet dat ze het ziet, maar ze zegt niets. Ze raakt de controle ditmaal niet kwijt. Daar baalt Elsa enorm van.

De auto achter hen toetert. Mama's hand verontschuldigt zich. Kia rijdt naar voren.

Elsa begrijpt niet hoe je zoveel haast kunt hebben om in een file steeds vijf meter verder te rijden dat je naar iemand toetert. Ze kijkt in de achteruitkijkspiegel naar de man in de auto achter hen. Hij lijkt te denken dat de file de schuld is van Elsa's moeder. Elsa wenst vurig dat haar moeder zal doen wat ze ook deed toen ze zwanger was van Elsa, dat ze uitstapt en brult dat het nu verdorie genoeg is geweest.

Dat verhaal heeft Elsa van haar vader gehoord. Hij vertelt bijna nooit verhalen, maar een keer op midzomeravond, in de tijd voordat Elsa's moeder bedroefd ging kijken en 's avonds steeds eerder naar bed ging en Elsa's vader 's nachts alleen in de keuken de icoontjes op het bureaublad van mama's computer zat te reorganiseren en te huilen, waren ze alle drie op een feest. En toen dronk Elsa's vader drie biertjes en vertelde een verhaal over hoe mama, hoogzwanger van Elsa, uit de auto stapte, op een man in een zilverkleurige auto af liep en dreigde dat ze hier en nu op zijn motorkap zou bevallen als hij nog één keer toeterde. Iedereen lachte zich slap om dat verhaal. Elsa's vader zelf natuurlijk niet, want die houdt niet zo van lachen. Maar Elsa zag dat zelfs hij het grappig vond. Die midzomeravond danste hij met Elsa's moeder en dat was de eerste keer dat Elsa hen samen zag dansen. Haar vader was er spectaculair slecht in, hij leek op een enorme beer die net rechtop was gaan staan en had ontdekt dat zijn poot sliep. Dat mist Elsa. Ze mist de berenpoot.

En ze mist iemand die uitstapt en tegen mannen in zilverkleurige auto's schreeuwt.

De man in de zilverkleurige auto achter hen toetert weer.

En dat zal ongeveer het moment zijn waarop Elsa het besluit neemt waardoor die hele ochtend volkomen Facebookstatus wordt, zo kun je het misschien samenvatten. Ze graait haar rugzak van de vloer, haalt het zwaarste boek eruit dat ze kan vinden, en wanneer Kia stopt achter de auto voor hen, rukt Elsa de handgreep van de deur naar zich toe en springt de snelweg op. Ze hoort haar moeder achter zich schreeuwen, maar draait zich niet om. Ze stuift om Kia heen naar de zilverkleurige auto en slaat uit alle macht met het boek op de motorkap.

Er komt een grote deuk in. Elsa's handen trillen.

De man in de zilverkleurige auto staart haar aan alsof hij niet goed kan geloven dat dit zojuist is gebeurd. Net als die keer toen Elsa en haar ouders in EuroDisney Parijs waren geweest en Elsa die avond op weg naar huis Assepoester achter een bosje zag plassen en haar iets hoorde schreeuwen tegen een jongen in een piratenpak waarvan Elsa later zou leren dat het nogal lelijke Franse scheldwoorden waren.

Elsa kijkt de man boos aan. Hij staart lamgeslagen terug.

'Stomme knurft!' schreeuwt Elsa tegen hem.

Wanneer hij niet meteen reageert, slaat ze nog drie keer uit alle macht met het boek op de motorkap en wijst dreigend naar hem.

'Mijn moeder is in verwachting en je moet je niet zo stom aanstellen. Snap je dat of niet?'

Eerst lijkt het of de man het portier wil openen, maar dan bedenkt hij zich blijkbaar. Elsa tilt het boek boven haar hoofd alsof het een breedzwaard is en slaat met de korte kant naar beneden, zodat er een diepe wond in de lak van de motorkap komt.

De man kijkt haar enigszins hulpeloos aan en krabt dan in zijn hals. Vervolgens steekt hij zijn hand uit naar het zijraam. Elsa hoort de klik wanneer de deuren op slot gaan.

'HET KAN ZIJN DAT WE NOGAL EEN ZWARE DAG HEBBEN GEHAD! Dus misschien kun je even je gemak houden voordat mijn moeder deze kant op komt en hier en nu van Halfje gaat bevallen op de motorkap van die STOMME auto van je!' brult Elsa.

Voor alle zekerheid, zeg maar.

De man staart naar zijn knieën.

Elsa blijft midden op de snelweg tussen de zilverkleurige auto en Kia in staan en ademt zo heftig dat ze er hoofdpijn van krijgt. Ze hoort haar moeder roepen, en Elsa wil net weer in Kia stappen, echt waar. Het is niet dat ze dit zo heeft gepland. Maar dan voelt ze een hand op haar schouder en ze hoort een stem die vraagt: 'Heb je hulp nodig?'

Wanneer ze zich omdraait, staat daar een agent. Hij ruikt naar snus.

‘Kunnen we iets voor je doen?’ vraagt hij weer vriendelijk.

Hij ziet er heel jong uit. Alsof hij als zomerkracht bij de politie werkt. Ook al is het winter.

‘Hij toeterde!’ verdedigt Elsa zich.

De zomerkrachtagent kijkt naar de bestuurder van de zilverkleurige auto. Die doet ongelooflijk zijn best om helemaal niet naar de zomerkrachtagent te kijken. Elsa draait zich om naar Kia, en het is eigenlijk helemaal niet haar bedoeling om het te zeggen, het is meer dat de woorden er zomaar uit floepen.

‘Mijn moeder krijgt een baby en we hebben nogal een zware dag...’

Meteen voelt ze de hand van de zomerkrachtagent weer op haar schouder.

‘Krijgt je moeder een baby?’ schreeuwt hij.

‘Ja, maar niet...’ begint Elsa.

Maar het is natuurlijk al te laat.

De agent rent naar Kia. Elsa’s moeder heeft zich er half uit gewurmd en is op weg naar hen toe met haar hand op Halfje.

‘Kunt u rijden?’ schreeuwt de agent zo hard dat Elsa haar vingers geïrriteerd in haar oren stopt en demonstratief aan de andere kant van Kia gaat staan.

Elsa’s moeder kijkt alsof ze niet weet wat haar overkomt.

‘Hè? Wat? Natuurlijk kan ik rijden. Hoezo? Is er iets mi...’

‘Ik rij voor u uit!’ roept de agent zonder te luisteren of er nog meer komt, hij duwt mama Kia in en rent terug naar de politieauto.

Elsa’s moeder ploft op haar stoel neer. Kijkt naar Elsa. Elsa kijkt naar het dashboardkastje op zoek naar een reden om haar niet aan te hoeven kijken.

‘Wat... was dat nou?’ vraagt mama.

De politieauto dendert met loeiende sirene langs hen heen. De zomerkrachtagent wenkt driftig dat ze achter hem aan moeten rijden.

‘Ik denk dat je achter hem aan moet rijden,’ mompelt Elsa zonder op te kijken.

De auto's voor hen gaan opzij. Het spitsverkeer deelt zich als een bananenschil om hen heen.

'Wat... zullen we nou krijgen?' fluistert Elsa's moeder, terwijl Kia voorzichtig achter de politieauto aan sluipt.

'Het is een beetje Facebookstatus geworden, kun je wel zeggen,' kucht Elsa.

'Waar gaat hij heen?' vraagt haar moeder, terwijl ze door het raampje verontschuldigende gebaren probeert te maken naar iedereen die ze inhaalt.

'Naar het ziekenhuis, neem ik aan, omdat hij denkt dat je moet bevallen,' mompelt Elsa in het dashboardkastje.

'Bevallen...' constateert Elsa's moeder verbeten, terwijl ze tussen alle auto's door rijden die opzijgaan voor de sirene van de zomerkrachtagent.

'M-hm,' zegt Elsa.

'Waarom heb je tegen hem gezegd dat ik op het punt stond te bevallen?'

'Dat heb ik niet gezegd. Maar niemand luistert ooit naar me!' snauwt Elsa beledigd.

'O ja. En wat moet ik nu doen, hè?' snauwt haar moeder terug en klinkt nu misschien wat minder beheerst.

'We rijden nu al gigalang achter hem aan en waarschijnlijk wordt hij nogal boos als hij erachter komt dat je niet echt gaat bevallen,' legt Elsa pedagogisch uit.

'O, denk je dat?!' brult mama helemaal niet pedagogisch of beheerst.

Elsa besluit niet te vragen of ze dat sarcastisch of ironisch bedoelt.

Ze stoppen bij de spoedeisende hulp van het ziekenhuis en Elsa's moeder lijkt echt van plan te zijn uit te stappen en alles aan de zomerkrachtagent op te biechten. Dat doet ze ook echt. Maar hij duwt haar de auto weer in en schreeuwt dat hij hulp gaat halen. Vervolgens stormt hij brullend de ingang in met de lichaamstaal van iemand die gloeiend hete chocolademelk op zijn handen gekregen heeft. Elsa's moeder kijkt hem ongelukkig na. Dit is haar ziekenhuis. Hier is zij de baas.

'Het wordt lastig om dit aan het personeel uit te leggen,' mompelt ze en ze legt haar voorhoofd moedeloos op het stuur.

'Misschien kun je zeggen dat het een soort oefening was?' oppert Elsa.

Haar moeder reageert niet. Elsa kucht weer.

'Oma zou dit grappig hebben gevonden.'

Elsa's moeder glimlacht zwakjes en draait haar oor naar het stuur. Ze kijken elkaar een hele poos aan.

'Die had dit verdomd grappig gevonden,' zegt mama knikkend.

'Niet vloeken,' zegt Elsa.

'Jij vloekt zo vaak!'

'Ik ben geen moeder!'

Haar moeder glimlacht weer.

'Touché.'

Elsa doet het dashboardkastje een paar keer open en dicht. Ze kijkt langs de gevel van het ziekenhuis omhoog. Achter een van die ramen heeft ze bij oma in bed geslapen die nacht toen oma voor de allerlaatste keer naar Miama ging. Dat lijkt nu voor altijd geleden. Het lijkt voor altijd geleden dat Elsa zelf in Miama kon komen.

'Wat was het voor baan?' vraagt ze, vooral om daar niet aan te hoeven denken.

'Hè?' roept mama uit.

'Je zei dat toen met die tsunami oma's laatste reis was, omdat ze een nieuwe baan had gekregen. Wat was dat voor baan?'

Mama's vingertoppen raken Elsa even aan wanneer ze het antwoord fluistert. 'Oma. Ze had een baan gekregen als oma. Daarna is ze nooit meer op reis gegaan.'

Elsa knikt langzaam. Mama aait over haar arm. Elsa doet het dashboardkastje open en dicht. Dan kijkt ze omhoog alsof ze net iets ontdekt heeft, omdat ze van onderwerp wil veranderen, omdat ze er niet aan wil denken hoe boos ze nu op oma is.

'Nou, sorry hoor, maar hoe kwam die agent er eigenlijk bij? Dacht hij dat je achter het stuur zou bevallen? Kun je wel autorijden als je bijna moet bevallen?'

Haar moeder klopt op haar schouder.

'Schat, je moest eens weten hoe slecht de meeste volwassen mannen op de hoogte zijn van hoe het krijgen van kinderen in zijn werk gaat.'

Elsa knikt en zegt snuivend: 'Dreuzels.'

Mama leunt naar voren en zoent haar op de slaap. Elsa houdt haar blik vast.

'Zijn papa en jij gescheiden omdat de liefde op was?' vraagt ze zo haastig dat de vraag haarzelf verrast.

Haar moeder leunt achterover. Ze gaat met haar vingers door haar haar en schudt haar hoofd.

'Waarom vraag je dat?'

Elsa haalt haar schouders op.

'We moeten het toch ergens over hebben terwijl we wachten totdat de agent terugkomt met mensen van wie jij de baas bent en alles heel erg gênant wordt voor jou...'

Mama kijkt weer ongelukkig. Elsa frunnikt aan de strip. Ze beseft dat het kennelijk te vroeg was daar grapjes over te maken.

'Je trouwt toch omdat je van elkaar houdt, dus dan scheid je waarschijnlijk omdat de liefde op is,' zegt ze zacht.

'Heb je dat op school gehoord?' vraagt mama glimlachend.

'Dat is mijn eigen theorie.'

Mama lacht luid. Haar lach komt uit de lucht vallen, als een stortbui in een film. Elsa grijnst.

'Was bij opa en oma de liefde ook op?' vraagt ze wanneer mama uitgelachen is.

Mama wrijft in haar ogen.

'Ze zijn nooit getrouwd geweest, schat.'

'Waarom niet?'

'Jouw oma was bijzonder, Elsa. Ze was lastig om mee samen te leven.'

'Hoezo?'

Mama masseert haar oogleden.

'Dat is moeilijk uit te leggen, schat. Maar in die tijd was het niet zo gewoon dat vrouwen waren zoals zij. Ja... Het was überhaupt niet zo gewoon dat iemand was zoals jouw oma. Het kwam niet bepaald vaak voor dat vrouwen dokter werden in die tijd, bijvoorbeeld. En al helemaal geen chirurg. En de academische wereld zag er anders uit... dus...'

Mama zwijgt. Elsa trekt haar wenkbrauwen op.

'Heb je wel eens gehoord van die vrouw die nooit ter zake kwam?'

Mama glimlacht verontschuldigend, alsof ze al weet dat het onaardig is om dit te zeggen.

'Als je oma een man was geweest van haar generatie, in plaats van een vrouw, dan hadden ze haar een "playboy" genoemd.'

Elsa is een hele poos stil.

'Ze had veel vriendjes?'

'Ja,' zegt mama voorzichtig.

'Bij mij op school zit ook iemand die veel vriendjes heeft,' constateert Elsa.

'O. Ik bedoel niet dat het meisje bij jou op school een...' protesteert mama paniekerig.

'Het is een jongen,' verbetert Elsa.

Mama kijkt verward. Elsa haalt haar schouders op.

'Het is ingewikkeld,' zegt ze.

Ook al is het dat helemaal niet. Haar moeder lijkt niet heel veel minder verward.

'Opa hield heel veel van oma. Maar ze zijn nooit een... stel geweest. Snap je?'

'Ik snap het,' antwoordt Elsa, want ze heeft internet.

Daarna reikt ze naar mama's wijsvingers en pakt ze in haar handen.

'Ik vind het erg dat oma zo'n nare moeder was, mama!'

'Ze was een fantastische oma, Elsa. Bij jou kreeg ze overal een tweede kans voor,' zegt mama. Ze strijkt over Elsa's haar wanneer ze verdergaat: 'Ik denk dat je oma het zo goed deed op chaotische plekken omdat ze zelf chaotisch was. Ze was altijd fantastisch onder catastrofale omstandigheden. Maar al het alledaagse en gewone, daar kon ze niet goed mee omgaan.'

'Als een klok die niet gelijkloopt. Die loopt eigenlijk niet verkeerd, hij is alleen aldoor op de verkeerde plek,' zegt Elsa en ze probeert niet boos te klinken.

Daar bakt ze niets van.

'Ja. Misschien. Het was alleen... dus... Dat er geen oude foto's van oma zijn, dat komt dus doordat ze niet zo vaak thuis was. En ook een beetje doordat ik alle foto's die er waren heb verscheurd.'

'Waarom?'

'Ik was een puber. En boos. Dat hoort er een beetje bij. Het was altijd chaos thuis. Rekeningen die niet werden betaald en eten dat oud stond te worden in de koelkast wanneer we eten hadden, en vaak helemaal geen eten, en, nou ja, jezus. Het is moeilijk uit te leggen, schat. Ik was gewoon boos.'

Elsa slaat haar armen over elkaar, leunt achterover in de stoel en kijkt naar buiten.

'Je moet geen kinderen krijgen als je er niet voor wilt zorgen.'

Mama steekt haar vingertoppen weer uit en raakt haar schouder zachtjes aan.

'Je oma was oud toen ze mij kreeg. Of, nou ja, ze was even oud als ik was toen ik jou kreeg. Maar in oma's tijd was dat oud. En ze dacht dat ze geen kinderen kon krijgen. Ze had zich laten testen.'

Elsa buigt haar kin naar haar sleutelbeen.

'Dus je was een vergissing?'

'Een ongelukje.'

'In dat geval ben ik ook een ongelukje.'

Mama's lippen gaan naar elkaar toe.

'Niemand heeft ooit ergens zo naar verlangd als je vader en ik naar jou, lieverd. Je bent zo totaal geen ongelukje als maar kan.'

Elsa kijkt naar het dak van Kia en knippert de glinstering uit haar ogen.

'Heb je daarom netheid als superkracht? Omdat je niet zo wilt worden als oma?'

Mama haalt haar schouders op.

'Ik heb alleen geleerd dingen zelf te doen. Omdat ik niet op je oma vertrouwde. Dus uiteindelijk werd alles alleen maar erger wanneer ze er wel was. Ik was boos op haar wanneer ze weg was en nog bozer wanneer ze thuis was.'

'Ben je nog steeds boos?'

'Ben ik daarom een vreselijk mens?'

Elsa schopt op de vloer van Kia.

'Nee. Als ik had geweten dat oma iemand was die haar kinderen in de steek liet, hadden we het record ruziemaken gebroken.'

Mama's strelingen over haar haar volgen elkaar sneller op.

'Ze was een geweldige oma, moppie.'

'Ze was een moeder van niks.'

'Zeg dat nou niet, Elsa. Ze heeft haar best gedaan. We doen allemaal ons best.'

'Nee.'

'Jij hoeft niet boos op haar te zijn.'

'Nou, maar dat ben ik wel. Ik ben boos omdat ze een stomme oen was en dat niemand mij dat heeft verteld en nu weet ik het en ik mis haar toch en dáár word ik boos om!'

Mama knijpt haar ogen stijf dicht en leunt met haar voorhoofd tegen dat van Elsa. Elsa's kaken trillen.

'Ik ben boos op haar omdat ze is overleden. Ik ben boos op haar omdat ze bij mij weggegaan is,' fluistert ze.

'Ik ook,' fluistert mama.

Dan komt de zomerkrachtagent aanrennen vanaf de ingang van de spoedeisende hulp. Er rennen twee verpleegkundigen met een brancard achter hem aan.

Elsa draait haar hoofd een paar centimeter de kant van haar moeder op. Haar moeder draait haar hoofd een paar centimeter Elsa's kant op.

‘Wat zou oma nu hebben gedaan, denk je?’ vraagt mama rustig.

‘Ze was ervandoor gegaan,’ zegt Elsa, nog steeds met haar voorhoofd tegen dat van haar moeder.

De zomerkrachtagent en de verpleegkundigen met de brancard zijn nog maar een paar meter van de auto verwijderd wanneer mama langzaam knikt. Dan schakelt ze en met banden die ronddraaien door de sneeuw slipt ze de straat op en rijdt weg. Het is het meest onverantwoordelijke wat Elsa haar moeder ooit heeft zien doen.

Dat zal ze altijd geweldig van haar vinden.

15

Zaagsel

In heel Bijna-Wakkerland krioelt het natuurlijk van de meer of minder wonderlijke schepselen. Vaak eerder meer dan minder, uiteraard, aangezien oma degene was die de verhalen over hen vertelde en oma zelf echt in alle opzichten eerder meer dan minder wonderlijk was.

Maar tot de allerwonderlijkste, ook met oma's maat gemeten, horen de spijten. Het zijn in het wild levende kuddedieren die hun weidegronden vlak buiten Miama hebben. Het verschilt heel erg wat voor gras ze eten, natuurlijk, en eigenlijk begrijpt niemand helemaal hoe ze overleven, gezien de omstandigheden. De spijten zien er namelijk op het eerste gezicht uit als witte paarden, maar ze zijn veel ambivalenter, aangezien ze lijden aan het biologische defect dat ze nooit een knoop kunnen doorhakken. Dat leidt natuurlijk tot bepaalde praktische problemen, aangezien de spijten zoals gezegd kuddedieren zijn, en een spijt botst daarom bijna altijd tegen een andere spijt aan wanneer hij op weg is één kant op, daar spijt van krijgt en een andere richting kiest. Daarom hebben spijten altijd een enorme langwerpige buil op hun kop, waardoor ze in verschillende sprookjes uit Miama die in de echte wereld terecht zijn gekomen consequent worden verwisseld met eenhoorns. In Miama leerden de sprookjesvertellers door schade en schande dat ze nooit moesten proberen de loonkosten te drukken door een spijt in te huren voor het werk van een eenhoorn, aangezien die sprookjes een tendens hadden nooit echt to the point te komen. En bovendien knapt niemand, echt niemand, ervan op om achter een spijt in de rij te moeten staan voor het lunchbuffet.

'Dus spijt krijgen heeft geen zin, je krijgt er alleen maar hoofdpijn van!' riep oma altijd uit en dan klopte ze op haar voorhoofd. Daar moet Elsa aan denken nu ze in Kia zit voor haar school en haar moeder aankijkt.

Ze vraagt zich af of oma ooit spijt had van alle keren dat ze mama alleen liet. Ze vraagt zich af of oma's hoofd onder de builen zat. Ze hoopt van wel.

Mama masseert haar slapen en vloekt telkens tussen haar tanden door. Ze heeft er duidelijk spijt van dat ze op die manier bij het ziekenhuis is weggereden, want nu pas lijkt het tot haar door te dringen dat ze straks allereerst rechtstreeks terug zal moeten rijden naar het ziekenhuis om de baas te zijn.

Elsa geeft haar een schouderklopje.

'Misschien kun je het op je zwangere hersens schuiven?' zegt ze troostend.

Mama sluit moedeloos haar ogen. Ze heeft de laatste tijd enorm veel last gehad van zwangere hersens. Zo erg dat ze Elsa's Griffoendorsjaal niet eens kon vinden toen ze die vanochtend gingen zoeken, en zo erg dat ze continu haar mobieltje op rare plekken laat liggen. In de koelkast, de afvalbak en de wasmand, en ook een keer in George' hardloopschoenen. Vanmorgen moest Elsa drie keer naar mama's mobieltje bellen, wat niet helemaal ongecompliceerd is omdat het scherm van Elsa's mobieltje nogal wazig is sinds die keer dat hij met de broodrooster in aanraking is gekomen. Maar uiteindelijk vonden ze mama's mobieltje dan toch; hij lag te rinkelen in Elsa's rugzak. En daar lag de Griffoendorsjaal ook.

'Zie je wel?' probeerde mama. 'Iets is pas echt weg als je moeder het niet meer kan vinden!' Maar Elsa schudde alleen haar hoofd en toen keek mama beschaamd en mompelde: 'Zwangere hersens.'

Nu kijkt ze ook beschaamd. En vol spijt.

'Ik denk niet dat ik baas in een ziekenhuis mag blijven als ik vertel dat ik ben vergeten dat ik door een politiewagen naar de spoedeisende hulp ben geëscorteerd, meis.'

Elsa leunt naar voren en geeft een klopje op mama's wang.
'Het wordt beter, mama. Het komt goed.'

Dat zei oma altijd, beseft Elsa wanneer ze het zegt. Mama legt haar hand op Halfje en knikt met gespeeld zelfvertrouwen om van gespreksonderwerp te veranderen.

'Je vader komt je vanmiddag halen, niet vergeten. En maandag brengt George je naar school. Ik heb dan een congres en...'

Elsa kriebelt geduldig in mama's haar.

'Maandag ga ik niet naar school, mama. Dan is het kerstvakantie.'

Mama legt haar hand op die van Elsa en haalt diep adem in haar handpalm. Alsof ze probeert haar longen vol Elsa te zuigen. Zoals moeders doen met dochters die te snel groot worden.

'Sorry, schat. Dat was ik... vergeten.'

'Dat maakt niet uit,' zegt Elsa.

Al maakt het wel een beetje uit.

Ze knuffelen elkaar stevig en dan stapt Elsa uit. Ze wacht tot Kia de straat op is gereden en opent dan haar rugzak, haalt het mobieltje van haar moeder eruit, scrolt naar papa's naam in de contactenlijst en sms't: 'Trouwens, jij hoeft Elsa vanmiddag niet te halen. Ik regel wel wat!' Elsa weet dat ze zo over haar praten. Ze is iets wat moet worden gehaald en wat geregeld moet worden. Net als de was. Ze weet dat ze het niet verkeerd bedoelen, maar kom op zeg. Geen enkele zevenjarige die films heeft gezien over de Italiaanse maffia wil dat haar familie iets voor haar 'regelt'. Maar het is natuurlijk lastig om dat aan haar moeder uit te leggen, aangezien mama oma uitdrukkelijk heeft verboden om Elsa dergelijke films te laten zien.

Mama's mobieltje trilt in Elsa's hand. Papa's naam op het scherm. En daaronder: 'Oké.' Elsa wist het bericht. Ze wist ook het sms'je dat ze aan haar vader had gestuurd. Ze blijft op het trottoir staan en telt vanaf twintig terug. Wanneer ze bij zeven is, komt Kia de parkeerplaats weer op glibberen, waarna haar moeder hijgend het zijraampje opendraait. Elsa geeft haar het mobieltje. Mama mompelt 'zwangere hersens'. Elsa geeft haar een zoen op de wang. Mama voelt met haar hand over haar hals en vraagt of Elsa haar sjaaltje heeft gezien.

'In je rechterjaszak,' zegt Elsa.

Mama vist het sjaaltje eruit. Ze pakt Elsa's hoofd, trekt haar naar zich toe en geeft een klapzoen op haar voorhoofd. Elsa doet haar ogen dicht.

'Iets is pas echt weg als je dochter het niet meer kan vinden,' fluistert ze in het oor van haar moeder.

'Je wordt een fantastische grote zus,' fluistert mama terug.

Daar gaat Elsa niet op in. Ze blijft staan en wuift Kia na. Ze kan er niet op ingaan, omdat haar moeder niet mag weten dat ze geen grote zus wil worden. Niemand mag weten dat zij zo'n vreselijk spook is dat haar eigen halfbroertje of -zusje haat omdat iedereen meer van Halfje zal houden dan van haar. Niemand mag weten dat ze bang is dat ze haar dan ook allemaal zullen verlaten.

Ze draait zich om en kijkt naar het schoolplein. Niemand heeft haar nog gezien. Ze steekt haar hand in haar rugzak en haalt de brief eruit die ze in Renault heeft gevonden. Het adres komt haar niet bekend voor, en oma was altijd loeislecht in routes beschrijven. Elsa weet niet eens zeker of dit adres wel echt bestaat, want wanneer oma ging uitleggen waar dingen waren, gebruikte ze vaak aanwijzingen die niet meer bestonden. 'Het zit precies waar die mallo-ten met die parkieten woonden, voorbij de oude tennishal waar die oude rubberfabriek of wat was het ook weer stond,' zei ze bijvoorbeeld, en wanneer mensen niet precies begrepen wat dat betekende, raakte oma zo gefrustreerd dat ze twee sigaretten achter elkaar moest roken, waarbij ze de een met de andere aanstak. En wanneer iemand dan tegen haar zei dat ze niet binnen mocht roken, werd ze zo boos dat het daarna echt volkomen onmogelijk werd om een fatsoenlijke routebeschrijving naar iets anders dan haar middelvinger uit haar te krijgen.

Eigenlijk wil Elsa de brief in tienduizend stukjes scheuren en die door de wind laten meevoeren. Dat had ze gisteren besloten. Omdat ze boos was op oma. Maar nu haar moeder het hele verhaal heeft verteld en Elsa al het leed in haar ogen heeft gezien, heeft ze besloten dat niet te doen. Elsa is van plan de brief te bezorgen, deze brief en alle andere brieven waarvan ze heeft begrepen dat oma die langs de route heeft neergelegd voor haar. Ze zal al oma's brieven bezorgen en dat zal een groots avontuur en een wonderlijk sprookje worden, net zoals oma heeft gepland. Maar Elsa zal dat niet voor oma doen.

Allereerst heeft ze een computer nodig.

Ze kijkt weer naar het schoolplein. En net wanneer de bel gaat en iedereen zijn rug naar de straat keert, rent ze langs het hek naar de bus. Ze stapt een halte eerder uit dan gewoonlijk, rent de supermarkt in en gaat meteen naar de ijsvitrine. Tien minuten later sluipt ze thuis in de flat naar de kelderberging en begraaft haar gezicht in de vacht van de wars. Dat is haar nieuwe lievelingsplek op aarde.

'Ik heb ijs in mijn tas,' zegt ze wanneer ze uiteindelijk haar hoofd optilt.

De wars steekt geïnteresseerd zijn neus naar voren.

'Ben & Jerry's New York Super Fudge Chunk, mijn favoriet,' weidt Elsa uit.

De wars heeft er al meer dan de helft van op wanneer ze aan het eind van die zin is. Ze aait hem over zijn oren.

'Ik moet alleen een computer zien te krijgen, blijf jij hier en... je weet wel... probeer niet zo ontzettend op te vallen!'

De wars kijkt haar aan als een heel grote wars die zojuist het advies heeft gekregen zich voor te doen als een veel kleinere wars.

Elsa neemt zich voor een betere schuilplek voor hem te zoeken. Binnenkort.

Ze vliegt de trappen op. Ze kijkt goed of Britt-Marie niet ergens rondstruint, en wanneer ze daar zeker van is, belt ze bij het Monster aan. Hij doet niet open. Ze belt nog eens aan. Alles is stil. Ze kreunt, doet de brievenbus open en kijkt naar binnen. Er brandt geen licht in het appartement, maar ze weet dat hij er is.

'Ik weet dat je thuis bent,' roept ze.

Geen antwoord. Elsa haalt diep adem.

'Als je niet opendoet, nies ik zo naar binnen! En ik ben snipverk...' begint ze dreigend, maar dan hoort ze een sissend geluid achter zich, alsof iemand een kat van een tafel wil jagen.

Ze draait zich om. Het Monster stapt uit de schaduwen van het trappenhuis. Ze kan bij god niet begrijpen hoe iemand die zo groot is zich aldoor zo onzichtbaar kan maken. Hij wrijft in zijn handen, zodat de huid rond de knokkels rood wordt.

'Niet niezen, niet niezen!' vermaant hij haar angstig.

Elsa slaat haar ogen zo hoog ten hemel dat het voelt alsof het hoornvlies tegen haar kleine hersenen botst. Dat weet ze, want ze heeft de anatomie van de hersenen opgezocht op Wikipedia.

'Hallo zeg, denk je dat ik een gaatje in mijn hoofd heb of zo? Ik ben niet eens verkouden!'

Het Monster houdt afstand, hij blijft in zijn handen wrijven en kijkt helemaal niet overtuigd. Elsa gebaart met gespreide armen naar zijn voordeur.

'Wat doe je in het trappenhuis rond te sluipen in plaats van binnen te zitten?'

Het Monster verdwijnt onder zijn capuchon, zodat alleen de zwarte baard eruit steekt.

'Bewaken.'

'Heb je wel eens gehoord van die man die een tikkeltje overdreef?' vraagt Elsa.

Het Monster antwoordt niet. Elsa haalt haar schouders op.

'Ik heb je computer nodig. Want ik denk dat George misschien thuis is en ik kan niet internetten met mijn telefoon, want het schermpje is niks meer, omdat oma er een Fanta- en broodrooster-gerelateerd incident mee heeft gehad. Zeg maar.'

De capuchon op het hoofd van het Monster beweegt langzaam van de ene kant naar de andere.

'Geen computer.'

'Nou zeg! Ik mag hem toch wel even gebruiken om het adres te checken?' stoot Elsa uit en ze wappert met oma's brief.

Het Monster schudt weer zijn hoofd. Elsa kreunt.

'Geef me dan het wachtwoord van je wifi, dan kan ik een internetverbinding maken met mijn iPad!' brengt ze uit en ze rolt zo driftig met haar ogen dat het voelt alsof de pupillen op weg terug van plaats verwisselen.

Het Monster schudt zijn hoofd. Elsa kreunt zo dat ze trilt.

'Ik heb geen 3G op mijn iPad, want mijn vader heeft de iPad gekocht en mijn moeder had de smoor in want ze wil niet dat ik zulke dure spullen krijg, en ze houdt niet van Apple, dus het was een compromis, zeg maar! Het is ingewikkeld, oké? Ik hoef alleen je wifi maar te lenen! Jeetje!'

'Geen computer,' herhaalt het Monster.

'Geen... computer?' herhaalt Elsa hoogst ongelovig.

Het Monster schudt zijn hoofd.

'Heb je geen computer?' roept Elsa uit.

De capuchon beweegt van de ene kant naar de andere. Elsa tuurt naar hem alsof ze denkt dat hij haar voor de gek houdt.

'Hoe kun je nou geen computer hebben?'

Het Monster haalt een verzegeld plastic zakje uit een van zijn jaszakken en haalt er een klein flesje ontsmettingsmiddel uit. Hij giet de inhoud voorzichtig in zijn handen en begint die in de huid te wrijven.

'Geen computer nodig,' bromt hij.

Elsa voelt een plotselinge behoefte om haar slapen te masseren.

'Alsjeblieft, zeg. Raar hoor, dat de mensen zeggen dat jij een psychiatrisch geval bent!'

Hij reageert niet. Elsa haalt geïrriteerd haar neus op en kijkt om zich heen in het trappenhuis. George zou nog thuis kunnen zijn, dus ze kan niet naar huis, want dan vraagt hij waarom ze niet op school is. En naar Maud en Lennart kan ze ook niet, want die zijn te aardig om te liegen, dus als mama hen vraagt of ze Elsa hebben gezien, zullen ze daar eerlijk antwoord op geven. De jongen met syndroom en zijn moeder zijn overdag niet thuis. En Britt-Marie kan ze wel vergeten.

Dat laat helaas niet direct een overvloed aan keuzemogelijkheden over. Dus Elsa herpakt zich en probeert te bedenken dat een ridder van Miama nooit terugdeinst voor een jacht op een schat, hoe moeilijk die ook is. En dan loopt ze de trap op.

Alf doet na zeven keer aanbellen open. Zijn appartement ruikt naar zaagsel. Hij is gekleed in een enorm droevig excuus voor een ochtendjas en de haren die hij nog op zijn hoofd heeft, zien eruit als de laatste gebouwen die nog wankel overeind staan na een orkaan. Hij houdt een witte mok in zijn hand waar 'Juventus' op staat en daar komt de geur van koffie uit in een sterkte waar oma altijd van hield. 'Wanneer Alf koffie heeft gezet moet je de hele ochtend staand autorijden,' zei ze altijd, en Elsa wist niet goed wat ze bedoelde, maar ze begreep wel wat het betekende. Denkt ze.

'Ja?' vraagt Alf nors aan Elsa.

'Weet je waar dit is?' vraagt Elsa en ze houdt hem de envelop met oma's handschrift voor.

'Sodeju, zeg. Maak je me wakker om naar een adres te vragen?' vraagt Alf in alle opzichten ongastvrij, en hij neemt een grote slok koffie.

'Lag je te slapen?' roept Elsa met opgetrokken wenkbrauwen uit.

Alf neemt nog een slok koffie en knikt naar zijn polshorloge.

'Ik heb een late dienst gedraaid. Voor mij is het nacht. En val ik jou midden in de nacht met onzinvragen lastig?'

Elsa kijkt naar de mok. Ze kijkt naar Alf.

'Waarom drink je koffie als je slaapt?'

Alf kijkt naar de mok. Kijkt naar Elsa. Hij kijkt alsof hij er niets van begrijpt.

'Ik werd wakker en toen had ik dorst.'

'Mijn vader zegt dat als hij na zes uur 's avonds koffie drinkt, hij dan de hele nacht niet kan slapen!' zegt Elsa.

Alf kijkt haar heel, heel lang aan. Daarna kijkt hij heel, heel lang naar de mok. En daarna weer vol onbegrip naar Elsa.

'Niet slapen? Het is maar koffie, godsamme.'

Elsa haalt haar schouders op.

'Weet je waar dit is of niet?' vraagt ze en ze wijst naar de envelop.

Alf kijkt alsof hij haar vraag op overdreven en spottende toon in zijn hoofd herhaalt. Hij neemt nog een slok koffie.

'Ik rij al dertig jaar taxi.'

'En?' vraagt Elsa.

'Dan weet ik verdomme echt wel waar dat is,' moppert Alf en hij wijst naar de envelop.

'Neem me niet kwalijk, hoor!' moppert Elsa terug.

Alf drinkt de mok leeg.

'Bij de oude vuilverwerking,' zegt hij dan.

'Wat?' vraagt Elsa.

Alf kijkt moedeloos.

'Jongeren met hun gebrek aan historisch inzicht ook. Waar de rubberfabriek zat voordat ze die weer verplaatsten. En de steenfabriek.'

Elsa's gezichtsuitdrukking verraadt dat ze er eventueel geen idee van heeft waar het over gaat.

Alf krabt in zijn resterende haar en verdwijnt het appartement in. Hij komt terug met een gevulde koffiemok en een kaart. Hij zet de koffiemok met een klap op een plankje in de hal neer en tekent met vulpen een dikke cirkel op de kaart.

'O dáár! Bij de winkelpromenade!' roept Elsa uit en ze kijkt verbaasd naar hem op. 'Waarom zei je dat niet gewoon?'

Alf antwoordt iets wat Elsa niet goed verstaat en slaat de deur voor haar neus dicht.

'Ik neem de kaart mee!' roept Elsa vrolijk door zijn brievenbus.

Hij antwoordt niet.

'En ik heb kerstvakantie, voor het geval je je dat afvraagt! Daarom ben ik niet op school!' roept ze.

Daar reageert hij ook niet op.

De wars ligt op zijn zij met twee poten nonchalant in de lucht wanneer Elsa weer in de kelderberging komt, alsof hij in alle ernst een pilatesoefening verkeerd heeft begrepen. Het Monster staat in de gang ervoor in zijn handen te wrijven. Hij lijkt helemaal niet op zijn gemak.

'Neus,' sist hij en hij maakt een gebaar van afschuw met zijn enorme hand voor zijn eigen gezicht om het te illustreren.

'Plakkerig. Hele neus... plakkerig...'

Hij kijkt Elsa smekend aan. Elsa zucht en steekt haar hoofd in de kelderberging en wijst dringend naar de wars.

'Maak je neus schoon, we moeten gaan.'

De wars rolt terug en gaat soepel op zijn poten staan. Hij steekt een tong uit zo groot als een van de gastendoekjes in de kleine badkamer bij Elsa's moeder en George, en likt het ijs van zijn snuit.

Elsa kijkt naar het Monster. Ze steekt de envelop omhoog.

'Ga je mee?'

Het Monster knikt. De capuchon glijdt een paar centimeter naar achteren en het grote litteken op zijn gezicht glinstert even in het schijnsel van de tl-buizen aan het plafond. Hij vraagt niet eens waar ze naartoe gaan. Op die manier is het moeilijk hem niet aardig te vinden.

Elsa kijkt eerst naar hem en daarna naar de wars. Ze weet dat haar moeder boos zal worden omdat ze spijbelt en omdat ze weggaat zonder toestemming, maar wanneer Elsa haar vraagt waarom ze altijd zo bezorgd is om Elsa, antwoordt ze altijd: 'Omdat ik bang ben dat jou iets overkomt!' Maar Elsa kan zich echt heel moeilijk voorstellen dat haar iets zou kunnen overkomen wanneer ze een monster en een wars bij zich heeft. Dus ze denkt dat het wel zou mogen, onder de huidige omstandigheden.

De wars probeert het Monster te likken wanneer hij de berging uit loopt. Het Monster springt geschrokken achteruit, trekt eerst zijn hand terug en grist dan een bezem naar zich toe die tegen een andere berging geleund staat. De wars kijkt alsof hij plagerig grijnst en laat zijn tong met lange, provocerende halen heen en weer gaan door de lucht.

'Hou op!' zegt Elsa tegen hem.

Het Monster steekt de bezem als een lans voor zich uit en jaagt de wars naar achteren door met de borstelkant tegen zijn snuit te duwen.

'Hou op, zei ik!' snauwt Elsa scherp tegen hen allebei.

De wars sluit zijn kaken rond de borstel, zodat het hout krakend versplintert tussen zijn tanden.

'Hou ó...' begint Elsa, maar ze kan de 'op' niet afmaken voordat het Monster met volle kracht zowel de bezem als de wars dwars door de hele kelder smijt, zodat het zware dier met een grote klap een paar meter verderop tegen de muur knalt.

Nog voor hij is neergekomen rolt de wars zich op, strekt zijn lijf in één moeite door weer uit en is al bezig aan een ontzaglijke sprong terug. Zijn kaken zijn open, de rij tanden zo groot als keukenmessen ontbloot. Het Monster zet zijn borst uit en wacht hem op terwijl het bloed in zijn vuisten bonst.

'Hou nou op!' brult Elsa en ze werpt haar kleine lichaam midden tussen de beide woedende wezens.

'Het is de bedoeling dat jullie míj beschermen, zultknurften! Even opletten, ja!' schreeuwt ze zo dat haar stem ervan overslaat.

Ze staat onbeschermd tussen klauwen zo scherp als speren en vuisten zo groot dat ze vermoedelijk haar hoofd van haar schouders kunnen scheiden, bewapend met niets anders dan de onverschilligheid van een bijna-achtjarige voor al haar eigen fysieke tekortkomingen. Maar daar kom je een heel eind mee.

De wars houdt midden in de sprong in en landt zachtjes naast haar. Het Monster doet een paar stappen naar achteren. Spieren ontspannen langzaam. Longen laten langzaam lucht ontsnappen. Ze kijken haar geen van beiden aan.

'Het is de bedoeling dat jullie mij beschermen,' herhaalt Elsa iets zachter. Ze probeert niet in huilen uit te barsten, maar dat lukt niet zo erg geweldig goed.

'Ik heb nooit vrienden gehad en nu proberen jullie de enige twee te vermoorden die ik ooit heb gehad, net nu ik ze heb. Stomme oenen.'

De wars buigt zijn neus. Het Monster wrijft in zijn handen en verdwijnt onder zijn capuchon. Hij maakt een schommelende beweging in de richting van de wars.

'Hij begon,' weet het Monster uit te brengen.

De wars gromt terug, zoals iemand die wil zeggen: 'Oòh! Jij begon!' maar niet kan praten.

'Hou op!' brult Elsa tegen allebei.

Ze probeert boos te klinken, maar ze beseft dat ze alleen maar klinkt alsof ze huilt. Wat ze feitelijk niet doet. Hooguit een heel klein beetje, misschien.

Het Monster gaat voorzichtig met zijn handpalm op en neer naast haar, zo dichtbij als maar kan zonder dat hij haar echt hoeft aan te raken.

'Sorry,' mompelt hij.

De wars geeft een duw tegen haar schouders. Ze legt haar voorhoofd op zijn snuit.

'We hebben een belangrijke opdracht en jullie kunnen niet zo knurftig blijven doen. We moeten deze brief bezorgen, want ik denk dat oma tegen nog iemand sorry wil zeggen. En ik denk dat er meer brieven zijn, en ik denk dat we die allemaal moeten bezorgen, want ik denk dat dat de jacht op de schat is en het avontuur. Dat is het sprookje. Alle het-spijt-me's van oma overbrengen.

Ze ademt diep in in de vacht van de wars en sluit haar ogen.

'We moeten alle het-spijt-me's van oma overbrengen, voor mijn moeder. Want ik hoop dat de laatste het-spijt-me voor haar is.'

16

Stof

Het wordt een groots avontuur. Een wonderbaarlijk sprookje.

Elsa vond dat ze met de bus moesten gaan, zoals een beetje normale ridders die op een beetje normale avonturen uitgaan in een beetje normale sprookjes wanneer er geen paarden of wolkendieren voorhanden zijn. Maar als ze vijf minuten bij de bushalte hebben gestaan en het Elsa is opgevallen dat alle andere mensen bij de bushalte met ontzette blikken op het Monster en de wars zo ver naar het andere uiteinde van de bushalte zijn opgeschoven als maar enigszins mogelijk is zonder bij de volgende halte uit te komen, beseft ze dat dit niet helemaal zonder wederwaardigheden zal gaan.

Wanneer ze eenmaal in de bus zitten, blijkt bovendien dat warsen er over het algemeen helemaal niets aan vinden om met de bus te reizen. Nadat hij heeft lopen stommelen, mensen op de tenen heeft getrapt en tassen heeft omgegooid met zijn staart, en per ongeluk wat heeft gekwijld op een stoel zo dicht bij het Monster dat het Monster zich er niet prettig bij voelt, besluit Elsa het hele project op te geven en dan stappen ze alle drie uit. Precies één halte verder.

Elsa trekt haar Griffoendorsjaal dichter om haar gezicht en duwt haar handen in haar zakken, en dan wandelen ze het hele stuk in de kou en de sneeuw. De wars is zo blij dat hij niet meer in de bus hoeft te zitten dat hij in kringetjes om Elsa en het Monster heen huppelt als een nuchter kalf. Het Monster kijkt er met afschuw naar en loopt met zijn handen gevouwen op zijn rug als een schansspringer en maakt zich zo klein mogelijk, wat natuurlijk helemaal niet zo klein is, om te voorkomen dat de handdoektong hem aanraakt met een grote flats, telkens wanneer het harige beest passeert.

Het Monster komt waarschijnlijk niet vaak buiten bij daglicht, bedenkt Elsa. Misschien omdat Wolvenhart het gewend is in de donkere bossen bij Miama te wonen waar het daglicht nooit durft te komen. Daar woont hij in ieder geval in oma's sprookjes, dus als er ook maar enige structuur zit in dit sprookje, zou dat de logische verklaring moeten zijn.

Mensen die hen op het trottoir zien, doen wat mensen doorgaans doen wanneer ze een meisje, een wars en een monster naast elkaar op de stoep zien wandelen: ze steken over. Een enkeling probeert natuurlijk net te doen alsof dat niets met angst voor monsters, warsen en meisjes te maken heeft, door demonstratief net te doen alsof hij hardop in zijn mobieltje praat met iemand die hem opeens een totaal tegengestelde routebeschrijving geeft. Zoals Elsa's vader soms doet wanneer hij verkeerd is gelopen en niet wil dat vreemdelingen doorhebben dat hij iemand is die verkeerd loopt. Elsa's moeder heeft dat probleem nooit, want als zij verkeerd loopt, loopt ze gewoon door, en dan moet degene met wie ze had afgesproken maar naar haar toe komen. Oma loste het probleem altijd op door de wegwijzers uit te schelden. Het verschilt nogal, hoe mensen doen.

Maar er zijn anderen die het avontuurlijke drietal tegenkomen die helemaal niet zo discreet zijn en die vanaf de andere kant van de straat naar Elsa kijken alsof ze gekidnapt is. Elsa bedenkt dat het Monster vast een boel dingen goed kan, maar een ontvoerder die je onschadelijk kunt maken door op hem te niezen, zou waarschijnlijk geen bijzonder efficiënte kidnapper zijn. Dat is een eigenaardig soort achilleshiel voor een superheld, denkt ze dan. Snot.

Een man in pak die hard loopt en luid praat in een wit snoer in zijn oor ziet hen helemaal niet en marcheert het trottoir over totdat hij bijna met zijn voorhoofd recht tegen het borstbeen van het Monster botst, dat verschrikt opzij probeert te springen om niet door de in haargel gedrenkte kuif te worden aangeraakt. De man in pak slaakt een schelle gil.

Het Monster loopt achteruit bij hem weg en wrijft in zijn handen alsof hij er speeksel op heeft gekregen. De wars laat een speels blafje horen. De man in pak strompelt verder, bleek in zijn gezicht en met het witte snoer achter zich over de grond slepend als een riem.

Elsa kijkt naar het Monster. Ze kijkt naar de wars. Ze schudt teleurgesteld haar hoofd.

'Jammer dat ik jullie met Halloween nog niet kende. Ik had echt iets aan jullie kunnen hebben met Halloween.'

Noch het Monster noch de wars lijkt te begrijpen wat dat betekent. Het Monster verdwijnt zo ver onder zijn capuchon dat alleen zijn baard eruit steekt. De wars stopt met rondjes springen en lijkt buiten adem, zoals dat gaat met warsen die geen puppy's meer zijn en inzien dat ze geen puppy's meer zijn. De wandeling duurt meer dan twee uur. Elsa zou wensen dat het Halloween was, want dan hadden ze met de bus kunnen gaan zonder dat alle normale mensen van hen schrokken, want dan had iedereen gewoon gedacht dat ze verkleed waren. Daarom houdt Elsa van Halloween. Met Halloween is het normaal om anders te zijn.

Het is bijna tijd voor het middageten wanneer ze het juiste adres vinden. Elsa heeft zere voeten, honger en een slecht humeur. Ze weet dat een ridder van Miama nooit zou zeuren of bang zou zijn voor een groot avontuur wanneer hij of zij op een jacht op de schat is uitgestuurd, maar niemand heeft gezegd dat een ridder geen honger of een slecht humeur mag hebben.

Er staat een flat op dat adres, maar er zit een hamburgerrestaurant tegenover. Elsa zegt tegen de wars en het Monster dat ze daar moeten wachten, ook al heeft ze eigenlijk principes tegen hamburgerrestaurantketens, want dat heb je als je bijna acht bent, internet kunt gebruiken en geen zwamneus bent. Maar principes kun je helaas niet eten, zelfs niet als je bijna acht bent. Dus ze koopt ijs voor de wars en een hamburger voor het Monster. En een vegetarische burger voor zichzelf. En wanneer ze naar buiten loopt, haalt ze stiekem haar rode viltstift uit haar zak en zet discreet een rood verbindingsstreepje op een bord waar 'Plus Menu' op staat.

Het Monster wil het papier van zijn hamburger nog niet eens aanraken, dus die eet de wars ook op. Ze zitten op een bankje voor de flat, ook al klauwt de vorst hun in het gezicht, terwijl Elsa haar vegetarische burger opeet. Nou ja, natuurlijk zijn Elsa en de wars de enigen die zitten, want het Monster kijkt naar het bankje alsof dat ook van plan is hem te likken. Daarna laat de wars een beetje ijs op het bankje vallen en likt het onbekommerd op, en dan blijft het Monster er bijna in. Meteen daarna biedt Elsa de wars een hapje van haar vegetarische burger aan, en gaat daarna onbekommerd door met eten precies op de plek waar de wars heeft gebeten, en daarna moet Elsa het Monster een hele poos in een papieren zak laten ademen. En net wanneer hij weer rustig is geworden, laat Elsa zich ontvallen dat ze niet weet hoe schoon die zak eigenlijk was en dan moet het Monster een aardig tijdje met zijn armen om zijn hoofd op zijn hurken blijven zitten.

Elsa en de wars kunnen niet veel anders doen dan op het bankje zitten wachten tot het over is. Elsa ergert zich intussen enorm aan de vegetarische burger, omdat die ontzettend lekker is, en het wordt veel moeilijker om principes te hebben tegen hamburgerrestaurantketens als ze onwijs lekkere vegetarische burgers maken. Dan leunt ze met haar hoofd achterover en kijkt langs de gevel van de flat omhoog. Het gebouw heeft zeker vijftien verdiepingen. Ze haalt de envelop uit haar zak en bestudeert hem.

'Ben je klaar?' vraagt ze aan het Monster, maar ze wacht het antwoord niet af.

Ze glijdt van het bankje en banjert de hal in. Het Monster en de wars volgen haar in stilte en de duidelijke geur van ontsmettingsmiddel. Elsa scant het informatietableau aan de muur met een snelle blik en vindt de naam van de envelop. Voor de naam staat 'BIG-psycholoog'. Elsa weet niet wat dat betekent, maar ze heeft nog nooit gehoord van biggen die een psycholoog nodig hebben. En als die wel bestaan, lijkt het haar een nogal kleine doelgroep om te bedienen. Maar daar bemoeit Elsa zich verder niet mee. En misschien gaat het om het Engelse woord 'big' dat 'groot' betekent, dat zou ook nog kunnen.

Hoe dan ook, ze stampt over de grote galmende benedenverdieping naar een lift aan de andere kant. Daar blijft de wars staan en weigert nog een meter te lopen. Elsa houdt haar hoofd schuin.

'Je gaat me toch niet vertellen dat je bang bent voor liften?'

De wars kijkt beschaamd naar de grond.

'Dan is het maar een geluk dat de Oorlog-zonder-Einde niet in een flat is uitgevochten, want dan hadden de warsen niet zo gek veel nuttigs kunnen doen!' kreunt Elsa.

De wars blaft beledigd naar haar. Of naar de lift. Elsa haalt haar schouders op en stapt erin. Het Monster volgt haar na enige aarzeling en let goed op dat hij geen enkele wand raakt. De wars verdwijnt in de schaduwen in een hoek van de benedenverdieping en spreidt zich mokkend uit over de vloer.

Elsa bekijkt het Monster goed terwijl ze in de lift naar boven staan. Zijn baard komt als een grote, nieuwsgierige eekhoorn uit de capuchon tevoorschijn, en ze vindt hem er steeds minder gevaarlijk uitzien, hoe langer ze hem kent. Kennelijk ziet het Monster haar kijken en hij wringt ongemakkelijk zijn handen. Elsa beseft tot haar eigen verbazing dat ze zich beledigd voelt.

'Als dit nou zo vreselijk vervelend is, mag je wel van beneden af bewaken. Er zal me echt niets overkomen terwijl ik een brief bezorg bij een biggenpsycholoog!' zegt ze vinnig.

Ze zegt het in de gewone taal, want ze weigert de geheime taal met hem te spreken. De afgunst vanwege het feit dat oma's taal oorspronkelijk niet eens van oma was, groeit als een tumor in haar buik. Dat weet Elsa want ze heeft op Wikipedia opgezocht wat 'associatie' betekent en over beeldspraak en vergelijkingen gelezen. Als een tumor.

'Je hoeft niet aldoor vlak bij me te blijven om me te kunnen bewaken, als het dan zo verschrikkelijk belangrijk voor je is om me te bewaken!' roept ze iets bozer uit dan haar bedoeling is, ook al bedoelde ze het oorspronkelijk wel al flink boos.

Ze is het Monster als een vriend gaan beschouwen, en nu wordt ze eraan herinnerd dat hij daar alleen maar is omdat oma hem heeft opgedragen haar te bewaken. En dan mag hij het bos in van haar. Letterlijk, omdat Wolvenhart in het bos had gewoond als er ook maar een beetje structuur had gezeten in dit sprookje.

Het Monster zegt niets. De lift stopt. De deuren glijden open. Elsa marcheert naar buiten. Hij volgt met geruisloze passen. Ze lopen door de smalle gang langs een rij deuren, totdat ze die van de biggenpsycholoog vinden. Elsa klopt er zo hard op dat ze haar best moet doen om niet aan het Monster te laten merken hoe onwijs zeer haar knokkels doen. Het Monster beweegt achteruit naar de muur tegenover de deur, alsof hij beseft dat de persoon achter de deur misschien door het kijkgat zal kijken en hij diegene een sportieve kans wil bieden om in ieder geval de helft van het Monster te zien. Elsa merkt dat hij zich zo klein en onangstaanjagend mogelijk probeert te maken. Het is helaas moeilijk dat niet aardig van hem te vinden, zelfs al probeer je het. En zelfs al is onangstaanjagend geen goed woord.

Elsa klopt nog eens op de deur. Ze houdt haar oor tegen het slot. Ze klopt weer. Weer geen reactie.

'Leeg,' zegt het Monster zacht.

'Nee toch?' antwoordt Elsa sarcastisch.

Of ironisch. Dat weet ze zelf niet meer zeker. En ze wil eigenlijk niet boos op hem zijn, want eigenlijk is ze boos op oma. Ze is alleen moe. Zo ontstellend moe. En bovendien doen haar knokkels onwijs veel pijn. Ze kijkt om zich heen en ziet twee houten stoelen.

'Misschien is de biggenpsycholoog aan het lunchen, we moeten maar even wachten,' zegt ze tegen het Monster en ze springt met zo veel vaart op een van de stoelen dat er een tornado van stof om haar heen opwaait.

Ze niest. Het Monster kijkt alsof hij zichzelf in de ogen wil krabben en krijsend wil wegrennen.

'Dat deed ik niet met opzet! Het was stof!' gilt Elsa defensief.

Het Monster lijkt die verontschuldiging te accepteren. Maar hij houdt daarna een paar meter afstand. Hij staat minstens drie of vier voor-eeuwigs met zijn handen op zijn rug zonder ook maar een wimper te bewegen.

Bij Elsa gaat die stilte binnen één à anderhalve voor-eeuwig van aangenaam naar vervelend naar niet te harden. En wanneer ze alles heeft gedaan wat ze maar kan bedenken, met haar vingers op het tafelblad trommelen, alle vulling uit het kussen pulken via een klein gaatje in de stof en haar naam met de nagel van haar wijsvinger in het zachte hout van de armleuning kerven, breekt ze die met zo'n vraag die verwijtender klinkt dan ze had bedoeld.

'Waarom draag je een soldatenbroek als je geen soldaat bent?'

Het Monster ademt langzaam onder de capuchon.

'Oude broek.'

'Ben je soldaat geweest?'

De capuchon beweegt op en neer.

'Oorlog is fout en soldaten zijn fout. Soldaten vermoorden mensen!' beschuldigt Elsa hem.

'Niet zo'n soort soldaat,' antwoordt het Monster zacht.

'Er bestaat maar één soort soldaat,' snauwt Elsa.

Het Monster reageert niet. Elsa kerft met haar nagel een lelijk woord in het hout van de armleuning. Eigenlijk wil ze de vraag die in haar brandt niet stellen, want ze wil niet dat het Monster weet hoe beledigd ze is. Maar ze kan het niet laten. Dat is een van Elsa's grote problemen, zeggen ze op school. Dat ze nooit iets kan laten.

'Heb jij mijn oma Miama laten zien, of heeft oma het jou laten zien?'

Ze spuugt de woorden uit. De capuchon beweegt niet, maar ze ziet dat hij ademt. Ze wil de vraag net herhalen wanneer er van daarbinnen komt: 'Je oma. Heeft laten zien. Toen kind.'

Hij zegt het op de manier waarop hij alles in de gewone taal zegt. Alsof de woorden die uit zijn mond komen het niet met elkaar eens zijn.

'Je was van mijn leeftijd,' constateert Elsa, denkend aan de foto's van de Weerwolfjongen.

De capuchon gaat op en neer.

'Vertelde ze je sprookjes?' vraagt Elsa zacht en ze hoopt dat hij nee zal antwoorden, ook al weet ze wel beter.

De capuchon gaat op en neer.

'Hebben jullie elkaar in een oorlog ontmoet? Noemde ze je daarom Wolvenhart?' vraagt Elsa zonder hem aan te kijken.

Ze wil eigenlijk niet verder vragen, want de afgunsttumor groeit weer. Maar de capuchon gaat op en neer.

'Kamp. Kamp voor iemand die vlucht,' komt er uit het duister achter de baard.

'Een vluchtelingenkamp,' verbetert Elsa, waarna ze vraagt: 'Heeft oma je meegenomen hiernaartoe? Heeft zij geregeld dat je in onze flat kon wonen?'

Er komt een lange uitademing uit de capuchon.

'Op veel plaatsen gewoond. In veel huizen.'

'Pleeggezinnen?' vraagt Elsa.

De capuchon beweegt weer op en neer.

'Waarom ben je daar niet gebleven?'

De capuchon beweegt van de ene zijkant naar de andere, heel langzaam.

'Slechte huizen. Gevaarlijk. Je oma heeft me gehaald.'

'Ben je daarom soldaat geworden toen je groot was? Zodat je naar dezelfde plekken kon reizen als oma?'

De capuchon beweegt op en neer.

'Wilde je ook mensen helpen? Net als zij?'

De capuchon gaat op en neer.

'Waarom ben je dan geen dokter geworden, net als oma?'

Het Monster wrijft in zijn handen.

'Bloed. Hou niet van... bloed.'

'Lekker slim om soldaat te worden dan!' roept Elsa ironisch uit. Of sarcastisch. Dat weet ze niet zeker.

'Ben je een wees?' vraagt ze wanneer hij niet reageert.

De capuchon is stil. Het Monster is stil. Maar ze ziet dat de baard dieper in het donker verdwijnt. Elsa knikt opeens vrolijk bij zichzelf.

'Net als een X-Man!' roept ze met veel meer enthousiasme uit dan ze eigenlijk wil verraden.

De capuchon is stil. Elsa kucht ietwat verlegen.

'X-Men zijn... mutanten. En veel X-Men hebben geen ouders, zeg maar. Dat is best... cool.'

De capuchon beweegt niet. Elsa pulkt nog wat vulling uit het kussen van de stoel en voelt zich stom. Ze wil opmerken dat Harry Potter ook een wees is en dat op Harry Potter lijken, op wat voor manier dan ook, het coolste is wat er bestaat, maar ze begint te beseffen dat het Monster waarschijnlijk niet zoveel kwaliteitsliteratuur leest als je misschien had kunnen hopen. Dus ze doet het niet.

'Is Miama een woord in de geheime taal? Of, nou ja, is het een woord in jouw taal? Het klinkt anders dan de andere woorden in de geheime taal, bedoel ik. In jouw taal dus. Het klinkt niet als een woord van jouw taal, bedoel ik. Het klinkt anders!' zegt ze een tikje warriger dan ze van plan was geweest.

De capuchon beweegt niet. Maar de woorden komen er nu zachter uit. Niet zoals alle andere woorden van het Monster, alsof ze stuk voor stuk op hun hoede zijn. Nu klinken ze bijna dromerig.

'Mama's taal. "Miama". De taal van mijn moeder.'

Elsa kijkt op en tuurt diep in het donker onder de capuchon.

'Hadden jullie niet dezelfde taal?'

De capuchon beweegt heen en weer.

'Waar komt je moeder vandaan?' vraagt Elsa.

'Andere plaats. Andere oorlog.'

'Wat betekent Miama dan?'

De woorden komen als een zucht.

'Ze betekenen "ik heb lief". Mama's taal.'

Elsa trekt de laatste vulling uit het kussen en rolt er een propje van dat ze heen weer duwt over de leuning om de confrontatie met de tumor niet te hoeven aangaan.

'Dus het was jouw koninkrijk. Daarom heet het Miama. Helemaal niet omdat ik "mjama" zei tegen pyjama. Net weer iets voor oma, ze heeft Miama uitgevonden voor jou, zodat jij zou weten dat je moeder van je hield,' mompelt ze en ze zwijgt abrupt wanneer het tot haar doordringt dat ze het hardop heeft gezegd, ook al bedoelde ze het als een gedachte.

Het Monster verplaatst zijn gewicht van de ene voet naar de andere. Hij haalt langzamer adem. Wrijft in zijn handen.

'Miama. Niet bedacht. Niet doen alsof. Niet voor... een klein kind. Miama. Echt voor... kinderen.'

En wanneer Elsa daarop haar ogen dichtdoet om niet te laten zien dat ze het met hem eens is, gaat hij voorzichtig verder: 'In brief. Sorry van oma. Was sorry voor mama,' fluistert hij onder de capuchon.

Elsa's ogen gaan open en haar wenkbrauwen gaan naar beneden.

'Wat?'

De borst van het Monster gaat op en neer.

'Je vroeg. Naar oma's brief. Wat oma schreef. Schreef sorry voor mama. We hebben mama nooit gevonden.'

Hun blikken ontmoeten elkaar halverwege, op dezelfde voorwaarden. Het is een klein maar wederzijds respect dat tussen hen ontstaat, op dat moment, tussen Miamezen onder elkaar. Elsa begrijpt dat hij vertelt wat er in de brief stond omdat hij begrijpt hoe het is wanneer mensen geheimen voor je hebben, alleen omdat je een kind bent. Dus ze klinkt veel minder boos wanneer ze vraagt: 'Zijn jullie op zoek geweest naar je moeder?'

De capuchon gaat op en neer.

'Hoe lang dan?'

'Altijd. Sinds... het kamp,' komt er vanuit de capuchon.

Elsa's kin zakt een eindje naar beneden.

'Is oma daarom al die keren op reis gegaan? Omdat jullie naar jouw moeder zochten?'

De handen van het Monster wrijven sneller. Zijn borst gaat op en neer. De capuchon gaat maar een centimeter of wat naar beneden en dan oneindig langzaam weer omhoog.

Daarna is alles stil.

Elsa knikt en kijkt naar haar knieën en de woede welt weer onredelijk in haar op.

'Mijn oma was ook de moeder van iemand! Hebben jullie daar wel eens bij stilgestaan?'

Het Monster geeft geen antwoord.

'Je hoeft me niet te bewaken!' snauwt Elsa en ze begint nog meer lelijke woorden in het hout van de armleuning te krassen.

Het blijft ten minste twee voor-eeuwigs stil.

'Geen bewaker,' gromt het Monster uiteindelijk achter haar.

De zwarte ogen komen onder de capuchon vandaan.

'Geen bewaker. Vriend.'

Hij verdwijnt weer onder de capuchon. Elsa begraaft haar blik in de vloer en schraapt met haar hiel over de vloerbedekking, zodat ze er nog meer stof uit naar boven haalt.

'Dank je,' fluistert ze nors.

Zijn capuchon beweegt niet. Elsa stopt met stof naar boven halen. Ze ademt snel in en herhaalt: 'Dank je.' Maar nu in de geheime taal.

Het Monster zegt niets, maar hij wrijft minder hard en snel in zijn handen. Elsa ziet het. De tumor laat langzaam lucht ontsnappen.

'Je praat liever niet al te gek veel, hè?' vraagt ze in de geheime taal.

'Lang niet gepraat,' antwoordt het Monster in de gewone taal.

'Je bedoelt dat je lang niet in de gewone taal hebt gepraat?' vraagt ze in de gewone taal.

'Lang niet gepraat, in geen enkele taal,' antwoordt hij in de geheime.

Elsa knikt peinzend.

'En je houdt niet zo van praten, hè?' herhaalt ze in de geheime.

'En jij doet het 't liefst continu,' antwoordt het Monster.

Dat is de eerste keer dat Elsa het idee heeft dat hij glimlacht. Of in ieder geval bijna.

'Touché,' geeft Elsa toe.

In de gewone taal. Want ze weet niet wat 'touché' is in de geheime.

En daarna is alles stil tussen haar en Wolvenhart.

Elsa weet niet hoe lang ze zitten te wachten, maar lang nadat Elsa eigenlijk heeft besloten het op te geven zitten ze er nog. Ze wachten totdat de liftdeur met een kort belletje opengaat en de vrouw in de zwarte rok de gang op stapt.

Ze loopt recht naar de deur met de naam van de envelop, op de manier van mensen die naar een deur lopen alsof de deur een heel stoute deur is geweest. Maar dan blijft ze abrupt staan met haar ene hak nog in de lucht en ze staart naar de enorme baardige man en het kleine meisje, dat in zijn handpalm lijkt te passen. Het meisje staart haar aan. De vrouw in de zwarte rok houdt een klein plastic bakje met salade voor zich. Het trilt. Ze kijkt alsof ze overweegt zich om te draaien en weg te rennen, met de logica die kleine kinderen hebben wanneer ze denken dat niemand hen ziet als ze hun ogen dichtdoen. Ze doet het niet, maar blijft een paar meter van hen af staan, beide handen om het plastic bakje geklemd alsof het de rand van een rots was.

Elsa komt van haar stoel. Wolvenhart loopt achteruit bij hen allebei weg. Als Elsa naar hem had gekeken, had ze gezien dat hij dat doet met een emotie op zijn gezicht die ze nog niet eerder bij hem heeft gezien. Een soort angst waarvan niemand in Bijna-Wakkerland zou kunnen geloven dat Wolvenhart die kon dragen. Maar Elsa kijkt niet naar hem, ze komt van de stoel en kijkt alleen naar de vrouw in de zwarte rok.

'Ik geloof dat ik een brief voor u heb,' brengt Elsa ten slotte uit, nadat ze zo diep heeft ingeademd alsof ze van de hoge duikplank wil springen.

De vrouw in de zwarte rok staat stil; haar knokkels worden wit rond het plastic bakje. Elsa steekt dringend de envelop naar haar uit.

'Van mijn oma. Ik geloof dat ze sorry zegt voor iets.'

De vrouw pakt hem aan. Elsa steekt haar handen in haar zakken, aangezien ze niet goed weet wat ze ermee moet doen, alsof ze twee grote plakkerige stukken kauwgum heeft, maar geen afvalbak kan vinden.

Ze weet niet wat de vrouw in de zwarte rok hier doet, maar ze begrijpt dat het geen toeval is dat oma Elsa met een brief helemaal hiernaartoe heeft gestuurd. Want in Miama bestaat geen toeval. Er zijn geen toevalligheden in sprookjes. Alles is zoals het bedoeld is.

'Uw naam staat niet op de envelop, dat weet ik want uw naam staat op uw brievenbus in onze flat, maar hij moet voor u zijn, want anders is dit toeval en toeval bestaat niet in sprookjes!' informeert Elsa snel en ze recht haar rug, aangezien ridders hun rug rechten in sprookjes.

De vrouw in de zwarte rok ruikt vandaag naar pepermunt, niet naar wijn. Ze haalt voorzichtig de brief uit de envelop. Haar lippen raken elkaar. De brief trilt.

'Zo... zo heette ik, lang geleden. Ik ben mijn eigen naam weer gaan gebruiken toen ik in jullie flat kwam wonen, maar zo heette ik toen... jouw oma en ik elkaar leerden kennen.'

'Na de golf,' zegt Elsa, niet als een vraag.

De lippen van de vrouw verdwijnen.

'Ik... ik wilde mijn naam hier op de deur van mijn kantoor ook veranderen. Maar ik, nou ja, ik weet het niet. Het is er nooit... nooit van gekomen.'

De brief trilt heviger.

'Wat staat erin?' vraagt Elsa, want dat doe je als je bijna acht bent en het een tikje brutaal begint te vinden dat je niet mag weten wat er in een brief staat, alleen omdat je zo dom was om hem niet stiekem te lezen toen je de kans had.

Daar heeft ze nu spijt van.

Het gezicht van de vrouw in de zwarte rok maakt aanstalten om te gaan huilen, maar het lijkt wel of er geen tranen meer in haar lichaam zitten die nog naar buiten kunnen komen.

'Je oma schrijft "sorry",' zegt ze langzaam.

'Waarvoor?' vraagt Elsa meteen.

'Omdat ze jou... hiernaartoe heeft gestuurd,' antwoordt de vrouw in de zwarte rok.

Elsa wil haar verbeteren, naar Wolvenhart wijzen en 'ons' zeggen. Maar wanneer ze opkijkt is hij al weg. Ze heeft geen belletje gehoord van de lift, geen deur horen dichtgaan in het trappenhuis, hij is gewoon weg. 'Als een scheet door een open raam', zoals oma altijd zei wanneer de dingen niet op de plek lagen waar ze waren neergelegd.

De vrouw in de zwarte rok beweegt zich naar de deur met het bordje 'BIG-psycholoog', gevolgd door de naam die ze ooit had. Ze steekt de sleutel in het slot en maakt een kort gebaar naar Elsa om binnen te komen, ook al zie je duidelijk dat ze dat eigenlijk helemaal niet wil. Wanneer ze ziet dat Elsa's blik nog steeds op zoek is naar haar uit de kluiten gewassen vriend, fluistert de vrouw in de zwarte rok somber: 'Ik had een ander kantoor toen je oma voor het laatst met hem bij me kwam. Daarom wist hij niet dat je hiernaartoe zou gaan. Hij zou nooit mee zijn gegaan als hij had geweten dat je mij zou opzoeken. Hij is... bang voor me.'

17

Kaneelbroodjes

In het sprookje uit Bijna-Wakkerland hief een meisje uit Miama de vloek op en bevrijdde de zee-engel. Maar oma vertelde er nooit bij hoe.

Elsa zit voor het bureau van de vrouw in de zwarte rok, in een stoel waarvan Elsa aanneemt dat die voor bezoekers bedoeld is. Uit de stofwolk die Elsa omhulde alsof ze per ongeluk over een rookmachine bij een goochelvoorstelling was gestruikeld toen ze erop ging zitten, maakt ze op dat de vrouw niet direct heel veel bezoekers krijgt. De vrouw zit ongemakkelijk aan de andere kant van het bureau. Ze herleest de brief van oma telkens weer, ook al weet Elsa inmiddels al tamelijk zeker dat ze net doet alsof om niet met Elsa te hoeven praten. De vrouw leek er al op het moment dat ze het deed spijt van te hebben dat ze Elsa binnenvroeg. Vergelijkbaar met mensen die in tv-series een vampier binnen nodigen en dan beseffen dat het een vampier is en 'shit' denken, net voordat ze gebeten worden. Elsa stelt zich in ieder geval voor dat je dat denkt in die situatie. En zo kijkt die vrouw. Alle wanden van het kantoor zijn bedekt met boekenkasten. Elsa heeft nog nooit zoveel boeken gezien buiten een bibliotheek. Ze vraagt zich af of de vrouw in de zwarte rok nog nooit van een iPad heeft gehoord.

Daarna dwalen haar gedachten weer naar oma en Bijna-Wakkerland. Want als deze vrouw de zee-engel is, dan is ze na Wolvenhart en de wars het derde wezen uit Bijna-Wakkerland dat in Elsa's flat woont. Elsa weet niet of dat inhoudt dat oma al haar verhalen uit de echte wereld heeft gehaald en ze in Miama heeft geplaatst, of dat de verhalen uit Miama zo echt zijn geworden dat de wezens naar de echte wereld zijn overgegaan. Maar Bijna-Wakkerland en de flat vloeien duidelijk in elkaar over.

Elsa herinnert zich dat oma altijd zei dat de beste sprookjes nooit helemaal nep zijn. Dat bedoelde oma wanneer ze het had over dingen die op gespannen voet stonden met de werkelijkheid. Voor oma bestond er niets wat helemaal het een of het ander was. Sprookjes waren helemaal echt en tegelijkertijd helemaal niet.

Elsa zou graag willen dat ze meer over de vloek van de zee-engel had verteld, en hoe je die opheft. Want ze neemt aan dat ze Elsa daarom hiernaartoe heeft gestuurd, en als Elsa er niet achter komt wat ze moet doen, zal ze de volgende brief vermoedelijk niet in handen krijgen. En dan krijgt ze mama's sorry nooit in handen.

Ze kijkt naar de vrouw aan de andere kant van het bureau en kucht demonstratief. De oogleden van de vrouw fladderen, maar ze blijft naar de brief staren.

'Kent u die van die vrouw die zich doodlas?' vraagt Elsa.

De blik van de vrouw glijdt omhoog van het blaadje, tikt haar even aan en glijdt weer terug naar de brief.

'Ik weet niet wat het... wat het betekent,' zegt de vrouw bijna geschrokken.

Elsa zucht.

'Ik heb nog nooit zo onwijs veel boeken gezien. Hebt u wel eens van een iPad gehoord?' vraagt ze, als om het ijs te breken.

De blik van de vrouw gaat langzaam weer omhoog. Hij blijft lang bij die van Elsa.

'Ik hou van boeken.'

'Denkt u dat ik niet van boeken hou, dan? Je kunt ook boeken op je iPad hebben. Je hoeft geen miljoen boeken in je kantoor te hebben,' licht Elsa haar in.

De pupillen van de vrouw gaan besluiteloos heen en weer over het bureau. Ze pakt een pepermuntje uit een doosje en stopt het in haar mond, met onhandige bewegingen alsof haar hand en haar mond van twee verschillende personen zijn.

'Ik hou van... fysieke boeken.'

'Je kunt allerlei soorten boeken op een iPad zetten.'

De vingers van de vrouw trillen licht. Ze tuurt naar Elsa, een beetje zoals je naar iemand kijkt die je voor een wc tegenkomt waar je zelf net heel ietsjes te lang op hebt gezeten.

'Dat bedoel ik niet met boek. Met "boek" bedoel ik iets met een omslag, een kaft, bladzijden...'

'Een boek is de tekst. En de tekst kun je op een iPad lezen!' onderwijst Elsa haar.

De ogen van de vrouw gaan open en dicht als grote waaiers.

'Ik heb graag een boek in mijn hand als ik lees.'

'Je kunt een iPad ook vasthouden,' licht Elsa haar in.

'Ik bedoel dat ik het prettig vind om te bladeren,' probeert de vrouw.

'Op een iPad kun je ook bladeren,' zegt Elsa.

De vrouw knikt met de langzaamste knik die Elsa ooit van haar leven heeft gezien. Elsa spreidt haar armen.

'Maar wat u wilt! Heb maar een miljoen boeken. Het was maar een vraag. Het is nog steeds een boek als je hem op een iPad leest. Soep is soep, uit welke kom je hem ook eet.'

De mondhoeken van de vrouw bewegen zo krampachtig dat de huid eromheen barstjes vertoont.

'Die uitdrukking ken ik niet.'

'Die komt uit Miama,' zegt Elsa.

De vrouw kijkt naar haar schoot. Antwoordt niet.

Ze ziet er helemaal niet uit als een engel, denkt Elsa. Maar ze ziet er aan de andere kant ook niet uit als een alcoholverslaafde. Dus dat kun je tegen elkaar wegstrepen. Misschien zie je er zo uit als je precies in het midden zit.

'Waarom is oma hier met Wolvenhart geweest?' vraagt Elsa.

'Sorry... Wie?' vraagt de vrouw.

'U zei dat oma hem hier mee naartoe had genomen. En dat hij daarom bang voor u is.'

De vrouw knikt een tikje minder oneindig langzaam.

'Ik wist niet dat je hem... Wolvenhart noemde.'

'Zo heet hij.'

'Dat wist ik niet.'

'Nee, nee. Waarom is hij dan bang voor u als u niet eens weet hoe hij heet?'

De vrouw legt haar handen in haar schoot en kijkt ernaar alsof ze ze voor het eerst ziet en zich afvraagt wat ze daar in vredesnaam doen.

'Je... je oma heeft hem hier gebracht om over de oorlog te praten. Ze dacht dat het hem zou kunnen helpen, maar hij werd bang voor me. Hij werd bang voor mijn vragen en bang voor... voor zijn herinneringen, geloof ik,' zei ze uiteindelijk.

En na een lange inademing voegt ze eraan toe: 'Hij heeft zoveel oorlog gezien. Hij heeft bijna zijn hele leven in de oorlog gezeten, op de een of andere manier. Dat doet... ondraaglijke dingen met een mens.'

'Waarom doet hij zo met zijn handen?' vraagt Elsa.

'Pardon?'

'Hij wast zijn handen continu. Alsof hij probeert een poeplucht weg te wassen, zeg maar.'

De vrouw in de zwarte rok kijkt bedenkelijk. Elsa kucht.

'Dat is dus maar een voorbeeld. Een poeplucht. Een andere lucht kan ook. Ik bedoel dus dat het waarschijnlijk een soort dwanggedachte is. Dus dan kan het misschien zo'n beetje elke lucht zijn?'

De oogleden van de vrouw gaan omlaag en omhoog.

'Soms doen de hersenen rare dingen na een tragedie. Wat hij misschien probeert af te wassen, is denk ik...'

Ze zwijgt. Slaat haar ogen neer.

'Wat?' wil Elsa weten.

'...het bloed,' vult de vrouw met holle stem aan.

'Heeft hij iemand vermoord?'

'Dat weet ik niet.'

'Is hij geestelijk ziek?' vraagt Elsa zonder omhaal.

'Pardon?'

'U bent toch psycholoog?'

'Ja.'

'Genees je dan geen mensen die geestelijk ziek zijn? U weet wel, beschadigd in hun hoofd. Misschien is het wel onbeleefd om hen ziek te noemen. Is dat zo? Heeft hij een beschadiging in zijn hoofd?'

'Iedereen die oorlog heeft meegemaakt heeft een beschadiging,' antwoordt de vrouw weemoedig.

Elsa haalt haar schouders op.

'Had hij maar geen soldaat moeten worden. Het is de schuld van de soldaten dat er oorlog is.'

De handen van de vrouw bewegen langzaam van haar schoot naar de rand van het bureau en weer terug.

'Zo'n soort soldaat was hij geloof ik niet. Hij was een vredessoldaat.'

'Er bestaat maar één soort soldaat,' snauwt Elsa.

Ze weet dat dat hypocriet van haar is. Want ze heeft een hekel aan soldaten en ze heeft een hekel aan oorlog, maar als Wolvenhart niet tegen de schaduwen had gevochten in de Oorlog-zonder-Einde, dan had de grijze dood heel Bijna-Wakkerland opgeslokt. Dat weet ze en daar denkt ze vaak over na. Wanneer je mag vechten en wanneer niet. Elsa denkt aan wat oma altijd zei: 'Jij hebt een moraal en ik heb een dubbele moraal, dus ik win.' Maar daardoor voelt Elsa zich nog geen winnaar.

'Misschien wel,' zegt de vrouw zacht door haar gedachten heen.

'U krijgt hier niet zo heel veel patiënten, zeker?' vraagt Elsa met een spottend knikje door de kamer.

De vrouw antwoordt niet. Haar handen tasten naar oma's brief. Elsa zucht ongeduldig.

'Wat schrijft oma nog meer?'

'Ze schrijft sorry... sorry voor verschillende dingen,' zegt de vrouw.

'Zoals wat?'

De vrouw lijkt heel kleine hapjes lucht te nemen met haar lippen.

'Een heleboel dingen.'

'Schrijft ze sorry omdat ze uw gezin niet kon redden?'

De pupillen van de vrouw schieten even heen en weer.

'Ja. Onder andere.'

Elsa knikt.

'En omdat ze mij hierheen heeft gestuurd?'

'Ja.'

'Waarom?'

'Omdat ze wist dat je me misschien meer vragen zou stellen dan mij lief waren.'

'Dan mij lief was, moet het zijn,' verbetert Elsa.

'Dan mij lief was. Natuurlijk.'

Ze lijkt niet boos te worden omdat Elsa haar verbetert. Dat maakt dat Elsa haar wel een beetje aardig vindt.

'Vindt u het niet prettig om veel vragen te krijgen?'

'Ik ben psycholoog. Ik neem aan dat ik gewend ben ze te stellen.'

'Wat betekent "BIG-psycholoog"?'

'Dat betekent dat ik in een officieel register ingeschreven sta.'

'O. Ik dacht dat het iets met biggen te maken had, of misschien met het Engelse "big". Groot, weet u wel.'

De vrouw lijkt niet goed te weten wat ze daarop moet zeggen. Elsa zwaait beledigd met haar ene arm richting plafond en zegt snuivend: 'Ja, nou! Dat klinkt nu misschien stom, maar op dat moment leek het logisch! Alles is makkelijk als je het eenmaal weet!'

De vrouw knikt zo langzaam dat Elsa verwacht dat haar nek gaat piepen als een roestige scharnier. En dan doet ze iets met haar mondhoek waarvan Elsa denkt dat het misschien een soort glimlach is. Maar het lijkt meer op een stijf rukje, alsof de spieren rond haar mond beginners zijn.

Elsa kijkt het kantoor rond. Er zijn hier geen foto's, zoals in de hal van het appartement van de vrouw. Alleen boeken.

'Zitten er goede bij?' vraagt ze en ze scant de kasten met haar blik.

'Ik weet niet wat jij goed vindt,' antwoordt de vrouw voorzichtig.

'Hebt u Harry Potterboeken?' vraagt Elsa.

'Nee.'

Elsa's wenkbrauwen springen omhoog alsof ze moeilijk kan geloven dat de vrouw dat zojuist heeft uitgebracht.

'Niet een?'

'Nee.'

'Hebt u al deze boeken en niet één Harry Potter?'

De vrouw schudt verontschuldigend haar hoofd. Elsa kijkt diep beledigd.

'Een miljoen boeken en niet één Harry Potter. En dan laten ze u de hoofden van beschadigde mensen repareren? Niet te geloven,' moppert ze.

De vrouw reageert niet. Elsa leunt achterover en wipt met de stoel op de achterste poten precies op de manier die haar moeder echt vreselijk vindt.

'Hebt u mijn oma in het ziekenhuis ontmoet na de golf?' vraagt ze.

De vrouw pakt nog een pepermuntje uit het doosje op het bureau. Ze maakt een kort gebaar naar Elsa om haar er een aan te bieden, maar Elsa schudt haar hoofd.

'Rookt u?' vraagt Elsa.

De vrouw kijkt verbaasd. Elsa haalt haar schouders op.

'Oma snoepte ook veel wanneer ze niet mocht roken, en ze mocht meestal niet roken binnen.'

'Ik ben gestopt,' zegt de vrouw.

'Helemaal of tijdelijk? Dat is een verschil,' vertelt Elsa haar.

De vrouw knikt met een nieuw langzaamheidsrecord.

'Dat is bijna een filosofische vraag. Dus die is moeilijk te beantwoorden.'

Elsa haalt haar schouders weer op.

'Waar hebt u oma dan ontmoet? Is die vraag ook moeilijk te beantwoorden?'

'Dat is een lang verhaal.'

'Ik ben dol op lange verhalen.'

De handen van de vrouw verstoppen zich in haar schoot.

'Ik was op vakantie. Of... wij... met het gezin. Wij waren op vakantie. En er gebeurde... een ongeluk.'

'De tsunami, ja, dat weet ik,' zegt Elsa.

De vrouw knippert een hele poos met haar ogen.

'Ik lees nogal veel,' legt Elsa vriendelijk uit.

De blik van de vrouw maakt een rondje door de kamer en ze zegt tussen neus en lippen door, alsof het haar op dat moment te binnen schiet: 'Je oma heeft mij... gevonden...'

De vrouw zuigt zo hard op het pepermuntje in haar mond dat haar wangen er net zo uitzien als die keer bij oma toen ze benzine wilde 'lenen' uit Elsa's vaders Audi en probeerde die door een plastic slang op te zuigen.

'Nadat mijn man en mijn... jongens... waren...' begint de vrouw.

Het laatste woord struikelt en valt in een afgrond. Het lijkt wel of de vrouw opeens is vergeten is dat ze midden in een zin was.

'Verdronken?' vult Elsa aan. Ze schaamt zich meteen, want ze beseft dat het waarschijnlijk heel onbeleefd is om dat woord te gebruiken tegenover iemand die haar gezin op die manier heeft verloren.

Maar de vrouw knikt alleen en kijkt niet boos. Dan gaat Elsa over in de geheime taal en vraagt snel: 'Kent u onze geheime taal ook?'

'Pardon?' roept de vrouw in de zwarte rok uit en ze richt haar blik opeens recht op Elsa, een en al onbegrip.

'O, niks,' mompelt Elsa in de gewone taal en ze kijkt weer naar haar schoenen.

Dat was een test. En het verbaast Elsa dat de zee-engel de geheime taal niet kan spreken, want dat kan iedereen in Bijna-Wakkerland. Maar misschien is het een onderdeel van de vloek, bedenkt ze.

De vrouw kijkt op haar horloge.

'Moet jij niet op school zijn?'

Elsa haalt haar schouders op.

'Ik heb kerstvakantie.'

De vrouw knikt. Nu met iets meer dan normale snelheid.

'Bent u wel eens in Miama geweest?' vraagt Elsa.

'Ik... ik weet niet waar dat ligt,' zegt de vrouw voorzichtig.

'Miama. Bent u daar wel eens geweest of niet?'

'Is dit een soort van... grapje?'

'Hoezo een grapje?'

De vrouw kijkt angstig naar haar handen.

'Nou. Is het zoiets als: klop, klop, wie is daar?'

'Wat? Nee!' snuift Elsa.

De vrouw kijkt opeens heel ongelukkig. Elsa kreunt.

'Als ik een grapje had gemaakt, had ik gezegd: wat is groen en valt van een berg? Een slawine.'

De vrouw reageert niet. Elsa spreidt haar armen.

'Snapt u? Een sláwine?'

De vrouw knikt en kijkt haar aan. Glimlacht zwakjes.

'Ik snapte het wel. Dank je.'

Elsa haalt nors haar schouders op.

'Als je het snapt, lach je.'

De vrouw haalt zo diep adem dat als je een muntje zou laten vallen, je het niet zou horen als het de bodem raakte.

'Heb je die zelf bedacht?' vraagt ze dan.

'Wat?' vraagt Elsa.

'Van die slawine.'

'Nee, die heb ik van oma.'

De ogen van de vrouw gaan snel dicht. En langzaam open.

'O. Mijn jongens... hadden... die hadden altijd dat soort mopjes. Dan stelden ze een rare vraag en dan moest je antwoorden en dan riepen ze iets en daar moesten ze dan om lachen.'

Wanneer ze 'lachen' zegt, komt ze overeind op benen die zo breekbaar zijn als de vleugels van een papieren vliegtuigje.

Daarna verandert alles snel. Haar manier van staan. Haar manier van praten. Zelfs haar manier van ademhalen.

'Dan moet je nu maar weer eens gaan,' zegt ze en ze gaat met de rug naar Elsa voor het raam staan.

Haar stem is zwak, maar bijna vijandig.

'Waarom?' roept Elsa verbaasd uit.

'Ik wil dat je weggaat,' herhaalt de vrouw hard.

'Nou, moe! Waarom? Ik ben de halve stad doorgelopen om die

idiote brief van oma bij u te bezorgen en u hebt me nog bijna niks verteld en nu moet ik weg? Hebt u wel door hoe koud het buiten is?' vraagt Elsa, zoals je doet wanneer je bijna acht bent en je onrechtvaardig behandeld voelt en het ook nog eens onwijs koud is buiten.

De vrouw staat nog steeds met haar rug naar Elsa gekeerd voor het raam.

'Je... je had hier niet moeten komen.'

'Ik ben hier gekomen omdat u een vriendin van mijn oma was.'

'Ik hoef die vervloekte liefdadigheid niet! Ik red mezelf wel!' zegt de vrouw verbeten.

'Sure, u kunt zich ontzettend goed zelf redden. Echt waar. Maar ik kom hier niet met liefdadigheid,' brengt Elsa geschokt uit en in een wolk van stof staat ze op uit haar stoel.

'Hoepel dan op, rotkind! Maak dat je wegkomt!' snauwt de vrouw naar haar, nog steeds zonder zich om te draaien.

Elsa hijgt. Geschrokken van de plotselinge agressiviteit, en beledigd omdat de vrouw haar niet eens aankijkt. Ze glijdt met gebalde vuisten bij de stoel weg.

'Nou, maar dan had mijn moeder het mis toen ze zei dat u alleen maar moe was! En oma had gelijk! U bent gewoon een nare...'

En dan gebeurt hetzelfde als bij alle woede-uitbarstingen. Ze bestaan niet uit maar één boosheid, maar uit een heel aantal. Het is een lange reeks boosheden die in een vulkaan in je hart gegooid worden totdat er een uitbarsting komt. Elsa is boos op de vrouw in de zwarte rok omdat niets van wat ze vertelt dit idiote sprookje begrijpelijker maakt. En ze is boos op Wolvenhart omdat hij haar alleen heeft gelaten omdat hij bang is voor deze stompzinnige biggenpsycholoog. En ze is bovenal boos op oma. En op dit idiote sprookje. Dus al lang voordat het woord over haar lippen komt, weet ze hoe fout het is dat te schreeuwen: 'Alcoholverslaafde. U bent gewoon een alcoholverslaafde!!'

Ze heeft er al meteen verschrikkelijk veel spijt van. Maar het is te laat. De vrouw in de zwarte rok draait zich om. Haar gezicht is verwrongen tot duizend gebarsten spiegelscherven.

'Eruit!'

'Ik bedoelde...' begint Elsa.

Ze wankelt achteruit het kantoor uit en steekt haar handen naar voren alsof ze haar verontschuldigingen wil aanbieden.

'Het spij...'

'ERUIT!' schreeuwt de vrouw en ze klauwt hysterisch in de lucht alsof ze iets zoekt om naar Elsa te gooien.

Elsa gaat er als een haas vandoor.

Naar buiten. Weg.

Ze rent de gang door, alle trappen af en door de deur naar de begane grond. Ze strompelt door de galmende entree met haar tranen als een troebele lens voor haar ogen, ze snikt zo heftig dat ze haar evenwicht kwijtraakt, blind neerstort en languit op de grond valt. Ze voelt de rugzak tegen haar achterhoofd knallen en wacht op de pijn wanneer haar jukbeenderen de grond zullen raken.

Maar er komt iets anders. Ze voelt heel die zachte zwarte vacht op het moment waarop ze had verwacht met haar voorhoofd tegen het beton te zullen slaan. En dan breekt de dam. Ze omhelst het reusachtige dier zo stevig dat ze merkt dat hij naar lucht hapt.

'Elsa.'

De stem van Alf komt vanaf de voordeur op haar af. Als een vanzelfsprekende constatering. Niet als een vraag.

'M-hm,' huilt ze in de warsenvacht.

'Kom nou, verdomme. Dan gaan we naar huis. Je kunt hier niet blijven liggen huilen, godsamme,' bromt Alf.

Elsa tilt haar hoofd langzaam op en wil het er allemaal uit gooien. Ze wil Alf het hele verhaal vertellen van de zee-engel en dat oma haar op idiote avonturen heeft uitgestuurd, en dat ze niet eens weet wat ze daarin geacht wordt te doen, alles over Wolvenhart die haar in de steek heeft gelaten toen ze hem juist zo hard nodig had en alles over haar moeder en de spijtbetuiging die Elsa hier had gehoopt te vinden, en alles over Halfje die met zijn komst alles zal veranderen en alles over alles. Alles over alle eenzaamheid waar Elsa in verdrinkt. Ze wil alles uitschreeuwen tegen Alf. Maar ze weet dat hij het toch niet zou begrijpen. Want niemand begrijpt het als je bijna acht bent. Of hoe oud je ook bent.

'Wat doe jij hier?' snikt ze.

Alf zucht en steekt brommend een lange tirade af die Elsa niet verstaat en ook niet begrijpt. Hij slijpt zijn ene voetzool aan de vloer. Uiteindelijk mompelt hij met tegenzin: 'Jij hebt mij het adres gegeven, verdomme. Iemand moet je verdomme toch ophalen? Ik rijd al dertig jaar taxi en dan laat je kleine meisjes niet zomaar plompverloren ergens achter.'

Hij is een paar ademhalingen stil voordat hij verdergaat, met zijn gezicht naar de grond: 'Je oma had me verdomme vermoord als ik je niet had gehaald.'

Elsa knikt en droogt haar gezicht af aan de vacht van de wars.

'Moet hij ook mee?' vraag Alf nors, terwijl hij naar de wars wijst.

De wars kijkt naar schatting vijfenzeventig procent norser terug. Elsa knikt en probeert niet opnieuw in huilen uit te barsten.

'Dan mag hij in de achterbak liggen,' zegt Alf besluitvaardig.

Maar dat gebeurt natuurlijk niet. Elsa begraaft de hele weg naar huis haar gezicht in zijn vacht. Dat is een van de dingen die het allermooist zijn aan warsen. Dat ze waterdicht zijn.

Er komt opera uit de autoradio. Elsa denkt in ieder geval dat het opera is. Ze heeft nooit echt veel opera gehoord, maar ze heeft erover gehoord en ze neemt aan dat het zo klinkt als je het hoort. Wanneer ze halverwege zijn, kijkt Alf haar gegeneerd aan in de binnenspiegel.

'Heb je ergens zin in?'

'Waarin dan?' vraagt Elsa snikkend.

Alfs wenkbrauwen gaan diep boven zijn neus liggen.

'Ik weet het niet. Koffie?'

Elsa tilt haar hoofd op en kijkt hem strak aan.

'Ik ben zeven!'

‘Wat heeft dat er in hemelsnaam mee te maken?’

‘Ken je veel kinderen van zeven die koffie drinken?’

Alf schudt ontevreden zijn hoofd.

‘Dat is te merken,’ zegt Elsa.

‘Ja, ja. Nou, laat ook maar,’ gromt Alf.

Elsa laat haar gezicht in de warsenvacht zakken. Voorin zit Alf een beetje te vloeken en even later steekt hij haar een papieren zakje toe. Met dezelfde tekst erop die ook op de bakkerij staat waar oma altijd naartoe ging.

‘Er zit een kaneelbroodje in die zak,’ zegt hij en hij voegt eraan toe: ‘Maar je moet er niet op huilen, verdomme, want daar wordt hij niet lekkerder van.’

Elsa huilt erop. En toch is hij lekker.

Wanneer ze bij de flat komen, rent ze uit de garage naar haar appartement zonder Alf zelfs maar te bedanken en zonder afscheid te nemen van de wars, en zonder er zelfs maar bij na te denken dat Alf de wars nu heeft gezien en misschien de politie gaat bellen. Ze loopt het eten dat George op tafel heeft gezet straal voorbij zonder een woord tegen George te zeggen. Wanneer haar moeder thuiskomt, doet ze net of ze slaapt.

En wanneer de alcoholverslaafde die nacht begint te schreeuwen in het trappenhuis doet Elsa voor het eerst wat alle anderen in de flat ook doen.

Ze doet net of ze niets hoort.

18

Rook

Elk sprookje heeft een draak. Dat is de verdienste van oma.

Elsa heeft die nacht verschrikkelijke nachtmerries. Ze had altijd gedacht dat haar niets ergers zou kunnen overkomen dan op een avond haar ogen op een kiertje na dicht te doen en niet langer in Bijna-Wakkerland te kunnen komen, dat het ergste wat haar zou kunnen treffen een droomloze slaap was. Maar dit is de nacht waarin ze leert dat het nog erger kan. Want ze kan nu niet in Bijna-Wakkerland komen, maar ze droomt erover. Ze ziet het even duidelijk alsof ze er was, maar dan van bovenaf. Alsof ze op haar buik ligt met haar hoofd boven een enorme glazen koepel waar ze op neerkijkt. Geuren bereiken haar niet, een lach hoort ze niet en ze kan de wind niet in haar gezicht voelen kietelen wanneer de wolkendieren het luchtruim kiezen. Het is de vreselijkste droom van alle eeuwigheden.

Want Miama staat in brand.

Ze ziet de prinsen, de prinses, de warsen, de dromenjagers, de zee-engel en alle inwoners van alle koninkrijken van Bijna-Wakkerland rennen voor hun leven. Achter hen trekken de schaduwen binnen en waar ze ook langskomen, laten ze een grijze, fantasieloze dood achter. Elsa probeert Wolvenhart ergens in het inferno te lokaliseren, maar hij is weg. Meedogenloos afgeslachte wolkendieren liggen in de as. Om hen heen staat Miama in brand. Al oma's sprookjes gaan ten onder.

Tussen de schaduwen zwerft een andere gestalte. Een tengere

man omsloten door een wolk van sigarettenrook. Het is de enige geur die Elsa buiten de koepel kan ruiken, de geur van oma's tabak. De gestalte kijkt omhoog en twee felblauwe ogen dringen door de nevel. De rooksluier komt tussen dunne lippen door sijpelen. Dan wijst hij recht naar Elsa met een wijsvinger die tot een grijze klauw is vervormd en schreeuwt iets, en een moment later stijgen honderden schaduwen op van de grond en werpen zich tegen het dak van de koepel.

Elsa wordt wakker doordat ze uit bed springt en met haar gezicht op het parket landt. Ze blijft op de grond liggen met een borstkas die op en neer gaat en beide handen om haar keel. Het lijkt wel alsof er miljoenen voor-eeuwigs verstrijken voordat ze erop vertrouwt dat ze in de echte wereld is. Dat ze niet door een schaduw is gebeten. Ze heeft geen nachtmerries meer gehad sinds die allereerste keer dat oma en de wolkendieren haar meenamen naar Bijna-Wakkerland. Ze is vergeten hoe die voelen. Ze staat bezweet en leeg op en probeert haar gedachten te ordenen.

Ze hoort iemand praten in de hal. Iemand die boos is. Nou ja, 'boos' dus in de zin van woede, zoals je die kunt hebben in de echte wereld. Niet 'boos' zoals in Miama, natuurlijk. In Miama is 'een boos' een soort viervoeter, die heel erg op een wolf lijkt, maar dan kwaaier. Oma vertelde er vaak over. De bozen zijn juist op de wolven het kwaadst, aangezien de wolven alle mooie sprookjesbaantjes inpikken. Dat suddert nog na sinds eeuwigheden geleden een wolf op het laatste moment ontslagen werd uit een sprookje, dat zwamneuzen misschien sterk zou doen denken aan het in de echte wereld wat bekendere *Roodkapje en de wolf*, omdat hij 'niet in het team paste'. Daarna pikten de wolven als het ware de hele gig in als weerwolf in alle vampierfilms, en nu hebben de wolven sprookjessterrenstatus, terwijl de meeste bozen, zoals oma altijd vertelde, bij de klantenservice van verschillende overheidsdiensten her en der in Bijna-Wakkerland werken, nicotinearme sigaretten roken en paarse highlights in hun vacht maken en superontevreden zijn met hun leven.

Nou goed. Dat heeft hier misschien niets mee te maken. Zomaar een zijspoor.

Maar Elsa hoort dus iemand praten in de hal. Iemand die boos is. Op de gewone manier. En Elsa heeft al haar concentratievermogen nodig om de slaapnevels weg te wuiven en te horen wat er gebeurt.

Het is de stem van Britt-Marie. En daarna die van Elsa's moeder. En daarna weer die van Britt-Marie.

'O! Maar je moet toch begrijpen, Ulricka, dat het wel wat eigenaardig is dat ze jou bellen. Waarom bellen ze Kent niet? Kent is de voorzitter van deze vereniging van eigenaren en ik ben verantwoordelijk voor de communicatie en het is gewoon usance dat de accountant de voorzitter belt over dit soort zaken. En niet zomaar iemand!'

Elsa begrijpt dat 'zomaar iemand' een belediging is, ook al klinkt Britt-Marie natuurlijk heel goedwillend wanneer ze dat zegt, en Elsa begrijpt dat ze vast in de hal staat met haar handen gevouwen voor haar buik en mama zo goedwillend toeknikt als alleen Britt-Marie dat kan.

Mama's zucht is zo diep dat Elsa het gevoel heeft dat haar beddengoed beweegt op de tocht wanneer ze antwoordt: 'Ik weet niet waarom ze mij hebben gebeld, Britt-Marie. Maar de accountant zei dat hij hier vandaag zou komen om alles uit te leggen.'

Elsa opent de deur van de slaapkamer en staat in haar pyjama in de deuropening. Niet alleen Britt-Marie, maar ook Lennart, Maud en Alf staan in de hal. Samantha ligt op de vloer van het trappenhuis te slapen. Elsa's moeder heeft alleen haar ochtendjas aan, waarvan ze de ceintuur nog net om haar buik kan knopen. Maud krijgt Elsa in het oog, ze glimlacht vriendelijk en houdt een koektrommel in haar armen. Lennart houdt een thermoskan in zijn hand en drinkt tussendoorkoffie uit de dop.

Alf lijkt voor de verandering geen heel slecht humeur te hebben, wat betekent dat hij er gewoon weergaloos geërgerd uitziet. Hij knikt even naar Elsa, alsof ze hem met een geheim heeft opgezadeld. Dan pas schiet het Elsa te binnen dat ze hem en de wars gisteren in de garage heeft achtergelaten toen ze doodleuk naar haar appartement rende. Paniek welt in haar op, maar Alf maakt een nors gebaar met zijn handpalm naar de grond dat ze rustig moet zijn. Dus dat probeert ze. Ze kijkt naar Britt-Marie en probeert erachter te komen of Britt-Maries verontwaardiging vandaag iets te maken heeft met het vinden van de wars, of dat het doodnormale verontwaardiging is over normale Britt-Marie-dingen. Het lijken de normale dingen te zijn, godzijdank. En de verontwaardiging van Britt-Marie is vandaag fel op Elsa's moeder gericht.

'Dus de eigenaren van het gebouw zijn opeens op het idee gekomen dat ze misschien bereid zijn de appartementen aan ons te verkopen? Nadat Kent hun jarenlang brieven heeft geschreven, hebben ze dat nu van de ene dag op de andere besloten? En dan nemen ze contact op met jou in plaats van met Kent? Dat is toch raar, Ulricka? Vind jij dat niet raar, Ulricka?' zegt Britt-Marie en ze verandert de manier waarop ze haar handen voor haar buik vouwt zeker een keer of zes.

Elsa's moeder zucht weer en trekt de ceintuur van haar ochtendjas gegeneerd iets strakker aan.

'Misschien konden ze Kent niet bereiken. En ik woon hier per slot van rekening ook best lang, dus misschien dachten ze...'

'Wij wonen hier van iedereen in dit gebouw het langst, Ulricka. Kent en ik wonen hier het langst van iedereen!' valt Britt-Marie haar in de rede.

'Alf woont hier het langst van iedereen,' verbetert Elsa's moeder haar.

Elsa draait heen en weer.

'Oma woonde hier het langst van iedereen,' mompelt ze, maar dat lijkt niemand te horen.

Britt-Marie al helemaal niet.

'Wij wonen hier het langst van iedereen en dan is het toch usance dat de accountant contact opneemt met Kent, Ulricka!' gaat ze verder.

'Misschien konden ze die niet bereiken,' herhaalt Elsa's moeder moedeloos.

'Hij is op dienstreis! Zijn vliegtuig is nog niet geland!' verklaart Britt-Marie, die nu een tikkeltje minder goedwillend begint te klinken.

'Dan konden ze hem daarom misschien niet bereiken. En daarom heb ik het jou meteen na het telefoontje van de account laten we...' begint Elsa's moeder.

'Maar het is toch usance dat men contact opneemt met de voorzitter van de vereniging van eigenaren!' valt Britt-Marie haar ontzet in de rede.

'Het is nog geen vereniging van eigenaren,' zegt Elsa's moeder zuchtend.

'Maar dat wordt het wel!' houdt Britt-Marie vol.

Elsa's moeder knikt beheerst.

'En daar wil de accountant van de eigenaren nou juist over komen praten vandaag. Dat zeg ik toch? En meteen na zijn telefoontje heb ik jou gebeld. En daarna heb jij de hele flat wakker gemaakt en nu staan we hier. Wat wil je nog meer van me? Zeg het maar, Britt-Marie.'

'Wilde de accountant vandaag komen? Wilde de accountant dat zelf?' Britt-Maries stem slaat over wanneer ze dit half vraagt, half constateert.

Mama knikt en trekt aan de ceintuur van haar ochtendjas. Britt-Marie schudt met haar hele bovenlichaam alsof iemand een emmer boze wespen onder haar blouse heeft losgelaten.

'Wat zijn dat voor manieren om op zaterdag te komen? Hè? Wat zijn dat voor manieren? Dit soort besprekingen voer je toch niet op zaterdag, dat doe je toch niet, Ulricka? Vind jij van wel? Vind jij dat beschaafd? Jij vindt natuurlijk van wel, Ulricka!'

Mama masseert haar slapen. Britt-Marie ademt nogal demonstratief in en uit en draait zich om naar Lennart en Maud en Alf, op zoek naar steun. Maud probeert bemoedigend te glimlachen. Lennart biedt Britt-Marie tussendoorkoffie aan. Alf lijkt stapsgewijs weer wat dichter bij zijn gewone slechte humeur te komen.

Britt-Marie draait zich weer om en krijgt Elsa in het oog.

'Nou, nou. Nu hebben we het meisje ook nog wakker gemaakt. Het is me toch wat!'

Ze zegt 'we' alsof ze 'je' bedoelt. Mama draait zich om naar Elsa en strijkt liefdevol een paar ontsnapte haren van Elsa's voorhoofd.

'De accountant van het bedrijf dat deze flat in bezit heeft, heeft vandaag gebeld om te zeggen dat ze zouden kunnen overwegen koopflats te maken van onze appartementen. Zoals Kent en Britt-Marie al zo lang willen. Hij komt vandaag hier om erover te praten,' legt ze vermoeid uit.

'Als Kent op tijd thuis is, ja. We kunnen niet vergaderen zonder Kent,' roept Britt-Marie uit.

'Nee, natuurlijk, als Kent op tijd thuis is,' stemt mama uitgeput in.

Britt-Marie vouwt haar handen zo vaak achter elkaar andersom voor haar buik dat ze een geheime handdruk lijkt uit te voeren in een geheim genootschap dat alleen uit haarzelf bestaat.

'We kunnen het best op Kent wachten, vind ik. Zo zie ik dat. Het is beter als Kent erbij is bij dit soort dingen, zodat de zaken correct verlopen. Het moet er wel correct aan toegaan, Ulricka!'

Mama knikt en masseert haar slapen.

'Ja, ja, ja. Maar bel Kent dan toch alsjeblieft op.'

'Zijn vliegtuig is nog niet geland! Hij is op dienstreis, Ulricka!' snauwt Britt-Marie.

Alf gromt iets achter hen. Britt-Marie draait zich om. Alf stopt zijn handen in zijn jaszakken en gromt weer iets.

'Pardon?' vragen mama en Britt-Marie als uit één mond, maar met diametraal tegengestelde intonatie.

'Ik zeg verdomme alleen dat ik Kent twintig minuten geleden, toen jullie hierover begonnen, een sms'je heb gestuurd en hij heeft geantwoord dat hij onderweg is,' zegt Alf en hij voegt er bitter aan toe: 'Die lulhannes zou dit natuurlijk voor geen goud ter wereld willen missen.'

Dat laatste lijkt Britt-Marie niet te hebben gehoord. Ze klopt onzichtbare kruimels van haar rok, vouwt haar handen en kijkt Alf uit de hoogte aan, aangezien ze kennelijk weet dat Kent onmogelijk onderweg kan zijn, omdat zijn toestel nog niet eens is geland, want hij is feitelijk op dienstreis. Maar dan horen ze de voordeur beneden open- en dichtgaan en daarna de voetstappen van Kent. Je weet dat het Kents voetstappen zijn, want er wordt luidkeels Duits gepraat aan de telefoon, op de manier zoals nazi's Duits spreken in Amerikaanse films.

'Yez, Klaus! Yez! We will dizcuzz thiz in Frankfurt!'

Britt-Marie loopt onmiddellijk de trap af om hem te begroeten en te vertellen van alle brutaliteit die de brutaliteit had om zich hier tijdens zijn afwezigheid af te spelen.

George komt achter Elsa's moeder de keuken uit. Hij is gekleed in een hardloopbroek, een korte broek, een knalgroene trui en een nog knallender groen schort. Hij kijkt hen allemaal vrolijk aan met een dampende koekenpan in zijn hand.

'Heeft er iemand zin in ontbijt? Ik heb eieren gebakken.'

Hij kijkt alsof hij eraan wil toevoegen dat er ook nieuwe proteïnerepen zijn, maar zich vervolgens bedenkt omdat hij bang is dat ze dan misschien op zullen raken.

'Ik heb koekjes bij me,' antwoordt Maud vrolijk en ze geeft Elsa de hele trommel en aait teder over haar wang.

'Pak maar aan, ik kan meer halen,' fluistert ze en ze loopt voorzichtig het appartement in.

'Is er koffie?' vraagt Lennart. Hij neemt ongerust een grote slok tussendoorkoffie en loopt achter Maud aan.

Kent beent met autoritaire stappen de trap op en duikt in de deuropening op. Hij draagt een spijkerbroek en een duur colbertje. Dat weet Elsa, want Kent vertelt haar altijd wat zijn kleren kosten, alsof hij de kleren punten geeft in de finale van het Eurovisie Songfestival. Britt-Marie haast zich achter hem aan en mompelt onafgebroken: 'Wat een brutaliteit, hè Kent? De brutaliteit om niet jou te bellen, maar zomaar iemand. Is het niet knap brutaal? Dat kan toch zo niet, Kent, vind jij dat dat zo kan?' Kent wijst met zijn hand naar

Elsa's moeder en eist meteen: 'Ik wil precies weten wat de accountant heeft gezegd toen hij belde! Ik wil heel precies weten wat de accountant tijdens dat telefoongesprek heeft gezegd!'

Britt-Marie staat vlak achter hem geëngageerd te knikken.

'Kent moet precies weten wat de accountant aan de telefoon heeft gezegd, Ulricka. Precies wat de accountant heeft gezegd moet Kent weten. Het is het beste wanneer Kent meteen te horen krijgt wat de accountant precies heeft gezegd!'

Maar voordat Elsa's moeder iets kan zeggen, klopt Britt-Marie onzichtbaar stof van de mouw van Kents jasje en fluistert op drastisch veranderde toon tegen hem: 'Misschien moet je eerst even een ander overhemd aantrekken, Kent?'

'Britt-Marie, alsjeblieft, we zijn hier met zaken bezig,' wimpelt Kent haar af, zoals Elsa haar moeder afwimpelt wanneer ze wil dat Elsa iets groens aantrekt.

Britt-Marie kijkt ongelukkig.

'Dan kan ik het in de machine stoppen, Kent, toe. Er liggen gestreken overhemden in je kast. Je kunt geen gekreukt overhemd dragen wanneer de accountant komt, Kent, wat moet de accountant wel van ons denken? Dat we geen overhemden kunnen strijken?' dringt ze aan.

Elsa's moeder opent haar mond voor een poging nog iets te zeggen, maar Kent krijgt George in het oog.

'O! Zijn er eieren?' roept Kent opgetogen uit.

George knikt tevreden. Kent schiet meteen langs mama heen de hal in. Britt-Marie haast zich met gefronst voorhoofd achter hem aan. Wanneer ze Elsa's moeder passeert, kijkt ze gekrenkt en laat zich ontvallen: 'Ja, ja, nee, nee, tijd om schoon te maken heb je natuurlijk niet wanneer je het zo druk hebt met je carrière als jij, Ulricka, daar heb je dan natuurlijk geen tijd voor.' Ook al is elke vierkante millimeter van het appartement piekfijn in orde.

Mama knoopt haar ochtendjas iets strakker om zich heen en haalt diep en gecontroleerd adem, waarna ze verzucht: 'Kom maar binnen. Toe maar.'

Elsa duikt haar eigen kamer in en verwisselt haar pyjamabroek zo snel mogelijk voor een spijkerbroek, om naar beneden te kunnen rennen en bij de wars in de kelder te kijken, terwijl iedereen hierboven bezig is. Kents stem ondervraagt Elsa's moeder in de keuken over deze accountant en om de zoveel woorden zegt Britt-Marie er luid 'h-hm' achteraan.

Alleen Alf staat nog in de hal. Elsa steekt haar duimen in de zakken van haar spijkerbroek en prikt met haar sok in de kier van de drempel om hem niet aan te hoeven kijken.

'Bedankt dat je niets hebt gezegd over...' begint ze, maar ze stopt voordat ze 'wars' zegt.

Alf schudt nors zijn hoofd.

'Je had niet zomaar weg moeten rennen. Als je de zorg voor dat beest op je hebt genomen, moet je daar verdomme een beetje verantwoordelijkheid voor tonen, ook al ben je een kind.'

'Ik ben geen kind!' bitst Elsa.

'Gedraag je dan ook niet zo,' moppert Alf.

'Touché,' fluistert Elsa met haar gezicht naar de drempel.

'Het beest zit in de kelderberging. Ik heb een paar multiplexplaten bevestigd tegen inkijk. En ik heb tegen hem gezegd dat hij zijn kop moet houden. Dat leek hij te begrijpen. Maar je moet een betere schuilplaats voor hem zoeken. Vroeg of laat vinden ze hem,' zegt Alf.

Elsa begrijpt dat hij met 'ze' Britt-Marie bedoelt. En ze weet dat hij gelijk heeft. Ze voelt zich onnoemelijk schuldig omdat ze de wars gisteren in de steek heeft gelaten. Alf had de politie kunnen bellen en dan zouden ze hem hebben doodgeschoten. Elsa heeft hem in de steek gelaten zoals oma Elsa's moeder in de steek heeft gelaten, en dat beangstigt haar meer dan nachtmerries.

Om die gedachte van zich af te schudden vraagt ze met een hoofdknik naar de keuken aan Alf: 'Waar hebben ze het over?'

Alf snuift.

'Over die verdomde appartementsrechten.'

'Wat betekent dat?' vraagt Elsa.

Alf kreunt.

'Godsamme zeg, ik kan je hier toch niet alles gaan staan uitleggen? Het verschil tussen huren en kopen is verdo...'

'Ik weet wel wat een appartementsrecht is, hoor. Ik ben niet achterlijk,' zegt Elsa.

'Waarom vraag je het dan?' gaat Alf in de verdediging.

'Ik vroeg wat het betekent dat ze het daarover hebben!' verduidelijkt Elsa, zoals je dingen verduidelijkt zonder bepaald duidelijk te zijn.

Alf steekt zijn handen in zijn zakken, zodat zijn leren jack knarst. Hij heeft het aan, ook al zegt Elsa's moeder dat je binnen geen jas aan moet hebben. Elsa neemt aan dat Alfs moeder daar niet zo precies in is.

'Kent zeurt al over die ellendige appartementsrechten sinds hij hier weer is komen wonen. Hij is pas tevreden wanneer hij zijn achterste kan afvegen met geld dat hij eerst heeft uitgepoept,' legt Alf uit, op de manier waarop iemand die niet bepaald veel zevenjarigen kent dingen uitlegt.

Elsa wil eerst vragen wat Alf bedoelt met dat Kent 'hier weer is komen wonen', maar ze besluit het bij één ding tegelijk te houden.

'Verdienen alle anderen er dan niet ook aan? Jij en mama en George en iedereen?' vraagt ze.

'Als we het appartement kopen en verhuizen wel, ja,' gromt Alf.

Elsa denkt na. Alf knarst met zijn leren jack.

'Maar dat wil Kent, die klootzak, natuurlijk. Hij heeft altijd al willen verhuizen.'

Elsa kijkt in de lucht naar niets en verdwijnt in haar hoofd. Daarom heeft ze dus nachtmerries, beseft ze. Want als alle wezens uit Bijna-Wakkerland nu in de flat opduiken, dan begint de flat misschien een deel te worden van Bijna-Wakkerland, en als iedereen zijn appartement wil verkopen, dan...

'Dan vluchten we niet uit Miama. We vertrekken vrijwillig,' zegt Elsa hardop bij zichzelf.

'Huh?' vraagt Alf.

'Niks,' mompelt Elsa.

De klap van de voordeur beneden die open- en dichtgaat, weergalmt door het trappenhuis. Vervolgens klinken er discrete voetstappen op weg naar boven. De accountant, begrijpen ze allebei.

De stem van Britt-Marie komt boven die van Kent uit in de keuken. Ze krijgt geen respons van Kent wat betreft het aantrekken van een ander overhemd, dus dat compenseert ze met boosheid om andere dingen. En die zijn er volop. Ze kan natuurlijk moeilijk besluiten waar ze precies het boost over is, maar slaagt erin achtereenvolgens te dreigen dat ze de politie zal bellen als Elsa's moeder er niet voor zorgt dat oma's auto onmiddellijk van Britt-Maries parkeerplaats in de garage wordt gehaald, dat Britt-Marie van de politie zal eisen dat ze het slot openbreken van die kinderwagen die nog steeds in het trappenhuis staat, en dat ze van de eigenaren van de flat zal eisen dat ze camera's ophangen in het trappenhuis, zodat daarmee een eind komt aan die toestanden dat mensen lukraak briefjes met informatie ophangen zonder de communicatieverantwoordelijke daar eerst in te kennen.

'Toe nou, Britt-Marie, je kunt niet lukraak camera's ophangen in een trappenhuis,' verzucht Elsa's moeder.

'Ja, nou! Dat kun je nu wel zeggen, Ulricka, maar als je niets te verbergen hebt, heb je niets te vrezen van videobewaking! Toch, Kent? Hebben we het recht aan onze kant of niet, Kent? Dat recht hebben we toch?'

Kent zegt iets wat Elsa niet verstaat. Haar moeder zucht zo hard dat iedereen het hoort.

'Er zouden mensen in de flat kunnen wonen met een beschermde identiteit. Er zijn wetten voor videobewaking, je kunt niet zomaar...'

'Wie zou dat moeten zijn? Een beschermde identiteit in deze flat, wie zou dat moeten hebben?' roept Britt-Marie gechoqueerd uit.

Mama masseert haar slapen.

'Ik zei niet dat iemand dat heeft, Britt-Marie, ik zei dat hier mensen zouden kunnen wonen die...'

Britt-Marie draait zich zonder te luisteren om naar Kent.

'Wie heeft hier een beschermde identiteit, Kent? Snap jij daar wat van? Dat is natuurlijk die persóón op de eerste verdieping die naast die vechthond woont, die zal het dan wel zijn, toch, Kent? Natuurlijk hebben drugsverslaafden een beschermde identiteit, zodat ze in alle rust drugs kunnen gebruiken.'

Niemand lijkt de precieze logica van die redenering te begrijpen. Maar Britt-Marie wordt hoe dan ook onderbroken door de bijzonder kleine man met het bijzonder vriendelijke gezicht die nu in de deuropening staat achter Alf en bescheiden op de binnenkant van de deurpost klopt.

'Ik ben de accountant,' zegt hij vriendelijk en hij kijkt ook vriendelijk.

Wanneer hij Elsa ziet, knipoogt hij naar haar. Alsof ze een geheim delen. Dat idee heeft Elsa in ieder geval.

Kent stapt autoritair de keuken uit met zijn handen op hoelahoepbreedte in zijn zij en neemt de accountant van top tot teen onderzoekend op.

'En? Hoe wordt het nou met de appartementsrechten? Wat wordt de prijs per vierkante meter?' wil hij meteen weten.

Britt-Marie komt achter hem de keuken uit stormen en wijst beschuldigend.

'Hoe bent u binnengekomen? Wie heeft de voordeur opengedaan? Kent, heb jij de deur open laten staan? De deur hoort op slot te zitten! Dit bedoel ik nou, iedereen kan zomaar in en uit lopen en briefjes ophangen. En de drugsgebruikers vallen hier binnen alsof dit een... alsof dit een... een drugsflat is!'

'De deur stond open,' zegt de accountant vriendelijk.

'Ja, ja, ja, maar hoe wordt het met de appartementsrechten? Wat wordt de prijs?' wil Kent ongeduldig weten.

De accountant wijst vriendelijk naar zijn aktetas en maakt een vriendelijk gebaar naar de keuken.

'Zullen we er misschien bij gaan zitten?'

'Natuurlijk, kom binnen,' zegt Elsa's moeder vermoeid achter Britt-Marie en ze trekt haar ochtendjas strakker om zich heen.

'Er is koffie,' vertelt Lennart vrolijk.

'En koekjes,' zegt Maud met een knikje.

'En eieren!' roept George vanuit de keuken.

'Ja, u moet maar niet op de rommel letten, hoor. Ze hebben het zo druk met hun carrière in dit gezin,' zegt Britt-Marie goedwillend tegen de accountant.

Elsa's moeder doet haar uiterste best om net te doen of ze dat niet hoort. Dat lukt niet al te geweldig goed.

Wanneer ze allemaal richting keuken bewegen, blijft Britt-Marie even staan. Ze draait zich om, vouwt haar handen en kijkt Elsa goedwillend aan.

'Nou, kindje, je begrijpt wel dat ik niet op de vrienden van jou en je oma doel wanneer ik "drugsgebruikers" zeg. Ik kan natuurlijk niet weten of de man die hier gisteren naar jou kwam vragen drugs gebruikt of niet. Zo bedoelde ik het helemaal niet.'

Elsa's mond valt open; ze begrijpt er niets van.

'Wat? Welke vrienden? Wie heeft er gisteren naar mij gevraagd?'

Ze wil vragen: 'Wolvenhart?' maar houdt zich in, want ze weet niet hoe Britt-Marie zou kunnen weten dat Wolvenhart haar vriend is. En Britt-Marie knikt goedwillend en lijkt helemaal niet op Wolvenhart te doelen wanneer ze zegt: 'Je vriend die hier gisteren naar je kwam zoeken. Die ik het trappenhuis uit heb gejaagd. Je mag niet roken in dit trappenhuis, zeg dat maar tegen hem. Zo doen we dat niet in deze vereniging van eigenaren. Ik begrijp dat jij en je oma eigenaardige kennissen hebben, maar regels gelden voor iedereen, dat is een feit!'

Ze trekt een onzichtbare kreukel in haar rok recht, vouwt haar handen voor haar buik en gaat verder: 'Je weet wel wie ik bedoel. Hij was heel slank en hij stond hier gisteren in het trappenhuis te roken. Hij zei dat hij een kind zocht en toen beschreef hij jou. Het leek me een heel nare man, feitelijk, dus ik heb hem weggestuurd en gezegd dat er bij deze vereniging van eigenaren binnenshuis niet wordt gerookt.'

Elsa's hart krimpt ineen. Slokt alle zuurstof in haar lichaam op.

Britt-Marie knikt bij zichzelf en verdwijnt mompelend naar de keuken. 'Heel erg naar, dat vond ik meteen toen ik hem zag. Heel erg nare figuren die drugsgebruikers.'

Elsa moet zich aan de deurposten vasthouden om niet in elkaar te zakken. Niemand ziet haar, zelfs Alf niet. Maar ze begrijpt wat er nu in dit avontuur te gebeuren staat.

Want elk sprookje heeft een draak.

Dat is de schuld van oma.

19

Cakebeslag

De sprookjes uit Miama vertellen over een oneindig aantal manieren om een draak te verslaan. Maar als deze draak een schaduw is, de allerkwaadaardigste soort draak, maar er toch uitziet als een mens... hoe overwin je zoiets dan? Elsa weet niet eens of Wolvenhart zoiets had kunnen overwinnen toen hij de meest gevreesde krijger van heel Bijna-Wakkerland was. En nu? Nu hij bang is voor snot, en het denkbeeldige bloed niet van zijn eigen vingers kan wassen?

Elsa weet niets van de schaduw. Alleen dat ze hem nu twee keer heeft gezien, eerst bij het uitvaartbedrijf en daarna vanuit de bus die dag op weg naar school. Dat ze van hem heeft gedroomd, en dat hij in de flat is geweest om haar te zoeken. En in Miama bestaat toeval niet, er zijn geen toevalligheden in sprookjes. In sprookjes gaat alles zoals het moet gaan.

Dus dit moet oma bedoeld hebben toen ze zei 'bescherm het kasteel, bescherm je vrienden'. Elsa zou alleen willen dat oma haar een leger had gegeven om dat mee te doen.

Ze wacht tot laat in de avond, wanneer het precies donker genoeg is voor een kind en een wars om ongezien onder het balkon van Britt-Marie door te sluipen, alvorens naar de kelder te gaan. George is gaan hardlopen en haar moeder is nog steeds weg om alles voor morgen te regelen. Na de bespreking met de accountant heeft Elsa's moeder aan één stuk door getelefoneerd met de walvisvrouw van het uitvaartcentrum, met de bloemist en de dominee, daarna met het ziekenhuis en vervolgens opnieuw met de dominee. Elsa heeft op haar kamer Spider-Man zitten lezen, want ze doet haar best om niet aan morgen te denken. Dat lukt voor geen meter.

Ze heeft de koekjes die ze van Maud heeft gekregen aan de wars aangeboden en om te voorkomen dat de theedoektong de trommel helemaal schoonlikt vanbinnen, moet ze die zo snel wegtrekken dat ze bijna een afdruk van een hoektand in haar hand krijgt. Oma zei altijd dat warsenspeeksel verrekte lastig weg te krijgen is met afwassen, en Elsa wil de trommel aan Maud teruggeven. Over een paar dagen dan, wanneer het iets waarschijnlijker is dat een beetje normale wezens intussen een koektrommel hebben leeggegeten. Het is een vrij grote trommel, voor iedereen die geen wars is tenminste.

De wars daarentegen, die in alle opzichten een wars is, bonkt driftig met zijn snuit tegen haar rugzak als een balorige cementmolen. Hij kan zich kennelijk ontzettend moeilijk voorstellen dat ze zo dom geweest zou kunnen zijn om met maar één zielig trommeltje beneden te komen.

'Ik zal meer koekjes voor je proberen te regelen, maar intussen moet je echt maar proteïnerepen eten,' zegt ze.

De wars kijkt alsof ze hem zojuist 'dikzak' heeft genoemd.

'Kijk niet zo! Het zijn die met chocoladesmaak!' zegt Elsa en ze houdt hem de proteïnerepen voor.

De wars kijkt alsof het daar niet veel beter op wordt. Maar hij eet er toch zeven van op. Elsa haalt een thermosfles tevoorschijn.

'Dit is cakebeslag. Al is het eigenlijk geen echt beslag, want ik wist niet hoe je dat moest maken. Ik heb dit in het keukenkastje gevonden en er stond "kant-en-klaar cakebeslag" op het pakje, maar het was gewoon poeder. Dus ik heb er water bij gedaan. Het is meer derrie dan beslag geworden,' mompelt Elsa verontschuldigend.

De wars kijkt sceptisch, maar likt toch alle derrie uit de thermosfles. Voor alle zekerheid. Een onwijs flexibele tong is een van de meest in het oog springende superkrachten van een wars.

'Er is hier een man geweest die me zocht,' fluistert Elsa in zijn oor. Ze probeert moedig te klinken.

'Ik geloof dat hij een van de schaduwen is. We moeten op onze hoede zijn.'

De wars duwt zijn snuit tegen haar hals. Ze slaat haar armen om hem heen en voelt de gespannen spieren onder de vacht. Hij probeert speels over te komen, maar ze begrijpt dat hij nu datgene doet waar warsen het best in zijn. Hij maakt zich op voor de strijd. Dat vindt ze geweldig van hem.

'Ik weet niet waar hij vandaan komt, oma heeft nooit iets over dat soort draken verteld,' fluistert Elsa.

De wars duwt nogmaals tegen haar hals en kijkt haar met grote meelevende ogen aan. Hij lijkt te wensen dat hij haar alles kon vertellen. Was Wolvenhart maar hier. Ze heeft zojuist bij hem aangebeld, maar er werd niet opengedaan. Ze wilde niet schreeuwen, want ze was bang dat Britt-Marie het zou horen en onraad zou ruiken, maar ze heeft duidelijk door de brievenbus gesnoven en duidelijk geluiden gemaakt die aangaven dat ze op het punt stond een vochtige nies uit te brengen die in een handomdraai alles in de buurt een camouflagekleur geeft. Maar er gebeurde niets.

'Wolvenhart is verdwenen,' fluistert ze tegen de wars.

De wars duwt tegen haar hals. Elsa probeert moedig te zijn. Dat gaat vrij goed terwijl ze tussen de kelderbergingen door lopen. En het gaat prima op weg naar boven. Maar wanneer ze bij de voordeur in het trappenhuis staan, ruikt ze de geur van tabaksrook, dezelfde shag die oma altijd rookte, en de angst die nog is blijven hangen na de nachtmerrie verlamt haar. Haar schoenen wegen duizend ton. Haar hoofd bonst alsof er iets los is geschoten en daarbinnen rondrammelt.

Het is eigenaardig hoe snel de betekenis van een geur kan veranderen, afhankelijk van welke afrit die kiest op zijn weg door de hersenen. Het is eigenaardig hoe dicht liefde en angst bij elkaar wonen.

'Het is niet echt, zwamneus, je beeldt het je maar in, er is hier geen idiote draak,' houdt Elsa zichzelf kordaat voor. Het helpt niet. De wars blijft geduldig naast haar wachten, maar haar schoenen bewegen niet.

Buiten waait een krant voorbij. Van het soort dat je gratis in je brievenbus krijgt, ook al heb je een nee-neesticker op je deur. Die herinnert Elsa aan oma. Ze staat daar met schoenen die duizend ton wegen en de krant maakt haar kwaad, wordt een soort symbool voor alles waar ze boos om is, want door oma is ze in deze situatie verzeild geraakt. Oma heeft haar dit sprookje in gestuurd en dat is weer zo typisch oma. Net zoals het typisch oma was om ruzie te maken over het gratis blaadje dat je in de bus krijgt terwijl je een sticker hebt.

Elsa weet nog goed dat oma de redactie van de krant had gebeld en hun de mantel had uitgeveegd omdat ze het in de bus kreeg, terwijl er helder en duidelijk GEEN HUIS-AAN-HUISBLADEN A.U.B. op de deur stond. Elsa vroeg zich altijd af waarom er 'alstublieft' stond, want Elsa's moeder zegt altijd dat als je geen alsjeblieft kunt zeggen op een manier dat het klinkt alsof je het meent, je dat net zo goed kunt laten. En het klonk feitelijk niet alsof de sticker op oma's deur het meende.

Maar de mensen die de telefoon opnamen bij het huis-aan-huisblad zeiden tegen oma dat hun krant geen reclame was maar 'informatie uit de samenleving' en die mag je bij de mensen in de bus stoppen, of ze er nou blij mee zijn of niet. Toen wilde oma weten van wie het concern was dat de krant produceerde, en ze wilde met hem praten. De mensen aan de telefoon antwoordden dat oma verdorie wel kon snappen dat de eigenaar geen tijd had voor dat soort flauwekul.

Dat hadden ze natuurlijk niet moeten zeggen, want er waren een heleboel dingen die oma helemaal niet 'wel kon snappen'. En bovendien had ze, in tegenstelling tot de man van wie het uitgeefconcern was, heel veel vrije tijd. 'Maak nooit ruzie met iemand die meer vrije tijd heeft dan jij,' zei oma altijd. Elsa vertaalde dat voor zichzelf altijd met 'maak nooit ruzie met iemand die kras is voor haar leeftijd'.

In de dagen die volgden haalde oma Elsa zoals gewoonlijk van school, en daarna patrouilleerden ze door de buurt met gele Ikeadraagtassen en belden overal aan. Dat leken mensen een beetje vreemd te vinden, vooral omdat iedereen weet dat je de gele Ikeadraagtassen niet mee mag nemen het warenhuis uit, maar als iemand te veel vragen begon te stellen zei oma alleen dat ze van een milieuorganisatie waren die papier inzamelde dat hergebruikt kon worden. En dan leken mensen niet te durven protesteren. 'De mensen zijn bang voor milieuorganisaties, ze denken dat we hun appartement gaan bestormen en beschuldigend naar hun afvalscheiding gaan wijzen, ze kijken te veel naar films,' legde oma Elsa uit toen ze de volle draagtassen in Renault stouwden. Elsa begreep niet goed wat voor soort films oma had gezien waarin dat gebeurde. Bovendien wist ze heel goed dat oma een hekel had aan milieuorganisaties, die ze 'pandafascisten' noemde. En die gele draagtassen mag je gewoon niet meenemen uit het warenhuis.

Oma haalde natuurlijk haar schouders op. 'Ik heb de tassen niet gestolen, ik heb ze alleen nog niet teruggebracht,' mompelde ze en ze gaf Elsa een dikke zwarte stift om mee te schrijven. En toen zei Elsa dat ze hier minstens vier bekers Ben & Jerry's New York Super Fudge Chunk voor wilde hebben. En toen zei oma: 'Eén!' en toen zei Elsa: 'Drie!' en toen zei oma: 'Twee!' en toen zei Elsa: 'Drie, anders zeg ik het tegen mama!' en toen schreeuwde oma: 'Ik onderhandel niet met terroristen!' En toen merkte Elsa op dat er in de definitie van 'terrorist', als je dat opzocht op Wikipedia, veel dingen zaten die opgingen voor oma, maar niet één die van toepassing was op Elsa. 'Het doel van terroristen is chaos creëren en volgens mama is dat precies wat jij de hele dag doet,' zei Elsa. En toen ging oma akkoord met vier bekers voor Elsa als ze de viltstift maar aanpakte en haar mond hield. Dat deed Elsa toen. Later die nacht zat ze in het donker in Renault op wacht, terwijl oma met haar gele Ikeadraagtassen een portiek aan de andere kant van de stad in en uit rende. De volgende ochtend werd de man van wie het concern was dat het gratis blad maakte wakker van de deurbel. Het waren de buren die hoogst verontwaardigd waren omdat iemand de hele lift had volgestouwd met honderden exemplaren van dat gratis krantje. Elke brievenbus zat ermee volgepropt en ze waren met plakband aan de grote glazen deur in de entree gehangen en voor de deur van elk appartement lagen ze in grote stapels, die omvielen en van de trap rolden wanneer de deur openging. Op elk exemplaar stond de naam van de man in grote keurige viltstiftletters, en meteen eronder: 'Dit is informatie uit de samenleving!'

Op weg terug naar huis die nacht stopten oma en Elsa bij een tankstation om ijs te kopen. Een paar dagen later belde oma de redactie van het gratis blaadje nog eens en daarna kreeg ze nooit meer gratis blaadjes.

Elsa kijkt naar het gratis blaadje dat in de wind over de sneeuw tuimelt en ze bedenkt dat het typisch iets voor oma was om dat te doen. Nergens wordt Elsa tegenwoordig zo boos om als om dingen die typisch waren voor oma.

'Naar binnen of naar buiten?'

Zijn stem doorklieft het duister in het trappenhuis als een fakkel. Elsa draait zich om en wil zich instinctief in zijn armen werpen, maar houdt zich in, omdat ze inziet dat hij dat vermoedelijk net zo erg zou vinden als Wolvenhart.

Alf stopt zijn handen in zijn zakken, zodat zijn leren jack knarst en knikt scherp naar de voordeur.

'Naar binnen of naar buiten, verdomme? Er zijn misschien nog wel meer mensen die een wandeling willen maken, zie je.'

Elsa en de wars kijken ietwat besluiteloos naar hem. Hij mompelt iets, stapt langs hen heen en trekt de deur open. Ze lopen meteen achter hem aan, ook al heeft hij helemaal niet om hun gezelschap gevraagd. Wanneer ze de hoek van de flat om zijn, uit het zicht van het balkon van Britt-Marie en Kent, kruipt de wars achteruit een struik in en gromt zo beleefd naar hen als een wars die in alle rust iets moet doen dat maar kan. Ze draaien zich om. Er klinkt een opgeluchte zucht uit de bosjes. Alfs leren jack knarst, de man erin lijkt in alle opzichten niet gecharmeerd van het ongenode wandelgezelschap. Elsa schraapt haar keel en probeert iets te verzinnen waar ze hem mee aan de praat kan houden.

'Doet de auto het goed?' roept ze uit, want dat heeft ze haar vader horen zeggen op momenten waarop hij niet weet wat hij moet zeggen.

Alf knikt. Dat is alles. Elsa haalt luidruchtig adem.

'Wat heeft de accountant gezegd tijdens de bespreking?' vraagt ze, omdat ze hoopt dat Alf daar zo boos om is dat hij gaat praten, net als op de bewonersvergaderingen.

Je krijgt mensen makkelijker aan de praat over dingen waar ze niet blij mee zijn dan over dingen waar ze blij mee zijn, heeft Elsa gemerkt. En het is makkelijker om niet bang te zijn voor schaduwen in het donker als iemand praat, maakt niet uit waarover. Maar Alfs mondhoek trilt feitelijk een beetje wanneer ze de vraag stelt. Dat is voor het eerst.

'Die vent, die accountant, zei dat de eigenaren hebben besloten om die verdomde appartementen als verdomde appartementsrechten te verkopen, als alle bewoners het met elkaar eens worden, verdomme.'

Elsa kijkt naar zijn mondhoek.

'Is dat grappig?'

Alf werpt haar een tevreden blik toe.

'Woon je in dezelfde flat als ik? Dat ellendige Palestinaconflict is nog eerder opgelost dan dat de mensen in deze flat het ook maar ergens over eens worden.'

Elsa begrijpt wat hij bedoelt want ze heeft over het Palestijnse conflict gelezen op Wikipedia, en ze neemt aan dat Alf met 'mensen' Britt-Marie en mama bedoelt.

'Wil iedereen uit de flat zijn appartement verkopen als het koopflats worden?' vraagt ze.

De boog van Alfs mondhoek vlakt af tot zijn normalere toestand.

'Willen, willen, de meesten zullen verdomme wel moeten.'

'Waarom?'

'Een aantrekkelijke omgeving. Dure appartementen, godsamme. De meeste bewoners kunnen zich zo'n klerehypotheek niet veroorloven.'

'Moet jij dan verhuizen?'

'Vermoedelijk.'

'En mama en George dan?'

'Dat weet ik toch verdomme niet?'

Elsa denkt na.

'Maud en Lennart dan?' vraagt ze vervolgens.

'Je hebt ontiegelijk veel vragen,' merkt Alf op.

'Wat doe je hier dan als je niet wilt praten?' moppert Elsa.

Alfs jack knarst in de richting van de wars in de bosjes.

'Ik wilde gewoon een ommetje maken, godsamme. Niemand heeft jou en hem daar gevraagd mee te gaan.'

Elsa trekt twee stompe wenkbrauwen op.

'Je vloekt ontzettend, heeft iemand dat wel eens tegen je gezegd? Mijn vader zegt dat het een teken is van een gebrekkige woordenschat!'

Alf kijkt haar strak aan. Ze kijkt strak terug. De wars ritselt in de bosjes. Alf kijkt op zijn horloge en stopt zijn handen in zijn jaszakken.

'Maud en Lennart gaan verhuizen. En het meisje en haar vriend op de eerste verdieping vermoedelijk ook. Van dat mens, die psychologe waar je gisteren bent geweest, weet ik het niet. Waarschijnlijk bulkt die troela...'

Hij stopt. Legt een vorm van zelfbeheersing aan de dag.

'...die vrouw van het geld. Ze heeft vast verschrikkelijk veel geld, die... mevrouw,' verbetert hij zichzelf.

'Wat vond mijn oma ervan?'

Alfs mondhoek trekt weer heel even.

'In de regel het omgekeerde van wat Britt-Marie vond.'

Elsa tekent miniatuursneeuwengelen met haar schoen.

'Maar het komt misschien wel goed? Als dit koopflats worden, dan kan iedereen misschien verhuizen naar... een goede plek?' probeert ze.

'Dit is een goede plek. We wonen hier goed. Het is ons huis, verdomme,' zegt Alf.

Elsa protesteert niet. Ze heeft nooit een ander huis gehad dan dit.

Het gratis blaadje dat ze door het raam had gezien, tuimelt langs haar heen op de wind. Of net zo'n blaadje. Het blijft even aan haar voet vastzitten, waarna het zich losrukt en verder rolt als een boze kleine zeester. Elsa is er opnieuw woest om. Het herinnert haar eraan hoeveel ruzie oma bereid was te maken om mensen te beletten kranten in haar brievenbus te stoppen. Het maakt Elsa woest, omdat het een typisch oma-ding was, omdat oma het alleen voor Elsa deed. Dat was altijd zo met oma-dingen. Die waren voor Elsa.

Oma had zelf niks op die kranten tegen, ze stopte ze altijd in haar schoenen als het had geregend. Maar op een dag las Elsa op internet hoeveel bomen er nodig waren voor het maken van één krant en toen plakte ze stickers met GEEN HUIS-AAN-HUISBLADEN A.U.B. bij oma en mama op de deur, want Elsa is een grote fan van het milieu. Maar de kranten bleven komen, en toen Elsa het bedrijf belde, lachten ze haar uit. En dat hadden ze niet moeten doen. Want een kleinkind van oma lach je niet uit.

Oma moest niets hebben van het milieu, maar ze was iemand met wie je ten strijde trok. Dus ze werd terrorist voor Elsa. En daar is Elsa het woedendst om op oma, feitelijk, want Elsa wil woedend zijn op oma. Vanwege al het andere. Om de leugens en omdat ze Elsa's moeder in de steek heeft gelaten en omdat ze is gestorven. Maar het is in feite gewoon niet te doen om woedend te zijn op iemand die bereid is terrorist te worden voor haar kleinkind. En het maakt Elsa woedend dat ze niet woedend mag zijn.

Je kunt als het ware niet eens normaal boos zijn op oma. Zelfs daarin is oma niet normaal.

Ze staat zwijgend naast Alf en knippert met haar ogen totdat haar slapen er pijn van doen. Alf probeert te kijken alsof het hem niets doet, maar Elsa ziet dat hij door het donker spiedt alsof hij op zoek is naar iets. Hij bekijkt de omgeving op dezelfde manier als Wolvenhart en de wars. Alsof hij ook de wacht houdt. Ze knijpt haar ogen een stukje dicht en probeert hem in te passen in het leven van haar oma, als een puzzelstukje. Ze kan zich niet herinneren dat oma het nou bepaald vaak over hem heeft gehad, behalve dan dat oma altijd zei: 'Die man weet niet hoe hij zijn voeten moet optillen' en dat de zolen van zijn schoenen daarom zo versleten waren.

'Hoe goed kende je oma?' vraagt ze.

Het leren jack knarst.

'Kennen, kennen. We waren gewoon buren, verdomme,' antwoordt Alf ontwijkend.

'Wat bedoelde je dan toen je mij met de taxi kwam ophalen? Toen je zei dat oma het je nooit zou hebben vergeven als je me daar had achtergelaten?' vraagt Elsa achterdochtig.

Opnieuw geknars.

'Daar bedoelde ik verd... niets mee. Ik was toevallig gewoon in de buurt, verd...'

Er klinkt frustratie door in zijn stem. Elsa knikt met gespeeld begrip en ziet dat Alf daar helemaal niet van gediend is.

'Waarom ben je hier dan?' vraagt ze plagerig.

'Huh?'

Elsa haalt haar schouders op.

'Waarom ben je met mij naar buiten gegaan? Moet je geen taxi rijden of zo?'

'Jullie hebben verd... jullie hebben toch geen monopolie op wandelingen, jij en die... hij daar?' gromt Alf, die met zijn ene schoenzool de kant van de wars op wijst.

'Sure, sure,' knikt Elsa met overdreven dramatiek.

Alfs leren jack knarst nog harder.

'Ik kan jou en die zwerfhond niet alleen op straat laten rondspoken midden in de nacht. Je oma zou verd...'

Hij valt zichzelf in de rede. Gromt. Zucht.

'Je oma had het me nooit vergeven als jou iets was overkomen.'

Zodra hij dat heeft toegegeven, lijkt hij er al spijt van te hebben. Dus Elsa zegt niets. Ze knikt alleen nog eens. Ze probeert de vraag niet te stellen die ze wil stellen. Dat lukt niet heel erg geweldig goed.

'Deden jij en mijn oma iets met elkaar?' vraagt ze na wat volgens haar absoluut meer dan een redelijk ontzettend lange poos is, maar eigenlijk misschien meer iets van een halve minuut of zo.

Alf kijkt alsof ze een gele sneeuwbal in zijn gezicht heeft gegooid.

'Ben je niet te klein om te weten wat dat betekent?'

'Er zijn een heleboel dingen waar ik te klein voor ben, maar waarvan ik toch weet wat ze betekenen. Ik ben goed in dingen te weten komen,' antwoordt Elsa.

Alf gromt iets, maar geeft geen antwoord. Dus Elsa schraapt haar keel en gaat verder: 'Toen ik klein was, zou mama me een keer uitleggen wat voor werk ze deed, want dat had ik aan papa gevraagd en die kon het niet uitleggen, want hij snapte het niet goed. En toen zei mama dat ze iets met geld deed. En toen vroeg ik: "Wat?", en toen zei ze: "Ik reken uit hoeveel het ziekenhuis kan uitgeven, en daarvoor moeten we eerst met elkaar kijken wat we hebben." En toen zei ik dat dat helemaal niet moeilijk te snappen was en dat papa dan traag van begrip was. En een andere keer ontmoette ik Micke, een man die bij mama in het ziekenhuis werkt, en later waren we een keer op een feest en toen vroeg iemand wat mama voor werk deed en toen zei ik: "Mama en Micke doen iets samen, maar dat snapt papa niet."'

Alf houdt uitgeput een hand voor zijn oor, alsof hij iets weg wil filteren. Elsa hoest wat onzeker en valt zichzelf in de rede.

'Dat werd een beetje ingewikkeld,' mompelt ze iets beheerster.

Alf kijkt op zijn horloge. Elsa gaat harder praten: 'Maar ik heb in ieder geval wel een tv-serie gezien waarin twee mensen iets met elkaar deden. Dus ik snap nu wel ongeveer wat het is! En ik dacht dat jij en oma, je weet wel, elkaar kenden!'

Alf knikt opgelucht alsof hij hoopt dat ze nu van plan is gauw te stoppen met praten, maar ze haalt diep adem en roept meteen uit: 'Dus deden jullie nou iets of niet?'

'Is dat beest nou haast es klaar? Sommigen van ons hebben een baan waar ze naartoe moeten,' moppert Alf moedeloos, wat bepaald geen antwoord is, en hij draait zich om naar de bosjes.

Elsa inspecteert hem peinzend.

'Ik dacht alleen dat je oma's type zou zijn. Want je bent iets jonger dan zij, maar toch oud, zeg maar. En ze ging altijd voor agenten van jouw leeftijd. Die zeg maar oud waren voor een agent, maar toch nog steeds agent waren. Niet dat je agent bent, dus. Maar je bent ook oud voor iemand die niet... heel oud is. Snap je?'

Alf kijkt alsof hij het niet helemaal begrijpt. En alsof hij migraine heeft.

'Misschien moet je eens naar je eetgewoonten kijken, hoor je,' mompelt hij tegen de wars en hij maakt een wapperend gebaar wanneer die uit de bosjes komt.

De wars kijkt zo beledigd als enkel een wars kan kijken die dol is op koekjes, maar het op één zielig trommeltje per dag moet zien uit te houden.

Alf keert zich van al Elsa's vragen af. Ze gaan naar binnen, op een rijtje. Elsa in het midden. Het is geen groot leger, maar het is een leger, denkt Elsa en ze is iets minder bang voor het donker. Wanneer ze afscheid nemen in de kelder tussen de deur naar de garage en de deur naar de bergruimte, schraapt Elsa met haar schoen over de vloer en vraagt aan Alf: 'Wat was dat voor muziek waar je naar luisterde toen je me ophaalde? Was dat opera?'

'Godallemachtig. Nog meer vragen,' gromt Alf.

'Ik vraag het toch gewoon? Sorry, hoor!' snauwt Elsa beledigd.

Alf blijft kreunend in de deuropening staan.

'Verdom... Ja. Het was een opera, verdorie.'

'In wat voor taal?'

'Italiaans.'

'Ken jij Italiaans?'

'Ja.'

'Echt?'

'Hoe kun je Italiaans nog meer kennen?' vraagt Alf.

'Maar je kent dus goed Italiaans? Vloeiend, zeg maar?' vraagt Elsa.

Alf kijkt op zijn horloge. Zijn leren jack knarst. Hij maakt een kort gebaar naar de wars en doet een poging om van onderwerp te veranderen.

'Je moet een nieuwe schuilplek voor hem zoeken, zeg ik je. Vroeg of laat vinden ze hem!'

'Ken je Italiaans of niet?' vraagt Elsa, die helemaal niet van onderwerp wil veranderen.

'Ik ken het goed genoeg om opera te begrijpen, verd... Heb je nog meer vragen?'

'Dus je kent opera-Italiaans?' vat Elsa het bemoedigend samen.

'Wat een gezeur,' antwoordt hij.

'Waar gaat de opera dan over waar we in de auto naar luisterden?' houdt ze aan.

Alf trekt de deur naar de garage open.

'Liefde. Ze gaan allemaal over liefde, verdomme.'

Hij spreekt het woord 'liefde' uit zoals je ongeveer woorden als 'witgoed' of 'tweeduimsschroef' zou uitspreken.

'WAS JE DAN VERLIEFD OP MIJN OMA?' roept Elsa hem na, maar dan heeft hij de deur al dichtgesmeten.

Ze blijft staan en grijnst. De wars ook, dat weet ze bijna zeker. En het is veel moeilijker om bang te zijn voor het donker en voor schaduwen wanneer je grijnst.

'Ik geloof dat Alf nu onze vriend is,' fluistert ze.

Dat lijkt de wars met haar eens te zijn.

'Hij doet nogal nors, maar volgens mij is hij wel aardig. Hij heeft niemand verteld dat jij hier zit en hij heeft ons gezelschap gehouden in het donker. Dat zijn toch best goede eigenschappen voor een vriend, denk ik.'

Dat lijkt de wars ook met haar eens te zijn.

'Ik denk dat we alle vrienden nodig zullen hebben die we kunnen krijgen. Want oma heeft me niet verteld wat er in dit sprookje gebeurt.'

De wars duwt met zijn snuit tegen haar hals.

'Ik mis Wolvenhart,' fluistert Elsa in zijn vacht.

Dat lijkt de wars ook met haar eens te zijn.

Al gaat dat niet echt van harte.

20

Kledingzaak

Het is vandaag die dag. En die begint met de vreselijkste nacht.

Elsa wordt wakker met haar mond wijd open, maar de schreeuw vult haar hoofd in plaats van de kamer. Ze schreeuwt stil en huilt zonder tranen, ze steekt haar hand uit om het dekbed opzij te gooien, maar dat ligt al op de grond. Ze loopt het appartement in, het ruikt naar eieren, George glimlacht voorzichtig naar haar vanuit de keuken. Ze glimlacht niet terug. Hij kijkt verdrietig. Daar trekt ze zich niets van aan. Dat doet ze nooit.

Ze doucht zo warm dat het voelt alsof haar huid als een mandarijnenschil losraakt van haar vlees. Ze loopt het appartement weer in. Haar moeder is een paar uur geleden van huis weggegaan. Ze gaat alles regelen, want dat doet ze. Ze regelt alles. Want die dag is het vandaag.

George roept iets naar Elsa, maar ze reageert niet en luistert ook niet. Ze trekt de kleren aan die haar moeder heeft klaargelegd, loopt naar de overkant van het trappenhuis en doet de deur achter zich dicht. Het appartement van oma ruikt verkeerd. Het ruikt schoon. De torens van verhuisdozen werpen schaduwen over de hal als een monument voor alles wat hier niet meer is.

Ze blijft achter de deur staan, niet in staat verder naar binnen te lopen. Ze is hier vannacht geweest, maar alles is moeilijker bij daglicht. Het is lastiger om je dingen te herinneren wanneer de zon door de luxaflex breekt. De wolkendieren zweven voorbij langs de hemel buiten. Het is een mooie ochtend, maar een vreselijke dag. Want het is vandaag die dag.

Elsa's huid brandt nog steeds van het douchewater. Het herinnert haar eraan hoe oma er altijd uitzag wanneer ze uit de douche kwam, want oma's douche deed het al meer dan een jaar niet meer, en in plaats van de eigenaren van het huis te bellen en hen te vragen het probleem op te lossen, loste oma het probleem op zoals oma problemen oploste. Ze gebruikte de douche van mama en George. En soms vergat ze haar ochtendjas dicht te doen wanneer ze terugliep door het appartement. En soms vergat ze haar ochtendjas. Een keer mopperde Elsa's moeder zeker een kwartier lang tegen haar dat ze geen respect toonde voor het feit dat George ook in het appartement van Elsa's moeder en Elsa woont. Maar dat was net nadat Elsa de verzamelde werken van Charles Dickens was gaan lezen, en aangezien oma niet zo ontzettend goed was in boeken lezen had Elsa ze hardop gelezen terwijl ze rondreden in Renault, want Elsa wilde iemand hebben met wie ze er naderhand over kon praten. Vooral *Een kerstvertelling* had Elsa meerdere keren gelezen, want oma was dol op kerstvertellingen.

Dus toen Elsa's moeder zei dat oma niet naakt door het appartement moest paraderen uit respect voor George, draaide oma zich, nog steeds naakt, om naar George en zei: 'Respect, respect. Mijn hemel zeg, je woont toch samen met mijn dochter?' En daarna boog oma ontzettend diep en ontzettend naakt en ze voegde eraan toe: 'Ik ben de geest van toekomstig kerstmis, George!'

Daar was Elsa's moeder ontzettend boos over op oma, maar ze probeerde het niet te laten merken, uit consideratie met Elsa. Van de weeromstuit probeerde Elsa niet te laten merken hoe trots ze was op oma omdat oma Charles Dickens kon citeren, uit consideratie met haar moeder. Het lukte allebei niet zo heel erg geweldig.

Uiteindelijk loopt Elsa het appartement in, ze houdt haar schoenen aan. Ze heeft het soort schoenen aan dat krassen maakt op het parket, dus Elsa's moeder heeft gezegd dat ze die bij de deur moet uittrekken, maar dat maakt in oma's huis niet uit, want de parketvloer hier ziet er toch al uit alsof er iemand op heeft geschaatst. Dat komt een beetje omdat het oud is en een beetje omdat oma er echt een keer op heeft geschaatst.

Elsa doet de deur van de grote kleerkast open. De wars likt in haar gezicht. Hij ruikt naar proteïnereep en cakebeslag. Elsa lag net in bed gisteravond toen het tot haar doordrong dat haar moeder George vast en zeker naar de kelderberging zou sturen om extra stoelen te halen, want iedereen komt na afloop hier koffiedrinken. Want die dag is het vandaag, en iedereen drinkt na afloop ergens koffie op zulke dagen.

De kelderberging van Elsa's moeder en George zit pal naast die van oma, het is de enige berging van waaruit je de wars nu kunt zien, nu Alf de multiplex platen heeft bevestigd. Dus is Elsa vannacht naar beneden geslopen, en ze kon onmogelijk zeggen waar ze banger voor was: voor schaduwen of spoken, of voor Britt-Marie, en ze heeft de wars mee naar boven genomen.

'Er was meer ruimte geweest om je hier te verstoppen als oma niet dood was geweest,' zegt Elsa verontschuldigend, aangezien de kast in dat geval door was gegaan met groeien.

'Maar als oma niet dood was gegaan, had je je helemaal niet hoeven verstoppen, natuurlijk,' mompelt ze dan.

De wars likt haar nog eens in het gezicht, wringt zijn hoofd door de opening en kijkt spiedend waar haar rugzak is. Elsa rent gauw naar de hal om hem te pakken en haalt er drie blikken dromen uit en een liter melk.

'Die heeft Maud gisteren bij mama gebracht,' legt Elsa uit wanneer hij erop afkomt, maar wanneer hij meteen naar haar handen hapt alsof hij van plan is de koekjes op te eten met het blik er nog omheen, heft ze een waarschuwende wijsvinger.

'Je krijgt maar twee blikken! Want één is voor ammunitie!'

De wars blaft er even om tegen haar, maar accepteert ten slotte zijn zwakkere onderhandelingspositie, eet gehoorzaam de inhoud van twee blikken op en maar ongeveer de helft van de derde. Hij is en blijft een wars. En het zijn en blijven koekjes.

Elsa pakt de melk en gaat het melleweer zoeken. Ze heeft het gevoel dat ze traag van begrip is, natuurlijk, maar omdat ze in geen jaren een nachtmerrie heeft gehad, komt ze er nu pas achter dat ze het nodig heeft. Toen de schaduw voor het eerst bij haar kwam in de nachtmerrie, probeerde ze het de volgende ochtend gewoon allemaal van zich af te zetten. Gewoon. Ze probeerde zichzelf wijs te maken dat het 'maar een nachtmerrie' was. Maar ze had beter moeten weten. Iedereen die ooit in Bijna-Wakkerland is geweest weet namelijk beter.

Dus toen ze vannacht weer hetzelfde droomde, had ze ingezien dat ze de strijd met de nachtmerries moest aangaan. En haar nachten terug moest zien te krijgen.

'Mireva!' roept ze vastberaden tegen de wars wanneer ze uit een van oma's kleinere kasten komt, gevolgd door een onbestemd soort rommel dat haar moeder nog niet in verhuisdozen heeft gestopt.

'We moeten naar Mireva!' zegt Elsa tegen de wars en ze zwaait met het melleweer.

Mireva is een van de buurkoninkrijken van Miama. Het kleinste van Bijna-Wakkerland, en daarom vaak bijna vergeten. Wanneer de kinderen van Bijna-Wakkerland tijdens de aardrijkskundeles wordt gevraagd alle zes de koninkrijken op te noemen, is Mireva het rijk dat ze allemaal vergeten. Zelfs de kinderen die zelf in Mireva wonen. Want Mirevaren zijn ontzettend nederige, vriendelijke en voorzichtige wezens, die op geen enkele wijze onnodig plaats willen innemen en niemand tot last willen zijn. Maar ze hebben een heel belangrijke taak, een van de belangrijkste taken die een koninkrijk maar kan hebben in een land waar fantasie het belangrijkste is wat er bestaat: in Mireva worden alle nachtmerriejagers opgeleid.

Alleen zwamneuzen in de echte wereld die niet beter weten zouden namelijk op het idee komen om stommiteiten uit te kramen als 'het was maar een nachtmerrie'. Een nachtmerrie is nooit 'maar' een nachtmerrie. In Bijna-Wakkerland weten ze dat nachtmerries levende wezens zijn, donkere nevelsluiers van onzekerheid en angst die rondsluipen tussen de huizen wanneer iedereen slaapt, die aan alle deuren en ramen voelen of ze ergens naar binnen kunnen sluipen om de boel in de war te schoppen. En daarom heb je nachtmerriejagers. En wie er ook maar een beetje verstand van heeft, weet natuurlijk dat je een melleweer nodig hebt om op een nachtmerrie te jagen, dus dat hebben alle nachtmerriejagers. Een zwamneus die niet beter weet, zou een melleweer kunnen verwarren met een doodgewoon paintballgeweer dat iemands oma heeft omgebouwd met behulp van een melkkan aan de zijkant, en een katapult die ze erbovenop heeft gelijmd, maar Elsa is geen zwamneus. Ze weet wat ze in haar handen heeft. Ze laadt de kan met melk en stopt een koekje in de afvuurkamer voor het elastiek op de koekjeskatapult.

Je kunt een nachtmerrie niet doden, maar je kunt hem wel laten schrikken. En nachtmerries zijn nergens zo bang voor als voor melk en koekjes. Dat heeft iets met genetisch bepaalde allergie te maken. Lang verhaal. Ze krijgen uitslag en dergelijke, die nachtmerries.

'Laat ze vannacht maar komen, die ellendelingen!' stelt Elsa vast.

De wars knikt bemoedigend. Maar misschien vooral omdat hij de ammunitie wil opeten.

Elsa schrikt zo van de deurbel die vlak achter haar rinkelt dat ze tot het onnoemelijke verdriet van de wars per ongeluk een heleboel melk over hem heen schiet, en geen enkel koekje.

'Sorry,' mompelt Elsa onhandig, terwijl de wars zich nat en uiterst lactose-intolerant van de geweerloop verwijdert.

Even dacht Elsa dat het een nachtmerrie was die aanbelde. Maar het is George maar. Hij glimlacht wanneer ze de deur opendoet, ze glimlacht niet terug. Hij kijkt verdrietig. Daar trekt ze zich niets van aan.

'Ik ga een paar extra stoelen uit de kelderberging halen,' zegt hij en hij probeert tegen haar te lachen zoals alle vaders dat doen wanneer ze zo'n dag hebben waarop ze extra duidelijk voelen dat ze geen echte vaders zijn.

Elsa haalt haar schouders op en slaat de deur voor zijn neus dicht. Daarna staat ze op de rug van de wars door het kijkgat te kijken. Ze ziet dat George zeker een minuut blijft staan, met een verdrietig gezicht. Dat vindt Elsa een rotstreek van hem. Elsa's moeder zegt altijd tegen haar dat George alleen maar wil dat ze hem aardig vindt, omdat hij om haar geeft. Alsof Elsa dat niet begrijpt. Ze weet dat hij om haar geeft, daarom kan ze hem niet aardig vinden. Want het is niet zo dat ze denkt dat ze hem niet aardig zou vinden als ze het probeerde, ze weet dat ze hem beslist wel aardig zou vinden. Want iedereen vindt George sympathiek. Dat is zijn superkracht.

En ze weet dat ze in dat geval alleen maar teleurgesteld zal worden wanneer Halfje geboren is en George vergeet dat zij bestaat. Dus is het beter hem maar meteen helemaal niet te mogen.

Als je mensen niet aardig vindt kunnen ze je niet kwetsen. Bijnaachtjarigen van wie vaak gezegd wordt dat ze anders zijn, leren dat snel.

Ze springt van de rug van de wars. De wars zelf sluit zijn kaken rond het melleweer en pakt het vriendelijk maar vastberaden uit haar hand. Hij sjokt weg en legt het op een krukje buiten het bereik van haar trekkervingers. Maar hij eet het koekje niet op, en iedereen die begrijpt hoeveel warsen van koekjes houden, begrijpt dat dat de allerhoogste uiting van respect is jegens Elsa.

De bel gaat weer. Elsa rukt de deur open en wil net ongeduldig tegen George sissen wanneer het tot haar doordringt dat het George niet is.

Het blijft zeker een half dozijn voor-eeuwigs stil.

'Dag Elsa,' zegt de vrouw in de zwarte rok verlegen.

Ze draagt vandaag een spijkerbroek en geen zwarte rok. Ze ruikt naar pepermunt en kijkt angstig uit haar ogen. Alsof ze op een toneel staat en Elsa een jury is die haar uitvoering van 'I Will Always

Love You' van Whitney Houston moet beoordelen.

'Dag,' zegt Elsa.

De vrouw haalt zo langzaam adem dat Elsa bang is dat ze zal stikken.

'Ik... Het spijt me heel erg dat ik tegen je heb geschreeuwd op mijn kantoor,' geeft de vrouw langzaam toe.

Ze kijken naar elkaars schoenen. Er wervelen zoveel emoties door Elsa heen dat ze niet goed weet aan welke ze zich moet proberen vast te grijpen.

'Dat zit wel goed,' brengt ze ten slotte uit.

De mondhoeken van de vrouw trillen licht. De huid eromheen sneeuwt in kleine schilfertjes.

'Ik was een beetje verbaasd toen je op mijn kantoor kwam. Ik krijg daar niet veel bezoek. Ik... ik ben niet zo goed in bezoek.'

Elsa knikt beschaamd zonder haar blik van de schoenen van de vrouw op te tillen.

'Dat geeft niet. Sorry dat ik dat zei van...' fluistert ze, niet in staat om die laatste woorden uit te brengen.

De vrouw knikt afwerend.

'Dat was mijn schuld. Ik vind het moeilijk om over mijn gezin te praten. Je oma vond dat ik dat moest doen, maar ik word er alleen maar, nou ja. Boos van.'

Elsa zet de punt van haar schoen tegen de vloer.

'Mensen drinken wijn om moeilijke dingen te vergeten, hè?'

De vrouw sluit haar ogen en zucht diep.

'Of om de herinneringen aan te kunnen. Denk ik.'

Elsa snuft.

'U bent ook beschadigd, hè? Net als Wolvenhart.'

'Beschadigd op... op een andere manier. Misschien.'

'Kon u zichzelf dan niet repareren?'

'Omdat ik psycholoog ben, bedoel je?'

Elsa knikt.

'Kan dat niet?'

De vrouw glimlacht. Bijna.

'Ik geloof niet dat dokters zichzelf kunnen opereren. Volgens mij is dit net zoiets.'

Elsa knikt weer. De vrouw in de spijkerbroek kijkt even alsof ze een hand naar haar wil uitsteken, maar ze houdt zichzelf in bedwang en krabt in plaats daarvan verstrooid aan haar handpalm.

'Je oma schreef in haar brief dat ze wilde dat ik... op jou zou passen,' fluistert ze.

Elsa knikt.

'Dat schrijft ze kennelijk in alle brieven.'

'Je klinkt boos.'

'Ze schrijft geen brieven aan mij.'

De vrouw in de spijkerbroek wiebelt een paar seconden met haar hele lichaam, alsof ze per ongeluk plaatselijk is verdoofd. Dan steekt ze haar hand in een plastic tas op de vloer en haalt er iets uit.

'Ik... Ik heb gisteren die Harry Potterboeken gekocht. Ik heb er nog niet zoveel in kunnen lezen, maar, nou ja...'

Elsa kijkt haar aan alsof ze verwacht dat de vrouw een luchtroffel zal maken en zal brullen: 'Grapje!' Maar dat doet ze niet.

'Had u Harry Potter nog helemaal niet gelezen?' valt Elsa haar daarom in de rede, zoals je in zo'n situatie doet.

De vrouw schudt haar hoofd. Elsa kijkt alsof ze zich ergens aan vast moet houden om niet flauw te vallen.

'Hebt u ál die boeken op uw kantoor gelezen en Harry Pótter niet?'

De vrouw doet een stapje naar achteren en kijkt naar haar handen, de natuurlijke reactie wanneer je het gevoel hebt dat je voor een bijna-achtjarige rechtbank staat.

'Er zijn vast een heleboel boeken die ik wel heb gelezen en jij niet.'

'Geen Harry Potterboeken!'

De vrouw kijkt op. Elsa schudt teleurgesteld haar hoofd. De vrouw slaat haar ogen neer.

'Ik... ik begrijp dat Harry Potter belangrijk voor je is,' probeert ze.

'Harry Potter is belangrijk voor iedereen!' antwoordt Elsa, alsof de vrouw haar net had gevraagd: 'Is zuurstof belangrijk voor je, vind je?'

De huid van de vrouw vertoont weer barstjes bij haar mondhoeken. Ze zucht nog eens, zo diep dat het nergens mee te vergelijken valt, behalve met een ontzettend diepe zucht. Dan kijkt ze Elsa in de ogen en zegt: 'Ik vind hem ook erg leuk, dat wilde ik zeggen. Ik heb al een hele poos geen grote leeservaring meer gehad. Dat heb je bijna nooit meer wanneer je volwassen wordt. Ze zijn het grootst wanneer je kind bent en daarna wordt alles minder. Omdat je cynischer wordt, denk ik. Ik wilde je alleen bedanken omdat je me eraan herinnerde hoe het was.'

Dat waren meer woorden achter elkaar dan Elsa de vrouw ooit zonder haperen had horen zeggen. De vrouw reikt haar de inhoud van de tas aan. Dat is ook een boek. Een sprookje. *De gebroeders Leeuwenhart* van Astrid Lindgren. Dat weet Elsa, want van alle sprookjes die niet uit Bijna-Wakkerland komen, is dit een van haar favorieten. Ze heeft oma dat boek een paar keer voorgelezen terwijl ze rondreden in Renault. Het gaat over Karel Leeuw en Jonathan, die doodgaan en in Nangijala komen, waar ze moeten vechten tegen de tiran Tengil en de draak Katla.

De blik van de vrouw verliest weer zijn houvast.

'*De gebroeders Leeuwenhart*. Ik... ik heb het mijn jongens voorgelezen toen hun oma was overleden. Ik weet niet of je het kent. Je hebt... je hebt het zeker al gelezen?' verontschuldigt ze zich snel en ze kijkt alsof ze het boek weer uit Elsa's handen wil rukken en wegrennen.

Elsa schudt haar hoofd en houdt het boek stevig vast.

'Nee,' liegt ze.

Want ze is beleefd genoeg om te begrijpen dat wanneer iemand je een boek geeft, je het aan die persoon verplicht bent om net te doen alsof je het nog niet kent. Want het echte cadeau is een leeservaring weg te mogen geven, niet die te ontvangen. Het hoort bij fundamenteel fatsoen om dat te weten, feitelijk, als je geen zwamneus bent.

De vrouw in de spijkerbroek kijkt opgelucht. Daarna haalt ze zo diep adem dat Elsa bang is dat haar sleutelbeenderen zullen breken.

'Je... je vroeg of we elkaar in het ziekenhuis hadden ontmoet. Je oma en ik. Na de tsunami. Maar ik... ze... ze hadden alle lichamen op een pleintje gelegd. Dan kon de familie zoeken naar hun... naar... ik... dus, daar vond ze me. Op het plein. Ik zat daar al... ik weet niet. Weken. Denk ik. Ze vloog naar huis met me en ik... ze zei dat ik hier kon blijven totdat ik wist waar ik naartoe zou gaan.'

Haar lippen raken elkaar even en vallen weer vaneen, om en om, alsof ze elektrisch zijn.

'Ik ben hier gebleven. Ik ben gewoon... gebleven.'

Nu kijkt Elsa naar haar eigen schoenen.

'Komt u vandaag?' vraagt ze.

De vrouw schudt haar hoofd in Elsa's ooghoek. Ze lijkt weg te willen rennen.

'Ik geloof niet dat ik... ik geloof dat je oma heel erg teleurgesteld was in mij.'

'Misschien was ze teleurgesteld omdat u zo teleurgesteld bent in uzelf,' zegt Elsa.

Er rochelt iets in de keel van de vrouw. Het duurt even voordat Elsa begrijpt dat het waarschijnlijk een lach is. Alsof dat deel van de hals een poos niet is gebruikt en iemand er zojuist de sleutel van heeft gevonden, naar binnen is gegaan en een oude schakelaar heeft omgedraaid.

'Je bent echt een apart klein kind,' zegt de vrouw.

'Ik ben geen klein kind. Ik ben al bijna acht!' verbetert Elsa haar.

De vrouw doet haar ogen dicht en knikt.

'Ja, sorry. Bijna acht. Jij was toen... jij was pas geboren. Toen ik hier kwam wonen. Toen was jij net geboren.'

'Er is niets mis mee om een apart kind te zijn. Oma zei dat alleen aparte mensen de wereld veranderen!' zegt Elsa.

De vrouw knikt langzaam.

'Ja. Sorry. Ik... ik ga weer. Ik wilde alleen zeggen dat het me spijt.'

'Dat is oké,' mompelt Elsa.

'Bedankt voor het boek,' voegt ze eraan toe.

De blik van de vrouw wijkt even uit, maar dan kijkt ze Elsa weer recht aan.

'Is je vriend al terug? Wolf... hoe noemde je hem ook weer?'

Elsa schudt haar hoofd. Er zit iets in de blik van de vrouw waarvan Elsa echt gelooft dat het oprechte bezorgdheid is.

'Dat doet hij wel vaker. Verdwijnen. Maak je geen zorgen. Hij... hij schrikt van mensen. Dan is hij een poosje weg. Maar hij komt altijd terug. Hij heeft alleen tijd nodig.'

'Ik denk dat hij hulp nodig heeft,' zegt Elsa smekend.

'Het is moeilijk iemand te helpen die zichzelf niet wil helpen,' fluistert de vrouw.

'Wie zichzelf wil helpen, heeft de hulp van anderen misschien niet nodig,' protesteert Elsa.

De vrouw knikt, maar antwoordt niet.

'Ik moet gaan,' herhaalt ze.

Elsa wil haar tegenhouden, maar ze is al halverwege de trap. Ze is al bijna op de verdieping onder Elsa verdwenen wanneer Elsa over het hekje leunt, zich schrap zet en roept: 'Hebt u ze gevonden? Hebt u uw jongens op het plein gevonden?'

De vrouw blijft staan. Ze houdt zich stevig aan de leuning vast.

'Ja.'

Elsa bijt op haar lip.

'Gelooft u in leven na de dood?'

De vrouw kijkt naar haar op.

'Dat is een moeilijke vraag.'

'Maar, gelooft u dus, u weet wel, in God?' vraagt Elsa.

'Soms is het moeilijk in God te geloven,' antwoordt de vrouw.

'Omdat u zich afvraagt waarom God de tsunami niet heeft tegengehouden?'

De vrouw doet haar ogen dicht.

'Omdat ik me afvraag waarom er tsunami's zijn.'

Elsa knikt.

'Dat heet iets van "theodictee" of zo. Dat staat op Wikipedia.'

'Je bedoelt zeker "theodicee"?' verbetert de vrouw.

'Dat zei ik toch?' snauwt Elsa.

De vrouw knikt alsof Elsa dat inderdaad zei, ook al zei ze dat helemaal niet.

'Ze zeggen dat geloof bergen kan verzetten,' gaat Elsa verder, zonder dat ze goed weet waarom, misschien vooral omdat ze de vrouw niet nog eens uit het oog wil verliezen zonder dat ze de vraag heeft kunnen stellen die ze eigenlijk wil stellen.

'Dat heb ik gehoord,' antwoordt de vrouw.

Elsa schudt haar hoofd.

'Maar dat klopt dus eigenlijk niet! Want het komt uit Miama, van een reus die Geloof heette. Ze was onwijs sterk. Maar dat is een onwijs lang verhaal, dus dat kan ik nu niet vertellen.'

De vrouw knikt begrijpend. Elsa gaat toch door.

'Ze heette Geloof en kon bergen verzetten! Want ze was een reus! En reuzen zijn onwijs sterk!'

Elsa zwijgt. Peinzend tuit ze haar lippen.

'Oké, zo'n onwijs lang verhaal is het nou ook weer niet...'

De vrouw lijkt op zoek naar een reden om zich uit de voeten te maken. Elsa haalt snel adem.

'Iedereen zegt dat ik oma nu mis, maar dat het overgaat, maar dat weet ik nog zo net niet!'

De vrouw kijkt haar weer aan. Met haar bezorgde blik.

'Waarom niet?'

'Bij u is het toch ook niet overgegaan?'

De oogleden van de vrouw gaan voor de helft dicht.

'Misschien is dat anders.'

'Hoe dan?'

'Jouw oma was oud.'

'Voor mij niet. Ik kende haar nog maar zeven jaar.'

De vrouw antwoordt niet. Elsa wrijft haar handen zoals ze het Wolvenhart heeft zien doen.

'Bijna acht,' verbetert ze zichzelf.

'Dan knikt de vrouw en fluistert: 'Ja. Bijna... bijna acht.'

'U moet vandaag echt komen,' roept Elsa haar na, maar de vrouw is al weg.

Elsa hoort de deur van het appartement van de vrouw dichtgaan en daarna is alles stil totdat de stem van haar vader beneden bij de voordeur klinkt.

Dan vermant ze zich, ze veegt haar tranen af en met de helft van de melleweerammunitie als omkoopsom weet ze de wars weer zover te krijgen dat hij zich in de kast verstopt. Dan doet ze de deur van oma's appartement dicht maar niet op slot, ze rent de trap af en even later ligt ze zwijgend op de zo ver mogelijk naar achteren geklapte passagiersstoel van Audi door het glazen dak naar buiten te kijken.

De wolkendieren zweven nu lager. Papa draagt een pak en zwijgt ook. Dat is vreemd, want papa draagt bijna nooit een pak. Maar het is vandaag die dag.

'Geloof je in God, papa?' vraagt Elsa op de manier die hem altijd overrompelt als waterballonnen van een balkon.

Dat weet Elsa, want oma was dol op waterballonnen en papa had nooit geleerd dat hij niet pal onder haar balkon door moest lopen.

'Ik weet het niet,' antwoordt hij.

Elsa vindt het een rotstreek van hem dat hij geen antwoord heeft, maar ze vindt hem een beetje geweldig omdat hij niet liegt. Audi stopt voor een hoog zwart stalen hek. Ze blijven in de auto zitten wachten.

'Lijk ik op oma?' vraagt Elsa zonder haar blik van de hemel af te wenden.

'Van uiterlijk?' vraagt haar vader aarzelend.

'Nee! Hèhè. Als persóón!' zegt Elsa met een zucht, zoals je als bijna-achtjarige tegen je vader praat.

Haar vader lijkt even met zijn aarzeligheid te vechten, zoals je dat als vader van een bijna-achtjarige doet. Een beetje alsof Elsa hem net heeft gevraagd uit te leggen waar baby's vandaan komen. Alweer.

'Je moet niet zo vaak "hèhè" zeggen. Alleen mensen met een beperkte woordenschat...' begint hij, want hij kan het niet laten.

Want zo is hij. Iemand die het heel belangrijk vindt dat je 'bijvoorbeeld' zegt, en niet 'bevobbeld'.

'Laat ook maar!' snauwt Elsa veel gemener dan ze bedoelt, want ze is niet in de stemming voor zijn verbeteringen vandaag.

Normaal gesproken is dat hun ding, elkaar verbeteren. Hun enige ding. Papa heeft een woordenpot waar Elsa moeilijke woorden in stopt die ze leert, zoals 'bondig', 'pretentieus' en 'tacosauskerkhof'. Telkens wanneer de woordenpot vol is, krijgt ze een cadeaubon waarmee ze een boek kan downloaden op haar iPad. Met de woordenpot heeft ze de hele Harry Potterserie gekocht, ook al weet ze dat haar vader onwijs huiverig is voor Harry Potter, omdat haar vader niet veel begrijpt van dingen die niet heel erg realistisch zijn.

'Sorry,' mompelt Elsa.

Papa zakt in elkaar op de stoel. De een schaamt zich nog meer dan de ander. Dan zegt hij, iets minder aarzelig: 'Ja. Je lijkt heel veel op haar. Al je mooiste eigenschappen heb je van haar en van je moeder.'

Elsa reageert niet, want ze weet niet of dat het antwoord was dat ze wilde hebben. Haar vader zegt ook niets, want hij weet niet zeker of hij dat wel had moeten zeggen. Elsa wil hem vertellen dat ze vaker bij hem wil wonen. Dat om de week een weekend niet meer genoeg is. Ze wil hem toeschreeuwen dat Halfje straks komt en als hij normaal is, zullen George en mama haar niet meer in huis willen hebben, want alle ouders willen normale kinderen, en geen aparte. En Halfje zal naast Elsa staan en dan zal iedereen het verschil goed kunnen zien. Ze wil schreeuwen dat oma ongelijk had, dat apart niet altijd goed is, want het aparte is een mutatie en bijna geen enkele X-Man heeft een gezin.

Dat wil ze allemaal schreeuwen. Maar ze zegt niets. Want ze weet dat hij het niet zou begrijpen. En ze weet dat hij niet wil dat ze vaker bij hem en Lisette komt logeren, want Lisette heeft zelf kinderen. Die niet apart zijn.

Papa zegt niets en kijkt met de blik van iemand die geen pak aan wil. Maar net wanneer Elsa de deur van Audi opent om uit te stappen, keert hij zich weifelend naar haar toe en zegt zacht: 'Maar er zijn momenten dat ik van harte hoop dat je niet ál je mooiste eigenschappen van je oma en van je moeder hebt, Elsa.'

En dan knijpt Elsa haar ogen stijf dicht, leunt met haar voorhoofd op zijn schouder, steekt haar vingers in haar jaszak en draait aan de dop van de rode viltstift die hij haar heeft gegeven toen ze klein was, zodat ze eigen verbindingsstreepjes zou kunnen zetten. Het is nog steeds het mooiste cadeau dat ze van hem heeft gekregen.

Van iemand.

'Ik heb je woorden gekregen,' fluistert ze.

Hij probeert de trots uit zijn ogen weg te knipperen. Dat ziet ze. En ze wil hem vertellen dat ze afgelopen vrijdag heeft gelogen. Dat zij hem heeft ge-sms't met het mobieltje van haar moeder, dat hij haar niet uit school hoefde te halen. Maar ze wil hem niet teleurstellen, dus ze houdt zich stil. Want je stelt bijna nooit iemand teleur als je je stilhoudt. Dat weten alle bijna-achtjarigen.

Elsa's vader geeft een kus op haar haar. Ze tilt haar hoofd op en doet net of ze het langs haar neus weg vraagt: 'Gaan jij en Lisette meer kinderen nemen?'

'Ik denk het niet,' antwoordt papa verdrietig maar vanzelfsprekend.

'Waarom niet?'

'We hebben alle kinderen die we nodig hebben.'

Het klinkt alsof hij zichzelf ervan moet weerhouden om te zeggen 'meer dan we nodig hebben'. Zo voelt het in ieder geval.

'Willen jullie vanwege mij niet meer kinderen hebben?' vraagt Elsa en ze hoopt dat hij nee zal zeggen.

'Ja,' zegt hij.

'Omdat ik apart ben geworden?' fluistert ze.

Hij antwoordt niet. En zij wacht niet. Maar net wanneer ze het portier van Audi wil dichtslaan, reikt papa over de stoel om haar vingertoppen te vangen, en wanneer ze hem aankijkt lijkt hij te weifelen. Zoals altijd. Maar dan fluistert hij: 'Omdat je perfect bent geworden!'

Ze heeft hem nog nooit zo onaarzelig gehoord. En als ze dat hardop had gezegd, had hij gezegd dat dat woord niet bestaat. En dat vindt ze geweldig van hem.

George staat met een verdrietig gezicht bij het hek. Hij is ook in pak. Elsa stormt langs hem heen en haar moeder vangt haar op met doorgelopen mascara, en Elsa duwt haar gezicht tegen Halfje. Mama's jurk ruikt naar kledingzaak. De wolkendieren vliegen laag.

Het is de dag waarop ze Elsa's oma begraven.

21

Kaarsvet

Sommige sprookjesvertellers in Bijna-Wakkerland zeggen dat we allemaal een innerlijke stem hebben die ons altijd influistert wat we moeten doen, en dat we daar alleen maar naar hoeven te luisteren. Dat wilde er bij Elsa nooit helemaal in, aangezien het idee dat iemand anders een stem in haar heeft haar niet bevalt, en oma zei altijd dat alleen psychologen en mensen die andere mensen met een dessertvork vermoorden het over 'innerlijke stemmen' hebben. Oma moest niet veel hebben van psychologie. Of van dessertvorken. Ook al heeft ze het echt geprobeerd met de vrouw in de zwarte rok.

Maar over een poosje zal Elsa desondanks helder en duidelijk een stem in haar hoofd horen. Maar die zal niet fluisteren, die zal schreeuwen. Die schreeuwt straks: 'Rennen!' En Elsa zal rennen voor haar leven. Met de schaduw achter zich aan.

Dat weet ze natuurlijk niet wanneer ze de kerk binnenstapt. Het geroezemoes van honderden zachtjes pratende onbekenden stijgt naar het plafond als geruis uit een kapotte autoradio. Een wemelende menigte zwamneuzen wijst fluisterend naar haar. Hun blikken verstikken haar.

Ze weet niet wie het zijn, en daardoor voelt ze zich verraden. Ze wil oma niet met anderen delen. Ze wil er niet aan worden herinnerd dat oma niet haar enige vriendin was, maar dat oma nog honderden andere vrienden had. Ze wil oma's leven niet delen, en haar dood ook niet.

Ze doet haar uiterste best om rechtop door het gedrang te lopen, ze wil hun niet laten zien dat ze het gevoel heeft dat ze elk moment kan instorten, omdat ze niet eens meer in staat is verdrietig te zijn. De kerkvloer zuigt haar voeten aan, de kist vooraan brandt in haar ogen.

De grootste macht van de dood is niet dat hij mensen kan laten doodgaan, maar dat hij ervoor kan zorgen dat de achterblijvers willen stoppen met leven, denkt ze zonder zich te herinneren waar ze dat heeft gehoord. Misschien komt het uit Bijna-Wakkerland, al lijkt dat onwaarschijnlijk gezien oma's houding ten opzichte van de dood. De dood was oma's aartsvijand. Daarom wilde ze er nooit over praten. En daarom is ze chirurg geworden, om de dood zoveel mogelijk dwars te zitten.

Maar het zou uit Miplorië kunnen komen, beseft Elsa. Wanneer ze in Bijna-Wakkerland waren, wilde oma nooit naar Miplorië, maar soms reden ze daar toch heen omdat Elsa zo zeurde. En af en toe reed Elsa er alleen heen wanneer oma in een of andere herberg in Miama zat te pokeren met een trol of het met een sneeuwengel aan de stok had over de kwaliteit van de wijn.

Miplorië is het mooiste van alle koninkrijken van Bijna-Wakkerland. De bomen zingen daar, het gras masseert je voetkussentjes en het ruikt er altijd naar vers brood. De huizen zijn zo mooi dat je voor je eigen veiligheid moet gaan zitten wanneer je ernaar kijkt, maar ze zijn onbewoond en worden alleen als opslagruimte gebruikt. Want alle sprookjeswezens komen met hun treurnis naar Miplorië, en daar wordt alle treurnis die overblijft vervolgens bewaard. In alle sprookjeseeuwigheden.

Wanneer er iets ergs gebeurt, zeggen mensen in de echte wereld altijd dat het verdriet, het gemis en de pijn in het hart na verloop van tijd slijten. Maar dat is niet waar. Het verdriet en het gemis zijn constant, maar als we die allemaal de rest van ons leven zouden moeten meedragen, dan kon niemand meer ergens tegen. De treurnis zou ons verlammen. Dus die stoppen we uiteindelijk gewoon in een tas en dan zoeken we een plekje waar we die neer kunnen zetten.

Dat is Miplorië, een koninkrijk waar eenzame sprookjesreizigers langzaam naartoe komen zwerven vanuit alle windstreken, slepend met logge bagage vol verdriet. Een plek waar je die neer kunt zetten en terug kunt keren naar het leven. En wanneer de reizigers zich omdraaien en weggaan, doen ze dat met lichtere tred, want Miplorië is zo gebouwd dat je, uit welke windstreek je ook komt, altijd de zon in je gezicht hebt en de wind in je rug als je weggaat.

De Miplorianen verzamelen alle koffers en tassen met treurnis en noteren ze zorgvuldig in kleine opschrijfboekjes. Ze catalogiseren alle types van verdriet en gemis zorgvuldig binnen verschillende verantwoordelijkheidsgebieden en wijzen voor elk type een magazijn aan waar ze ingecheckt worden. Het is erg goed georganiseerd in Miplorië, ze hebben een uitgebreide regelgeving met zeer duidelijk afgebakende verantwoordelijkheden voor verschillende soorten verdriet. 'Ellendige bureaucraten' noemde oma de Miplorianen natuurlijk, vanwege alle verschillende formulieren die degene die verdriet komt inleveren tegenwoordig moet invullen. Maar het mag geen rommeltje worden wanneer het om verdriet gaat, zeggen de Miplorianen. Dan zou iedereen zomaar lukraak overal bedroefd zitten zijn.

Miplorië was altijd het kleinste koninkrijk van Bijna-Wakkerland, maar na de Oorlog-zonder-Einde groeide het uit tot het grootste. Daarom wilde oma er liever nooit heen, omdat voor veel opslagruimtes haar eigen naam buiten op een bordje stond.

In Miplorië hebben ze het over innerlijke stemmen, weet Elsa weer. De Miplorianen geloven dat de innerlijke stemmen de doden zijn die terugkeren om hun geliefden te helpen.

'Dessertvorklieden' noemde oma hen.

Elsa wordt de echte wereld weer binnengehaald door papa's voorzichtige hand op haar schouder. Ze hoort zijn stem tegen mama fluisteren: 'Je hebt het allemaal heel mooi geregeld, Ulrica.' Vanuit een ooghoek ziet ze mama glimlachen en knikken naar de programmaboekjes die op de kerkbanken liggen. 'Bedankt voor het maken van de boekjes. Het is een heel mooi lettertype!' zegt ze.

Elsa zit op het hoekje van de houten bank voor in de kerk naar de vloer te staren, totdat het geroezemoes gedempt wordt en haar gedachten verdrinken in het doffe applaus dat ontstaat in de echo van honderden achterwerken die tegelijkertijd op de harde houten banken landen. De kerk is zo vol dat er langs alle muren mensen staan. Veel van hen dragen onwijs rare kleren, alsof ze outfitroulette hebben gespeeld bij iemand die geen wasvoorschriften kan lezen.

Elsa bedenkt dat ze 'outfitroulette' in de woordenpot moet stoppen. Ze probeert zich op die gedachte te concentreren. Maar ze hoort talen die ze niet verstaat, en ze hoort dat haar eigen naam er met een verkeerde uitspraak in wordt geperst, en dat brengt haar terug naar de werkelijkheid. Ze ziet de vreemdelingen meer of minder discreet naar haar wijzen. Meestal minder. Ze begrijpt dat ze allemaal weten wie ze is, en dat maakt haar woest, dus wanneer ze een bekend gezicht ziet opdoemen in het gedrang bij de ene muur, kan ze het eerst moeilijk plaatsen. Net als wanneer je een beroemdheid in een café ziet zitten en uitroept: 'Hé, hallo!' puur op gevoel, voordat je beseft dat je hersenen meteen nadat ze 'Kijk nou, dat is toch een bekende? Zeg hallo!' tegen je hadden gezegd erachteraan zeggen: 'O nee, trouwens, het is die man van de tv!' Want je hersenen vinden het prachtig om je voor gek te zien staan.

Zijn gezicht verdwijnt een paar tellen achter een schouder. Wanneer hij weer opduikt kijkt hij Elsa recht aan. Het is de accountant die gisteren over de vereniging van eigenaren kwam praten. Maar nu is hij gekleed als dominee. Hij verdwijnt achter een andere schouder en duikt weer op. Kijkt haar weer recht aan. Knipoogt naar haar.

Vooraan in de kerk begint een andere dominee te praten. Elsa draait zich heel even naar hem om en keert zich dan weer om naar de dominee-accountant. Maar dan is de dominee-accountant achter een zee van schouders verdwenen. Een paar van de schouders hebben hoofden die terugkijken naar Elsa en glimlachen, zoals mensen die kinderen alleen van foto's kennen glimlachen naar kinderen zonder te begrijpen dat dat echt behoorlijk onplezierig is. Onbekend-wit-busje-voor-schoolpleinachtig onplezierig zelfs. Zwamneuzen. Elsa verafschuwt mensen die haar op een foto gezien hebben van zo vroeg in haar leven dat ze het zelf misschien niet eens meer weet. Ze stelt zich voor dat alle normale mensen het daarom zo naar vinden wanneer hun ouders foto's laten zien van hen als baby, omdat het voelt alsof iemand een herinnering van je heeft gestolen.

De dominee vooraan praat over oma, en daarna over God, maar Elsa luistert niet. Ze vraagt zich af of oma het zo had gewild. Ze weet niet zeker of oma wel zoveel ophad met de kerk. Oma en Elsa hebben het niet vaak over God gehad, want oma koppelde God aan de dood.

En dit is allemaal nep. Het is plastic en schmink. Alsof het allemaal weer goed komt zodra de begrafenis voorbij is. Voor Elsa komt het niet allemaal goed, dat weet ze. Het koude zweet breekt haar uit. Een paar van de vreemdelingen in de onwijs rare kleren komen achter de microfoon staan en zeggen iets. Sommigen doen het in een vreemde taal en bij een andere microfoon staat een klein vrouwtje dat het vertaalt. Maar niemand zegt 'dood'. Iedereen zegt alleen dat oma is 'heengegaan' of dat ze haar hebben verloren. Alsof ze een sok is die ze zijn kwijtgeraakt in de wasdroger. Een paar van hen huilen, maar Elsa vindt niet dat ze daar het recht toe hebben. Want het was hun oma niet. En ze hebben niet het recht om Elsa het gevoel te geven dat oma andere landen en koninkrijken had waar ze Elsa nooit mee naartoe heeft genomen.

Wanneer een dikke dame met haar dat eruitziet alsof ze het zittend in bad met een broodrooster heeft uitgekamd, gedichten begint voor te lezen, vindt Elsa dat het nu wel een keer klaar is en ze wurmt zich uit de bank. Ze hoort haar moeder iets naar haar fluisteren, maar sluipt snel over de gladde stenen vloer en wringt zich door de kerkdeuren naar buiten voordat er iemand achter haar aankomt.

De winterlucht voelt alsof ze aan haar haren uit een kokendheet bad getild wordt. De wolkendieren zweven laag en onheilspellend. Elsa loopt langzaam en ademt de decemberwinden zo diep in dat het zwart wordt voor haar ogen. Ze hoopt op Storm. Storm is altijd een van Elsa's favoriete superhelden geweest, want Storms superkracht is dat hij het weer kan veranderen. Zelfs oma gaf vaak toe dat dat een onwijs coole superkracht was.

Elsa hoopt dat Storm zal komen en die hele rotkerk omver zal blazen. Dat hele rotkerkhof. Hele rot-alles.

De gezichten van de mensen binnen krioelen over haar netvlies. Heeft ze de accountant echt gezien? Stond Alf daar ook? Ze denkt van wel. Ze heeft nog een ander gezicht gezien dat ze herkende, de politieagente met de groene ogen. Volgens haar. Ze loopt sneller, weg van de kerk, want ze wil niet dat iemand van hen achter haar aankomt en vraagt of het goed met haar gaat. Want het gaat niet goed met haar. Dit komt nooit meer goed. Ze wil het geroezemoes niet horen en ze wil niet begrijpen dat ze het over haar hebben. Over haar. Over haar hoofd heen. Oma praat nooit over haar hoofd heen.

Praatte. Praatte nooit over haar hoofd heen.

Ze staat vijftig meter verderop tussen de grafstenen wanneer ze de geur van rook ruikt. Eerst heeft die iets bekends, iets verlossends bijna. Iets waar Elsa zich naar wil omdraaien, wat ze in haar armen wil sluiten en waar ze haar neus in wil duwen, zoals je dat op zondagochtend in een pas gewassen sloop kunt doen. Maar dan komt er iets anders.

En de innerlijke stem spreekt tot haar.

Al voordat de man tussen de grafstenen zich heeft omgedraaid weet ze wie hij is. Hij staat maar een paar meter van haar af. Met zijn sigaret nonchalant tussen zijn vingertoppen. Ze zijn zo ver van de kerk dat niemand Elsa's gegil zal horen, en hij verspert haar met rustige, koele bewegingen de terugweg.

Elsa kijkt over haar schouder naar het hek. Twintig meter verderop. Wanneer ze haar blik terugdraait, heeft hij een sprong in haar richting gemaakt.

De innerlijke stem spreekt tot Elsa. Het is oma's stem. Maar die fluistert niet. Die schreeuwt.

Oma schreeuwt: 'Rennen!'

Elsa voelt zijn ruwe handpalmen op haar arm, maar glijdt weg uit zijn greep. Ze rent totdat de wind in haar ogen schraapt als nagels over een bevroren autoruit. Ze weet niet hoe lang. Eeuwigheden. Werkelijkheidseeuwigheden. En wanneer de herinnering aan zijn blik en zijn sigaret zich in haar hersenen kristalliseert, en terwijl elke inademing een kopstoot tegen haar longen geeft, dringt het tot haar door dat hij mank liep. Dat ze daarom kon ontkomen. Als ze een seconde langer had geaarzeld had hij haar jurk vastgepakt, maar Elsa heeft te veel routine in rennen. Ze is er te goed in.

Wanneer ze er allang zeker van is dat hij niet meer achter haar aanzit, rent ze nog steeds. Misschien niet alleen voor hem, maar voor alles. Ze rent totdat ze niet meer weet of het wind of gemis is dat uit haar ogen stroomt. Ze rent totdat ze beseft dat ze bijna bij haar school is.

Ze gaat langzamer lopen. Kijkt om zich heen. Weifelt. Dan stormt ze rechtstreeks het zwarte park aan de overkant van de straat in met haar jurk wapperend om zich heen. Zelfs de bomen zien er vijandig uit daar. De zon dringt niet tot beneden door. Ze hoort hier en daar stemmen, de wind die schreeuwt in de takken, het denderen van het verkeer steeds verder weg. Ademloos en woedend strompelt ze diep het park in. Ze hoort nog meer stemmen. Hoort een ervan naar haar roepen. 'Hé, meisje!' roept de stem.

Ze blijft uitgeput staan. Zakt op een bankje in elkaar. Ze hoort dat de stem die 'meisje' heeft geroepen dichterbij komt. Ze begrijpt dat hij haar kwaad wil doen. Het park lijkt onder een dekbed te kruipen. Ze hoort een andere stem naast de eerste, die praat onduidelijk en struikelt over de woorden alsof hij de verkeerde schoen aan de verkeerde voet heeft gedaan. Beide stemmen verhogen hun snelheid. Ze ziet het gevaar en is in één beweging overeind en rent weer weg. Die andere twee ook. Ze beseft even plotseling als wanhopig dat alles in het park er in het winterduister hetzelfde uitziet, dat ze de weg uit het park niet kan vinden, dat dit superstom was. Jemig, ze is een meisje van zeven en ze kijkt ontzettend veel tv, hoe kon ze zo dom zijn? Dit is de manier waarop mensen op melkpakken terechtkomen of waar ze tegenwoordig mededelingen over verdwenen kinderen ook maar op zetten in tv-series.

Maar het is te laat. Ze rent tussen twee dichte, zwarte heggen door die een smalle gang vormen, en haar hart bonst in haar keel. Ze weet niet waarom ze het park in is gerend. Dat zou geen mens bij zijn volle verstand met opzet hebben gedaan, de junks die hier zitten zullen haar vangen en vermoorden, net zoals iedereen op school al had gezegd. Dat zullen ze de eerste dag na de kerstvakantie op school zeggen. 'Dat ZEIDEN we toch?' zullen ze zeggen. Elsa vindt het vreselijk wanneer mensen zo praten. Ze had bij de kerk moeten blijven. Is dat zo? Ze weet niet wie de man met de sigaret is, ze weet niet of hij echt een schaduw uit Bijna-Wakkerland is, maar ze is er rotsvast van overtuigd dat oma tegen haar schreeuwde dat ze moest rennen.

Maar deze kant op? Waarom is ze hiernaartoe gerend? Is ze niet helemaal lekker? Misschien is dat het, denkt ze. Misschien is ze niet lekker. Misschien is ze het park in gerend omdat ze wilde dat iemand haar zou vangen en vermoorden.

De grootste macht van de dood is niet dat hij mensen kan laten doodgaan, maar dat hij achterblijvers zover kan krijgen dat ze niet meer willen leven.

Ze hoort de takken in de bosjes niet knappen. Ze hoort het ijs onder zijn voeten niet breken. Maar in een oogwenk verdwijnen de onduidelijke stemmen achter haar en even is het net alsof ze recht tegen een onweerswolkendier aan wordt geslingerd. Haar trommelvliezen knerpen zo dat ze wil schreeuwen. En daarna wordt alles even stil. Ze stijgt soepel op van de grond. Doet haar ogen dicht. En doet ze pas weer open wanneer ze het park uit is gedragen.

Wolvenhart staart op haar neer. Ze staart terug, liggend in zijn armen. Haar bewustzijn zweeft weg. Het is dat ze ergens beseft dat er op de hele wereld niet genoeg papieren zakken zouden zijn om in te ademen als ze in haar slaap op Wolvenhart kwijlt, anders was ze vermoedelijk hier en nu in zijn armen in slaap gevallen. Maar ze vecht om haar ogen open te houden, anders zou het een beetje onbeleefd zijn, vindt ze, nu hij toch haar leven heeft gered en alles. Alweer.

'Niet rennen in je eentje. Nooit rennen in je eentje,' gromt Wolvenhart.

'Ja, ja, ja,' mompelt Elsa futloos en ze probeert zijn woorden weg te wuiven.

Ze weet nog steeds niet zeker of ze wel gered wilde worden, ook al is ze blij hem te zien. Blijer dan ze had verwacht, feitelijk. Ze dacht dat ze bozer op hem zou zijn.

'Gevaarlijke plek,' gromt Wolvenhart naar het park en hij maakt aanstalten om haar op de grond te zetten.

'Ik weet het,' mompelt ze.

'Nooit meer doen!' beveelt hij, en ze hoort dat hij bang is.

Voordat hij zijn enorme lichaam weer kan strekken, slaat ze haar armen om zijn hals en fluistert 'dank je wel' in de geheime taal. Ze ziet hoe ongemakkelijk hij daaronder is en laat meteen los.

'Ik heb mijn handen heel erg goed gewassen, ik heb vanochtend megalang gedoucht!' fluistert ze.

Wolvenhart antwoordt niet, maar ze ziet in zijn ogen dat hij toch zo'n beetje helemaal in ontsmettingsmiddel zal moeten baden wanneer hij thuiskomt.

Elsa kijkt om zich heen. Wolvenhart wrijft in zijn handen en schudt zijn hoofd wanneer hij het merkt.

'Nu weg,' stelt hij haar gerust.

Elsa knikt.

'Hoe wist je dat ik hier was?'

Wolvenharts blik valt op het asfalt.

'Ik bewaak je. Je oma zei... jou in het oog houden.'

Elsa knikt.

'Ook als ik niet altijd weet dat je in de buurt bent?'

De capuchon van Wolvenhart gaat op en neer.

'Is hij een draak? De man die achter me aanzat? Is hij, nou ja, weet je, een schaduw? Uit Bijna-Wakkerland?' vraagt Elsa.

De ingehouden adem van Wolvenhart trilt onder zijn huid.

'Heel gevaarlijk. Heel gevaarlijk voor jou. Voor iedereen. Nooit rennen in je eentje!'

Elsa knikt en voelt haar knieën knikken. Ze knippert een hele poos met haar ogen.

'Waarom was je weggegaan? Waarom heb je me alleen bij de psycholoog laten zitten?' fluistert ze beschuldigend.

Het gezicht van Wolvenhart verdwijnt onder de capuchon.

'Psychologen willen praten. Altijd praten. Over oorlog. Altijd. Ik... wil dat niet.'

'Misschien zou je ervan opknappen?'

Wolvenhart wrijft zwijgend in zijn handen. Kijkt spiedend door de straat alsof hij verwacht dat hij iets in het oog zal krijgen. Elsa slaat haar armen om zichzelf heen en beseft dat ze haar jas en haar Griffoendorsjaal in de kerk heeft laten liggen. Dat is haar nooit eerder overkomen, dat ze haar Griffoendorsjaal ergens heeft laten liggen.

Dat doe je toch niet met een Griffoendorsjaal?

Ze kijkt ook spiedend door de straat, zonder te weten wat ze zoekt. Dan voelt ze dat er iets om haar schouders wordt geslagen en wanneer ze zich omdraait, begrijpt ze dat Wolvenhart haar zijn jack heeft gegeven. Dat sleept over de grond bij haar voeten. Het ruikt naar wasmiddel. Het is voor het eerst dat ze Wolvenhart zonder capuchon ziet, hij ziet er vreemd genoeg nog groter uit zonder jas. Het lange haar en de zwarte baard buigen zich in de wind, het litteken boven zijn baard glinstert wanneer de zon de wolkendieren aan de hemel kietelt.

'Je zei dat "Miama" in de taal van je moeder "ik heb lief" betekent, toch?' vraagt Elsa en ze probeert niet recht naar zijn litteken te kijken, aangezien ze ziet dat hij harder in zijn handen gaat wrijven wanneer ze dat doet.

Hij knikt. Kijkt spiedend door de straat.

'Wat betekent Miplorië?' vraagt Elsa.

Wanneer hij niet meteen antwoordt, neemt ze aan dat hij de vraag niet begrijpt, dus ze verduidelijkt: 'Een van de zes koninkrijken van Bijna-Wakkerland heet Miplorië. Daar wordt alle verdriet bewaard. Oma wilde nooi...'

Wolvenhart valt haar in de rede, maar helemaal niet uit onbeleefdheid.

'Ik heb verdriet. Miplorië. Ik heb verdriet.'

Elsa knikt.

'En Mireva?'

'Ik droom.'

'En Miaudacië?'

'Ik durf.'

'En Mimova?'

'Dansen. Ik dans.'

Elsa laat de woorden in haar landen voordat ze naar het laatste koninkrijk vraagt. Ze denkt aan wat oma altijd vertelde over Wolvenhart, dat hij de onoverwinnelijke strijder was die de schaduwen overwon en dat alleen hij dat kon, aangezien hij het hart van een krijger had, maar de ziel van een sprookjesverteller. Aangezien hij in Miama geboren was, maar opgegroeid in Mibatallië.

'Wat betekent Mibatallië?' vraagt ze.

Dan kijkt hij haar recht aan. Met zijn grote donkere ogen bol van al datgene wat in Miplorië bewaard wordt.

'Mibatallië. Ik vecht. Mibatallië... nu weg. Mibatallië bestaat niet meer.'

'Dat weet ik. De schaduwen hebben het verwoest in de Oorlog-zonder-Einde en alle Mibatallianen zijn omgekomen behalve jij, want jij bent de laatste van je volk en d...' begint Elsa, maar Wolvenhart wrijft zo hard in zijn handen dat ze haar mond houdt.

Wolvenharts haar valt in zijn gezicht. Hij doet een stap naar achteren.

'Mibatallië bestaat niet. Ik vecht niet. Nooit meer vechten.'

En Elsa begrijpt, zoals je altijd dingen begrijpt wanneer je de ogen ziet van degene die ze uitspreekt, dat hij zich niet uit angst voor de schaduwen in de bossen aan de rand van Bijna-Wakkerland heeft verstopt. Maar uit angst voor zichzelf. Angst voor wat er van hem gemaakt is in Mibatallië. Doodsbang om onoverwinnelijk te zijn.

Ze denkt in ieder geval dat ze dat in zijn ogen ziet. Want er zijn sprookjes die over dat soort dingen gaan.

Dan ziet ze dat hij iets ziet aankomen over straat. Ze hoort de stem van Alf. Wanneer ze zich omdraait staat Taxi met draaiende motor langs de stoeprand. Alfs schoenzolen schuifelen door de sneeuw. De agente staat nog bij Taxi, haar groene ogen gaan met een haviksblik van de ene naar de andere kant van het park. Wanneer Alf Elsa optilt, nog steeds gewikkeld in het slaapzakgrote jack van Wolvenhart, zegt hij rustig: 'Nu gaan we naar huis, je kunt verdomme hier niet staan vernikkelen!' Maar Elsa hoort in zijn stem dat hij bang is, bang zoals je alleen kunt zijn als je weet waardoor Elsa op het kerkhof achterna werd gezeten. En ze ziet aan de waakzame blik van de agente met de groene ogen dat zij het ook weet. Dat ze allemaal meer weten dan ze voorgeven.

Elsa kijkt niet om wanneer Alf haar naar Taxi draagt. Ze weet dat Wolvenhart toch al weg is. En wanneer ze zich in haar moeders armen stort wanneer ze terugkomen bij de kerk, weet ze dat die ook meer weet dan ze laat blijken. Dat ze altijd meer heeft geweten dan ze veinsde.

Elsa denkt aan het verhaal van de gebroeders Leeuwenhart. Ze denkt aan de draak Katla, die geen mens kon overwinnen. En ze denkt aan de verschrikkelijke lintworm Karm, de enige die uiteindelijk in staat was Katla te vernietigen. Want in sprookjes kan een vreselijke draak soms alleen worden vernietigd door iets wat nog vreselijker is dan de draak.

Een monster.

22

O’boy

Elsa is eerder achternagezeten. Honderden keren. Iedereen die apart is geweest op een schoolplein is dat wel eens gebeurd. Maar ze is nog nooit achternagezeten zoals ze achternagezeten werd op het kerkhof, en deze angst is anders. Als een koorts in haar hart kapselt die haar in en houdt haar gevangen, galmt door haar hoofd wanneer de schaduw die achter haar aanzat allang is verdwenen.

Want ze heeft zijn ogen gezien vlak voordat ze wegrende, en die keken alsof hij in staat was haar te vermoorden. Je komt er nooit echt overheen wanneer je bijna acht bent en dat hebt gezien in de ogen van iemand.

Of iets.

Toen oma nog leefde, deed Elsa haar best om nooit bang te zijn. Of ze probeerde in ieder geval het nooit te laten merken. Want oma had de pest aan angsten. In Bijna-Wakkerland zijn angsten kleine etterbakjes met een ruige vacht die stomtoevallig nogal sterk op het pluis uit een wasdroger lijken, en als je hun ook maar even de kans geeft, springen ze op, bijten je en proberen je ogen uit te krabben. Angsten zijn net als sigaretten, zei oma: het probleem is niet om te stoppen met die krengen, het probleem is alleen om niet opnieuw te beginnen.

Numeteen heeft de angsten naar Bijna-Wakkerland gebracht, in een ander sprookje van oma, meer eeuwigheden geleden dan iemand kan tellen. Zo lang geleden dat er toen nog maar vijf koninkrijken waren en geen zes.

Numeteen is een monster uit de oertijd dat wil dat alles meteen gebeurt. Telkens wanneer een kind zegt 'straks', 'later' of 'alleen nog even dit', brult Numeteen met woedende kracht: 'Neeee! Nu! Het moet nu meteen!' Hij haat kinderen, Numeteen, aangezien kinderen de leugen van Numeteen dat tijd lineair is niet willen slikken. Kinderen weten dat tijd gewoon een gevoel is, dus 'nu' is een betekenisloos woord voor hen, net zo betekenisloos als voor oma, die altijd dacht dat ze nog tijd genoeg had. Volgens George dacht ze niet te optimistisch over tijd, ze geloofde er gewoon niet in, en de enige religie waar ze wel in geloofde was het late boeddhisme, zei hij. Daar werd Elsa heel boos om, omdat het zo grappig was, en het is heel moeilijk om iemand niet aardig te vinden die grappig is. Humor is een van de meest frustrerende karakterfouten van George.

Numeteen heeft de angsten naar Bijna-Wakkerland gebracht om kinderen mee te vangen, want wanneer Numeteen een kind te pakken krijgt, slokt hij de toekomst van het kind op. Hij laat het slachtoffer hulpeloos achter met een heel leven waarin het 'nu meteen' moet eten, 'nu meteen' moet gaan slapen en 'nu meteen' moet opruimen. Het kind kan nooit meer iets vervelends tot later uitstellen en intussen iets leuks doen. Alleen het nu blijft over. Een lot veel erger dan de dood, vond oma altijd, dus het sprookje over Numeteen begon ermee dat hij sprookjes haatte. Want als er sprookjes in het spel zijn willen kinderen juist dingen uitstellen. Dus op een nacht kronkelde Numeteen de Verhalenberg op, de hoogste berg van heel Bijna-Wakkerland, en daar veroorzaakte hij een heftige steenlawine die de hele bergtop liet verdwijnen. Vervolgens ging hij in een donkere grot liggen wachten. Want de Verhalenberg is de berg waar de eenfanten bovenop moeten staan om de sprookjes op te laten, zodat ze naar de echte wereld zweven, en als de sprookjes de Verhalenberg niet kunnen verlaten, raakt eerst het koninkrijk Miama verstikt en daarna heel Bijna-Wakkerland. Want sprookjes kunnen niet leven zonder kinderen die ernaar luisteren.

Toen het ochtend werd, probeerden de moedigste krijgers van Mibatallië de berg te beklimmen en Numeteen te verslaan, maar dat lukte hun geen van allen. Want Numeteen kweekte angsten diep in de grotten, als eitjes. En angsten zijn lastig te kweken, want ze gedijen bij dreigementen. Dus telkens wanneer een ouder ergens een kind dreigde, werkte dat als mest. 'Straks,' zei een kind ergens, en dan schreeuwde een ouder: 'Nee, nu meteen! Want anders...' En dan kwam er 'pang' een angst uit in de grotten van Numeteen.

Toen de krijgers uit Mibatallië de berg beklommen, liet Numeteen de angsten vrij, en ze veranderden meteen in datgene waar elke krijger het allerbangst voor was. Want alle wezens hebben een onsterfelijke angst, zelfs de krijgers van Mibatallië, en de lucht in Bijna-Wakkerland werd snel dunner. De sprookjesvertellers kregen steeds meer moeite met ademhalen.

Maar wanneer oma zo ver was in het verhaal, viel Elsa haar natuurlijk altijd nogal geërgerd in de rede en wees erop dat dat van die angsten die veranderen in datgene waar je het bangst voor bent, van Harry Potter gestolen was, want zo werkt een Boeman. En dan antwoordde oma snuivend: 'Is het wel eens bij je opgekomen dat die knurft van een Harry dat misschien wel van mij heeft gestolen?' En dan siste Elsa: 'Harry Potter steelt niet!' En dan harrewarden ze daar een hele poos over totdat oma het ten slotte opgaf en mompelde: 'Nou ja, laat dan ook maar! Angsten veranderen niet! Ze bijten alleen en proberen je ogen uit te krabben, IS HET NOU GOED?' En dat vond Elsa goed en dan gingen ze verder met het verhaal.

En ja, om een ontzettend lang verhaal niet zo heel erg veel korter te maken: toen doken er twee gouden ridders op. Iedereen probeerde hen te waarschuwen dat ze de berg niet op moesten rijden, maar ze luisterden natuurlijk niet. Ridders zijn zo verrekte eigenwijs. Maar toen ze op de berg kwamen en alle angsten uit de berg opwelden, vochten de gouden ridders niet. Ze schreeuwden niet en vloekten niet, zoals alle andere krijgers hadden gedaan. In plaats daarvan deden de ridders het enige wat je tegen een angst kunt doen: ze lachten. Luid, uitdagend, spottend. En toen veranderden alle angsten een voor een in steen.

Oma liet sprookjes soms wat al te makkelijk eindigen met dingen die in steen veranderden, want het eind was altijd het deel van een sprookje waar oma het slechtst in was, maar daar had Elsa nooit iets van gezegd. Numeteen werd natuurlijk voor onbepaalde tijd in de gevangenis gezet, wat hem pisnijdig maakte. En de Hoge Raad van Bijna-Wakkerland besloot uit elk koninkrijk een aantal inwoners aan te wijzen, krijgers uit Mibatallië, dromenjagers uit Mireva, verdrietbewaarders uit Miplorië, musici uit Mimova en sprookjesvertellers uit Miama, om de Verhalenberg te bewaken. Met de angststenen bouwden ze de top weer op, hoger dan ooit tevoren, en aan de voet van de berg bouwden ze het zesde koninkrijk: Miaudacië. En op de velden rond Miaudacië kweekten ze moed, zodat niemand ooit meer bang hoefde te zijn voor de angsten.

Of, nou ja. Dat deden ze in ieder geval totdat oma een keer aan Elsa vertelde dat ze na de oogst van alle moedgewassen een speciale drank brouwden waar je heel moedig van werd als je die dronk. En toen googelde Elsa wat en daarna sprak ze oma erop aan dat het niet zo'n verantwoordelijke metafoor was om een kind mee lastig te vallen. En toen kreunde oma: 'Nou, oké, dan is die moed daar gewoon! Ze verbouwen hem niet en ze drinken hem niet, hij is er gewoon, oké?'

En, nou ja. Dat was het hele sprookje over de twee gouden ridders die de angsten overwonnen. Oma vertelde het telkens wanneer Elsa ergens bang voor was, en ook al had Elsa een hele reeks pittige bezwaren tegen oma's verteltechniek, het werkte elke keer. Ze was daarna lang niet zo vaak bang.

Het enige waar het sprookje helemaal geen uitwerking op had, was oma's eigen angst voor de dood. En nu heeft het ook geen uitwerking meer op Elsa. Want zelfs sprookjes overwinnen geen schaduwen.

'Ben je bang?' vraagt Elsa's moeder.

'Ja,' zegt Elsa en ze knikt.

Haar moeder knikt ook. Ze zegt niet tegen Elsa dat ze niet bang moet zijn, en ze probeert haar ook niet wijs te maken dat ze niet bang mag zijn. Dat vindt Elsa geweldig van haar moeder.

Ze zijn in de garage, ze hebben de achterbank van Renault naar beneden geklapt. De wars neemt alle ruimte tussen hen in beslag, en Elsa's moeder krabt onbekommerd in zijn vacht. Ze is niet boos geworden toen Elsa opbiechtte dat ze hem in de kelderberging had verstopt. En ze schrok niet toen Elsa hem liet zien. Niet eens een beetje. Ze krabde hem meteen achter zijn oor alsof hij een heel klein poesje was.

Elsa steekt haar hand uit en voelt aan de buik en Halfjes rustige hartslag daarbinnen. Halfje is ook niet bang. Want hij is helemaal mama, terwijl Elsa voor de helft haar vader is, en Elsa's vader is overal bang voor. Dus Elsa is ongeveer voor de helft van alles bang.

Vooral voor schaduwen.

'Weet je wie dat was? De man die mij achternazat?' vraagt ze.

De wars duwt met zijn kop tegen haar hoofd. Mama aait voorzichtig over haar wang.

'Ja. We weten wie het is.'

'Wie weten dat?'

Mama ademt in door haar neus.

'Lennart en Maud. En Alf. En ik.'

Het klinkt alsof ze nog meer namen wil opnoemen, maar dat doet ze niet.

'Lennart en Maud?' roept Elsa uit.

Mama knikt.

'O ja, lieverd. Ik ben bang dat die hem het best kennen van iedereen.'

'Waarom heb je mij dan nooit iets over hem verteld?' wil Elsa weten.

'Ik wilde je niet bang maken,' antwoordt haar moeder.

'Nou, dat werkt dan keigoed, zeg!' snauwt Elsa, totaal niet onbevreesd.

Mama zucht. Ze krabt in de vacht van de wars. De wars op zijn beurt likt Elsa in het gezicht. Hij ruikt nog steeds naar cakebeslag.

Het is helaas nogal moeilijk om boos te zijn als iemand die naar cakebeslag ruikt je in het gezicht likt.

‘Het is een schaduw,’ fluistert Elsa.

‘Dat weet ik,’ fluistert mama.

‘O ja?’

Mama haalt zo diep adem dat de lucht naar haar voeten gaat.

‘Jouw oma heeft geprobeerd de sprookjes aan mij te vertellen, schat. Over Bijna-Wakkerland en over de schaduwen.’

‘Ook over Miama?’ vraagt Elsa.

‘Nee. Ik weet dat jullie daar dingen hadden die ze mij nooit heeft laten zien. En het was lang geleden. Ik was zo oud als jij nu. Bijna-Wakkerland was toen nog heel klein. De koninkrijken hadden nog geen naam.’

Elsa valt haar ongeduldig in de rede: ‘Dat weet ik! Ze hebben een naam gekregen toen oma Wolvenhart ontmoette, ze heeft ze genoemd naar dingen in de taal van zijn moeder. En van zijn eigen taal heeft ze de geheime taal gemaakt. Die kon hij haar dan leren, zodat zij met hem kon praten. Maar waarom heeft ze jou niet meegenomen toen ze terugging? Waarom heeft oma jou niet heel Bijna-Wakkerland laten zien?’

Mama bijt zachtjes op haar lip.

‘Ze wilde mij ook meenemen, schat. Heel vaak. Maar ik wilde niet mee.’

‘Waarom niet?’

‘Ik werd ouder. Ik werd een tiener. Ik was boos. En ik wilde niet dat mijn moeder nog langer sprookjes zou vertellen aan de telefoon, ik wilde haar bij me hebben. Ik wilde haar in de werkelijkheid.’

Dat hoort Elsa haar bijna nooit zeggen. ‘Mijn moeder.’ Ze zegt altijd ‘jouw oma’.

Elsa’s moeder probeert te glimlachen. Dat gaat haar niet heel erg geweldig goed af.

‘Ik was geen gemakkelijk kind, schat. Ik lag vaak dwars. Ik zei overal nee tegen. Jouw oma noemde mij altijd “het meisje dat nee zei”.’

Elsa's ogen worden groot. Haar moeder zucht en glimlacht tegelijkertijd, alsof de ene gevoelsuiting de andere probeert op te slokken.

'Ja, ik was een heleboel verschillende dingen in de sprookjes van je oma. Zowel het meisje als de koningin, geloof ik. Ten slotte wist ik niet meer waar de fantasie ophield en de werkelijkheid begon. Ik denk dat je oma het af en toe zelf ook niet meer wist. Daar kon ik moeilijk mee leven toen ik groter werd. Het is nog steeds moeilijk. Ik heb een grote behoefte aan werkelijkheid.'

Elsa ligt stil naar het dak te staren met de ademhaling van de wars in haar oor. Ze denkt aan Wolvenhart en de zee-engel, die zoveel jaar in het portiek hebben gewoond zonder dat iemand wist wie ze waren. Zonder dat iemand hen dat heeft gevraagd. Als ze gaten in de muren en de vloeren van de flat hadden geboord, dan hadden alle buren hun handen uit kunnen steken en elkaar aan kunnen raken, zo dichtbij leefden ze, en toch wisten ze niets van elkaar. En de jaren gingen gewoon voorbij.

'Heb je de sleutel gevonden?' vraagt Elsa en ze wijst naar het dashboard van Renault.

Mama schudt haar hoofd.

'Ik denk dat je oma die heeft verstopt. Vermoedelijk om Britt-Marie te pesten. Daarom staat hij waarschijnlijk ook op de plek van Britt-Marie geparkeerd...'

'Heeft Britt-Marie wel een eigen auto?' vraagt Elsa. Ze kan BMW, de auto van Kent, vanaf hier zien staan, want dat is de grootste bak die ze ooit heeft gezien.

'Nee. Maar jaren geleden had ze er wel een. Een witte. En dit is nog steeds haar parkeerplaats. Ik geloof dat het om het principe gaat. Daar gaat het bij Britt-Marie altijd om,' zegt Elsa's moeder met een scheve glimlach.

Elsa weet niet goed wat dat betekent. Ze weet ook niet of het uitmaakt.

'Hoe komt Renault dan hier? Als niemand de sleutel heeft?' denkt ze hardop, ook al weet ze dat haar moeder daar geen antwoord op kan geven, omdat zij het evenmin weet.

Ze geeft dan ook geen antwoord. Dan vult Elsa haar longen en ze doet haar ogen dicht.

'Je moet me over de schaduw vertellen,' zegt ze, en ze probeert te klinken alsof ze vol zit met wat in Miaudacië gekweekt wordt, ook al fladdert haar stem als een los zeil in haar keel.

Mama aait weer over haar wang en komt moeizaam overeind van de stoel met haar hand op Halfje.

'Ik denk dat Maud en Lennart dat maar moeten doen, schat.'

Elsa wil protesteren, maar mama is al uit Renault gestapt, dus er blijft Elsa weinig anders over dan haar voorbeeld te volgen. Dat is per slot van rekening de superkracht van Elsa's moeder. Mama neemt het jack van Wolvenhart mee. Ze zegt dat ze het zal wassen, dan krijgt hij het wanneer hij terugkomt. Dat idee staat Elsa wel aan. Dat hij terugkomt.

Ze leggen dekens over de wars op de achterbank en mama vermaant hem rustig dat hij doodstil moet blijven liggen als hij iemand hoort aankomen. En dat doet hij. Elsa belooft hem een paar keer dat ze een betere schuilplek voor hem zal zoeken, ook al lijkt hij niet echt te begrijpen waar dat goed voor zou zijn. Het lijkt daarentegen wel alsof hij het heel belangrijk vindt dat ze eropuit gaat om meer koekjes te zoeken.

Alf staat aan de voet van de keldertrap en houdt de wacht.

'Ik heb koffiegezet,' mompelt hij.

Elsa's moeder neemt de ene kop dankbaar in ontvangst. Het tweede kopje geeft Alf aan Elsa.

'Ik drink geen koffie, heb ik toch al gezegd,' zegt Elsa vermoeid.

'Dit is geen koffie, verdomme, dit is van dat O'boy-spul,' antwoordt Alf beledigd.

Elsa kijkt verbaasd in het kopje.

'Waar heb je die O'boy vandaan?' vraagt ze, want van haar moeder mag ze nooit O'boy-chocolademelk, omdat er te veel suiker in zit.

'Die heb ik zelf,' mompelt Alf.

‘Heb jij O’boy in huis?’ vraagt Elsa sceptisch.

‘Een mens kan toch boodschappen doen, verdomme! Jij drinkt toch geen koffie!’ antwoordt Alf nors.

Elsa grijnst naar Alf. Misschien gaat ze hem wel ‘ridder van de zinnenversterkers’ noemen, want ze vindt in zijn algemeenheid dat daar te weinig ridders van zijn. Dan neemt ze een grote slok O’boy, die ze bijna recht op Alfs leren jack spuugt.

‘Hallo? Hoeveel lepels O’boy heb je er eigenlijk in gedaan?’

‘Sodeju zeg, dat weet ik niet. Een stuk of veertien, vijftien, zoiets,’ mompelt Alf defensief.

‘Het moeten er een stuk of dríé zijn!’

Alf kijkt verbolgen. Dat idee heeft Elsa in ieder geval. Ze heeft ‘verbolgen’ een keer in papa’s woordenpot gestopt en ze stelt zich voor dat het er zo uitziet.

‘Het moet toch een beetje smaak hebben, verdorie,’ mompelt Alf.

Elsa eet de rest van de O’boy met een lepeltje op.

‘Weet jij ook wie mij op het kerkhof heeft achternagezeten? Wie dat is?’ vraagt ze aan Alf met de helft van de chocolademelk in haar mondhoeken en op het puntje van haar neus.

Het leren jack knarst zacht. De vuisten worden gebald.

‘Hij heeft het niet op jou voorzien.’

‘Hé, hallo? Hij zat toch achter mij aan?’ protesteert Elsa. Ze hoest waardoor Alf toch nog een klein beetje O’boy op zijn jas krijgt.

Maar hij schudt alleen langzaam zijn hoofd.

‘Nee. Hij zit niet achter jou aan.’

23

Vaatdoekje

Elsa heeft duizend vragen, maar stelt er geen, want als ze boven in het appartement zijn, is haar moeder zo moe dat zij en Halfje naar bed moeten. Dat gaat tegenwoordig zo met Elsa's moeder – alsof iemand de stekker eruit heeft getrokken. Dat schijnt de schuld te zijn van Halfje. George zegt dat Halfje hen allemaal achttien jaar lang uit de slaap zal houden en om dat goed te maken laat hij mama eerst negen maanden slapen. Elsa zit op de rand van het bed en kriebelt in mama's haar. Mama kust haar handen en fluistert: 'Het wordt beter, lieverd. Het komt goed.' Zoals oma dat zei. En Elsa wil het zo ontzettend graag geloven. Mama glimlacht slaperig.

'Is Britt-Marie daar nog?' vraagt ze met een knikje naar de deur.

De stem van Britt-Marie klinkt luid in de keuken, zodat de vraag meteen retorisch wordt. Britt-Marie eist namelijk 'duidelijkheid' van George betreffende Renault, die nog steeds op de plaats van Britt-Marie in de garage staat. 'We kunnen niet leven zonder regels, George!' zegt Britt-Marie goedwillend zonder helemaal goedwillend te klinken. George antwoordt vrolijk dat hij dat natuurlijk begrijpt, want George heeft voor iedereen begrip. Dat is onwijs vervelend aan George, en Britt-Marie lijkt er ook inderdaad boos om te worden. Daarna probeert George Britt-Marie een ei aan te bieden, waarop Britt-Marie voor geen meter goedwillend klinkt, maar erop aandringt dat alle flatbewoners zich moeten onderwerpen aan een diepgaand onderzoek aangaande de kinderwagen die in het trappenhuis aan de ketting ligt. Want eerst had iemand een briefje opgehangen zonder dat tegen Britt-Marie te zeggen, en nu heeft iemand dat briefje weggehaald, ook weer zonder het aan Britt-Marie te vertellen. Britt-Marie wijst erop dat ze alle verdachten uitermate grondig heeft ondervraagd. 'Uitermate grondig!' George belooft dat hij ook een paar verdachten zal verhoren, ook al klinkt het niet alsof hij precies weet wie dat zouden moeten zijn. Kennelijk krijgt Britt-Marie nieuwe energie door de bijval van George, en ze zet nog een poosje met ontzetting uiteen dat ze ook nog hondenharen in het trappenhuis heeft gevonden. Wat duidelijk bewijst dat dat beest nog steeds door het gebouw sluipt. Echt waar! Hij sluipt hier rond! Ze eist van George dat hij ingrijpt. George lijkt niet helemaal te begrijpen wat dat betekent. Dan snauwt Britt-Marie dat ze het er met Kent over zal hebben, dat moet iedereen verdraaid goed in zijn oren knopen, en dan stormt ze naar buiten voordat George kan reageren. Wat hij toch al helemaal niet van plan was. Even later ruikt het alsof George nog een paar eitjes aan het bakken is.

'Britt-Marie is een zultknurft!' moppert Elsa in de slaapkamer.

'Maak je geen zorgen, schat, we zoeken morgen een betere schuilplaats voor je vriend,' mompelt mama half slapend, en dan voegt ze er glimlachend aan toe: 'Misschien kunnen we hem in die kinderwagen verstoppen?'

Elsa lacht een beetje. Een beetje maar. En ze bedenkt dat het mysterie van de op slot gezette kinderwagen klinkt als de inleiding van een onwijs slechte Agatha Christie. Dat weet Elsa, want van bijna alle romans van Agatha Christie is er een iPadversie, en Agatha Christie zou nooit zo'n stereotype schurk als Britt-Marie in haar verhalen hebben gehad. Misschien als slachtoffer, stelt Elsa zich voor, want in een moordmysterie waarin iemand Britt-Marie met een kandelaar in de bibliotheek heeft doodgeslagen is iedereen die Britt-Marie kent verdacht omdat ze allemaal een motief hebben: 'Dat mens was echt een grote knurft!' En dan schaamt Elsa zich een beetje omdat ze zo denkt. Een klein beetje maar.

'Britt-Marie bedoelt het niet slecht, ze wil graag het idee hebben dat ze belangrijk is,' probeert mama.

'Ze blijft een grote knurft,' mokt Elsa.

Mama glimlacht.

'Ja. Een beetje knurftig is ze wel. Oké dan.'

En dan gaat ze op de kussens liggen en Elsa helpt haar ze onder haar rug te stoppen. Mama aait over haar wang en fluistert: 'Nu wil ik die sprookjes horen, lieverd, als het goed is. Ik wil de sprookjes uit Miama horen.'

En dan fluistert Elsa beheerst dat mama haar ogen op een klein kiertje na dicht moet doen, en dat doet ze, en Elsa heeft duizend vragen, maar stelt er geen. In plaats daarvan vertelt ze over de wolkendieren, de eenfanten, de spijten en de leeuwen, de trollen en de ridders, over Numeteen, Wolvenhart, de sneeuwengelen, de zee-engel en de dromenjagers, en wanneer ze begint te vertellen over de prinses van Miplorië en de twee prinsen die streden om haar liefde, en over de heks die de schat van de prinses had gestolen, dan slapen mama en Halfje.

Elsa heeft duizend vragen, maar stelt er geen. Ze trekt alleen het dekbed over hen allebei heen, geeft haar moeder een zoen op de wang en dwingt zichzelf om moedig te zijn. Want ze moet doen wat oma haar liet beloven: het kasteel beschermen, haar gezin beschermen, haar vrienden beschermen.

Mama's hand tast naar haar wanneer ze opstaat, en net wanneer Elsa weg wil lopen, fluistert mama bijna wakker: 'Als niet je oma, maar je opa op reis was gegaan om levens te redden, zou niemand hem ooit een slechte vader hebben genoemd.'

'Ik wel! Ik zou dat hebben gezegd!' bitst Elsa.

'Dat weet ik, daarom ben jij de toekomst,' zegt mama glimlachend en ze draait zich moeizaam om.

Elsa is al bij de deur wanneer mama's mompelende woorden uit de droom opborrelen: 'Alle foto's aan het plafond van je oma, schat. Alle kinderen die erop staan. Dat waren de mensen die vandaag op de begrafenis waren. Ze zijn nu volwassen. Ze konden volwassen worden omdat je oma hun het leven heeft gered.'

Daarna valt mama weer in slaap. Elsa weet niet zeker of ze echt wakker was.

'No shit, Sherlock. Ik ben echt niet achterlijk, hoor,' fluistert Elsa en ze doet het licht uit.

Want zo verschrikkelijk moeilijk was het nou ook weer niet om te bedenken wie die onbekenden waren. Het is alleen moeilijk het hun te vergeven.

Elsa's moeder slaapt met een glimlach op haar lippen. Elsa doet de deur voorzichtig dicht.

Het appartement ruikt naar vaatdoekjes. George ruimt de koffiekopjes op. De vreemdelingen zijn na de begrafenis allemaal hier komen koffiedrinken. Iedereen glimlachte medelijdend naar Elsa en dat vindt Elsa naar van hen. Ze vindt het nare mensen omdat ze oma eerder kenden dan dat Elsa zelf haar kende. Ze loopt oma's appartement binnen en gaat op oma's bed liggen. Het licht van de straatlantaarns speelt in de reflecties van de foto's aan het plafond zoals honden in een tuinsproeier, en Elsa weet nog steeds niet of ze het oma kan vergeven dat ze Elsa's moeder alleen heeft gelaten om al die kinderen van anderen te gaan redden. Ze weet ook niet of mama haar dat kan vergeven. Ook al lijkt ze daar wel haar best voor te doen.

Ze loopt de deur weer uit, het trappenhuis in, ze moet bij de wars in de garage gaan kijken. Maar in plaats daarvan zakt ze futloos in elkaar op de grond. Ze zit daar voor eeuwig. Ze probeert na te denken, maar vindt alleen leegheid en stilte waar anders de gedachten zijn.

Ze hoort de voetstappen een paar verdiepingen lager aankomen, in dit soort flats is dat zo. Het zijn zachte, sluipende voetstappen, alsof ze verdwaald zijn. Helemaal niet de zelfverzekerde, gestreste passen die de vrouw in de zwarte rok altijd maakte toen ze naar pepermunt rook en in een wit snoer praatte. Ze draagt nu een spijkerbroek. En geen snoer. Ze blijft een tiental treden onder Elsa staan.

'Dag,' zegt de vrouw.

Ze lijkt klein. Ze klinkt moe, maar anders moe dan anders. Beter moe ditmaal. En ze ruikt niet naar pepermunt en ook niet naar wijn. Alleen naar shampoo.

'Dag,' zegt Elsa.

'Ik ben vandaag op de begraafplaats geweest,' zegt de vrouw zacht.

'Ik heb u niet gezien op de begrafenis,' zegt Elsa en de vrouw schudt verontschuldigend haar hoofd.

'Daar was ik ook niet, sorry. Ik... Ik kon het niet. Maar ik...'

Ze slikt de woorden in en kijkt naar iets in haar handen.

'Ik ben bij het graf van mijn jongens geweest. Daar was ik heel lang niet geweest.'

'Heeft het geholpen?' vraagt Elsa.

De lippen van de vrouw verdwijnen.

'Ik weet het niet.'

Elsa knikt. De lampen in het trappenhuis gaan uit. Ze wacht totdat haar ogen aan het donker gewend zijn. Ten slotte lijkt de vrouw al haar kracht te verzamelen om te kunnen glimlachen, en er zitten niet meer zoveel barstjes in de huid rond haar mondhoeken.

'Hoe was de begrafenis?' vraagt ze.

Elsa haalt haar schouders op.

'Gewoon. Idioot veel mensen.'

De vrouw knikt alsof haar hoofd klem zit achter een halter.

'Soms is het moeilijk om je verdriet te delen met mensen die je niet kent. Maar ik denk dat... dat veel van die mensen heel veel om jouw... om jouw oma gaven.'

Elsa laat haar haar in haar gezicht vallen. De vrouw krabt in haar hals.

'Het is... Ik bedoel... het is... ik begrijp dat het moeilijk is. Om te weten dat je oma alles hier thuis achterliet om ergens anders vreemde mensen te gaan helpen... Mensen zoals mij.'

Elsa blaast achterdochtig lucht uit door haar neus, want het lijkt wel of de vrouw haar gedachten kan lezen. Daar is Elsa helemaal niet blij mee. En bovendien is het 'zoals ik' en niet 'zoals mij'. De vrouw kijkt gegeneerd.

'Ik... ja dus, ik... sorry. Dat noemen ze "het tramdilemma". In de ethiek. Ik bedoel... wanneer je studeert. Aan de universiteit. Dat is... de discussie over de vraag of het moreel juist is om één mens op te offeren om een aantal andere mensen te redden.'

Elsa wil iets zeggen, maar weet niet wat dat zou moeten zijn. De vrouw knikt verontschuldigend.

'Je kunt er vast wel iets over vinden op Wikipedia.'

Elsa haalt haar schouders op. De vrouw ziet er bedrukt uit.

'Je kijkt boos,' merkt ze op.

Elsa blaast lucht uit en gaat na waar ze eigenlijk het boost om is. Het is een hele lijst.

'Niet op u. Ik ben alleen boos op die knurftige Britt-Marie,' besluit ze uiteindelijk.

De vrouw knikt verward.

'Ik begrijp het.'

Elsa vertrouwt er niet op dat dat echt zo is, dus ze legt uit: 'Britt-Marie is gewoon een ongelooflijke knurft! Ze is zo knurftig dat het wel een knurftigheidsvirus lijkt en als je te lang bij haar in de buurt bent, word je besmet en word je zelf ook een ongelooflijke knurft!'

De vrouw kijkt naar wat ze in haar handen houdt. Haar vingers trommelen erop.

'Wie tegen monsters vecht, moet uitkijken dat hij zelf geen monster wordt. Als je lang genoeg in de afgrond kijkt, kijkt die afgrond ook in jou.'

'Waar hebt u het over?' roept Elsa uit, maar ze vindt het toch leuk van de vrouw dat ze met Elsa praat alsof Elsa geen kind is.

'Sorry, dat is... dat is van Nietzsche,' zegt de vrouw verlegen.

Ze krabt nog eens in haar hals.

'Dat was een Duitse filosoof. Ik citeer hem vast fout, maar volgens mij zou het kunnen betekenen dat je, als je een afkeer hebt van iemand die overal een afkeer van heeft, het risico loopt zelf net zo te worden.'

Elsa's schouders gaan met een schok omhoog.

'Oma zei altijd: "Trap niet in de poep, dat spettert."'

Het is de eerste keer dat Elsa de vrouw in de zwarte rok hardop hoort lachen. Ook al draagt ze vandaag een spijkerbroek.

'Ja, ja, dat is misschien nog wel een betere manier om het te verwoorden.'

Ze is mooi wanneer ze lacht. Dat staat haar goed. Vervolgens komt ze twee treden hoger staan zonder echt heel dichtbij te komen en rekt zich dan zo ver mogelijk uit om Elsa de envelop te geven die ze in haar handen houdt. Haar woorden verdwijnen weer in donkere gaten.

'Dit zat op... op de grafsteen van mijn jongens. Ik weet niet... weet niet wie het daar heeft opgehangen. Maar je oma... misschien had ze uitgeknobbeld dat ik...'

Elsa pakt hem aan. De vrouw in de spijkerbroek is de trap al af voordat ze kan opkijken van de envelop. Er staat: 'Voor Elsa! Geef aan Lenart en Mout!'

En zo vindt Elsa de derde brief van haar oma.

Lennart komt met een kopje koffie in zijn hand bij de deur. Maud en Samantha staan achter hem en kijken vriendelijk. Ze ruiken naar koekjes.

'Ik heb een brief voor jullie,' verklaart Elsa.

Lennart neemt hem in ontvangst en wil iets zeggen, maar dan gaat Elsa al verder: 'Het is een brief van mijn oma! Waarschijnlijk zegt ze dat het haar spijt, want dat doet ze in alle brieven!'

Lennart knikt vriendelijk. Maud knikt nog vriendelijker.

'We vinden het zo erg van je oma, lieve kleine Elsa. Maar het was een prachtige begrafenis, vonden wij. We waren zo blij dat we mochten komen.'

'De koffie was erg lekker!' zegt Lennart met waardering in zijn stem. Hij knikt en wenkt Elsa dat ze binnen moet komen.

'Ja! Kom binnen, kom binnen, er zijn dromen!' zegt Maud.

'Ja! En ik kan nog wat koffiezetten!' roept Lennart.

'En er is O'boy. Alf is O'boy komen brengen,' vertelt Maud enthousiast.

Samantha blaft. Zelfs het geblaf is vriendelijk. Elsa pakt een droom uit de boordevolle trommel die haar wordt voorgehouden. Ze glimlacht bescheiden naar Maud.

'Ik heb een vriend die dol is op dromen. En hij is de hele dag alleen geweest. Zou hij ook hier mogen komen?'

Maud en Lennart knikken op de vanzelfsprekende manier van mensen die niet goed weten hoe je nee moet schudden.

'Natuurlijk mag dat, lieve kind!' roept Maud uit.

'Ik zet nog wat koffie!' zegt Lennart vrolijk.

Maud geeft een klopje op Elsa's arm en herhaalt volhardend: 'Natuurlijk mag je een vriend meenemen! Dat spreekt vanzelf!'

Het lijkt of Maud het iets minder vanzelfsprekend vindt wanneer de wars even later op haar keukenkleed zit. Zo kun je het wel samenvatten.

Vooral niet omdat hij echt letterlijk op het hele keukenkleed zit.

24

Dromen

'Ik zei toch dat hij dol is op dromen!' zegt Elsa blij.

Maud knikt zwijgend. Lennart zit aan de andere kant van de tafel met een doodsbange Samantha op schoot. De wars eet dromen bij het dozijn.

'Wat is het voor ras?' vraagt Lennart heel zachtjes aan Elsa, alsof hij bang is dat de wars beledigd zal zijn.

'Een wars!' zegt Elsa tevreden.

Lennart knikt, want wat moet je anders wanneer je geen idee hebt wat dat betekent. Maud maakt een nieuwe trommel dromen open en duwt die voorzichtig met de punten van haar tenen over de vloer. De wars eet hem in drie grote smakken leeg. Hij tilt zijn kop op en kijkt met ogen zo groot als wieldoppen naar Maud. Maud pakt nog twee trommels en probeert niet te laten merken dat ze zich gevleid voelt. Dat lukt niet heel geweldig goed.

'Doet dat ras ook mee in de gebruikshondensportvereniging?' vraagt Lennart wanneer de snuit van de wars in de koekjeszee duikt.

'Dat denk ik niet,' zegt Elsa.

'Ik ook niet,' zegt Lennart en hij probeert Samantha tegen te houden, die probeert haar kop in de tussenruimte tussen zijn hals en zijn oor te verstoppen.

'En is het een sociaal ras, makkelijk in de omgang en zo?' vraagt Maud weifelend. Ze trekt een gezicht alsof ze hem wil aaien.

Elsa kijkt peinzend naar de wars. 'Ik weet het niet. Warsen bewaken het kasteel van de prinses in sprookjes. Dus ik neem aan van wel.'

'Een waakhond dus,' constateert Lennart.

Elsa knikt. Daarmee is Lennart tevreden en hij lijkt zich te kunnen ontspannen nu hij het wezen heeft gecategoriseerd.

'Goh, hij is koninklijk?' vraagt Maud en ze lijkt geïmponeerd.

'Zoiets ja,' zegt Elsa.

'Hij is in ieder geval echt wild op dromen,' zegt Maud glimlachend en ze geeft hem nog twee trommels.

'Hoe staat het met de koffie?' vraagt Lennart alsof hij bang is dat de koffie ervandoor is, en wanneer hij opstaat, hangt de bichon frisé als een kangoeroejong aan zijn buik vastgeklampt.

Je kunt van Samantha zeggen wat je wilt, maar voor haar is het idee dat iets koninklijk is niet genoeg om te ontspannen. Zeker niet wanneer het koninklijke zo groot is dat het Samantha voor een vuiltje tussen zijn klauwen zou kunnen aanzien.

'Wil je een kaneelbroodje, kleine Elsa? Ik kan er eentje opwarmen in de magnetron!' biedt Maud aan.

Elsa knikt, want je zegt gewoon geen nee tegen kaneelbroodjes in Mauds huis. Je zou wel gek zijn.

'Sorry, lust jij ook een kaneelbroodje?' vraagt Maud aan de wars.

Ze spreekt elke letter van 'kaneelbroodje' duidelijk uit, alsof de wars aan de andere kant van een bar staat ergens waar de muziek heel hard is.

De wars lust wel een kaneelbroodje.

'Ik denk dat wij wel vrienden kunnen worden, jij en ik,' fluistert Maud vertrouwelijk tegen hem terwijl ze vier seconden later nog vier zakken uit de vriezer haalt.

Dat voorstel lijkt de wars enorm aan te spreken.

Elsa kijkt naar de brief van oma. Hij ligt opengevouwen op tafel. Lennart en Maud hebben hem waarschijnlijk gelezen terwijl zij de wars uit de kelder ging halen. Lennart ziet haar kijken en legt zijn hand op haar schouder.

'Je had gelijk. Je oma schreef dat het haar spijt.'

'Wat?' vraagt Elsa.

Maud geeft de wars de kaneelbroodjes en een half suikerbrood.

'Ja nou, dat was echt een hele waslijst. Je oma was nogal...'

'Apart,' vult Elsa aan.

Maud lacht hartelijk en aait de wars over z'n kop. Lennart knikt naar de brief.

'Allereerst bood ze haar verontschuldigingen aan omdat ze ons zo vaak uitschold. En omdat ze zo vaak boos was. En ruziemaakte en overlast veroorzaakte. Maar daar hoef je je niet voor te verontschuldigen, dat heeft iedereen wel eens!' zegt hij alsof hij zich wil verontschuldigen voor oma's verontschuldigingen.

Jullie niet, denkt Elsa, en dat vindt ze erg aardig van hen. Maud giechelt.

'En ze bood haar verontschuldigingen aan voor die keer dat ze per ongeluk vanaf haar balkon op Lennart schoot met haar pengbalgeweer!'

Ze kijkt opeens verlegen.

'Heet dat zo? Pengbal?'

Elsa knikt. Ook al heet het niet zo. Maud kijkt trots.

'Een keer schoot je oma er per ongeluk mee op Britt-Marie, en toen kwam er een grote roze vlek op Britt-Maries gebloemde colbertje. Dat is Britt-Maries lievelingsjasje en die vlek ging er zelfs met Vanish niet uit! Kun je het je voorstellen?'

Maud giechelt. En daarna kijkt ze meteen heel beschaamd.

'Britt-Marie was woest, uiteraard. Het is natuurlijk heel gemeen van mij om daarom te lachen.'

Elsa vindt het niet erg.

'Wat speet oma nog meer?' vraagt ze en ze hoopt op nog meer verhalen over iemand die met een pengbalgeweer op Britt-Marie had geschoten.

Of met iets anders, geeft niet wat. Elsa is niet kieskeurig. Maar Lennarts kin valt op zijn borst. Hij kijkt naar Maud. Ze knikt en Lennart kijkt Elsa weer aan: 'Het speet haar dat ze ons vroeg jou het hele verhaal te vertellen. Alles wat je moet weten.'

'Welk verhaal?' vraagt Elsa. Ze heeft het nog niet gezegd of ze voelt dat er iemand achter haar staat.

Ze draait zich om op haar stoel. De jongen met syndroom staat in de deuropening van de slaapkamer met een knuffelleeuw in zijn armen. Hij kijkt naar Elsa, maar wanneer ze terugkijkt, laat hij zijn haar over zijn voorhoofd vallen. Zoals Elsa altijd doet. Hij is ruim een jaar jonger dan zij, maar bijna exact even lang. Ze hebben ook hetzelfde kapsel en bijna dezelfde kleur haar. Het enige wat hen onderscheidt, is dat Elsa apart is en dat de jongen syndroom heeft. Syndroom is een heel speciale variant van apart.

De jongen zegt niets, want dat doet hij nooit. Maar Maud drukt een zoen op zijn voorhoofd en vraagt fluisterend: 'Naar gedroomd?' De jongen knikt en dan haalt Maud een groot glas melk en een hele trommel dromen. Ze pakt zijn hand vast, brengt hem terug naar de slaapkamer en zegt zelfverzekerd: 'Kom, dan jagen we die nare droom meteen weg!'

Lennart kijkt Elsa aan.

'Ik denk dat je oma zou willen dat ik bij het begin begin.'

Die dag krijgt Elsa het verhaal te horen van de jongen met syndroom. Een sprookje dat ze nooit eerder heeft gehoord. Het is zo'n sprookje waarbij je tijdens het luisteren je armen keihard om jezelf heen wilt slaan. Lennart vertelt over de vader van de jongen, die zoveel haat in zich had – niemand had verwacht dat er zoveel haat in één enkel mens paste. Zijn vader gebruikte drugs. Lennart stopt en lijkt bang dat Elsa daarvan zal schrikken, maar ze recht haar rug en begraaft haar handpalmen in de vacht van de wars en zegt dat het niet uitmaakt. Lennart vraagt of ze weet wat drugs zijn en ze zegt dat ze erover heeft gelezen op Wikipedia.

Lennart vertelt hoe de vader een ander wezen werd wanneer hij datgene gebruikte waarover je op Wikipedia kunt lezen. Dat het donker werd in zijn ziel. Hij sloeg de moeder van de jongen toen ze zwanger was, want hij wilde geen vader worden van iemand. Lennart knippert steeds vaker met zijn ogen en hij zegt dat de vader misschien bang was dat het kind net zo zou worden als hijzelf. Vol haat en agressie. Dus toen de jongen geboren werd en de artsen vertelden dat hij een syndroom had, raakte de vader buiten zichzelf van woede. Hij kon niet accepteren dat het kind anders was. Misschien omdat hij alles haatte wat afwijkend was. Misschien omdat hij, wanneer hij naar het jongetje keek, alles zag wat anders was aan hemzelf.

Dus hij dronk alcohol en gebruikte meer van dat spul van Wikipedia. Hij was hele nachten en soms hele weken van huis zonder dat iemand wist waar hij was. Soms kwam hij volkomen kalm en heel voorzichtig terug. Soms huilde hij en legde uit dat hij genoodzaakt was geweest weg te blijven totdat alle woede uit hem gewrongen was. Alsof er iets donkers in hem huisde dat hem probeerde te veranderen, maar waartegen hij streed. Soms was hij daarna wekenlang rustig. Maandenlang.

Maar op een avond nam de duisternis volledig bezit van hem. Hij sloeg hen en bleef maar slaan totdat ze niet meer bewogen. En rende toen weg.

Mauds stem sluipt door de stilte die Lennart achterlaat in de keuken. De jongen met syndroom snurkt in de slaapkamer, en dat is een van de eerste geluiden die Elsa hem ooit heeft horen maken. Mauds vingertoppen rammelen met de lege koektrommels op het aanrecht.

'Wij hebben hen gevonden. We hadden al zo vaak tegen haar gezegd dat ze weg moest gaan met haar zoontje, maar ze was zo bang. We waren allemaal zo bang. Hij is een vreselijk gevaarlijke man,' fluistert ze.

Elsa houdt de wars steviger vast.

'Wat hebben jullie toen gedaan?'

Maud zakt in elkaar aan de keukentafel. Ze heeft een envelop in haar hand, net zo een als Elsa hier is komen brengen.

'We kenden je oma. Uit het ziekenhuis. Ja, je moet weten, Elsaatje lief, we hadden in die tijd een café, Lennart en ik. In de hal van het ziekenhuis. Je oma kwam er elke dag om onze dromen te kopen.'

'Ze noemde ze altijd "koekjes uit Mireva",' herinnert Lennart zich en Maud knikt.

'Ja, op het laatst hebben wij de naam ook aangepast en er "mirevaartjes" van gemaakt. Een half dozijn mirevaartjes en een half dozijn kaneelbroodjes, dat wilde je oma hebben, elke dag. Mijn zus heeft een kleine bakkerij in het zuiden, en af en toe bak ik nog wel eens voor haar, en je oma bleef al die jaren kaneelbroodjes bij ons kopen, ook nadat we...'

Ze stopt en wappert wat gegeneerd naar zichzelf, zoals oude mensen wel eens doen wanneer ze inzien dat de verhalen met hen op de loop gaan.

'Ik weet eigenlijk niet hoe het begon. Maar je oma was iemand aan wie je dingen vertelde, snap je wat ik bedoel? Ik wist me geen raad. Ik wist niet bij wie ik moest aankloppen. We waren allemaal zo vreselijk bang, maar ik belde haar. Midden in de nacht kwam ze in haar roestige oude auto...'

'Renault!' roept Elsa uit, want om de een of andere reden vindt ze dat hij zijn naam in het sprookje verdient, zeker wanneer hij degene is die iedereen heeft gered.

Lennart schraapt zijn keel met een verdrietige glimlach.

'Haar Renault, ja. Daar kwam ze in. En we namen de jongen en zijn moeder mee en je oma bracht ons hiernaartoe. Ze gaf ons de sleutels van de appartementen. Ik weet echt niet hoe ze daaraan was gekomen, maar ze zei dat ze het zou regelen met de eigenaren van de flat. Sindsdien wonen we hier.'

'En de vader dan? Wat gebeurde er toen hij merkte dat iedereen weg was?' wil Elsa weten, ook al wil ze het helemaal niet weten.

Lennarts hand zoekt Mauds vingers.

'Dat weten we niet. Maar je oma kwam hierheen met Alf en zei "dit is Alf" en dat hij alle spullen van het jongetje zou halen. En zij reed met Alf mee terug, en de vader van de jongen dook op en hij was... hij was alleen maar duisternis toen. Door en door donker. Hij heeft Alf verschrikkelijk geslagen...'

Lennart valt zichzelf in de rede, alsof het opeens tot hem doordringt dat hij tegen een kind praat. Hij maakt een sprong vooruit in het verhaal.

'Nou, hij was natuurlijk al weg toen de politie kwam. En Alf, jemig, ik weet het niet. Hij is in het ziekenhuis behandeld. Hij is zelf naar huis gereden en heeft er nooit meer een woord over gezegd. Twee dagen later reed hij weer in de taxi. Het is een man van staal, die kerel.'

'En de vader?' dramt Elsa door.

'Hij was verdwenen. Hij is jarenlang weggeweest. We hebben het idee dat hij ons vanaf die tijd heeft gezocht, vooral het jongetje, maar hij was zo lang weg dat we hoopten...' Lennart zwijgt, alsof de woorden te zwaar zijn voor zijn tong.

'Maar nu heeft hij ons gevonden,' vult Maud aan.

'Hoe dan?' vraagt Elsa.

Lennarts ogen kruipen over het tafelblad.

'Alf denkt dat hij de rouwadvertentie van je oma heeft gezien, snap je. En zo heeft hij het uitvaartbedrijf gevonden. En daar vond hij...' begint hij. Maar opeens lijkt er weer iets tot hem door te dringen.

'Mij!' fluistert Elsa. Haar hart dreunt bijna haar lichaam uit.

Lennart knikt. Maud laat zijn hand los, loopt snel om de tafel heen en knuffelt Elsa.

'Elsaatje, Elsaatje toch! Je moet begrijpen dat hij het jongetje in geen jaren had gezien. En jullie zijn even lang en hebben hetzelfde kapsel. Hij dacht dat jij ons kleinkind was.'

Elsa sluit haar ogen. Bij elke inademing bonzen haar slapen alsof er twee magneten door haar schedelbeen proberen te dringen. Voor het eerst in haar leven zet Elsa pure, woedende wilskracht in om naar Bijna-Wakkerland te gaan, ook al is ze nog lang niet zover dat ze in slaap zou kunnen vallen. Met de machtigste fantasie die ze kan activeren roept ze de wolkendieren en vliegt naar Miaudacië. Daar raapt ze alle moed bij elkaar die ze kan dragen. Dan wrikt ze haar ogen open, kijkt Lennart en Maud aan en vraagt: 'Dus de moeder van het jongetje is jullie dochter?'

Als regendruppels op de vensterbank vallen de tranen van Lennarts neus op het tafelkleed.

'Nee. De vader van het jongetje is onze zoon.'

Elsa knijpt haar ogen een stukje dicht.

'Jullie zijn de ouders van zijn vader?'

Mauds borstkas gaat op en neer, ze aait de wars over zijn kop en gaat een chocoladetaart halen. Samantha kijkt de wars bedenkelijk aan. Lennart haalt nog wat koffie. Zijn kopje trilt zo dat de koffie over de rand op het aanrecht klotst.

'Ik weet dat het vreselijk klinkt, Elsa, een kind bij zijn vader weghalen. Om je eigen zoon zoiets aan te doen. Maar wanneer je opa en oma wordt, dan ben je op de eerste plaats opa en oma...' fluistert hij weemoedig.

'Je bent op de eerste plaats opa en oma! Altijd!' vult Maud met onwrikbare koppigheid aan en in haar ogen brandt een vuur dat Elsa bij Maud niet had verwacht.

Dan geeft ze Elsa de envelop die ze uit de slaapkamer heeft gehaald. Er staat iets op in oma's handschrift. De naam komt Elsa niet bekend voor, maar ze begrijpt dat het de naam van de moeder van de jongen is.

'Zo heette ze. Voordat de politie ons een beschermde identiteit gaf of hoe ze dat ook maar noemen,' vertelt Maud en ze voegt er met haar allerzachtste stem aan toe: 'Een aantal maanden geleden liet jouw oma deze brief bij ons achter. Ze zei dat jij hem moest bezorgen. Ze wist dat je bij ons zou komen, zei ze.'

Elsa knikt en doet haar ogen dicht.

'Dat weet ik. Het is een jacht op de schat. Daar was oma dol op.'

Lennart slaakt een ongelukkige zucht. Hij en Maud kijken elkaar weer aan, en dan zegt hij: 'Maar ik ben bang dat we je eerst iets moeten vertellen over onze zoon, Elsa. We moeten vertellen over Sam. Ja, hij heet Sam. En dat is een van die dingen waarover je oma spijt betuigt in haar brief. Ze betuigt spijt omdat ze... Sams leven heeft gered...'

Mauds stem wordt zo zacht dat de woorden uiteindelijk alleen nog maar korte fluittonen zijn: 'En daarna schreef ze dat het haar speet dat ze er spijt van had dat ze het leven van onze zoon had gered. Het speet haar dat ze niet meer wist of ze vond dat hij het verdiende om te leven. Ook al was ze arts...'

Buiten komt de nacht de wijk binnenstappen. De keuken ruikt naar koffie en chocoladetaart. En Elsa hoort het sprookje over Sam. Zoon van de aardigste en op een na aardigste mens van de wereld, die desondanks slechter werd dan iemand kon bevatten. Die vader werd van de jongen met syndroom, die op zijn beurt minder slechtheid in zich had dan iemand voor mogelijk had gehouden, alsof zijn vader die helemaal voor zichzelf had gehouden en er niets van had doorgegeven. Ze krijgt het sprookje te horen over Sam die zelf ook ooit een klein jongetje was, en over Maud en Lennart die zo lang naar kinderen hadden verlangd en van hem hielden zoals ouders van hun kinderen houden. Zoals alle ouders, zelfs de aller-, aller-, allerergste, ooit van hun kinderen moeten hebben gehouden. Zo zegt Maud het. 'Want anders ben je geen mens, ik kan me niet voorstellen dat je anders mens kunt zijn,' fluistert ze. En ze blijft erbij dat het haar schuld moet zijn, want ze kan zich niet voorstellen dat een kind slecht wordt geboren. Het moet de schuld van de moeder zijn als een jongen die ooit zo klein en hulpeloos was, opgroeit tot zoiets vreselijks, daar is ze vast van overtuigd. Ook al zegt Elsa dat oma altijd zei dat sommige mensen gewoon klojo's zijn en dat dat de schuld van de klojo zelf is en van niemand anders.

'Maar Sam was altijd zo boos, ik weet niet waar al die boosheid vandaan kwam. Er heeft vast een duisternis in mij gezeten die ik aan hem heb doorgegeven en ik weet niet waar die vandaan kwam,' fluistert Maud lamgeslagen.

En dan vertelt ze over een jongetje dat opgroeide en altijd vocht, altijd andere kinderen pestte op school, altijd iedereen achternazat die anders was. Over hoe hij volwassen werd en bij het leger ging en vertrok naar verre landen omdat hij dorstte naar oorlog, en dat hij daar een vriend ontmoette. Zijn eerste echte vriend. Over hoe iedereen die het zag zei dat hij daardoor veranderde, dat het iets goeds in hem naar boven bracht. Die vriend was ook soldaat, maar een ander soort soldaat, zonder die dorst. Ze werden onafscheidelijk. Sam zei dat de vriend de moedigste krijger was die hij ooit had gezien.

Ze reisden samen naar huis en de vriend stelde Sam voor aan een meisje dat hij kende en zij zag iets in Sam, en één kort moment in hun leven zagen Lennart en Maud het ook, een glimp van iemand anders. Een Sam aan de andere kant van de duisternis.

'We dachten dat zij hem zou redden, dat hoopten we allemaal van harte, want het leek wel een sprookje en wanneer je zo lang in het duister hebt geleefd, wil je zo graag in sprookjes geloven,' bekent Maud met haar handen in die van Lennart.

'Maar de omstandigheden werkten niet mee,' verzucht Lennart, 'zoals wel vaker in sprookjes. En misschien was het niet Sam z'n schuld. Of misschien was het helemaal Sam z'n schuld. Dat laat ik over aan mensen die slimmer zijn dan wij, die moeten maar zeggen of iedereen volledig verantwoordelijk is voor al zijn daden of niet,' zegt Lennart. 'Maar Sam ging terug naar de oorlog. En hij kwam nog somberder thuis.'

'Hij was altijd al een idealist. Ondanks al die haat en die boosheid was hij een idealist, daarom wilde hij soldaat worden,' komt Maud er bedroefd tussen.

En dan vraagt Elsa of ze de computer van Maud en Lennart mag gebruiken.

'Als jullie een computer hebben, tenminste!' voegt ze er verontschuldigend aan toe, want ze moet denken aan precies dezelfde discussie die ze met Wolvenhart heeft gehad.

'Natuurlijk hebben we een computer,' zegt Lennart niet-begrijpend.

'Iedereen heeft tegenwoordig toch een computer?' zegt Maud met een vriendelijke glimlach.

Ja, precies! denkt Elsa en ze besluit dat tegen Wolvenhart te zeggen wanneer hij weer opduikt. Als hij weer opduikt.

Lennart brengt haar naar de slaapkamer en Elsa ziet dat Maud een grote kring van dromen om het bed van het jongetje heeft gemaakt. In de kleine werkkamer achter in het appartement vertelt Lennart dat hun computer natuurlijk wel erg oud is, dus ze moet wat geduld hebben. En op een bureau staat de logste computer die Elsa ooit heeft gezien. Hij heeft een enorme achterkant, en op de grond staat nog een gigantische bak.

'Wat is dat?' vraagt Elsa en ze wijst ernaar.

'Dat is de eigenlijke computer,' zegt Lennart.

'En dat dan?' vraagt Elsa, wijzend naar de eigenlijke computer.

'Dat is het beeldscherm,' zegt Lennart en hij drukt op een grote knop op de bak op de grond en voegt eraan toe: 'Het duurt een paar minuten voordat hij is opgestart, dus we moeten even wachten.'

'Een paar minuten?' roept Elsa verwonderd uit en ze mompelt: 'Wauw. Die is echt oud.'

Maar wanneer de stokoude computer ten slotte is opgestart en Lennart haar na veel vijven en zessen naar het internet heeft gebracht en ze heeft gevonden wat ze zocht, keert ze terug naar de keuken en gaat tegenover Maud zitten.

'Het betekent dromer. "Idealist" dus. Dat betekent dromer.'

'Ja. Ja, dat kun je wel zo zeggen,' zegt Maud met een vriendelijke glimlach.

'Dat kun je niet zeggen. Dat betekent het,' verbetert Elsa haar.

En dan knikt Maud nog vriendelijker. En vervolgens vertelt ze over iemand die van idealistisch in cynisch veranderde, en Elsa weet wat dat betekent, want een pedagoog op Elsa's lagere school heeft dat een keer over Elsa gezegd. Toen haar moeder erachter kwam, brak de hel los, maar de pedagoog hield voet bij stuk. Elsa kan zich de details niet precies meer herinneren, maar ze denkt dat dat de keer was dat ze aan de andere kinderen vertelde hoe worst wordt gemaakt.

Ze denkt dat het een afweermechanisme zou kunnen zijn dat ze nu aan dit soort dingen denkt. Omdat dit sprookje gewoon te veel werkelijkheid bevat. Dat kan zomaar als je bijna acht bent, dat het te realistisch wordt.

Maud vertelt dat Sam vertrok naar een nieuwe oorlog. Hij was samen met zijn vriend en ze hadden wekenlang een dorpje beschermd tegen aanvallers die om redenen die Mauds verstand te boven gingen alle inwoners wilden vermoorden. Uiteindelijk kregen ze via de radio de opdracht om weg te gaan, want de situatie was te gevaarlijk, maar de vriend van Sam weigerde. Hij haalde Sam en de rest van de soldaten over, ze bleven totdat er meer soldaten kwamen en het dorp veilig was, en toen namen ze zoveel gewonde kinderen mee als er in de auto pasten en reden naar het dichtstbijzijnde ziekenhuis. Enkele tientallen kilometers verderop. Want de vriend van Sam kende een vrouw die daar arts was, en iedereen zei dat zij de knapste chirurg van de hele wereld was.

Ze waren op weg door de woestijn toen ze op de mijn reden. De explosie was meedogenloos. Het regende vuur en bloed.

'Is er iemand bij omgekomen?' vraagt Elsa zonder dat ze het antwoord wil weten.

'Iedereen,' antwoordt Lennart zonder dat woord hardop te willen uitspreken.

Iedereen behalve de vriend van Sam, en Sam zelf. Sam was bewusteloos, maar zijn vriend sleepte hem de brandende auto uit. Sam was de enige die hij wist te redden. De vriend had zelf metaalsplinters in zijn gezicht en vreselijke brandwonden, maar toen hij de schoten hoorde en begreep dat ze in een hinderlaag waren gelopen, greep hij zijn geweer en stormde recht de woestijn in en stopte pas met schieten toen alleen hij en Sam nog ademden en bloedden in de woestijn.

Het waren nog maar jongens die op hem hadden geschoten. Kinderen, net als de kinderen die de soldaten net hadden getracht te redden. Dat zag Sams vriend toen hij over hun lijken gebogen stond, met hun bloed aan zijn handen. Hij werd nooit meer de oude.

Hij droeg Sam onvermoeibaar door de woestijn, hij stortte pas in toen hij in het ziekenhuis was aangekomen en toen Elsa's oma naar hen toe was komen rennen. Ze redde Sams leven. Hij zou er een mank been aan overhouden, maar hij zou het overleven, en daar in het ziekenhuis begon Sam de sigaretten van Elsa's oma te roken. Dat spijt oma ook, zegt ze in de brief.

Maud legt het fotoalbum behoedzaam voor Elsa, alsof het een wezentje is met gevoelens. Ze wijst naar een foto van de moeder van de jongen met syndroom. Ze staat tussen Lennart en Maud in, gekleed in een trouwjurk, en ze lachen alle drie.

'Ik geloof dat Sams vriend verliefd op haar was. Maar hij stelde haar voor aan Sam en toen sloeg bij die twee de vonk over. Ik geloof niet dat Sams vriend er iets van heeft gezegd. Ze waren als broers, die twee, kun je het je voorstellen? Ik denk dat zijn vriend gewoon te aardig was om te zeggen wat hij voor haar voelde, snap je?'

Elsa snapt het. Maud glimlacht.

'Hij was altijd zo'n zachtaardige jongen, die vriend van Sam. Ik vond altijd dat hij de ziel van een dichter had. Ze waren zo verschillend, hij en Sam. Het is zo waanzinnig moeilijk om je voor te stellen dat hij al datgene kon doen wat hij moest doen om Sams leven te redden. Dat die plek dat van hem heeft gemaakt, zo'n verschrikkelijke...'

Ze is een hele poos stil. Het verdriet spettert op het tafelkleed.

'...krijger,' fluistert ze en ze slaat een bladzij van het fotoalbum om.

Elsa hoeft de foto niet te zien om te weten wat erop staat.

Het is Sam. Hij staat ergens in een woestijn. Hij draagt een uniform en steunt op krukken. Naast hem staat Elsa's oma, met een stethoscoop om haar nek. En tussen hen in staat Sams beste vriend. Wolvenhart.

25
Spar

Het is dus niet zo dat oma over wolkendieren roddelde. Natuurlijk niet. Of, nou ja, in ieder geval kletste ze er niet continu over. Of in ieder geval niet als iemand het kon horen. Of, nou ja, in ieder geval niet als de wolkendieren het konden horen.

'Maar het kunnen echte tuttebollen zijn soms!' beweerde oma altijd wanneer Elsa protesteerde. Want Elsa is een groot fan van de wolkendieren, aangezien ze ontzettend belangrijk zijn voor alle inwoners van Bijna-Wakkerland en bovendien onwijs fijn om in je team te hebben als je hints speelt.

'Maar het probleem is alleen dat ze dat wéten! En ze zijn zo verrekte zelfingenomen, die tuttebollen!' brieste oma. En om dat te begrijpen zou je eventueel iets moeten begrijpen van het tamelijk ingewikkelde systeem van beledigingen dat oma en Elsa hadden.

Een tuttebol is iets irritanter dan een oen, niet per se even suf als een sufkees, maar veel irritanter dan bijvoorbeeld een dombo. Maar lang niet zo irritant als een klojo, want dat is de sufste soort tuttebol. En natuurlijk ook niet zo irritant als een zwamneus, want dat is een klojo die ook nog een sufkees is.

En als oma en Elsa dit hadden moeten uitleggen aan iemand die het niet begreep, dan had diegene het hoogstwaarschijnlijk alsnog niet begrepen, en dan was het vast hoogst begrijpelijk geweest als hij of zij had gevraagd wat een knurft dan was, aangezien Elsa en oma meestal iedereen een knurft noemden.

Maar dat was natuurlijk een idiote vraag geweest. Omdat een knurft een knurft is. En dat weet iedereen.

Voor zover het geen zultknurft is, natuurlijk. Want dat is de allerknurftigste soort knurft.

Maar goed: het waren dus de wolkendieren die de uitverkorene redden toen de schaduwen in het geheim naar het koninkrijk Mimova kwamen om hem te kidnappen. Want terwijl Miama gebouwd is door fantasie, is Mimova gebouwd door liefde. Zonder liefde geen muziek, zonder muziek geen Mimova, en de uitverkorene was de meest geliefde van het hele koninkrijk. Dus als de schaduwen hem hadden gevangen, zou in het verlengde daarvan heel Bijna-Wakkerland ten onder gegaan zijn. Als Mimova valt, valt Mireva, en als Mireva valt, dan valt Miama en als Miama valt, dan valt Miaudacië en als Miaudacië valt, dan valt Miplorië. Want zonder muziek kunnen er geen dromen bestaan, zonder dromen geen sprookjes, zonder sprookjes geen moed, en zonder moed zou niemand verdriet kunnen dragen, en zonder muziek, dromen, sprookjes, moed en verdriet zou er maar één koninkrijk overblijven in Bijna-Wakkerland, en dat is Mibatallië. Maar Mibatallië kan niet alleen leven, want alle krijgers daar zouden waardeloos zijn zonder de andere koninkrijken, aangezien ze niets meer zouden hebben om voor te vechten.

Dat heeft oma ook van Harry Potter gejat, dat van niets meer hebben om voor te vechten. Maar dat nam Elsa haar niet kwalijk, omdat het best goed was. Jatten mag als het resultaat goed is.

Het waren dus ook de wolkendieren die de schaduwen tussen de huizen van Mimova door zagen sluipen, en ze deden wat wolkendieren doen: ze gleden naar beneden als pijlen en weer naar boven als machtige schepen, ze veranderden zichzelf in dromedarissen, appels en oude vissers met een sigaar, en de schaduwen liepen recht in de val. Want algauw wisten ze niet meer op wie of wat ze jacht maakten. De wolkendieren verdwenen in één hemelse zucht en op een daarvan verdween de uitverkorene. Helemaal naar Miama.

En zo begon de Oorlog-zonder-Einde. Maar zonder de wolkendieren was die ook meteen weer geëindigd, op die dag, en hadden de schaduwen gewonnen. Daar mocht je de wolkendieren toch wel dankbaar voor zijn, vond Elsa. Ook al waren het tuttebollen.

Elsa blijft de hele nacht in Bijna-Wakkerland. Ze kan daar nu komen wanneer ze wil, alsof het nooit moeilijk is geweest. Ze weet niet waar het aan ligt, maar ze neemt aan dat het komt doordat ze niets meer te verliezen heeft. De schaduw bevindt zich nu in de echte wereld, Elsa weet wie hij is. Ze weet ook wie oma was en wie Wolvenhart is, en hoe het allemaal in elkaar zit. Ze is niet bang meer. Ze weet dat het oorlog wordt, dat dat onvermijdelijk is, en dat maakt haar eigenaardig kalm.

Bijna-Wakkerland staat niet in brand, zoals in haar droom. Het is even mooi en vredig als altijd wanneer ze erdoorheen rijdt. Pas wanneer ze wakker wordt, beseft ze dat ze niet in Miama is geweest. Wel in de andere vijf koninkrijken, zelfs bij de ruïnes waar Mibatallië lag voor de Oorlog-zonder-Einde, maar niet in Miama. Want ze wil niet weten of oma daar is.

Ze wil het niet weten als oma daar niet is.

Elsa's vader staat in de deuropening van haar kamer. Ze is in één klap klaarwakker, alsof iemand mentholspray in haar neus heeft gespoten. Wat, even tussen haakjes, onwijs goed werkt als je iemand wakker wilt maken. Dat weet Elsa, want zoiets weet je als je haar soort oma hebt.

'Wat is er gebeurd? Is mama ziek? Is er iets met Halfje?' weet Elsa uit te brengen en ze stapt uit bed met oogleden die nog zwaar zijn van angsten en schaduwen.

Haar vader kijkt aarzelig. En enigszins onbegrijpend. Maar vooral aarzelig. Elsa knippert dauwdruppels van haar hoornvliezen en weet weer dat haar moeder een afspraak had in het ziekenhuis, want ze heeft geprobeerd Elsa wakker te maken voordat ze wegging, maar Elsa deed net of ze sliep. En George staat in de keuken eieren te bakken, want hij was hier zonet om te vragen of zij ook wilde, maar toen deed ze net of ze sliep.

Dus ze kijkt verward naar haar vader.

'Wat kom je dan doen? Het is niet jouw dag om voor mij te zorgen.'

Papa kucht aarzelig. Hij kijkt zoals een vader kijkt die opeens beseft dat iets wat hij voor zijn dochter deed omdat het belangrijk voor haar was, nu opeens iets is geworden wat zijn dochter doet omdat het belangrijk is voor haar vader. Dat is een verschrikkelijk dunne grens om te overschrijden. Wanneer een vader of een dochter dat doet, vergeten ze het nooit meer.

Elsa gaat de dagen na in haar hoofd.

'Sorry,' mompelt ze wanneer het haar weer te binnen schiet.

'Dat geeft niet, ik begrijp dat je het druk hebt,' zegt papa aarzelig. Hij draait zich om en wil weglopen.

'Hé hallo, wacht even!' snibt Elsa hem na, zonder dat ze nou eigenlijk echt had willen snibben.

Ze had gelijk, het is niet papa's dag. Maar ze had ongelijk, want het is vandaag 23 december, en het is wel heel onwijs stom om dat te vergeten voor iemand die bijna acht is. Want het is vandaag de dag van Elsa en haar vader. Kerstboomdag.

Nou ja, dit is natuurlijk weer een beetje een zogeheten 'zijpad'. Maar Kerstboomdag is, zoals de naam subtiel aanduidt, de dag waarop Elsa en haar vader een boom kopen. Een plastic boom, natuurlijk, omdat Elsa beslist geen echte boom wil kopen. Maar aangezien Elsa's vader zo blij wordt wanneer hij een boom mag kopen met Elsa, houdt Elsa vol dat ze elk jaar een nieuwe plastic boom nodig heeft. Er zijn natuurlijk mensen die dat een rare traditie vinden, maar oma zei altijd dat elk kind van gescheiden ouders het recht heeft om af en toe een beetje heel erg excentriek te zijn.

Elsa's moeder was natuurlijk heel boos op oma vanwege die plastic boom, want ze houdt van de geur van een echte boom en ze zei altijd dat dat gedoe met die plastic boom iets was wat oma Elsa had aangepraat. Dat was natuurlijk een klinkklare leugen, beweerde oma, wat natuurlijk een klinkklare leugen was. Want oma had Elsa het verhaal verteld van de bomendans in Miama, en als je dat verhaal hebt gehoord moet je wel een enorme zwamneus zijn om dan nog een spar te willen hebben die als slaaf is verkocht en wiens voet is geamputeerd.

In Miama zijn sparren levende, denkende wezens met een voor naaldbomen mogelijk bizar grote belangstelling voor interieurontwerp. Ze wonen niet in het bos, maar aan de zuidkant van de binnenstad van Miama, die de laatste jaren nogal trendy geworden is, ze werken vaak in de reclame en dragen binnenshuis een sjaal. En één keer per jaar, vlak voor de eerste sneeuwbui van het jaar, komen alle sparren bijeen op het grote plein voor het kasteel en doen een wedstrijd wie tijdens de kerstdagen in welk huis mag staan. De sparren kiezen een huis, niet andersom, en de volgorde wordt bepaald door een danswedstrijd. Vroeger duelleerden ze met revolvers, maar sparren zijn over het algemeen zulke slechte schutters dat dat te lang duurde. Dus nu dansen ze de sparrendans, wat er een tikje eigenaardig uitziet, omdat sparren geen voeten hebben. Als je als niet-spar een dansende spar wilt imiteren, dans je gewoon met beide voeten tegen elkaar. Dat is bijvoorbeeld praktisch in een discotheek met een krappe dansvloer.

Dat weet Elsa want wanneer haar vader anderhalf glas champagne drinkt op oudejaarsavond, danst hij soms de sparrendans in de keuken met Lisette. Hoewel dat voor haar vader natuurlijk gewoon 'dansen' is.

'Sorry papa, ik weet welke dag het is!' roept Elsa en ze trekt snel haar spijkerbroek, trui en jas aan en rent de hal in.

'Ik moet eerst nog één ding doen!' zegt ze en dan is ze de trap al af.

Haar vader had haar misschien kunnen tegenhouden als hij niet had geweifeld. Maar hij is een weifelaar. Dus van tegenhouden komt niet veel terecht.

Gisteravond had Elsa de wars in Renault verstopt. Ze had een emmer kaneelbroodjes van Maud meegekregen en ze vermaande de wars dat hij onder de dekens op de achterbank moest kruipen als iemand de garage binnenkwam. 'Je moet net doen of je een stapel kleren of een televisietoestel of zoiets bent!' zei Elsa. De wars leek niet helemaal overtuigd of hij wel zo'n heel goed televisietoestel zou zijn. Elsa moest een zak dromen gaan halen bij Maud, en toen kroop hij gewillig onder de dekens, en toen leek hij echt als twee druppels water precies helemaal niet op een televisietoestel.

Hij kreunde van de pijn toen hij zich omdraaide. Hij dacht zeker dat Elsa het niet merkte. Dus Elsa deed alsof ze het niet merkte. Want zo trots zijn warsen dat ze geen medelijden willen alleen omdat ze een beetje stijve gewrichten hebben.

Elsa zei welterusten en sloop de trappen op. In het donker voor het appartement van de jongen met syndroom en zijn moeder bleef ze staan. Ze wilde aanbellen, maar kon het niet. Ze wilde niet meer verhalen horen. Ze wilde niet meer weten over schaduwen en duisternis. Dus ze stopte de envelop in de brievenbus en rende weg.

Hun eigen deur zit vandaag op slot. Alle andere deuren ook. Het is het tijdstip in de vroege ochtend waarop iedereen uit de flat die wakker is al ergens heen is, en waarop er van degenen die nergens heen zijn nog niemand wakker is. Een paar verdiepingen hoger hoort Elsa de stem van Kent, ook al fluistert hij, want zo werkt de akoestiek in trappenhuizen. Dat weet Elsa, want 'akoestiek' is een woordenpotwoord. Ze hoort Kent fluisteren: 'Ja, ik kom vanavond, dat beloof ik.' Maar wanneer hij de laatste trap af komt lopen, voorbij de appartementen van de wars, van Wolvenhart en van de jongen en zijn moeder, begint Kent opeens luid te praten en te roepen: 'Yez, Klaus! In Frankfurt! Yez, yez, yez!' Daarna draait hij zich om en doet net alsof hij zojuist heeft ontdekt dat Elsa achter hem staat.

'Wat doe je?' vraagt Elsa argwanend.

Kent vraagt in zijn telefoon of Klaus even wil wachten, op een manier alsof hij Klaus helemaal niet aan de lijn heeft. Hij draagt een tennistrui met cijfers en een mannetje op een paardje op de borst. Kent heeft aan Elsa verteld dat zo'n shirt meer dan duizend kronen kost, en oma zei altijd dat die shirts handig waren, want het paard werkt als een waarschuwingssignaal dat in dit shirt hoogstwaarschijnlijk een zultknurft wordt vervoerd.

'Wat wil je?' vraagt Kent geforceerd.

Elsa staart hem aan. En kijkt vervolgens naar de rode plastic schaaltjes met vlees die hij her en der in het trappenhuis neerzet.

'Wat is dat?' brengt ze moeizaam uit.

Kent spreidt meteen zijn armen, met de handpalmen naar haar toe, zo abrupt dat hij Klaus bijna tegen de muur smijt.

'Die vechthond draaft hier nog steeds rond, dat verlaagt de waarde van de appartementen!'

Elsa deinst waakzaam naar achteren, zonder haar blik van de schaaltjes vlees af te wenden. Kent klapt zijn handpalmen weer naar binnen en lijkt in te zien dat hij zich misschien wat onhandig heeft uitgedrukt, dus hij doet een nieuwe poging, op de toon die mannen van Kents leeftijd menen te moeten aanslaan als ze vrouwen van Elsa's leeftijd iets willen uitleggen. 'Britt-Marie heeft hondenharen in het trappenhuis gevonden, snap je, moppie? We kunnen geen wilde vechthonden in het trappenhuis hebben, dat begrijp je toch wel, mop? Dan worden de appartementen minder waard, snap je?'

Hij glimlacht zoals volwassenen die niet beter weten glimlachen tegen kinderen, aangezien ze denken dat kinderen geen hersens hebben. Ze ziet hem onzekere blikken werpen op zijn telefoon.

'We willen het bees... de hond, ik bedoel de hond, natuurlijk niet doodmaken! Hij wordt er alleen een beetje slaperig van, oké? En daarna gaat hij naar een "boerderij" waar hij samen met andere beesten rond kan rennen. Of, nou ja, je weet wel wat ik bedoel. Oké? Dat is toch mooi? Wees nu een lieve meid en ga maar gauw naar je moeder.'

Elsa voelt zich helemaal niet lief. En het bevalt haar niet dat Kent aanhalingstekens in de lucht maakt wanneer hij 'boerderij' zegt. Alleen mensen met een beperkte woordenschat maken aanhalingstekens in de lucht.

'Wie heb je aan de lijn?' vraagt ze.

'Klaus, een zakenrelatie in Duitsland,' antwoordt Kent op de manier van iemand die iets zegt wat helemaal niet waar is.

'Sure,' zegt Elsa.

Kents wenkbrauwen gaan omlaag als een zinkend schip.

'Wat een grote mond opeens, kind.'

Elsa haalt haar schouders op.

'Mag ik "Klaus" even spreken dan?' daagt ze hem uit, en ze wijst naar de telefoon, terwijl ze intussen ironische aanhalingstekens maakt in de lucht.

Dat zijn dus gewone aanhalingstekens in de lucht, maar dan van iemand met een iets grotere woordenschat.

'Ik denk dat je nu maar naar je moeder moet gaan,' herhaalt Kent iets dreigender.

Elsa verroert zich niet. Ze wijst naar de schalen.

'Zit daar gif in?'

Kent omklemt Klaus iets zelfbewuster met zijn vuist.

'Hoor es, kind, nu moet je goed naar me luisteren: loslopende honden zijn schadelijke beesten. En die maak je dood...'

Hij haalt geïrriteerd adem en verbetert zichzelf: 'Die pak je aan met gif. We kunnen niet hebben dat hier schadelijke beesten rondrennen en dat er verroeste auto's in de garage staan en dat soort ellende. Dat verlaagt de waarde, iemand moet de rotzooi opruimen in dit pand, zodat de rotzooi de wáárde niet verlaagt!' constateert hij, alsof dit iets is waar hij iedereen een plezier mee doet.

Maar Elsa hoort iets onheilspellends in zijn stem wanneer hij 'verroeste auto's' zegt, dus ze wringt zich langs hem heen, overspoeld door bange vermoedens. Ze stormt de keldertrap af, rukt de deur van de garage open en blijft met bonzend hart staan. Ze stoot haar knieën tegen elke tree op weg de keldertrap weer op.

'Waar is Renault? Wat heb je met Renault gedaan, verdomme?' schreeuwt ze tegen Kent. Ze zwaait met haar vuisten naar hem, maar krijgt alleen Klaus te pakken, dus ze gooit Klaus van de trap, zodat het glazen scherm en de kunststof behuizing breken en in een mini-elektronicalawine in de richting van de bergingen tuimelen.

‘Ben je helemaal van de p... godsammekra... ben je gek geworden, stom kind? Weet je wat die telefoon kóst?’ schreeuwt Kent, en dan vertelt hij dat die verdomme nog aan toe achtduizend kronen heeft gekost.

Elsa vertelt hem dat het haar geen donder kan schelen wat hij kost. En dan vertelt Kent haar met een sadistische blik in zijn ogen wat hij precies met Renault heeft gedaan. Omdat Renault een ‘waardeverlagende roestbak’ was.

Dat weet Elsa. Want er bestaat een Wikipedia-artikel over sadisme.

Ze stormt de trappen op om haar vader te halen, maar blijft abrupt op de een na bovenste verdieping staan. Britt-Marie staat in de deuropening van haar en Kents appartement. Ze vouwt haar handen telkens andersom voor haar buik, en Elsa ziet dat ze zweet. Er komt een geur van kersteten uit de keuken achter haar en ze draagt haar gebloemde jasje met de grote broche erop. Van de roze paintballvlek is bijna niets meer te zien.

Elsa zet grote, smekende ogen op.

‘Kent mag hem niet doodmaken, Britt-Marie, alsjeblieft, hij is mijn vriend...’ fluistert ze.

Britt-Marie kijkt haar aan, en heel even spreekt er medemenselijkheid uit haar ogen. Elsa ziet het. Maar dan roept Kent van beneden naar Britt-Marie dat ze meer gif moet komen brengen. Britt-Marie doet heel even haar ogen dicht en dan is de oude vertrouwde knurft-Britt-Marie weer terug.

‘Kents kinderen komen morgen bij ons. Ze zijn bang voor honden,’ verklaart ze vastbesloten.

Ze trekt een kreukel recht die niet in haar rok zit en klopt iets onzichtbaars van haar gebloemde colbertje.

‘We houden hier morgen een traditionele kerstmaaltijd. Met gewoon kersteten. Als een beetje beschaafde familie. We zijn geen barbaren, zoals sommigen,’ gaat ze zo droog verder dat er nogal duidelijk uit blijkt dat ze met ‘sommigen’ bedoelt: ‘jouw gezin’.

Dan smijt ze de deur dicht. Elsa blijft staan en beseft dat haar vader dit niet zal kunnen oplossen, want aarzeligheid is niet bepaald een bruikbare superkracht in dit type noodsituaties. Ze heeft versterking nodig.

Ze staat al meer dan een minuut op de deur te bonzen wanneer ze Alfs sloffende voetstappen hoort. Hij doet de deur open met een kop koffie in zijn hand waar zo'n sterke geur vanaf komt dat Elsa er ernstig van overtuigd is dat een lepel er rechtop in zou blijven staan.

'Ik lig te slapen,' gromt hij.

'Hij gaat Renault doodmaken!' snikt Elsa.

'Doodmaken? Dat is toch geen doodmaken, goddorie. Het is verdomme maar een auto,' zegt Alf. Hij neemt een grote slok koffie en geeuwt.

'Het is geen auto! Het is Renáúlt!' schreeuwt Elsa volkomen buiten zichzelf van woede.

Alf neemt nog een slok koffie. Maar dan trilt er heel voorzichtig iets in de rimpels in zijn ooghoeken. Zijn slapen schokken. 'Wie heeft dat verdorie tegen je gezegd, dat hij Renault gaat doodmaken?' vraagt hij peinzend.

'Kent!'

Voordat Elsa kan vertellen wat er op de achterbank van Renault ligt, heeft Alf zijn koffiekopje al neergezet en zijn schoenen aangetrokken en is hij op weg naar beneden. Ze hoort Alf en Kent zo verschrikkelijk tegen elkaar schreeuwen dat ze haar hele onderarmen voor haar oren moet houden. Ze hoort niet wat ze schreeuwen, alleen dat het een heleboel vloeken zijn en dat Kent iets schreeuwt over appartementsrechten en dat je geen 'roestbakken' in de garage kunt hebben staan, want dan denken de mensen nog dat iedereen in de flat 'socialist' is. Wat Kents manier is om te zeggen 'een grote idioot'. En dan schreeuwt Alf 'grote idioot', wat zijn manier is om precies dat te zeggen, want Alf is niet zo iemand die dingen ingewikkelder maakt dan ze zijn.

En dan komt Alf de trap weer op stampen, met een wilde blik in zijn ogen, mompelend: 'Die hufter heeft de auto laten wegslepen.'

'Dat weet ik! En de wars ligt op de achterbank!' hijgt Elsa wanhopig.

Alfs wenkbrauwen verdwijnen in twee fronsen die zinkgaten maken in zijn voorhoofd.

'Is je vader hier? Ik zag die klere-Audi van hem uit het raam.'

Elsa knikt. Alf stormt door naar boven zonder een woord te zeggen en even later zitten Elsa en haar vader in Taxi, ook al wil haar vader dat helemaal niet.

'Ik weet niet of ik dit wel wil,' zegt haar vader.

'Iemand moet die klere-Renault terugrijden naar huis,' gromt Alf.

'Hoe komen we erachter waar Kent hem naartoe heeft gebracht?' vraagt Elsa, terwijl haar vader zijn best doet om niet een en al aarzeligheid te lijken.

'Ik rij al dertig jaar taxi, verdorie,' zegt Alf.

'En?' snauwt Elsa.

'Dan weet ik heus wel hoe je een weggesleepte Renault moet vinden!' snauwt Alf terug.

En dan belt hij alle taxichauffeurs die hij kent. En Alf kent ze allemaal.

Twintig minuten later staan ze op een autokerkhof buiten de stad en Elsa slaat haar armen om de motorkap van Renault op de enige manier waarop je een wolkendier kunt knuffelen. Met je hele lichaam. Ze ziet dat het televisietoestel op de achterbank zich nogal narrig beweegt uit protest over het feit dat ze hem niet eerst omhelst, maar als je bijna acht bent en per ongeluk een wars in een Renault laat zitten, maak je je minder zorgen over de wars dan over die arme autosloper die hem toevallig tegenkomt.

Alf en de nogal dikke autosloper harrewarren even over wat het moet kosten om Renault mee te nemen. En daarna harrewarren Alf en Elsa een hele poos over waarom ze niet meteen heeft gezegd dat ze geen sleutel heeft van Renault. En dan krabt de dikke man op zijn hoofd en loopt mompelend rond. 'Kolere zeg, hebbe jullie hier erges een brommer gezien? Vanmorge stonnie er nog, dat ken ik swere.' En dan onderhandelen Alf en de dikke man over wat het moet kosten om Renault naar de flat te laten slepen. En dan moet Elsa's vader alles betalen.

Dat is het mooiste cadeau dat hij Elsa ooit heeft gegeven. Nog mooier dan de rode viltstift. En wanneer ze dat tegen hem zegt, kijkt hij iets minder aarzelig.

Alf zorgt ervoor dat Renault op oma's plek in de garage wordt geparkeerd en niet op die van Britt-Marie. Elsa's vader staart naar de wars met de gezichtsuitdrukking van iemand die zich schrap zet voor een wortelkanaalbehandeling, wanneer Elsa hen aan elkaar voorstelt. De wars kijkt nogal uit de hoogte terug. Een tikje te arrogant, vindt Elsa, en dus eist ze een antwoord van hem op de vraag of hij misschien de brommer van de autosloper heeft opgegeten. Dan kijkt de wars niet meer arrogant, hij gaat onder de dekens liggen en kijkt alsof hij misschien vindt dat als zij niet wil dat hij brommers eet, dat ze dan misschien meer kaneelbroodjes moet komen brengen. Elsa zegt tegen hem dat het feitelijk diefstal is om brommers op te eten. Of in ieder geval 'wederrechtelijk gebruik van andermans motorvoertuig', informeert ze hem nadat ze haar vaders iPhone heeft geleend en het heeft gegoogeld. Maar dan doet de wars net of hij slaapt. 'Slapjanus,' mompelt Elsa.

Tot haar vaders onuitsprekelijke opluchting zegt ze tegen hem dat hij alvast in Audi kan gaan zitten en dat zij zo wel komt. Vervolgens rapen Elsa en Alf alle rode schalen met gif in het trappenhuis bij elkaar en stoppen ze in een grote zwarte vuilniszak.

'Dit afval moet gescheiden worden!' draagt Alf Kent en Britt-Marie op, wanneer ze de deur opendoen, en Elsa zet de zak met zo'n zwaai op hun deurmat dat een stapel kruiswoordpuzzelboekjes van Britt-Marie van een krukje valt.

Elsa vouwt haar handen voor haar buik en glimlacht haar toe.

'In deze huurdersvereniging bestaan regels voor het scheiden van afval, en regels gelden voor iedereen, Britt-Marie!' zegt Elsa. Goedwillend.

Kent schreeuwt hen na dat het gif verdorie zeshonderd kronen heeft gekost. Britt-Marie zegt niets.

Dan gaan Elsa en haar vader samen een plastic kerstboom kopen. Want Britt-Marie heeft ongelijk, in Elsa's gezin zijn ze geen barbaren. Bovendien moet het 'sparbaren' zijn; dat komt uit Miama en het is de naam voor mensen die echte sparren doden om ze als slaaf te verkopen. Alle niet-zwamneuzen weten dat.

'Je krijgt driehonderd,' zegt Elsa tegen de man in de winkel.

'Hoor es effe, mop, in deze winkel pingelen we niet,' zegt de man van de winkel op precies de toon die je van een man in zo'n winkel zou kunnen verwachten.

'Sure!' zegt Elsa.

'Hij kost vierhonderdvijfennegentig,' zegt de man van de winkel.

'Je krijgt tweehonderdvijftig,' zegt Elsa.

De man van de winkel glimlacht spottend.

'Zoals ik net al zei, jóngedame: in deze winkel dingen we niet af...'

'Nu krijg je nog maar tweehonderd,' laat Elsa hem weten.

De man in de winkel kijkt naar Elsa's vader. Elsa's vader kijkt naar zijn schoenen. Elsa kijkt naar de man van de winkel en schudt ernstig haar hoofd.

'Mijn vader zal je niet helpen. Ik geef je tweehonderd!'

De man van de winkel vormt zijn lippen tot iets wat vast iets moet voorstellen wat je kinderen toewerpt wanneer ze schattig zijn maar oliedom.

'Zo werkt dat niet, jongedame.'

Elsa haalt haar schouders op.

'Ik heb een week geleden gebeld om deze spar te bestellen.'

'Dat weet ik. Maar we dingen niet af in deze winkel, jonged...'

'Hoe laat sluiten jullie vandaag?' vraagt Elsa nonchalant.

'Over vijf minuten,' zegt de man met een zucht.

'En hebben jullie hier veel opslagruimte?' vraagt Elsa.

'Wat heeft dat ermee te maken?' vraagt de man.

'Zomaar een vraag,' zegt Elsa.

'Nee. We hebben helemaal geen opslagruimte,' zegt de man.

Hij kijkt Elsa aan. Zij kijkt hem aan.

'En zijn jullie op kerstavond open?'

'Nee.'

Elsa tuit met gespeelde verbazing haar lippen.

'Dus je hebt hier een kerstboom. En geen opslagruimte. En wat voor dag is het morgen, meneertje?'

Elsa krijgt de spar voor tweehonderd. Ze krijgt een doos balkonverlichting en een onwijs grote plastic eland op de koop toe.

'Je gaat niet weer naar binnen om hem geld te geven!' zegt Elsa en ze steekt een waarschuwende wijsvinger op naar haar vader wanneer hij alles in Audi stouwt.

Haar vader zucht.

'Dat heb ik maar één keer gedaan, Elsa. Eén keer maar. En die keer had je echt uitzonderlijk onaardig gedaan tegen de verkoper.'

'Je moet toch onderhandelen!' zegt Elsa.

Dat heeft Elsa van oma geleerd. Haar vader vond het dan ook vreselijk om met oma een winkel binnen te gaan.

Audi stopt voor de flat. Elsa's vader heeft zoals gewoonlijk het geluid van de radio zacht gedraaid, zodat Elsa niet naar zijn muziek hoeft te luisteren. Alf komt naar buiten om hem te helpen met het dragen van de doos, maar Elsa's vader wil hem zelf dragen. Want dat is traditie, dat hij de boom naar huis draagt voor zijn dochter. Voordat hij weggaat, wil Elsa tegen hem zeggen dat ze vaker bij hem wil wonen, wanneer Halfje er is. Maar ze wil hem niet verdrietig maken, dus ze zegt niets. Ze fluistert alleen: 'Bedankt voor de boom, papa.' Dan is hij blij en daarna gaat hij naar huis, naar Lisette en haar kinderen. Elsa staat hem na te kijken.

Want niemand wordt verdrietig als je niets zegt. Dat weten alle bijna-achtjarigen.

26

Pizza

In Miama vier je geen kerstavond, maar je viert de nacht die eraan voorafgaat, want dan vertelt iedereen kerstsprookjes. In Miama worden alle sprookjes natuurlijk gekoesterd als schatten, maar kerstsprookjes zijn iets heel bijzonders. Een heel gewoon verhaal kan grappig, droevig, spannend, akelig, dramatisch of sentimenteel zijn, maar een kerstsprookje moet het allemaal zijn. 'Een kerstsprookje moet je met al je pennen schrijven,' zei oma altijd. En ze moeten goed aflopen, heeft Elsa op eigen houtje besloten. Anders mag iedereen opkrassen.

Want Elsa is niet gek. Als er aan het begin van het sprookje een draak voorkomt, dan duikt die draak nog een keer op voordat het sprookje uit is, dat weet ze. Ze weet dat alles eerst steeds donkerder en verschrikkelijker wordt voordat het uiteindelijk goed komt. Want zo zitten de beste sprookjes in elkaar.

Ze weet dat ze zal moeten vechten, en ze heeft geen zin meer in vechten. Dus dit moet goed aflopen, dat moet gewoon.

Ze mist de geur van pizza wanneer ze de trap af loopt. Oma zei dat er een wet bestond in Miama die zei dat je met kerst pizza moest eten. Oma kraamde natuurlijk een hoop onzin uit, maar Elsa deed net of ze het geloofde, omdat ze dol is op pizza en omdat een kerstbuffet compleet waardeloos is voor een vegetariër.

Een bijkomstige bonus bij de pizza is bovendien dat de geur ervan in het trappenhuis Britt-Marie elk jaar tot waanzin dreef. Britt-Marie hangt op 23 december altijd kerstversiering op aan de voordeur van haar en Kents appartement, want op kerstavond worden Kents kinderen verwacht, en Britt-Marie wil het gewoon een beetje gezellig maken in het trappenhuis, daar geniet iedereen van mee! Dat zegt ze elk jaar met de beste bedoelingen tegen mama en George. En vervolgens rook de kerstversiering het hele jaar naar pizza, klaagde Britt-Marie en noemde ze oma 'onbeschaafd'.

'Moet zíj zeggen: "onbeschaafd"! Niemand is verdomme beschaafder dan ík!' zei oma elk jaar snuivend, terwijl ze traditiegetrouw 's nachts rondsloop en kleine stukjes calzone in Britt-Maries kerstversiering hing. Wanneer Britt-Marie op de ochtend van de vierentwintigste bij George en mama kwam en uit pure boosheid alles twee keer zei, voerde oma ter verdediging aan dat het 'kerstversieringpizza' was en dat oma het gewoon een beetje gezellig wilde maken, daar genoot iedereen van mee. Op een keer liet ze per ongeluk de hele calzone bij Britt-Marie en Kent in de brievenbus vallen en toen werd Britt-Marie de volgende ochtend zo boos dat ze de broche vergat toen ze haar gebloemde colbertje aantrok.

Al begreep niemand hoe je een hele calzone per ongeluk in een brievenbus kon laten vallen.

Elsa ademt diep en beheerst in op de trap, want dat moet je doen als je boos bent, volgens Elsa's moeder. Elsa's moeder doet echt alles wat oma nooit deed. Ze vraagt Elsa om Britt-Marie en Kent uit te nodigen om samen met alle andere buren te komen eten op kerstavond. Dat zou oma nooit hebben gedaan. 'Over mijn lijk!' had oma gebruld als Elsa's moeder dat had voorgesteld. Hoewel ze daar op zich natuurlijk niet meer mee had kunnen schermen nu ze dood is, beseft Elsa, maar toch. Het gaat om het principe, zeg maar. Dat zou oma hebben gezegd als ze hier was. Ook al had oma de schurft aan principes. Vooral aan de principes van andere mensen.

Maar Elsa kan nu geen nee zeggen tegen haar moeder, aangezien die het na veel gezeur goed heeft gevonden dat de wars zich tijdens de kerstdagen schuilhoudt in oma's appartement. Het is nogal moeilijk om nee te zeggen tegen een moeder die het goedvindt dat je een wars mee naar huis neemt, zeg maar, ook al zegt mama nog steeds zuchtend dat Elsa overdrijft wanneer Elsa zegt dat Kent hem wil doden.

Elsa is daarentegen blij dat de wars meteen duidelijk maakte dat hij niets van George moet hebben. Niet dat Elsa per se vindt dat iemand George onaardig moet vinden, maar dat vindt echt nooit iemand, dus voor de afwisseling is het wel een keer leuk.

De jongen met syndroom en zijn moeder gaan verhuizen naar oma's appartement. Dat weet Elsa want ze heeft de hele middag sleutel verstoppen gespeeld met het jongetje, terwijl haar moeder, George, Alf, Lennart, Maud en de moeder van de jongen in de keuken over geheimen zaten te praten. Ze ontkennen het natuurlijk, maar Elsa weet hoe geheimzinnigheid klinkt. Dat weet je wanneer je bijna acht bent. Ze vindt het stom dat haar moeder geheimen voor haar heeft. Wanneer je weet dat iemand geheimen voor je heeft, voel je je een sukkel, en niemand voelt zich graag een sukkel.

Dat zou Elsa's moeder moeten weten. Juist zij.

Elsa weet dat ze bespreken dat oma's appartement makkelijker te verdedigen is wanneer Sam hiernaartoe komt. Niet dat een van hen zijn naam uitspreekt, maar Elsa is echt geen sukkel, ze is bijna acht. Ze weet dat Sam vroeg of laat zal komen, en dat haar moeder van plan is het hele leger van oma op de bovenste verdieping bijeen te brengen, ook al zou Elsa's moeder dat leger nooit leger noemen. Elsa was met de wars in het appartement van Lennart en Maud toen mama tegen Maud zei dat ze 'alleen het noodzakelijkste' moest inpakken, en ze probeerde te klinken alsof er helemaal niets ergs aan de hand was. En toen stopten Maud en de wars alle koektrommels die ze konden vinden in grote tassen, en toen mama dat zag, zuchtte ze en zei: 'Maud, toe nou. Alleen het noodzakelijkste, zei ik!' En toen keek Maud mama niet-begrijpend aan en antwoordde: 'Koekjes zijn het noodzakelijkste.'

De wars gromde dat hij het daar van harte mee eens was en keek Elsa's moeder daarna aan alsof hij niet boos maar teleurgesteld was en duwde demonstratief een extra trommel chocolade-pindakoekjes in de tas. Daarna brachten ze alles samen naar oma's flat en George bood iedereen glühwein aan. De wars dronk de meeste glühwein van iedereen. En nu zitten alle volwassenen bij mama en George in de keuken met hun geheimen.

Dat weet Elsa. Ze is bijna acht.

De deur van Britt-Marie en Kent is bedekt met kerstversiering, maar niemand doet open wanneer Elsa aanbelt. Ze vindt Britt-Marie onder in het gebouw, vlak bij de voordeur. Ze staat met haar handen gevouwen voor haar buik mistroostig naar de kinderwagen te staren, die nog steeds met een ketting aan de trapleuning vastzit. Ze draagt het gebloemde colbertje en de broche. Er hangt een nieuw briefje aan de muur.

Op het eerste briefje stond dat het verboden was hier een kinderwagen te parkeren. Dat briefje had iemand weggehaald. En nu heeft iemand een nieuw briefje opgehangen. En de kinderwagen staat er nog. Het is geen briefje, ziet Elsa wanneer ze dichterbij komt. Het is een kruiswoordpuzzel.

Britt-Marie schrikt wanneer ze haar in het oog krijgt.

'Ja, ja. Ja, ja, dit zal wel weer een bedenksel van jouw familie zijn! Dat zal het wel weer zijn!'

Elsa schudt boos haar hoofd.

'Dat zal helemaal niet.'

Britt-Marie klopt onzichtbare kruimels van haar revers en glimlacht op die goedwillende manier van haar zonder ook maar in de verte van goede wil te zijn, wat een beetje haar primaire competentie is.

'Jullie vinden dit natuurlijk grappig. Dat begrijp ik best. Jij en je familie. Om anderen in deze flat belachelijk te maken. Maar ik ga dit tot de bodem toe uitzoeken en ik zal de verantwoordelijke vinden, begrijp dat goed. Het is brandgevaarlijk om kinderwagens in het trappenhuis te zetten en briefjes aan de muren te hangen! Het papier kan in brand vliegen!'

Ze strijkt een kreukel glad die niet in haar rok zit en wrijft een vlek van haar broche die er nooit heeft gezeten.

'Ik ben niet gek, hoor, echt niet. Ik weet dat jullie het achter mijn rug over me hebben in deze vereniging van eigenaren, dat weet ik heus wel.'

Elsa weet niet precies wat er dan met haar gebeurt, maar het zou de combinatie van de woorden 'niet gek' en 'achter mijn rug' kunnen zijn. Er welt iets heel onplezierigs op in haar keel, dat bijt en stinkt, en het duurt even voordat ze met afschuw aan zichzelf moet toegeven dat het sympathie is.

Voor Britt-Marie.

Niemand vindt het fijn om voor gek te staan.

Dus Elsa zegt niet tegen Britt-Marie dat ze misschien eens moet proberen niet zo'n zultknurft te zijn steeds, als ze wil dat mensen meer met haar praten. Ze zegt niet eens dat dit feitelijk geen vereniging van eigenaren is. Ze slikt gewoon alle trots in die ze kan wegkrijgen en mompelt: 'Mijn moeder en George nodigen jou en Kent uit voor ons kerstdiner morgen. Iedereen uit de flat komt. Zo'n beetje iedereen, tenminste.'

Britt-Maries ogen schieten heel even heen en weer. Elsa vangt een glimp op van wat ze eerder vandaag heeft gezien bij de deur, toen Britt-Marie het er feitelijk niet mee eens leek te zijn dat Kent de wars ging vergiftigen. Maar dan knippert Britt-Marie met haar ogen en antwoordt: 'Ja, nou, maar ik kan nu niet zomaar op uitnodigingen ingaan, want Kent is nu op kantoor, want sommige bewoners van deze flat hebben feitelijk een baan waar ze naartoe moeten. Zeg dat maar tegen je moeder. Dat niet iedereen de hele kerst vrij is. En Kents kinderen komen hier morgen en die vinden er niets aan om bij andere mensen op bezoek te gaan, ze blijven liever thuis bij mij en Kent. En wij gaan gewoon kersteten eten, zoals een beetje beschaafde familie. Dat gaan we doen. Zeg dat maar tegen je moeder!'

Dan klopt Britt-Marie zoveel onzichtbare kruimels van haar jasje dat je er een heel onzichtbaar brood van had kunnen bakken en ze marcheert meteen de trap op zonder Elsa's reactie af te wachten.

Elsa blijft hoofdschuddend staan en mompelt: 'Knurft, knurft, knurft.' Ze kijkt naar de kruiswoordpuzzel op de muur bòven de kinderwagen, ze weet niet wie die heeft opgehangen, maar ze was het graag zelf geweest, want kennelijk wordt Britt-Marie er stapelgek van.

Elsa loopt de trap weer op. Ze belt aan bij de vrouw met de zwarte rok. Ze draagt een spijkerbroek. Ze ziet er op de goede manier moe uit.

'Morgen is er een kerstdiner bij ons. Kom, als u wilt,' zegt Elsa en ze voegt eraan toe: 'Het kan best gezellig worden, want Britt-Marie en Kent komen niet!'

De vrouw in de spijkerbroek haalt haar hand door haar haar en ziet eruit alsof ze het koud heeft.

'Nee... nee, ik... ik ben niet zo goed in contacten met andere mensen.'

Elsa knikt.

'Dat weet ik. Maar alleen zijn gaat u schijnbaar ook niet heel erg geweldig goed af.'

De vrouw kijkt haar lang aan. Elsa kijkt besluitvaardig terug. De mondhoeken van de vrouw veren op.

'Ik... Misschien kan ik wel even komen. Heel even.'

'We kunnen pizza bestellen! Als u niet, u weet wel, van kersteten houdt, dus,' zegt Elsa hoopvol.

De vrouw glimlacht. Elsa glimlacht ook.

Alf komt net oma's flat uit wanneer ze de trap op komt. De jongen met syndroom draait vrolijk om hem heen. Alf heeft een gigantische gereedschapskist in zijn ene hand, die hij probeert te verstoppen wanneer hij Elsa ziet.

'Wat doen jullie?' vraagt Elsa.

'Niks,' antwoordt Alf ontwijkend.

De jongen met syndroom springt met twee voeten tegelijk het appartement van Elsa's moeder en George binnen, op naar een grote schaal met kerstmanschuimpjes. Alf probeert langs Elsa heen naar de trap te lopen, maar Elsa staat in de weg.

'Wat is dat?' vraagt ze, wijzend naar de gereedschapskist.

'Niks!' herhaalt Alf en hij probeert hem achter zijn rug te verbergen.

'Niks, sure!' zegt ze chagrijnig.

Ze probeert zich geen sukkel te voelen. Dat lukt niet zo heel geweldig.

Ze kijkt door de deur van het appartement naar de jongen met syndroom. Hij lijkt blij op de manier zoals alleen een bijna-zevenjarige blij kan zijn als hij voor een hele schaal kerstmanschuimpjes staat. Elsa vraagt zich af of hij op de echte Kerstman wacht, die niet van schuim gemaakt is, daar gaat ze wel van uit. Elsa gelooft natuurlijk niet in de Kerstman, maar ze gelooft heel erg in mensen die in hem geloven. Toen ze klein was, schreef ze elk jaar met kerst een brief aan de Kerstman, niet alleen een verlanglijstje, maar een hele brief. Die brief ging natuurlijk eigenlijk maar voor een klein deel over kerst, en voor een nogal groot deel over politiek. Elsa vond namelijk meestal dat de Kerstman zich niet genoeg bezighield met actuele maatschappelijke kwesties, en ze vond dat de Kerstman daarover geïnformeerd moest worden midden in de stroom van hebberige slijmbrieven die hij elk jaar van alle andere kinderen kreeg – want dat hij die kreeg, begreep Elsa wel. Iemand moest een beetje verantwoordelijkheid nemen, vond Elsa. Eén jaar had ze bovendien de Coca-Colareclame gezien, dus toen ging de brief er voor een groot gedeelte over dat de Kerstman een ontzettende *sellout* was. Een ander jaar had ze een documentaire over kinderarbeid gezien op tv, en meteen erna een heleboel Amerikaanse kerstcomedy's, en aangezien ze niet wist welke definitie van 'elf' de Kerstman hanteerde, of ze net zo waren als de elfen uit de oud-Noorse mythologie, de elfen die in het bos wonen in Tolkiens wereld, of dat ze gewoon onder de wat algemenere definitie 'soort kleine persoon' vielen, en eiste ze dat de Kerstman haar onmiddellijk een definitie zou sturen.

Dat deed de Kerstman niet, dus Elsa stuurde nog een brief die heel lang en heel boos was, maar die misschien zou kunnen worden samengevat met het woord 'lafaard!' Het jaar daarop had Elsa leren googelen, dus toen wist ze dat de Kerstman niet antwoordde omdat de Kerstman niet bestond. Dus toen schreef ze geen brief.

Toevallig vertelde ze dat aan oma en haar moeder, dat de Kerstman niet bestond, en toen schrok haar moeder zo dat ze zich in de glühwein verslikte, en toen oma dat zag, draaide ze zich meteen met een dramatisch gebaar om naar Elsa en speelde nog erger geschrokken en riep uit: 'Dat zég je zo niet, Elsa! Dat noem je "op gespannen voet met de werkelijkheid"!'

Daar kon Elsa's moeder helemaal niet om lachen, maar dat maakte niet uit, want oma en Elsa hadden samen pret genoeg voor drie. En dat jaar kreeg Elsa de dag voor kerst een brief van de Kerstman waarin hij haar uitfoeterde omdat ze 'praatjes had gekregen', en daarop volgde een lange tirade die begon met 'ondankbaar rotkind' en waarin werd gezegd dat de elfen dat jaar geen collectieve arbeidsovereenkomst hadden gekregen, alleen omdat Elsa haar geloof in de Kerstman was kwijtgeraakt.

'Ik weet dat jij dit hebt geschreven,' had Elsa tegen oma gesist.

'Hoezo dat dan?' had oma op haar beurt spottend gevraagd.

'Omdat zelfs de Kerstman niet zo dom is om te denken dat je "collectief" met één l schrijft!' had Elsa geschreeuwd.

Toen had oma iets minder spottend gekeken en sorry gezegd. Daarna wilde ze dat Elsa voor haar naar de winkel ging om een aansteker te kopen, terwijl zij als tegenprestatie de tijd zou opnemen. Maar daar trapte Elsa niet nog een keer in.

Dus toen had oma nors haar pas gekochte Kerstmankostuum aangetrokken en waren ze naar het kinderziekenhuis gereden waar een vriend van oma werkte. Daar liep oma de hele dag rond om sprookjes te vertellen aan kinderen met vreselijke ziektes, en Elsa liep achter haar aan en deelde speelgoed uit. Het was de mooiste kerst die Elsa ooit had gehad. Daar zouden ze een traditie van maken, beloofde oma, maar het werd een traditie van niks, want ze konden het maar één keer doen voordat ze doodging.

Elsa kijkt naar de jongen met syndroom. Daarna kijkt ze naar Alf en taxeert hem met haar blik. Wanneer de jongen met syndroom verder het appartement in verdwijnt, omdat hij een schaal chocoladekonijntjes heeft ontdekt, glipt Elsa de hal in, maakt de kist open die daar staat en haalt het Kerstmankostuum eruit. Ze loopt het trappenhuis weer in en stopt het Alf in de armen.

Alf kijkt ernaar alsof het zojuist heeft geprobeerd hem te kietelen.

'Wat is dat?'

'Waar lijkt het op?' vraagt Elsa.

'Vergeet het maar!' zegt Alf dreigend en hij duwt Elsa het pak weer toe.

'Vergeet het maar dat je dat kunt vergeten!' zegt Elsa en ze duwt het kostuum nog meer terug.

'Je oma heeft verdorie gezegd dat je niet eens in de Kerstman gelooft,' moppert Alf.

Elsa rolt met haar ogen.

'Nee, maar het gaat in de wereld niet alleen over mij, of wel?'

Ze wijst het appartement in. De jongen met syndroom zit op de vloer voor de tv. Alf ziet hem en gromt.

'Waarom kan Lennart geen Kerstman zijn?'

'Omdat Lennart niets geheim kan houden voor Maud,' antwoordt Elsa ongeduldig.

'Wat maakt dat uit, verdorie?'

'Dat maakt uit, omdat Maud voor niemand een geheim kan bewaren!'

Alf knijpt zijn ogen een stukje dicht. Dan mompelt hij met tegenzin iets van 'nee, nee, inderdaad'. Want Maud zou echt nog geen geheim kunnen bewaren als het aan haar handpalmen zat vastgelijmd. Toen George eerder die avond sleutel verstoppen speelde met Elsa en de jongen met syndroom, liep Maud achter hen aan en fluisterde om de haverklap: 'Moeten jullie niet ook even in de bloempot in de boekenkast zoeken?' En toen Elsa's moeder tegen Maud zei dat het nou juist het hele idee van het spel was dat je niet wist waar de sleutel verstopt was, keek Maud verdrietig en zei: 'De kinderen kijken zo verdrietig wanneer ze aan het zoeken zijn, ik wil niet dat ze verdrietig zijn.'

'Dus jij moet Kerstman zijn,' vat Elsa het voor Alf samen.

'En George dan?' probeert Alf.

'Die is te lang. En bovendien zou je zien dat hij het is, want hij zou zijn korte broek over zijn Kerstmanpak heen dragen,' verklaart Elsa.

Alf kijkt alsof hij dat geen heel groot probleem zou vinden. Hij zet een paar ontevreden stappen door het trappenhuis en de hal in, kijkt over de rand van de deksel van de kist, alsof hij hoopt dat hij een beter alternatief zal vinden. Maar er ligt alleen beddengoed in, en Elsa's Spider-Manpak.

'Wat is dat?' vraagt Alf, en hij prikt erin, alsof het terug zou kunnen prikken.

'Mijn Spider-Manpak,' gromt Elsa en ze probeert het deksel erop te doen.

'Wanneer draag je zoiets?' vraagt Alf en het lijkt alsof hij verwacht de precieze datum te horen te krijgen van de jaarlijkse Spider-Mandag.

'Ik zou hem na de vakantie dragen. We hadden een opdracht voor school,' scheept Elsa hem af en ze slaat de kist met een klap dicht.

Alf staat met het kostuum in zijn hand en lijkt zich niets van haar boosheid aan te trekken. Elsa kreunt.

'Als je het dan zo nodig moet weten, ik word geen Spider-Man omdat meisjes kennelijk geen Spider-Man mogen zijn!'

Alf lijkt het heel eerlijk gezegd helemaal niet zo nodig te willen weten. Toch bijt Elsa hem toe: 'Dus ik laat het verder maar zo, want ik kan niet continu met iedereen vechten!'

Alf loopt alweer terug naar het trappenhuis. Elsa slikt haar tranen in, zodat hij ze niet kan horen. Maar misschien hoort hij ze toch. Want hij blijft bij de hoek van de trapleuning staan. Hij frommelt het Kerstmanpak in zijn vuist bij elkaar. Zucht. Zegt iets wat Elsa niet verstaat.

'Wat?' vraagt Elsa geïrriteerd.

Alf zucht nog eens, harder.

'Ik zei dat ik denk dat je oma zou willen dat je je verkleedt als wat je maar wilt,' herhaalt hij bruusk zonder zich om te draaien.

Elsa stopt haar handen in haar zakken en staart naar de vloer.

'Op school zeggen ze dat meisjes geen Spider-Man kunnen zijn...'

Alf sloft twee treden af. Blijft staan en kijkt haar aan.

'Denk je dat die sukkels dat niet ook tegen je oma hebben gezegd?'

Elsa loert naar hem.

'Verkleedde zij zich ook als Spider-Man?'

'Nee.'

'Waar heb je het dan over?'

'Ze verkleedde zich als dokter.'

Elsa kijkt op.

'Hebben ze tegen haar gezegd dat ze geen dokter mocht zijn? Omdat ze een meisje was?'

Alf verschuift met één hand iets in de gereedschapskist en stopt met de andere het Kerstmanpak erin.

'Ze zullen waarschijnlijk tegen haar hebben gezegd dat ze een heleboel dingen niet mocht doen om een heleboel redenen. Maar ze deed ze mooi wel. Een paar jaar voor haar geboorte was het verdomme nog zo dat ze tegen vrouwen zeiden dat vrouwen niet mochten stemmen bij politieke verkiezingen, maar nu doen vrouwen dat mooi wel. Zo ga je tegen die ellendelingen in die tegen je zeggen wat je wel of niet mag doen. Je doet het gewoon wel.'

Elsa kijkt naar haar schoenen. Alf kijkt naar zijn gereedschapskist. Daarna loopt Elsa de hal in, pakt twee kerstmanschuimpjes, eet er een op en gooit Alf de andere toe. Hij vangt hem op met zijn vrije hand. Haalt even zijn schouders op.

‘Ik denk dat je oma had gewild dat je je verkleedt als wat je maar wilt.’

Elsa knikt. Hij gromt iets en loopt door. Wanneer ze de deur van zijn appartement hoort dichtvallen, en het opera-Italiaans naar buiten hoort sijpelen, loopt ze de hal in en haalt de hele schaal met schuimpjes. Dan geeft ze de jongen met syndroom een hand en roept de wars. Gedrieën steken ze het trappenhuis over en gaan oma’s flat binnen. Daar kruipen ze in de magische kast die was gestopt met groeien toen oma stierf. Het ruikt er naar zaagsel. Op magische wijze is hij precies genoeg gegroeid om plaats te bieden aan twee kinderen en een wars.

De jongen met syndroom doet zijn ogen op een kiertje na dicht en Elsa neemt hem mee naar Bijna-Wakkerland. Ze vliegen over alle zes de koninkrijken, en wanneer ze de weg naar Mimova inslaan, lijkt het wel of de jongen de weg kent. Hij springt van het wolkendier en begint te rennen. Wanneer hij bij de stadspoort komt, waar de muziek van Mimova over hem heen spoelt, begint hij te dansen. Compleet wonderbaarlijk te dansen. En Elsa danst met hem mee.

Want het is niet erg als jongens niet kunnen praten als ze compleet wonderbaarlijk kunnen dansen.

27

Glühwein

De wars maakt Elsa midden in de nacht wakker omdat hij moet plassen. Of, nou ja, misschien niet midden in de nacht. Maar zo voelt het, en het is donker buiten, dus Elsa mompelt slaperig dat de wars misschien niet zo akelig veel glühwein had moeten drinken voor het naar bed gaan en ze probeert weer door te slapen. Helaas kijkt de wars dan als een wars die van plan is op een Griffoendorsjaal te plassen, waarna Elsa de sjaal naar zich toe trekt en toch maar met hem naar buiten gaat, ondanks alles.

Wanneer ze uit de kast komen, zijn Elsa's moeder en de moeder van de jongen met syndroom de bedden aan het opmaken in oma's logeerkamer.

'Hij moet plassen,' legt Elsa vermoeid uit wanneer haar moeder hen ziet.

Haar moeder knikt met tegenzin.

'Laat Alf dan meegaan,' vraagt ze.

Elsa knikt. De moeder van de jongen met syndroom glimlacht naar haar en laat het kussen uit het sloop vallen dat ze er net omheen wil doen. Wanneer ze zich bukt om het op te rapen, laat ze het sloop vallen. En haar bril. Met al die spullen in haar armen richt ze zich op en glimlacht weer naar Elsa.

'Ik begreep van Maud dat jij misschien degene was die gisteren de brief van je oma bij ons in de bus heeft gedaan.'

Elsa richt haar blik op haar sokken.

'Ik was van plan aan te bellen, maar ik wilde niet, je weet wel, storen. Dus.'

De moeder van de jongen glimlacht en laat het sloop vallen.

'Ze schreef dat het haar speet. Je oma dus.'

'Dat weet ik, dat schrijft ze aan iedereen,' bevestigt Elsa.

De moeder van de jongen raapt het sloop op.

'Ze schreef dat het haar speet dat ze ons niet langer kon beschermen. En ze schreef dat ik op jou moest vertrouwen. Altijd. En ze vroeg me ook nog of ik wilde proberen jouw vertrouwen te winnen.'

Ze laat het kussen vallen. Elsa stapt over de drempel en raapt het op. Ze kijkt haar aan.

'Mag ik iets vragen wat misschien een tikje onbeleefd is?' vraagt ze.

'Absoluut,' antwoordt de moeder van de jongen en ze laat de bril in het sloop vallen.

Elsa prikt in haar eigen handpalm.

'Hoe kun je leven als je continu bang bent? Wanneer je weet dat iemand als Sam naar je op zoek is, dus, hoe kun je daarmee leven?'

'Elsa, alsjeblieft...' fluistert Elsa's moeder en ze glimlacht verontschuldigend naar de moeder van de jongen, maar de moeder van de jongen wuift alleen met haar hand om aan te geven dat het helemaal niet erg is.

Wat helaas tot gevolg heeft dat ze per ongeluk het sloop met haar bril erin dwars door de kamer gooit, zodat het op de wars neerkomt die op de drempel zit en probeert zijn poten over zijn blaas te vouwen. Elsa raapt het sloop op. De moeder van de jongen glimlacht dankbaar en zet haar bril op.

'Je oma zei altijd dat je soms dingen moet doen die een beetje gevaarlijk zijn, omdat je anders geen mens bent maar een flutfiguur.'

'Dat heeft ze van de gebroeders Leeuwenhart gejat,' zegt Elsa.

'Dat weet ik,' zegt de moeder van de jongen met een glimlach.

Elsa knikt. De moeder van de jongen glimlacht weer, richt zich tot Elsa's moeder en lijkt van onderwerp te willen veranderen. Misschien meer vanwege Elsa dan voor haarzelf.

‘Weten jullie wat het gaat worden?’ vraagt ze met een zacht gebaar naar de buik van Elsa’s moeder, waarna ze haar bril laat vallen.

Elsa’s moeder schudt met een bijna beschaamde glimlach haar hoofd.

‘We willen wachten tot het geboren wordt.’

‘Het wordt geen het, maar een hij of een zij,’ meldt Elsa vanaf de drempel.

Haar moeder kijkt beschaamd.

‘Ja. Maar we hebben dus niet gevraagd wat het geslacht is. George wil niet... nou ja... je weet wel. We zijn er blij mee, wat het ook wordt!’

De moeder van de jongen schudt enthousiast haar hoofd.

‘Ik wilde het ook pas weten toen hij geboren was, en op dat moment wilde ik alles weten wat er over hem te weten viel!’

Elsa’s moeder zucht opgelucht, zoals je doet wanneer je in verwachting bent en het gewend bent dat allerhande niet-zwangere individuen zich geroepen voelen jou vragen te stellen over de aanstaande geboorte op een toon die ondervragers van de narcoticabrigade gebruiken zodra ze de kans krijgen. Ze glimlacht breed.

‘Ja, precies, zo kijk ik er ook tegenaan. Het maakt niet uit wat het is, als het maar gezond is!’

Het schuldgevoel tekent zich af op mama’s gezicht zodra het laatste woord van haar onderlip is gesprongen. Ze kijkt langs Elsa heen naar de kast waarin de jongen met syndroom ligt te slapen.

‘Het spijt me. Het was niet mijn bedoeling...’ brengt ze uit, maar de moeder van de jongen legt haar meteen het zwijgen op.

‘Ach, geen probleem. Dat hoeft je niet te spijten. Ik weet wat de mensen zeggen. Maar hij is gezond. Hij heeft alleen een paar extra’s, zou je kunnen zeggen.’

‘Ik hou van extra’s!’ roept Elsa vrolijk uit, maar dan kijkt ze ook beschaamd, ze schraapt haar keel en mompelt: ‘Behalve op quornburgers. Daar haal ik de tomaat altijd af.’

En daar moeten beide moeders zo hard om lachen dat het door

oma's appartement schalt. En ze zien er allebei uit alsof ze daar hard aan toe waren. Dus ook al was het haar daar niet om te doen geweest, Elsa besluit zichzelf daar de eer voor toe te kennen.

Alf staat in het trappenhuis op haar en de wars te wachten. Ze weet niet hoe hij wist dat ze onderweg waren. De duisternis buiten is zo compact, dat als je een sneeuwbal gooit, die uit het zicht is verdwenen voordat hij loskomt van je want. Ze sluipen onder Britt-Maries balkon door om de wars niet te verraden, en blijven ook nadat ze de hoek om zijn dicht bij de gevel, waar de vingers van de duisternis niet helemaal bij kunnen komen. De wars schuift achteruit een bosje in en kijkt alsof hij graag een krantje of zoiets had gehad. Elsa en Alf draaien zich discreet om.

Elsa schraapt haar keel.

'Bedankt voor de hulp met het halen van Renault.'

Alf gromt. Elsa stopt haar handen in haar jaszakken.

'Kent is een zultknurft. Iemand zou hém moeten vergiftigen.'

Alfs hoofd draait zich langzaam om.

'Dat moet je niet zeggen.'

'Wat?' roept Elsa uit.

'Zeg dat soort dingen niet, verdomme,' zegt Alf bitter.

'Hoezo? Hij is toch een zultknurft?' merkt Elsa op.

'Dat kan zijn. Maar dat zeg je maar niet over hem waar ik bij ben.'

Elsa snuift.

'Jij noemt hem de hele tijd "stomme idioot".'

Alf knikt.

'Ja. Dat mag ik. Maar jij mag dat niet.'

Elsa spreidt haar armen en spuugt verontwaardigd. Ze denkt in ieder geval dat het verontwaardigd is.

'Waarom niet?'

Alfs leren jack knarst.

'Omdat ik lelijke dingen mag zeggen over mijn broertje. En jij niet.'

Het duurt verschillende soorten eeuwigheden voordat Elsa die informatie heeft verwerkt.

'Dat wist ik niet,' weet ze ten slotte uit te brengen.

Alf gromt. Elsa schraapt haar keel.

'Waarom doen jullie zo naar tegen elkaar als jullie broers zijn?'

'Je kunt je broer niet kiezen,' mompelt Alf.

Elsa weet niet goed wat ze daarop moet zeggen. Ze denkt aan Halfje. Dat wil ze liever niet, dus ze probeert een ander gespreksonderwerp aan te snijden.

'Waarom heb je geen vriendin?' vraagt ze met oprechte nieuwsgierigheid.

'Dat gaat jou geen sodemieter aan,' antwoordt Alf met oprechte onvriendelijkheid.

'Ben je wel eens verliefd geweest?' vraagt Elsa.

Alfs leren jack knarst en hij kijkt haar teleurgesteld aan.

'Ik ben een volwassen man, verdomme. Natuurlijk ben ik verliefd geweest. Iedereen is verdomme wel eens verliefd geweest.'

'Hoe oud was je?' vraagt Elsa.

'De eerste keer?' vraagt Alf mompelend.

'Ja.'

'Tien.'

'En de tweede keer?'

Alfs leren jack knarst. Hij kijkt op zijn horloge en loopt terug naar de flat.

'Er is geen tweede keer geweest.'

Elsa wil nog iets vragen. Maar dan hoort ze het. Of eigenlijk hoort de wars het als eerste. De schreeuw. De wars komt de bosjes uit rennen en stort zich als een zwarte speer het duister in. Daarna hoort Elsa hem voor het eerst blaffen. Ze dacht dat ze hem eerder had horen blaffen, maar dat had ze mis. Wat ze hem eerder had horen doen, was keffen en janken hiermee vergeleken. Van dit geblaf rammelen haar hersenen en trilt het beton van de flat. De wars blaft alsof hij een strijdkreet slaakt.

Elsa is er het eerst. Ze kan harder rennen dan Alf.

Britt-Marie staat met een wit gezicht een paar meter van de voordeur. Er ligt een tas met boodschappen in de sneeuw. Er zijn lolly's uit gerold en stripbladen. Op een handvol armlengtes afstand staat Sam. Elsa kan zijn gezicht niet zien, maar aan de verlammende angst die haar lichaam van binnenuit grijpt, weet ze dat hij het is.

En ze ziet het mes in zijn hand.

De wars staat tussen hen in, met zijn staart als een verdedigende zweep geheven voor Britt-Marie. Zijn voorpoten staan als betonnen funderingspalen in de sneeuw, en hij laat Sam zijn tanden zien. Sam verroert zich niet, maar Elsa ziet dat hij weifelt. Hij draait zich langzaam om en ziet haar, haar ruggengraat verpulvert onder zijn blik. Haar knieën knikken, ze willen in de sneeuw zakken en verdwijnen. Het mes glinstert in de her en der verspreide lichtkegels van de straatlantaarns. Sams hand hangt stil in de lucht, zijn lichaam is ontspannen en vijandig. Zijn ogen priemen, koud en oorlogszuchtig. Maar het mes is niet op haar gericht, dat ziet ze.

Britt-Maries ademhaling plant zich door het donker voort. Elsa hoort haar snikken. En Elsa weet niet waar het instinct vandaan komt, of de moed, al zal het wel gewoon pure roekeloosheid zijn. Oma zei altijd dat Elsa en oma zelf allebei van die figuren waren die in wezen knap stom waren en dat ze daardoor vroeg of laat in de penarie zouden komen.

Dus Elsa rent. Ze rent recht op Sam af. Ze ziet dat het mes zelfverzekerd een centimeter of wat naar beneden valt, dat de andere hand als een klauw omhooggaat om haar in de sprong te pakken. Maar zo ver komt ze niet.

Voordat ze ook maar een beweging heeft gezien komt ze met iets droogs en zwarts in botsing. Haar gezicht wordt naar achteren gedrukt. Ze ruikt de geur van droog leer. Hoort het knarsen van Alfs jack.

En dan staat Alf tegenover Sam, met dezelfde onheilspellende lichaamstaal. Elsa ziet ook een heel kleine beweging van zijn rechterhand. Ze ziet de hamer uit de mouw van zijn jack in zijn handpalm glijden. Alf laat hem rustig heen en weer zwaaien. Sams mes beweegt niet. Hun blikken laten elkaar niet los.

'De politie is onderweg,' komt er uiteindelijk zachtjes van Alf.

Hij klinkt alsof hij dat zelf jammer vindt. Dat ze dit niet hier en nu kunnen afronden.

Sams ogen dwalen kalm van Alf naar de wars. De haren van de wars staan overeind. Het gegrom rolt als donder uit zijn longen. Een vage glimlach kruipt over Sams lippen, ondraaglijk lang. Dan zet hij één stap naar achteren en de duisternis slokt hem op.

De politieauto komt op slippende banden de straat in, maar dan is Sam allang verdwenen. Elsa zakt in elkaar in de sneeuw, alsof de kleren om haar heen geen inhoud meer hebben. Ze voelt dat Alfs grote hand haar opvangt en ze hoort hem tegen de wars sissen dat hij naar binnen moet gaan voordat de politie hem ziet. Ze hoort Britt-Marie hijgen en ze hoort de schoenen van de agenten door de sneeuw knerpen. Maar haar bewustzijn is al ver weg.

Ze schaamt zich dat ze zo bang wordt dat ze haar ogen gewoon dichtdoet en vlucht in haar hoofd. Zo verlamd van angst zou geen enkele ridder van Miama ooit zijn geworden. Een echte ridder had pal gestaan en niet zijn toevlucht genomen tot slapen. Maar ze kan het niet helpen.

Het is te veel werkelijkheid voor een bijna-achtjarige. Te veel voor bijna iedereen die bijna wat dan ook is.

Ze wordt wakker in het bed in oma's slaapkamer. Het is er warm. Ze voelt de neus van de wars in het kuiltje bij haar sleutelbeen en aait over zijn kop.

'Je bent heel dapper,' fluistert ze.

De wars kijkt alsof hij vindt dat hij misschien een koekje verdiend heeft. Elsa glijdt tussen de klamme lakens uit op de grond. Door de deuropening ziet ze haar moeder in de hal staan, haar gezicht is asgrauw. Ze moppert op Alf. Alf zegt niets en laat het over zich heen komen. Elsa trekt de deur open en vliegt in haar moeders armen, ze voelt aan haar handen dat ze zo boos is dat ze huilt.

'Het was niet hun schuld, ze wilden me alleen beschermen!' briest Elsa.

Britt-Marie valt haar in de rede.

'Nee, het was natuurlijk mijn schuld! Mijn schuld. Het was allemaal mijn schuld, Ulricka.'

Elsa draait zich om naar Britt-Marie. Ze beseft dat Maud en Lennart en de moeder van de jongen met syndroom ook in de hal staan. Ze kijken allemaal naar Britt-Marie. Britt-Marie vouwt haar handen voor haar buik.

'Hij stond buiten en hield zich verstopt, maar ik rook de geur van die sigaretten, dat rook ik. Dus ik zei tegen hem dat we in deze vereniging van eigenaren niet in het portiek staan te roken, dat doen we niet! En toen trok hij dat...'

Britt-Marie krijgt het woord 'mes' niet over haar lippen zonder dat haar stem weer overslaat. Ze kijkt beledigd. Zoals dat gaat bij iemand voor wie iedereen geheimen heeft en die het gevoel heeft dat ze voor gek staat.

'Jullie weten natuurlijk allemaal wie het is. Dat weten jullie natuurlijk! Maar niemand vindt natuurlijk dat ik gewaarschuwd hoef te worden, dat niet. Ook al ben ik in deze vereniging van eigenaren verantwoordelijk voor de communicatie.'

Ze trekt een kreukel in haar rok recht. Een echte kreukel ditmaal. De tas met lolly's en stripbladen staat bij haar voeten. Maud probeert een hand op Britt-Maries arm te leggen, maar Britt-Marie trekt hem terug. Maud glimlacht weemoedig.

'Waar is Kent?' vraagt ze zacht.

'Die heeft een zakelijke bespreking!' antwoordt Britt-Marie hard.

Alf kijkt haar aan, en kijkt daarna naar de tas uit de supermarkt, en dan weer naar haar.

'Wat deed je zo laat nog buiten?' wil hij weten.

Britt-Marie kijkt hem boos aan.

'Kents kinderen krijgen altijd lolly's en stripbladen wanneer ze komen met kerst! Dat krijgen ze altijd, dat hoort erbij! Ik ben naar de supermarkt geweest. En ik ben niet degene die zich hier hoeft te verantwoorden, want ik heb geen junks met messen hierheen gelokt, echt niet.'

Maud probeert weer een hand op haar arm te leggen, maar Britt-Marie maait hem weg. Maud tast koppig naar haar met haar vingers.

'Sorry, Britt-Marie. We wisten gewoon niet wat we moesten zeggen. Britt-Marie, toe nou. Kun je hier niet toch blijven vannacht? Misschien zijn we veiliger als we allemaal bij elkaar blijven.'

Britt-Marie vouwt haar handen iets steviger voor haar buik en kijkt op hen allemaal neer over het puntje van haar neus.

'Ik slaap in mijn eigen huis. Kent komt vanavond terug en dan ben ik thuis. Ik ben altijd thuis wanneer Kent komt. Daar zorg ik voor. Altijd.'

De agente met de groene ogen komt achter haar aan de trap op. Britt-Marie draait zich om. De groene ogen slaan haar onderzoekend gade.

'Ja, ja, het zou ook eens tijd worden!' merkt Britt-Marie op en ze glimlacht goedwillend maar niet heus, en ontmoet dan de blik uit de groene ogen en doet instinctief een stapje naar achteren.

De groene ogen zeggen niets. Er staat een tweede agent achter haar, en Elsa ziet dat hij er heel verlegen uitziet, omdat hij zojuist Elsa en haar moeder heeft opgemerkt. Het lijkt erop dat hij nog heel goed weet dat hij hen naar het ziekenhuis heeft geëscorteerd en daarna op de parkeerplaats is gedumpt.

'We gaan de omgeving afzoeken met honden,' zegt de zomerkrachtagent met zijn hoofd naar beneden.

Lennart probeert hem en de groene ogen op de koffie te vragen, en de zomerkrachtagent kijkt alsof hij daaraan de voorkeur zou geven boven het doorzoeken van de omgeving met honden, maar daarna kijkt hij naar de groene ogen en schudt nee met zijn hoofd naar de grond. De groene ogen spreken met het soort stem dat zonder inspanning een kamer kan vullen.

‘We vinden hem wel,’ zegt die stem, nog steeds met haar blik strak op Britt-Marie gericht.

Britt-Marie lijkt iets terug te willen zeggen, vermoedelijk iets tamelijk boos over dat iedereen schijnt te weten wie die man met het mes is, alleen zij niet, en misschien iets nog bozers over dat het allemaal een zootje ongeregeld is in deze flat. Overal kinderwagens, briefjes, kruiswoordpuzzels en rokers met messen. Maar ze zegt niets, want de groene ogen lijken haar niet heel zelfverzekerd te maken.

De ogen trekken hun wenkbrauwen op en vragen: ‘En de vechthond waar Kent gisteren over heeft gebeld, Britt-Marie? Hij zei dat jullie hondenharen hadden gevonden in het trappenhuis. Heb je hem vanavond gezien?’

Elsa houdt haar adem in. Zo stevig dat ze vergeet na te denken over de vraag waarom de groene ogen Kent en Britt-Marie bij de voornaam noemen. Alsof de groene ogen hen kennen.

Britt-Marie kijkt het vertrek rond, naar Elsa, Elsa’s moeder, Maud, Lennart en de moeder van de jongen met syndroom. En als laatste naar Alf. Zijn gezicht verraadt niets. De groene ogen glijden door de hal. Het zweet staat in Elsa’s handen wanneer ze die opent en sluit om ze te laten stoppen met trillen. Ze weet dat de wars in oma’s slaapkamer is, slechts een paar meter achter haar. Ze weet dat alles verloren is, en ze weet niet wat ze er nog aan kan doen. Ze zal nooit met hem kunnen vluchten langs alle agenten die ze beneden in het trappenhuis hoort, zelfs een wars lukt dat niet. Ze zullen hem doodschieten. Hem vermoorden. Ze vraagt zich af of dat aldoor al het plan is geweest van de schaduw. Omdat hij zelf niet met de wars durfde te vechten. Zonder de wars en Wolvenhart is het kasteel weerloos.

Britt-Marie zet een zuinig gezicht wanneer ze ziet dat Elsa haar aanstaart. Ze verplaatst de handen voor haar buik en snuift met hernieuwde superioriteit in de richting van de groene ogen.

‘Misschien hebben we ons gisteren vergist, Kent en ik, dat zou kunnen. Misschien was het geen hondenhaar, het zal wel andere rommel geweest zijn. Dat zou niet zo vreemd zijn met al die eigenaardige figuren die hier tegenwoordig in en uit lopen,' zegt ze half verontschuldigend en half verwijtend, en ze schuift de broche op haar gebloemde colbertje recht.

De groene ogen werpen een snelle blik op Elsa. Dan knikt ze even alsof de zaak uit de wereld is.

'We blijven de flat vannacht observeren.'

Voordat iemand verder nog iets kan zeggen loopt ze de trap alweer af met de zomerkrachtagent strompelend achter zich aan. Elsa's moeder zucht diep en steekt haar hand uit naar Britt-Marie, maar Britt-Marie duikt weg.

'Jullie vinden het natuurlijk leuk om geheimen voor mij te hebben. Leuk om mij voor gek te laten staan, dat vinden jullie!'

'Britt-Marie, toe nou,' probeert Maud, maar Britt-Marie schudt haar hoofd en raapt haar tas van de vloer.

'Ik ga nu naar huis, Maud! Want Kent komt vanavond thuis en dan moet ik er zijn! En morgen komen Kents kinderen en dan gaan we een kerstmaaltijd eten als een gewone, beschaafde familie in een gewone beschaafde vereniging van eigenaren!'

Met die woorden stampt ze de deur uit. Met de beste bedoelingen.

Maar Elsa ziet hoe Alf naar haar kijkt wanneer ze wegloopt. De wars, die in de deuropening van de slaapkamer staat, heeft dezelfde blik in zijn ogen. En nu weet Elsa wie Britt-Marie is.

Elsa's moeder gaat ook naar beneden. Elsa weet niet waarom. Lennart zet koffie. George haalt de eieren tevoorschijn en maakt nog wat glühwein. Maud zet koekjes op tafel. De moeder van de jongen met syndroom kruipt in de kast bij de jongen met syndroom en Elsa hoort dat ze hem aan het lachen maakt. Aan zo'n superkracht heb je wat.

Alf gaat op het balkon staan en Elsa loopt achter hem aan. Ze staat een hele poos aarzelend achter hem voordat ze naast hem over het hekje gaat staan kijken. De groene ogen staan in de sneeuw en praten met de moeder van Elsa. De groene ogen glimlachen zwak, zoals ze tegen oma lachten die keer op het politiebureau.

'Kennen ze elkaar?' vraagt Elsa verbaasd.

Alf knikt.

'Kenden, in ieder geval. Ze waren beste vriendinnen toen ze zo oud waren als jij.'

Elsa kijkt naar haar moeder en ziet dat ze nog steeds boos is. Dan loert ze naar de hamer die Alf in een hoek van het balkon op de grond heeft gelegd.

'Wilde je Sam doodslaan?' vraagt ze.

Alfs ogen kijken spijtig maar eerlijk.

'Nee.'

'Waarom was mijn moeder dan zo boos op jou?' vraagt Elsa.

Alfs leren jack zakt een beetje in.

'Ze was boos omdat ze die hamer zelf had willen vasthouden.'

Elsa's schouders gaan naar beneden, ze slaat haar armen om zichzelf heen tegen de kou. Alf hangt zijn leren jack knarsend om haar heen. Elsa kruipt erin weg.

'Soms denk ik dat iemand Sam moet vermoorden.'

Alf antwoordt niet. Elsa kijkt naar de hamer.

'Nou ja... iets in die richting, in ieder geval. Ik weet wel dat je niet mag denken dat mensen het verdienen om te sterven. Maar soms weet ik niet zeker of zulke mensen als hij het wel verdienen om te leven...'

Alf leunt op het balkonhekje.

'Dat is menselijk.'

'Is het menselijk om mensen dood te wensen?'

Alf schudt rustig zijn hoofd.

'Het is menselijk om het niet zeker te weten.'

Elsa kruipt nog verder in elkaar onder het jack. Ze probeert zich moedig te voelen.

'Ik ben bang,' fluistert ze.

'Ik ook,' zegt Alf.

En ze praten er niet meer over.

Ze sluipen met de wars naar buiten wanneer iedereen slaapt, maar Elsa weet dat haar moeder hen ziet lopen. Ze weet zeker dat de politieagente met de groene ogen hen ook ziet. Dat ze over hen waakt ergens in het donker, zoals Wolvenhart zou hebben gedaan als hij hier was geweest. En Elsa probeert het Wolvenhart niet kwalijk te nemen dat hij er niet is. Dat hij haar in de steek heeft gelaten, ook al had hij beloofd dat hij haar altijd zou beschermen. Dat lukt niet best.

Ze praat niet met Alf. Die zegt ook niets. Het is de nacht voor kerstavond maar het loopt allemaal maar raar. Dit is wel een verdomd vreemd kerstsprookje, denkt Elsa.

Wanneer ze de trap weer op lopen naar boven, blijft Alf heel even voor de deur van Britt-Marie staan. Elsa ziet hem kijken. Hij kijkt naar de deur alsof er een eerste keer is geweest, maar geen tweede. Elsa kijkt naar de kerstversiering die dit jaar voor het eerst niet naar pizza ruikt.

'Hoe oud zijn Kents kinderen?' vraagt ze.

'Die zijn volwassen,' zegt Alf bitter.

'Waarom zei Britt-Marie dan dat ze stripbladen willen en lolly's?' wil Elsa weten.

'Britt-Marie nodigt ze elk jaar uit voor het kerstdiner. Ze komen nooit. De laatste keer dat ze hier waren, waren het nog kinderen. Toen hielden ze van lolly's en stripbladen,' antwoordt Alf dof.

Wanneer hij met slepende stappen de trappen op loopt met Elsa achter zich aan, blijft de wars staan. Voor zo'n slim kind als Elsa duurt het feitelijk onacceptabel lang voordat ze doorheeft waarom.

De prinses van Miplorië was zo populair dat twee prinsen om haar liefde vochten, net zo lang tot ze elkaar haatten. De prinses van Miplorië, die een schat had die werd gestolen door een heks, en die in het koninkrijk van het verdriet woont.

De wars bewaakt de deur van haar kasteel. Want dat doen warsen in sprookjes.

28

Aardappels

Elsa luisterde niet stiekem. Ze is geen luistervink.

Ze stond daar alleen toevallig in het trappenhuis de volgende ochtend en hoorde Britt-Marie en Kent praten. Het was geen opzet. Ze was op zoek naar de wars. En naar haar Griffoendorsjaal. En bij Kent en Britt-Marie stond de deur open. Er kwam een koude wind vanbinnen, want Britt-Marie was Kents pak aan het luchten en had ramen en deuren tegen elkaar opengezet. Het was niet Elsa's bedoeling geweest om hen af te luisteren. Maar nadat ze een poosje had staan luisteren, begreep ze dat Kent en Britt-Marie haar zouden zien als ze nu voor de deur langsliep, en dan zou het net lijken alsof ze in het trappenhuis had staan luistervinken. Dus dan kon ze beter blijven staan.

Dan is het niet per definitie afluisteren.

'Britt-Marie!' schreeuwde Kent, aan de galm te horen vanuit de badkamer.

'Britt-Marie!' schreeuwde hij meteen nog eens, alsof Britt-Marie heel ver weg was.

'Ja?' antwoordde Britt-Marie alsof ze heel dichtbij stond, bijvoorbeeld pal op de drempel van de badkamer.

'Waar legt verdomme mijn scheerapparaat?' schreeuwde Kent, zonder zich voor zijn gekrijs te verontschuldigen.

Elsa vond dat heel naar van hem. Want het moet feitelijk 'ligt verdomme' zijn.

'Tweede laatje,' antwoordde Britt-Marie.

'Wat doet het daar nou? Het legt altijd in het eerste laatje!' beweerde Kent.

'Het heeft altijd al in het tweede laatje gelegen,' antwoordde Britt-Marie.

Daarna klonk het geluid van het tweede laatje dat werd geopend en daarna het geluid van een scheerapparaat. Maar niet het minste geluid van een Kent die 'dank je wel' zei. Britt-Marie liep de hal in en leunde door de voordeur naar buiten met Kents pak in haar hand. Ze klopte voorzichtig onzichtbare pluisjes van de ene mouw. Ze zag Elsa niet; Elsa dacht in ieder geval van niet. En toen Elsa besefte dat ze het niet helemaal zeker wist, besefte ze dat ze daar nu moest blijven staan en moest kijken alsof het de bedoeling was dat ze daar stond. Alsof ze misschien alleen de kwaliteit van de trapleuning aan het inspecteren was of zo. Helemaal niet alsof ze hen afluisterde. Het werd echt heel ingewikkeld allemaal.

Britt-Marie verdween weer naar binnen.

'Heb je David en Pernilla gesproken?' vroeg ze vriendelijk in de richting van de badkamer.

'Ja, ja, ja,' antwoordde Kent onvriendelijk.

'Hoe laat komen ze dan?' wilde Britt-Marie weten.

'Joost mag het weten,' antwoordde Kent.

'Maar ik moet het weten met het oog op het eten, Kent,' zei Britt-Marie.

'Dat maakt toch niet uit, we eten wanneer ze komen,' scheepte Kent haar af.

'Zes uur lijkt me een mooi tijdstip om aan tafel te gaan,' zei Britt-Marie en haar stem klonk alsof ze iets van de mouw van Kents overhemd klopte.

'Ja, ja, ja, maar ze komen vast om een uur of zes, half zeven,' zei Kent. Het klonk alsof het hem weinig kon schelen.

'Wat is het nou? Zes uur of half zeven?' vroeg Britt-Marie alsof het haar heel veel kon schelen.

'Jezus, Britt-Marie, dat maakt toch geen ene moer uit?' zei Kent iets te luid.

'Als het niet uitmaakt, is zes uur misschien een mooie tijd?' zei Britt-Marie iets te zacht.

'Ja, ja, ja, rond die tijd zullen ze vast wel komen,' kreunde Kent.

'Heb je tegen ze gezegd dat we om zes uur eten?' vroeg Britt-Marie.

'We eten altijd om zes uur.'

'Maar heb je dat ook tegen David en Pernilla gezegd?'

'We eten al sinds jaar en dag elke avond om zes uur, dus daar zullen ze inmiddels wel achter zijn,' verzuchtte Kent.

'O. En is daar nu opeens iets mis mee?' wilde Britt-Marie toen weten.

'Nee, nee, nee. Zes uur is prima. Als ze er dan niet zijn, dan zijn ze er maar niet,' antwoordde Kent. Het klonk een beetje alsof hij er tamelijk zeker van was dat ze er niet zouden zijn.

'Ik probeer alleen een leuke kerst te organiseren voor de hele familie, Kent,' zei Britt-Marie stroef en het klonk alsof ze ergens iets af borstelde, maakte niet uit waar vanaf.

'Ik moet nu weg, ik heb een bespreking met Duitsland,' zei Kent en hij verliet de badkamer.

'Maar wanneer zal ik de aardappels dan opzetten?' riep Britt-Marie hem na.

'Wanneer het jou uitkomt,' antwoordde Kent.

'De kinderen kunnen geen koude aardappels eten, Kent. Dat kan echt niet,' hield Britt-Marie aan.

'Nee, nee, nee!' pufte Kent.

'Moeten we dan zonder David en Pernilla eten? Bedoel je dat?' vroeg Britt-Marie.

'Maar ze kunnen het eten toch opwarmen wanneer ze komen!' zei Kent.

'Als mij verteld wordt hoe laat ze komen, kan ik ervoor zorgen dat het warm is wanneer ze komen,' zei Britt-Marie.

'Nee, nee, nee! Dan eten we wel wanneer iedereen er is, wanneer dat zo ontzettend belangrijk is!' brulde Kent.

'En hoe laat is iedereen er?' vroeg Britt-Marie.

‘Verdomme, Britt-Marie! Je weet toch hoe die kinderen zijn. Ze kunnen om zes uur komen en ze kunnen om half negen komen!’

Britt-Marie zei een paar verbeten seconden niets. Vervolgens haalde ze diep adem en probeerde haar stem vast te laten klinken, zoals je doet wanneer niemand mag horen dat je vanbinnen schreeuwt.

‘We kunnen niet om half negen met het kerstdiner beginnen, Kent.’

‘Dat weet ik toch! De kinderen moeten maar eten wanneer ze komen!’ antwoordde Kent.

‘En hoe laat is dat?’ vroeg Britt-Marie.

‘Dat wéét ik niet. Ze zeiden zes uur. Misschien dat in ieder geval Pernilla wel om zes uur komt. Zij is meestal wel op tijd. Of om kwart over zes misschien, als het druk is voor de afrit van de snelweg. Daar zijn continu werkzaamheden,’ zei Kent en zijn stem klonk enigszins gesmoord, zoals de stem van mannen die consequent de omvang van hun nek onderschatten wanneer ze een stropdas strikken.

‘Als we om zes uur aan tafel gaan, dan zitten we om kwart over zes te eten, dan komt Pernilla tijdens de maaltijd,’ lichtte Britt-Marie hem in, en ze klonk alsof ze heel vriendelijk zijn stropdas voor hem ging strikken.

‘Dat snap ik wel!’ snauwde Kent heel onvriendelijk, zoals mannen als Kent doen wanneer vrouwen als Britt-Marie hun stropdas strikken.

‘Je hoeft niet zo kortaf te doen,’ zei Britt-Marie enigszins kortaf.

‘Waar heb je mijn manchetknopen neergelegen?’ vroeg Kent en hij begon door het appartement te stommelen met zijn stropdas half gestrikt achter zich aan.

‘In de tweede la van het kastje,’ antwoordde Britt-Marie.

‘Leggen ze niet altijd in het eerste?’ vroeg Kent.

‘Ze hebben altijd al in het tweede gelegen,’ zei Britt-Marie.

En nu staat Elsa daar. Zonder hen af te luisteren, natuurlijk. Maar er hangt een grote spiegel in de hal vlak achter de voordeur, en wanneer Elsa in het trappenhuis staat, kan ze Kent in spiegelbeeld zien. Britt-Marie vouwt de boord van zijn overhemd keurig over de stropdas. Klopt zijn revers voorzichtig af.

'Hoe laat kom je thuis?' vraagt ze zacht.

'Dat weet ik verdomme niet, je weet hoe die Duitsers zijn, je hoeft voor mij niet op te blijven,' antwoordt Kent ontwijkend en hij wurmt zich naar de deur.

'Wil je je overhemd in de wasmachine stoppen wanneer je thuiskomt?' vraagt Britt-Marie en ze sluipt achter hem aan om iets van zijn broekspijp te kloppen, zoals vrouwen die toch opblijven dat doen.

Kent kijkt op zijn horloge zoals mannen met enorm dure horloges erop kijken. Dat weet Elsa, want Kent heeft aan Elsa's moeder verteld dat zijn horloge meer kost dan Kia.

'In de wasmachine graag, Kent! Zodra je thuiskomt!' roept Britt-Marie.

Kent stapt het trappenhuis in zonder te antwoorden. Hij krijgt Elsa in het oog. Hij lijkt helemaal niet te denken dat ze heeft staan luisteren, maar hij lijkt aan de andere kant ook niet blij haar te zien.

'Yo!' zegt hij grijnzend, op de manier waarop volwassen mannen 'yo' zeggen tegen kinderen, omdat ze denken dat die zo praten.

Elsa zegt niets terug. Omdat ze niet zo praat. Kents telefoon gaat. Het is een nieuwe telefoon, ziet Elsa. Kent kijkt alsof hij haar wil vertellen hoe duur die is.

'Duitsland aan de lijn!' zegt hij tegen Elsa en hij kijkt alsof hij zich nu pas herinnert dat zij in hoge mate betrokken was bij het keldertrapgerelateerde incident waarbij zijn vorige telefoon gisteren defect is geraakt.

Hij lijkt zich ook het gif te herinneren, en wat het heeft gekost. Elsa rolt met haar schouders, alsof ze hem uitdaagt tot een gevecht. Kent begint te schreeuwen. 'Yez, Klaus!' gilt hij in zijn nieuwe telefoon en hij verdwijnt de trap af met zijn wenkbrauwen omlaag, alsof ze in beton zijn gegoten.

Elsa doet een paar stappen in de richting van de trap, maar blijft in de buurt van de open deur. In de halspiegel ziet ze de badkamer. Britt-Marie staat zorgvuldig het snoer van Kents scheerapparaat op te rollen, waarna ze het in het derde laatje legt.

Ze komt de hal in. Ziet Elsa en vouwt haar handen voor haar buik.

'Ja, ja. Ja, ja,' constateert ze.

'Ik stond niet stiekem te luisteren!' zegt Elsa meteen.

Britt-Marie hangt de jassen aan de hangertjes in de hal recht en borstelt zorgvuldig met de achterkant van haar hand over al Kents jassen en jacks. Elsa steekt haar vingertoppen in de zakken van haar spijkerbroek en mompelt: 'Bedankt.'

Britt Marie draait zich verbaasd om.

'Wat zei je?'

Elsa kreunt als iemand die bijna acht is en twee keer moet bedanken.

'Ik zei: bedankt. Omdat je niets tegen de agente hebt gezegd over...' Ze stopt voordat ze 'de wars' zegt.

Britt-Marie lijkt het toch te begrijpen. Ze vouwt haar handen voor haar buik.

'Regels zijn noodzakelijk, dat moet je begrijpen, Elsa. En ik ben feitelijk verantwoordelijk voor de communicatie. Het is feitelijk usance om mij ervan op de hoogte te stellen dat er een vechthond in de flat is!'

'Het is geen vechthond,' zegt Elsa met een stem die snel norser wordt.

Britt-Marie klopt haar rok af. Ze vouwt haar handen.

'Nee, nee. Nee, nee, dat is het natuurlijk nooit. Pas als hij iemand bijt.'

'Hij gaat niemand bijten. En hij heeft jou van Sam gered!' snauwt Elsa.

Britt-Marie lijkt iets terug te willen zeggen, maar dat doet ze niet. Want ze weet dat het waar is. En Elsa wil iets zeggen, maar doet dat ook niet. Want ze weet dat Britt-Marie er iets voor heeft teruggedaan.

Ze kijkt via de spiegel het appartement in.

'Waarom heb je het scheerapparaat in het verkeerde laatje gestopt?' vraagt ze.

Britt-Marie klopt driftig haar rok af. Ze vouwt haar handen.

'Ik begrijp niet waar je het over hebt,' zegt ze, ook al ziet Elsa dat ze dat heel goed begrijpt.

'Kent zei dat het altijd in het bovenste laatje ligt. Maar jij zei dat het altijd in de tweede la ligt. En toen hij weg was, heb jij het in het derde laatje gestopt,' zegt Elsa.

Dan lijkt Britt-Marie even wat verstrooid. Daarna lijkt ze iets anders, eenzaam misschien. En ze mompelt: 'Ja, ja. Ja, ja, misschien wel ja. Misschien heb ik dat wel gedaan.'

Elsa houdt haar hoofd schuin.

'Waarom?'

En dan blijft het een aantal sprookjeseeuwigheden stil. Vervolgens fluistert Britt-Marie, alsof ze is vergeten dat Elsa tegenover haar staat: 'Omdat ik het leuk vind als hij mijn naam schreeuwt.'

En dan sluit Britt-Marie de deur.

Elsa blijft buiten staan en probeert een hekel aan haar te hebben. Dat lukt niet heel erg best.

29

Schuimpjes

Je moet geloven. Dat zei oma altijd. Je moet ergens in geloven om sprookjes te kunnen begrijpen. 'Het steekt niet zo nauw waar je in gelooft, maar je moet ergens in geloven, anders kun je net zo goed bij de pakken gaan neerzitten.'

En daar gaat het misschien wel allemaal om.

Elsa vindt haar Griffoendorsjaal in de sneeuw voor de flat. Waar ze hem had verloren toen ze op Sam af rende. De groene ogen staan een paar meter verderop. De zon is nog niet op. De sneeuw klinkt als popcorn onder haar voeten.

'Dag,' zegt Elsa.

De groene ogen knikken zwijgend.

'Je praat niet al te gek veel, hè?' zegt Elsa.

De groene ogen glimlachen, maar de mond doet niet mee.

'Niet zo gek veel.'

Elsa zwaait de sjaal om zich heen.

'Heb je mijn oma gekend?'

De groene ogen spieden langs de gevel en over de smalle straat.

'Iedereen kende jouw oma.'

Elsa trekt haar handen in de mouwen van haar jack.

'En mijn moeder?'

De groene ogen knikken weer. Elsa tuurt door half dichtgeknepen ogen naar haar.

'Alf zegt dat jullie beste vriendinnen waren.'

De groene ogen kijken spiedend van links naar rechts achter Elsa.

Dan kijken ze haar recht aan. Knikken. Elsa vraagt zich af hoe dat is. Een beste vriendin te hebben van je eigen leeftijd. Dan blijft ze zwijgend naast de groene ogen staan en ziet de zon opkomen. Het wordt een mooie dag. Ondanks alles.

Ze kucht en loopt weer naar de voordeur, maar blijft met haar hand op de klink staan.

'Heb je hier de hele nacht op wacht gestaan?' vraagt ze.

De groene ogen kijken spiedend naar de straat. Knikken. Elsa trekt doelloos aan de klink.

'Ga je Sam doodmaken wanneer hij terugkomt?'

De groene ogen trippelen over de sneeuw en houden vlak voor Elsa halt. Ze kijken ernstig.

'Ik hoop het niet.'

'Waarom niet?' vraagt Elsa.

'Het is niet mijn werk om te doden,' antwoorden de groene ogen.

'Wat is dan je werk?'

'Beschermen.'

'Hem of ons?' vraagt Elsa verwijtend.

'Allebei,' krijgt ze als antwoord.

Elsa's wenkbrauwen kruipen naar elkaar toe.

'Hij is gevaarlijk. Wij niet.'

De groene ogen glimlachen, maar kijken niet blij.

'Toen ik klein was, zei je oma altijd dat je niet mag kiezen wie je gaat beschermen als je agent bent. Je moet je best doen om iedereen te beschermen.'

'Wist ze dat je agent wilde worden?' vraagt Elsa.

'Het kwam door haar dat ik dat wilde.'

'Hoezo?'

De groene ogen glimlachen. Echt ditmaal.

'Toen ik klein was, was ik overal bang voor. En je oma zei tegen mij dat ik alle dingen moest doen die ik eng vond. Dat ik me niets van mijn angsten moest aantrekken.'

Elsa knikt alsof dat bevestigt wat ze al wist.

'Dat waren jij en mama.'

De blonde wenkbrauwen van de vrouw gaan bijna onmerkbaar omhoog. Elsa wijst naar de horizon tussen de flatgebouwen.

'De gouden ridders die de Verhalenberg redden van Numeteen en de angsten. Die Miaudacië hebben gesticht. Dat waren jij en mama.'

De groene ogen trippelen weg over de sneeuw, door de straat en langs de gevel.

'We waren een heleboel dingen in de sprookjes van je oma, heb ik het idee.'

Elsa opent de deur, zet haar voet ertussen en blijft staan.

'Wie kende je eerder: mijn moeder of mijn oma?'

'Je oma.'

'Jij bent een van de kinderen aan het plafond van haar slaapkamer, zeker?'

De groene ogen kijken haar weer recht aan. Ze glimlachen op alle echte manieren.

'Jij bent slim. Ze zei altijd dat jij het slimste meisje was dat ze ooit had ontmoet.'

Elsa knikt. De deur gaat achter haar dicht. En het wordt een mooi kerstfeest. Ondanks alles.

Ze zoekt in de kelderberging en in Renault naar de wars, maar daar is hij niet. Ze weet dat hij ook niet in de kast in oma's appartement zit, en dat hij zich beslist niet in het appartement van George en haar moeder bevindt, want daar houdt geen enkel gezond wezen het uit op de ochtend voor kerstavond. Elsa's moeder is dan nog efficiënter bezig dan anders, efficiënt bezig zijn met kerst is een van haar moeders favoriete manieren van efficiënt bezig zijn en dan moet je weten dat haar moeder echt dol is op alle soorten efficiënt bezig zijn.

Daarom begint Elsa's moeder elk jaar in mei al over kerstcadeautjes. Ze zegt dat ze dat doet omdat ze 'georganiseerd' is. Oma bracht daar altijd tegen in dat het er eerder mee te maken had dat ze 'anaal' was, en dan hield Elsa haar oordopjes altijd een hele poos in. Maar dit jaar besloot haar moeder het iets ruimdenkender en gekker aan te pakken, dus ze wachtte helemaal tot 1 augustus voordat ze vroeg wat Elsa met kerst graag cadeau wilde krijgen. Ze werd heel boos toen Elsa dat niet wilde zeggen, ook al vroeg Elsa haar uitdrukkelijk of ze wel doorhad hoeveel iemand in een halfjaar verandert als hij bijna acht is. Dus Elsa's moeder deed wat ze altijd doet: ze ging op eigen houtje een cadeautje kopen. En dat ging natuurlijk zoals het altijd ging: de mist in. Dat weet Elsa, want ze weet waar haar moeder alle kerstcadeautjes verstopt; als je bijna acht bent en de kerstcadeautjes worden in augustus gekocht, heb je tijd genoeg om daarachter te komen.

Dus in plaats van dat cadeautje krijgt Elsa dit jaar drie boeken over verschillende dingen die op de een of andere manier genoemd worden door personages in Harry Potterboeken. Ze zijn verpakt in papier dat Elsa heel mooi vindt. Dat weet Elsa omdat het eerste cadeautje van haar moeder compleet waardeloos was en toen Elsa haar daar in oktober over had geïnformeerd hadden ze ongeveer een maand geharreward en toen had Elsa's moeder het opgegeven en haar geld gegeven, dan moest ze zelf maar kopen wat ze wilde hebben. Dat deed Elsa. En ze liet ze in heel mooi papier verpakken. Vervolgens legde ze het pakje op haar moeders niet zo geheime verstopplek en complimenteerde haar moeder omdat het heel attent en oplettend van haar was om precies te weten wat Elsa dit jaar wilde hebben. Toen noemde Elsa's moeder haar 'Grinch'.

Dat is een traditie waar Elsa erg aan gehecht is geraakt.

Ze belt een keer of zes bij Alf aan voordat hij opendoet. Hij draagt een ochtendjas en een geërgerde uitdrukking op zijn gezicht. En het koffiekopje met 'Juventus' erop in zijn hand.

'Wat is er?' vraagt hij zonder te groeten.

'Hoi,' zegt Elsa zonder antwoord te geven op de vraag.

'Ik lig te slapen,' bromt hij.

'Het is vanavond kerstavond,' informeert Elsa hem.

'Dat weet ik wel,' zegt hij.
'Waarom slaap je dan?' vraagt Elsa.
'Ik ben gisteravond lang opgebleven.'
'Om wat te doen?'
Alf neemt een grote slok koffie.
'Wat doe je hier?' is zijn wedervraag.
'Ik vroeg het als eerste,' dringt Elsa aan.
'Sta ik soms midden in de nacht bij jou aan te bellen?' gromt Alf.
'Het is niet midden in de nacht. En het is vanavond kerstavond!' verduidelijkt Elsa.
'Ja, ja,' zegt Alf.
'Ja!' zegt Elsa.
Hij drinkt nog wat koffie. Zij schopt geërgerd tegen zijn deurmat.
'Ik kan de wars niet vinden.'
'Dat begrijp ik,' zegt Alf rustig en hij knikt.
'Hoezo begrijp je dat?' vraagt Elsa helemaal niet rustig.
'Dat je hem niet kunt vinden.'
'Hoezo?'
'Omdat hij hier is.'
Elsa's wenkbrauwen schieten omhoog alsof ze op natte verf zijn gaan zitten.
'Is de wars hier?'
'Ja.'
'Waarom heb je dat niet gezegd?'
'Ik zeg het nu toch, verdorie?'
'Waarom is hij hier?'
'Omdat Kent vanmorgen om vijf uur thuiskwam, en dan kon dat beest toch verdomme niet in het trappenhuis zitten. Kent zou de politie hebben gebeld als hij erachter was gekomen dat het dier nog in de flat is.'
Elsa kijkt Alfs appartement in. De wars zit op de grond en lebbert iets uit een grote metalen bak. Daar staat ook 'Juventus' op. Op die bak dus.
'Hoe wist je op welk tijdstip Kent thuiskwam?' vraagt ze aan Alf.

'Omdat ik in de garage was toen hij in die bak met wielen kwam binnenrijden,' zegt Alf ongeduldig.

'Wat deed je zo vroeg in de garage?' vraagt Elsa geduldig.

Alf kijkt alsof hij dat een onnoemelijk stomme vraag vindt.

'Ik zat op hem te wachten.'

Elsa kijkt Alf een hele poos aan.

'Hoe lang heb je zitten wachten?' vraagt ze.

'De hele nacht, tot vijf uur. Dat zeg ik toch, verdomme,' gromt hij.

Elsa overweegt of ze hem zal omhelzen maar doet het niet. Binnen in het appartement tilt de wars zijn snuit uit de metalen bak. Hij kijkt ontzettend voldaan. Er druppelt iets zwarts van zijn neus. Elsa vraagt aan Alf: 'Alf... Heb je de wars koffie gegeven?'

'Ja,' zegt Alf en hij kijkt alsof hij niet begrijpt wat daar redelijkerwijs mis mee zou kunnen zijn.

'Het is een díér! Waarom heb je hem kóffie gegeven?' roept Elsa uit.

Alf krabt op zijn hoofd en trekt zijn ochtendjas recht. Elsa ziet dat hij een groot litteken op zijn borst heeft. Hij ziet dat ze het ziet en kijkt chagrijnig.

'Ik wilde niet onbeleefd zijn, verdorie,' zegt hij en hij knikt naar de wars en de koffie.

De wars knikt instemmend terug.

Elsa masseert haar slapen.

Alf gaat zijn slaapkamer binnen en doet de deur dicht. Wanneer hij weer tevoorschijn komt, draagt hij het leren jack met het taxi-embleem. Ook al is het kerstavond. Ze moeten de wars in de garage uitlaten, want er staat een aantal agenten voor de flat en ook een wars kan zijn plas niet heel lang ophouden nadat hij een bak koffie heeft gedronken.

Oma zou het prachtig gevonden hebben. Plas in de garage. Het zal Britt-Marie tot waanzin drijven.

In het appartement van Elsa's moeder en George ruikt het naar schuimpjes en gegratineerde pastaschotel met bearnaisesaus. Elsa's moeder heeft besloten dat de bewoners van de flat dit jaar met z'n allen kerst moeten vieren. Daar had niemand bezwaar tegen, enerzijds omdat het een goed idee was, anderzijds omdat nooit iemand Elsa's moeder tegenspreekt. Vervolgens stelde George voor dat iedereen zijn eigen favoriete gerecht zou maken voor een kerstbuffet. George heeft goede ideeën en dat vindt Elsa mateloos irritant.

Het lievelingsgerecht van de jongen met syndroom is schuim met chocoladesaus, dus dat heeft zijn moeder voor hem gemaakt. Of nou ja, zijn moeder heeft alle ingrediënten gepakt en Lennart heeft alle schuimpjes van de vloer geraapt en Maud heeft het eigenlijke dessert gemaakt, terwijl de jongen met syndroom en zijn moeder aan het dansen waren.

En Maud en Lennart vonden het belangrijk dat ook de vrouw in de zwarte rok voelde dat ze erbij hoorde, want daar zijn Maud en Lennart goed in, dus ze vroegen of ze iets speciaals wilde klaarmaken. En de vrouw in de zwarte rok zat op een stoel achter in het appartement en keek heel verlegen en mompelde dat ze in geen jaren had gekookt. 'Zoveel kook je niet als je alleen bent,' zei ze. En toen keek Maud heel verdrietig en bood haar verontschuldigingen aan omdat ze zo bot was geweest. En toen had de vrouw in de zwarte rok zoveel medelijden met Maud dat ze een pastaschotel met bearnaisesaus klaarmaakte. Want dat was het lievelingseten van haar jongens.

Dus eten ze allemaal schuim met chocoladesaus en pastaschotel met bearnaisesaus. Want zo'n kerst is het. Ondanks alles.

De wars krijgt twee emmers kaneelbroodjes van Maud, en George haalt het badje van toen Elsa een baby was uit de kelder en vult het met glühwein. Daarmee kunnen ze de wars over de streep trekken en stemt hij ermee in zich een uur in de kast in oma's appartement te verstoppen, en vervolgens gaat Elsa's moeder naar beneden om de agenten die buiten staan uit te nodigen. De vrouw met de groene ogen zit naast moeder. Ze lachen. De zomerkrachtagent is er ook, hij eet het meeste schuim met chocoladesaus van iedereen en valt op de bank in slaap.

Samantha, die natuurlijk een bichon frisé is en daarom in een uiterst beschaafd tempo dingen leert waarderen, wacht totdat ze heel zeker weet dat niemand haar ziet. Dan sluipt ze oma's appartement binnen en de kast in. En niet per se vanwege de glühwein.

De vrouw in de zwarte rok zit zwijgend aan tafel, achteraan in een hoekje. Na het eten, wanneer George afwast en Maud afdroogt en Lennart met een kop tussendoorkoffie op een krukje voor het koffiezetapparaat zit om op te letten of het geen rare dingen doet, loopt de jongen met syndroom het appartement uit, het trappenhuis door en oma's appartement in. Wanneer hij terugkomt heeft hij kruimels kaneelbrood om zijn mond en zo veel warsenhaar op zijn trui dat het wel lijkt alsof iemand hem voor een gemaskerd bal heeft uitgenodigd, waar hij vermomd als kleed naartoe is gegaan. Hij haalt een deken uit Elsa's kamer en loopt naar de vrouw in de zwarte rok. Hij kijkt haar een hele poos aan. Dan gaat hij op zijn tenen staan en knijpt in haar neus. Ze maakt een sprongetje van schrik, waarop de moeder van de jongen het soort gil slaakt dat moeders slaken wanneer kinderen vreemden in de neus knijpen. Maar Maud pakt haar behoedzaam bij de arm en houdt haar tegen, en wanneer de jongen zijn duim tussen zijn wijsvinger en middelvinger stopt en naar de vrouw in de zwarte rok kijkt, legt Maud vriendelijk uit: 'Het is een spelletje. Hij doet net of hij jouw neus gestolen heeft.'

De vrouw in de zwarte rok staart Maud aan. Staart de jongen met syndroom aan. En staart naar haar neus. En dan pakt ze zijn neus. En hij lacht zo hard dat de ruiten ervan rinkelen.

Hij valt op haar schoot in slaap, in de deken gewikkeld. Wanneer zijn moeder hem met een verontschuldigende glimlach probeert op te pakken en tegen de vrouw in de zwarte rok zegt dat hij anders nooit zo aanhankelijk is, beweegt de vrouw in de zwarte rok voorzichtig haar hand en fluistert: 'Als... als het mag... dan... dan zou ik hem graag nog even willen vasthouden...'

De moeder van de jongen omsluit haar hand met allebei haar handen en knikt. De vrouw in de zwarte rok legt haar voorhoofd op het haar van de jongen en fluistert: 'Dank je wel.'

Daarna maakt George nog wat glühwein en dan is alles bijna normaal en helemaal niet meer naar. Wanneer de agenten bedanken voor de maaltijd en de trap af lopen, kijkt Maud ongelukkig naar Elsa en zegt dat ze begrijpt dat dit hele gedoe met politie in huis op kerstavond heel vervelend moet zijn voor een kind. Maar Elsa pakt haar hand en zegt: 'Maak je geen zorgen, Maud. Dit is een kerstsprookje. En kerstsprookjes lopen altijd goed af.'

En je ziet aan Maud dat ze dat gelooft.

Want je moet geloven.

30

Parfum

Er is maar één persoon die een hartaanval krijgt op kerstavond. Maar er zijn twee harten die breken. En de flat wordt nooit meer helemaal hetzelfde.

Het begint ermee dat de jongen met syndroom laat in de middag wakker wordt en trek krijgt. De wars en Samantha komen de kast uit gesukkeld, omdat de glühwein op is. Elsa marcheert in cirkels om Alf heen en knikt veelbetekenend naar de jongen met syndroom en verklaart: 'Nu wordt het misschien tijd om de KRANT te gaan kopen, Alf!' Alf gromt en gaat het Kerstmanpak halen. Elsa en de wars lopen achter hem aan naar de garage. Alf stapt in Taxi. Wanneer Elsa het portier aan de passagierskant openmaakt, haar hoofd naar binnen steekt en vraagt waar hij mee bezig is, start hij de motor en gromt: 'Als ik Kerstman moet zijn, dan wil ik in ieder geval eerst een krant.'

'Ik denk niet dat mijn moeder het goedvindt als ik nu ergens heen ga,' protesteert Elsa.

'Niemand heeft jou uitgenodigd, laat dat klereportier los!' zegt Alf en hij zet de wagen in zijn achteruit.

Dan springt Elsa in de auto. En de wars ook. Elsa ziet dat hem dat enige moeite kost, alsof hij spierpijn heeft, maar ze doet net alsof ze het niet merkt. Zoals je het ook niet laat merken wanneer oude mensen niet meer verstaan wat je zegt. Half omdat je niet wilt dat ze zullen beseffen dat ze oud zijn, half omdat je dat zelf niet wilt inzien.

Wanneer Alf tegen haar brult dat je niet zomaar bij mensen in de auto kunt springen en dan verwachten dat je mee mag rijden, zegt Elsa dat dit Taxi is, en dat je dat júíst doet bij een taxi. En wanneer Alf dan nors op de taximeter tikt en beweert dat taxiritten geld kosten, zegt Elsa dat ze deze taxirit als kerstcadeautje van hem wil krijgen. En dan kijkt Alf een hele poos heel boos, en daarna vertrekken ze met Elsa's kerstcadeautje.

Alf weet een kiosk die ook op 24 december open is. Hij koopt een krant. Elsa koopt twee ijsjes. De wars eet zijn hele ijsje op en de helft van het hare. En als je weet hoe dol warsen zijn op ijs, begrijp je dat dat heel geschikt van hem is. Hij morst wat ijs op de achterbank van Taxi, maar daar moppert Alf maar zo'n tien minuten over. En als je begrijpt hoe erg Alf warsen vindt die ijs morsen op de achterbank van Taxi, dan begrijp je dat dat heel geschikt van hem is.

'Mag ik iets vragen?' vraagt Elsa, ook al begrijpt ze heel goed dat dat ook een vraag is.

Alf gaat verzitten op zijn stoel. Net zoals een walvis misschien zou gaan verzitten in een bioscoopstoel. Hij antwoordt niet.

'Waarom heeft Britt-Marie niets tegen de politie gezegd?' vraagt Elsa, zonder zich er iets van aan te trekken dat ze op haar vorige vraag geen antwoord heeft gekregen.

Alf mompelt iets wat Elsa niet verstaat en laat Taxi uitrollen voor een kruispunt.

'Nou?' vraagt Elsa.

'Ik zei dat ze soms een zeikwijf is. Maar het is geen kwaad mens, verdomme,' verduidelijkt Alf.

'Maar ze heeft een hekel aan honden,' houdt Elsa vol.

'Ach, daar is ze alleen maar bang voor. Jouw oma haalde een heleboel zwerfhonden in huis toen ze in de flat kwam wonen. Wij waren toen nog maar snotapen, Britt-Marie, Kent en ik. Een van die straathonden heeft Britt-Marie gebeten en toen had je haar moeder moeten horen,' vertelt Alf, en dat is een schokkend lang verhaal voor zijn doen.

Taxi rijdt de weg op. Elsa denkt aan oma's verhalen over de prinses van Miplorië.

'Dus jij bent vanaf je tiende verliefd geweest op Britt-Marie?' vraagt ze.

'Ja,' antwoordt Alf met ontwapenende vanzelfsprekendheid. Elsa kijkt hem aan en wacht, want ze begrijpt dat alleen wachten hem zover zal krijgen dat hij het hele verhaal vertelt.

Zoiets weet je wanneer je bijna acht bent.

Ze wacht zo lang als nodig is.

Dus na twee rode lichten zucht Alf moedeloos, als iemand die zich gereedmaakt om een verhaal te vertellen, terwijl hij helemaal niet van verhalen vertellen houdt. En dan vertelt hij het verhaal van Britt-Marie. En van hemzelf. Ook al was dat laatste misschien niet de bedoeling.

Het verhaal bevat nogal veel vloeken, en Elsa moet haar best doen om niet een heleboel aanmerkingen te maken op de grammatica. Maar na veel mitsen, maren en verdommes, heeft Alf verteld dat hij en Kent zijn opgegroeid bij hun moeder in hetzelfde appartement waar Alf nu in woont. En toen Alf tien was, kwam er een gezin op de verdieping boven hen wonen met twee dochters van de leeftijd van Alf en Kent. Hun moeder was een zeer vooraanstaande zangeres en hun vader droeg een pak en was altijd op zijn werk. De oudste zus, Ingrid, was kennelijk een uniek zangtalent, begrepen Alf en Kent. Ze zou een ster worden, legde haar moeder aan de moeder van Alf en Kent uit. Over de tweede dochter, Britt-Marie, had ze het nooit. Alf en Kent kregen haar toch te zien. Dat kon ook niet anders.

Niemand herinnert zich precies wanneer de jonge medicijnenstudente in de flat verscheen. Op een dag was ze daar gewoon in het enorme appartement dat in die tijd de hele bovenste verdieping van de flat besloeg, en toen de moeder van Alf en Kent haar vroeg waarom ze alleen in zo'n groot appartement woonde, antwoordde de jonge arts in spe dat ze dat met pokeren had gewonnen. Ze was niet vaak thuis, natuurlijk, en als ze thuis was, had ze altijd eigenaardige vrienden bij zich, en af en toe zwerfhonden. Op een avond had ze een grote zwarte straathond bij zich die ze kennelijk ook met pokeren had gewonnen, vertelt Alf. Alf en Kent en de dochters van de bovenburen, wilden alleen maar met hem spelen, ze hadden niet door dat hij sliep. Alf weet tamelijk zeker dat hij Britt-Marie niet wilde bijten, maar dat hij zich alleen wezenloos schrok. En Britt-Marie ook.

Daarna moest de hond het veld ruimen. Maar de moeder van Britt-Marie kon de studente medicijnen nog steeds niet uitstaan, en wat iedereen ook zei, ze was niet van haar mening af te brengen. En toen gebeurde het auto-ongeluk. Pal voor de flat. Britt-Maries moeder had de vrachtauto niet gezien. Het hele huis trilde van de klap. Britt-Maries moeder kwam versuft maar met niet meer dan schaafwonden achter het stuur vandaan, maar aan de achterkant stapte niemand uit. De moeder slaakte een ijselijke kreet toen ze al het bloed zag. De jonge studente kwam naar buiten gerend in haar nachtpon met kruimels kaneelbrood over haar hele gezicht en zag de twee meisjes achterin zitten. Ze had zelf geen auto en kon maar één meisje dragen. Ze wrikte de deur open en zag dat de ene ademhaalde en de andere niet, dus ze tilde het ademende kind op en rende ermee weg. Ze rende helemaal naar het ziekenhuis.

Alf zwijgt. Elsa vraagt wat er met het zusje gebeurd was. Alf blijft drie rode lichten lang zwijgen. Dan zegt met hij een stem vol bitterheid: 'Het is ontzettend klote wanneer een ouder een kind verliest. Dat gezin is nooit weer heel geworden. Het was niet de schuld van de moeder. Het was een klote-ongeluk, waar niemand schuld aan had. Maar ze is er nooit helemaal overheen gekomen. En ze heeft het jouw oma waarschijnlijk nooit vergeven.'

'Wat niet?' vraagt Elsa.

'Dat jouw oma de verkeerde dochter had gered.'

Elsa's zwijgen lijkt wel honderd rode lichten te duren.

'Was Kent ook verliefd op Britt-Marie?' vraagt ze ten slotte.

'We zijn broers. Broers concurreren,' antwoordt Alf.

'En Kent heeft gewonnen?'

Er komt een geluid uit Alfs keel waarvan Elsa niet goed weet of het hoesten of lachen is.

'Nee, verdomme. Ik heb gewonnen.'

'Wat is er dan gebeurd?'

'Kent ging verhuizen. Hij trouwde, veel te jong, verdomme. Hij kreeg kinderen met een vals kreng. Een tweeling, David en Pernilla. Hij houdt van die kinderen, maar die vrouw maakte hem verdomd ongelukkig.'

'Maar jij en Britt-Marie dan?'

Een rood licht. En nog één.

'We waren verdomd jong. Je bent verdomd stom als je jong bent. Ik vertrok. Zij bleef hier.'

'Waar ben je naartoe gegaan?'

'Naar een oorlog.'

Elsa staart hem aan.

'Ben je ook soldaat geweest?'

Alf gaat met zijn hand door zijn ontbrekende haar.

'Ik ben oud, Elsa. Ik ben een heleboel dingen geweest.'

'Wat is er dan met Britt-Marie gebeurd?'

Rood licht.

'Ik was op weg naar huis. Ze wilde me komen verrassen. En zag me met een andere vrouw.'

'Had je een relatie?'

'Ja.'

'Waarom?'

'Omdat je verdomd stom bent als je jong bent.'

Rood licht.

'Wat heb je daarna gedaan?' vroeg Elsa.

'Ik ben op reis gegaan,' antwoordt hij.

'Hoe lang dan?'

'Verdomd lang.'

'En Kent?'

'Kent ging scheiden. Hij ging weer bij moeders wonen. Britt-Marie was er nog. Ja, verdomme, hij had altijd van haar gehouden. Dus toen haar ouders overleden, trokken zij in hun appartement. Kent had gehoord dat de eigenaren misschien van alle appartementen koopflats wilden maken. Dus ze bleven zitten en wachtten op het geld. Ze trouwden en Britt-Marie wilde waarschijnlijk graag kinderen, maar Kent vond wat ze al hadden genoeg. En nu is het zo.'

Elsa doet het dashboardkastje van Taxi open en dicht.

'Waarom ben je teruggekomen van die oorlogen?'

'Sommige oorlogen eindigen. En mijn moeder werd ziek. Iemand moest voor haar zorgen.'

'Deed Kent dat niet?'

Alfs nagels gaan over zijn voorhoofd alsof ze door herinneringen lopen en deuren openen die om de een of andere reden op slot zitten.

'Kent heeft voor onze moeder gezorgd toen ze leefde. Hij is een sukkel, maar hij is altijd een goede zoon geweest, ik kan niet anders beweren. Het heeft mijn moeder zolang ze leefde nooit aan iets ontbroken. Dus ik zorgde voor haar toen ze doodging.'

'En daarna?' vraagt Elsa.

Alf krabt op zijn hoofd. Blijft voor een rood licht staan. Hij lijkt het antwoord zelf niet precies te weten.

'Daarna ben ik gewoon... blijven plakken.'

Elsa kijkt hem ernstig aan. Ze zucht diep en concluderend, en ze weet heel goed wat dat betekent. Ze zegt: 'Ik vind je heel erg aardig, Alf. Maar je bent wel een beetje een klojo geweest.'

Alf hoest of lacht weer.

Na het volgende rode licht mompelt hij: 'Britt-Marie heeft voor jouw moeder gezorgd toen jouw opa overleed. Toen je oma nog steeds veel op reis was, weet je. Ze is niet altijd zo'n zeikwijf geweest als nu.'

'Dat weet ik,' zegt Elsa.

'Heeft je oma dat verteld?'

Elsa grijnst. Zoals je grijnst wanneer je een grijns niet goed kunt onderdrukken.

'In zekere zin. Ze heeft een sprookje verteld over de prinses van een koninkrijk van verdriet, en over twee prinsen die zoveel van haar hielden dat ze een hekel aan elkaar kregen. Over de warsen, die door de ouders van de prinses uit het koninkrijk werden verdreven, maar door de prinses werden teruggehaald toen er oorlog kwam. En over een heks, die een schat van de prinses had gestolen.'

Ze zwijgt en slaat haar armen over elkaar. Ze kijkt Alf aan.

'Ik was de schat, hè?'

Alf zucht.

'Ik ben niet zo van de sprookjes.'

'Je kunt toch wel een beetje je best doen?' vraagt Elsa.

Alf zucht nog dieper.

'Britt-Marie heeft haar leven lang klaargestaan voor een man die nooit thuis is en ze heeft alles gedaan om de liefde te winnen van kinderen die niet haar eigen kinderen zijn. Toen je opa stierf en ze er moest zijn voor jouw moeder, kreeg ze misschien voor het eerst het gevoel dat iemand haar...'

Het lijkt alsof hij op zoek is naar de juiste formulering. Elsa reikt hem die aan.

'Nodig had.'

'Ja.'

'En toen werd mijn moeder volwassen?'

'Ze ging verhuizen. Ze ging studeren aan de universiteit. Het werd verdomd stil in huis, verdomd lang. En toen kwam ze terug, met jouw vader, zwanger.'

'Ik zou Britt-Maries tweede kans worden,' zegt Elsa zacht, terwijl ze knikt.

‘En toen kwam je oma thuis,’ zegt Alf en hij blijft voor een stopbord staan.

Meer zeggen ze er niet over. Dat doe je niet, wanneer er niet zo gek veel meer te zeggen valt. Alf legt zijn ene hand even op zijn borst, alsof er iets kriebelt onder zijn jack. Elsa kijkt naar zijn rits.

‘Heb je dat litteken in een oorlog gekregen?’

Alfs blik krijgt iets defensiefs. Elsa haalt haar schouders op.

‘Je hebt een keigroot litteken op je borst. Dat zag ik toen je een ochtendjas aanhad. Je moet echt een nieuwe ochtendjas kopen.’

Alf lacht of hoest.

‘Ik ben nooit op die manier in een oorlog geweest. Er heeft nooit iemand op me geschoten.’

‘Ben jij daarom niet beschadigd?’

‘Wie is dat dan wel?’

‘Sam. En Wolvenhart.’

Alf laat een zucht ontsnappen door zijn neus. Hij krabt op zijn hoofd.

‘Sam was al beschadigd voordat hij soldaat werd. En niet alle soldaten zijn zo, verdomme. Maar als je de ellende ziet die die jongens zagen, dan heb je verdomme hulp nodig wanneer je thuiskomt. En dit land geeft met gemak miljarden uit aan wapens en gevechtsvliegtuigen, maar wanneer die jongens thuiskomen die al die ellende hebben gezien, dan kan niemand ook maar vijf minuten vrijmaken om naar hun verhaal te luisteren.’

Hij kijkt Elsa bedroefd aan.

‘Een mens moet zijn verhaal kwijt kunnen, Elsa. Anders stikt hij.’

Rotonde.

‘Hoe kom je dan aan dat litteken?’ vraagt Elsa.

‘Dat is een pacemaker.’

‘O!’ roept Elsa enthousiast uit.

‘Weet je wat dat is?’ vraagt Alf wantrouwend.

Elsa kijkt een tikje beledigd.
'Ik heb veel vrije tijd.'
Alf knikt.
'Je bent echt een aparte snotaap.'
'Het is goed om apart te zijn.'
'Dat weet ik.'
Ze rijden de snelweg op, terwijl Elsa aan Alf vertelt dat Iron Man, die een soort superheld is, ook iets van een pacemaker heeft. Maar eigenlijk is het meer een elektromagneet, want Iron Man heeft granaatsplinters in zijn hart en zonder de magneet zouden de splinters er gaten in snijden en dan zou hij doodgaan. De finesses van dat verhaal lijken Alf te ontgaan, maar hij luistert zonder haar in de rede te vallen.
'Maar aan het eind van de derde film wordt hij geopereerd en dan verwijderen ze de magneet!' vertelt Elsa opgetogen. Dan kucht ze en voegt er verlegen aan toe: 'Spoiler. Sorry.'
Alf kijkt alsof hij zich daar niet erg druk om kan maken. Eerlijk gezegd kijkt hij alsof hij niet zo precies weet wat 'spoiler' betekent als het geen onderdeel van een auto is.
Het sneeuwt weer, en Elsa besluit dat ze moet leren ook die mensen aardig te blijven vinden die vroeger klojo's waren. Je houdt geen mens meer over als je iedereen moet diskwalificeren die ooit een klojo is geweest. Ze bedenkt dat dat de moraal moet zijn van dit sprookje. Een kerstsprookje moet een moraal hebben.
Alfs telefoon gaat in het vak tussen de stoelen. Alf kijkt naar het scherm en ziet Kents nummer staan. Hij neemt niet op. Het toestel gaat weer over.
'Moet je niet opnemen?' vraagt Elsa.
'Het is Kent. Hij wil vast weer over die accountant en die appartementsrechtendingen mekkeren, hij denkt aan niets anders. Dat mag hij morgen weer doen,' moppert Alf.
De telefoon gaat weer. Alf neemt niet op. Hij gaat weer. Geërgerd pakt Elsa het toestel en neemt op, ook al scheldt Alf tegen haar. Er is een vrouw aan de lijn. Ze huilt. Elsa geeft de telefoon aan Alf. Die

trilt tegen zijn oor. Zijn gezicht wordt doorschijnend.

Het is kerstavond. Taxi maakt een U-bocht. Ze rijden naar het ziekenhuis.

Alf stopt voor geen enkel rood licht.

Elsa zit op een bank in een gang met haar moeder te bellen, terwijl Alf in een kamer met een arts aan het praten is. De verpleegkundigen denken dat Elsa een kleinkind is, dus ze vertellen dat het een hartaanval was, maar dat het allemaal goed komt. Dat Kent het zal overleven.

Er staat een jonge vrouw voor de kamer. Ze huilt en is mooi. Ze ruikt heel erg naar parfum. Ze glimlacht flauwtjes naar Elsa en Elsa glimlacht terug. Alf komt de kamer uit en knikt zonder naar de vrouw te glimlachen. De vrouw verdwijnt door de deur naar binnen zonder hem aan te kijken.

Alf zegt geen woord op weg door de gangen en in de lift naar beneden. Hij wandelt zwijgend door de deuren naar buiten en het parkeerterrein over met Elsa achter zich aan. En dan pas ziet Elsa Britt-Marie. Ze zit roerloos op een bankje, ze draagt geen jas, alleen haar gebloemde colbertje, ook al vriest het. Ze is de broche vergeten. De paintballvlek is duidelijk zichtbaar. Britt-Maries wangen zijn blauw en ze draait haar trouwring om haar vinger. Ze heeft een wit overhemd van Kent op haar schoot, het ruikt schoon en is perfect gestreken.

'Britt-Marie?' raspt Alfs stem in de schemering, en hij blijft op een meter afstand van haar staan.

Ze reageert niet. Ze laat haar hand langzaam over de boord van het overhemd op haar schoot gaan. Voorzichtig veegt ze iets onzichtbaars van de rand. Ze vouwt de manchet van de ene mouw zorgvuldig onder de andere. Ze trekt een vouw recht die er niet is.

Dan tilt ze haar kin op. Ze ziet er oud uit. De woorden lijken kleine voetsporen achter te laten in haar gezicht.

'Ik heb altijd ontzettend goed kunnen toneelspelen, Alf!' fluistert ze kordaat.

Alf zegt niets. Britt-Marie slaat haar ogen neer, kijkt naar de sneeuw en draait met haar trouwring.

'Toen David en Pernilla klein waren, zeiden ze altijd dat ik zo slecht was in verhaaltjes verzinnen. Ik wilde verhaaltjes voorlezen uit een boek, maar zij wilden altijd dat ik er zelf een bedacht. Maar ik begrijp niet waarom je zomaar dingen zou moeten bedenken wanneer er boeken zijn waar alles al in staat. Dat snap ik echt niet. Dat is niet beschaafd.'

Ze is harder gaan praten. Alsof ze iemand moet overtuigen. Alf haalt zwaarder adem.

'Britt-Marie...' zegt hij zacht, maar ze valt hem koeltjes in de rede.

'Kent zei tegen de kinderen dat ik geen verhaaltjes kon verzinnen omdat ik geen fantasie had. Maar dat is niet waar. Dat is het niet. Ik heb uitzonderlijk veel fantasie. Ik kan heel goed doen alsof.'

Alf gaat met zijn vingers over zijn hoofd en knippert een hele poos met zijn ogen. Britt-Marie streelt het overhemd op haar schoot alsof het een baby is die bijna in slaap valt.

'Ik heb een schoon overhemd meegenomen. Ik neem altijd een schoon overhemd mee als ik met hem afspreek. Want ik gebruik geen parfum. Dat doe ik niet. Van parfum krijg ik uitslag.'

De stem zakt weg en verdrinkt.

'David en Pernilla zijn niet gekomen. Ze hadden het druk, zeiden ze. Ik begrijp heel goed dat ze het druk hebben, dat is al jaren zo, dat begrijp ik echt heel goed. Dus Kent belde om te zeggen dat hij nog een paar uur op kantoor bleef. Een paar uurtjes maar, hij zou een telefonische vergadering hebben met Duitsland, zei hij. Ook al is het in Duitsland ook kerstavond, want dat is zo. Maar hij kwam maar niet thuis. Dus heb ik hem gebeld, want ik moest toch weten wanneer ik de aardappels moest opzetten! Maar hij nam niet op. En ik bleef maar bellen, want ik moest echt weten wanneer de aardappels op moesten!'

Ze staart Alf beschuldigend aan. Alf zegt niets. Britt-Marie strijkt met de achterkant van haar hand teder over de boord van het overhemd op haar schoot.

'Je kunt geen koude aardappels eten. We zijn geen barbaren.'

Ze laat haar handpalmen plat op het overhemd liggen.

'En uiteindelijk ging de telefoon, maar toen was het Kent niet.'

Haar onderlip trilt.

'Ik gebruik geen parfum, maar zij wel. Daarom zorg ik altijd dat er schone overhemden voor hem klaarliggen. En ik vraag hem altijd om zijn overhemd in de wasmachine te stoppen zodra hij thuiskomt. Is dat te veel gevraagd?'

'Britt-Marie, alsjeblieft...' zegt Alf.

Britt-Marie slikt krampachtig en draait haar trouwring rond.

'Het was een hartaanval. Dat weet ik, omdat zij me heeft gebeld om dat te vertellen, Alf. Zij heeft me gebeld. Want ze kon er niet tegen. Ze zei dat ze niet in het ziekenhuis kon zitten terwijl ze wist dat Kent misschien dood zou gaan terwijl ik het niet wist. Dat kon gewoon niet, vond ze. Dus ze belde om me op de hoogte te stellen. Dat heeft ze gedaan.'

Britt-Marie legt haar ene hand in de andere, sluit haar ogen en voegt er met trillende stem aan toe: 'Ik heb echt een uitstekende fantasie. Uitzonderlijk goed. Kent zei altijd dat hij een etentje had in Duitsland of dat zijn vlucht vertraagd was vanwege de sneeuw of dat hij alleen nog even langs kantoor moest. En dan speelde ik dat ik dat geloofde. Ik speelde het zo goed dat ik het zelf geloofde.'

Ze staat op van het bankje. Ze staat met rechte rug in de sneeuw, met Kents overhemd in haar hand. Het is nog steeds perfect gestreken. Er zit geen kreukje of vouwtje in. Ze draait zich om en hangt het zorgvuldig over de rand van het bankje. Alsof ze zich zelfs nu niet kan afreageren op iets wat pas gestreken is.

'Ik kan heel goed toneelspelen,' fluistert ze.

'Dat weet ik,' fluistert Alf.

En dan laten ze het overhemd op het bankje liggen en rijden naar huis. Het sneeuwt niet meer. Taxi blijft voor alle rode lichten staan. Ze rijden onder stilzwijgen. Elsa's moeder wacht hen bij de voordeur op. Ze omhelst Elsa. Ze probeert Britt-Marie te omhelzen. Die weert haar echter af. Niet heftig, maar vastbesloten.

'Ik had geen hekel aan haar, Ulricka,' zegt ze.

'Dat weet ik,' zegt Elsa's moeder zacht en ze knikt.

'Ik had geen hekel aan haar, ik heb geen hekel aan de hond en ook niet aan haar auto,' zegt Britt-Marie.

Elsa's moeder knikt en pakt haar hand vast. Britt-Marie doet haar ogen dicht.

'Dat heb ik niet, Ulricka. Echt niet. Ik wilde alleen dat jullie naar me zouden luisteren. Is dat zoveel gevraagd? Ik wilde alleen niet dat jullie die auto op mijn plek lieten staan. Ik wilde niet dat jullie na een heel leven iemand mijn plaats zouden laten innemen.'

Ze draait aan de trouwring en fluistert.

'Dat is niet eerlijk, Ulricka. Dat is mijn plek. Je kunt niet zomaar mijn plek inpikken...'

Elsa's moeder leidt haar de trap op met haar arm stevig maar liefdevol om het gebloemde colbertje. Alf duikt niet op in het appartement, maar de Kerstman wel. De ogen van de jongen met syndroom stralen, zoals kinderogen stralen wanneer iemand vertelt over ijs, vuurwerk, klimbomen en waterplassen wanneer je te grote laarzen draagt.

Maud zet een extra bord op tafel en haalt nog wat pasta. Lennart zet verse koffie. George wast af. De jongen met syndroom en de vrouw in de zwarte rok zitten op de grond na het uitdelen van de kerstcadeautjes. Ze kijken naar *Assepoester*.

Britt-Marie zit ietwat ongemakkelijk naast Elsa op de bank. Ze kijken elkaar aan. Ze zeggen niets, maar dat is misschien wel hun vredesverklaring. Wanneer Elsa's moeder tegen Elsa zegt dat ze nu echt niet meer kerstmanschuimpjes mag eten omdat ze dan buikpijn krijgt, en Elsa dat toch doet, zegt Britt-Marie niets.

En wanneer de boze stiefmoeder opduikt in *Assepoester*, en Britt-Marie discreet opstaat en een vouw in haar rok rechtstrijkt en huilend de hal in loopt, loopt Elsa achter haar aan.

Samen zitten ze op de kist kerstmanschuimpjes te eten.

Want je kunt wel verdrietig zijn terwijl je kerstmanschuimpjes eet. Maar het is veel en veel moeilijker.

31

Pindakaastaart

De vijfde brief krijgt Elsa in de schoot geworpen. Letterlijk.

Ze wordt wakker in de kast in oma's appartement. De jongen met syndroom slaapt omgeven door dromen en met het melleweer in zijn hand. De wars heeft een beetje gekwijld op Elsa's trui en dat is zo hard geworden als cement.

Ze blijft een hele poos in het donker liggen. Ademt de geur van zaagsel in. Ze denkt aan dat Harry Pottercitaat dat oma had gepikt voor een van haar verhalen uit Bijna-Wakkerland. Dat komt uit *Harry Potter en de Orde van de Feniks.* Wat natuurlijk ironisch is, en om dat te begrijpen moet je enerzijds redelijk goed thuis zijn in de verschillen tussen de Harry Potterboeken en de Harry Potterfilms, en anderzijds redelijk goed thuis zijn in wat 'ironisch' betekent. Want *Harry Potter en de Orde van de Feniks* vindt Elsa de minst leuke film, ook al bevat die een van de naar haar smaak beste Harry Pottercitaten. De opmerking die Harry maakt dat hij en zijn vrienden een voordeel hebben in de oorlog tegen Voldemort die zal losbarsten, omdat ze iets hebben wat Voldemort niet heeft: 'Iets wat het waard is om voor te vechten.'

Het is ironisch omdat dat citaat niet in het boek staat, dat Elsa veel beter vindt dan de film, ook al hoort het boek helemaal niet bij haar favoriete Harry Potterboeken. Nu ze erover nadenkt, is dat misschien toch niet ironisch. Misschien is het eerder 'complex'. Ze zal dit eens goed wikipedia'en, besluit ze en ze gaat rechtop zitten. En dan valt de brief in haar schoot, letterlijk. Die heeft tegen de bovenkant van de kast geplakt gezeten. Ze heeft geen idee hoe lang.

Maar zoiets is logisch in sprookjes.

Een minuut later staat Alf in zijn deuropening koffie te drinken. Het lijkt wel of hij de hele nacht niet heeft geslapen. Hij kijkt naar de envelop. Er staat alleen 'ALF' op, in letters die aan alle kanten te groot zijn.

'Die heb ik in de kast gevonden. Hij is van oma. Ik geloof dat ze zich ergens voor wil verontschuldigen. Ze stuurt een heleboel brieven aan mensen waarin ze zegt dat ze spijt heeft,' laat Elsa hem weten.

Alf zegt 'sst' en wijst naar de radio achter zich. Elsa merkt op dat ze er niet blij mee is dat hij 'sst' tegen haar zegt en dan zegt hij het nog eens. Waar ze helemaal niet blij mee is. Er zijn verkeersberichten op de radio. Alf luistert ernaar en pas als ze afgelopen zijn, stopt hij met 'sst' zeggen.

'Er is een of ander klote-ongeluk gebeurd op de snelweg. Het verkeer naar de stad heeft urenlang stilgestaan, verdomme,' zegt hij alsof dat Elsa zou kunnen interesseren.

Dat is niet zo.

Alf leest in ieder geval na enig gezeur de brief. Of, nou ja. Oké. Een heleboel gezeur misschien wel.

'Wat staat erin?' wil Elsa meteen weten wanneer hij klaar lijkt te zijn.

'Er staat sorry,' zegt Alf.

'Ja, maar waarvóór?' wil Elsa weten.

Alf zucht op de manier zoals hij de laatste tijd in het algemeen tegen Elsa zucht.

'Het is toch verdomme mijn brief?'

'Zegt ze dat het haar spijt dat ze altijd zei dat je je voeten niet optilt bij het lopen en dat je daarom zulke versleten schoenen hebt?' vraagt Elsa nieuwsgierig.

Alf kijkt niet alsof dat een onderwerp was in de brief. Elsa schraapt haar keel.

'O. Nou ja... hè. Laat maar zitten.'

Alf lijkt niet helemaal van plan het te laten zitten.

'Wat mankeert er aan mijn schoenen?'

'Niets. Er mankeert helemaal niets aan jouw schoenen,' mompelt Elsa.

Alf kijkt naar zijn schoenen.

'Er is verdomme niks mis met mijn schoenen. Ik heb deze al meer dan vijf jaar!'

'Het zijn prachtige schoenen,' liegt Elsa.

Alf lijkt haar niet helemaal te geloven. Hij kijkt weer sceptisch naar de brief. Zucht op die manier van hem.

'Je oma en ik hadden knallende ruzie voordat ze stierf. Net voordat ze naar het ziekenhuis moest. Ze had mijn schroevendraaier geleend en verdomde het om hem terug te geven. Ze zei dat ze hem verdomme al terug had gegeven, ook al wist ik verdomd goed dat dat verdomme niet waar was.'

Elsa zucht op die manier zoals ze de laatste tijd in het algemeen over Alf zucht.

'Ken je die van die man die zichzelf doodvloekte?'

'Nee,' zegt Alf, alsof dat een serieuze vraag was.

Elsa staat versteld over zoveel onnozelheid.

'Kom op, zeg. Wat schrijft oma dan over de schroevendraaier?'

'Ze schrijft alleen dat het haar spijt, verdomme. Dat ze de schroevendraaier kwijt is geraakt.'

Hij vouwt de brief op en stopt hem weer in de envelop. Elsa blijft koppig staan.

'En wat nog meer? Ik heb heus wel gezien dat er meer in die brief stond. Ik ben niet gek, hoor!'

Alf legt de envelop op de kapstok.

'Er stond dat ze spijt had van een heleboel dingen.'

'Is het ingewikkeld?' vraagt Elsa.

'In het leven van jouw oma was er niks wat niet ingewikkeld was,' antwoordt Alf.

Elsa stopt haar handen dieper in haar zakken. Ze gluurt langs haar kin naar het Griffoendorembleem op haar sjaal. Naar de steken waar haar moeder hem heeft gestopt nadat de meisjes op school hem kapot hadden gescheurd. Elsa's moeder denkt nog steeds dat hij kapot is gegaan toen oma over het hek van de dierentuin klom.

'Geloof je in leven na de dood?' vraagt ze aan Alf zonder hem aan te kijken.

'Weet ik veel,' antwoordt Alf, helemaal niet onaardig en helemaal niet aardig, alleen heel erg alfs.

'Nee, maar, je weet wel, geloof je in... het paradijs... zeg maar?' mompelt Elsa.

Alf drinkt koffie en denkt na.

'Dat zou verdomd ingewikkeld worden. Puur logistiek gezien. Het paradijs kan alleen paradijs zijn als een heleboel mensen daar niet zijn,' mompelt hij ten slotte.

Daar denkt Elsa over na. Ze begrijpt de logica. Voor Elsa is het paradijs een plaats waar oma is, maar voor Britt-Marie hangt het paradijselijke waarschijnlijk nauw samen met de afwezigheid van oma.

'Je bent af en toe best diep,' zegt ze tegen Alf.

Hij drinkt koffie en lijkt te vinden dat dat toch wel een krasse bewering is voor iemand die nog niet eens acht is.

Elsa wil hem nog meer vragen over de dood, maar die kans krijgt ze niet. En naderhand zal ze denken dat als ze meteen hierna een iets andere keuze had gemaakt, dat dan deze dag misschien niet zo verschrikkelijk was geworden als hij vervolgens wordt. Maar dan is het al te laat.

Haar vader staat achter haar in het trappenhuis. Hij is buiten adem. En dat is niets voor hem.

Elsa kijkt hem met opengesperde ogen aan, en kijkt vervolgens bij Alf naar binnen. De kant van de radio op. Zoals je doet wanneer je bijna acht bent en beseft dat zoiets als dat met de radio niet helemaal zonder reden gebeurt in een sprookje. Want in sprookjes bestaat toeval niet. Een Russische toneelschrijver heeft gezegd dat als er in het eerste bedrijf een pistool aan de muur hangt, daarmee geschoten moet zijn voordat het laatste bedrijf is afgelopen. Dat weet Elsa. En wie nu nog niet weet hoe Elsa dat soort dingen kan weten, is echt een zwamneus. Dus Elsa begrijpt dat dat van die radio en het auto-ongeluk op de snelweg iets te maken moeten hebben met het sprookje waarin ze zich allemaal bevinden.

'Is het... mama?' weet ze uit te brengen.

Haar vader knikt en werpt een ongeruste blik op Alf. Elsa's gezicht trilt.

'Is ze in het ziekenhuis?'

'Ja, ze werd vanmorgen gebeld dat ze bij een vergadering moest zijn. Er was een of andere cri...' begint papa, maar Elsa laat hem niet uitspreken. 'Ze was erbij, bij het auto-ongeluk of niet? Op de snelweg?'

Haar vader kijkt spectaculair niet-begrijpend.

'Wat voor auto-ongeluk?'

'Het auto-ongeluk!' herhaalt Elsa, totaal van slag.

Haar vader schudt driftig zijn hoofd. En daarna kijkt hij meteen weifelend.

'Nee... nee.'

En dan glimlacht hij.

'Je bent een grote zus geworden. Je moeder was op weg naar de vergadering toen haar vliezen braken!'

Dat wil er bij Elsa niet in, echt niet. Dat is zo duidelijk als wat. Ook al is ze buitengewoon goed op de hoogte van wat er gebeurt wanneer vliezen breken.

'Maar... het auto-ongeluk dan? Wat heeft dat met het auto-ongeluk te maken?' vraagt ze mompelend.

Haar vader kijkt ontzettend aarzelig.

'Niets, denk ik. Of, ik bedoel, hoe bedoel je?'

Elsa kijkt naar Alf. Ze kijkt naar haar vader. Ze denkt zo hard na dat het pijn doet tot in haar bijholtes.

'Waar is George?' vraagt ze.

'In het ziekenhuis,' antwoordt haar vader.

'Hoe is hij daar gekomen? Op de radio zeiden ze dat op de snelweg alle verkeer in die richting stilstaat!' roept Elsa uit.

'Hij is erheen gerend,' antwoordt haar vader, met een zweem van datgene wat vaders hebben wanneer ze iets positiefs moeten zeggen over de nieuwe man van hun ex-vrouw.

En dan glimlacht Elsa.

'Dat is een sterk punt van George,' fluistert ze.

'Ja,' geeft haar vader toe.

En misschien heeft de radio op die manier zijn plaats dan toch verdiend in dit sprookje, besluit ze. En dan roept ze bezorgd uit: 'Maar hoe moeten wij in het ziekenhuis komen, als het verkeer op de snelweg stilstaat?'

Haar vader kijkt weifelend. Naast hem drinkt Alf rustig grote slokken koffie.

'Jullie kunnen de oude provinciale weg toch nemen, godsamme,' zegt hij op het laatst ongeduldig wanneer hij beseft dat Elsa's vader niet zelf op dat idee zal komen.

Elsa's vader en Elsa kijken hem aan alsof hij hun met zelfverzonnen woorden heeft toegesproken. Alf zucht.

'De oude provinciale weg, kom op nou. Langs de oude slachterij. Waar die fabriek stond die warmtewisselaars maakte, voordat die ellendelingen alles naar Azië verplaatsten. Daar kunnen jullie langs naar het ziekenhuis!'

Elsa's vader kucht. Elsa pulkt aan haar duimnagel. Alf drinkt gelaten zijn koffiekopje leeg.

'De jeugd van tegenwoordig, ze denken dat de hele wereld een snelweg is, godsamme,' mompelt hij vervolgens en dan gaat hij de sleutels van Taxi halen.

Dan is er even een moment waarop Elsa ervan uitgaat dat de wars en zij met Taxi mee zullen rijden. Maar dan verandert ze van gedachten en besluit dat ze met Audi zullen gaan, want ze wil haar vader geen verdriet doen. Het is heel goed mogelijk dat als ze niet van gedachten was veranderd, deze dag niet zo afschuwelijk en vreselijk was geweest als hij heel binnenkort zal worden. Want als er vreselijke dingen gebeuren, denk je altijd: had ik maar niet... En dit zal naderhand zo'n moment worden.

Maud en Lennart gaan ook mee naar het ziekenhuis. Maud neemt koekjes mee en als ze al bij de voordeur staan besluit Lennart een koffiezetapparaat mee te nemen, want hij is bang dat ze er in het ziekenhuis geen hebben. En ook al hebben ze er wel een, dan zal het wel zo'n moderne zijn met een heleboel knoppen. Lennarts koffiezetapparaat heeft maar één knop en Lennart is helemaal verknocht aan die knop.

Had haar vader maar niet aangeboden om naar boven te rennen en het apparaat voor Lennart op te halen, dan was het misschien niet gebeurd. Dit wordt ook zo'n moment, naderhand. Een had-ik-maar-niet-moment.

De jongen met syndroom en zijn moeder gaan ook mee. En de vrouw in de spijkerbroek. Want ze vormen nu met zijn allen een team, als het ware, en dat vindt Elsa geweldig. Elsa's moeder zei gisteren tegen haar dat ze het gevoel had dat, nu er zoveel mensen in oma's appartement wonen, de hele flat wel een beetje lijkt op dat gebouw waar Elsa het altijd over heeft waar alle 'X-mannen' wonen.

'De Jean Grey School for Higher Learning,' verbeterde Elsa haar en schudde geërgerd haar hoofd. Een beetje omdat haar moeder dacht dat Elsa zo makkelijk te lijmen was dat ze het meteen vet cool van haar moeder zou vinden als ze met een verwijzing naar de X-Men aankwam, en een beetje omdat het inderdaad werkte.

Ze belt ook bij Britt-Marie aan. Maar er wordt niet opengedaan. Naderhand zal Elsa zich herinneren dat ze heel even bij de vastgeketende kinderwagen in het trappenhuis blijft staan. Het papiertje met de kruiswoordpuzzel hangt nog aan de muur erboven. En iemand heeft hem opgelost. Alle hokjes zijn ingevuld. Met potlood.

Als Elsa langer was blijven staan en daar even over had nagedacht, was alles misschien anders gelopen. Maar dat doet ze niet. Dus zo loopt het niet.

Misschien weifelt de wars even voor Britt-Maries deur. Dat zou Elsa wel hebben begrepen, want ze neemt aan dat warsen soms weifelen, wanneer ze niet zeker weten wie ze in dit sprookje eigenlijk moeten beschermen. In gewone fatsoenlijke sprookjes bewaken warsen prinsessen, en zelfs in Bijna-Wakkerland is Elsa nooit meer geweest dan een ridder. Maar als de wars al weifelt, dan laat hij het niet merken. Hij loopt met Elsa mee. Want zo'n vriend is hij.

En als hij niet met Elsa was meegegaan, was alles misschien anders gelopen. Maar hij gaat wel mee. Dus het loopt niet anders.

Alf krijgt de agenten zover dat ze een rondje door de wijk rijden om te kijken of alles veilig is. Elsa komt er nooit achter wat hij precies tegen hen zegt, maar Alf kan heel overtuigend zijn als hij wil. Misschien zegt hij dat hij voetsporen heeft gezien in de sneeuw. Of dat hij iemand in de flat aan de overkant iets heeft horen vertellen. Elsa weet het niet, maar ze ziet dat de zomerkrachtagent in de auto stapt en dat de politievrouw met de groene ogen zijn voorbeeld volgt, zij het na lang aarzelen. Elsa kijkt haar heel even aan, en als ze haar de waarheid had verteld over de wars, dan was alles misschien anders gelopen. Maar dat doet ze niet. Want ze wil de wars beschermen. Want zo'n vriend is ze.

Alf loopt de flat weer in en daalt de trap af naar de garage om Taxi te halen. Wanneer de politieauto de hoek om komt draaien aan het eind van de straat, spurten Elsa, de wars en de jongen met syndroom het portiek uit en de straat over, en stappen in Audi, die daar geparkeerd staat. De kinderen het eerst.

De wars houdt zijn pas in en zet zijn haren overeind.

Er verstrijken zeker een paar seconden, maar het voelt als voor altijd. Achteraf zal Elsa zich herinneren dat het aan de ene kant voelde alsof ze een miljard gedachten kon denken, en aan de andere kant dat ze helemaal niet kon denken.

In Audi hangt een geur die haar verrassend rustig maakt. Ze weet niet goed wat het is. Ze kijkt naar de wars door het open portier, en voordat ze beseft wat er te gebeuren staat, denkt ze dat hij misschien alleen niet wil instappen omdat hij pijn heeft. Ze weet dat hij pijn heeft, pijn op de manier zoals oma op het eind overal pijn had.

Elsa wil een koekje uit haar zak halen. Want geen enkele echte vriend van een wars zou tegenwoordig van huis gaan zonder ten minste één koekje in zijn zak voor noodgevallen. Maar dat koekje pakt ze niet, want op dat moment dringt het tot haar door waar het naar ruikt in Audi. Naar rook.

Daarna verstrijken er geen eeuwigheden, niet eens seconden. Sam komt uit de schaduwen op de achterbank tevoorschijn, Elsa voelt de kou aan haar lippen wanneer hij zijn hand voor haar mond houdt. Zijn spieren spannen zich om de rugleuning en om haar nek, ze voelt de haren op zijn huid als scherpe stenen door de openingen in haar Griffoendorsjaal snijden, als zomerrotsen die in je voetzolen snijden. Ze heeft tijd genoeg om over die kou aan haar lippen na te denken, alsof er geen bloed door Sams armen stroomt, en tegelijkertijd heeft ze helemaal geen tijd om na te denken.

Ze ziet de korte verwarring in Sams ogen wanneer hij de jongen met syndroom ziet. Wanneer hij inziet dat hij achter het verkeerde kind heeft aangezeten. Ze komt tot het inzicht dat de schaduwen in de sprookjes de uitverkorene niet wilden doden. Ze wilden hem alleen stelen. Bezit van hem nemen. Alleen iedereen die in de weg stond wilden ze doden.

Dan bijten de kaken van de wars in Sams andere pols, net wanneer hij de jongen wil grijpen. Sam brult het uit. Elsa krijgt een fractie van een tel de tijd om te reageren wanneer hij haar loslaat. Ze ziet het mes in de achteruitkijkspiegel.

En daarna is alles zwart.

Elsa voelt dat ze rent, ze voelt de hand van de jongen in de hare en ze weet dat ze bedenkt dat ze bij de voordeur moeten zien te komen. Dat ze zo moeten schreeuwen dat haar vader en Alf het horen.

Elsa ziet haar eigen voeten bewegen, maar zij is niet degene die ze stuurt. Haar lichaam rent op instinct. Ze denkt dat zij en de jongen een stuk of vijf stappen hebben gezet wanneer ze de wars een vreselijke pijnkreet hoort slaken, en ze weet niet of de jongen haar hand loslaat of zij de zijne. Haar hart klopt zo hard in haar oren dat ze het aan haar ogen voelt. De jongen glijdt uit en valt op de grond. Elsa hoort het achterportier van Audi opengaan en ziet het mes in Sams hand. Het bloed dat erop zit.

Misschien verstrijkt er een hele sprookjeseeuwigheid of maar één kort voor-eeuwig. Ze weet het niet. Ze weet dat ze niet zullen ontkomen, dat alles verloren is. Maar ze doet wat je dan doet. Het enige wat je kunt doen. Ze raapt alle jongens op die ze kan dragen en rent zo hard ze kan.

Ze kan goed rennen. Ze weet dat dat niet genoeg is. Ze hoort Sam briesen wanneer hij zijn lichaam achter dat van de jongen aan slingert, ze voelt de ruk aan haar arm doorschieten tot in haar schouder en haar hart wanneer de jongen uit haar greep wordt losgetrokken, ze doet haar ogen dicht en het volgende wat ze zich herinnert is de pijn in haar voorhoofd. En de schreeuw van Maud. En de handen van haar vader. De harde vloer van het trappenhuis. De wereld draait totdat hij wiebelend op zijn kop voor haar neerkomt en ze bedenkt dat dit doodgaan moet zijn. Alsof je naar binnen valt, zonder dat je weet waarnaartoe.

Ze hoort de klap, maar begrijpt niet waar die vandaan komt. Dan de echo. Echo, denkt ze nog, en ze beseft dat ze binnenshuis is. Haar pupillen branden alsof de binnenkant van haar oogleden met steentjes bedekt is. Ze hoort de lichte voeten van de jongen met syndroom de trap op rennen, zoals jongensvoeten alleen maar kunnen rennen wanneer ze al jaren weten dat dit kan gebeuren. Ze hoort de verschrikte stem van de moeder van de jongen, die rustig en methodisch blijft wanneer ze achter hem aan rent, zoals alleen een moeder dat kan voor wie angst een normaal bestanddeel van het leven is geworden.

De deur van oma's appartement gaat dicht en op slot. Elsa voelt dat de handen van haar vader haar niet optillen, maar ergens bij weghouden. Ze weet niet wat het is. Totdat ze de schaduwen door het glas van de voordeur ziet. Ze ziet Sam aan de andere kant staan. Hij staat stil. Er schiet iets over zijn gezicht dat zo totaal niet bij hem past dat Elsa het gevoel dat ze het zich allemaal maar verbeeldt eerst niet goed van zich af kan schudden.

Sam is bang.

Een oogwenk later valt er een andere schaduw over hem heen, zo groot dat Sams eigen schaduw erin verloren raakt. De zware vuisten van Wolvenhart regenen als razende vuren op hem neer, met een geweld en een duisternis die geen sprookje kan beschrijven. Wolvenhart slaat Sam niet, hij hamert hem de sneeuw in. Niet om onschadelijk te maken. Niet om te beschermen.

Maar om te vernietigen.

Elsa's vader tilt haar op en rent de trappen op. Hij drukt haar tegen zijn jack zodat ze het niet kan zien. Ze hoort dat de deur vanbinnen wordt opengerukt en ze hoort dat Maud en Lennart Wolvenhart smeken om alsjeblieft op te houden met slaan. Maar aan de doffe bonzen die klinken alsof je een pak meel op de keukenvloer laat vallen hoort ze dat hij niet luistert. Dat hij hen niet eens hoort. Want in de sprookjes is Wolvenhart lang voor de Oorlog-zonder-Einde de donkere bossen in gevlucht, omdat hij wist waar hij toe in staat was.

Elsa rukt zich los van haar vader en glijdt de trap af. Maud en Lennart schreeuwen niet meer wanneer ze beneden komt. Wolvenharts moker van een vuist zweeft zo hoog boven Sam dat hij de uitgestrekte vingers van de wolkendieren bijna raakt voordat hij omkeert en naar beneden suist.

Misschien gaat er een eeuwigheid voorbij. Elsa weet het niet. Misschien moet ze een betere manier vinden om tijd te meten, misschien wel. Dit werkt niet. Het wordt wel erg verwarrend zo, dat is duidelijk.

Maar Wolvenhart bevriest in zijn beweging. Midden tussen hem en de bebloede messentrekker staat een vrouw in de sneeuw die er zo klein en teer uitziet dat de wind dwars door haar heen zou moeten kunnen blazen. Ze heeft een nietig bolletje blauw pluis uit de droogtrommel in haar hand, en een dunne witte streep op de huid van de vinger waar haar trouwring altijd zat. Ze staart Wolvenhart aan alsof elke vezel van haar innerlijk tegen haar schreeuwt dat ze moet rennen voor haar leven. Maar ze blijft staan met de onoverwinnelijke blik van iemand die vindt dat hij niets meer te verliezen heeft.

Ze knijpt de hand met het droogtrommelpluis dicht, legt die hand in haar andere handpalm en houdt haar gevouwen handen voor haar buik. Dan kijkt ze Wolvenhart kordaat aan en zegt autoritair: 'In deze vereniging van eigenaren slaan we geen mensen dood.'

De vuist van Wolvenhart hangt nog steeds trillend in de lucht. Zijn borstkas gaat op en neer. Maar zijn arm zakt langzaam bij haar weg en valt langs zijn lichaam.

Britt-Marie kucht. Ze maakt de ene hand los uit de andere en klopt een paar verdwaalde sneeuwvlokken van haar rok. Trekt een plooi recht. Daarna vouwt ze haar handen weer voor haar buik en schraapt haar keel.

'In deze húúrdersvereniging. We slaan geen mensen dood in deze húúrdersvereniging. Dat doen we gewoon niet. Zo gedragen we ons hier niet. Dat zijn geen manieren.'

Ze staat daar nog tussen Wolvenhart en Sam in, tussen het Monster en de schaduw in, wanneer de politieauto de straat door komt glibberen. Lang voordat die is gestopt, is de agente met de groene ogen er al uit en heeft ze haar wapen getrokken. Wolvenhart gaat op zijn knieën in de sneeuw zitten. Hij steekt zijn handen op naar de hemel en sluit zijn ogen.

Elsa rukt de deur open en stormt naar buiten. De agenten brullen tegen Wolvenhart. Ze willen Elsa tegenhouden, maar ze kunnen net zo goed een kommetje maken van hun handen en proberen daarin water vast te houden. Ze glipt tussen hun vingers door. Het flitst door Elsa heen – en waar die flits vandaan komt, zal ze de eerste jaren nog niet begrijpen – dat ze haar moeder zoiets een keer tegen George heeft horen zeggen toen ze dacht dat Elsa sliep. Dat moeder zijn van een opgroeiende dochter net zoiets is als een kommetje maken van je handen en proberen daarin water vast te houden.

De wars ligt roerloos op de grond midden tussen Audi en de voordeur in. De sneeuw is rood. Hij heeft geprobeerd bij haar te komen. Hij is uit Audi gestrompeld en verder gekropen totdat hij instortte. Elsa trekt snel haar jas uit en spreidt die samen met de Griffoendorsjaal over het lichaam van het dier uit, duikt naast hem in de sneeuw, slaat haar armen heel stevig om zijn hals en ruikt dat zijn adem naar pindakaastaart ruikt. Ze fluistert 'niet bang zijn, niet bang zijn' in zijn oor, keer op keer. 'Niet bang zijn, niet bang zijn, Wolvenhart heeft de draak verslagen en sprookjes zijn pas uit wanneer de draak verslagen is.'

Wanneer ze voelt dat haar vaders zachte handen haar optillen van de grond, roept ze luid, zo luid dat de wars het moet horen, ook al is hij al een heel eind op weg naar Bijna-Wakkerland: 'Je mag niet doodgaan! Hoor je dat? Je mag niet doodgaan, want kerstsprookjes lopen altijd goed af!'

32

IJs

Het is moeilijk om de dood te beredeneren. Om iemand van wie je houdt te laten gaan.

Oma en Elsa keken 's avonds altijd samen naar het journaal. Af en toe gaf dat Elsa aanleiding om oma te vragen waarom volwassenen continu zulke stompzinnige dingen deden. Oma antwoordde altijd dat volwassenen doorgaans mensen zijn en dat mensen doorgaans klojo's zijn. Elsa bracht daartegen in dat dat inconsequent was, omdat volwassenen feitelijk ook verantwoordelijk waren voor een heleboel goede dingen naast alle stompzinnige dingen. Ruimtevaartreizen en de VN en vaccins en kaasschaven, bijvoorbeeld. En toen zei oma dat het lastige van het leven is dat bijna niemand alleen maar een klojo is, en dat bijna niemand het helemaal niet is. Het lastige van leven is dat je moet proberen zoveel mogelijk aan de niet-klojokant te blijven.

Nadat ze op een avond naar het journaal hadden gekeken vroeg Elsa waarom zoveel niet-klojo's overal moesten sterven, en zoveel klojo's niet. En waarom iemand überhaupt moest sterven, klojo of niet. Oma probeerde Elsa af te leiden met ijs en van gespreksonderwerp te veranderen, want oma hield meer van ijs dan van de dood. Maar aangezien Elsa een verrekt eigenwijs kind kon zijn, gaf oma het uiteindelijk op en zei dat het waarschijnlijk zo zat dat alles zijn plek een keer moest opgeven, zodat iets anders die zou kunnen innemen.

'Net zoals we in de bus opstaan voor oude mensen?' vroeg Elsa.

En toen vroeg oma aan Elsa of ze in was voor een ijsje en een ander gespreksonderwerp als oma daar 'ja' op antwoordde. En daar was Elsa toen wel voor in. Dus toen zei oma: 'Ja, ja, jáá, zo is het precies!'

En daarna aten ze een ijsje.

Het is moeilijk om de dood te beredeneren. Moeilijk om iemand van wie je houdt te laten gaan. Maar in de oudste sprookjes van Miama wordt gezegd dat een wars alleen kan sterven aan een gebroken hart. Dat ze onsterfelijk zijn, behalve in dat speciale geval, en dat je daarom een wars alleen kan doden wanneer hij verdriet heeft. Er wordt verteld dat ze daarom gedood konden worden toen ze uit Bijna-Wakkerland werden verdreven, die keer dat een van hen de prinses had gebeten, omdat ze werden verdreven door hun beschermelingen en dierbaren. 'En daarom konden ze worden gedood in de laatste veldslag van de Oorlog-zonder-Einde,' vertelde oma, want in de laatste slag waren honderden warsen gevallen. 'Want het hart van ieder levend wezen breekt in een oorlog.'

Daar denkt Elsa over na wanneer ze in de wachtkamer van de dierenarts zit. Je kunt een heleboel denken wanneer je in de wachtkamer van een dierenarts zit. Het ruikt er naar vogelzaad. Britt-Marie zit naast haar met haar handen gevouwen op schoot. Ze kijkt naar een kaketoe die in een kooi aan de andere kant van de wachtkamer zit. Britt-Marie kijkt alsof ze niet echt dol is op kaketoes. Elsa weet niet hoe kaketoes hun emoties precies uiten, maar ze gaat er spontaan van uit dat dat gevoel geheel wederzijds is.

'Je hoeft hier niet te blijven wachten,' zegt Elsa tegen Britt-Marie. Ze heeft een brok in haar keel van boosheid en verdriet.

Britt-Marie klopt onzichtbare vogelzaadjes van haar colbertje en met haar blik strak op de kaketoe gericht antwoordt ze: 'Dat is geen moeite, kleine Elsa. Zo moet je dat niet zien. Geen enkele moeite.'

Elsa begrijpt dat ze het niet onaardig bedoelt. De agenten ondervragen haar vader en Alf over alles wat er gebeurd is; met Britt-Marie hadden ze al gesproken, dus die bood aan bij Elsa te blijven totdat de dierenarts zou komen vertellen hoe het met de wars is.

Dus Elsa begrijpt dat het niet onaardig is. Maar Britt-Marie kan bijna niets zeggen zonder dat het onaardig klinkt.

'Weet je dat je misschien minder ruzie zou krijgen met mensen als je zou proberen de dingen iets vriendelijker te zeggen? Vriendelijk zijn is een keuze, Britt-Marie!' zegt Elsa en ze probeert zelf niet onvriendelijk te klinken, maar dat lukt niet heel erg geweldig goed.

Ze veegt met de binnenkant van haar pols langs haar ogen. Ze probeert niet aan de wars en de dood te denken. Dat helpt niet. Britt-Marie zet een zuinig gezicht en vouwt haar handen in haar schoot.

'Ja, nou, ja. Ik begrijp dat je dat vindt. Zo denken alle vrouwen in jouw familie over mij. Dat is gewoon zo.'

Elsa zucht.

'Zo bedoelde ik het niet.'

'Nee, nee, dat zal wel niet. Jullie bedoelen het natuurlijk nooit zo,' zegt Britt-Marie.

Elsa wikkelt haar handen in haar Griffoendorsjaal. Ze haalt diep adem.

'Het was ontzettend dapper van je om tussen Wolvenhart en Sam in te gaan staan,' geeft ze zachtjes toe.

Britt-Marie veegt onzichtbare pluisjes, of misschien zijn het onzichtbare kruimels, van de tafel voor zich in haar hand. Ze blijft ermee in haar hand zitten alsof ze een onzichtbare prullenmand zoekt om ze in te gooien.

'We slaan geen mensen dood in onze huurdersvereniging, we zijn geen barbaren,' zegt ze zacht en snel, opdat Elsa niet zal horen dat haar stem breekt.

Ze zwijgen. Als mensen die voor de tweede keer in twee dagen vrede sluiten, maar dat niet hardop willen zeggen tegen de ander.

Britt-Marie schudt een kussen aan de ene kant van de wachtbank op.

'Ik had geen hekel aan je oma,' zegt ze zonder Elsa aan te kijken.

'Ze had ook geen hekel aan jou,' antwoordt Elsa zonder terug te kijken.

Britt-Marie vouwt haar handen weer en doet haar ogen bijna dicht.

'En ik ben nooit een voorstander geweest van die appartementsrechten. Kent wilde dat, en ik wil Kent graag gelukkig zien, maar hij wil het appartement met winst verkopen en verhuizen. Ik wil niet verhuizen.'

'Waarom niet?' vraagt Elsa.

'Het is mijn thuis,' antwoordt Britt-Marie.

Dat maakt het moeilijk om haar niet aardig te vinden voor iemand die bijna acht is.

'Waarom hadden jij en oma altijd gedoe?' vraagt Elsa, ook al weet ze het antwoord wel.

'Ze vond mij een... lastige zeurpiet,' antwoordt Britt-Marie zonder de echte reden te noemen.

'Hoezo ben je dan een lastige zeurpiet?' vraagt Elsa en ze denkt aan de prinses, de heks en de schat.

'Je mag je toch ergens druk om maken, Elsa? Dat moet toch mogen! Zodra iemand zich druk maakte om iets in de gewone wereld, noemde je oma dat "lastig", maar als je je nergens druk om maakt, leef je niet echt. Dan besta je alleen maar...' antwoordt Britt-Marie een tikje lastig, maar bijna helemaal niet zeurderig.

'Je bent best diep als je jou beter leert kennen,' zegt Elsa.

'Dank je,' zegt Britt-Marie en ze weerstaat duidelijk de aandrang om iets onzichtbaars van de mouw van Elsa's jas te borstelen.

Ze beperkt zich tot het nog eens opschudden van het kussen, ook al zit er al jaren niets meer in het kussen dat je op zou kunnen schudden. Elsa wikkelt haar sjaal om elke vinger afzonderlijk.

'Er bestaat een gedicht of zoiets over een oude man die zegt dat als er niemand van hem houdt, hij dan het liefst wil worden verafschuwd. Als hij maar wordt gezien,' zegt Elsa.

'*Dokter Glas*,' zegt Britt-Marie en ze knikt.

'Wikipedia,' verbetert Elsa haar.

‘Het is een citaat uit *Dokter Glas*,’ houdt Britt-Marie voet bij stuk.

‘Is dat een site?’ vraagt Elsa.

‘Het is een toneelstuk,’ antwoordt Britt-Marie.

‘O,’ zegt Elsa.

‘Wat is Wikipedia?’ vraagt Britt-Marie.

‘Een site,’ zegt Elsa.

Britt-Marie legt haar handen gevouwen op haar schoot.

‘Eigenlijk is *Dokter Glas* een roman, heb ik begrepen. Die heb ik niet gelezen. Maar er is een toneelbewerking van gemaakt,’ zegt ze voorzichtig.

‘O,’ zegt Elsa.

‘Ik hou van toneel,’ zegt Britt-Marie.

‘Ik ook,’ zegt Elsa.

Britt-Marie knikt. Elsa ook.

‘“Dokter Glas” zou een goede naam zijn geweest voor een superheld.’

Ze bedenkt dat het eigenlijk een nog betere naam was geweest voor de aartsvijand van een superheld, maar Britt-Marie leest waarschijnlijk geen kwaliteitsliteratuur op regelmatige basis, en Elsa wil het niet te ingewikkeld voor haar maken. Britt-Marie knikt. Dan citeert ze hardop: ‘Men wil bemind worden, bij gebrek daaraan bewonderd, bij gebrek daaraan gevreesd, bij gebrek daaraan verafschuwd en veracht. De ziel huivert voor de leegte en wil tot iedere prijs contact.’

Elsa weet niet helemaal zeker wat dat betekent. Maar ze knikt toch. Om het eerlijk te houden.

‘Wat wil jij dan worden?’ vraagt ze.

Britt-Maries handen verplaatsen zich een stukje op haar schoot, maar zonder kruimels weg te vegen.

‘Het is soms ingewikkeld om volwassen te zijn, Elsa,’ zegt ze ontwijkend.

‘Zo ontzettend simpel is kind zijn ook niet, hoor,’ antwoordt Elsa koppig.

Britt-Maries vingertoppen dwalen voorzichtig over de witte streep op de huid van haar ringvinger.

'Ik stond 's ochtends vaak vroeg op het balkon. Voordat Kent wakker werd. Jouw oma wist dat, daarom maakte ze die sneeuwpoppen. En daarom werd ik zo boos. Omdat ze mijn geheim kende en ik het gevoel had dat zij en die sneeuwpoppen me erom wilden bespotten.'

'Welk geheim?' vraagt Elsa.

Britt-Marie vouwt haar handen stevig.

'Ik ben nooit zo geweest als jouw oma. Ik heb nooit reizen gemaakt. Ik was altijd hier. Maar af en toe sta ik graag 's ochtends vroeg op het balkon als het waait. Dat is dwaas, natuurlijk, dat zal iedereen wel stom vinden, uiteraard vindt iedereen dat.'

Ze trekt een zuinig gezicht.

'Maar ik vind het prettig om de wind door mijn haren te voelen. Dat vind ik.'

Elsa bedenkt dat Britt-Marie ondanks alles misschien niet helemaal een klojo is. Misschien zit ze zelfs af en toe dichter bij een niet-klojo.

'Je hebt nog niet gezegd wat je wilt worden,' zegt ze en ze draait met de sjaal.

Britt-Maries vingertoppen bewegen aarzelend over haar rok, als iemand die een dansvloer oversteekt om een leuk iemand ten dans te vragen. En dan komt er voorzichtig uit haar mond: 'Ik wil dat iemand onthoudt dat ik heb bestaan. Ik wil dat iemand weet dat ik hier geweest ben.'

Helaas hoort Elsa dat laatste niet, want de dierenarts komt binnen met een blik die één enkele aanhoudende ruis achterlaat in Elsa's hoofd. Ze is al langs hem heen gerend voordat hij zijn mond heeft opengedaan. Elsa hoort dat ze haar iets naroepen wanneer ze de gang in stormt en blindelings de ene deur na de andere openrukt. Een assistente draait zich om en wil haar vastgrijpen, maar Elsa rent gewoon door. Ze rukt nog meer deuren open. Ze stopt pas wanneer ze de wars hoort janken. Wanneer ze de goede kamer binnenstormt, ziet ze hem op een koude behandeltafel liggen met zijn hele buik in het verband. Overal zit bloed. Ze laat haar gezicht heel diep in zijn vacht zakken en fluistert telkens weer: 'Je mag niet doodgaan!'

Britt-Marie blijft alleen achter in de wachtkamer. Ook de kaketoe is weg. Als Britt-Marie was opgestaan en weggegaan, had waarschijnlijk niemand meer geweten dat ze daar was geweest. Daar lijkt ze even over na te denken. Dan veegt ze iets onzichtbaars van de rand van de tafel, trekt een plooi in haar rok recht, staat op en gaat weg.

De wars sluit zijn ogen. Het lijkt bijna of hij lacht. Elsa weet niet of hij haar hoort. Ze weet niet of hij de zware tranen op zijn vacht voelt landen. Het is moeilijk om iemand van wie je houdt te laten gaan. Het is moeilijk om bijna acht jaar te zijn en te leren accepteren dat iedereen van wie je houdt vroeg of laat moet sterven.

'Je mag niet doodgaan. Je mag niet doodgaan, want nu ben ik hier. En je bent mijn vriend. Een echte vriend gaat niet zomaar dood, snap je dat nou of niet? Vrienden laten elkaar niet in de steek,' fluistert Elsa in een poging hem, maar vooral zichzelf, te overtuigen.

Het lijkt wel of hij dat weet. Ze probeert haar wangen te drogen met de warme lucht uit zijn snuit. Elsa ligt naast hem, in elkaar gekropen op de behandeltafel, zoals ze ook in het ziekenhuisbed heeft gelegen die nacht toen oma in Miama bleef en niet mee terugging naar huis.

Ze ligt daar voor altijd. Met haar Griffoendorsjaal begraven in de warsenvacht.

De stem van de agente bereikt haar nek wanneer de wars met grotere tussenpozen gaat ademhalen en het bonzen onder de dikke zwarte vacht langzamer wordt. De groene ogen kijken vanuit de deuropening naar het meisje en het dier. Elsa staart haar aan. De agente kijkt naar de wars en haar blik is meelevend; zo zijn de blikken van mensen die het liever niet over de dood willen hebben.

'We moeten je vriend meenemen naar het politiebureau, Elsa,' zegt ze.

Elsa weet dat ze het over Wolvenhart heeft.

'Jullie mogen hem niet in de gevangenis stoppen! Hij deed het uit zelfverdediging!' brult Elsa zo hard dat de zware druppels van verdriet die zich op haar lippen hebben verzameld in een tyfoon door de kamer exploderen.

De agente met de groene ogen schudt haar hoofd.

'Nee, Elsa. Het was geen zelfverdediging. Hij was zichzelf niet aan het verdedigen.'

En daarna loopt ze achteruit weg bij de deur. Ze kijkt met gespeelde verlegenheid op haar horloge alsof ze net op dat moment bedenkt dat ze iets enorm belangrijks moest doen, heel ergens anders, en wat zou het dan stom zijn als iemand die ze net op dat moment volgens strikte orders naar het politiebureau moet brengen een paar minuten niet bewaakt zou worden, zodat hij met een kind kon praten dat op het punt stond een wars te verliezen. Dat zou echt stompzinnig zijn.

En dan is ze weg. En Wolvenhart staat in de deuropening. Elsa springt van de tafel, slaat haar armen om hem heen en trekt zich er geen moer van aan of hij bij thuiskomst een ontsmettend bad moet nemen of niet.

'De wars mag niet doodgaan! Zeg tegen hem dat hij niet dood mag gaan!' fluistert Elsa.

Wolvenhart ademt langzaam. Hij houdt zijn handen onzeker omhoog, alsof iemand een bijtend goedje op zijn trui heeft gemorst. Het schiet Elsa te binnen dat zijn jas nog steeds bij haar thuis ligt.

'Je krijgt je jas terug, mijn moeder heeft hem heel goed gewassen en in een plastic hoes in de kast gehangen,' fluistert ze verontschuldigend zonder hem los te laten.

Hij kijkt alsof ze hem echt heel blij zou maken als ze met haar omhelzing ophield. Daar trekt Elsa zich niets van aan.

'Maar je mag niet meer vechten!' draagt ze hem op met haar gezicht in zijn trui, waarna ze haar hoofd optilt en met haar pols langs haar ogen veegt.

'Ik zeg niet dat je nooit mag vechten, want ik ben er nog niet helemaal uit waar ik sta in die kwestie. Ethisch gezien dus. Maar je mag niet vechten als je daar zo goed in bent als jij!' snikt ze.

En dan doet Wolvenhart iets heel eigenaardigs. Hij knuffelt haar terug.

'Wars. Heel oud. Heel oude wars, Elsa,' mompelt hij in de geheime taal.

'Ik kan er niet meer tegen dat iedereen alsmaar doodgaat!' zegt Elsa huilend.

Wolvenhart houdt haar met beide handen vast. Hij knijpt voorzichtig in haar wijsvingers. Hij trilt alsof hij gloeiend ijzer vasthoudt, maar hij laat niet los, alsof hij beseft dat er belangrijker zaken zijn in het leven dan bang zijn voor kinderbacteriën.

'Heel oude wars. Heel moe nu, Elsa.'

Wanneer Elsa alleen maar hysterisch haar hoofd schudt en tegen hem schreeuwt dat er nu niemand meer mag doodgaan, laat hij één hand los en stopt die in zijn broekzak. Hij haalt er een erg verfrommeld blaadje uit en legt dat in haar hand. Het is een tekening. Elsa ziet dat haar oma die heeft gemaakt, want oma kan ongeveer even goed tekenen als spellen.

'Het is een plattegrond,' hijgt Elsa wanneer ze het uitvouwt, zoals je hijgt wanneer je tranen op zijn, maar je nog niet klaar bent met huilen.

Wolvenhart wrijft behoedzaam in zijn handen. Elsa gaat met haar vingers over de inkt.

'Hier staat dat het een kaart is van het zevende koninkrijk,' zegt ze hardop, meer tegen zichzelf dan tegen hem.

Ze gaat weer op de behandeltafel bij de wars liggen. Zo dichtbij dat zijn vacht door haar trui prikt. Ze voelt de warme adem die uit zijn koude neus komt. Hij slaapt. Ze hoopt dat hij slaapt. Ze geeft een zoen op zijn snuit, zodat er tranen in zijn snorharen komen.

Wolvenhart kucht zacht.

'Zat in de brief. Oma's brief,' zegt hij in de geheime taal. Hij wijst weer naar de kaart.

'Mipardonië. Het zevende koninkrijk. Je oma en ik... dat zouden wij gaan bouwen.'

Elsa bestudeert de kaart nauwkeurig, laat hem dansen in de steeds dunnere adem van de slapende wars. Eigenlijk is het een plattegrond van heel Bijna-Wakkerland, maar met totaal verkeerde proporties. Proporties waren nooit echt oma's ding.

'Dit zevende koninkrijk ligt waar de ruïnes van Mibatallië liggen,' fluistert ze.

Wolvenhart wrijft in zijn handen.

'Je kunt Mipardonië alleen op Mibatallië bouwen. Vond je oma.'

'Wat betekent Mipardonië?' vraagt Elsa met haar wang dicht tegen die van de wars.

'Mama's taal. Betekent "ik vergeef",' antwoordt Wolvenhart.

De tranen die over zijn wangen lopen, zijn zo groot als zwaluwen. Zijn enorme hand komt zacht op de kop van de wars neer. De wars doet zijn ogen op een heel klein kiertje open en kijkt hem aan.

'Heel oud, Elsa. Heel erg moe,' fluistert Wolvenhart.

Dan legt hij zijn vingers teder over de wond die het mes van Sam in de dikke vacht heeft gemaakt.

'Veel pijn nu, Elsa. Heel veel pijn.'

Het is moeilijk om iemand van wie je houdt te laten gaan. Vooral als je bijna acht bent.

Elsa kruipt dicht tegen de wars aan en houdt hem heel stevig vast. Hij kijkt haar een laatste keer aan met zijn ogen op een kiertje na dicht. Ze grijnst en fluistert: 'Je bent de beste eerste vriend die ik ooit heb gehad.' Hij likt haar langzaam in het gezicht en ruikt naar pindakaastaart. En ze lacht luid, terwijl het tranen regent op de behandeltafel.

Wanneer de wolkendieren in Bijna-Wakkerland landen, knuffelt Elsa hem uit alle macht en fluistert: 'Je hebt je taak volbracht, je hoeft het kasteel niet meer te beschermen. Bescherm nu oma maar. Bescherm alle sprookjes!' Hij likt haar een laatste keer in het gezicht.

En dan rent hij ervandoor.

Wanneer Elsa zich omdraait naar Wolvenhart, knijpt hij zijn ogen tot spleetjes tegen de zon. Zo doen mensen die een heleboel sprookjeseeuwigheden niet in Bijna-Wakkerland zijn geweest. Elsa wijst naar beneden, naar de ruïnes van Mibatallië.

'We kunnen Alf meenemen hiernaartoe. Hij kan ontzettend goed dingen bouwen. In ieder geval kasten. En in het zevende koninkrijk zullen ze ook kasten nodig hebben, of niet? En als we klaar zijn, zit oma op een bankje in Miama te wachten. Net zoals de opa van Kruimel in *De gebroeders Leeuwenhart*. Er bestaat een sprookje dat zo heet, dat heb ik oma voorgelezen, dus ik weet dat ze op een bankje zal zitten wachten, want het is echt iets voor haar om iets dergelijks uit sprookjes van anderen te stelen. En ze weet dat *De gebroeders Leeuwenhart* een van mijn lievelingssprookjes is!'

Ze huilt nog steeds. Wolvenhart ook. Maar ze doen wat je dan doet, ze doen wat ze kunnen. Ze bouwen woorden van vergeving op de ruïnes van woorden over vechten.

De wars sterft op de dag waarop Elsa's broertje wordt geboren. Elsa bedenkt dat ze dat een keer aan haar broertje zal vertellen wanneer hij groot is. Vertellen over haar eerste beste vriend. Vertellen dat het soms nodig is dat iets zijn plaats verlaat, zodat iets anders die plek kan innemen. En dat dit allemaal eigenlijk gewoon zoiets is als dat de wars zijn plaats in de bus aan Halfje heeft afgestaan.

En ze bedenkt dat ze niet moet vergeten tegen Halfje te zeggen dat hij daar niet verdrietig om moet zijn en zich er niet schuldig over moet voelen.

Want warsen vinden het verschrikkelijk om met de bus te reizen.

33

Baby

Het einde van een sprookje is moeilijk. Niet per se omdat sprookjes eindigen, natuurlijk niet, aan alle sprookjes komt een eind. En om eerlijk te zijn, in het geval van sommige sprookjes niet snel genoeg. Aan dit sprookje had bijvoorbeeld waarschijnlijk, volgens menig ervaren beschouwer, in alle redelijkheid al veel eerder een eind gebreid moeten worden, en alle draadjes hadden allang afgehecht moeten zijn. Maar het is de bedoeling dat alle helden aan het eind van alle sprookjes nog lang en gelukkig leven. En dat wordt natuurlijk problematisch, verteltechnisch gezien. Want in sprookjes laat iedereen die aan het eind van zijn leven is gekomen dierbaren achter die hun dagen moeten slijten zonder hen.

En het is moeilijk om zonder te leven. Het is heel, heel moeilijk om degene te zijn die achter moet blijven en verder moet zonder.

Het is donker wanneer ze bij de dierenarts weggaan. De nacht voor tweede kerstdag. Wanneer Elsa als klein kind zeurde of ze iets mocht, en haar moeder geen kleingeld had of niet wist of hun verzekering het wel dekte, of er gewoon geen energie voor had, beloofde ze Elsa altijd met de hand op haar hart dat ze het 'een andere keer' zouden doen.

Elsa's moeder was ontzettend boos op oma die tweede kerstdag waarop Elsa vijf werd en oma tegen Elsa zei dat het die dag 'andere keerdag' was. Dat was een sterk punt van oma.

In de nacht voor Elsa's verjaardag gingen ze altijd sneeuwengelen maken voor de flat. Dat was de enige nacht van het jaar waarin oma niet roddelde over engelen. Het was een van Elsa's lievelingstradities.

Ze rijdt met Alf mee in Taxi. Niet zozeer omdat ze niet met haar vader wil meerijden, maar meer omdat Elsa's vader tegen haar heeft gezegd dat Alf heel boos op zichzelf leek te zijn omdat hij en Taxi in de garage waren toen die hele gebeurtenis met Sam plaatsvond. Omdat Alf Elsa toen niet had beschermd. Dat is een sterk punt van haar vader, dat hij ontzettend onaarzelig kan zijn wanneer het echt nodig is.

Alf en Elsa praten natuurlijk niet veel onderweg, want dat doe je soms niet als je niet zo gek veel te zeggen hebt. En wanneer Elsa ten slotte opmerkt dat ze iets moet doen op weg naar het ziekenhuis, vraagt Alf niet waarom. Hij rijdt alleen maar. Dat is een sterk punt van Alf.

'Kun je sneeuwengelen maken?' vraagt Elsa wanneer Taxi voor de flat stopt.

'Ik ben vierenzestig, verdorie,' gromt Alf.

'Dat is geen antwoord,' zegt Elsa.

En dan schakelt Alf de motor van Taxi uit, stapt uit en snauwt: 'Ik ben verdorie vierenzestig! Maar ik ben verdorie niet als vierenzestigjarige geboren! Natuurlijk kan ik sneeuwengelen maken, wat denk jij dan?'

En dan maken ze sneeuwengelen. Negenennegentig stuks. En naderhand zeggen ze er niet zoveel over. Want sommige soorten vrienden kunnen vrienden zijn zonder al te gek veel te praten.

De vrouw in de spijkerbroek ziet hen vanaf haar balkon. Ze lacht. Daar begint ze goed in te worden.

Wanneer ze bij het ziekenhuis aankomen, staat Elsa's vader hen bij de ingang op te wachten. Er loopt een arts langs, van wie Elsa even het idee heeft dat ze hem kent. Dan ziet ze George, ze rent de hele wachtkamer door en werpt zich in zijn armen. Hij draagt een korte broek over zijn hardloopbroek en houdt een glas ijskoud water voor Elsa's moeder in zijn hand.

'Bedankt dat je hebt gerend!' zegt Elsa met haar armen om hem heen.

George kijkt haar overrompeld aan.

'Ik kan best goed rennen,' zegt hij voorzichtig.

Elsa knikt.

'Dat weet ik. Dat komt omdat je anders bent.'

En dan loopt ze met haar vader mee naar haar moeder. George blijft zo lang met het glas water in zijn hand staan dat het op kamertemperatuur komt.

Elsa's vader kijkt Elsa aan, en ze ziet dat hij jaloers is, maar probeert het niet te laten merken. Dat is ook een sterk punt van hem.

Voor de kamer van Elsa's moeder staat een verpleegkundige die haar eerst niet wil binnenlaten, want Elsa's moeder heeft kennelijk een gecompliceerde bevalling gehad. Zo drukt de verpleegkundige het uit. Ze klinkt heel zeker van haar zaak en ze spreekt de p in gecompliceerd heel duidelijk uit. Elsa knikt. Haar vader ook.

'Ben je soms nieuw hier?' vraagt Elsa's vader voorzichtig.

'Wat doet dat ertoe?' brengt de verpleegkundige snuivend uit, alsof de woorden in hun griepseizoen zitten.

'Helemaal niets,' zegt Elsa's vader voorzichtig, ook al doet het er helemaal wel iets toe.

'Geen bezoek vandaag!' stelt de verpleegkundige zelfverzekerd vast. Ze draait zich op haar hielen om en loopt de kamer van Elsa's moeder binnen.

Elsa's vader en Elsa blijven geduldig staan wachten. Ze knikken, want ze hebben het gevoel dat het toch wel goed zal komen. Want mama is dan wel mama, ze is ook de dochter van oma, om het zo maar te zeggen. En papa en Elsa moeten denken aan de man in de zilverkleurige auto vlak voordat Elsa werd geboren. Je moet Elsa's moeder niet tergen wanneer ze een kind krijgt.

Het duurt een seconde of dertig à veertig, en dan dendert de schreeuw de gang in, zo hard dat de schilderijen aan de muren trillen alsof ze van hun haakje willen springen.

'Nu breng je mijn dochter hier voordat ik je wurg met je stethoscoop en dit hele ziekenhuis op de kop zet, begrepen?'

Dertig à veertig seconden, dat was toch veel langer dan Elsa en haar vader hadden verwacht. Maar drie of vier seconden daarna brult Elsa's moeder erachteraan: 'Dat maakt me geen donder uit! Ik zal heus wel ergens een stethoscoop vinden in dit ziekenhuis, en als ik er een heb, dan wurg ik jou ermee!'

De verpleegkundige stapt de gang weer in. Ze kijkt niet meer zo zelfverzekerd. De arts die Elsa al bekend was voorgekomen duikt achter haar op en zegt vriendelijk dat ze wel voor één keer een uitzondering kunnen maken. Hij glimlacht naar Elsa. Elsa ademt resoluut in en stapt over de drempel.

Mama heeft overal slangetjes zitten. Ze knuffelen zo hard Elsa durft, zonder dat er per ongeluk eentje losschiet. Een ervan is misschien wel een elektrisch snoer en dan zou haar moeder als een lampje uitgaan. Elsa's moeder strijkt keer op keer over Elsa's haar.

'Ik vind het zo erg van je vriend de wars,' zegt ze.

Elsa blijft zo lang zwijgend op de rand van het bed zitten dat haar wangen drogen en ze tijd overheeft om na te denken over een geheel nieuwe manier van tijd meten. Dat gedoe met eeuwigheden en sprookjeseeuwigheden begint eerlijk gezegd wat warrig te worden. Misschien zou ze iets minder ingewikkelds kunnen gebruiken. Zoals wimperwappers, of kolibrievleugelfladders. Daar heeft vast wel iemand over nagedacht. Ze zal het thuis wikipedia'en.

Ze kijkt haar moeder aan. Die ziet er gelukkig uit. Elsa geeft een klopje op haar hand. Mama houdt haar hand vast.

'Ik weet dat ik geen perfecte moeder ben, schat.'

Elsa legt haar voorhoofd tegen het voorhoofd van haar moeder.

'Het hoeft niet allemaal perfect te zijn, mam.'

Ze zitten zo dicht bij elkaar dat mama's tranen over het puntje van Elsa's neus lopen.

'Ik werk zoveel, lieverd. Ik was altijd zo boos op oma omdat ze nooit thuis was, en nu ben ik zelf net zo...'

Elsa veegt allebei hun neuzen af met haar Griffoendorsjaal.

'Geen enkele superheld is perfect, mama. Maakt niet uit.'

Mama glimlacht. Elsa ook.

'Mag ik je iets vragen?' vraagt Elsa dan.

'Natuurlijk,' zegt mama.

'Wat heb ik van opa?'

Mama kijkt weifelend. Zoals een moeder die het gewend is altijd te kunnen voorzien wat haar dochter zal vragen en plotseling ongelijk krijgt. Elsa haalt haar schouders op.

'Dat ik apart ben, heb ik van oma. En dat ik een betweter ben van papa. En ik weet dat ik een betweter ben, want dat heb ik op Wikipedia opgezocht, en dat heb ik ook van papa. Want die zoekt ook dingen op. En ik krijg altijd met iedereen ruzie, en dat heb ik weer van oma. Maar wat heb ik dan van opa?'

Elsa's moeder komt niet aan antwoorden toe. Elsa ademt schril in door haar neus.

'Oma vertelde nooit sprookjes over opa...'

Mama houdt Elsa's wangen tussen haar handpalmen en Elsa droogt mama's wangen af met de Griffoendorsjaal.

'Volgens mij vertelde ze over je opa zonder dat je het doorhad,' fluistert mama.

'Wat heb ik dan van hem?'

'Je hebt zijn lach.'

Elsa trekt haar handen in de mouwen van haar trui. Ze laat de uiteinden ervan langzaam voor zich heen en weer zwaaien.

'Lachte hij vaak?'

'Altijd. Altijd, altijd, altijd. Daarom hield hij van jouw oma. Omdat hij altijd vreselijk om haar moest lachen. Met lichaam en ziel.'

Elsa kruipt naast haar moeder in het ziekenhuisbed en blijft daar zeker een miljard kolibrievleugelfladders liggen. Ze kan voor de vuist weg alleen niet precies garanderen hoe lang dat is. Dat hangt van de kolibrie af.

'Oma was niet helemaal een klojo. Maar ze was het ook niet helemaal niet,' zegt ze.

Elsa's moeder schiet in de lach. Elsa ook. Opa's lach. Dan liggen ze nog een hele poos over superhelden te praten. Mama zegt dat Elsa nu een grote zus is geworden en dat ze goed in de gaten moet houden dat grote zussen idolen zijn voor hun jongere broertjes en zusjes. Dat geeft haar veel macht. En grote kracht.

'En grote krachten brengen een grote verantwoordelijkheid met zich mee,' fluistert mama.

Elsa gaat kaarsrecht overeind zitten.

'Heb je Spider-Man gelezen?'

'Ik heb gegoogeld,' zegt mama met een trotse grijns.

En dan komen alle schuldgevoelens tevoorschijn op haar gezicht. Zoals bij moeders die inzien dat het moment is gekomen om een groot geheim te onthullen.

'Elsa... lieverd... Dit is misschien vervelend voor je, dat besef ik me, maar de eerste brief van oma, die heb jij niet gekregen. Er was nog een eerdere brief. Die heeft oma aan mij gegeven. De dag voordat ze overleed...'

Mama kijkt alsof ze weet dat ze straks een duik zal nemen in een ijskoud meer, ook al wil ze dat helemaal niet en nu staat ze als het ware op de steiger en iedereen kijkt, dus ze kan niet meer terug. Het is een heel speciale gezichtsuitdrukking. Misschien moet je een heleboel tijd op verschillende steigers hebben doorgebracht om dat te begrijpen, dat zou kunnen.

Maar Elsa knikt alleen rustig en trekt met onovertroffen zorgeloosheid haar schouders op. Ze verbetert haar moeder niet eens omdat ze 'besef me' zei, terwijl het gewoon 'besef' moet zijn. Dan aait ze geruststellend over mama's wang, zoals je doet bij een klein kind dat fouten maakt omdat het niet beter weet.

'Ik weet het, mama. Ik weet het.'

Mama knippert stuntelig met haar ogen.

'Hè? Weet je dat? Hoe dan?'

Elsa zucht geduldig.

'Nou, oké, het heeft even geduurd voor ik erachter was. Maar het was niet bepaald kwantumfysica, zeg maar. In de eerste plaats zou zelfs oma niet zo onverantwoordelijk geweest zijn om mij op een jacht op de schat uit te sturen zonder het eerst aan jou te vertellen. En in de tweede plaats: jij en ik zijn de enigen die Renault kunnen besturen, want hij is een beetje apart. Ik stuurde soms wanneer oma kebab at en jij stuurde soms wanneer oma dronken was. Dus een van ons tweeën moest hem in de garage hebben gezet op de plek van Britt-Marie. En ik was het niet. En ik ben niet gek. Ik kan rekenen.'

Mama lacht zo hard en lang dat Elsa zich ernstig zorgen begint te maken over de kolibrie.

'Je bent de slimste persoon die ik ken, weet je dat?' zegt mama.

'Ja, mama, ik weet het,' kreunt Elsa.

En ze bedenkt dat het natuurlijk mooi is en zo, en alles, maar haar moeder moet echt eens wat meer onder de mensen.

'Wat schreef oma in jouw brief?' vraagt Elsa.

Mama's lippen vloeien samen.

'Ze schreef dat het haar speet.'

'Dat ze een slechte moeder was?'

'Ja.'

'Heb je haar vergeven?'

Mama glimlacht en Elsa veegt haar wangen weer af met de Griffoendorsjaal.

'Ik probeer ons allebei te vergeven, geloof ik. Ik ben net Renault. Ik heb een lange remweg,' fluistert mama.

Elsa knuffelt haar totdat de kolibrie het opgeeft en iets voor zichzelf gaat doen.

'Je oma heeft kinderen gered omdat ze zelf als kind is gered, schat. Dat wist ik eerst niet, maar dat schreef ze in die brief. Zij had ook geen ouders meer,' fluistert mama.

'Net als de X-Men,' knikt Elsa.

'Je weet vast al waar de volgende brief verstopt is? Eitje voor jou toch?' vraagt mama glimlachend.

'Je bedoelt "appeltje-eitje"', verbetert Elsa, want ze kan het niet laten.

En natuurlijk weet ze het. Ze heeft het de hele tijd al geweten. Dit is niet het soort sprookje waarvan de enorme onvoorspelbaarheid de grootste kwaliteit is. En Elsa is niet gek.

Haar moeder lacht weer. Ze lacht zo hard dat de verpleegkundige die de p zo duidelijk uitspreekt, binnen komt stampen en zegt dat het afgelopen moet zijn met dat drukke gedoe omdat er anders iets misgaat met de slangetjes. Zoals gezegd, die verpleegkundige is nieuw.

Elsa staat op. Mama pakt haar hand vast en drukt er een kus op.

'We hebben besloten hoe Halfje gaat heten. Het wordt geen Elvir, maar iets anders. George en ik wisten het meteen toen we hem zagen. Ik denk dat jij het ook een leuke naam zult vinden.'

Ze heeft gelijk. Elsa vindt het een leuke naam. Een heel leuke naam.

Een paar minuten later staat ze in een kleine kamer door een glazen ruit naar hem te kijken. Hij ligt in een kleine plastic bak. Of in een heel grote lunchbox. Dat valt niet goed te zeggen. Hij heeft ook overal slangen, zijn lippen zijn blauw en zijn gezicht ziet eruit alsof hij tegen een storm in rent, maar alle verpleegkundigen zeggen tegen Elsa dat dat niet erg is. Dat bevalt haar niet. Op die manier weet je meteen dat het wel erg is.

Ze maakt een toeter van haar handen en zet die tegen de ruit wanneer ze fluistert, zodat hij het erdoorheen zal horen: 'Niet bang zijn, Halfje. Je hebt nu een zus. En het wordt beter. Het komt goed.'

Vervolgens gaat ze over op de geheime taal: 'Ik zal proberen niet jaloers op je te zijn. Ik ben ontzettend lang jaloers op je geweest, maar ik heb een vriend die Alf heet en hij en zijn jongere broer hebben al zo'n honderd jaar ruzie. Ik wil niet dat jij en ik honderd jaar ruzie hebben. Dus ik denk dat we er nu meteen al aan moeten werken om elkaar aardig te vinden, snap je?'

Halfje kijkt alsof hij het snapt. Elsa legt haar voorhoofd tegen het glas.

'Je hebt ook een oma. Ze is een superheld. Als we thuis zijn, zal ik je alles over haar vertellen. Helaas heb ik het melleweer aan een jongen met syndroom gegeven, maar ik zal een nieuwe voor je maken. Ik zal je meenemen naar Bijna-Wakkerland, daar eten we dromen, we gaan er dansen, lachen, huilen, dapper zijn en vergeven; we gaan vliegen op de wolkendieren en dan zit oma op een bankje in Miama te roken en op ons te wachten. En op een dag komt opa ook langswandelen. We horen hem al van verre want hij lacht met zijn hele lichaam. Hij lacht zo hard dat ik denk dat we een achtste koninkrijk voor hem zullen moeten bouwen. Ik zal aan Wolvenhart vragen wat 'ik lach' is in de taal van zijn moeder. En de wars is daar ook, in Bijna-Wakkerland. Je zal hem aardig vinden, de wars. Een betere vriend dan een wars is er niet!'

Halfje kijkt haar vanuit zijn plastic bak aan. Elsa veegt de ruit af met haar Griffoendorsjaal.

'En je hebt een mooie naam gekregen. De beste naam. Ik zal je alles vertellen over de jongen van wie je die hebt. Je zult hem aardig vinden.'

Ze blijft bij het raam staan totdat ze beseft dat dat kolibriegedoe toch een ronduit slecht idee was. Ze is van plan het toch nog een poosje op eeuwigheden en sprookjeseeuwigheden te houden. Voor het gemak. En misschien omdat het haar aan oma doet denken en ze oma op die manier bij zich houdt.

Voordat ze weggaat, fluistert ze door de toeter van haar handen tegen Halfje, in de geheime taal: 'Het wordt het grootste avontuur om jou als broer te hebben, Harry. Het aller-, allergrootste avontuur!'

Het gaat zoals oma zei. Het wordt beter. Het komt goed.

De arts die Elsa al bekend voorkwam, staat naast mama's bed wanneer Elsa de kamer weer in komt. Hij staat roerloos te wachten, alsof hij weet dat het even zal duren voordat het haar te binnen schiet waar ze hem van kent. En wanneer het kwartje eindelijk valt, glimlacht hij, alsof hij niet anders had verwacht.

'U bent de accountant,' roept Elsa achterdochtig uit, en ze voegt eraan toe: 'En de dominee. Uit de kerk. Ik heb u gezien op de begrafenis van mijn oma en toen was u gekleed als dominee!'

'Ik ben veel dingen,' antwoordt de arts rustig, met het soort gelaatsuitdrukking dat niemand ooit had wanneer oma in de buurt was.

'Ook dokter?' vraagt Elsa.

'Op de eerste plaats dokter,' antwoordt de dokter. Hij steekt zijn hand uit en stelt zich voor: 'Marcel. Ik was goed bevriend met je oma.'

'Elsa,' zegt Elsa.

'Dat had ik begrepen,' zegt Marcel glimlachend.

'U was de notaris van mijn oma,' zegt Elsa, als iemand die zich de details herinnert van een telefoongesprek aan het begin van een sprookje, aan het eind van hoofdstuk twee of zoiets.

'Ik ben veel dingen,' herhaalt Marcel en hij geeft haar een blaadje.

Het is geprint en er zitten geen spelfouten in, zodat je weet dat Marcel en niet haar oma het heeft geschreven. Maar onderaan, dat is oma's handschrift. Marcel vouwt zijn handen voor zijn buik, niet zo heel anders dan Britt-Marie dat vaak doet.

'De flat waar jullie in wonen was van je oma. Misschien was je daar al achter?'

Elsa knikt. Want ze is geen dom kind, echt niet. Marcel wijst naar het blaadje.

'Ze zei dat ze het met pokeren had gewonnen, maar dat weet ik niet zeker.'

Elsa leest het blaadje. Ze tuit haar lippen.

'En nu? Is die nu van mij? De hele flat?'

'Je moeder beheert alles totdat je achttien bent. Maar je oma heeft ervoor gezorgd dat je ermee kunt doen wat je wilt; als je er koopflats van wilt maken, dan mag dat. Als je dat niet wilt, laat je het gewoon zo.'

Bij Elsa's haargrens verschijnt een ondiepe rimpel. Dichter bij fronsen kan een achtjarige niet komen.

'Waarom hebt u dan tegen iedereen in de flat gezegd dat het koopflats zouden worden als alle bewoners het eens werden?'

Marcel laat langzaam zijn handpalmen zien.

'Als jij het er niet mee eens bent, dan zijn technisch gesproken niet alle bewoners het erover eens. Je oma was ervan overtuigd dat je de wens van de buren zou volgen als iedereen dezelfde mening had, maar ze was er ook van overtuigd dat je niets met het pand zou doen wat nadelig zou zijn voor een bewoner. Daarom moest ze ervoor zorgen dat je al je buren leerde kennen vóórdat je het testament te zien kreeg.'

Hij legt zijn hand op haar schouder.

'Het is een hele verantwoordelijkheid, maar je oma heeft me verboden die aan iemand anders dan aan jou te geven. Ze zei dat je slimmer was dan al die andere malloten bij elkaar. En ze zei altijd dat een koninkrijk bestaat uit de mensen die erin wonen. Ze zei dat jij dat zou begrijpen.'

Elsa's vingertoppen strijken over oma's handtekening onder aan het blaadje.

'Ik begrijp het.'

'Ik kan de details met je doornemen, het is een heel ingewikkeld contract,' zegt Marcel behulpzaam.

Elsa strijkt het haar uit haar gezicht.

'Oma was ook bepaald een ingewikkeld iemand.'

Marcel barst in lachen uit. Een uitbarsting, zo moet je het noemen. Veel te luidruchtig om alleen maar lach te heten. Elsa kan het alleen maar geweldig vinden.

'Hadden oma en u iets samen?' vraagt ze op de man af.

'Elsa!' valt mama haar zo verschrikt in de rede dat de slangetjes bijna losschieten.

Elsa zwaait beledigd met haar armen.

'Ja nou? Ik mag het toch wel vrágen?'

Ze kijkt Marcel dwingend aan.

'Hadden jullie iets met elkaar of niet?'

Marcel vouwt zijn handen. Hij knikt verdrietig maar gelukkig.

Een beetje als iemand die een heel groot ijsje heeft gegeten en nu beseft dat het op is.

'Ze was mijn grote liefde, Elsa. Ze was de grote liefde van veel mannen. En ook van veel vrouwen, wat dat betreft.'

'En was u haar grote liefde?' vraagt Elsa.

En dan kijkt Marcel niet boos. Niet bitter. Alleen jaloers. En zegt: 'Nee. Dat was jij. Dat ben jij altijd geweest, lieve Elsa.'

Hij aait Elsa teder over haar wang, zoals je doet wanneer je degene van wie je hebt gehouden terugziet in de ogen van haar kleinkind. Dan gaat hij weg.

Elsa en haar moeder en de brief blijven seconden, eeuwigheden en kolibrievleugelfladders lang stil. Dan raakt mama Elsa's hand aan en stelt een vraag die ze probeert te laten klinken alsof hij helemaal niet zó belangrijk is, maar gewoon iets wat haar spontaan te binnen schiet: 'Wat heb je van mij?'

Elsa blijft zwijgend staan. Haar moeder kijkt ongelukkig en zegt: 'Want kijk, nou ja, je weet wel. Je zei dat je dingen van je oma en je vader hebt geërfd en ik dacht, nou ja, je weet wel...'

Ze zwijgt. Ze schaamt zich zoals moeders zich schamen die beseffen dat ze het punt in het leven gepasseerd zijn waarop ze meer van hun dochters willen dan hun dochters van hen. Elsa pakt haar wangen tussen haar handpalmen en zegt lief: 'Al het andere, gewoon, mama. Al het andere heb ik gewoon van jou.'

Elsa's vader brengt Elsa naar de flat. Hij zet de stereo in Audi uit, zodat Elsa niet naar zijn muziek hoeft te luisteren, en hij blijft in oma's appartement overnachten. Ze slapen in de kast. Die ruikt naar zaagsel en is zo groot dat haar vader er languit in kan liggen en dan met zijn vingertoppen en de punten van zijn tenen de wanden kan raken. Dat is een sterk punt van de kast.

Wanneer haar vader in slaap is gevallen sluipt Elsa de trap af. Ze gaat voor de kinderwagen staan die nog steeds met een ketting vastzit bij de voordeur. Ze kijkt naar de kruiswoordpuzzel op het blaadje aan de muur. Die iemand met potlood heeft ingevuld. In elk woord zit een letter die op zijn beurt vier langere woorden invlecht. En in elk van die vier woorden zit een letter die in een hokje staat dat vetter is dan de rest.

E.L.S.A.

Elsa kijkt naar het hangslot waarmee de kinderwagen aan de trapleuning vastzit. Het is een combinatieslot, maar bij de vier draaischijven staan geen cijfers, maar letters.

Ze draait de schijven zo dat haar naam verschijnt en opent het slot. Ze rijdt de kinderwagen opzij. En daar vindt ze oma's brief aan Britt-Marie.

Dat had ze natuurlijk aldoor al geweten. Ze is echt geen stom kind, hoor, die Elsa.

34

Oma

In Bijna-Wakkerland zeg je nooit 'doei'. Je zegt altijd 'tot ziens'. Dat is heel belangrijk voor de inwoners van Bijna-Wakkerland, omdat ze van mening zijn dat eigenlijk niets ooit helemaal sterft. Het wordt gewoon een verhaal, het maakt een klein grammaticaal sprongetje, de tegenwoordige tijd verandert in de verleden tijd. Ze zijn dol op tijden in Bijna-Wakkerland. In sprookjes is de tijd net zo belangrijk als zwaarden en tovenarij.

In Miama kan een begrafenis dan ook weken duren, aangezien uiterst weinig plechtigheden in het leven zich beter lenen voor het vertellen van verhalen dan een begrafenis. Op de eerste dag zijn het natuurlijk vooral verhalen over verdriet en gemis, maar langzamerhand, naarmate de dagen verstrijken, gaan ze over in het soort verhalen dat je niet kunt vertellen zonder in schaterlachen uit te barsten. Verhalen over hoe de tijdwisselaar een keer de gebruiksaanwijzing 'aanbrengen op het gezicht maar niet rond de ogen' las op de verpakking van een huidcrème en de fabrikant ervan hevig verontwaardigd opbelde om hem erop te wijzen dat daar verdorie wel mooi het gezicht zat. Of hoe de tijdwisselaar een draak inschakelde voor het karameliseren van de suiker voor de crème brûlée voor een groot feest in haar kasteel, maar niet eerst controleerde of de draak niet verkouden was. Of hoe de tijdwisselaar met haar ochtendjas open op haar balkon stond en met een paintballgeweer op de mensen schoot.

Dat soort verhalen.

En de Miamezen lachen zo hard terwijl ze aan het vertellen zijn, dat de verhalen opstijgen als lampions en rond de graven zweven. Totdat alle verhalen één zijn, en alle tijden hetzelfde. Ze lachen totdat niemand meer kan vergeten dat dat hetgeen is wat we achterlaten wanneer we vertrekken.

De lach.

'Halfje is een jongetje geworden. Hij heet Harry!' verklaart Elsa trots en ze schraapt sneeuw van de steen. 'Alf zegt dat het maar beter is ook dat het een jongen is geworden, want het "vrouwvolk" in onze familie is "zo gek als een deur",' zegt ze vervolgens grijnzend en ze maakt ironische aanhalingstekens in de lucht en laat ploegsporen achter in de sneeuw wanneer ze Alfs manier van lopen imiteert.

De kou bijt in haar wangen. Ze bijt terug. Haar vader ruimt sneeuw en schraapt met de schep over de bovenste laag aarde. Elsa trekt haar Griffoendorsjaal dichter om haar nek. Ze verstrooit de as van de wars over oma's graf, en daaroverheen strooit ze een dikke laag kaneelbroodkruimels.

Dan slaat ze haar armen stevig, heel stevig, om de grafsteen heen en fluistert: 'Tot ziens.'

Ze zal al hun verhalen vertellen. Ze loopt hand in hand met haar vader naar Audi en daar begint ze meteen met vertellen. Haar vader luistert. Hij zet het geluid van de stereo al zacht voordat Elsa is ingestapt. Elsa bestudeert hem zorgvuldig.

'Vond je het erg dat ik George knuffelde in het ziekenhuis gisteren?' vraagt ze.

'Nee,' antwoordt haar vader.

'Want ik wil niet dat je daar verdrietig van wordt,' zegt Elsa.

'Ik word niet verdrietig,' zegt haar vader.

'Niet eens een klein beetje?' vraagt Elsa beledigd.

'Zou dat wel terecht zijn?' vraagt haar vader weifelend.

'Je mag best een beetje verdrietig zijn,' mompelt Elsa.

'Ik ben een beetje verdrietig,' probeert haar vader en hij kijkt ook echt een beetje sip.

'Dat is weer té,' zegt Elsa.

'Sorry,' zegt haar vader en hij begint een tikje gestrest te klinken.

'Je moet niet zo verdrietig zijn dat ik me schuldig ga voelen. Alleen zo verdrietig dat ik het gevoel krijg dat het je iets kan schelen!' legt Elsa uit.

'Ik ben zo verdrietig,' zegt haar vader.

'Nu kijk je helemaal niet verdrietig!'

'Misschien ben ik verdrietig vanbinnen?'

Elsa taxeert hem uiterst zorgvuldig, waarna ze uiteindelijk toegeeft: 'Deal.'

Papa knikt weifelend en weet zichzelf ervan te weerhouden op te merken dat ze geen Engelse woorden moet gebruiken wanneer er in de eigen taal uitstekende alternatieven voorhanden zijn. Audi rijdt de snelweg op. Elsa doet het dashboardkastje open en dicht.

'Hij is best oké. George dus.'

'Ja,' zegt papa.

'Ik weet dat je dat niet meent,' protesteert Elsa.

'George is oké,' zegt haar vader en hij knikt alsof hij het meent.

'Waarom vieren we dan nooit samen kerst?' mompelt Elsa geërgerd.

'Hoe bedoel je?'

'Ik dacht dat jij en Lisette niet bij ons kwamen met kerst omdat je George niet mag.'

'Ik heb niets tegen George, helemaal niet.'

'Maar?'

'Maar?'

'Er komt toch een maar? Het klinkt alsof er een maar komt,' mompelt Elsa.

Papa zucht.

'Maar... George en ik zijn heel anders wat betreft onze... persoonlijkheid, zeg maar. Hij is heel...'

'Gezellig?'

Papa kijkt weer gestrest.

'Ik wilde zeggen dat hij heel extravert overkomt.'

'En jij bent uiterst introvert?'

Papa frunnikt weifelend aan het stuur.

'Waarom zou het niet aan je moeder kunnen liggen?' probeert hij.

'Huh?' zegt Elsa.

'Waarom zou het niet kunnen komen doordat jouw moeder Lisette niet aardig vindt en dat we daarom met kerst niet bij jullie komen?'

'Is dat zo?'

Papa zucht.

'Nee.'

'Iedereen vindt Lisette aardig,' stelt Elsa hem op de hoogte.

'Daar ben ik me van bewust,' zegt papa met een moedeloze zucht, zoals je doet over een bijzonder irritant trekje van iemand met wie je samenwoont.

Elsa kijkt hem een hele poos aan voordat ze vraagt: 'Houdt Lisette daarom van je? Omdat je zo introvert bent?'

Elsa's vader glimlacht.

'Ik weet niet waarom ze van me houdt, als ik heel eerlijk tegen je moet zijn.'

'Hou je van haar?' vraagt Elsa.

'Ontzettend veel,' antwoordt hij zonder aarzelen.

Maar dan kijkt hij meteen toch weer aarzelig.

'Ga je nu vragen waarom de liefde van je moeder en mij over is gegaan?'

'Ik wilde vragen hoe die was begonnen.'

'Hadden we zo'n slecht huwelijk volgens jou?'

Elsa haalt haar schouders op.

'Nou, dus, jullie waren gewoon heel verschillend. Zij houdt niet van Apple. En jij houdt niet van *Star Wars*.'

'Er zijn vast een heleboel mensen die niet van *Star Wars* houden.'

'Papa, je bent de énige die niet van *Star Wars* houdt!'

Haar vader knikt berustend.

'Lisette en ik zijn ook heel verschillend.'

'Houdt ze van *Star Wars*?'

'Ik moet toegeven dat ik dat nog nooit heb gevraagd.'

'Hoe kun je dat nou niet vragen?'

Papa's duimen wrijven besluiteloos over het stuur.

'We verschillen in andere opzichten. Dat weet ik bijna zeker.'

'Waarom zijn jullie dan bij elkaar?'

'Omdat we elkaar nemen zoals we zijn, misschien.'

'En jij en mama probeerden elkaar te veranderen?'

Hij geeft een zoen op haar voorhoofd.

'Ik word er soms bang van als ik zie hoe slim je bent, schat.'

Elsa knippert stevig met haar ogen. Ze haalt diep adem, neemt een aanloopje en fluistert: 'Dat sms'je van mama dat je hebt gekregen op de laatste schooldag voor de kerstvakantie over dat je mij niet hoefde op te halen. Dat heb ik gestuurd. Ik heb gelogen, want dan kon ik een van oma's brieven gaan bezorgen...'

'Dat had ik begrepen,' zegt papa. Hij knikt en gaat met zijn vingers zachtjes door haar haar.

Elsa tuurt hem achterdochtig aan. Hij glimlacht.

'Er zaten geen spelfouten in. Dus toen had ik het door.'

Het sneeuwt nog steeds. Het is zo'n sprookjeswinter waarin het voortdurend lijkt te sneeuwen. Wanneer Audi voor mama's huis stopt, draait Elsa zich ernstig om naar haar vader.

'Ik wil vaker dan om het weekend bij Lisette en jou logeren. Ook als jullie dat niet willen.'

'Maar... schat... ik... je mag zo vaak bij ons logeren als je maar wilt,' stamelt papa berouwvol.

'Niet waar. Om de twee weken maar. Ik snap wel dat het is omdat ik anders ben en jullie "harmonieuze gezinsleven" in de war stuur. Maar mama en George hebben nu Halfje. En mama kan niet aldoor alles doen, want niemand kan aldoor perfect zijn. Zelfs mama niet!'

'Ons... "harmonieuze gezinsleven"... Hoe kom je daarbij?' vraagt papa.

'Ik lees dingen,' zegt Elsa.

Papa zucht zoals mensen altijd doen die met hun kind over een echtscheiding praten, ongeacht hoeveel tijd er verstreken is. Hij zucht alsof hij bijna geen lucht meer in zijn longen heeft.

'We wilden jou niet uit de flat weghalen,' fluistert hij.

'Wilde je me niet bij mama weghalen?' vraagt ze.

'We wilden jou geen van beiden bij je oma weghalen,' antwoordt hij.

De laatste woorden verdwijnen spoorloos in de lucht tussen hen in. De sneeuwvlokken vallen in zo'n dichte massa tegen de voorruit van Audi dat ze wel een gordijn voor een ventilator lijken.

Elsa houdt haar vaders hand vast. Hij knijpt steviger in de hare.

'Het is voor ouders moeilijk te accepteren dat je je kind niet overal voor kunt behoeden.'

'Dat is voor een kind ook moeilijk te accepteren,' antwoordt Elsa en ze aait hem over zijn wang.

Hij laat zijn vingers waar ze zijn.

'Ik ben nogal ambivalent en ik weet dat ik daardoor een slechte vader ben. Ik ben bang dat ik me voorstelde dat ik mijn leven en mezelf beter op orde zou hebben voordat jij langere periodes bij ons zou komen wonen. Ik dacht dat ik daarbij jouw belang in het oog hield. Dat doe je als ouder, je maakt jezelf wijs dat je het allemaal voor je kind doet. Het is te pijnlijk voor ons om toe te geven dat kinderen niet wachten met groot worden alleen omdat hun ouders het ergens anders druk mee hebben...'

Zijn oogleden gaan snel dicht. En langzaam open. Elsa's voorhoofd rust op zijn hand wanneer ze fluistert: 'Je hoeft geen perfecte vader te zijn, papa. Maar je moet wel mijn vader zijn. En je kunt niet alles aan mama overlaten, alleen omdat ze toevallig een superheld is.'

Papa verbergt zijn neus in haar haar.

'We wilden alleen niet dat je zo'n kind zou worden dat twee huizen heeft, maar zich in beide een bezoeker voelt,' zegt hij.

'Wie heeft jullie op dat idee gebracht?' snuift Elsa.

'Wij lezen dingen,' fluistert Elsa's vader.

'Met al jullie slimheid zijn jij en mama soms behoorlijk niet slim,' constateert Elsa en dan zegt ze grijnzend: 'Maar maak je geen zorgen over hoe het zal zijn om mij in huis te hebben, papa. Ik beloof dat we iets saais kunnen doen!'

Papa knikt en probeert niet radeloos te kijken wanneer Elsa tegen hem zegt dat ze vandaag haar verjaardag bij hem en Lisette gaan vieren, want mama en George en Halfje zijn nog in het ziekenhuis. En papa probeert niet gestrest te kijken wanneer Elsa zegt dat ze Lisette al heeft gebeld en alles heeft geregeld. Maar hij ziet er iets geruster uit wanneer Elsa tegen hem zegt dat hij alle invitatiekaarten mag maken. Want dan begint haar vader meteen over een geschikt lettertype na te denken en lettertypes hebben een heel rustgevend effect op haar vader.

'Ze moeten vanmiddag klaar zijn!' zegt Elsa. Haar vader belooft dat dat in orde komt.

Half maart zijn ze klaar. Maar dat is een ander verhaal.

Elsa wil uitstappen. Maar dan bedenkt ze dat nu haar vader toch iets aarzeliger en gestrester is dan normaal, hij misschien zal opknappen als hij een poosje naar die oerslechte muziek van hem mag luisteren. Dus ze zet het geluid van Audi's stereo harder. Maar er komt geen muziek uit, en het duurt zeker twee of drie bladzijden voordat het tot Elsa doordringt.

'Dit is het laatste hoofdstuk van *Harry Potter en de Steen der Wijzen*,' weet ze ten slotte uit te brengen.

'Het is een luisterboek,' geeft papa schuchter toe.

Elsa staart naar de stereo. Haar vader houdt zijn handen geconcentreerd op het stuur, ook al staat Audi stil.

'Toen je klein was, lazen we altijd samen. Ik wist altijd van elk boek in welk hoofdstuk we waren. Maar je leest nu zo snel. Ik begrijp niet meer alles wat je mooi vindt. Harry Potter betekent blijkbaar erg veel voor je en ik wil dingen begrijpen die veel voor jou betekenen,' zegt hij met rode wangen tegen de claxon.

Elsa blijft zitten en zegt niets. Haar vader kucht.

'Het is eigenlijk jammer dat je tegenwoordig zo goed met Britt-

Marie kunt opschieten, want toen ik naar dit boek luisterde, kwam ik op het idee dat ik haar op een geschikt moment Zij-Die-Niet-Genoemd-Mag-Worden zou kunnen noemen. Daar had je vast om moeten lachen...'

Dat is echt wel jammer, vindt Elsa. Want het is het grappigste wat haar vader ooit heeft gezegd. En haar vader leeft er als het ware helemaal van op, hij wijst opgetogen naar de stereo, terwijl hij helemaal niet iemand is om waar dan ook naar te wijzen, en zegt: 'Er is een film gemaakt over Harry Potter, wist je dat?'

Elsa geeft hem een medelijdende aai over zijn wang.

'Papa. Ik hou heus van je. Maar woon je onder een steen of zo?'

'Wist je dat al?' vraagt haar vader enigszins verbaasd.

'Dat weet iedereen, papa.'

Papa knikt. Maar hij kijkt niet gestrest. Bijna kalm, feitelijk.

'Ik zie niet zoveel films. Maar misschien kunnen we die Harry Potterfilm een keer gaan zien met z'n tweeën? Is het een lange?'

'Er zijn zeven boeken, papa. En acht films,' zegt Elsa voorzichtig.

En dan kijkt haar vader weer heel erg gestrest.

Elsa geeft hem een knuffel en stapt uit Audi. De zon stuitert op de sneeuw. Alf glijdt rond op zijn versleten schoenzolen en houdt een sneeuwschep in zijn knuist. Elsa denkt aan de traditie in Bijna-Wakkerland om cadeaus te geven op je verjaardag, en ze bedenkt dat Alf volgend jaar een paar schoenen van haar krijgt. Dit jaar niet, want dit jaar krijgt hij een schroevendraaier.

Britt-Maries deur staat open. Ze draagt het gebloemde colbertje. En de broche. Elsa ziet in de spiegel dat ze in de slaapkamer het bed aan het opmaken is. Er staan twee koffers bij de drempel. Britt-Marie trekt een laatste plooi in de sprei recht, zucht diep, draait zich om en stapt de hal in.

Ze kijkt naar Elsa en Elsa kijkt naar haar en ze weten geen van beiden wat ze moeten zeggen, totdat ze allebei precies tegelijk door elkaar heen roepen: 'Ik heb een brief voor je!'

En dan zegt Elsa: 'Huh?' En Britt-Marie zegt: 'Hoe kan dat nou?', precies gelijktijdig. En dan is de stemming een tikje verward.

'Ik heb een brief voor je, van oma! Die zat met plakband vast op de vloer onder de kinderwagen!' zegt Elsa.

'Zo, zo. Nou, nou. Maar ik heb ook een brief voor jou. Die zat in het pluizenfilter van de droogtrommel in de wasruimte,' zegt Britt-Marie.

Elsa houdt haar hoofd schuin en kijkt naar de koffers.

'Ga je op reis?'

Britt-Marie vouwt haar handen een tikje nerveus voor haar buik. Het lijkt alsof ze iets onzichtbaars van de mouw van Elsa's jack wil vegen.

'Ja.'

'Waarheen dan?' vraagt Elsa.

'Dat weet ik niet,' geeft Britt-Marie toe.

'Wat deed je in de wasruimte?' vraagt Elsa.

Britt-Marie zet een zuinig gezicht.

'Je kunt niet zomaar op reis gaan zonder eerst de bedden op te maken en het pluizenfilter van de wasdroger leeg te maken, Elsa. Dat kan echt niet. Stel je voor dat mij iets overkomt terwijl ik weg ben? Ik wil niet hebben dat mensen denken dat ik een soort barbaar was die de bedden niet opmaakte, dat wil ik echt niet!'

Elsa grijnst. Britt-Marie grijnst niet, maar Elsa denkt dat ze dat misschien vanbinnen wel doet.

'Dat zingen telkens wanneer de alcoholverslaafde 's nachts in het trappenhuis stond te schreeuwen, dat was jij, hè? Jij zong voor haar.'

'Pardon?' roept Britt-Marie uit.

Elsa haalt haar schouders op.

'Telkens wanneer de alcoholverslaafde in het trappenhuis was, hoorde ik dat lied, en dan kwam de alcoholverslaafde helemaal tot rust en ging slapen. En jouw moeder was zanglerares. En ik denk niet dat een drankverslaafde zo mooi kan zingen. Dus ik heb er even over nagedacht en ik ben natuurlijk niet gek.'

Britt-Marie vouwt haar handen iets steviger. Ze wrijft nerveus met haar vinger over de witte streep waar haar trouwring heeft gezeten.

'Je kunt aangeschoten verenigingsleden 's nachts niet in het trappenhuis laten rondspoken, Elsa. Dat is niet beschaafd. En wanneer ik David en Pernilla vroeger naar bed bracht, wilden ze altijd graag dat ik dat liedje zong. Nu weten ze dat natuurlijk niet meer, maar ze vonden het altijd heel fijn als ik zong, dat vonden ze echt.'

'Je bent niet helemaal een klojo, Britt-Marie,' zegt Elsa glimlachend.

'Dank je,' zegt Britt-Marie onzeker, alsof het een instinker is.

En dan wisselen ze hun brieven uit. Er staat 'ELSA' op Elsa's brief en 'DE SEURPIET' op de brief aan Britt-Marie. Britt-Marie leest haar brief hardop voor aan Elsa, zonder dat Elsa erom hoeft te vragen. Dat is een sterk punt van Britt-Marie.

Het is uiteraard een vrij lange brief. Er waren een boel dingen waarvan oma tegen de mensen in het algemeen moest zeggen dat het haar speet, en de mensen in het algemeen hadden door de jaren heen bij lange na niet zoveel redenen gekregen voor een verontschuldiging als Britt-Marie. Het spijt haar van die sneeuwpop. Het spijt haar van het dekenpluis in de wasdroger. Het spijt oma dat ze met het paintballgeweer op Britt-Marie heeft geschoten toen ze het net had gekocht en het wilde 'uittesten' vanaf haar balkon. Daarbij raakte ze kennelijk Britt-Maries achterste en Britt-Marie had haar mooiste rok aan, en je kunt een vlek echt niet met een broche verbergen als die op je achterste zit. Want een broche op je achterwerk is echt niet beschaafd. Oma schrijft dat ze dat nu begrijpt.

Maar de grootste verontschuldiging komt aan het eind van de brief, en wanneer Britt-Marie dat wil voorlezen blijven de woorden in haar keel steken, zodat Elsa naar voren moet leunen om het zelf te lezen.

> *Het spijt me dat ik noit tegen je heb gezegt dat je veel beter verdiend dan Kent! Want dat is zo! Ook al ben je een seurpiet!*

Britt-Marie vouwt de brief zorgvuldig op met de randen precies op elkaar. Ze kijkt Elsa aan en probeert te glimlachen als een normaal mens.

'Ze was niet bepaald een kei in spellen, die oma van je, dat niet.'

'Ze bakte er helemaal niets van,' antwoordt Elsa.

En dan slaagt Britt-Marie er feitelijk in bijna helemaal als een gewoon mens te glimlachen. Elsa geeft een klopje op haar arm.

'Oma wist dat jij de kruiswoordpuzzel in het trappenhuis zou oplossen.'

Britt-Marie frunnikt verlegen aan oma's brief.

'Hoe wist je dat ik dat was?'

'De puzzel was met potlood ingevuld. Oma zei altijd dat jij zo'n bangerik bent die alle bedden opmaakt voor je op vakantie gaat en niet eens een kruiswoordpuzzel met pen kan invullen als je niet eerst twee glazen wijn op hebt. En ik heb je nog nooit wijn zien drinken.'

Britt-Marie klopt onzichtbare kruimels van oma's brief en antwoordt onbedwingbaar: 'Je moet het wel kunnen uitgummen. We zijn geen barbaren.'

'Nee, dat zijn we niet. Dat zijn we echt niet,' zegt Elsa met een grijns.

En dan wijst ze naar de envelop in Britt-Maries hand. Er zit nog iets in. Iets wat rammelt. Britt-Marie vouwt hem open, brengt haar hoofd naar de rand en kijkt in de envelop alsof ze ervan uitgaat dat oma zelf er met een brul uit zal springen: 'HOEAAAAAH!'

Dan steekt ze haar hand erin en haalt oma's autosleutels eruit.

Elsa en Alf helpen haar met de koffers. Renault start bij de eerste poging. Britt-Marie slaakt de diepste zucht die Elsa ooit iemand heeft horen slaken. Elsa steekt haar hoofd om de hoek van het portier en gilt boven het geronk van de motor uit: 'Ik ben dol op lolly's en stripbladen!'

Britt-Marie lijkt iets terug te willen zeggen, maar de brok in haar keel is te groot. Dus Elsa grijnst, haalt haar schouders op en voegt eraan toe: ‘Ik zeg het maar even. Voor het geval je er een keer een paar overhebt.’

Britt-Marie knippert het vocht weg en klopt iets van haar gebloemde colbertje. Elsa sluit het portier. En dan rijdt Britt-Marie weg. Ze weet niet waarheen. Maar ze zal de wereld zien en de wind in haar haren voelen. En ze zal al haar kruiswoordpuzzels met pen oplossen.

Maar dat is, net als in alle sprookjes, een heel ander verhaal.

Alf staat haar nog na te kijken in de garage, nadat ze allang uit het zicht is verdwenen. Hij is die hele avond bezig met sneeuwruimen en ook het grootste deel van de volgende ochtend.

Elsa zit in oma’s kast. Die ruikt naar oma. De hele flat ruikt naar oma. Er is iets heel bijzonders aan de hand met het huis van een oma; ook na tien, twintig of dertig jaar weet je nog precies hoe het ruikt. En de envelop met oma’s allerlaatste brief ruikt net als de flat. Naar tabak, aap, koffie, bier, lelies, schoonmaakmiddel, leer, rubber, zeep, alcohol, proteïnereep, pepermunt, wijn, snus, zaagsel, stof, kaneelbroodjes, rook, cakebeslag, kledingzaak, kaarsvet, O’boy, vaatdoekjes, dromen, spar, pizza, glühwein, aardappels, schuimpjes, parfum, pindakaastaart, ijs en baby. Hij ruikt naar oma. Hij ruikt naar al het beste aan iemand die op de allerbeste manier gek was.

Elsa’s naam staat met bijna keurige letters op de envelop geschreven en het is duidelijk dat oma echt haar best heeft gedaan om geen spelfouten te maken. Dat is niet heel erg geweldig goed gelukt.

De eerste zeven woorden van de brief zijn: Het spijt me dat ik moet sterfen.

En dit is de dag waarop Elsa het haar oma vergeeft.

Epiloog

(Wie niet weet wat 'epiloog' betekent, kan daarover lezen op Wikipedia)

Vor ridder Elsa.
Het spijt me dat ik moet sterfen. Het spijt me dat ik oud ben geworden. Het spijt me dat ik je in de steek heb gelaten en het spijt me van die verdomde kanker. Het spijt me dat ik soms meer wel dan niet een klojo was. Ik hou 10 000 sprookjeseewigheden van je. Vertel alle sprookjes aan Halfje! En besgerm het kasteel! Besgerm je vrienden want die zulen jou besgermen. Het kasteel is nu van jou. Niemand is moediger, slimmer en sterker als jou. Jij bent de beste van ons allemaal. Wordt groot en wees apart en laat niemand tegen je zeggen dat je niet apart moet zijn, want alle superhelden zijn apart! En als ze je pesten, geef je ze een knietje! Leef, lach en droom en neem niewe sprookjes mee naar Mjama. Daar wacht ik. En opa misschien ook. Jost mag het weten. Maar dit wordt het grootste aventuur. Het spijt me dat ik gek was. Ik hou van je. Snotverdorie nog aan toe wat hou ik van je!

Oma kon echt niet spellen, ze bakte er helemaal niets van.

Epilogen in sprookjes zijn moeilijk. Dat is nou eenmaal zo. Want het is natuurlijk de bedoeling dat een epiloog alle antwoorden geeft, maar als degene die het sprookje vertelt tekortschiet als verteller of misschien bijvoorbeeld een beetje moe is of trek heeft, dan kan de epiloog juist aanleiding geven tot een heleboel vragen. Want aan de ene kant kun je waarschijnlijk zeggen dat alles wat er met de mensen gebeurt in dit sprookje heel ingewikkeld is, maar aan de andere kant kun je waarschijnlijk zeggen dat dat helemaal niet zo is. Want het leven is heel ingewikkeld en tegelijkertijd heel simpel. Daarom zijn er Facebookstatussen.

Elsa viert haar achtste verjaardag bij haar vader en Lisette. Haar vader drinkt drie glazen glühwein en doet de sparrendans. Of, nou ja, 'dans'. Lisette en Elsa kijken naar *Star Wars*. Lisette kent alle dialogen uit haar hoofd. De jongen met syndroom en zijn moeder zijn er en ze lachen veel, want zo overwin je angsten. Maud bakt koekjes, Alf heeft een slecht humeur en Lennart geeft Lisette en Elsa's vader een nieuw koffiezetapparaat. Want het is Lennart opgevallen dat het koffiezetapparaat van Lisette en papa heel veel knoppen heeft, en dat van Lennart is beter omdat het maar één knop heeft. Elsa's vader lijkt er echt heel blij mee te zijn.

En het wordt beter. Het komt goed.

Harry wordt gedoopt in een kapelletje op het kerkhof waar oma en de wars begraven zijn. Elsa's moeder wil de deuren per se openhouden, ook al vriest het buiten. Want dan kan iedereen het zien.

'En hoe gaat het jongetje heten?' vraagt de dominee, die ook accountant, notaris en dokter is, en daarnaast, zo is gebleken, ook nog bijklust als bibliothecaris.

'Harry,' zegt Elsa's moeder.

De dominee knikt en geeft Elsa een knipoog.

'En krijgt het kind peetouders?'

Elsa snuift hard.

'Hij heeft geen peetouders nodig. Hij heeft een grote zus!'

En ze weet dat mensen in de echte wereld dat soort dingen niet begrijpen. Maar in Miama krijg je geen peter of meter wanneer je wordt geboren, je krijgt een snaak. Na de ouders van het kind en de oma, en een paar anderen die Elsa's oma niet zo belangrijk vond toen ze dat verhaal voor het eerst aan Elsa vertelde, is de snaak de belangrijkste persoon in het leven van een Miamees kind. En een snaak wordt natuurlijk niet door de ouders aangewezen; het is een te belangrijke benoeming om aan zo'n stelletje prutsers over te laten – nee, dat doet het kind zelf. Dus wanneer er in Miama een kind wordt geboren, komen alle vrienden van de familie bij het bedje staan, vertellen verhalen, trekken rare bekken, dansen, zingen en vertellen grappen, en de eerste die het kind aan het lachen krijgt, dat is de snaak. In Miama wordt een kinderlach als onfeilbaar gezien, en het is de persoonlijke verantwoordelijkheid van de snaak om ervoor te zorgen dat het kind zo vaak en zo hard mogelijk lacht, en in zoveel mogelijk situaties die voor de ouders van het kind pijnlijk kunnen zijn. Dat is een opdracht die altijd zeer serieus wordt genomen.

Elsa weet natuurlijk dat iedereen haar zal proberen wijs te maken dat Harry te klein is om te begrijpen dat hij een grote zus heeft. Maar wanneer ze naar hem in haar armen kijkt, weten zij en hij allebei verdomd goed dat hij dan voor het eerst lacht.

Ze gaan terug naar de flat, en de bewoners ervan leiden hun eigen leven. Eén keer in de veertien dagen stapt Alf in Taxi en brengt Maud en Lennart naar een groot gebouw waar ze in een klein kamertje mogen zitten en heel lang mogen wachten. Wanneer Sam door een kleine deur naar binnen komt met twee grote bewaarders, haalt Lennart koffie tevoorschijn en Maud koekjes. Want koekjes zijn essentieel.

En er zijn vast een heleboel mensen die vinden dat Maud en Lennart dat niet zouden moeten doen. Dat ze daar niet zouden moeten zijn. Mensen die vinden dat types zoals Sam niet eens zouden mogen leven, en al helemaal geen koekjes zouden mogen eten. En die mensen zullen vast wel gelijk hebben. En ze hebben vast ook ongelijk. Dat valt niet heel makkelijk te bepalen. Maar Maud zegt dat ze op de eerste plaats oma is, op de tweede plaats schoonmoeder en op de derde plaats moeder, en dat oma's, schoonmoeders en moeders dit nou eenmaal doen. Ze vechten voor wat goed is. En Lennart drinkt koffie en is het met haar eens, en wanneer Samantha in de kamer is, noemt hij koffie nog steeds een 'grotemensendrankje'. En Maud bakt dromen, want wanneer de duisternis zo groot is dat je er niet meer tegen kunt en te veel dingen zo kapot zijn dat je ze niet meer kunt repareren, dan weet Maud echt niet wat voor wapen je zou moeten gebruiken als het de dromen niet zijn.

Dus dat doet ze. Eén dag tegelijk. Eén droom tegelijk. En dat kun je goed vinden en je kunt het fout vinden. In beide gevallen zul je vast wel gelijk hebben. Want het leven is zowel ingewikkeld als simpel.

Daarom zijn er koekjes.

Op oudejaarsavond keert Wolvenhart terug naar de flat. De politie heeft besloten dat het zelfverdediging was, ook al weet iedereen dat hij niet zichzelf verdedigde. Misschien is dat ook zowel goed als fout.

Hij blijft in zijn appartement wonen. De vrouw in de spijkerbroek woont nog in haar appartement. En ze doen wat ze kunnen, zo goed ze dat kunnen. Ze doen hun best om met zichzelf te leren leven, proberen te leven in plaats van puur te bestaan. Ze gaan naar bijeenkomsten. Ze vertellen hun verhaal. Want anders stik je. En niemand weet of dat de manier is om alles te repareren wat kapot is in hen, maar het is in ieder geval een manier. Ze eten elke zondag bij Elsa, Harry, mama en George. Met alle bewoners samen. Soms komt de agente met de groene ogen ook. Ze kan verrassend goed verhalen vertellen. De jongen met syndroom praat nog steeds niet, maar hij leert hen allemaal hoe je heel wonderbaarlijk moet dansen.

Op een ochtend wordt Alf wakker omdat hij dorst heeft. Hij staat op, drinkt koffie en wil net weer teruggaan naar bed wanneer er wordt aangeklopt. Hij doet open. Neemt een grote slok koffie. Hij kijkt zijn broer een hele poos aan. Kent steunt op een kruk en kijkt hem ook aan.

'Ik ben een grote idioot geweest,' mompelt Kent.

'Ja,' mompelt Alf.

Kents vingers sluiten zich steviger om de kruk.

'De zaak is een halfjaar geleden failliet gegaan.'

Ze staan daar in sobere stilte met de conflicten van een heel leven tussen hen in. Zoals dat gaat met broers.

'Wil je nog koffie of niet?' gromt Alf dan.

'Als je hebt,' gromt Kent.

En dan drinken ze koffie. Zoals broers dat doen. Ze zitten in Alfs keuken en vergelijken ansichtkaarten van Britt-Marie. Want ze schrijft hun allebei wekelijks. Dat doen vrouwen zoals Britt-Marie.

Alle flatbewoners vergaderen nog steeds één keer per maand in de gemeenschapsruimte op de begane grond. Ze harrewarren nog steeds elke keer. Want het is een gewone flat. Al met al. En oma en Elsa hadden het allebei niet anders gewild.

De kerstvakantie is voorbij en Elsa gaat weer naar school. Ze trekt de veters van haar sportschoenen stevig aan en trekt de schouderriemen van haar rugzak zorgvuldig strak, zoals kinderen als Elsa dat doen wanneer na de kerstvakantie de school weer begint. Maar Alex komt die dag bij haar in de klas, en Alex is ook anders. Ze worden onmiddellijk beste vrienden, zo onmiddellijk als dat alleen op je achtste kan, en ze rennen niet meer. Wanneer ze dat semester voor het eerst bij de directeur moeten komen, heeft Elsa een blauwe plek en Alex heeft schrammen in zijn gezicht. Wanneer de directeur zuchtend tegen Alex' moeder zegt dat Alex echt moet proberen zich aan te passen, probeert Alex' moeder de wereldbol naar hem te gooien. Maar Elsa's moeder is haar voor.

Dat vindt Elsa geweldig van haar en dat zal ze altijd blijven vinden.

Er gaan een paar dagen voorbij. Misschien een paar weken. Maar een voor een beginnen andere aparte kinderen met Alex en Elsa mee te doen op het schoolplein en in de gangen. Totdat ze met zoveel zijn dat niemand hen meer durft op te jagen. Totdat ze een eigen leger zijn. Want als genoeg mensen apart zijn, hoeft niemand normaal te zijn.

Na de zomer komt de jongen met syndroom in de eerste klas. Wanneer er een gemaskerde disco is, komt hij verkleed als prinses. Een groep oudere jongens lacht hem net zo lang uit tot hij moet huilen. Elsa en Alex zien het. Ze nemen hem mee naar het parkeerterrein en Elsa belt haar vader. Hij komt met een tas vol nieuwe kleren.

Wanneer ze weer naar binnen gaan, zijn Elsa en Alex ook verkleed als prinsessen. Spider-Manprinsessen.

En daarna zijn ze de superhelden van de jongen.

Want alle kinderen van zeven verdienen een superheld.

En wie het daar niet mee eens is, is echt niet goed snik.

Dankwoord van de schrijver

Neda. Alles nog steeds om jou aan het lachen te krijgen. Vergeet dat nooit. (Sorry van de natte handdoeken op de vloer van de badkamer.) *Asheghetam.*

Mijn oma van moederskant. Die voor geen spatje gek is, maar wel altijd de lekkerste koekjes bakt die een kind van zeven zich maar kan wensen.

Mijn oma van vaderskant. Die altijd het meest van iedereen in mij heeft geloofd.

Mijn zus. Die sterker is dan leeuwen.

Mijn moeder. Die me heeft leren lezen.

Astrid Lindgren. Die me van lezen heeft leren houden.

Alle bibliothecarissen uit mijn jeugd. Die een jongen met hoogtevrees zagen en hem vleugels leenden.

Dank ook aan

Mijn Obi-Wan, Niklas Natt och Dag. Mijn redacteur John Häggblom. Mijn agent Jonas Axelsson. Het speciale Vanja Vinter-taalteam. Fredrik Söderlund (omdat ik Numeteen mocht lenen). Johan Zillén (die het als eerste van iedereen doorhad). Kersti Forsberg (omdat je iemand een keer een kans hebt gegeven). Nils Olsson (voor twee wonderbaarlijk mooie omslagen). Iedereen die betrokken is geweest bij zowel dit boek als *Een man die Ove heet* bij Forum, Månpocket, Bonnier Audio, Bonnier Agency, Tre Vänner en Partners in Stories. Bij voorbaat een extra bedankje aan het adres van de betweters die zullen wijzen op de grammaticale fouten in de namen van de zeven koninkrijken (tempushighfive).

En bovenal dank aan

De lezer. Zonder wiens hoogst dubieuze oordeel ik naar alle waarschijnlijkheid een echte baan zou moeten zoeken.

Op 3 september 2020 verschijnt de nieuwe Backman, *Angstige mensen*. Lees hier alvast de eerste hoofdstukken!

1

Een bankoverval. Een gijzeldrama. Een pistoolschot. Een portiek vol met politiemensen die op het punt staan een appartement te bestormen. Het was gemakkelijk om hier terecht te komen. Veel gemakkelijker dan je misschien denkt. Er was niet méér voor nodig dan een heel, heel slecht idee.

Dit is een verhaal over veel dingen, maar vooral over idioten. Daarom moet nu meteen worden gezegd dat het altijd heel gemakkelijk is om andere mensen voor idioot uit te maken, maar alleen als je vergeet dat het bijna altijd idioot moeilijk is om mens te zijn. Vooral als je andere mensen hebt voor wie je een enigszins goed mens probeert te zijn.

Want het is zo onbegrijpelijk veel wat ieder mens geacht wordt klaar te spelen tegenwoordig. Je moet een baan hebben en een plek om te wonen en een gezin, je moet belasting betalen, schoon ondergoed dragen en het wachtwoord van je wifi onthouden. Sommigen van ons lukt het nooit om controle te krijgen over de chaos, dus ons leven gaat maar door, de aarde raast met twee miljoen kilometer per uur door de ruimte en we schuiven paniekerig rond over het oppervlak als kwijtgeraakte sokken. Ons hart is een zeepje dat uit onze handen glibbert zodra we een seconde ontspannen, het vliegt weg en wordt verliefd en gebroken, dat doet maar. We hebben geen controle. Dus we leren net te doen alsof, de hele tijd, in ons werk en ons huwelijk, met onze kinderen en al het andere. We doen net of we normaal zijn, een goede algemene ontwikkeling hebben, dat we begrijpen wat 'aflossingsniveau' en 'inflatietempo' betekenen. Dat we weten hoe seks werkt. De waarheid is dat we evenveel van seks weten als van USB-kabeltjes en bij die ondingen hebben we telkens vier pogingen nodig. (Verkeerd om, verkeerd om, verkeerd om, nu zit hij!) We doen net of we goede ouders zijn, terwijl we in feite de kinderen alleen voedsel en kleding geven, en een uitbrander als ze kauwgom in hun mond stoppen die ze op de grond hebben gevonden. We hadden ooit aquariumvissen en ze gingen allemaal dood, en we weten in feite geen fluit meer van kinderen dan van aquariumvissen, dus deze verantwoordelijkheid jaagt ons elke ochtend de schrik om het hart. We hebben geen plan, we proberen gewoon de dag door te komen, want morgen komt er weer een.

Soms hebben we pijn, vreselijke pijn, om geen andere reden dan dat onze huid niet aanvoelt als die van onszelf. Soms raken we in paniek, omdat de rekeningen betaald moeten worden, en we volwassen moeten zijn en niet weten hoe, want het is zo ontzettend verschrikkelijk simpel om te falen in volwassen zijn.

Eén heel, heel slecht idee. Meer is er niet voor nodig.

Op een ochtend ging bijvoorbeeld een negenendertigjarige van huis met een pistool en dat was, achteraf gezien, echt verbluffend idioot. Want dit is dus een verhaal over een gijzeldrama, maar dat was niet de bedoeling. Ja, wel dat dit een verhaal zou worden, niet dat het een gijzeldrama zou worden. Het was de bedoeling dat het een bankoverval zou worden. Maar toen liep alles nogal in het honderd, want dat heb je soms zo met een bankoverval. Dus de negenendertigjarige overvaller vluchtte, maar zonder vluchtplan, en met vluchtplannen is het net als met wat de moeder van de overvaller altijd zei wanneer de overvaller als klein kind de ijsblokjes en de schijfjes citroen vergat en terug moest rennen: 'Wie zijn hoofd vergeet, moet zijn benen gebruiken!' (Hierbij moet worden vermeld dat de moeder van de overvaller toen ze overleed uit zoveel gin en tonic bestond, dat ze haar vanwege explosiegevaar niet durfden te cremeren, maar dat wil natuurlijk niet zeggen dat ze geen goede adviezen kon geven.) Dus na de bankoverval die geen bankoverval werd, kwam natuurlijk de politie, en toen rende de overvaller zo op topsnelheid het trottoir op, de straat over en door de eerste de beste deur naar binnen. Misschien is het een beetje cru om de overvaller alleen daarom ‘idioot’ te noemen, maar... Nou ja, je weet wel. Heel slim was het in ieder geval niet. De deur leidde namelijk naar een portiek, zonder andere uitgangen, dus de overvaller had geen andere optie dan naar boven te rennen.

Het is van belang om te weten dat deze overvaller een heel normale conditie had voor een negenendertigjarige. De overvaller was dus niet een van die grootstedelijke negenendertigjarigen die hun midlifecrisis bezweren met het kopen van peperdure fietsbroeken en badmutsen, omdat ze een zwart gat in hun ziel hebben dat Instagramfoto’s verslindt, maar eerder het soort negenendertigjarige dat dagelijks kaas en tarwebloem consumeert op een manier die in puur medisch opzicht meer als een roep om hulp dan als een dieet moet worden gecategoriseerd. De overvaller bereikte de bovenste verdieping dan ook met allerlei klieren wijd open en een ademhaling die je normaal gesproken alleen in verband brengt met het soort gezelschapsclub waar je pas naar binnen mag als je eerst door een luikje in de deur een geheim wachtwoord hebt gefluisterd. De kansen om aan de politie te ontkomen waren in die situatie dus, zacht uitgedrukt, verwaarloosbaar.

Maar toevallig draaide de overvaller zich op dat moment om en zag de deur van een appartement openstaan. Dat appartement stond namelijk te koop, het was open huis en binnen was het vol met aspirant-kopers. Daar strompelde de overvaller dus naar binnen, hijgend en door en door bezweet, met het pistool in de aanslag, en zo werd het een gijzeldrama.

En toen, ja, toen ging het zoals het ging. De politie omsingelde het gebouw, er doken journalisten op, het was op tv. Het duurde allemaal uren. Daarna gaf de overvaller het natuurlijk op. Er was geen andere optie. Dus alle acht gijzelaars, zeven geïnteresseerden en een makelaar, werden vrijgelaten. Een paar minuten later bestormde de politie het appartement. Maar toen was het leeg.

Niemand weet waar de overvaller is gebleven.

Meer hoef je van tevoren eigenlijk niet te weten. Nu begint het verhaal.

2

Tien jaar geleden stond er een man op een brug. Dit verhaal gaat niet over die man. Je hoeft nu dus niet aan hem te denken. Ja, nu krijg je hem natuurlijk niet uit je gedachten, het is net zoiets als zeggen 'niet aan koekjes denken', nu denk je aan koekjes. Niet aan koekjes denken!

Je hoeft alleen maar te weten dat er tien jaar geleden een man op een brug stond. Boven op de leuning, hoog boven het water, aan het eind van zijn leven. Denk er nu maar niet meer aan. Denk aan iets leukers.

Denk aan koekjes.

3

Het is de dag voor oudejaarsdag in een niet bijzonder grote stad. In een verhoorkamer op het politiebureau zitten een agent en een vastgoedmakelaar. De agent lijkt nauwelijks twintig jaar oud, maar is vermoedelijk ouder, de vastgoedmakelaar lijkt een eindje in de veertig, maar is vermoedelijk jonger. De agent draagt een iets te klein uniform, de makelaar een iets te groot jasje. De makelaar lijkt te wensen dat ze ergens anders was, de agent lijkt na de afgelopen vijftien minuten praten ook te wensen dat de makelaar ergens anders was. Als de makelaar nerveus lacht en aanstalten maakt om iets te zeggen, ademt de agent in en uit op een manier die het niet heel makkelijk maakt om te bepalen of hij zucht of zijn neus snuit.

'Geef gewoon antwoord op de vraag,' verzoekt hij.

De makelaar knikt opgewekt en roept uit: 'Alles goed?'

'Geef gewoon antwoord op de vraag, zei ik!' herhaalt de agent met een gelaatsuitdrukking die je vaak ziet bij volwassen mannen die in hun jeugd teleurgesteld zijn geraakt in het leven en daar nooit overheen zijn gekomen.

'Je vroeg hoe mijn makelaardij heet!' houdt de makelaar vol en ze trommelt verwachtingsvol met haar vingers op het tafelblad. Op zo'n manier dat de agent zin krijgt om dingen met scherpe hoekjes naar haar te gooien.

'Nee, dat vroeg ik niet, ik vroeg naar de dader die jou gegijzeld hield, samen met...'

'Die heet Alles Goed! Snap je? Want als je een appartement koopt, wil je dat alles eraan goed is, toch? Dus als ik de telefoon opneem zeg ik: 'Hallo, je spreekt met makelaardij Alles Goed! Alles goed?'

De makelaar heeft zojuist een traumatische gebeurtenis meegemaakt, ze is bedreigd met een pistool en gegijzeld, dat kan iedereen een beetje babbelig maken. De agent probeert geduld te hebben. Hij zet zijn duimen hard op zijn wenkbrauwen, alsof hij hoopt dat het twee knoppen zijn die, als hij ze tien seconden tegelijkertijd ingedrukt houdt, de wereld terug zullen zetten naar fabrieksinstellingen.

'O...ké. Maar nu moet ik je een paar vragen stellen over het appartement en de dader,' kreunt hij.

Het is voor hem ook een drukke dag geweest. Het politiebureau is klein, weinig middelen, maar er is niets mis met de competentie hier. Dat heeft hij meteen na het gijzeldrama proberen uit te leggen aan de chef van een chef van een chef, maar dat was natuurlijk zinloos. Ze gaan een speciale onderzoeksgroep sturen uit Stockholm om de hele zaak over te nemen. De chef beklemtoonde niet het woord 'onderzoeksgroep' maar het woord 'Stockholm' toen hij dat zei, alsof het een superkracht was om uit de hoofdstad te komen. Het is verdorie eerder een diagnose, denkt de agent. Zijn duimen blijven bij zijn wenkbrauwen, dit is zijn laatste kans om de chefs te laten zien dat hij deze klus zelf kan klaren, maar hoe doe je dat als je alleen maar getuigen zoals deze hier hebt.

'Okidok,' kwettert de makelaar, alsof dat een woord is.

De agent tuurt in zijn aantekeningen.

'Is het geen rare dag voor een open huis? De dag voor oudejaarsdag?'

De makelaar schudt haar hoofd en grijnst breed.

'Er zijn geen slechte dagen bij makelaardij Alles Goed!'

De agent haalt diep adem, een paar keer.

'Oké. We gaan verder. Toen je de dader zag, wat was toen je eerste reac...'

'Zei je niet dat je eerst vragen zou stellen over het appartement? Je zei "het appartement en de dader", dus ik dacht dat het appartement het eerste was waar...'

'Oké,' gromt de agent.

'Oké,' kwettert de makelaar.

'Wat betreft het appartement dan: ben je goed bekend met de indeling ervan?'

'Natuurlijk, ik ben toch de makelaar!' zegt de makelaar, maar ze slaagt erin zich te weerhouden van de toevoeging 'van makelaardij Alles Goed! Alles goed?' aangezien de agent al lijkt te wensen dat de munitie in zijn dienstwapen minder gemakkelijk te traceren zou zijn.

'Kun je het beschrijven?'

Het gezicht van de makelaar klaart op.

'Een droom! We hebben het hier over een unieke mogelijkheid om een exclusief appartement te verwerven in een rustige buurt, maar toch dicht bij het hart van de grote stad. Een open indeling! Een royale lichtinval!'

De agent kapt haar af.

'Ik bedoel of er een berging is, verborgen opslagruimte, dat soort dingen...'

'Hou je niet van een open indeling? Hou je van wanden? Er is niets mis met wanden!' antwoordt de makelaar bemoedigend, maar toch met een ondertoon alsof ze mensen die van wanden houden over één kam scheert met mensen die van grensmuren houden.

'Zijn er bijvoorbeeld kasten die niet...'

'Heb ik de royale lichtinval al genoemd?'

'Ja.'

'Wetenschappelijk onderzoek wijst uit dat we gelukkig worden van licht! Wist je dat?'

De agent kijkt alsof hij geen licht opgedrongen wil krijgen. Sommige mensen maken zelf wel uit hoe gelukkig ze willen zijn.

'Kunnen we bij het onderwerp blijven?'

'Okidok!'

'Zijn er ruimtes in het appartement die niet op de tekening staan?'

'En het is een ongelooflijk kindvriendelijke omgeving.'

'Wat heeft dat ermee te maken?'

'Ik wilde het alleen maar aanstippen. Alles Goed, weet je. Ongelooflijk kindvriendelijk. Of, nou ja... zeg maar, zonder dat gijzeldrama van vandaag dan. Maar afgezien daarvan: een heel kindvriendelijke buurt! En kinderen, weet je, die vinden politieauto's geweldig!'

De makelaar maait vrolijk met haar arm door de lucht en doet een politiesirene na.

'Volgens mij is dat het deuntje van de ijscoman,' merkt de agent op.

'Maar je snapt wat ik bedoel,' houdt de makelaar vol.

'Ik moet je verzoeken de vragen te beantwoorden.'

'Sorry. Wat waren de vragen ook weer?'

'Hoe groot is het appartement precies?'

De makelaar glimlacht verward.

'Ga je niet iets over de overvaller vragen? Ik dacht dat we het over de overval gingen hebben.'

De agent klemt zijn kaken zo stevig op elkaar dat het lijkt alsof hij door zijn teennagels probeert te ademen.

'Natuurlijk. Oké. Vertel over de dader. Wat was je eerste reactie toen...'

De makelaar valt hem enthousiast in de rede. 'De overvaller? Ja! De overvaller rende dus midden in de bezichtiging het appartement binnen en richtte een pistool op ons allemaal! Weet je hoe dat kwam?'

'Nee.'

'Door de open indeling! Anders had de overvaller nooit op ons allemaal tegelíjk kunnen richten.'

De agent masseert zijn wenkbrauwen.

'Oké, we proberen het anders: zijn er goede schuilplaatsen in het appartement?'

De makelaar knippert zo langzaam met haar ogen dat het lijkt alsof ze dat pas heeft geleerd.

'Schuilplaatsen?'

De agent legt zijn hoofd in zijn nek en kijkt verbeten naar het plafond. Zijn moeder zei altijd dat agenten jongetjes zijn die nooit aan een nieuwe droom zijn begonnen. Aan alle jongetjes wordt gevraagd: 'Wat wil je worden als je groot bent?' en bijna allemaal antwoorden ze wel een keer: 'Politieman!', maar de meeste worden volwassen en komen op betere gedachten. Even wenst hij dat dat bij hem ook zo was geweest, dan waren zijn dagen nu misschien wat minder ingewikkeld en de familiebetrekkingen misschien ook. Zijn moeder is altijd trots op hem geweest, dat moet gezegd, zij was niet degene die ontevreden was met zijn beroepskeuze. Ze was dominee, dat is ook een baan die meer is dan alleen een manier om aan de kost te komen, dus zij begreep het. Maar zijn vader was erop tegen dat hij dat uniform zou dragen. De teleurstelling drukt misschien nog steeds zwaar op de jonge agent, want hij ziet er uitgeput uit nu hij zijn blik op de makelaar vestigt.

'Ja. Dat probeer ik je steeds te vertellen. We denken dat de dader nog in het appartement is.'

4

De waarheid is dat toen de overvaller het opgaf, alle gijzelaars tegelijkertijd werden vrijgelaten, de makelaar en alle aspirant-kopers. Een agent stond op wacht in het trappenhuis voor het appartement toen ze naar buiten gingen, ze lieten de deur achter zich in het slot vallen en liepen rustig de trappen af, de straat op, gingen in wachtende politieauto's zitten en werden weggebracht. De agent bij de voordeur wachtte totdat zijn collega's de trap op kwamen. Een onderhandelaar belde de overvaller. Kort daarna bestormden de politiemensen het appartement, alleen om te ontdekken dat het leeg was. De balkondeur zat op slot, alle ramen waren dicht en er waren geen andere uitwegen.

Je hoefde niet uit Stockholm te komen om tamelijk snel door te hebben dat het van twee dingen één was: een van de gijzelaars had de overvaller helpen vluchten, of de overvaller was helemaal niet gevlucht.

5

Oké. Er stond een man op een brug. Denk daar nu aan.

Hij had een brief geschreven en gepost, hij was op de brugleuning geklommen en had daar naar beneden staan kijken. Tien jaar later gijzelde een mislukte bankovervaller acht personen tijdens een open huis. Als je op die brug staat, kun je tot aan het balkon van dat appartement kijken.

Dat heeft natuurlijk allemaal niets met jou te maken. Hoewel, toch wel een beetje. Want je bent toch een gewoon, tof mens? Wat had jij gedaan als je iemand op die brugleuning had zien staan? Daar en toen kon je toch geen goede of foute dingen zeggen, of wel? Je had gewoon alles gedaan om ervoor te zorgen dat die man niet sprong. Je kent hem niet eens, maar dat is een aangeboren instinct bij ons, dat we zelfs een onbekende geen zelfmoord kunnen laten plegen.

Dus je had geprobeerd met hem te praten, zijn vertrouwen te winnen, hem ervan te weerhouden. Want jij zult ook weleens angstig zijn geweest, jij zult ook dagen hebben gehad waarop je zoveel pijn had op plaatsen die niet op röntgenfoto's te zien zijn, dat je geen woorden had om het uit te leggen, zelfs niet aan mensen die van je houden. In ons hart, in de herinneringen die we misschien zelfs tegenover onszelf ontkennen, weten velen van ons dat het verschil tussen ons en die man op de brug kleiner is dan we zouden wensen. De meeste volwassenen hebben wel een paar echt zwarte momenten gehad, ook vrij gelukkige mensen zijn niet continu zo verschrikkelijk gelukkig, dat weet je. Dus je had geprobeerd hem te redden. Want je kunt bij vergissing stoppen met leven, maar springen, daartoe moet je besluiten. Je moet op iets hoogs klimmen en een stap naar voren zetten.

Je bent een aardig iemand. Je had niet alleen maar toegekeken.

6

De jonge agent raakt zijn voorhoofd even aan met zijn vingertoppen. Daar heeft hij een buil zo groot als een babyknuistje.

'Hoe kom je daaraan?' vraagt de makelaar en ze lijkt heus waar op het punt te staan eraan toe te voegen: 'Alles goed?'

'Ik heb iets op mijn hoofd gekregen,' gromt de agent, hij kijkt in zijn papieren en vraagt: 'Leek de dader goed met een vuurwapen te kunnen omgaan?'

De makelaar glimlacht verbaasd.

'Je bedoelt... het pistool?'

'Ja. Leek hij nerveus, of leek hij veel vaker een pistool in handen te hebben gehad?'

De agent wil met zijn vraag onderzoeken of de makelaar denkt dat de overvaller bijvoorbeeld een militaire achtergrond kan hebben gehad. Maar de makelaar antwoordt vrolijk: 'O, nee, dus, het pistool was niet echt!'

De agent kijkt met samengeknepen ogen naar haar, lijkt niet te kunnen bepalen of ze een grapje maakt of naïef is.

'Hoe kom je daarbij?'

'Je zag dat het een speelgoedding was! Ik dacht dat iedereen dat al wist.'

De agent kijkt de makelaar een hele poos aan. Ze maakt geen grapje. Er verschijnt een zweem van sympathie in zijn blik.

'Dus je bent geen moment... bang geweest?'

De makelaar schudt haar hoofd.

'Nee, nee, nee. Ik snapte dat we nooit echt in gevaar waren, weet je. De overvaller had niemand kwaad kunnen doen!'

De agent kijkt naar zijn aantekeningen. Hij begrijpt dat zij het niet heeft begrepen.

'Wil je iets drinken?' vraagt hij medelijdend.

‘Nee, dank je. Dat heb je al gevraagd,’ antwoordt de makelaar zorgeloos.

De agent besluit toch een glas water voor haar te gaan halen.

7

De waarheid is dat geen van de gijzelaars weet wat er is gebeurd tussen het tijdstip waarop ze zelf werden vrijgelaten en het moment waarop de politie het appartement bestormde. De gijzelaars waren al in de auto’s beneden op straat gestapt en naar het bureau gebracht, toen de politiemensen zich in het portiek verzamelden. Daarna belde de speciale onderhandelaar (die de chef van de chefs uit Stockholm had laten komen, aangezien Stockholmers ervan uitgaan dat zij de enigen zijn die kunnen telefoneren) naar de overvaller, in de hoop dat die uit eigen beweging ongewapend naar buiten zou komen. Maar de overvaller nam niet op. In plaats daarvan klonk er een pistoolschot. Toen de agenten de deur van het appartement forceerden, was het overal al te laat voor. Bij binnenkomst in de woonkamer stapten ze in het bloed.